MW01463575

LO QUE DURA EL ESTÍO

Rolando Morelli

ALEXANDRIA LIBRARY PUBLISHING HOUSE
MIAMI

© Rolando Morelli, 2024

ISBN: 979-8323387670

Library of Congress Control Number: 2024908583

Todos los derechos reservados. Esta publicación no puede ser reproducida, distribuida o transmitida en ninguna forma ni en ningún medio, incluyendo fotocopia, grabación u otros métodos electrónicos o mecánicos, sin la previa autorización por escrito del autor, excepto en el caso de citas breves en comentarios críticos y otros usos no comerciales permitidos por la ley de derechos de autor. Para las solicitudes de permiso, escriba al autor a la siguiente dirección electrónica: rolandomorelli@comcast.net

www.alexlib.com

(Índice en Pág 707)

A Gabriela de la Campa, in memoriam.
A su fecunda y larga vida.

I
Vísperas de un gran acontecimiento
La Habana, 1820

1

Contemplada la ciudad desde lo alto, bien se trate de un campanario, o para el caso desde cualquier otro punto, lo bastante elevado para alcanzar una perspectiva de la misma, pareciera que los tejados devolvieran al cielo en forma de vapor, las muchas aguas derramadas sobre ellos con anterioridad. Es evidente, sin embargo, que dicha impresión sólo puede corresponderse a las engañosas coordenadas de un espejismo, pues la atmósfera (densa, pesada), es apenas respirable. No hay en el cielo, pájaros, que signen con su vuelo, rutas o estrategias de supervivencia; nubes, o algún celaje breve que insinúe su paso. Una intensa claridad hiere los ojos de quien se asoma al día. El más absoluto bochorno prevalece, sobre todo. Del mar, pugna a ratos por alzarse alguna brisa caliginosa, y su efímero contacto, quema en la piel. Arde el mediodía consumido en un brasero de ascuas blancas, que abrasa con su resplandor el incipiente verdor de unos pocos árboles, empeñados en arrojar algún pespunte de color, por entre las ramas renegridas. Sobradas de luz, se resguardan las aves, a cubierto de aleros y zaguanes, y sólo a veces, en cumplimiento de un ritual inescrutable, algún gorrión se arroja sobre el polvo de la tierra, mas pronto desiste de ese baño calcinante, y vuelve a recogerse en la oquedad de su sombra.

Sosegado, al parecer, y relumbroso, el mar se antoja una inmensa cristalera contra la que rebotan con fiereza los rayos del sol. Una canoa de pescadores, solitaria, ensaya a imprimir algo de movimiento al agua como de plata fundida, que se aprieta en torno a ella. Son tres, los remeros que la ocupan. Pareciera que el botecillo evade, a la vez, la prisión del agua que la ataja, y el asedio amenazante de las embarcaciones surtas en puerto, cuya proximidad es la única a propiciar un arrimo de sombra. La escena, se diría parte de una representación teatral, con su piélago de bien simuladas apariencias, en el que hunden sus remos los tres hombres, fingiendo convincentemente el esfuerzo que se requiere para hacer avanzar el bote.

Más acá, sobre el muelle, se desplazan con su carga los obreros de la estiba. Siluetas recortadas contra el resplandor de una lámina de azogue. El torso desnudo resplandece, como bruñido por el sudor que los baña. Y las frentes descubiertas de quienes no disponen de un pañuelo para protegerse la cabeza, se cuajan de gotas que caen sobre las cejas y penetran en los ojos. Son estos, quienes de cuando en cuando reiteran ese ademán de enjugarse con uno u otro brazo la transpiración que los ciega, sin abandonar la agotadora faena. Se trata en su inmensa mayoría de esclavos, de piel muy negra como repujada en basalto, y cuerpos de constitución saludable, fuertes y musculosos; pero los hay igualmente blancos (de piel muy atezada, naturalmente) y otros, cuya raza y color no podría determinarse con facilidad. Destaca a veces, como un punto de obligada referencia para los ojos, un chino yucateco de larga trenza, joven de unos veinte años, pero no por causa de su color, de su juventud, u origen, sino por la elevada estatura, esbeltez, e incuestionable fortaleza, atributos que en conjunto hacen de él un ente singular. Sin estorbarse entre sí, van y vienen todos ellos con sus cargas, sobre el muelle algo desvencijado. El peso les doblega las espaldas, y aun cuando momentáneamente se liberen de éste, pareciera que siguen acarreándolo en la derrota de los hombros, a los que ni aun la recia musculatura consigue devolver su elevación.

La multitud de embarcaciones que ocupa los atracaderos —las naves están aparentemente desiertas— más parece abandonada al desguace en una playa lejana, pues es claro que procede de muchas partes según evidencian los colores nacionales. Prevalece el pabellón español entre esta proliferación de estandartes, seguido muy de cerca por las insignias norteamericanas, francesas e inglesas. Cuelgan igualmente de sus respectivas astas, más de una enseña que los ojos curiosos no acertarían a reconocer. Todas ellas penden sin movimiento alguno, entiesadas por su propia gravedad, como si se tratara antes de plomadas con las que busca medirse la verticalidad de algo. Se mece apenas el conjunto de proas, a un compás muy medido, que centuplica los reflejos deslumbrantes de las olas, cual si un grupo de chiquillos traviesos, desde abajo —ocultándose bajo las tablas— se entretuviera en apuntar a los ojos de quienes trabajan, o transitan sobre ellas, las luces hurtadas por sus manos, y concentradas en cien incómodos espejitos. A veces, las gaviotas abandonan súbitamente su inmovilidad sobre los espigones, para zambullirse con determinación entre las olas de ese espejo trizado, que aún debe ser el mar.

De uno de los barcos recién arribados descienden ahora los pasajeros que han cumplido la larga travesía, y lo hacen con una sensación de alivio, que se vuelve prontamente de pesarosa desazón, ante la vaharada de calor que los recibe. Se abanican con ansia las señoras, y los caballeros que llegan, y se enjugan el sudor en sus pañuelos igualmente, quienes los acogen con manifestaciones de contento, que no alcanza a amortecer el insufrible calor que a todos agobia sin distingos. Ocasionalmente, los estibadores con su carga, y los señores viajeros, se cruzan sin tropiezos o impertinencias a los que casi estarían obligados por la estrechez, o la insuficiencia del muelle. Inconsciente de su estorbar, una señora conduce de la traílla un falderillo no menos aturdido, que husmea entre los pies de los que se desplazan con su carga a cuestas, y más de uno parecería a punto de caer al agua, pero logra evadir con ligereza el contratiempo doble. No podría decirse si es ésta de los que esperan en tierra por quienes llegan, o de quienes descienden del barco que ha atracado inconvenientemente en este muelle de carga, para consternación y contrariedad de los viajeros, a quienes insiste en dar satisfacciones el capitán, tan contrariado como ellos.

Aguardan los de tierra, entre otras muchas cosas necesarias o perentorias que les llegan por esta vía del mar, no sólo a los viajeros, sino asimismo las noticias de todas las clases que son a comunicar estos, con más o menos precisión. Tras los abrazos, besos, y otras efusiones, se apartan prontamente del muelle las diferentes partidas, para acogerse, quien a un café próximo al puerto, quien a una fonda o al amparo de la casa propia, donde se habla con fruición de infinitas cosas: de parientes y amigos lejanos; de los últimos atuendos y tocados; del teatro —o más propiamente, de los estrenos, y las funciones teatrales que tienen lugar en la capital del reino y otras partes—; de la música y la literatura; de los dichos populares, procesiones, romerías y verbenas; de la huerta valenciana, y de las bellezas de la ciudad condal. Mientras hablan otros para enaltecerla, ponderándola a más no poder, de la gran maravilla de los cármenes granadinos; de desplazamientos y fiestas en todas partes. Y una vez acogidos al círculo protector de los más íntimos, se habla también de la *Revolución de Riego,* y su ulterior desarrollo, unas veces con sobresalto manifiesto, y otras, para hacer las preces de este hecho y las consecuencias que del mismo se esperan justamente. Caen de común estas palabras, pronunciadas al resguardo del seno familiar, como en una canasta de muelle interior, que es a propósito para recogerlas sin ecos, cual si las amortiguara ya al caer una superficie acolchada y absorbente.

Sin embargo, no sucede siempre de este modo cuando la conversación se suscita al amparo de un café o fonda, pues entre la población general —o más precisamente, en algunos sectores de ella— abundan los grupos atentos e informados, ansiosos y a la espera de un vuelco de la política insular, anticipada con arreglo a las nuevas de este carácter que llegan procedentes de Cádiz, Madrid o Barcelona, divulgadas mediante las gacetas y demás publicaciones que aquí llegan —amén de aquellas que los viajeros pudieran difundir— y en cuyas páginas se ventilan los acontecimientos a tono con diversos pareceres. Tienen las mencionadas noticias, en virtud de su mismo carácter explosivo, el efecto de una chispa que prendiera de repente, con dispareja fortuna, en la paja reseca que parece aguardar por ella, y fuera a incendiarla en la viveza de los comentarios que se suscitan, y de inmediato circulan, sin tiempo bastante a ser digeridos, los sucesos que se comunican. Conciernen, sobre todo, las informaciones que de esta guisa se propalan, a los éxitos de la restitución constitucional, sus incontables adhesiones, logros e inevitables prevenciones, en fin, a los altibajos de la nueva política peninsular, de los cuales habría de depender necesariamente la vida del país aquende el mar, como depende de la voluntad del cuerpo un miembro suyo.

Según prende en la convicción de muchos la idea de un cambio —pese a la obstinación del inmovilismo oficial y oficioso— o se atisban sin prejuicios sus posibilidades, van siendo cada vez más numerosos quienes se sumen a los entusiasmos suscitados en quienes alcanzan cabal comprensión de semejante dinámica. Los escarmentados liberales del año doce, se pronuncian ya, en determinados círculos, con más o menos cautela, cual si se dieran ánimo los unos a los otros:

—Mucho aguardar ha sido el nuestro, don Policarpo.

—Así es, don Fabricio, que del año doce al presente, ocho van, bien contados como Dios manda.

—Transcurridos en un vilo de expectación y quebrantos.

—¡Y palo y tentetieso! ¡Y abusos y despojos sin cuentos! No olvidemos nada.

—Así es, ni más ni menos, pero vea usted, de qué manera repuntamos, hombre mío.

—¡Constitución volvemos a tener, que por muchos que se empeñen en contrario, no faltará nunca un Pelayo que por nuestra muy noble y amada España dé la cara!

—O un Rafael del Riego, don Fabricio.

—Pues por él lo decimos, sí señor.

—Mucho optimismo es ése, don Oliverio. ¡Mucho optimismo! Fíjese usted que lo que es por cuenta de esta vecinería, de poco ha de servirnos la gloriosa, según es evidente.

—Hombre, ya ve usted que esto no es España, sino Cuba.

—Pues aquí y ahora me doy por enterado. ¿Que no es Cuba España...?

—¿Cómo decir lo contrario? Más que aquí de libertades y buen orden de gobierno hablamos, no de separatismos alevosos, que a otros sirvan de inspiración.

—¿Y entonces, amigos míos? ¿Tendremos, o no tendremos Constitución como Dios manda, aquí como allá?

—Pues si Cuba no es otra cosa que española, ha de serlo en toda regla, o no será.

—Por Cuba española entonces, que la libertad y las garantías constitucionales a todos abrigan por igual. ¡Viva la Pepa!

Entre la alharaca que suscitaba en los reunidos el hecho constitucional, sin embargo, alguno más ladino o escéptico entre ellos, observa para sí, que, no obstante prevalecer tales manifestaciones de optimismo en el círculo integrado por los viejos liberales y la indudable existencia y propagación de un estado de opinión, más o menos extendido, entre otros, igualmente bien informados, y ansiosos, de que se produzca un levante, insistirá la autoridad superior, en su afanarse en el mantenimiento del *status quo*, para conseguir lo cual, le parece lo principal secuestrar *papeles,* procedentes de la Península, cual si aún fuera posible detener con tales medidas, la proliferación de noticias que circulan prontamente con la llegada de los diferentes buques, y más aún las expectativas alimentadas por ellas. Procede con torpeza tal esta censura, que llega a suscitar enconos, y airadas protestas de aquellos a quienes se requiere inspeccionar el equipaje con el sólo propósito de requisar, caso de haberlo, cualquier impreso tenido por incendiario, a tiempo que, sin sufrir la fastidiosa diligencia, pasan otros toda clase de impresos portadores no sólo de las noticias que se aguardan, sino asimismo proclamas, declaraciones, juicios y promesas de cambios inevitables, bien que esto ocurra al resguardo del precioso *ridicule* que lleva a la vista, colgado del brazo, madame Lauthrelle de Desbonnes —recién casada con el coronel Armando Nadal Villamedina— u ocultos bajo las solapas del redingote de un caballero recomendado por su edad, porte y distinción, y otros de semejantes credenciales. De manera que, haciéndose posible a tantos, medir por diferentes vías el pulso de los acontecimientos peninsulares —pese a los obstáculos— y seguir la marcha de los mismos mediante aquellos instrumentos propicios a registrar el momento de mayor pálpito, esa lectura servía efectivamente para propagar sus efectos entre los viejos, y los nuevos entusiastas de la Pepa. En consecuencia, iban siendo cada vez más, «los exaltados», que aquí y allá se explayaban acerca de las bondades constitucionales, y las libertades consecuentes, que con semejante instrumento debían garantizarse, por lo que, al propio tiempo se extrañaba, y llegaba a demandarse, su proclamación en estas tierras, tan españolas como cualquier otra. Por esta causa, precisamente, y ninguna otra, tuvo lugar este día un enfrentamiento verbal, en el muy conocido Local de moros, entre un don Agapito Mestre y Cifuentes, a quien todo este jaleo parecía cosa de malandrines y enemigos de España, a las órdenes, naturalmente, de Inglaterra o Francia (cuando no de ambas, y medio mundo más), y un «petimetre» recién llegado, de nombre el más apropiado a su figura y disposición, don Diego Gallardo y Bello. Oriundo de Valladolid. Venía el dicho para casarse en el Príncipe, a donde pasaría en breve, con una sobrina del futuro conde de Villamar, don Santiago Hernández de Rivadeneira, su pariente. Era este don Diego, además de muy rico, y bachiller en leyes por la Universidad de Zaragoza, partidario acérrimo de la Gloriosa, y defensor a ultranza de sus bondades, en cuya proclama se empeñaba sin la menor reticencia.

—¡Viva la mil veces gloriosa Constitución de Cádiz, que a todos los españoles garantizó entonces la libertad, y hoy vuelve por sus fueros como tarde o temprano tenía que suceder! ¡Y que viva el general don Rafael del Riego, patriota sin mácula! ¡Viva España!

—Mucha tripa es ésa de la que usted, joven, se ufana. Que sin *constituciones* ni papeles de inspiración masónica, hasta aquí nos ha ido bien. ¡Viva su majestad el Rey Fernando VII por la gracia de Dios!

Otros, que muy lejos de amilanarse por la actitud beligerante de los, don Agapitos de ocasión, se mostraron igualmente exultantes por idéntica causa en cualquier parte, fueron el catalán don Luis Beltrán Laffita, capitán de caballería, de las tropas repatriadas «de coreanos» que se decía, por haberlo sido desde el Coro, en Venezuela, y el joven Manuel de Jesús Segura Montaner, abogado procedente de Santiago de Cuba, de algún tiempo asentado en esta plaza, a cuya mesa se acogía el oficial. A ambos haría arrestar la autoridad por escándalo público, e incitación al desorden, bien que su arresto no duraría, al calor de los acontecimientos ulteriores.

Por causa, asimismo —llegaría a afirmarse— relacionada con este clima de exaltación que buscaba prender por cualquier parte, y atropellado por la cabalgadura que montaba el coronel don Atanasio Peñasaltas y Sabrines, pereció un infeliz borracho y pedigüeño conocido por *Mostaza* o *Mostacita*, al momento en que, en plena calle, y en medio de su borrachera, vitoreaba la *Contitución de Cai*, y otro número de cosas que debían parecerle concomitantes. Alrededor suyo se daban cita chicos callejeros, y jóvenes sin empleo, que azuzaban con sus palabras y aplausos la causa del beodo, cuando de repente embocó a todo galope la figura de don Atanasio con su montura, sin que fuera a apartarse de la vía prontamente *Mostacita*, con lo que además de ser derribado resultó atropellado por las patas del caballo. Tan desgraciado incidente que algunos insistían en atribuir a la mala saña del jinete, acabó por no imputársele a una causa intencional, por más que se rumorase de una conocida animadversión contra el vagabundo, a causa de sus reiteradas expresiones de regocijo por aquello que alcanzaba a comprender él, acerca del estado de agitación que se vivía en la Península, y la llamada *Contitució*, que nunca atinó el infeliz a decirlo mejor, o a llamarla de otro modo.

Justo es que se diga, sin embargo, bien considerada la cuestión de los entusiasmos constitucionales, y al margen de éstas expresiones señaladas, más alguna que otra manifestación de descontento, con lo que muchos percibían como un intento claro del capitán general y sus capitostes, de escamotear a los isleños, los progresos que tenían lugar en la propia España, antes parecían predominar una calma chicha, y más aún, la sensación de sofoco y estancamiento, que bien debía corresponderse con el insoportable bochorno, que hasta ahora duraba, ante el cual poco podía hacerse, si no era resignarse, y cuando ello era posible, abanicarse, con la esperanza vagamente puesta en un cambio que, inevitablemente, habría de sobrevenir *alguna vez*.

—¡Callar, aconseja hacer usted, amigo don Sinforoso! ¡Y callo! ¿Cómo no iba a ser, si se trata del mejor encaminado de los avisos, que pueden darse? Ver si no, lo que acaba de sucederle al señor capitán don Luis Beltrán y Lafitta, por expresarse como Dios manda. ¡O al infeliz del *Mostacita*, para el caso, por hacerlo a su modo!

—Y otro tanto sucederá a usted, precisamente, don Genaro, como siga por la misma senda que don Luis y ese otro desdichado. ¡No ande usted, metiéndose entre las patas de los caballos, que bien dice el dicho, y aquí oportunamente viene!

—No se preocupe más, usted, amigo mío, que yo ni quito ni pongo rey. Y cuanto digo, es que son muy otros los tiempos que vivimos, de manera que...

—Nada, hombre, deje usted *los tiempos* y todas esas musarañas para aquellos a quienes pueda reportar algún beneficio. Calle de una vez, y no ande pronunciándose como un exaltado, de esos que hoy hacen carrera, para bien o para mal. Le faltan a usted, que bien nos conocemos, arrestos, y sobre todo juventud, para emprenderla a mamporros contra unos molinos a guisa de gigantes. Vea usted que mal parado dicen que le fue al tal don Quijote por lo mismo, a más de ser objeto de risas e incontables burlas que hasta nuestros días llegan.

—Lleva razón sin dudas, don Sinforoso en todo lo que dice, que lo mismo que un Sancho Panza se ha expresado, y así como es de buen escudero aconsejar, de buen caballero será prestar atención al buen recaudo. Mal que ande yo descaballado, y a lomos de mí mismo.

—Eso sí, hombre. ¡Guardarse! ¡Y vengan papeles lo mismo que vienen rumores! Que de todo nos enteraremos, y haremos la vista gorda. Lo nuestro sea: ver pasar por delante de nuestra puerta el cortejo de quienes se pelean, o se hacen matar por un *quítame ahí esas pajas,* y otras trivialidades.

—Bien que de éstas últimas no me parece a mí el caso, sin embargo, sino antes de cosas grandes y señaladas.

—Pues lo mismo da un *antes* que un *enantes*, que se dice, y aquello de *cuando se está en apuros, lo mejor son los duros*. Que lo mismo da con Pepa que sin ella. Calle usted como hasta ahora; coma, beba, y dese por curado en buena salud, que del resto Dios se encarga. —Y diciendo, el fondero le puso delante a su interlocutor un plato de fabada caliente—. Ahí tenga usted para ocuparse en serio de lo que más importa.

Reflexionó el llamado don Genaro en lo que correspondía replicar, y aun barajó decir aquello de *«no sólo de pan vive el hombre»*, pero el olor del cocido debajo de sus narices pronto le sustrajo de tan altos pensamientos.

2

La sala es amplia, acogedora. Dispone de los muebles que son habituales en las casas acomodadas, bien dispuestos en áreas demarcadas por un biombo, o por una mampara de mediana altura, que igual pueden recogerse prontamente en caso requerido. La luz que en ella penetra alcanza apenas para deslindar siluetas. Se trata de una claridad difusa, que traspasa las persianas echadas de una puerta interior. A esta luz se vislumbra un jarrón de Sevres, colocado en un ángulo, cuyos dibujos en oro parecen atraer sobre sí la escasa iluminación de la pieza, y devolverla aún más atenuada. La quietud a que invita el recinto, es a propósito para acogerse a un rezo, o al muelle abandono sobre las poltronas que ocupan desde hace un cuarto de hora, las dos mujeres sentadas muy próximas. No obstante, desde el momento mismo de su llegada, se prodiga sin cesar el abejorreo insípido que procede de la visitante, como surgido del interior de un tronco hueco. Además de ésta, y la anfitriona obligada a sufrir semejante aluvión de frases y sinsentidos de toda clase, en la media penumbra se sospecha, asimismo, la presencia de un gato que se desovilla con un ronroneo en alguna parte, hastiado seguramente del sonsonete que perturba su molicie. Por la mente de la habladora, pasa un instante esta conjetura precisamente, que concierne la existencia de un gato próximo, pero no es óbice a distraerla de su cháchara la suposición, por más que desde la silla que ocupa, el minino se yerga con el lomo arqueado y la punta de la cola rematada en un como dedal blanco, semejando la desaprobadora indicación de un dedo guasón, que le indicara callar. La verdad es que, nada puede hacer doña Águeda contra esta propensión suya a hablar incesantemente, como si acarreara un desborde incontenible de palabras. El felino, por su parte, abandona al cabo su lugar sobre el cojín, con un salto que lo deja sobre sus patas frente a las mujeres sentadas, y se aleja de ellas —desdeñoso— hasta perderse en el interior de la casa.

Algún alivio momentáneo a la sofocación del calor, propicia el abanico que empuñan con pareja destreza ambas mujeres. Ese aleteo quebrado que le recuerda a la *tatagua*, destrozándose lentamente contra los cristales de un fanal, consigue apenas impedir que el aburrimiento más completo, y la modorra consiguiente, se apoderen de la anfitriona, quien, a fin de socorrer en cuanto es posible tan penosa situación, y evitar un colapso cada vez más inminente, según llega a temer, se asegura cada tanto de interrumpir con toda discreción la cháchara de la parlanchina, para proponerle un cafecito. ¡Con mucha leche, y almibarado de azúcar, según era del gusto de doña Águeda, había de ser éste! De modo que, ya iba por la segunda taza de la infusión la impertinente, y Paulina, que debía encargarse de proporcionar aquella libación, callaba lo que pensaba del asunto: un abuso de confianza, y una falta absoluta de urbanidad y delicadeza, en quien debía conducirse mejor, según la calidad de su persona. Estaba ya para retirarse la esclava, en dirección a la cocina, cuando alcanzó a oír lo que decía doña Águeda, dirigiéndose a su anfitriona:

—¡Esta negra suya vale un Congo! ¡Un Congo! ¡El mejor café con leche del mundo! No se toma otro mejor, en ninguna casa de La Habana. ¡En ninguna! ¡Lo digo yo, que podría decir si conoceré bien pocas de las principales de ellas! De manera que, si lo mismo guisa, que prepara un café con leche, la doy por afortunada, mi querida doña Amalia. Con estos brutos, nunca se sabe cuál habrá de salir bueno.

Como ya otras veces ocurriera —bajo los efectos de la bebida, o por causa del entusiasmo que sorber ésta le causaba— pareció avivarse algo la plática de la habladora, si bien por lo demás se trataba del mismo embrollo desabrido, y aun odioso, que había llegado a parecerle a quien estaba obligada a soportarlo. Esta misma excitación de la parlanchina, sin dudas, le permitió observar ahora, que llevaba el pañolón prendido sobre los hombros la esclava, mediante un imperdible oculto por un pequeño botón de copetuda.

—¿Y quién podría negar que es usted consentidora con ella? ¡Menos mal que no se le ocurra a esta pécora colocarse al pecho una rosa Borbón de su jardín de usted! ¡Arreglados íbamos a estar entonces, que con estas *piezas* nunca se sabe…!

Con absoluta discreción, y un leve inclinar de su frente, se retiró la esclava, sin entender en qué consistía la acusación que contra ella se lanzaba, mientras que la dueña de casa, aunque fastidiada por la impertinencia, debió morderse la lengua, obligada por la buena educación, a callar aquello precisamente que le habría gustado responder, y a aguardar a que la ocasión se presentara, para dar respuesta entonces, según mejor conviniera, a su huésped. No tuvo que esperar mucho tiempo, pues era la visitante, indiscreta y parlanchina a partes iguales:

—Tiene usted suerte, sin dudas, de que ésta, a lo que parece, no sea de las peores. Aunque, con los negros nunca se sabe. Se oyen a veces unos cuentos que son de verdadero espanto. Dios nos coja confesadas.

—Paulina es un pan. A mi lado ha estado desde que ambas éramos niñas, y la trajeron a casa, allá en el Príncipe. Quejas no tengo, sino en todo caso, aprecio por ella. Siempre fue de inmejorable carácter, y reconozco además entre sus muchas prendas, la lealtad, la discreción y su diligencia. ¡Sabe hacerme compañía como nadie, y a la verdad, que sin ella, no sé yo lo que me haría! Lo de la flor, es cosa seguramente de mi hija Verónica, a quien las flores todas le encantan, poco menos que las novelas. Y no menos habían de serlo esos humildes *Esplendores de María*, como allá en el Príncipe solemos llamar a esa flor, que también aquí y allá, dicen *Copetuda*, y *Flor de muerto*. He oído decir que este último nombre se debe a lo que proliferan en los cementerios.

Con tan breve intercambio, amén de dar respuesta a la impertinencia de su huésped, había intentado, y conseguido doña Amalia, aportar algo de verdadera animación y variedad a la conversación. Mas de nada sirvió esta frugal inyección de vitalidad, pues cayó la plática una vez más en su letargo, acaparada por quien era diestra en enhebrar todo género de menudeces, chismes, y las más disparatadas nociones, en un inagotable rosario.

—Seguramente no he dicho a usted aún... ¡Viera, qué maravilla, la tela del vestido que lucirá mi sobrina Leocadia el día de su santo! ¡Un primor! Un verdadero primor. —Dijo a seguidas doña Águeda, cual si sacara la frase de un canasto que contuviera un picadillo de ellas. Y antes de que su interlocutora tuviera tiempo de concebir una respuesta apropiada, y colocarla a continuación, prosiguió de este modo—: ¡Primero el onomástico! ¡Y después, a poco más la boda! O como a veces se dice y usted habrá oído más de una vez: «Primero viene el santo, y luego el encanto, o el desencanto», que no sé yo porque lo digan otros, pues encanto será éste, no me caben dudas, según es el marido. ¡Una gloria de hombre sin dudas! ¡Un pimpollo, con perdón! Joven, galán y rico, mi futuro sobrino don Ricardo Pontevedra y Ramírez de Torralba. Aseguran todos, y no sería yo a dudarlo, que tiene por delante un porvenir halagüeño como son pocos. ¡Y no es para menos, digo yo, con sus dotes!

Enmudeció doña Amalia, vale decir, que aun renunció a pensar lo que debía concluirse de esta última afirmación, viendo reflejarse en el rostro y la expresión corporal de la exponente, una inocultable lascivia, sin correspondencia con persona de su condición, o mujer de sus años. Dejó pues, que vagara su pensamiento unos instantes, y por mera asociación, debió pensar en el vestido a que el riguroso luto de su casa obligaba a su hija Verónica. No pensó en sí misma, sino en la muchacha. Muy apagada, le pareció oír en ese momento su risa, suscitada a no dudarlo por alguna de las ocurrencias del hermano, que eran siempre para ella como un ábrete sésamo al que fuera imperativo obedecer.

En efecto, a muy corta distancia de donde tan precario diálogo debía tener lugar entre las mujeres (ocultos por la pared medianera que se interponía entre la gran sala de recibo, y esta otra, menos espaciosa, a la que daban en llamar saleta), estaban sentados según solían proceder en tales ocasiones, los jóvenes Verónica y Alcides, que aquí se reunían con el declarado propósito de «pasarlo bien, y divertirse algo» a expensas de doña Águeda y las otras amigas de su madre. Y aunque inmersos en sus propios asuntos, cruzaban de hito en hito miradas de pícaro entendimiento, mientras reían con risas apagadas, antes de volver a las respectivas lecturas que los ocupaban.

—Un verdadero prodigio mi futuro sobrino...

—¡Digno joven, sin dudas, según todas las noticias! —Consiguió articular doña Amalia, entreviendo un resquicio en la cháchara de su interlocutora—. ¡Muy formal, según es fama, y con un brillante futuro por delante, como bien dice usted! Recuerdo su nombre, por haberlo mencionado más de una vez mi difunto esposo.

—¡Dichosa usted, mi querida doña Amalia! ¡A mí siempre me han parecido los militares el mejor partido! ¡Tan gallardos en sus uniformes, que es espectáculo digno de verse! Y éste de que hablo, mi futuro sobrino, no había de ser menos. ¡Oh, Dios, qué iba a serlo! En una eterna parada los contemplaría yo sin cansarme. —A punto estuvo ahora de echarse a reír doña Amalia, por causa de una sandez semejante, y esto mismo les ocurrió a los hermanos detrás del tabique cómplice que les servía de parapeto—. ¡Pero qué digo! Vaya si lo sabrá usted bien, amiga mía —continuó la indiscreta habladora—. Todo esto que he dicho, y lo de más allá que haya de saberse de las armas... Por su difunto esposo, que en Gloria esté, lo digo, naturalmente. Y por su hijo don Alcides que ha seguido con distinción los pasos de su padre... Con seguridad que su hijo de usted, y don Ricardo, el futuro esposo de mi sobrina, se conocerán de alguna parte. ¡Los militares son como los miembros de una gran fraternidad universal según me parece a mí! Todos como en una gran familia.

—Así es, según creo, que mi hijo y ese joven se conocen...

—¡Ay, amiga mía! Pero de otra cosa hablaremos ahora. ¿Qué decir a usted, del sombrero de encargo que será mi regalo de bodas para lucirlo mi sobrina en su viaje por Europa? Lo hemos mandado a buscar a París, a la casa de un muy mentado *mesié de Tal,* que para esto de los nombres franceses no tengo yo cabeza alguna. Usted, seguramente sabrá de quién se trata, pues anda su nombre en todos los magazines y muestrarios de moda que circulan por La Habana. Y acaso dirá usted: ¿para qué tal dispendio cuando hay en ésta, sombreros, sombrereros y franceses? Pues para que no se diga, amiga mía, que en tratándose de mi sobrina Leocadia y de su boda con don Ricardo, se anduvo escatimando gastos de más, o de menos. Después de todo no hay que olvidar que con este parentesco se enlazan dos linajes de alcurnia, como no podía ser menos. ¡Qué digo dos! ¡Cuatro o más habían de ser por cada frente! El modelito es precioso. Hará la envidia de cuánta muchacha de bien hay en La Habana, en cuanto le hayan echado el ojo. Desde ahora habrá que ir pensando en otro regalo para más adelante, cuando se haya efectuado el casorio, y estén los novios de vuelta e instalados. Y en el bautizo poco más adelante. Porque ya sabe usted que los hijos no aguardan con estos jóvenes casamenteros de hoy. ¡Naturalmente, que no se trata de ninguna impropiedad por parte de los dichos! Dios me libre de insinuar siquiera semejante despropósito, más en tratándose de mi sobrina. Pero no nos desvelemos todavía, ni perdamos el sueño, mientras no llegue el momento, que bautizo habrá también en su momento. ¡Y si no, esperar!

Soportada con verdadero estoicismo por la anfitriona, que ya agotaba los recursos de su paciencia en el empeño de escuchar la desabrida y disparatada plática de doña Águeda, llegó la primera a pensar, si no sería a poner pronto remedio a tan embarazosa situación algún suceso providencial que obligara de repente a callar a la indiscreta parlera, y fue a salvar la situación como un remedio caído del cielo, la campanilla recién instalada con que se anunciaba a la puerta la llegada de alguna otra de las visitas. Se habían dado cita todas ellas al terminar la misa del alba, el día anterior, para reunirse en la residencia de doña Amalia Arteaga y Cisneros, viuda del coronel de ingenieros don Ramón Becquerel Urquijo, como ya venía ocurriendo, con el propósito de continuar las rogativas, con las cuales, además de preparar el advenimiento de la Semana Santa, se imploraba, especialmente, la merced tan suplicada del agua de lluvia, que pusiera fin de una vez a la sequía que todo lo agostaba, y se prolongaba ya más de lo que ninguno recordaba. La abrumada anfitriona dio gracias para sus adentros por el súbito campanilleo, y se disculpó para llamar a alguno de los esclavos domésticos, con el encargo de hacer pasar sin demora a cualquiera de las señoras que acertara a estar a la puerta. Sin volver de inmediato a su asiento, y disimulando la ansiedad que sentía por ver aparecer en el recinto a cualquiera que resultara ser la recién llegada, se obligó a decir de manera que doña Águeda pudiera tomar nota:

—Ahora sí, ya que seamos al menos tres a ello, podremos comenzar de inmediato las rogativas...

El pequeño Serafín, que acudiera prestamente al llamado de la campana, antes que al de doña Amalia, no sólo hizo pasar a las señoras (eran tres las que llamaban) sino que fue diciendo sus nombres según fuera instruido de hacer, con toda la compostura y entendimiento de que a su edad era capaz:

—Doña Cipriana... —dijo, comenzando por la que debía parecerle de más edad, y a su entender, la de más alcurnia—. Doña Úlcera... y doña *Melindra*, que aquí están para presentar sus respetos, y piden ser recibidas. —Y a continuación, dejando un resquicio para que mediante él tuvieran lugar aquellas manifestaciones de cortesía obligadas, entre la anfitriona y quien ya se encontraba, y las que llegaban, hizo una reverencia dirigida a la dueña de casa antes de colocar la última frase de obligado cierre—. Mande su Merced.

—A Paulina, que traiga de aquí en poco *el apresto*. Estas señoras seguramente querrán beber alguna cosa para refrescarse. Y los bollos, roscas y churros así que estén listos, pero que no los deje enfriar que parezcan cosa de ayer tarde. Ayúdale tú en lo que sea menester.

Se retiró Serafín por donde mismo había aparecido antes, sin más palabras, pero con una reverenciosa inclinación de cabeza de lo más correcta, y comentaron entre sí las recién llegadas la buena educación del *negrito*, deshaciéndose en elogios dirigidos a doña Amalia.

—Bien se ve que allá en El Príncipe es harina de otro costal.

—Verdad es —terció doña Cipriana, seguramente no queriendo ser menos—. Aquí, en La Habana, los esclavos son buenos apenas para sacar las bacinillas cuando se les requiere. ¡Culpa de nosotros los amos, a quienes nos da por consentirlos demasiado!

—¡Dios nos lo perdone! Así es. Bien sería proceder de otro modo, que a los negros no hay que tratarlos con tantísimos remilgos —concordó doña Melinda.

Doña Amalia se limitó a sonreír una de aquellas sonrisas que, según sus propias conjeturas, debían hacer escarnio de ella misma, por estar encaminadas a ocultar su verdadero parecer, o sus sentimientos en casos semejantes. ¡Y estaba por llegar la Semana Santa! —no tuvo por menos de pensar—. ¡Dios misericordioso se apiade de nosotros!

—¡Una verdadera joyita el muy pícaro! Y bien vestido y calzado lo mismo que si se tratara de un marqués.

Esta última observación, asimismo a cargo de doña Melinda, escondía un aguijón no muy velado, pues buscaba poner de relieve el hecho de que, en su opinión, iba el chico vestido más a tono con los atuendos que corresponderían a un señor, que, con las vestimentas del lacayo, que a su ver eran las apropiadas, si se trataba de «darse humos a costa de los negros». Estas cosas las iría desgranando luego, con insinuaciones y sugerencias aparentemente de naturaleza banal, en pláticas con las demás contertulias, hasta dejar mal parada la actitud de doña Amalia, respecto a los esclavos de su casa.

Mientras este intercambio tenía lugar, en la pieza adyacente, donde los hermanos Alcides y Verónica espiaban la conversación, el trastrueque de los nombres de doña Úrsula y doña Melinda en que incurriera Serafín, les había tomado desprevenidos, y habiendo sido causa de gran hilaridad, les obligó a retirarse con precipitación al fondo de la casa donde se hallaba la cocina.

—¡Doña Úlcera! —repitió ahora el joven, una vez instalados en la pieza—. Sin dudas, un retrato al óleo de esta señora, hecho de mano maestra. ¡Este Serafín se nos revela un gran retratista de lo grotesco! Habrá que enviarlo a la Academia de San Fernando en Madrid para que cumpla su destino. ¡Y doña *Melindra*...! ¡Que no es poca caracterización, de manos de quien es tan solo un niño, y ha tenido en verdad muy poca oportunidad de observar a su modelo! Por Dios, hermanita, si hasta encaja a la perfección con sus apellidos como un camafeo hecho a punto.

Ahora fue Verónica quien no pudo contener la risa, habiendo reparado por primera vez en lo que le observaba el hermano:

—Doña *Melindre* de Codos y Topete. ¿Qué te parece, hermana? ¡Vaya si se da coba, y presume la doña! Especialmente de ser pariente, allegada o familiar de un Grande de España. Aunque en eso de *allegada*..., y eso otro de «grande», tiene buena música, que en cuanto a la letra, otra cosa enteramente, sería preciso admitir.

—Bueno, dejemos eso, hermano —rogó finalmente Verónica que apenas podía contener la risa—. Ya basta, que no está bien despellejar de este modo a nadie, mucho menos a las amigas de mamá.

—¡Bah! Polvo que se adhiere al traje... Tan amigas no creo, hermanita, que el temple de nuestra madre está hecho de un mejor acero.

—En todo caso, ya está bien, pongamos moderación.

—¡A Serafín daré yo un duro así que de él disponga!

—Pues mala cosa harás. Y yo, mejor haré ocupándome de enmendar en el chico tan mal decir, aunque a nosotros nos haya hecho gracia el accidente. ¡Será bien que no haya otros!

Era tal, el jaleo que armaban, que Paulina terminó por echarlos de la cocina, siendo allí dueña y ama absoluta, a quien la presencia, risas y cuchicheos de los jóvenes en sus predios, le impedían *ocuparse* como gustaba y sabía.

—Niña, por Dios, hágame sitio. Se va a pringar, y después no quiere oír a su señora madre. Mire que no quiero que se me pegue a mí el puchero por andar distraída. Y hágame el bien de decir a su merced el niño, que mejor está en otra parte. Fíjese que todavía tengo yo que pelar los garbanzos. Bien sabe que a su señora madre no le gusta comerlos con su cáscara, y eso lleva su *tiempito*, aunque no parezca. Para eso, Serafín no es diestro, así es que me ocupo yo.

Otras dos horas, entretanto, transcurrieron todavía, antes de que concluyera la rogativa, más largas sin dudas para doña Amalia, que podía medirlas por el tic tac incesante del reloj de péndulo, que en la sala pactaba los términos de una tregua al parecer inconcebible, antes de que se marcharan las visitas. Se recogió Alcides a sus habitaciones, de las cuales disponía dos: su viejo dormitorio, y un despacho o biblioteca que antes fuera de su padre, aduciendo que debía ocuparse de concluir algunos asuntos que por él allí esperaban.

Una vez agotadas las despedidas, ingresó doña Amalia al interior de la habitación en que ahora estaba sola su hija Verónica, absorta en la lectura. El semblante demudado de la atribulada señora, daba cuenta de haber tomado parte en una refriega, antes que, de una reunión de amigas, cuya devoción las juntara.

—¿Se siente usted mal, mamá?

—¡Ay, hija, voy a recostarme un rato. Tengo una jaqueca que me mata! Ocúpate de avisar a Paulina que venga tan pronto se desocupe.

—Déjeme que la ayude yo, mamá.

—No, hija. Puedo valerme. No me esperen para almorzar. No tengo pizca de hambre. ¡Y nada de risas ni de chacota en mi ausencia! Recuerda que la mesa es cosa sagrada. No permitas que tu hermano pueda olvidarlo.

Observando de reojo a su hija un instante, antes de retirarse, y calculando para sí el tiempo transcurrido desde la muerte del padre, se dijo que era ya hora de abandonar el luto cerrado por el medio luto de blanco. Sí. Era ya hora de cambiar nuevamente el ajuar. Así que descansara un poco, comenzaría hoy mismo a ocuparse de ello. A Paulina le encargaría alguna costura como solía, para lo cual era ella insuperable, bien que la propia doña Amalia también se las apañaba para coser con alguna destreza. Pero antes habría que ir de tiendas por las telas y el hilo, y algún que otro vestido que se requería de inmediato. La confección de la nueva indumentaria no podía recaer toda en sus manos y las de Paulina, ni quedar dispuesta de este modo con la prontitud que se requería. La cabeza amenazaba estallarle en las sienes.

—Mañana iremos de compras, hija. Ya es hora de cambiar el ajuar —alcanzó a decir a la joven antes de retirarse, y pensó con súbita preocupación si estaría pareciéndose a doña Águeda con su plática insípida, siempre en torno a cosas de este cariz.

—Ya sabes, no esperen por mí. Y a Paulina, que acuda...

3

Con el propósito de comenzar su instrucción universitaria, (unos adscritos al Seminario, y otros a la Universidad), o de reintegrarse a los estudios ya iniciados, se habían desplazado desde sus respectivas ciudades a la capital, aquellos jóvenes pudientes o esforzados, cuyo futuro pasaba necesariamente por las aulas, y entre quienes se hallaban muchos que en breve debían constituir la avanzada del país, cuando éste se adentrara al fin en los acontecimientos que debían ponerlo al día de sus circunstancias. Algunos llegaban a considerarse «veteranos de estas lides», tras haber superado quien su primer, o su segundo año de estudios, en tanto no podía ocultar la mayoría su condición de novatos absolutos. Ya instalados en sus respectivas habitaciones —un dormitorio con escaso mobiliario, según era habitual en tales casos— y habiendo buscado alojamiento varios de los jóvenes estudiantes procedentes de Santiago, Bayamo, Puerto Príncipe y Trinidad en la conocida casa de huéspedes La Divina Providencia, cuyo mismo nombre la recomendaba, tanto como el de su dueña y administradora, doña Clotilde Fuertes de Paredes, resultaba natural que conformaran estos enseguida un apretado cogollito. Sin proponérselo de esta manera, o convenir en ello, a donde iba uno, o proponía otro marchar —por aquello de que había que sacudirse lo más pronto posible el estado de ignorancia respecto a las cosas de la ciudad que tenían por delante, o con cualquier otra excusa, allí iban todos—. Tal había sucedido ya, y sucedió ahora, cuando el principeño Gaspar Betancourt Cisneros declaró su intención de encontrar la casa del pariente, para el cual era portador de una carta de recomendación. Hubiera sido lo ideal en todo caso, acudir a la caída de la tarde, cuando al menos los efectos de la resolana habrían mermado, pero entraban a jugar entre otras consideraciones sensatas, la peligrosidad que suponía arriesgarse a andar a semejante hora por ese dédalo de calles y callejones, aun en grupo, no siendo ninguno de ellos diestro en ninguna forma de defensa. En cualquier caso —se decían para sí los compañeros— amén del conocimiento que iban procurándose, bien podría tratarse aquélla de una aventura, que fuera luego digna de mención. Al anticiparlo, sin embargo, no podían concebir nada parecido a esto que ahora estaba sucediéndoles. Distraídos entre veras y bromas marchaban, pisándose los talones unos a otros, cuando se percataron de haber perdido el rumbo. A poco más vinieron a dar con un paisaje de callejas desiertas, y pocas casas que pudieran llamarse tales, entre las que alcanzaba a verse uno que otro yermo, en el que hasta las escasas yerbas tenían un aspecto requemado, como la tierra misma. El esqueleto de un perro que de ellos se alejaba, todo lo deprisa que alcanzaban a desplazarlo sus patas, fue lo único vivo que alcanzaron a ver en mucho tiempo, o les pareció de este modo. La vista había vuelto apocados a unos más que a otros. Y sólo al número que sumaban los de la partida integrada por ellos, fiaban todos algo de sosiego, aunque cada uno por su cuenta albergaba un recelo inconfeso.

—¡Y ahora, venga el mismísimo Dante en persona a servirnos de guía en este laberinto! —Declaró éste que parecía menos anonadado, a lo que ninguno respondió de inmediato.

—Lo más prudente sería volvernos por donde vinimos.

—Si fuera cosa ésa nada más que de seguir señales, todo se andaría, *camará*.

Luego de declararse extraviados por entre el laberinto de callejas y callejones que parecía no conducir a ninguna parte, y se les antojaba poco menos que desierto, se descubrió de repente la inopinada presencia de un sujeto, o mejor, la de una figura de mujer alta y delgada, si bien de comportamiento que les pareció algo estrafalario. Con mucho comedimiento y recato, sin embargo, como estaba llamado a ser, se acercó a ella alguno de la partida para inquirir cuál podía ser el mejor modo de salir de semejante atascadero, en el que sin proponérselo habían venido a caer. Retraídos, no alcanzaban los más a oír el diálogo que sostenían a prudencial distancia los interlocutores, sino que veían por los ademanes de sus manos ilustrar a la mujer el camino, cual una nueva Ariadna. Volvió al cabo el parlamentario junto al grupo. Se trataba de un joven trinitario que había probado ser muy desenvuelto, de nombre Nicomedes Zarco Santarrosa. Esta vez, sin embargo, parecía algo cortado por el encuentro que acababa de sostener, si bien traía con él las instrucciones precisas para llegar a donde se proponían.

—¡Bendito Dios, que, si no ha de tratarse de Dante o de Virgilio, igual da la mano que del laberinto nos saque! —atinó a decir.

—Mucha desenvoltura parece ser la de esa señora, o señorita, o lo que venga a ser —observó con manifiesta ingratitud, y cierta incomodidad, uno de quienes aguardaban.

—Pues hombre, no habían de tenerla menos las putas, que no son ni una cosa ni la otra.

—¡Y gracias a Dios sean dadas, que, por su intermedio, como bien ha dicho nuestro compañero, hallemos el camino a seguir, y no nos perdamos por nuestros pecados, que es sin dudas éste de recobrar el buen rumbo, asunto de verdadero milagro!

De pésimo humor a causa de las preguntas que ahora le dirigían sus compañeros, el que había tenido por encargo acercarse a la presunta mujer en busca de instrucciones que los colocaran nuevamente en la dirección adecuada, dijo ahora alguna cosa que entendieron unos y otros, de diversa manera, según fuera lo que hubieran aprendido de los asuntos del mundo, desde que iban estando en edad de saber cosas por sí mismos, o por ósmosis, en la compañía de los más enterados por ser los de más edad.

—¡Loado sea Dios y gracias si de aquí salimos con bien! —exclamó otro de la partida, con aspaviento que era genuino.

—Y con más razón, en tratándose de quien me ha parecido a mí ser, uno de esos estrafalarios «galanes», o «don Diegos de noche», de que sin dudas habréis oído hablar, camaradas.

Los que carecían de tales noticias permanecieron callados y como a la expectativa de tenerlas.

—Pues más bien galán del día..., algo despechugado y marchito.

—Hombre, no habrás de decir...

—Pues no me retracto, no señor, con que andar deprisa y con el rezo en boca, señores míos. ¡Y no vuelva a mencionarse jamás este embarazoso asunto!

Mientras de este modo hablaban, hicieron tal y como les había indicado la mujer —o bien aquella figura que por tal buscaba ser tenida—, y pronto hallaron nuevamente el destino que debían seguir y los conducía a la casa del pariente de aquel de los integrantes de la partida, al que todos rodeaban ahora, cual si éste pudiera conducirlos nada menos que al otro lado del Monte Sinaí.

—Al menos le habrás dado las gracias antes de despedirte a esa señora que, no importa cuál pueda ser su oficio o condición, o lo que sea, no podría negarse que ha sido nuestra benefactora. —Dijo con su intención el llamado Gaspar, dirigiéndose a Zarco, que insistió en guardar silencio.

—Hombre, sí, que extraviados como llegamos a vernos en medio de ese dédalo de confusión, más tarde o más temprano con el Minotauro nos hubiésemos encontrado sin dudas. ¿Y quién entre nosotros iba a ser el héroe con ánimo bastante a enfrentársele y derrotarlo?

—¡Ave María y bendito su hijo por librarnos de una puñalada trapera, en medio de tan escabroso paraje!

—¡Callad, por Dios, que todo lo volvéis literatura! —dijo ahora ofuscadamente el llamado Zarco, suscitando la risotada del provocador, quien añadió:

—Ya ves que con estos mocitos se corta el Jordán.

De esta guisa, y habiendo dejado atrás el laberinto, llegaron por fin frente a la fachada de la morada que buscaban, y se detuvieron ante la puerta de noble madera con un aldabón de bronce. Portador de la carta que su pariente, don Agustín de Agüero Gallés y Marcaida Íñiguez, dirigía a su hermano José Augusto, se presentaba el joven principeño Gaspar

Betancourt Cisneros, a la puerta del dicho. En las manos de una vieja criada de origen canario, que fue a asomarse a la celosía, dejó su tarjeta de visita, y otras señas, anunciando su deseo e intención de regresar, cuando los de casa lo estimaran oportuno, y así se sirvieran comunicárselo. Seguidamente dio un paso atrás —siempre rodeado por el grupo— y con una ligera inclinación de cabeza, se despidió de ella, y comenzó a alejarse de la casa del pariente.

No más ser informado por la doméstica que le traía la noticia, de la visita e identidad del joven, ordenó el dueño de casa que se diera alcance de inmediato y fuera conducido a su presencia el portador de aquella misiva, lo que se consiguió sin contratiempos, pues el forastero apenas si alcanzaba en ese instante la esquina donde el Callejón del Chorro, o de la Chorrera, que también se decía, era interceptado y cortado por la calle de San Ignacio.

De modo que, de vuelta sobre sus pisadas, pronto se halló la partida de jóvenes en presencia de un hombre algo mayor, buena figura, exquisitos modales y sonrisa amable, en la que no se echaban de menos dientes, sino que antes eran todos ellos blancos, fuertes y saludables. Comprobaron igualmente el joven Gaspar y sus amigos, la verdad de aquellas cualidades de extrema bondad, buen gusto y modales suaves y reposados, que tanto le habían sido preciadas al primero, así por su coterráneo, al insistir en proveerlo de aquella carta dirigida al hermano, como de todos aquellos que daban cuenta de conocer al sujeto.

—¡Hombre de Dios, primo! Pasen. Pasen ustedes y pónganse a cubierto, que presto se derrite uno como si estuviera hecho de mantequilla. —Había dicho el que aguardaba a la puerta de la casa, con los brazos abiertos para recibir al visitante en ellos, cual si de alguien de largo tiempo conocido, y caro al afecto del que así hablaba se tratara. Y luego del abrazo inevitable, y algo turbador para el joven, añadió—: Pasa, hombre, pasa y acomódate que de más está decir que ésta es a partir de ahora tu casa. ¡Y la de todos ustedes, naturalmente! —interpuso, dirigiéndose a quienes acompañaban al visitante—. Adelante, jóvenes. ¡Adelante!

—Es que no contábamos con que estuviera disponible vuestra merced —intentó disculparse Gaspar, tratando de explicar satisfactoriamente la presencia de una comitiva como era ésta, que le acompañaba en su primera visita a la morada del pariente desconocido, mas, sin saber por derechas si acertaba, o, por el contrario, comprometía ahora la dignidad de quienes le acompañaban.

—Dejemos de una vez las formalidades y todas las ceremonias, primo, que en familia salen sobrando. Con tutearme se arregla todo, y en cuanto a tus amigos, espero que lleguen a serlo igualmente míos y de esta casa. ¡Adelante, señores! ¡Adelante! Y acomódense donde mejor prefieran.

Mucho trabajaría Gaspar, a gusto como se sentía allí donde había conseguido instalarse por su cuenta dos días antes, para persuadir al otro de que no precisaba del abrigo de la casa —que el dueño ponía a su disposición— más que con el propósito de visitarle con regularidad. Al fin tranzó don José Augusto, conformándose con la promesa formal *y en toda la regla* —según manifestó— de que el pariente, y con él aquellos otros que le acompañaban en la ocasión, le acompañaran en lo adelante a almorzar los viernes, con lo que sería el anfitrión, según insistió, el que más ganara con la compañía y la charla de los jóvenes bachilleres a su mesa.

Gustó especialmente a don José Augusto, aquella declaración y determinación manifiesta por Gaspar hacia el final de la larga conversación que sostuvieran, de marchar pronto a los Estados Unidos o Inglaterra, luego de alcanzar el título de bachiller, con el fin de continuar allí estudios superiores, pues era él mismo, beneficiario y en cierto modo pionero de aquella modalidad de enseñanza, a la que, cada vez más jóvenes pudientes y con miras más amplias aspiraban en el país, a causa de sus innumerables y obvias ventajas de toda índole, que venían a compensar con creces las insoslayables desventajas y exigencias de otro orden.

—Pues lo dicho. Vuelve cada vez que gustes, hombre. Este viernes y todas las veces que quieras, primo, y lo mismo tus amigos, que ya lo son míos y de mi casa igualmente.

La tarde anterior, tuvo a bien decir don José Augusto, habían estado a visitarlo y a cenar a su mesa el mismísimo obispo acompañado del padre Varela, que había sido el confesor de la familia y un amigo entrañable desde hacía mucho tiempo, y con el cual conseguía él practicar su inglés en ocasiones, lengua ésta que el visitante hablaba correctísimamente —aunque protestara lo contrario— y el anfitrión conocía mucho mejor que el latín, en que era docto el sacerdote.

Cuando se despidieron finalmente, y marcharon los jóvenes hacia sus respectivas ocupaciones u ocios, iban animados y muy contentos de haber dado con tan inopinado refugio, que evocaba en ellos ecos familiares y hogareños. Por su parte, quedó el hombre mayor como en un punto de suspensión jubilosa. Y como si quisiera prolongarla, echó mano a la carta del hermano residente allá en el Príncipe, al que no había regresado en muchos años, mientras anticipaba en aquellos pliegos muchas más cosas de las que, estrictamente hablando, estaban llamadas a corresponder a una mera carta de presentación.

4

No pocos asuntos de la mayor principalía, demandaban a la fecha la atención de don Francisco Fernández Allué, disputándose, la que este caballero podía concederles. Era don Francisco propietario de tres almacenes por la vuelta del puerto, habilitados todos con su espigón de desembarco, y disponía asimismo de inversiones en la propiedad de alguno de los barcos de vapor que aquí operaban desde hacía algún tiempo con notable éxito. Dos empeños de algún modo extemporáneos o anexos a estos, le ocupaban igualmente algo de tiempo, y de ambos se ocupaba hoy, con prontitud y la buena disposición que le era característica. Haciendo de intermediario entre ciertos clientes de su absoluta confianza, y probada integridad, y un contrabandista dispuesto a introducirlos en el país, procuraba muchas veces la importación de libros, panfletos, y otros bienes, por los que pagaban los primeros, proporcionalmente tanto como costaría un esclavo en el mercado dispuesto a este fin. Pensándolo muchas veces, el propio don Francisco, echó de ver aquella desproporción que representaba el hecho de que se importaran esclavos a la luz del día, en franca contravención de todas las leyes humanas y divinas, sin que las autoridades hicieran por reprimir un negocio del que, qué dudas cabían, se beneficiaban igualmente, en tanto se impedía con el mayor celo la introducción de libros extranjeros, comprendidos entre los tales, muchos títulos que gozaban de libre circulación en la propia España, por haber sido impresos allí mismo. De uno de estos encargos *raros*, (o de dos, para el caso) estaba a punto de dar satisfacción este día el caballero, además de dar cuenta en persona a la señora viuda del comandante Becquerel, de aquellos intereses cuya representación él había asumido a la muerte del militar, en respuesta a una solicitud en regla que éste le hiciera por escrito poco antes de su deceso.

Tan ensimismado y aprisa salía del local donde había estado para beber un café, que a punto habían estado de darse manos con boca, éste que se dice, y un no menos distraído don Elpidio Valdés, capitán comisionado del magnate, y negrero de fama, don Casimiro Irazabal y Ezpeleta, a la entrada misma del establecimiento de nombre Dos Hermanas, donde se proponía entrar el segundo. Iba a lo suyo don Francisco, sombrero en mano y acabando de calzarse los guantes, mas no tan absorto que no alcanzara a disculparse, según procedía, sobre todo habiendo reconocido como principalmente suya la falta. Igualmente consciente de sus obligaciones, aunque sin los modales del otro, atino a disculparse asimismo el marino. A pesar de no mediar entre ellos relación alguna, se habían reconocido de inmediato los dichos, pues uno y otro, bien que, por distintas razones, resultaban personas públicas, y aunque a la sombra del negrero Ezpeleta, gozaba el segundo de ellos de cierta reputación de fiable. Ambos pues, continuaron su marcha cada cual hacia donde debía corresponderle, o era su propósito.

—¡Buen día nos dé Dios, don Elpidio! Y ahora agur, o abur, según sea mejor.

—¡Y a su merced salud! Con su venia, don Francisco.

Apurando el paso nuevamente, se dirigía el caballero que abandonaba el local al encuentro de quien —según se dijo— le esperaba ya seguramente en el sitio acordado. No pudiendo hacer menos, consultó una vez más su reloj de bolsillo con gesto nervioso, cual si proceder de este modo le bastara para aliviar la ansiedad creciente, y para su desconcierto, e innegable regocijo, comprobó que en vez de atrasarse según había estimado poco antes, mientras bebía un café algo desabrido, iba adelantadísimo a la cita, con lo que pudo respirar más sosegadamente, y acortar sus pisadas.

—¡El diablo de la impaciencia, que así engaña! —se dijo para sí—. ¡Y la obligada puntualidad inglesa, no menos! —Esto decía, naturalmente por el caballero con el que había de reunirse en breve, cuyo nombre bien pudiera adelantar esta circunstancia: Patrick Cunningham.

Llegó pues a la cita bastante adelantado, no obstante lo cual, no tuvo que esperar mucho tiempo a la llegada del otro, quien aun se adelantó en llegar su cuarto de hora, y aunque disimulándolo, debió sentirse sorprendido de encontrar allí al caballero que ya le aguardaba.

—Buenas tardes le dé Dios, don Francisco... —fue el primero a saludar quien ahora llegaba así que alcanzó a verlo, tocándose el ala del sombrero con ademán de descubrirse.

—Así sean, don Patricio. Buenas y placenteras las tenga usted. —Correspondió el que aguardaba, intentando ponerse de pie. Lo impidió prontamente el hombre más joven que llegaba, con un gesto cordial, posando sobre los hombros de éste una de sus manos.

—Mejor será, tomar algo de inmediato —sugirió seguidamente, secándose el sudor de la frente con el pañuelo—. Alguna cerveza que nos refresque, de haberla.

—O más posiblemente, uno de esos brebajes que ahora dan en llamar *agua de Jamaica*, según entiendo que le llaman en México a lo que siempre se llamó aquí de varios modos: *colada de hibisco, sangría de arquero*, o simplemente se decía, *una tisana de tal*.

—Asunto de las modas e influencias debe ser ése, entonces, don Francisco. ¿No le parece a usted?

—Eso, don Patricio. Bien que es usted observador. ¡De las modas mal asimiladas, y de las monerías que hoy nos invaden, provenientes de toda la resaca que hemos tenido y seguimos teniendo!

—En tal caso, preferiría yo una limonada, o una champola. ¿Qué apetece a usted?

Ya estaba junto a ellos un sirviente de la casa que les sonreía con aire obsequioso.

—Tráiganos una limonada y algo de cerveza, lo más frescas posible. —Encargó don Francisco buscando aún la aprobación de su contertulio.

—Perdone el señor, de momento la cerveza...

—Pues entonces, tenga la bondad de traer una champola de guanábana.

Don Patricio Cunningham quien ocupaba el asiento opuesto, causaba de inmediato una grata impresión, pues era su apariencia agradable y naturalmente distinguida. Aun sentado se echaba de ver que era alto. De constitución regular, tirando a lo delgado, se notaba el relieve de sus huesos largos y compactos, dándole forma a su esqueleto. Sobre la pierna cruzada había colocado su sombrero, y sin dejar de sonreír con aquella sonrisa perfecta, y amable, que era la suya, dio alternativamente las gracias a su compañero de mesa y al sirviente.

—Enseguida. Con permiso de los señores. —respondió el camarero con súbita gravedad y envaramiento, sin saber por derecho si sentirse halagado, o humillado por tales muestras de cortesanía a él dirigidas—. Con el permiso...

Por un tiempo, aún no se trató por derecho del asunto que reunía a los hombres a la mesa del pequeño establecimiento con toldos adosados a las paredes exteriores, sino de generalidades como la salud recíproca, el calor, la temporada de ópera que se avecinaba, el teatro en general, y muchas otras de este jaez. Era el local elegido, limpio y agradable, y estaba compuesto, además, por cinco o seis parasoles con sus mesas y sillas, y una barbacoa a la que se apretaba una enredadera florecida de buganvilias cuyas guías sostenía la armazón oculta por el follaje. La buena educación de los dos hombres así indicaba que se procediera, de modo que se aguardó a que estuviera servido el refrigerio en sendos vasos frente a cada uno de ellos, a fin de abordar la cuestión pendiente.

—A usted, que no desconocerá los posibles riesgos de la empresa, deseo encargar al mejor precio que pueda garantizarme —comenzó por decir don Francisco— que, por la vía de su proveedor en Liverpool, me sirva un cargamento de libros franceses y otros, con sus forros y tapas debidamente disimulados. Los requiere un cliente de toda mi confianza, hombre librepensador y magnánimo, que en su posición mucho se comprometería de otro modo, y pagará, mediante libranza del Banco de

Inglaterra la mitad del precio, y el resto, al contado, en el momento de la entrega. Todo esto, deberá hacerse como usted bien entiende, de manera que mejor podamos burlar la vigilancia y el celo extremado de los inspectores de aduana, a quienes según es notorio el único medio posible de *conmover* en su determinación, es el *unto*. Práctica ya antigua en estas partes, y de las más abusivas y funestas para el Progreso en cualquier parte, además de repugnante, por estar reñida con la libertad individual.

A todo esto que muy meticulosamente, apuntaba don Francisco, asintió don Patricio Cunningham, que era de igual pensar, y no hubiera sido a expresarlo ni con más claridad ni con igual vehemencia. Y como no viera mayor inconveniente en lo que se le encomendaba, aceptó hacerse cargo.

—A su conveniencia, mañana mismo o pasado… Pase usted, don Francisco por mi casa y despacho para ultimar algunos detalles. Yo mismo, me hago cargo, y ninguno otro.

Como quedara en un suspenso momentáneo la conversación, sopesó el extranjero si habría aún algún asunto pendiente, y ya a punto de indagar volvió a decir don Francisco

—Hay aún algo más. Un encargo singular, que sin dudas requiere de no menos delicadeza y prudencia que el anterior, bien que por razones distintas. Una encomienda delicada, como ya he dicho a usted… —y sacando del bolsillo de la chaqueta de hilo, de la cual no se había despojado pese al calor, un pañuelo con las puntas dobladas, mostró al posible proveedor un ojo de cristal—. Observe usted el color de la pupila y procure recordarlo lo más fielmente posible, pues no de otro encargo sino de éste se trata. Como seguramente comprenderá al escuchar lo que tengo que añadir al respecto, no puedo dejar en sus manos u otras cualesquiera, un objeto tan precioso, que sólo para encargar otro semejante he conseguido en préstamo de su dueño. ¡Se trata éste de un hombre comedido, y extremadamente reservado, que goza de toda mi consideración! De manera que se muestra en todo puntilloso, y no desea que el asunto llegue a ser de ninguno conocido, bien sea por descuido u otra razón, ni que de ningún modo se divulgue su interés y el nuestro, de manera que se ha acercado a mí, y yo a usted, con este encargo delicadísimo, como no podría encarecerlo bastante.

Indicó ahora con gesto elocuente su interlocutor, que no hacía falta añadir nada más a lo ya dicho por don Francisco al respecto, y concluyó éste:

—Observe que la muestra presenta una incipiente rajadura, por la cual se hace apremiante el remplazo.

Examinó breve, pero atentamente el ojo de cristal don Patricio y al cabo dijo que, en efecto, conocía él a un proveedor en Londres, a quien escribiría igualmente por mano de su primo y socio, encargado de procurar éstas y otras cosas, y quien muy próximamente partiría hacia Inglaterra desde este puerto.

Acabada al fin la transacción, todavía hablaron algo los dos hombres de algunos temas como el inevitable de la prolongada e inexplicable sequía, y del calor consecuente, así como de las incesantes rogativas con que se procuraba algún género de alivio a la situación. Se aludió igualmente, a las noticias que llegaban referentes a los sucesos políticos más recientes en la Península, sin destacar ninguno en particular, más como si se tratase de un mero repaso de la prensa.

Al fin, sin más dilación, y en todo ya de acuerdo los dos hombres respecto al trato que cerraban con un estrechón de manos, y una palmada recíproca en el hombro, se pusieron de pie.

—Le mantendré a usted informado, don Francisco, de todos los pormenores que se susciten, una vez que todo se halle dispuesto y en marcha. En manos de mi pariente y mensajero pondré copia de esta lista, así que la examine en privado. Disponemos para ello de una cifra, que en caso de ser interceptada, o si de algún modo llegara a caer en manos extrañas, resulte por su apariencia el más inofensivo de los registros donde sólo se relacionen trastos y cachivaches. En cuanto a *lo otro* —observó don Patricio con un guiño cómplice— será tratado con igual prudencia, e idéntico cuidado, que si de los mismísimos ojos de Santa Lucía se tratara.

Esto último consiguió arrancar, como esperaba don Patrick, una sonrisa de entendimiento al otro hombre.

Cuando al fin se despidieron, siguiendo cada cual su respectivo camino, sabía don Francisco que, tal y como estaba informado, podía contar con la discreción y solvencia del inglés, cuya fama de cumplido caballero le había sido ponderada sin escatimar epítetos.

Como aún tuviera por delante otra encomienda, no menos importante, a la residencia de doña Amalia Arteaga y Cisneros, viuda del comandante de ingenieros don Ramón Becquerel y Urquijo, y los dos vástagos del matrimonio, donde le aguardaban, se dirigió seguidamente don Francisco. Entendía por un billete entregado de propia mano por Serafín, el día anterior, que deseaban consultarle allí alguna cosa de su competencia, por lo que le rogaban venir así que dispusiera él de tiempo para ello. Amén de tales consultas, era el comerciante y propietario de numerosos bienes muebles e inmuebles, asiduo a la casa de los Becquerel desde los tiempos en que aún vivía el comandante, al cual lo había unido una breve relación de amistosa cordialidad, y con el cual había desenvuelto y llevado a buen término algunos negocios, de cuya marcha actual seguramente deseaba informarse la viuda. No que por otra parte habría negado él —acabó por admitir— que la anticipación de esta visita, pese a la naturaleza declarada de la misma, le ponía alas en los pies y una suerte de inquietud en todo el cuerpo, grata y reconfortante, y al propio tiempo capaz de provocarle algún género de desasosiego contra el que en vano era prevenirse, pues así era y no de otro modo. Al consultar su reloj de bolsillo, no pudo menos que recordar lo sucedido anteriormente con relación a la hora de la cita acordada con don Patrick, y consideró si este adelantarse a sí mismo y andar adelantado, como hoy sucedía, no obedecía en última instancia a cierta agitación a la que era propenso siempre, en tratándose de la viuda. Como era hombre que tenía en mucho aprecio ser y proceder razonablemente, aún tuvo un conato de orden y compostura, al que se llamaba con urgencia:

—¡Vamos, hombre, a tus años...! ¡Y en tu condición de viudo asimismo! —Se dijo—. ¡Además de que nada en la conducta de esta señora, te ha dado indicio alguno...! Bien que tampoco eres viejo del todo, ni lo es la dicha, sino que es mujer en su mejor sazón, y viudos ambos precisamente. ¡Bueno, ya basta! ¡Basta de alucinar! Y moderar el paso, hombre, o llegarás hecho una sopa con este calor. De todos modos el tiempo alcanza con largueza, y aún es mejor no importunar como es la costumbre bastante generalizada de la gente sin modales.

Todo este discurso, dicho para sí, sirvió de poco a don Francisco, no obstante, así que se halló de repente, sofocado y algo trémulo a su pesar, a la puerta de la casa donde era aguardado. Se detuvo y consultó nuevamente su reloj, más que para cerciorarse de la hora, para ocupar las manos y distraer cierto temblor que intentaba apoderarse de ellas. Fue en ese instante, que un individuo emboscado cerca, el cual lo había estado siguiendo desde hacía algún tiempo sin que el caballero se percatara de ello, se le acercó por la espalda con intención de sorprenderle, y designios aviesos. Don Francisco era hombre de gran ligereza, y de ánimo nada apocado, así que al percibirse de la cercanía del hombre cuya sombra siniestra vio abalanzársele, se echó a un lado de un salto para evitar la acometida, y resolviéndose a vender cara su vida, asestó sobre la cabeza de su agresor un contundente bastonazo, de manera que fue a dar éste contra la puerta. Sin arredrarse un punto, y antes encolerizado, el atacante volvió a embestir como un toro bravo enceguecido por la sangre, mientras pasaba de una en otra mano un cuchillo de matarife. Una vez más, la ligerísima esgrima de don Francisco consiguió propinarle un varapalo en el rostro, al tiempo que evadía por poco la punta del cuchillo. A plena luz del día tenía lugar el asalto, y a las voces y el ruido provocado por la refriega, salió de casa un joven militar, sable en mano, a cuya vista emprendió el bandolero una veloz carrera, sabiéndose en franca desventaja.

Tranquilizó al joven con unas pocas palabras don Francisco, e impidió, asimismo, —rogándoselo— que éste se lanzara en persecución del malhechor, según era la intención del exaltado Alcides, de manera que se recogieron ambos a la protección de la casa, y ya dentro no consiguió evitar un suspiro, se diría que, de alivio, el visitante. Enteradas del suceso, doña Amalia y su hija Verónica se mostraron solícitas en extremo, de modo que casi llegó el ultrajado a alegrarse del percance sufrido que así le valía semejantes atenciones.

II
La proclamación.

5

Entre el calor de fragua que no cesa, ni da señas de mermar, la sequía que acarrea consecuencias de variada índole, y la sofocación adicional que le produce el asma crónica de que padece, soñaba el capitán general con retirarse a la casa de recreo, adquirida por él hacía algo más de un año, al otro lado de la bahía, en la acogedora villa de Guanabacoa. Próxima al mar, y levantada en lo alto de una colina, se hallaba rodeada por una arboleda que era a proveerla de abundante sombra y frescor. Su anterior dueño, el marqués de Landés la había dotado así mismo de jardines émulos de los que había contemplado en Versalles, y numerosos surtidores y arriates, que disponían naturalmente al sosiego y la molicie. De modo que, en nada que no fuera esta imagen de reposo querían fatigarse los sentidos de su excelencia. Y entretanto, transcurrían lánguidamente los días que faltaban para su efectivo retiro y licenciamiento. A nada que no fuera esto prestaba él atención. Ni siquiera la idea de quién pudiera ser su sustituto lo intrigaba, y en cuanto al juicio de residencia, se excusaría en su caso, según ya le adelantaban sus fuentes, a causa del estado de su salud, por el que también aguardaba se le concediera (de manera excepcional) la autorización a permanecer en su casa de Guanabacoa, al menos el tiempo necesario para su restablecimiento, antes de viajar a la Península.

Ante la avalancha de noticias que llegaban de ésta, fueren las que fueren, o los imparables rumores que menudeaban con el paso de los días, y el franco desinterés del capitán general, verdaderamente desvelados por lo que pudiera suceder, si no se hacía algo, se empecinaban aquellos de su entorno, en considerar más conveniente al buen gobierno del país, no subrayar de ningún modo, ni unas ni otros, sino antes, restarles bulto y significación. Y paralelamente, hacía rodar bulos de conveniencia, que sirvieran para entibiar y aun neutralizar entre los pobladores de esta plaza, entusiasmos demasiado vehementes por aquellas cosas mal que bien sabidas. Entre ellos, igualmente, se reforzaba el conocimiento de cuál era el estado de ánimo del capitán general, pero infundiéndole convenientemente, una resolución que estaba lejos de ser la suya. No era éste el momento, según estaba convencida su excelencia, el capitán general don Manuel Cajigal y Niño —se aseguraba a diestra y a siniestra— de echar leña al fuego. Lo cierto, es que había hecho saber a quienes le rodeaban, sin que cupieran dudas al respecto, que no estaba él para más sofocos.

¡Allá se las viera su remplazo, que anticipaba cuanto antes, más que nada en este mundo, con separar las churras de las merinas! Despechugado, y moroso el andar, en la penumbra de los corredores de su casa, aletargado de bochorno, se había deshecho con exasperación de su chaqueta, y exigido a diestra y a siniestra que le dejaran estar, a no ser porque «el cielo mismo amenazara con precipitarse sobre ellos».

—¡Y nada de falsas alarmas —había dicho, a modo de advertencia, para que no se pusiera en dudas su determinación— que no será la mía, la historia del Mediopollito!

Comprendieran o no los subalternos la analogía que les encomendaba Cagigal, se guardaron de importunarle con alarmas. Dos días hacía, contados con sus horas, minutos y segundos, sufría nuevamente de uno de sus periódicos ataques de asma, que apenas ahora si remitía lo bastante a proporcionarle algún alivio, y lo rendía al cabo, blando e irritable como una medusa al tacto. No obstante, hombre de formalidades y hábitos fijos como era, hoy había pedido que le sirvieran el desayuno en su despacho.

—Entreabre sólo un poco los postigos, Jacinto, y haz que me sirvan una horchata con hielo. ¡Maldito sea este calor de fragua! Y mándame cuanto antes un negro diestro con un abanico. Lo más grande posible. Quiero decir, los dos: ¡el negro, y el abanico!

Se acomodó luego el capitán general en su taburete, lo mejor que supo, y ya estaba por reclamar a gritos que le enviaran de una vez por todas su abanico, cuando llegó a la carrera el portador de éste, y con una reverencia se colocó junto al malhumorado, y dio comienzo de inmediato a echarle aire.

Con la llegada de abril, en contra de lo que bien cabía esperar, se habían prolongado a partes iguales el calor, y la sequía que hasta aquí habían caracterizado los meses anteriores. Y no se trataba únicamente del capitán general, verdad era, sino que a todos incomodaban estos flagelos, causantes por igual de toda clase de contrariedades e inseguridades, pues de hora en hora se achicaban los pozos, y pronto no hubo uno que pudiera surtir de agua las casas en que los había. Se vaciaban las cisternas como chupadas por una esponja subrepticia y enorme, los ríos y riachuelos se convertían en hilos de poco curso, muchos de los cuales se sumergían a poco en lo profundo de la tierra. ¡Escaseaba el agua! ¡Y escaseaba todo! Y lo que no faltaba se vendía a precio de oro. Los más pobres y los más indefensos, eran doblemente afectados, puesto que el plato o la limosna de que antes aún disponían, se volvió escaso y magro en demasía. Arreciaban las súplicas y la devoción de los creyentes, que rogaban por una intercesión aliviadora de Nuestra Inmaculada y Serenísima Señora de las Nubes, y aun las esperanzas de muchos descreídos, en ella estaban puestas igualmente, por si se consiguiera algún alivio de su mediación.

Rogaban día y noche los devotos, al amparo de los claustros, o de las habitaciones y capillas, a la luz escasa de las velas votivas que ardían en las iglesias y conventos; en los altares o frente a las imágenes que ocupaban una intersección de calles, o el hueco de una pared convenido a este fin. Y contra la indicación expresa de su ilustrísima el obispo, quien veía en ello una clara manifestación de fanatismo —igualmente peligrosa para las almas como para el bien de la república— persistían algunos sacerdotes en predicar sermones cuasi incendiarios, anunciadores del inminente fin del mundo, con los que lograban aumentar el desasosiego de los más crédulos, o de aquellos más abrumados por el peso de sus culpas. De manera que, aunque encaminadas al fin inmediato de una mediación divina, las rogativas a la virgen podían asimismo teñirse de ciertos tintes políticos muy terrenales y de la más relevante actualidad. Para contravenir este efecto negativo, se vio a su vez obligada su ilustrísima a elevar las preces «de la mano dadivosa de la Misericordia, que, con su aspersión benéfica en extremo, hacía más fértil el suelo de la Madre Patria, de modo que, impulsado por aires de libertad procedentes de aquélla, muy pronto llegaría asimismo a estas tierras, «el rocío de allende el mar que pondría fin de una vez a tan larga sequía». Buscaba el prelado contrarrestar asimismo los rumores interesados, que propendían a establecer una dicotomía malsana entre el azote del calor y la sequía, de un lado, y el clima político liberal dominante en España del otro, que predispusiera de antemano a los isleños en contra de éste, cosa que procuraban activamente, del capitán general a la pequeña camarilla de sus más allegados. Contrarios, si no ajenos a la difusa inquietud e incomodidad que se respiraba por doquier, y empecinados en no dar curso a aquellas manifestaciones como expresión legítima de desasosiego, se negaban estos a reconocer siquiera que, en efecto, ya el estío duraba demasiado y era causa del agostamiento general. En medio de un compás de espera interminable se esperaba (o más bien, aguardaban aquellos afectos a impedir los cambios que amenazaban en el horizonte) a que se marchitara antes de brotar el repunte de esos renuevos amenazantes, y a esta dilación apostaban cuantas eran sus expectativas.

Mas, a estropearles al capitán general y a toda su camada, esta larga modorra sin término previsible, se precipitaron al fin los acontecimientos. Por las Gacetas de Cádiz y Madrid recibidas este día 14 de abril, se instruía con carácter oficial a las autoridades de los territorios ultramarinos actuar de inmediato, y de conformidad con los nuevos tiempos que alumbraban, proclamándose sin más la Constitución ahora vigente en la Península. En grandes titulares y cintillos, y en todos sus detalles, se daba cuenta de todo y se indicaban los procedimientos —para ilustración de lo cual reproducían el texto de la Proclamación a que se obligaban los diferentes territorios, provincias y posesiones del reino. Alarmados, pero decididos a entorpecer e impedir la aplicación de la ley, y sin tener en cuenta el estado de su salud, acudieron donde su excelencia, quienes de común constituían su entorno, con recomendaciones de mano fuerte y tentetieso. Presto le observaron que aún no llegaba a manos de la suprema autoridad ni una letra *oficial* procedente de Madrid —sino eran aquellos papeles— con indicaciones u órdenes del rey, de actuar de uno u otro modo, por lo que la cautela del buen gobierno, bien indicaba por las claras, que se imponían la dilación y el aplazamiento. Bien veía el capitán general la falacia de este silogismo intencionado, mas a él se acogió como a buen puerto, pues, en efecto, su primer impulso no podía ser otro que el de engavetar sin más trámite que ciertas fórmulas de oficio, todo este cuento de la proclamación constitucional, cuyas disposiciones no podían significar otra cosa que una decidida pérdida de tiempo y el engorroso procedimiento de volverlo todo patas arriba. Conforme a una estrategia concebida por él a la vista de sus órdenes, y por consejo de quienes le rodeaban, hizo conocer y divulgar su propósito de dilatar aún la proclamación, a la espera de que, de Madrid llegaran a sus manos con carácter *oficial* las órdenes correspondientes. Había en semejante astucia la esperanza de que más pronto que tarde, y antes que la dicha conminación se recibiera en esta plaza la contraorden que diera entonces a la decisión de su *postergamiento* causa de peso, y a él, fama de hombre prudente. Pero todo marchaba ya a un ritmo acelerado, que nada ni nadie hubiera sido a detener, y así que tales artimañas alcanzaron a la tropa, (en la que de mucho antes había prendido la idea liberal) se produjo de inmediato una reacción contraria a la esperada de su excelencia, que consistía justamente en no esperar nada en particular, y con ello, el amotinamiento estuvo servido. No sólo se vería obligada muy pronto la autoridad, a la proclamación en toda la regla, sino que con ella comenzaría el proceso mismo que había de terminar poco después, en la destitución de Cagigal. Ésta última, habría de ser acaso el único resultado, no por imprevisto menos favorable de su gestión. Y acaso, ni se tratara tampoco, del único buen desenlace, puesto que, contrariando todo precedente se le habría concedido autorización para quedarse a residir en el país, una vez rendido el bastón de mando, conforme lo rogara él previamente, aduciendo para ellos motivos de salud, que le impedirían desplazarse a España.

A la plaza, con sus armas, y con el apoyo decidido de una parte de la población envalentonada por la acción de los militares, se echaron soldados y oficiales, en particular los del Batallón de Catalanes, a cuyo frente había estado don Pedro de Quiroga, quien era al día de hoy uno de los jefes principales del movimiento constitucionalista allende el mar, y con esta asonada, tuvo lugar la primera jornada de muchas que serían luego, para entronizar y dar vivas al nuevo período constitucional por esta vía restaurado, tal y como antes había sucedido en la Península.

Las noticias de un verdadero *pronunciamiento*, habían alcanzado prontamente a su excelencia, recogido a su despacho, quien, no obstante, consideró aún el caso de poco mérito para tolerar que viniera a interrumpir la primera colación del día, servida como todas las de su clase por el mayordomo de palacio, con gran aparato y ceremonia, en el despacho del capitán general, de manera que en concepto de éste pudiera considerarse más que una refacción cualquiera, la primera actividad oficial con que daba inicio la jornada, como si no de otra cosa pudiera tratarse que de cumplir un deber de gobierno.

Rehusándose aún a comprometer en lo más mínimo sus prerrogativas, se dijo con determinación que no prestaría él la menor atención a ninguna queja de la tropa, mal que les pesara a todos aquellos rebeldes y malquistos que de un tiempo a estas partes parecían multiplicarse al interior del cuerpo armado. La absoluta convicción de que el asunto no podía pasar a mayores lo asistía, y antes le fastidiaba que vinieran a querer alterar la paz y el orden de la colonia que él encarnaba, aquellos descarriados precisamente llamados a sustentarlos antes que a alterarlos con sus acciones. Por si esto fuera poco —se decía— aún seguía en efecto la disposición de su médico de cabecera, de quien procedía la orden *terminante* de no agitarse, y hallar reposo hasta que pasara del todo aquello que parecía agarrotarle el pecho. En cuanto al castigo más conveniente

Lo que dura el estío

y apropiado que aplicar a los revoltosos, ¡ah! —juraba echando mano a este recurso para darse ánimos— ya se ocuparía él de aquello más adelante. ¡Facciosos, insurgentes y alborotadores, contaba el ejército con los correctivos y disposiciones del caso, y su excelencia haría a su momento el debido uso de ellos! Todo esto aún pesaba en su ánimo al momento de terminar el desayuno, pero semejantes reparos y elucubraciones vinieron a estrellarse a media mañana, y de nada sirvieron ya, enfrentados a la que había devenido una verdadera insurrección del ejército acantonado en la plaza bajo su mando —o de una parte significativa de él, en todo caso— el cual exigía a gritos su comparecencia, y el inmediato cumplimiento de su deber. Algunos empecinados, de los que murmuraban sus miedos y vaticinios de hecatombes inevitables, próximos a los oídos del capitán general, intentaron todavía forzar el brazo de la suprema autoridad —como ya antes habían hecho—, inconscientes de la futilidad de cualquier intento de su parte, que no estuviera a tono con el momento de exaltación que se vivía. Entre estos, destacaban algunos enemigos del obispo Espada, quienes hacían notar ahora con abierto desenfado, la que juzgaban *sinuosidad e hipocresía* de parte de su ilustrísima, pues a él responsabilizaban en no poca medida de aquel clima de *desorden y liberalismo*. Como no acertaran a otra cosa que remediara *el caos* en el que temían naufragar, contra su ilustrísima cargaban sin reparos, haciendo ver a un perplejo y descompuesto don Manuel, la inconsistencia que a los ojos de los censores significaba que al presente ordenara el obispo doblar las campanas todas de la ciudad, en celebración de un hecho *infausto* como debía ser el de la proclamación constitucional, en tanto el año de 1803, recién establecido en su apostolado habanero, había sido el autor del controvertido Edicto de las campanas, mediante el cual se abolía el privilegio por el que la muerte de los poderosos era anunciada con un número de repiques que parecía más bien proclamar el milagro de una resurrección —a juzgar por la estridencia y reiteración del campaneo— en tanto los pobres de solemnidad debían conformarse sin ellas, a menos que consiguieran mediante algún género de sacrificios, pagar las dádivas exigidas por eclesiásticos sin escrúpulos. Claro que otra cosa decían, o más bien, de otro modo lo expresaban ahora, quienes objetaban la liberalidad que al presente mostraba su ilustrísima en esto de hacer repicar los bronces. En otra cosa pensaba entretanto la máxima autoridad, acuciada por los hechos inmediatos, y cuando por fin pareció decidirse, y salió al balcón para corresponder al saludo de la tropa armada que demandaba su presencia, exhibía don Manuel Cagigal y Niño —no obstante sus reparos— un talante que se hubiera dicho de ganador absoluto, y sonrisa que pronto complació a los amotinados, al proceder precisamente a realizar aquello que se le exigía, pero como si un entusiasmo verdadero lo dominara. Las palabras: *Constitución, esforzados, legítimos derechos*, y otras semejantes, fluyeron de sus labios como si estos conceptos no pudieran resultarle extraños, y a los gritos de aprobación y entusiasmo general que aquellas cosas arrancaban a los reunidos, quedó así oficialmente proclamada por segunda vez la Pepa, a la que deseaban todos larga vida, entre enérgicas muestras de contento, y aun de arrebato. ¡Cosa insólita, por su espontaneidad y desenfado —observaron todavía los acólitos de su excelencia— ahora confraternizaban militares y civiles propinándose palmaditas en los hombros, y aun entre abrazos, encaminándose luego en turbamulta a tomar juntos alguna refacción en las proximidades, quién sabe si incluso al interior de algunas de las casas de los nuevos cofrades! ¡El mundo que se perdía irremediablemente! —pensaban no pocos de quienes rodeaban a su excelencia, mientras éste oscilaba entre un instinto de conservación, que lo llevaba a coincidir con el sentir de aquellos, y un entusiasmo que apenas se insinuaba en su pecho de soldado, en viendo alborotar a la tropa como poseída del fuego de Marte, aunque éste solo fuera a propósito para calentarse a él, y no para ser quemado por sus llamas.

6

Halla la Patria sosiego, en el afán de sus hijos...

Bastante más temprano que de costumbre despertó su ilustrísima, cuando aún faltaba mucho para el amanecer de otro día que ya se pintaba, como hasta aquí venía siendo, sofocante y denso, cual si, fuera necesario al andar, ir apartando los pliegues de una tela muy pesada, que se interpusieran al paso. No obstante, y muy a contracorriente de esta atmósfera sofocante algo sucedía, imperceptible aún, lo cual parecía adelantar su ilustrísima con su fino olfato característico, de modo que el lecho le incomodaba ya cuando decidió abandonarlo. Entre los labios, la dulce inquietud de un verso soñado poco antes, que se le escapaba irremediablemente y ya no conseguiría recordar pese a todos sus empeños, según sabía, parecía asaetearlo. Alzándose sobre la hamaca yucateca que hacía colgar en el jardín las tardes de siesta, y algunas noches de calor agobiante como la recién pasada, permaneció todavía unos instantes con las manos ligeramente entrelazadas sobre el pecho, suspendido entre el efluvio de azahares de los naranjos en flor. El insistente parloteo de los pájaros, y el susurro de la alondra entre las ramas parecían indicarle con reiteración que era llegado el momento de levantarse cuando dirigió a sus habitaciones el paso demorado. Una vez en ellas, se entregó a sus oraciones matinales, por entre las cuales buscó aún, sin proponérselo, el esquivo verso soñado hasta convencerse de que no vendría a él. Si era éste remiso a sus labios, sin embargo, no lo era a su corazón en el cual había la permanencia de un júbilo muy íntimo, y a la vez muy de fiestas.

Los sirvientes debieron sorprenderse de verlo ya en pie, a la hora en que ellos se levantaban, pues el sol demoraría en salir un cuarto de hora todavía.

—Ilustrísima… —atinaban apenas a decir, turbándose de hallarlo camino a la cocina en busca de un sorbo de café—. ¡Su bendición!

A todo respondía él con la bondad de afectos y sencillez acostumbrados, como si contraponiendo una actitud que era la de su natural, a la mucha reverencia con que era tratado, pudiera conseguir de estos que depusieran algo de ella.

—¡A todos mi bendición! ¡Loado sea Dios! Sí, hija, claro que me hallo bien. No os preocupéis. Mejor no pudiera estar, a Dios gracias. Buenos días, hijo. Buenos días. ¡Buenos a todos!

Tan pronto como algún barrunto de aquello que estaba sucediendo llegó a sus oídos, acudió a él su secretario disculpándose por la tardanza, desaliñado el manteo, soñoliento y algo aturullado.

—Nada, hijo —le tranquilizó el obispo, acompañando sus palabras con un ademán que debía subrayarlas—. ¡Muy poco o nada has de haber dormido la noche que recién termina! Ya ves que me apaño. ¡Tú a tu aire, que ya alcanzará el tiempo para todo!

Caliginoso, aunque impregnado de un olor a arcilla húmeda, un airecillo de agua próxima comenzó a batir sobre las hojas de los árboles, anticipando así la lluvia que había de caer muy pronto, y todos debían aguardar en un suspenso afiebrado, mas, guardándose de hacer referencia alguna de ello, cual si su sola mención pudiera malograr la consumación del milagro tan esperado. A la salida del sol, nubes grises se juntaban ahora con premura sobre las cabezas y los techos de las casas, y su agolpamiento producía un retumbar como de muebles muy pesados, que se arrastraran sobre una superficie en la cual hallaran resistencia. El gris contra el gris daba lugar a un negro de matices contrastados, y a una urdimbre de apretada oscuridad, sólo rota a intervalos por las descargas de los relámpagos. Parecía entonces que toda ella se vendría abajo hecha añicos, antes de que las grietas volvieran a cerrarse con un sello misterioso que las aglutinaba.

Más allá de los muros exteriores que circundaban la casa del obispo, a cuyo amparo despertaba sosegadamente ésta— comenzaba igualmente a desperezarse la ciudad toda, a un ritmo sincopado, si bien eran muchos los que en ella —habiendo tardado en dormirse más de lo habitual durante la noche recién pasada— se desquitaban ahora aletargados de fatiga, y favorecido su reposo por este repentino cambio de temperatura, que llegaba tan oportuna como inesperadamente. La sofocación de las alcobas, en su inmensa mayoría cerradas a cal y canto con empecinamiento y contumacia sostenidas en peregrinas conjeturas de *aires cruzados,* y otros males, contra los que era de orden prevenirse, había contribuido de suyo a incrementar el calor pasado, que exigiera para ser mitigado de un continuo abanicarse encargado al desvelo de los esclavos domésticos, cuando de estos se disponía. No hubiera sido posible pensarse en otra cosa, mientras duró el calor, que en la insoportable sofocación que éste producía, y en el modo más conveniente de aliviarlo, para lo cual las damas más exigentes se habían hecho aplicar igualmente sobre la frente y los pechos cubiertos de un fino cendal, compresas de agua fría recién sacada de las tinajas, al tiempo que se obligaban a permanecer en una inmovilidad que el calor mismo, convertía en una tarea poco menos que imposible. Claro que, nada permitía entonces advertir aún el sosiego que algo después, la diligencia y oportunidad de unas pocas nubes traerían con la lluvia, cuyo efecto conseguiría refrescar del todo la atmósfera calenturienta y sofocante de los últimos meses, al tiempo que aplacar el polvo de las calles sin convertirlas, como sucedía con frecuencia, en un lodazal.

En la casa del obispo, un criado se había dado prisa en recoger la hamaca y el tenue velo que a manera de mosquitero la cubría, y las primeras gotas del aguacero le alcanzaron en la frente. Serían aproximadamente las siete de la mañana.

—¡Tempranito casa el diablo a una de las *sepetencientas* hijas que mantiene encerradas en su castillo! —Observó el que volvía al interior de la casa con la hamaca arrollada entre sus manos—. Con siete cerrojos y siete llaves las guarda, y no se confía ni de su sombra, pero a veces, alguna se le escapa.

El grupo de mujeres que se repartía la cocina sin estorbarse, casi todas jóvenes como él, se persignaron con premura, cual si se tratara de prevenirse contra los estropicios del rayo que anticipaban; no obstante, las palabras del mozo habían conseguido intrigarlas sin dudas, y permanecían en vilo, sin decir nada, a la espera de una explicación que procediera del que había hablado.

—Ésa *seguritico* que se le escapó al padre y *encargó a Roma* lo suyo, donde las oportunidades no escasean, ni quien le hiciera el favor que andaba buscando, según dicen, y el rufián de su padre que no pierde prenda, con uno de la Curia la casa. Porque cuando llueve con el sol afuera es que una de las hijas del diablo se casa bien.

—¡Por Dios Santo, Nemesio, que te llevo dicho...! ¡Calla de una vez, desgraciado, que todo lo complicas y enredas, por el gusto de fantasear sin propósito! ¡Calla y nada digas, te ordeno! —le salió al paso, al que así hablara, persignándose repetidas veces mientras tal decía, la mujer de unos setenta años alrededor de la cual parecía girar allí todo empeño, quien al volver a la cocina alcanzara a oír lo dicho por su nieto—. Deja ya de ser sandio alguna vez, muchacho, y de decir memeces e impertinencias sin cuento. ¡Y nunca más se mencione al maligno en esta santa casa! Te lo prohíbo expresamente.

En rezago de la vieja se persignó ahora el resto del mujerío, cual si se tratara de una coreografía coral que tuviera como centro a la de más edad.

Abrumado por la regañina, y muy de sus respetos, calló el llamado Nemesio a la vez que, avergonzado sin dudas, bajaba la cabeza y se alejaba del grupo con su encargo. Una pavesa enorme se desprendió en ese preciso instante de un madero que ardía, y cayó con gran estrépito sobre el montón de rajas que le servía de sustento en medio de un estallido de chispas, algunas de las cuales prendieron en la pepona con que jugaba no lejos de allí una niña de siete u ocho años. A pesar de la premura con que se movilizaron las mujeres ante el llanto aterrado de la criatura, ardió completamente la muñeca de papel, y algo se chamuscaron asimismo las mangas del trajecito que llevaba la pequeñuela. Luego del leve incordio suscitado por esta causa, sin embargo, volvió todo a su rutina.

Entretanto comenzaba a llover un aguacero que era a la vez sereno y luminoso y pleno de sonoridades, cual si al caer sobre las hojas de los árboles y plantas del jardín bruñera más bien el parche reseco de unos cueros. Durante algo más de un cuarto de hora cayó de esta suerte, y, como mismo había comenzado, cesó de repente. Un calderón lo signaba de frescor y silencio, antes de que la satisfecha garrulería de los pájaros estallara cual un vasto y prolongado aplauso.

Un gran lienzo lavado y desplegado por encima, que alcanzaba a cubrirlo todo, era ahora el cielo del mismo azul pulido y delicado de la mejor porcelana inglesa, pero no que se tratara en modo alguno de una impresión o efecto artificiosos, sino los de una gracia tan sutil y primorosa que obviara cualquier disimulo. Del mar, soplaba a intervalos cortos una brisa halagadora como una caricia, que era cosa nueva y muy agradecida.

A la calle, por un portillo estrecho practicado en uno de los muros del patio salió finalmente una criadita portadora de su canasta. El cabello, negro y abundante, sin recoger sino por una cinta en lo alto de la cabeza, le caía sobre los hombros y la brisa batía en él con sosiego, agitándolo.

—No demores, Leoncia, que hay en casa trabajo esperando. —Tuvo a bien decirle todavía, una de las mujeres que poco antes se ocupara alrededor del fogón, asomándose ahora a la puerta de la cocina, cual si se tratara del último de los encargos que hiciera a la que partía.

—No tenga ningún cuidado su mercé, mamá. —Alcanzó a llegar la voz de la muchacha, hasta la mujer de más edad que de este modo la requería—. Volveré nada más me desocupe, según me tiene usted indicado, y es mi costumbre y obligación.

—Ve pues, hija, con mi bendición, y Dios sea contigo a cada paso. Aquí te aguardo.

A pesar de la lluvia recién caída, o por su causa, ahora la ciudad olía...

a cueros húmedos, a resudada de calzón, a calzado de viejo uso. ¡Todo mezclado! La pestilencia le obligó a cubrirse la nariz a la intrépida joven, con un acto reflejo. Los restos ya muy mermados de un animal muerto desde hacía mucho tiempo, a un lado de la calle, convocaba aún un mosquero zumbón, pese a tratarse apenas de un cuero ya curado por el incesante reverbero del sol. Mas pronto se habituó la joven al asedio de tantas emanaciones que llegaban a anularse unas a otras y a fundirse.

—Josú, y a ónde va, sin *escorta* ni paje arguno, la *mijmísima Virge der Carme*? —Le requebró un militar que buscaba, sin duda alguna, ofrecerse de escolta—. ¡Habráse visto nunca, pasear así a la mismísima *virge*, sin su palio ni *andaor*, por semejantes andurriales! —añadió seguidamente, a aquello primero, interponiéndose en el camino de la joven de la cesta—. ¿Cuándo, *Señó*, se vio cometé *ar* mundo un sacrilegio semejante?

—Déjeme usted seguir en paz, y déjese ya de musarañas, señor capitán, que a donde voy no es cosa suya. ¡En cuánto a lo demás, ya quisiera yo que le oyera mamá Cándida, que por *espótata* le tendría!

Rio de aquello que decía la muchacha el llamado capitán, que no era sino teniente, sobre todo al oírse llamar *apóstata* con semejante donosura, y dejó libre el paso a la criadita, para que aquélla siguiera su camino, a donde éste le llevara, pero no sin antes decir:

—*Adió. Adió,* reina de mi *arma.* ¡Ya te veré yo de nuevo! Que no va a *orvidárseme* esa *mirá* de tu *sojo' jechicero'* y a tu *barcó* vendré, a *contemprarte* de hinojo' sin *armohadilla*.

—Mejor no se moleste usté que a mí poco me gusta *la salición* y mi madre *contimás* me guarda con siete llaves.

—No te *preocupe'* mi reina que soy yo *empeñao*, y si no *tiene' barcó*, te lo pongo. Y una escalera de *perla' pa'* que por ella *baje' tu' lindo' piecesito'*.

Al fin se alejó la joven, y ya no consideró apropiado responder, sino que se guardó como pudo una sonrisa que pugnaba por aflorar a los labios.

Aunque la sobresaltara tamaña osadía cual se le antojaba aquella del milico, no podía negarse la joven que el rubor encendido de sus mejillas, y aquella sofocación que sentía en el pecho no tuvieran su parte de razón, en el gusto que había sentido, y ahora que el galán era ido, más, cada vez que se acordaba de ello.

Tan distraída iba con estos pensamientos, que a punto estuvo de no ver a tiempo uno de los charcos dejados por la lluvia sobre la superficie arenosa de la calle. Mas evitándolo con un rodeo, vino a darse de manos a boca con un chiquillo desarrapado, de ojos muy grandes y como azorado, quien al verla se detuvo de repente antes de echarse a correr alejándose de ella.

—¡Vaya, hombre! Ni que tuviera una, cara de lechuza..., o de *espeluzná*.

En el medio de la vía un perro mostrenco, en guardia contra su propio reflejo, se detuvo a beber de uno de los charcos. La muchacha permaneció inmóvil todavía un instante, contemplándolo. Más debía asustarlo el sobresalto que veía en los ojos del fondo que cualquier otro signo de hostilidad en ellos, y así que hubo bebido furtivamente, después de dos o tres lengüetadas se alejó del charco reculando, cual si temiera que el otro pudiera todavía venírsele encima a dentelladas, o peor aún, encomendarle el espanto de sus pupilas. Una carreta cargada de sacos deshizo de repente con su pesada rueda el centelleo del agua y quebró el espinazo del perro que había en su interior. El otro, pudo a duras penas evitar que el eje de la carreta lo aplastara también a él contra el suelo de la calle. Maldijo el carretero con el tumbo mientras apaleaba a su mula, al tiempo que otras voces le hacían eco, desgañitándose, como si entre sí se hicieran burla.

—Arrastra, condená' mula, antes que te muela el lomo, desgraciá' ¡Arrea! ¡Arrea!

—Vamos, so penco... ¿Te gusta que te acaricie el paño, eh?

—¡Caballo! ¡Caballo! ¡Caballo!

Pasándose de una cadera a la otra la cesta que portaba, Leoncia volvió a entrar en movimiento mientras pensaba, llegando a sentir nostalgia cual si se tratase de un verdadero extrañamiento que sufriera, en el resguardo y la confraternización que ofrecía siempre la compañía gárrula del mujerío, que en la casa del obispo a esta hora seguiría ocupada en sus deberes. Y en efecto, mientras tanto, de puertas adentro se ponderaba en la cocina el significado del alarmante proceder de su ilustrísima, sobre todo después de que la mayor de las mujeres hubiera insistido en llevarle nuevamente —esta vez había determinado hacerlo ella misma en persona— la salvilla con el desayuno ya antes devuelta por él, y con la que volvía la vieja junto a su fogón:

—¡Ni rosquillas, ni tortas...! ¡Ni magdalenas, ni muelas de santo! ¡Ni un buñuelo siquiera! De nada ha querido probar como no sea uno o dos sorbos de chocolate. A él, que dicho sea con toda la reverencia debida... comer bien le sienta.

—No se preocupe más usted, mamá; ni se haga mala sangre —intervino la mujer que debía sucederle en rango, y parecía más compuesta que ninguna. Se trataba de aquella que antes despidiera a la puerta a la joven Leoncia con un último encargo—. Digo, que el ayuno es virtud cristiana, como sabemos, y éste le vendrá pintado a su ilustrísima, máxime que con los últimos acontecimientos y tanto revuelo como se ha armado, anda él *con los pies por las rodillas,* o como mejor se diga, que en decir que anda como si no tocara en el suelo es todo lo mismo. ¡Y de eso se alimenta él, más que si de pan se tratara!

El llamado Nemesio, que poco antes se viera obligado a salir de la cocina poco menos que perro apaleado, con la cola entre las patas, y había vuelto a ella de manera subrepticia, en busca por igual del cafecito que aguardaba por él junto a las brasas, y del mareo que le producía el ondular de las faldas de sus primas a su alrededor, en oyendo esto que se decía aprovechó la referencia para intervenir, ladino y sentencioso:

—¡Bien se dice aquello de que *no sólo de pan vive el hombre!* ¡Bien que se dice...! —dicho lo cual, se escurrió nuevamente con suma ligereza y prudencia, llevando consigo un jarro de café, y la sensación dulce de haber dicho la última palabra, algo que por lo general quedaba fuera de su alcance entre el mujerío.

Por toda respuesta, la misma ama que ahora depositaba la bandeja sobre una mesa, dirigió hacia él una mirada consternada con la que intentaba fulminarlo, pero ya el joven no estaba para verla. Con la autorización del obispo se encaminaba a otra casa en la que se le requería de tiempo atrás para ocuparse de las labores del jardín. La lluvia recién caída y la que seguramente vendría en lo sucesivo —ahora que las rogativas a la Virgen habían puesto fin de una vez por todas al maleficio— favorecía sin dudas el desempeño de aquellas labores.

Aunque los ruidos de afuera, sostenidos ahora en un *crescendo* frenético, no alcanzaban a trasponer los muros de la casa del obispo, de inmediato venían al encuentro de quienquiera los franqueara, cual mendigos que esperasen allí con un aire prepotente más propio de señores. Así pudo comprobarlo el joven criado al entreabrir la puertecilla practicada en uno de los muros, y deslizarse por la abertura hacia la calle, mientras sorbía satisfecho su café. A Nemesio le había gustado siempre este *aquelarre* que, según se ha dicho, apenas con transponer el muro de su casa se presentaba ante sus sentidos inflamados, predilección ésta por la cual decía a veces su madre de él que *era el mismísimo diablo*. Bien parecía —pensó Nemesio en el momento en que trasponía el umbral de la puertecilla— lo mismo que si pudiera pasarse de inmediato de la noche al día. Hubiera sido imposible precisar en qué momento, voces y ruidos que antes se agazapaban en cualquier esquina se habían adueñado del entorno, al abandono de una emboscada que harto se prolongara con el amparo de la noche. Lo cierto es que desde temprano subía y subía el diapasón en el que se expresaba la ciudad a un ritmo de vértigo, y ya no volvería a bajar, sino a tramos muy pautados como de quien canta un aria de ópera en medio de una orquestación plena de sonoridades. A más de estos ruidos y sonidos mezclados, según era habitual, desde muy temprano se escuchaba este día el tañer de las campanas que, si bien llamaban a misa en un primer momento, desde el repique inicial no habían parado ya de sonar sino con bien medidos intervalos, instruidas en este menester por disposición expresa del mismísimo obispo. No obstante —observó de inmediato el joven criado—, el insistente y jubiloso doblar de las campanas que desde el romper del alba, y desde distintos ángulos de la ciudad invitaba a la celebración de los parroquianos, anunciando sobre todo el comienzo de *una nueva época*, servía mejor a ocultar la desobediencia de aquéllas otras que desde unos pocos campanarios se aferraban a sus silencios, asordinando de propósito el aire celebratorio general. No pasaba de este conjeturar Nemesio, mientras andaba yendo a donde sus pies parecían llevarle, y disfrutaba a su aire de aquella atmósfera que se respiraba en torno. Otros eran a observar con más propósito, aplaudiéndolo, el silencio contrapuesto al campaneo regocijado.

¡Bien estaba —se decían los tales— que a su excelencia el capitán general la tropa amotinada en la Plaza de Armas acabara imponiéndole su voluntad, al obligarlo a restaurar *la Pepa*, según el pronunciamiento de Riego en la Península, que en lo que a ellos tocaba, ya se vería de aquí a poco quiénes cantaban victoria! Porque quién dudaba que terminara muy pronto en agua de borrajas, todo este alboroto de unos locos descastados.

De modo que esas mismas señales y manifestaciones de toda índole, que alegraban al joven —ignorante de su trascendencia—, parecían de escándalo a un buen número de los *patrióticos* sostenedores de *la legitimidad, el orden* y *las cosas como habían de ser,* quienes hasta aquí habían medrado a la sombra del viejo orden, y temían del nuevo que se anunciaba. Y puesto que en el punto de mira de su encono ninguna otra figura sino la de su ilustrísima era de momento a ocupar el primer lugar, cualquier cosa que hiciera o dijera el prelado, bastaba a ocupar su cólera y mortificación. No menos podía ser causa de ello el que el obispo reiterara en esta ocasión sus malhadadas palabras del año once, en el sentido de que «los reyes fueron establecidos por Dios para ser depositarios de la fe pública y de la voluntad general», mezclando a todo ello, la evocación del dichoso árbol de Guernica, cuya simbología y aprecio había aprendido de su padre, siendo él un muchacho en su nativa Vasconia. Emboscados, a la espera de mejor momento, y confiados en que éste llegaría más temprano que tarde, desfogaban de este modo su contrariedad los dichos —agraviados y rencorosos— a causa del giro que habían tomado los acontecimientos:

—Dejad. Dejad que se alegren no pocos, que ya habrán todos estos, ocasión de arrepentirse, aunque entonces sea tarde para ello. ¡Gocen con las libertades de reunión y de prensa, y todas las que se den y garanticen, al amparo de la tal Constitución, para insultar a todo lo sagrado, cuantos tal deseen, y desenmascárense sin que puedan luego volver a ocultarse cuando el momento de ajustar cuentas a los traidores, simuladores y cobardes llegue, que seguramente no tardará…! —Tal decían entre sí con rostros encendidos o demudados, y ademanes amenazantes.

Entretanto, ignorante de cuanto no fuera el júbilo manifiesto a su alrededor, Nemesio llegó a donde se dirigía, sonriente.

—No digas… le alcanzó la voz de Salvador Lemus antes de trasponer el postigo que le franqueaba la criada— vienes a anunciarnos que cumples año, o te sacaste la lotería.

—No se chancée su mercé que nada más vengo por lo que ya sabe. Como al fin ha llovío me aguardará su señora madre que debe estar contenta como nadie, y no queriendo estropearle su contentura… pues que acá me dirigí sin perder tiempo. Tenga a bien darle cuenta para lo que ella desee mandar.

—Hombre, Nemesio, creía que ya éramos amigos viejos y andábamos del tú al ti. ¡Y ni que tuviera yo tan mal aspecto que pudiera decirse que te doblo la edad! Al espejo acabo de asomarme, por rutina, y no veo indicios de nada semejante.

No sabiendo qué otra cosa decir, como si aquí se le agotaran todas sus palabras y desenvoltura, bajó el dicho la cabeza con humildad, y sólo la camaradería verdadera que el otro le ofrecía fue a hacerlo sentir bien.

—Pasa. Pasa. Y no te quedes a la puerta, que mamá querrá verte seguramente. Tienes razón, que ya había comenzado a mencionar tu nombre. Sígueme, hombre, que ésta es también tu casa.

Del fondo del pasillo por el que ahora se desplazaban vino a su encuentro un falderillo que arrastraba su traílla, señal de haberse escapado a los cuidados del ama, que parecía dormitar sentada en una comadrita.

7

La inminente sustitución de Cagigal, por don Nicolás de Mahy y Romo, que más tarde o más temprano tendría lugar, según se daba ya por hecho, era la novedad del día, y consiguió desplazar algo, la mala voluntad de los tradicionalistas, de la figura del obispo para hacerla recaer en el militar. El nombramiento del nuevo capitán general sería de inmediato impugnado por ellos, con vehemencia similar a la que oponían al obispo, entre un vaticinar infinitos infortunios y desgracias, las cuales habrían de sobrevenir por causa del nuevo orden, y aprestándose por anticipado a ofrecer resistencia a las disposiciones de su excelencia, fueren éstas las que fueren. ¿No había llegado acaso a saberse —que, al fin y al cabo, todo terminaba sabiéndose— y a divulgarse, asimismo, aquello que el designado escribiera hacía ya tiempo, en carta cuya intención, si bien era privada, fuera hecha pública por sus enemigos, en la que afirmaba que «la voz independencia era el ídolo de todo el continente»? ¡Pues he ahí...! ¡Helo ahí! ¿Qué otras pruebas se requerían para estar convencidos del desastre que se avecinaba?

No todos, sin embargo, entre los partidarios del viejo orden se aferraban a las formas de la franca resistencia. Los más ladinos entre ellos, abogaban por una política de acercamiento y persuasión hacia las nuevas autoridades encaminada a hacer notar pronto a su excelencia *las condiciones especiales y particulares* del país que no eran, ni podían ser, las de la metrópoli, de manera que, incluso a la vera del orden constitucional reinante —llegaban a razonar estos— «sería muy de ver la diferencia que existe y es cada día más fehaciente, entre los intereses que predominan, y el modo de imponerlos y defenderlos en la Península, y los que reclama como más apropiados a su naturaleza y características la Isla de Cuba, que naturalmente no han de pasar por alentar en modo alguno el separatismo, el cual sin dudas cunde cada día más entre los nacidos aquí».

—¿Y quién es, ¡vive Dios! —exclamaba alguno sentado a la mesa donde bebía su manzanilla, presa de una agitación que se comunicaba al periódico que sostenían sus manos— el tal Saco, mozuelo de pocos años según se dice, quien desde las páginas del *Diario Constitucional de La Habana* hoy llama al pueblo, a concurrir a las sesiones del Excelentísimo Ayuntamiento, y a las de la Excelentísima Diputación Provincial, para que con su voz y, sobre todo con su voto estrafalario, tome las riendas del país en sus manos?

Antes de muy poco, el que así se expresaba y el resto de contertulios, tendría ocasión de saber de quién se trataba, aunque aquello estaría muy lejos de disuadirlos o arredrarlos en sus propósitos y convicciones.

—¿Y el tal Heredia? —inquiría otro con un ademán de alarma y contrariedad sin disimular, antes subrayando su cólera—. ¡Otro mocoso sin dudas!

—Eso..., sí señor. ¡Y más...!

—¡Mequetrefes! ¡Insolventes! ¡Y desnaturalizados!

—¡Poeta había de ser! Si no lo son todos... Arreglados estamos, señores.

—Pues con versitos y rimas se contente.

—¡Mal hijo de su padre! ¡Mal hijo! Vea usted si no, esto que aquí pone: «Jamás puede un tirano / de cadenas cargar al pueblo fuerte / que enfurecido se alza, lidia y triunfa / o sufre noble muerte».

—¡Semejante descaro! Vaya desfachatez la del mocito.

—Hombre, lo dicho. ¡Lo dicho! Y aún es poco.

—Pues venga, hombre. Que por la Grecia lo dice, y lo que allá sucede... ¡Vean ustedes! Tampoco es razón para exagerar el bulto. Digo yo que le concedemos demasiada levadura a ese bollo.

—Pues más bien por Troya habrá de decirlo, don Manuel, que por ahí mismo fue que comenzó todo, según dicen. ¿O no? Digo yo...

—Pues yo digo —intervino no menos airado otro de los terturlianos que hasta entonces había permanecido callado— que a todos estos *yuquinos* del demonio que aquí nacen, y se propagan como la verdolaga, juntos y sin que escape uno solo empezando por el mozuelo Saquete, o más bien *Soquete,* y terminando por el tal Heredia, habríamos de meter en cintura, a bastonazos cuando menos. ¿Es que falta valor acaso entre nosotros, o escasean los leales con determinación y arrestos bastantes para ello? O actuamos, como bien nos advierten los que de ello más saben, o bien que será aquí Troya perdida, y arderemos todos, o nos echarán al mar.

—¡Infelices! ¡Desagradecidos que desconocen u olvidan las infinitas bienaventuranzas recibidas de la Madre Patria!

—¡Eso! ¡Desagradecidos! ¡Sí señor! ¡Y más! ¡Y más!

—¡Traidores y malos hijos!

—Hombre de Dios, que de política se trata y no de otra cosa —intentaba hacer oír una protesta alguno de los contertulios por entre el guirigay de los más.

—Pues eso, sí señor. ¿Iban a ser tantos de repente los traidores entre nosotros, así de renombre como hasta aquí con reputación de valientes y leales?

—A este razonar me atengo yo también. Cuanto más que no estoy convencido de que los nacidos en el país satisfagan la condición de *yuquinos,* de que habla mi querido don Torcuato. Vea, si no, a los amigos don Antenor, y don Leocadio, y otros de nuestra tertulia, que, aunque no se hallen presentes… Y, por el contrario, a no pocos conocemos procedentes de otras partes, y aun comarcanos suyos y míos, don Manuel, quienes manifiestan sin embarazo su entusiasmo por la malhadada o bendita Constitución. Que de eso nada sé y antes me proclamo ignorante que sabio.

—Además, que españoles somos todos… ¿O no es Cuba España ultramarina?

—¡Más bien de los signos de los tiempos que vivimos se trata, sin dudas! Eso. Y no de otra cosa.

—¡El mundo, que terminará más tarde o más temprano, he ahí las señales que nos alertan, don Leoncio!

—Ahí tiene usted... ¡Sí señor!

—En cualquier momento se acaba esto. Lo mejor, digo yo, es no calentarse los cascos, y pasarlo lo mar de bien con lo que se alcance.

—¿Y qué pinta en todo esto, si es que se sabe, el señor intendente don Alejandro Ramírez Blanco? —Procuró saber uno a quien esto parecía interesar más que aquello otro de unos mocosos, poetas y alebrestadores, aunque todos juntos formaran legión—. Porque algo será, digo yo.

—Pues qué habría de ser, hombre mío, sino que se atendrá don Alejandro una vez más a sus fórmulas, y a esa rectitud y envaramiento suyos, que no le vendrían mejor de ser él paraguas.

Rieron todos a esta salida de uno de la tertulia.

—¡Lástima grande que no se trate de uno de los nuestros, pues innegablemente hay en él mucho de astucia y aplicación, que ya quisiéramos disponer de ella a nuestra vera!

—Pues digo yo: alguna entrada o salida tendrá ese barril como todos.

—Cosa sería de darle la vuelta para hallársela, y meterle luego la cánula por la que se desangre. Bien que disimuladamente se hiciera, y ordeñar el odre a nuestro gusto.

—Y usted, don Eustaquio, ¿qué piensa, de todo este guirigay? Digo, que en el meditabundo seguramente hay ideas...

Se quedó de una pieza el aludido, en blanco absoluto, como suele decirse. Pensar, lo que se dice pensar, no pensaba él por sí mismo nada que pudiera ni remotamente llamarse de este modo, sino que más bien absorbía como por ósmosis el estado de opinión generalizado entre estos a quienes consideraba sus amigos.

—¡Pues yo, *piñerista* soy, *piñerista* he de ser y con Piñeres estoy, que todo es uno! —soltó al cabo, resueltamente—. Y no hay vez que el inspirado presbítero diga cosa alguna que no me parezca la mar de bien, como que me hago leer de una sobrina, cada vez que la hay, cuanta hoja o alegato suyo cae en mis manos, y los periódicos cuando en ellos se publica cosa suya, que la chica es lista y me quiere, vamos, y con tal de verme contento hasta insiste en leerme lo de antes, a lo que bien no puedo oponerme.

Sería éste que así se expresaba, y aquellos otros que con más exaltación se manifestaran poco antes, de quienes con motivo de las elecciones que tendrían lugar algo después, y aun sin ellos, se armarían de cosas más que bastones, y con intimidación y bronca ocuparan en un par de ocasiones la plazuela del Espíritu Santo, suscitando la alarma de muchos, y la respuesta enardecida de los llamados *yuquinos*, todo lo cual si no pasó a más por el momento —como luego sucedería— a la pronta y decidida intervención del capitán general y las demás autoridades se debió.

—Es decir, que es usted liberal o está por los liberales, don Eustaquio.

—Ni una cosa ni otra, sino lo dicho: Piñerista.

—De que se entiende —o yo me confundo— ser usted *vicariamente* liberal entonces —se chanceó a sus costas aquel de los contertulios que antes le interrogara, suscitando no pocas sonrisas de las que el único a no percatarse debió ser el propio que las motivaba.

—Vea usted mi querido don Eustaquio —terció nuevamente en la conversación don Manuel de Aguirre y Peñalosa, quien gozaba de predicamento entre los contertulios— que algo de beneficio aún encontramos en la libertad de prensa traída por el nuevo período constitucional, y ello es que, el muy ilustrado doctor Gutiérrez de Piñeres cuente asimismo con la libertad para ilustrarnos a todos en sus ideas, y que éstas se divulguen a los cuatro vientos, sin que puedan impedirlo nuestros enemigos, precisamente al amparo de *su* libertad de prensa.

El grupo comenzaba ya a dispersarse, bien se tratara de la hora, o de la rutina en la que todo debía acabar entre ellos, y quedó un rato don Eustaquio bastante desconcertado, y algo mohíno con la argumentación precedente, sin que consiguiera hacer claridad alguna en sus razonamientos. ¡A su sobrina Angélica —se dijo— habría de pedir él, no más llegar a la casa de su hermana, a donde se encaminaría de inmediato, que le aclarase este confuso… ¿Cómo diantre lo habría dado en llamar don Jerónimo Oramas, su contertulio, vamos a ver? ¡Eso…! *¡Galimetrías!* ¡Ni más ni menos! ¡Un *galimetrías* sin pies ni cabeza! Y con la intención de desembarazarlo, allá se encaminó.

8

Muy mal, había estado José Antonio de Cintra, como consecuencias de unas fiebres tercianas que lo mantuvieron en cama largo tiempo, apartado de sus amigos, y demás intereses. Del curso de dicha enfermedad, y los progresos de su recuperación, se habían hecho informar regularmente todos estos, con particular preocupación e insistencia dos de ellos, Domingo Delmonte, y José María Heredia, y finalmente, más compuesto y ya bastante recuperado, o en vías de estarlo, recibía al primero de estos con su mejor sonrisa el convaleciente.

—Ya decía yo que aún no era tiempo de palmarla, mi querido amigo y paisano, mas como bien suele repetir nuestro Heredia aquello de *siempre hay para todo una primera vez en la vida*, llegué a temer fuera a darte por ahí, y a estropearnos a todos la fiesta —con tales palabras aparentaba sin dudas el visitante restar bríos al júbilo que en él causaba el buen semblante del enfermo, y en no menor medida, intentaba convencerse a sí mismo, de haber llegado el momento de que cesaran en el acto su anterior preocupación y desvelo—. Como bien sabes, Pepillo mío, de todos los excesos me aparto por naturaleza, y nada me complace más, que consagrarme a mis ocios creadores. De modo que por esta causa más que ninguna otra, me alegra saberte ya casi del todo bueno, y pronto a retomar si no la vida licenciosa —que a ti ningún bien podría hacerte, consideradas las actuales circunstancias, y a las que por mi parte no soy adepto— digamos que, las licencias que a poco más, a poco menos, nos otorga la vida.

A pesar de que su mente, embotada aún por las reiteradas fiebres que acababa de sufrir, no se mostraba lo espabilada que solía, acertó a apercibirse José Antonio de la contradicción implícita en aquella declaración de su amigo, pues si bien era cierto que en tratándose de excesos podía decirse de Domingo que era el menos dado a todo género de ellos, las ocasiones como la presente en que más empeño ponía en hacer notar aquella cualidad suya, solían ser las menos demostrativas de la misma.

—Me ha prometido con antelación *Su Señoría* —dijo ahora con un retintín el visitante— que habría de acompañarme esta vez al sarao de Casa Montalvo, donde, para beneficio suyo le informo, que con absoluta seguridad se dará concurso de bellas, y se congregarán los mejores partidos del género sutil, de modo que acaso podamos elegir, y usted más, don mozo, que ya va siendo hora de sentar los huesos en el calzado, y que, de enfermera, si viene a cuento, le sirvan en casa y de almohada lo propio.

Rio a esto francamente, éste a quien iba dirigido el envite y reiteró ahora su promesa de acompañar al amigo a la tenida, que de mucho tiempo acá se anunciaba como el acontecimiento de la temporada.

—No iremos *de guagua*, ni de gorrones, espero —dijo provocadoramente el convaleciente desde el lecho— que eso ni está bien visto ni es de personas de valer.

—Hombre, ¿habríase visto entre personas bien criadas como nosotros, desfachatez y *malaeducación* peor? ¡Nada de eso, sino que con la debida invitación acudiremos a la fiesta!

Rio con socarronería muy suya José Antonio, a lo que insistió Domingo con este género de seguridades:

—La Gamborino en persona, me ha provisto de una invitación que sólo Dios sería a decir por qué medios se agenció, luego de que éstas fueran de largo tiempo atrás distribuidas, cuando usted señor don Pirindingo no repuntaba como a día de hoy. Y la mismísima homenajeada se dice encantada de que te hayas repuesto a tiempo para el convite, seguramente preguntándose si serás feo o buen mozo, a lo que ya tendremos ocasión de asustarla. De manera que tú me acompañas, yo te introduzco lícitamente de contrabando en el guateque condal, y el resto lo hacen tu compostura y tu natural elegancia. ¡Y todos encantados!

—Vamos, que *de negros* había de ir la cosa.

—No sé yo a lo que te refieras, amigo mío, con tan estrambótica como incomprensible metáfora.

—Nada de metáforas, Domingo. ¡Que me introducirás según tus planes, de contrabando lo mismo que a los negros si bien se ve, por la costa y a la luz del día mientras hacen la vista gorda los encargados de velar porque se cumpla la ley que tal prohíbe hacer!

—Hombre, tú y tus ideas siempre tan efervescentes.

—¿Y habrá, digo yo, ocasión de tratar a algunas de esas pelmas, o cuando menos de bailar alguna vez con ellas?

—Pelmas, dices, e ignoras seguramente que ese calificativo, cuadra menos que cualquier otro a las muchachas que acuden cada tarde, y los domingos de retreta a La Alameda, que son sin dudas las de nuestra mejor sociedad.

—¡Ah! No negaré yo nada de eso tan sesudo que discurres, Domingo, que en cuanto a la gracia y otros razonamientos..., lo dices porque sin duda alguna no has conocido todavía a ninguna mulata zalamera y complaciente.

—Y tienes razón, que yo en eso de mezclar el *cognac* de la gentil Francia, con el aguardiente casero nada entiendo, y prefiero mi ignorancia a tu sapiencia.

—¡Vaya! ¿Quién lo dijera en hombre de tan fino razonamiento y discurrir tan claro en cosas tan diversas?

—Pues ya lo has oído, Pepillo mío, que *en cuestión de gustos...*

—*...Abundan los colores.* ¡Si lo sabré yo bien! En lo cual me parece a mí hallar un contrasentido si por ti lo afirmas, que el aferrarse a uno de entre la gama de matices que ofrece la paleta generosa de la Madre Naturaleza...

—Dejémoslo estar, amigo mío, que por este camino no iremos juntos, y es preciso que me acompañes a esa fiesta.

—Donde no faltarán, según espero, los amigos, que son a la tarta como la guinda. Y con lo cual tendré ocasión de ver de nuevo a no pocos.

—A Gasparito y a Heredia hallarás de seguro, según se han

comprometido. Y a algunos otros sin falta igualmente saludarás con motivo del guirigay *condesco* cuando éste tenga lugar. ¡Con que a curarse del todo de aquí a entonces, para que vuelva a estar completa la camada, y no falte al tigre una sola raya!

Con esto, al fin se retiró Delmonte con unas palmaditas afectuosas en el hombro del amigo, advertido como estaba de no prodigarse demasiado en su visita, después de lo cual, ya para salir se calzó los guantes, se colocó el sombrero y empuñó el bastón con el cual hizo aún un ademán de saludo final. Afuera lo aguardaba un quitrín del que tiraba un caballo de buena alzada, con las crines bien cortadas y empenachadas, y ojos alertas. Antes de subir al pescante, la mirada de Domingo tropezó con la figura algo esmirriada de su pariente Antonio del Monte que en dirección a donde se encontraba el primero avanzaba, aunque sin haberlo visto aún. Al fin se encontraron los ojos de uno y otro, y parecieron sonreírse como reconociéndose mutuamente con alguna dificultad.

—De entre los muertos pareciera que emerges, primo. —Dijo con ímpetu que desmentían su apariencia general, y su misma voz cavernosa, el llamado Antonio, dirigiéndose al otro.

Pareció a Domingo que más bien de sí mismo lo dijera, o debiera decirlo el pariente que así hablaba, pero con suma delicadeza optó por no decir aquello que pensaba.

—Dichosos los ojos, hombre de Dios, que al fin te dejas ver. ¿En qué *constituciones* andas metido por tu cuenta?

—¡No quieras tú ver la que yo he pasado, y dejemos a un lado las *constituciones* de marras, con unas calenturas que…! —Y bajando cuanto pudo la voz, añadió en la más absoluta confidencia— ¡Por efectos de un flujo *blenorraico* severísimo, o más en plata, de una gonorrea nefanda que me contagió una mulata de rumbo, de ésas que predican su condición, antes de enferma que de otra cosa, con su misma salud! Pero ya estoy curado y bueno del todo en cuanto a ello, merced a los desvelos y brebajes de una esclava medio bruja, a quien en gratitud he devuelto su libertad, pues a mí, la vida y la salud me restauró a base de pócimas amargas y dulces, y extractos de la raíz y la simiente de la maravilla. A más de los cuidados que siempre me prodigó. ¿Quién anda pues poniéndole precio a la salud y a la vida misma, Domingo? Y para no dejar lugar a ello, digo que escarmentado quedo. ¡Y vayan mulatas como vayan olas a la mar!

Sonrió Domingo, pensando para sus adentros, y representándose la imagen de aquella delicada, aromática y poco considerada flor, cuya planta lo mismo crecía en los jardines de las casas más pobres, que prendía por su cuenta y prosperaba de manera silvestre inundando las llanuras o los montes, y repartiéndose el terreno con una inmensa variedad de otras especies vegetales. Y sin proponérselo, pues no era aquél en quien pensaba santo de su devoción, se acordó del botánico don Ramón de la Sagra, con quien a poco habría de sostener una enconada disputa periodística, por cuenta de la poesía de su amigo Heredia, denostada por el integrismo del tal. Recordó asimismo, aquello que había oído decir alguna vez de que *aquél que temprano se levanta, con el sol alcanza a ver las maravillas* con lo que ahora reflexionó si al decirlo, la gente más simple o apegada a la sencillez, no se proponía aludir sino a aquellas flores en las cuales resumía la capacidad de maravillarnos que tienen ciertas cosas. Pero ya el primo Antonio le increpaba o poco menos:

—Hombre, di algo, que tal parece que hubieras visto al mismísimo Lázaro redivivo.

—Y no es para menos, que hacía mucho..., primo. ¡Y eso que me cuentas! ¡Hombre de Dios! ¿Qué necesidad tienes de andar enredado con mulatas de rumbo de las que nunca se sabe, y aun los marineros más pobres tantean? ¡Una querida en regla, si es que aún no te casas, debías de buscarte! ¡Pobre que sea, de modo de tenerla en casa y en obediencia, y limpia y amorosa!

—Es que yo, picaflor soy, primo. Y contra mi naturaleza es ésa de asentarse y el resto. Además de que a mí la canela en raja me tira como no quieras ver. ¡Mal que ahora, me reformaré, y así que esté del todo repuesto, pues quién sabe si hasta me case! En tierras de moros o mahometanos debí nacer, que pueden ellos disponer de las mujeres que deseen.

—O de tantas como puedan sostener los maridos. Que el adulterio y esa libertad de que hablas se castigan entre ellos con la muerte, según entiendo.

—Pues bien dirás, que tú por ser docto en muchas cosas, de ellas entiendes. Yo por mi parte de semejantes detalles nada sé. Y bien dice el refrán aquello de «ojos que no ven, corazón no resiente». Con lo que me doy por satisfecho, primo, y seguir soñando.

—Vete pues, hombre mío, a tomar tu *agua de periquitos* y a soñar *bellas de noche* si eso prefieres. ¡Y más cuidado donde te metes en lo futuro, no vaya a ocurrirte como a más de uno ha podido sucederle, que creen hallar *sus maravillas* y luego descubren que se trataba de un *don Diego de noche*! Y de esa negra liberta no te apartes mucho, que bien te ha hecho, y quién sabe vuelvas a necesitar de su caridad.

Rio el primo, aunque algo aturdido por lo que no pudiendo ser revelación le era revelado en las palabras de Domingo, respecto a los equívocos que tenían lugar y alcanzaban más allá del nombre de las flores.

—Ya sabes tú que en cosa de colores, el diablo anda suelto, que en cuanto a las flores el gusto manda.

—Hombre, primo, te hallo y me sorprende encontrarte hecho todo un Sancho Panza.

Como el otro se desconcertase algo, se vio Domingo obligado a aclarar.

—Por la sarta de los refranes o poco menos lo digo.

—Vaya, que de ese otro lo único que creo saber es que era gordo con desmesura y algo lerdo.

De esta suerte, conversaron aún un rato los primos, antes de que Domingo, que ya deseaba regresar a su casa y a sus cosas, se despidió de Antonio, no sin antes invitarlo a subir al quitrín de que disponía por si quisiera ir más rápido y cómodo allí donde se dirigiera. Declinó éste, no obstante, el ofrecimiento, por considerar que le haría bien el paseo a pie y porque había quedado, según dijo, en encontrarse muy cerca de allí con unas amigas a quienes regularmente hacía compañía la madre y una tía de éstas, cuando paseaban o iban a la iglesia.

—Ya sabes, Domingo, que para mí, el dulce es lo mejor, aunque nada más sea para mirarlo, y admirarlo en vitrina.

—Mira que no sea tu perdición, mi querido Antonio. —Le replicó el primero. Y no más que para fastidiar dejó en el aire aquella sentencia—: Mejor arrímate con lealtad a tus pócimas y a tu *Mirabilis Jalapa*.

Dicho esto, subió por fin a su quitrín, y dio orden de partir al calesero que la aguardaba.

9

Todavía consultó su reloj, antes de llamar a la puerta principal el que llegaba, y antes de que pudiera devolver a su bolsillo el artefacto, se abrió ésta, para franquear la entrada al visitante, señal evidente de que se le aguardaba con anticipación. Dio éste las buenas horas, y se entregó la que lo recibía, a besar al sacerdote ambas manos con algo que lindaba en frenesí, de manera que se vio éste, obligado a retirarlas sin brusquedad, mas con determinación, y colocarlas sobre la cabeza de la mujer, en ademán familiar.

—La bendición de lo alto descienda sobre ti, hija —esto dijo, a pesar de ser la mujer mucho mayor que él, y a continuación, como si cobrara de ello conciencia, o no acertara a ver en ello discordancia, añadió:— ¿Y cómo se halla mi querida doña Paquita? Si hasta parece usted más joven y fresca cada vez…

Pareció ruborizarse la mujer, a la vez que respondía entre dientes alguna cosa poco menos que inaudible, acerca del estado de su salud, e indicando seguidamente con su brazo el camino, invitó al recién llegado a precederla al interior de la morada.

—Pues no parece usted sino la imagen misma de la salud —le respondió el sacerdote, animándola de este modo a deshacerse de su conocida hipocondría—. Achaques son esos propios de los muchos años con que Nuestro Señor la ha premiado, y a nosotros por tenerla, que en lo demás, asimismo, Dios ha querido que disfrute usted de una salud y un vigor a pruebas.

Para almorzar llegaba el sacerdote, invitado de su amigo don José Augusto en cuya casa era el primero, asiduo visitante desde sus días de novicio, cuando aún vivía el abuelo del joven clérigo, militar que había sido antes destacado en Panzacola, y por conducto del cual se había transferido al otro, la amistad que mutuamente se dispensaban el dueño de casa y el anciano fallecido de tiempo atrás.

—Mucho ruido causan tus hábitos, padre —dijo, a manera de bienvenida el anfitrión, dando a la palabra «hábito» un doble sentido fácilmente comprensible a éste a quien se refería—. De lo que encuentra gran satisfacción su ilustrísima, según de ello se hace voces, a todo aquel que desee oírlo.

—Su ilustrísima a quien Dios Todopoderoso dé larga vida y salud, lo mismo que a ti, fía en mí sin dudas más de lo que puedo.

—En ti fiamos todos los que te conocemos. Y yo desde que te conozco, cuando no eras aún sino la promesa que puede hallarse en un niño, y hoy es harto cumplida.

Se abrazaron luego que el hombre mayor le besara la mano al sacerdote, y acudieran los de casa con el mismo propósito y la intención de darle la bienvenida.

—¿Tomas algo?

—Un anisito que me asiente el estómago antes del almuerzo.

Se apresuró a servirlo sin que se lo indicaran, una de las jóvenes hijas de don José Augusto, antes de retirarse nuevamente en dirección al comedor.

—Gracias, hija. A tu salud y bienestar.

—¿Por dónde empezamos? Aún hay tiempo para hablar de muchas cosas antes de sentarnos a la mesa.

—No sabría yo bien por dónde comenzar, cuando hay tantas cosas de las cuales hacerlo sin parar.

—Pues comencemos por los beneficios de la libertad, según nos son garantizados por la Constitución.

—Proclamados, más bien, diría yo —repuso el sacerdote— que en lo de las garantías que dices, del pueblo y de las instituciones que sepamos darnos con la práctica constitucional dependerá.

—¡Poca fe parece merecerte la Pepa, o demasiada confianza tienes en ése al que llamamos «el pueblo»!

—Ni una cosa ni la otra, sino todo lo contrario. —Rieron ambos esta salida del sacerdote que pasó seguidamente a explicarse—: Sin ser ducho, aunque lo parezca o tal se piense, en materia tan novedosa como ésta es entre nosotros, paréceme que la falta de costumbre e instituciones sólidas, podría mancar la práctica por los abusos que incluso a su sombra se cometieran, de manera que bien podría acabar todo este asunto en papel mojado.

—Vaya que eres de entusiasta como eres de lúcido. ¿Y el precedente inglés?

—Bien sabes que ése no es precedente a tener en cuenta entre nosotros, sino para menoscabo. ¡Lástima grande en verdad!

—¿Y todos los planes que para ti ha forjado su ilustrísima?

—No sé yo de qué pueda tratarse, eso de *planes* de que hablas. Si algo sabes, espero que me lo comuniques tú sin demora, para ir preparándome.

—Hombre, padre, que bien se sabe lo que empeña el obispo en lo que a la Constitución se refiere.

—Y no podía ser menos, como que por la Constitución disponemos ante nosotros de algo semejante a aquello de las *tablas de la ley,* mediante las cuales Moisés, por mandato divino, dotó al pueblo judío de aquellas coordenadas que sirvieran para ponerlo en su camino.

—¡Hombre, pero eres un convencido entusiasta de la Pepa después de todo!

—¿Y de qué manera no serlo? Sólo que en esto de los entusiasmos ya me conoces.

—La estampa eres de tu difunto abuelo, que en la paz de los justos descanse. ¡Fuego en el pecho, en la cabeza, hielo!

—Soy acreedor de esa rica herencia en verdad —admitió el joven sacerdote, para añadir seguidamente— pero en nada comparable al buen viejo.

—Modestia habla, nobleza obliga. Bien que lo entiendo, pero yo a ambos he conocido mejor que nadie.

En ese instante se anunció que ya el almuerzo había sido dispuesto, y sería servido tan pronto los dos amigos se arrimaran a la mesa con lo que prestamente se desplazaron ambos al comedor.

Se aplazaron como era debido los temas de conversación precedentes, para hacer lugar a otros más a tono con el degustar de la magnífica colación que tenían delante. Y se interesó el sacerdote en averiguar los progresos al piano de la pequeña Patricia, y en su aprendizaje en general, pues según dijo: «la educación de las niñas, y de la mujer, es el comienzo y la garantía de que el hombre algo aprenda de virtudes, como de las artes y las ciencias por igual». A la sobremesa, y como hubiera traído consigo su inseparable violín, al que tan aficionado era, a solicitud suya improvisaron un dueto el sacerdote y la chica, que hizo las delicias de todos, no menos que de los ejecutantes. Acabada la *soirée*, y luego de beber un aromático y espumoso café, endulzado por él con dos cucharaditas de azúcar, se despidió al fin el huésped no queriendo pecar por desconsiderado. Hubiera dilatado de buena gana su estadía, en atención a los reclamos que le formulaban sus anfitriones, de no ser porque, además, le esperaba en casa un cúmulo de obligaciones a las que era preciso atenerse. Como suele suceder, se prolongaron casi hasta la misma puerta las despedidas, reiteradas por causa del afecto y el indudable gusto que sentían todos de la recíproca compañía, cual si inconscientemente se extendiera de este modo la permanencia del visitante.

Un grupo formado por cinco niños de entre siete y diez años, entre los que había una niña menudita y otro igualmente pequeño, de piel negro mate, jugaba en la calle cuando se abrió la puerta para dar paso al sacerdote que se marchaba. Se detuvo éste a observarlos unos instantes, con verdadero deleite, prestando atención a aquella rima algo disparatada que decían, entre trastrueques añadidos de los más pequeñuelos.

> Mañana domingo,
> en la calle de Enramada
> Se casa con doña Amada
> El señor don Pirindingo

Lucirá la novia su nueva camisa,
pero antes quiere ir con ella a misa.
Será la madrina doña Catalina
y será el padrino el buen don Sabrino

En una carreta —de una rueda sola—
O en la carretilla de doña Bartola:

Se irán a la villa
los recién casados
pues ir a Castilla
dan por descontado

Entre tanta gente habrá de invitados
Turcio Miracielo; Turcia Miralados

Y hasta don Repique
y don Arrebato,
¡A su afán se aplique!
¡Y no falte el gato!

Algunos de los versos, recordaba el sacerdote de otra manera, pero igual de divertidos le parecieron en boca de los niños estos que escuchaba. Al verle acudieron a él prontamente los mayorcitos, para pedir la bendición que el sacerdote les dio a todos, sintiéndose bendecido él mismo por una mano inefable que ungía su frente. Una vez en camino, tuvo ahora la impresión de que le reconocían muchos, y no que se tratara del hábito que debía suscitar este reconocimiento, sino que por su nombre de pila le llamaban, aunque con comedimiento, o refiriéndose a él con respeto deferente:

—Ése que ahí va, es nada menos que don Félix Varela. Anda a saludarle, hijo, y a pedirle su bendición.

10

Dispersa la habitual tertulia, a la casa donde vivían su hermana y su sobrina se había encaminado prontamente don Eustaquio, en procura sobre todo de que la joven le explicara, como sólo ella sabía, aquella suerte de trabalenguas oído poco antes a su contertulio don Manuel de Aguirre y Peñalosa. Mas, luego de transcurrido un tiempo que nunca como hoy hubo de parecerle poco a su sabor, sino contrario a las expectativas que allí le habían llevado, a su propia casa regresaba ahora con premura, sin paciencia para seguir aguardando más tiempo al recaudo de la de su hermana, porque cesara de una vez el clamoreo interminable, que en celebración de la malhadada Constitución se sucedía, y que nadie habría sido a decir, cuánto más había de durar, bien fuera cosa de horas o de días. ¡Bien que aprovechaban de esta excusa —se decía el agraviado— para causar semejante algazara so pretexto del maldito Nuevo Período Constitucional, tanto los negros como los blancos del país, y aun aquellos, que, siendo otra su procedencia, eran igualmente amigos de desórdenes y saraos, por tener el pie rumboso, más de lo que era conveniente! Iba la mar de trastornado don Eustaquio, a quien las explicaciones de su sobrina Angélica, lejos de proporcionarle el sosiego y la seguridad que buscaba, habían terminado por provocarle agruras, y todo género de ventosidades y retortijones, de que ahora buscaba aliviarse apurando el paso, cuanto se lo permitían unas piernas algo cortas, y no demasiado acostumbradas a ejercicios. Una sola idea fija llevaba en su cerebro el dicho: la de librarse cuanto antes, y como mejor pudiera de aquel agobio, para lo cual esperaba alcanzar prontamente la esquina próxima, donde un yermo inundado de malezas prometía refugio entre dos casas. Fue entonces, que, para desgracia suya, le salió al paso la turba de celebrantes con sus damajuanas y botellas de vino, echándole el brazo en franca camaradería de borrachos, e invitándole, o más bien, instándole a unírseles en sus vivas al Nuevo Período Constitucional, a la Revolución Liberal, a Riego y a Su Majestad don Fernando VII. Debió detenerse el fugitivo, a requerimiento de estos sujetos que le instaban a beber con ellos, un trago y cuántos fueran, y a unírseles en la celebración de la nuevamente proclamada Constitución. En nada de esto ni de aquello conseguía pensar el desgraciado, sino en que se cagaba en los pantalones sin remedio, bien que no fuera de miedo ni por causa semejante, sino de la hartura de fiambres e innumerables bocadillos ingeridos en la casa de su hermana, mientras escuchaba, cada vez con más aprensión y desencanto cuanto tenía que decirle su sobrina, tanto de aquello que había expresado don Manuel, como de lo que se transparentaba en sus palabras, respecto a los nuevos tiempos que se vivían.

La tropa de borrachos que lo rodeaba ahora, entre los que se confundían militares y civiles, unas veces palmeándolo, sacudiéndole otras, e inadvertida y camaraderilmente exprimiéndole la hechura del esqueleto, no habría sido a percatarse del aspecto demacrado de éste al que tomaban por mascota, pero pronto lo fueron —quien más quien menos— a percibir el hedor a mierda que parecía desprenderse del hombre, y entre risas y expresiones chuscas se fueron apartando de él, separándose como frutos prestos que se separan del racimo, alcanzada su madurez. Alguno más borracho que el resto, o más propenso a las trifulcas de la embriaguez que sus compañeros, se dio por ofendido como si el haberse cagado en los pantalones don Eustaquio, pudiera suponer una intención de su parte, ofensiva de la Constitución y las ideas liberales. Tras mucho persuadirle sus compañeros, y a punto de que se iniciara una riña tumultuaria por cuenta de la intransigencia del pendenciero, consiguieron hacerle cambiar de parecer, y entretanto, aprovechó el acosado para escurrirse y emprender, al resguardo de los umbrales de las casas cuando acertaba a haberlos, una carrerita que se hubiera dicho cómica, sobre las piernas en extremo cortas que lo sostenían precariamente, encaminada a llegar cuanto antes a la suya.

Entretanto la gresca de borrachos se alejaba calle abajo, sin que don Eustaquio prestara más atención que a su premura. Por orden suya el postigo inserto en la puerta principal de la casa estaba cerrado a cal y a canto, y aún tuvo que llamar con fuertes golpes, temeroso de que el vecindario a una fuera a asomarse, de manera que la esclava encargada de todo le escuchara, y finalmente viniera a abrirle con un pesado arrastrar de chancletas tras de sí, cuyos ecos magnificaban el menoscabo de su mérito.

—¡Ábreme de una vez, negra! —musitó casi un rugido con la voz junto a la madera de la puerta, el que llegaba—. ¿Qué no has de servir más que para lo que sirves...? ¡Vive Dios!

Mientras se aprestaba a abrir la puerta, pudo la esclava percibir el hedor a mierda de su amo, casi con más definición que sus palabras:

—¿Y pa' lo que yo sidvo, ¿no e' acaso lo que su mercé má' precisa? ¡Pa botá bacinilla con miedda!

Ahora se demoraba a propósito, simulando que quitaba pestillos y retiraba trancas, que en obediencia a las órdenes del amo estaban pasados y en sus sitios. Reconocía, en efecto, el olor a mierda familiar de éste. Era el suyo y no otro, el de las bacinillas de que día y noche estaba obligada a disponer, lanzándolas a la calle, pese a la prohibición expresa que de un tiempo a esta parte se hacía de ello.

—Quita. Quítate de delante. Y ayúdame. Pero antes, ocúpate. Ya ves que vengo mal. No dejes nada abierto. ¡Nunca se sabe! No pierdas más tiempo. Termina ahí, y ven enseguida.

Un hombre casi tan corpulento como la mujer, y de su mismo color, que antes se había ocultado en un ángulo del oscuro zaguán, tuvo que hacer grandes esfuerzos por contenerse, para no estallar en carcajadas a la vista del estado lastimoso del que llegaba. Por fortuna, se desplazó éste a toda prisa hacia el interior de la casa, con lo que vio el que permanecía oculto, ocasión de abandonar su escondrijo y salir a la calle, intercambiando antes de hacerlo una mirada de complicidad e inteligencia con su amante, pues de su cortejo se trataba.

—¡*Consédvate* siempre así de sabrosona, mi *nengra*!

Sonrió la mujer al requiebro.

Allá adentro, la voz del amo la apremiaba entre insultos, y ella cerró la puerta sin pasar más que una tranca.

—¿Y ya qué? —replicó con altanería— ¿Se cagó en *lo' pantalón* su *medcé*? Agua y *má' na'*.

11

Convida a toda índole de disposiciones, el fresco primaveral que ha venido a remplazar, la bochornosa azotaina del calor de los pasados meses. Corre una brisa querenciosa, que es apenas sobre la piel como el roce suave de unos dedos leves. A los unos invita a callejear, y hay por esta causa quienes se echan a dar un paseo a pie, además de un inusual afán de carretelas, volantas, coches y quitrines a esta hora, todos los cuales se estorban los unos a los otros, pese al eficiente desempeño de los militares encargados prontamente de poner orden en este cortejo. No habiendo podido sus propietarios aguardar a que sea llegada la hora en que suelen exhibirse las muchachas, acompañadas muy de cerca por sus chaperonas, en previsión de la menor impropiedad, se han tomado la calle. Son casi todos ellos, hombres jóvenes, aunque no falten señorones de aspecto grave, ni viejos pisaverdes, a quienes delata sobre todo su mirada entre torva y lasciva, a la vista de una de las contadas mujeres que alcanzan a verse furtivamente, al cruzar en sus carruajes, como refugiadas al interior de una vitrina de muñecas de porcelana. Se especula entonces, bien de las gracias que las adornan, o se les suponen, o de los manejos que algunos les atribuyen, y por lo general, se imaginan turbios: cosa de amoríos —cuando no de amantes—; deudas de juego, cortejos, vicios que se declaran bajando la voz hasta apagarla casi, como si lo que se propusiera precisamente el lengüisuelto, no fuera divulgar lo que asegura saber de buena tinta.

A muchos otros de los pobladores, entretanto —respetables matronas, y padres de familia— invita el fresco a la ociosidad, manifestada de otro modo, es decir, al resguardo de la casa cuando no acogidos a la siesta. Las jóvenes de menos edad, aprovechan para cuchichear entre sí sus niñerías e ilusiones, con lo que se proveen distracción, en tanto dormita en su poltrona la madre, de severo e imponente carácter. Conforme a esta regla de monástico ascetismo, que es la que se impone y domina sobre la morada de doña Amalia Arteaga, viuda del coronel de ingenieros don Ramón Becquerel Urquijo, la casa está sumida en una modorra plácida, a la que cada cual se acoge como sabe, o le está permitido. Tal es el caso de la joven Verónica. Echada en la tumbona de exquisito tejido de hilo que cuelga a la sombra del generoso alero del patio interior, los hombros cubiertos con un chal de flecos que ha tejido ella misma, y el cuerpo algo levantado con el apoyo de dos o tres almohadas, espera allí a que le avisen de que es la hora de merendar alguna cosa, seguramente chocolate con roscas o churros, como es usual, o algo de frutas de la estación, troceadas y rebanadas y mezcladas en sus propios sudores. Entretanto, se adormece la joven, sin hacer demasiada resistencia al sueño que la aparta, momentáneamente, de su lectura. El chal le sirve por igual para protegerse del airecillo que bate de cuando en vez por el fondo de la casa, y para ocultar si fuera necesario, el título de aquel libro que a su madre tal vez pudiera parecer impropio como lectura de cualquier mujer, joven por demás, e hija suya para colmo. Verónica prefiere sin dudas el otro libro que ha leído de este autor, a éste, pues el llamado *Contrato social* se le hace a veces, si no ininteligible, algo aburrido en su prodigarse en lugares comunes, pese a que el amigo que lo pusiera en sus manos —y cuyo criterio distingue lo mismo que a su poseedor— se deshiciera en elogios de él. Se distrae un instante la lectora, pensando ahora en José Joaquín, imaginando que éste lee para ella, con su bien timbrada voz, pasajes de la *Nueva Eloísa*, mientras de tanto en tanto le dirige esa mirada dulce y triste al mismo tiempo, que emana de sus ojos, y parece enternecerse aún más al contemplarla.

No puede evitar que la sombra de otro pensamiento se insinúe lentamente, haciéndola temer mientras vacila a la entrada misma del sueño que amenaza vencerla, y al fin lo consigue. Mas no se trata de su madre, sin embargo, sino de su hermano Alcides quien la sorprende, apoderándose subrepticiamente del libro y ocultándolo a la espalda, momentos antes de proceder a despertarla, susurrándole al oído que es llegada la hora de levantarse a tomar la merienda apetecida.

—¡Vieras, hermanita mía, de qué modo roncabas!

—¡Embustero eres, y no otra cosa dirás sino embustes y patrañas, tan grandes como tu narizota! —le responde, de excelente humor pese a haberla arrancado al sueño.

Como sucede siempre, que de las ocurrencias del hermano se trata, la celebra ella cual si, se tratara de la cosa más divertida del mundo y, percatándose de que éste se ha apoderado del libro, finge enojarse por esta causa y le increpa a devolver a quien es su «legítima dueña», lo que a él no le corresponde. Se niega el ladrón a semejante intimación, y se inicia entonces una especie de forcejeo o juego de manos entre ellos, por ver quién se queda finalmente con el libro. Aunque tal sucede sin demasiada algarabía, basta al oído atento de la madre el fraternal escarceo de los hermanos, en medio del silencio reinante, para mostrarse severa en su reprimenda, en particular a la joven, cuya conducta afea por parecerle indecorosa, y contraria a la que debe corresponder a una joven de su edad y abolengo. A tiempo, devuelve el hermano el libro sustraído, con lo cual tiene oportunidad Verónica de ocultarlo bajo el chal, con destreza indicativa de su mucha pericia en tales menesteres.

Dicho lo suyo, a que los hermanos nada osan oponer como es fuerza que así sea, se retira la madre camino de la cocina, y no regresa sino al cabo de algún tiempo, seguida en silencio de Paulina, esclava doméstica de unos treinta y tantos años. Otro esclavo, de unos once o doce, el llamado Serafín, ha dispuesto ya, en el centro del patio interior, donde se lo indica la dueña de casa, una mesita de mimbre con su mantel y todo género de cristalería, platos y cubiertos, alrededor de la cual se sitúan diferentes asientos pródigos en cojines. Una jarra de cristal bellamente tallado, donde a los zumos del anón se juntan los que destilan de un mango troceado en menudillo, refresco éste al que llaman *matrimonio*, ocupa el centro de la mesa. Una varilla del mismo cristal que la jarra es empleado para revolver una vez más, antes de escanciar con cuidado sumo de no derramarlo, el contenido de la misma. Antes de que los esclavos se retiren a algún lugar de la cocina, la dueña de casa toma algún bollo espolvoreado con azúcar, de los que campean sobre la mesa con sus distintas tonalidades de blanco y pardo, lo dispone sobre un platillo, y con gesto perentorio lo pone en manos del chiquillo que aún aguarda a su descargo. El ama sirve igualmente un vaso lleno de aquellas aguas nevadas, salpicadas de amarillo, y lo pone en la otra mano, con lo que el chicuelo se retira después de dar las gracias.

—Arrima, Paulina, y toma lo tuyo... —indica hacer a la esclava que permanece como al margen. Obedece entonces la mujer, y se retira prontamente como ha hecho ya el chiquillo. A la cocina marcha, y allí al calorcito de las brasas del fogón que permanece encendido, se acomoda junto al muchacho que devora con fruición su refrigerio, y cuya cara está cubierta por la harina con azúcar de las roscas. Ríe Paulina, con gusto de ver al muchachito devorar aquellos dulces, y espera a que haya acabado también su vaso de refresco para ofrecerle el suyo, que el muchacho vacila en tomar un instante.

—Anda, bébelo. *No seas bobo*. Si te lo dan, no lo desprecies. Lo que se da, no se pide, así es que, nadie te puede decir pedigüeño por eso.

Paulina entretanto, no deja su trajín en la cocina donde tanto hay siempre que hacer, y ella se siente como dueña y señora de su universo. Aunque metida en lo suyo no pierde de vista al muchacho, y así que lo ve terminar le pasa un pañuelo de tela burda que guarda en uno de los bolsillos de su delantal, y le indica salir al traspatio, lavarse y secarse con el pañuelo que le tiende.

—No se debe andar uno sucio y descuida'o, Serafín, mi'jo. Eso, como bien dice doña Amalia, es cosa de patanes, y de negros zafios y rufianes.

En la memoria de Paulina, detenida allí como si se tratara de una de esas cartulinas que alguna vez había visto, y a la vez, animada por el efecto de sus emociones, el único recuerdo de su madre que conserva con toda nitidez, es precisamente aquél del baño, junto a un río inmenso, junto al cual, sin alejarse mucho de la orilla las mujeres lavan igualmente contra unas piedras, al tiempo que cantan sin cesar. Se trata de unos cantos rítmicos, melódicos, que pasan a veces sin transición aparente de una tristeza atávica, a una alegría propia de mujeres. A veces, como si ignoraran o quisieran obviar el ritmo más empecinado e intimidante de los tambores, que a la distancia amenazan devorar la selva toda, y con ella el universo, como envolviéndolos en un fuego irresistible y abrasador, las mujeres acompañan sus cantos con palmadas y risas que parecen responder a un buen recuerdo que de momento aflora, o al susurro de un ánima buena junto a la oreja, a la cual se lleva la mano con un acto reflejo para hacer con ella bocina.

—Ahora, Serafín, a lo nuestro. ¡Ya sabes tú que no se puede estar de vagos! Mira a ver si ya está por concluir el refrigerio y avísame enseguida. Y después, fíjate si hace falta regar las matas del jardín, y que no crezcan yerbas malas entre los plantones de las mariposas y las malangas.

Desde que fuera traído a esta casa tres años antes, y sin otro referente de afecto maternal, que el que Paulina podía ofrecerle, y al que estuvo predispuesta desde el comienzo, Serafín se ha convertido en su desvelo inmediato. Sueña en verlo convertido algún día en un hombre de provecho, y aunque no llegue a soñarlo, consigue verlo feliz al frente de su taller de sastre, sonriente y requerido por todos, como ocurre con Jerónimo Palomino, que nació esclavo, y pudo con gran economía y esfuerzo comprar su libertad, y ahora tiene su taller ahí cerca. Tal vez el ama consienta que el muchachito trabaje allí como aprendiz. Será cosa de rogárselo con motivo de alguna celebración, o cuando acierte a *estar el horno para roscas*, como suele decirse. Tal vez lo mejor sea poner sobre aviso a la señorita, que tan buena y complaciente es siempre, y granjearse su complicidad en el intento de obtener aquella merced de su señora madre. Ya tiene medio apalabrado ella el asunto con Palomino, que además de ser industrioso, ni bebe, ni fuma, ni es negro de andar corriendo detrás de las faldas ociosas, y como no tiene sino un sobrino al que sólo interesan estas cosas, y al que ha tenido que plantar en la calle porque además le robaba desconsideradamente y con descaro, está en disposición de aceptar al muchacho con tal de que éste se halle dispuesto a aprender y a obedecer y a ser formal, de todo lo cual le ha dado su seguridad Paulina, y ahora espera solamente a que Dios quiera favorecer sus planes.

—Manda *la ama* que recojas —la devuelve a su realidad inmediata la voz de Serafín que ha vuelto con el aviso.

Paulina se deshace prontamente de aquello que la ocupa para dirigirse a donde se la requiere ahora, y al pasar junto al muchacho se vuelve a mirarlo, y le hace una caricia en la cabeza con las puntas de sus dedos.

—Ven y ayúdame a recoger. Luego te ocupas de lo tuyo.

Serafín la sigue aquiescente, y con mirada alegre, como si aquel gusto enorme que le produce beber champola y comer roscas con chocolate le durara aun.

12

Y leían en el libro de la ley (...) claramente, y ponían el sentido de modo que entendiesen la lectura. Y Nehemías el gobernador, y el sacerdote Esdras, escriba y los levitas que hacían entender al pueblo, dijeron (...): Día santo es a Jehová nuestro Dios; no os entristezcáis, ni lloréis. (...) Y todo el pueblo se fue a comer y a beber y a obsequiar porciones, y a gozar de grande alegría, porque habían entendido las palabras que les habían enseñado.

Nehemías: 8; 8-11 Viejo Testamento.

Mucho antes de ese momento —determinado y valeroso— en que el novicio se acercara a su ilustrísima con la vehemente súplica de ser ordenado sacerdote, ya había tomado el obispo a la tutela de su ala magnífica, y no menos paternal, al joven seminarista de nombre Félix Varela y Morales, a cuya familia le unían lazos de profundo afecto. Aunque naturalmente sorprendido, escuchó al joven y al cabo prometió meditar en el asunto, poniendo en oración aquello que le era suplicado. Así lo hizo, para llegar al cabo a su determinación.

Mediante dispensa que sólo al obispo correspondía otorgar, y era imprescindible, por no haber cumplido aún la edad reglamentaria el suplicante, había podido éste, ser revestido de sus hábitos sacerdotales. Buscaba con ello proporcionar al abuelo moribundo, quien había sido más, su padre y su madre juntamente, esa última alegría en esta vida, y si consintió el obispo, ello tuvo que ver tanto con hacer la caridad que estaba en sus manos dispensar, como por disposición del buen sentido, pues eran muchas las esperanzas que cifraba en el joven Varela. Desde entonces, lo había visto crecer cada día, encomendándole con su pedagogía reservada, diversos empleos, para que se ejercitara mediante ellos el considerable talento del joven, pues en él presumía ya entonces su ilustrísima haber dado con un futuro pedestal de la fe que ambos compartían, y a ellos correspondía en diverso grado ilustrar, de modo que alcanzara igualmente a todos cuantos eran, procurando su felicidad y bienestar más firme y duradero.

Habiéndose probado gradualmente el joven sacerdote en los más variados ejercicios, que resultaban al cabo más que meras pruebas de su capacidad para enfrentarlos, demostraciones de la facultad y determinación en él de resolverlos, se vio encargado este día, casi en el último momento, de la prédica a los seminaristas, por indicación de su ilustrísima, a quien hubiera correspondido la homilía.

—Encárgate tú, hijo —le instruyó el obispo—. Será sin dudas una magnífica oportunidad para que aprecien todos, tu elocuencia, y hagas luz con la fe que te ilumina.

Con semejante empeño por delante, reflexionaba ahora el joven sacerdote en las palabras del profeta Nehemías, que el prelado había transcrito de su mano y resaltaban entre las varias anotaciones con que evidentemente había planeado el obispo dar cuerpo y razón a su pensamiento, antes de encargar al otro de la doctrina. Repasaba pues una y otra vez Varela aquellos escolios y transcripciones, mientras sopesaba la mejor manera de representar mediante ellas el pensamiento de quien le encomendara hacerlo. Imploraba con humildad y unción, que fuera posible a través suyo dar voz, cuando menos, a los preceptos y conceptos que estuvieran a tono con su encomienda, y recabó del Cielo serenidad de temple, claridad de juicio y la palabra adecuada en cada caso.

Llegado el momento de cumplir su encomienda frente al colegio de seminaristas, (y pudiendo en razón de su edad ser tenido por uno más de ellos el mismo predicador) causó una indeleble impresión, incluso entre los mayores que escuchaban, como transfigurados, sus palabras, convencidos de que tras ellas se expresaba el Espíritu Santo. Y procedió de esta manera su desenvolvimiento: luego de haber colocado el *Libro de Nehemías* en el contexto correspondiente de las Sagradas Escrituras, según el Viejo Testamento, y de preguntarse de qué nos habla el texto, remarcó el orador sagrado la inquebrantable fe, y la devoción del profeta que no sólo se duele de la destrucción de Jerusalén, sino que pone a la primera por obra, para la reconstrucción de la Ciudad de Dios, y la unión en este empeño de todos los suyos, pese a las trabas, obstáculos, amenazas de muerte e incontables ardides de sus enemigos, a fin de entorpecer tales propósitos. La columna vertebral de todos sus empeños y realizaciones, en verdad portentosas, cual la erección de los muros y edificaciones derruidos y abandonados —aseguró el predicador— no era otra que la Fe, en que encuentra alimento y fortaleza abundantes e inagotables el profeta, e insistiendo en esta fórmula, volvió de distinta manera sobre ella a lo largo de su prédica.

No sólo era muy joven el padre Félix Varela y Morales —según se echaba de ver— sino de constitución que se diría endeble, pero una vez en el púlpito parecía transmutarse en otra de acerada consistencia. Las facciones, como esculpidas en el rostro con gran determinación por un buril muy preciso, exudaban dulzura, y los ojos, detrás de los cristales suspendidos por una armadura de alambres de oro, poseían una vivacidad que seducía tanto como su palabra.

Reiteradamente, indicó en su discurso de diferente manera, que los hechos referidos por Nehemías sucedían *el año veinte, del reinado de Artajerjes* —en lo que había un indudable afán concomitante, por recordar el año de Gracia en que se vivía, que era éste de 1820— y que el pueblo judío se hallaba entonces disperso por todas partes, quebrantado en su unidad, o esclavizados sus hijos, de lo que inferían sin esfuerzo quienes escuchaban ahora, una analogía procedente. El profeta mismo, era un sirviente del rey, con cuyo favor ha de contar para que éste consienta en otorgarle potestad de viajar a Jerusalén, con cartas a los gobernadores y demás autoridades, a fin de que estos le franqueen el paso, y le dejen libre de manos, según los objetivos que persigue Nehemías. Pero antes de emprender la empresa que lo ocupa, éste ha confiado a Dios favorecer sus propósitos, y no duda de que Artajerjes se incline, como en efecto sucede, ante el rey del Cielo, y actúe de conformidad con la voluntad Divina. La energía que despliega el profeta en busca de la unidad, y colaboración de todos los judíos, es sólo posible y explicable a través de la Fe, que alimenta y sostiene el espíritu —afirma el predicador—. También por la Fe, el alto sentido de justicia que guía al profeta Nehemías se rebela —asegura en un aparte— contra aquellos de los suyos que esclavizan a otros, pues es la esclavitud en quien la conoce de primera mano, bien por ser la de esclavo su condición, como sucede con Nehemías, bien por resultarle un espectáculo familiar, detestable vicio y pecado sin remisión, y en consecuencia, contra «los principales y los magistrados» de su condición, se pronuncia, y clama exaltado el profeta, y no tienen ellos en justicia cosa que oponer a sus argumentos —observa el panegirista alzando algo su voz y una mano que pareciera sostenerla.

La erección de la ciudad abatida, como bien indican las palabras del profeta ha de hacerse desde dentro, y poniendo en ello todo su empeño los que buscan asegurarse una patria terrenal donde la justicia y la armonía hagan eco a la armonía y justicia de los Cielos, a la espera de la venida del reino de Nuestro Señor —concluye el orador en exaltado momento de suspenso, que todos los que le escuchan siguen con un fervor contagioso, como si se comunicara a ellos la vibración de una cuerda de arpa—. ¡Ha de haber justicia en la reconstitución de la casa de todos, o no ha de levantarse un muro sólido y duradero que oponer a la arremetida de todos los enemigos comunes!

Haciendo una pausa lo bastante larga como para que se asimilara el mensaje de sus palabras, tomó aliento el que hablaba, antes de proseguir diciendo que la Iglesia por boca de varios de sus papas se hacía eco de esta condena de Nehemías a la esclavitud, refiriéndose a la cual, Pío II no vacilaba en llamarla «magnus scelus», horrendo crimen en verdad, contrario a la verdad de Dios, y era en ello secundado por Pablo III, Urbano

VIII, Benedicto XIV y Pío VII, quien había demandado del Congreso de Viena (1814-1815) la total supresión del tráfico de esclavos.

Una nueva era alumbraba la humanidad —concluyó diciendo Varela— y era requisito que alumbrara por igual para todos, o no resultarían duraderas sus luces, ni tan diáfanas. Era preciso, como hiciera Nehemías, confrontar la injusticia desde la Fe, y levantar desde los cimientos, la Casa de Dios en cada uno de nosotros y a nuestro alrededor.

Su ilustrísima misma —quien conforme al plan de su diseño escuchaba la homilía algo retirado, y procurando no ser visto de ninguno se sentía arder como la zarza del Evangelio— abandonó un instante su prudencia y asomó el rostro por entre los pliegues del paño que lo ocultaba, para contemplar a su satisfacción a aquel joven sacerdote, ya predilecto de su corazón, en quien, tantas expectativas cifraba el obispo. Dos lágrimas corrían por sus mejillas encendidas de rubor.

13

Acogidos a la vera del *Mesón de Arjona*, por entonces todavía un modesto local, al que se llamará luego con la prosperidad alcanzada, y durante breve tiempo, *Café de bachilleres*, por la profusión de jóvenes que a él acuden a diferentes horas, procedentes del Seminario, se hallan Salvador Lemus y su madre, sentados a una mesa sobre la cual acaba de colocar sus respectivos helados, el mozo de delantal empercudido y manos delgadas y ágiles. El alero generoso de sombra, que brindan el establecimiento y los aledaños, y la brisa que corre, justifican que se hayan sacado algunas mesas y sillas, atendidas todas ellas con prontitud y buena disposición por el propio dueño, su mujer e hijas y un joven dependiente con el que se halla emparentado el propietario. El alero, no obstante, en previsión de un chubasco repentino se prolonga éste en un toldo que ofrezca verdadera seguridad a quienes manifiestan preferencia por sentarse al fresco.

Varias callejas confluyen en la pequeña plaza, y se percibe en algunas, bastante animación a estas horas, al contrario de lo que sucede precisamente en ésa que se anuncia como una perspectiva más larga, aunque igualmente estrecha, de casuchas destartaladas y terrenos yermos, al final de la cual relumbra al sol un macizo de piedras negras como de basalto. Por ella avanza un perro vagabundo, con el paso cansino y mirada de infinita tristeza. No va a ninguna parte seguramente, pero parecería animado de una inquietud que es sólo eso, un resorte que lo impulsa. Anda para no detenerse, o quizás porque no le sería posible hacerlo si quisiera. Tal parece que andará de este modo hasta caer rendido al fin, sin vida en él. Salvador es el primero en notar su presencia, cuando aún no ha llegado junto a ellos. El perro no se apercibe del gentío, pero el mozo de delantal, que alcanza a verlo, se inclina para tomar un guijarro que lanzar contra el lomo del animal, cuando Lemus se adelanta a su gesto portador de un buen bocado para el vagabundo.

—A ver truhán, ven aquí donde te llaman. Mira. Mira el bollo que te ofrezco. Tómalo. Es todo tuyo. ¡A ver! ¿Qué dices?

El mozo se detiene en seco con la pedrezuela en la mano y el gesto conturbado, que apenas consigue disimular a la vista del señorito, y enseguida la deja caer como cogido en falta.

—Si el señor le engríe... —ensaya un regaño que su natural timidez u otra consideración no deja prosperar.

—No es más que un pobre perro hambriento —replica Salvador.

—Un perro *callejero*, señorito. Mugroso y hasta sarniento... —se anima a decir lo suyo el dependiente.

—Hombre, anímese usted también del espíritu franciscano de este joven —interviene de repente desde otra mesa, uno de los parroquianos, con lo que parece dejar zanjado el asunto, mientras él mismo arroja algún bocado a los pies del animal.

—¿Dónde andas, Luis? ¡A ver qué haces! Ven aquí, hombre... —se escucha dentro la voz un tanto exasperada del pariente-dueño que reclama la presencia del joven.

Sonríe aquiescente el camarero, inclinando ligeramente la cabeza hacia las mesas, a la vez que se da prisa en volver dentro, estrujando sus dedos en el delantal cual si, estuviesen mojados.

El perro parece que se atora un momento, con el bocado que engulle casi sin detenerse. Tose, liberándose así del bolo con que ha estado a punto de atragantarse, y de inmediato vuelve a él, pero ya en este momento ninguno le observa, olvidados del vagabundo que continúa su marcha.

Siente pena de repente Salvador de que, en cierto modo por su causa, se dice, asumiendo una responsabilidad que no le corresponde, se hayan trocado los papeles y ahora haya venido a ser el joven empleado, quien parezca llamado al vapuleo y quién sabe si hasta a los puntapiés que de común le están dedicados al perro vagabundo. Por eso, seguramente, se alegra de ver aparecer nuevamente al camarero al cabo de un tiempo que se le antoja interminable. La acentuada rubicundez de una de sus mejillas, sobre la que inconscientemente se posa la mano del muchacho, dan cuenta sin embargo del más probable sucedido. Y aunque éste simula sonreír igual que antes, y sigue siendo atento, Salvador está convencido de haber visto ahora, en el fondo de esa mirada, un destello de odio que logra conturbarlo, aunque no sepa exactamente contra quién va dirigida. Mas no dispone de mucho tiempo para reparar en aquello, pues una o más de las callejas que desembocan en el local se llena de un clamoreo de gritos y vivas a La Pepa, como ha venido ocurriendo ya desde hace un par de días, y pronto una multitud portadora de banderas nacionales, pendones, instrumentos musicales, impresos de todas las clases, y hojas sueltas que se lanzan al aire, hace imposible que se consagren a sus ocios los que están sentados y ocupan los predios del café. Un instante apenas, los ojos de Salvador descubren entre la multitud la figura del camarero que se ha confundido con los soldados y demás alborotadores, y da la impresión de querer arder y ser consumido por semejante ola de entusiasmo.

La fijación con que él mismo es observado a su vez por unos ojos, que al cabo encuentran los suyos entre el rifirrafe, consiguen alarmarlo al cabo, sin que esté consciente de lo que se trata, y hacen que aparte de su preocupación el posible infortunio del mozo. Ya antes le ha parecido toparse en ocasiones con esta mirada, en circunstancias que no logra precisar, y sólo cuando la figura extravagante de la mujer (o *mujerzuela*, se dice para sí) se aleja del lugar, arrastrada, o dejándose llevar por el gentío, puede Salvador desentenderse de su contrariedad y creciente turbación, pidiendo con algo de impaciencia, otro helado de mantecado, a la muchacha que ahora se hace cargo.

—Algo te ocurre, hijo. —Procura saber su madre, a quien no puede pasársele la mudanza operada en él—. ¿Se trata del bullicio?

—No. Nada. No es nada, mamá. No se preocupe su merced. Seguramente la algarabía, que ya sabe usted lo que me perturba a mí tanto alboroto, pero ya que es ida la jarana, con ello tendremos la fiesta en santa paz.

No obstante, semejante declaración, está muy lejos de sentir esta certeza que ha procurado transmitir a su madre con semejantes palabras, pues la fijeza y algo desconcertante y turbador en la mirada de aquellos ojos extraños e inquisidores, entre la multitud, seguiría perturbándolo todavía, cuando se halle de regreso en el hogar que comparte —además de la madre— su hermano José Francisco, cuatro años mayor, y la criada catalana que a ambos había visto crecer, y era tenida por alguien de la familia inmediata.

14

Iniciado que había sido en los menesteres pedagógicos, igualmente por indicación de su obispo, pensó durante muchos días un entusiasta Varela, el modo de sacar partido en su cátedra del Seminario, a la invención que por aquellos días se había mostrado (o más bien, demostrado) en la clase de dibujo y pintura, impartida gratuitamente en los altos de la Casa de Balbuena por un catalán de nombre Sepúlveda, poseedor a la vez, de una mano firme y un corazón bondadoso. Se trataba de una *linterna mágica* operada por un Signor Fuzzi, o Fuxxi, de endiablada retórica y confundido verbo, a quien Sepúlveda hiciera lugar, en su interés de comunicar al público interesado, todo aquello que pudiera suscitar su interés y adelanto. No duraría empero semejante demostración, acusado muy pronto el extranjero que la preconizaba, de incontables desafueros y patrañas —bien que se tratara de meras especulaciones— y evadido subrepticiamente por esta misma causa, a fin de eludir las posibles consecuencias de ser apresado por las autoridades, según temía, no sin buenas razones. Se desvelaba pues el maestro Varela, contemplando no sólo la idea de aquella aplicación a su arte, sino igualmente la circunstancia imprevista que representaba la fuga del otro con su secreto, lo que obligaba al meditabundo a considerar como posibilidad única, nada menos que la de recrear el artefacto, con arreglo a lo que bien podía recordar, y le comunicara, si bien con alguna renuencia, aquél que sin ambages ni medias tintas, se proclamaba heredero del notorio —y aun infame— conde de Cagliostro, su paisano. Sin considerarse ni remotamente heredero de éste, ni de ninguno otro, no se dejaba amilanar el pedagogo por los obstáculos y contrariedades que ante él y su proyecto se erigían, como consecuencia de la desaparición del iniciado, y llegó finalmente a una determinación.

Del vidriero, y delicado miniaturista e iluminador entusiasta don Anastasio Brugueras Lafontaine, y del conocido hojalatero don Isidoro Salazar Ponte se vio asistido el sacerdote y pedagogo, a requerimiento suyo, en la confección de su *linterna mágica, o de proyectar figuras* como también se decía, la que luego de numerosas pruebas y ajustes, sobre todo en lo que a los cristales y lentes empleados se refería, demostró funcionar admirablemente, y puesto a ello, en presencia de una gran concurrencia de curiosos entre quienes se encontraba el obispo, especialmente invitado a *la sesión*, procedió Varela a un ensayo de su método mediante una exhibición del arte paisajístico, con arreglo a las reproducciones en miniatura de diversos cuadros famosos, copiados de un libro a indicación suya por la delicada mano de don Anastasio, reducidos por ella y nuevamente pintados sobre placas de cristal.

—El cultivo de la sensibilidad, es en el hombre —comenzó diciendo Varela— el primer paso en su acercamiento a la contemplación del universo que lo rodea, ya que mediante nuestros sentidos y con arreglo a nuestra inteligencia, el Creador nos pone en contacto con el gran espectáculo de la Creación que de sus manos sale. Así como Dios mismo descansó al cabo de su labor, y contempló satisfecho el resultado de sus afanes, ha querido que seamos copartícipes de su gozo, propiciando el nuestro de manera inteligente y cultivada.

Aun si muchos llegaban a anticiparlo, se sintieron todos impresionados por la profundidad de miras que exhibía, la sensibilidad y el conocimiento que, del arte de la pintura, y otras muchas cosas al paso, cuáles eran las propiedades físicas de la luz, demostraría el maestro, que sólo a instancias de la autoridad de su ilustrísima —se dijo para sí éste— había venido a serlo en el Seminario. ¡Dios loado! ¡Qué maestro de maestros, anidaba en el pecho, y en la cabeza de aquel joven sacerdote! ¡Y qué gran pérdida no habría sido aquélla para todos, de no ser por un momento de iluminación del propio obispo, de lo que ahora se alegraba éste sin merma, y por lo que no cesaba de dar gracias a Dios! ¿En qué momento —se preguntó, asimismo— y bajo la advocación de qué maestros a su vez, había adquirido el joven sacerdote semejante ilustración, bien que hubiera contado en el Seminario con los mejores guías e instructores disponibles, a los que sin dudas mucho debía?

A pesar del justificado entusiasmo de la mayoría, incluida su ilustrísima, alguno de los presentes que no debía compartir con estos su fervor, o albergaba sus dudas todavía al terminar la conferencia de Varela, preguntó a éste de qué podían servir al médico como él había de ser, aquel conocimiento que más bien le parecía usurpar el lugar que a otros más de su competencia correspondían, a lo que respondió con persuasión el preguntado:

—Un médico que sólo de medicina sabe, ni de medicina sabe —dijo, antes de extenderse en consideraciones encomendadas al incrédulo.

La idea de crear una Cátedra de Constitución, adscrita a los predios del Seminario, avanzada por la Sociedad de Amigos del País con motivo de la proclamación oficial, y acogida con calor por el obispo, había dado lugar de inmediato, a la convocatoria a unas oposiciones que debían tener lugar en octubre. Ahora confirmaba para sí el prelado, que se trataba ésta, no sólo de una idea acertadísima, a tono con los tiempos que alumbraban, sino en verdad la más feliz ocurrencia, inspirada por el Espíritu Santo. Para desempeñar la misma, tenía él puesta en Varela su esperanza, pues le asistía el convencimiento de que ninguno como él, era más idóneo para conducirla. Seguramente así también lo estimaría en llegado el momento el jurado seleccionador, a menos que otro cualquiera de los postulantes consiguiera sorprenderlos con su actuación. Acogiéndose a su primer designio, había dicho a su protegido con ocasión de producirse la convocatoria:

—¡Yo te mando, que te presentes a las oposiciones! Talento y entereza tienes, y con algo de estudio de este asunto, podrías imponerte seguramente a otros candidatos, y desempeñar la cátedra mejor que nadie. Yo así te lo ordeno, porque confío en tus dotes y en tu mérito. Seis meses: ése es el plazo que te concedo para que te prepares como es debido. Ya te has estrenado en la enseñanza con la Cátedra de Física, y te conocen y aprecian bien todos, con tus discípulos a la cabeza.

Reafirmado ahora en su convicción, y sin ocultar la distinción que del orador hacía, el obispo se aproximó al conjunto que formaban alrededor de éste unos cuantos notables, interesándose por conocer el funcionamiento del novedoso artefacto, de que sin dudas tan ingenioso empleo pedagógico había hecho el maestro. Se vio obligado Varela poco menos que a explicar a la multitud de curiosos, su composición y funcionamiento, destacando al hacerlo, el ingenio y la versatilidad de sus colaboradores en la reproducción del mismo. Se hallaban igualmente entre el número de los entusiastas, el celebrado intendente de Hacienda don Alejandro Ramírez Blanco y el tercer conde de Casa Montalvo, don Ignacio Montalvo y Núñez del Castillo, en compañía de su tío, el célebre don Juan Montalvo y O'Farrill, militar de reconocido historial, magnate, y conocido entusiasta de toda manifestación de progreso, por cuya cuenta se disponía desde principio de febrero del año mil ochocientos diecinueve, del primero de los barcos de vapor que prestaban servicios entre diferentes puertos de esta isla, y a estas fechas sumaban unos cuatro en total. A propósito de este primer barco de su clase, llegado a La Habana desde Filadelfia, o más bien del nombre *Mississipi* que en un principio ostentaba y pasó luego a ser Neptuno, por decisión de su dueño, se dio en hacer uso de él para aludir en el lenguaje conversacional a alguna faena o empresa particularmente singular, inesperada o incluso riesgosa:

—Eso es más caro y complicado, que hacer cambiar de curso al Mississipi, y que desemboque en La Habana echando humo —decía alguno.

—¡Debe haberte costado un Mississipi, a juzgar por el vapor que te sale por las narices! —opinaba otro.

—Pero, ¿quién te crees tú que soy yo, mujer? —se lamentaba algún marido abrumado de reclamos—. ¿Don Juan Montalvo y O'Reilly, que tiene pesos y caudal como para comprarse un río?

Esta noche, sin embargo, el mecenas que sería de tanta empresa arriesgada se limitó a escuchar las palabras del sacerdote, y a expresar a éste, en cuanto tuvo ocasión, su complacencia por lo mucho que había aprendido de aquella disertación suya. Como a solicitud de Varela también se hallaban presentes don Anastasio y don Isidoro, sus colaboradores, con ellos cruzó igualmente algunas palabras el potentado, relativas al ingenio de aquella *linterna mágica,* y sus posibles aplicaciones futuras como medio a la vez de distracción, y edificación, en una sala concebida para este fin, o a bordo de uno de los barcos de travesía para beneficio de pasajeros.

Un instante buscó la mirada de Varela, por entre la multitud de los presentes al conocido oftalmólogo don Federico Nissen, ya muy vencido de la edad y quebrantado de salud, a quien correspondía el portento de haber realizado con éxito allá por el año 1813, la primera operación de cataratas de que se tuviera noticias en el país, quien había sido especialmente invitado en la ocasión, para que con su saber contribuyera a la labor de divulgación emprendida por el sacerdote. Mas no habiéndolo encontrado, a él se refirió Varela lamentando que no hubiera podido hallarse presente, cuando se le formularon preguntas antes las que sólo podía responder, a su juicio, con las formulaciones del lego:

—Hay seguramente un *arte* del *bien ver* en el pintor, como asimismo en el que contempla la obra concluida por éste: un arte de la apreciación estética, que es a la par don del Cielo, y cultivo inteligente de las habilidades de que disponemos unos y otros, a veces sin tener conciencia de ello.

Objetó alguno no disponer de tales habilidades, y no creer que estuviera nunca en condiciones de adquirirlas, a lo que respondió el maestro de este modo:

—Sin dudas influyen en esto multitud de aspectos, por los que no siempre se puede responsabilizar al que observa, como si se hallara frente a una tapia muy próxima a los ojos. Un ciego, por ejemplo, sería incapaz de apreciar la belleza de una tela, bien en su original, o mediante una buena reproducción, mas sabido es que el sentido cuyo empleo se pierde, o del que se carece al nacer, se traspasa a otro, de donde los ciegos pueden llegar a ser músicos de refinada percepción, aunque no consigan ver. Un científico inglés de nombre John Dalton, ha revelado, asimismo, la existencia ocasional de un problema óptico en lo que respecta a la percepción de los colores, tanto que él mismo ha declarado sufrir de esta anomalía, según la describiera a una importante sociedad científica inglesa mediante un informe presentado a dicho claustro. En dicho trabajo, ampliamente divulgado luego en forma impresa por Europa y los Estados Unidos, afirma Dalton lo que seguidamente resumo: «Bien es sabido que nuestra percepción de los colores, sonidos y gustos, aun cuando procedan del mismo objeto, pueden resultar muy diferentes». Es decir, aquello que cualquiera entre nosotros afirma y todos sabemos, de que «todo depende del color del cristal a través del cual se mire», sin parar mientes al decirlo en lo que bien podría significar tal afirmación. Mas otro, enteramente, es el caso de quienes, en posesión y disfrute de todos sus sentidos, se niegan por obstinación, abulia o cualquier otra causa o motivo, a darles el debido empleo, de los cuales bien se puede decir aquello que ya indican las escrituras: *el que tenga ojos para ver que vea, y el que tenga oídos para oír, que oiga.* Y lo mismo que de los sentidos, podría decirse del pensamiento, que, si no alcanza muchas veces a serlo, no es por un defecto innato, sino por muchas otras causas, en particular la falta de voluntad, o más bien el ejercicio negativo de ella en el individuo.

Ahora se interesaba otro por la cuestión de los lentes, y por obtener confirmación de si tal y como ocurría con la *linterna mágica,* era posible con ayuda de estos, que alcanzaran los ojos a distinguir mejor ciertos objetos. Varela, que muy pronto comenzaría a llevar anteojos de manera regular, según progresara su miopía, miró nuevamente en torno suyo en busca de la autorizada opinión del médico especialmente invitado, y al no encontrarlo, se resignó a ofrecer una explicación inteligente, que estuviera asimismo avalada por su experiencia.

—Aunque parezca éste, asunto nuevo, no lo es en verdad. Y sería más apropiado a explicárnoslo y a explicar todo cuanto de él sería mérito saber, don Federico Nissen quien no ha podido hallarse entre nosotros, como tanto me habría complacido que fuera. En el papiro egipcio llamado de Ebers (año 2830 de la era anterior a la primera venida de Nuestro Señor) ya se hace referencia a las dolencias de los ojos y a su tratamiento. Al griego Hipócrates se atribuye la primera obra sobre Oftalmología, alrededor del año 400 de la misma era. En la mitología egipcia, nuevamente, se hace referencia a una disputa entre Horus y Seth, por las que el primero a quien se atribuía ser el dios de la luz, pierde un ojo combatiendo con su contrincante el dios de la oscuridad. Un árabe, Aben Nafed, publicó en Toledo la obra conocida como *El cerebro con el quiasma de los nervios ópticos,* y Graffeo fue un célebre oculista latino de la época medioeval, que nos dejó su tratado *Práctica Oculorum,* considerado aún por muchos, libro de mérito. Unos indican que se debe al inglés Roger Bain el mérito de los lentes o cristales para ayuda o corrección de los defectos, o el debilitamiento de la vista, ya que en su obra *Opus Majus* habla de su mérito; otros en cambio, atribuyen al veneciano Salvino D'Armati tal invento, pues en el epitafio que se colocó en su sepulcro podía leerse: «*Aquí yace el inventor de los espejuelos, muerto el año de 1317*». Se sabe, asimismo, que el monje franciscano Alejandro de la Spina fabricaba lentes tanto para su uso, como para el de sus hermanos. Al veneciano Marco Polo se atribuye haber traído de sus viajes a la China y aquella parte del mundo, tales artefactos, pero esto es más que dudoso, porque no hay evidencia de que los chinos hayan conocido el cristal, si bien eran maestros en el arte de la porcelana. Creo no equivocarme, sin embargo, al decir que la primera obra conocida donde se especula sobre los errores relacionados con la refracción de la luz, para los que se indica el empleo de diferente género de anteojos, corresponde al español don Benito Daza Valdés, quien curiosamente no era oftalmólogo, sino notario, y la publicó el año 1623. En cuanto a lo que puedo afirmar de este asunto, por experiencia propia, es que, en efecto, sin el auxilio oportunísimo y el más benéfico, de estos cristales a que también llamamos espejuelos, si bien han de ser más bien transparentes que reflejantes, sin ellos tendría este servidor una impresión muy diferente del mundo físico que nos rodea, bien que se dice aquello que algo de sabiduría encierra, y ya he dicho antes, de que todo ha de depender del color del cristal con que se mire. Y no digo más de este asunto, que es todo cuanto alcanzo.

Intervino entonces en su ayuda el miniaturista don Anastasio Brugueras, alentado por Varela, a quien se interesaba en preguntar una señora acerca del método seguido por él para la consecución de su exquisito arte:

—Pues nada, mi querida señora: pinceles, los más finos que puedan hacerse; los barnices adecuados; las superficies más pequeñas y escabrosas —pues no negaré a usted que hay en esto mucho de capricho, y ganas de complicarse uno durante incontables horas—, y lo otro es, digo yo, buen ojo, asistido naturalmente por un buen lente de aumento, y pulso firme.

Rio la concurrencia y algunos aplaudieron con entusiasmo.

Muchos años después de sucedida esta escena, ya viejo, ciego y menesteroso, acogido un poco antes de morir exiliado, a la caridad que le ofrecía en San Agustín de La Florida otro sacerdote, compadecido de la extrema indigencia del anciano, conservaría Varela entre sus escasas pertenencias una media docena de aquellas placas de vidrio, pintadas alguna vez según encargo suyo por el exquisito miniaturista Brugueras, y entre sus recuerdos más vivos, aquél de su estreno público como pedagogo, ante la presencia luminosa de su ilustrísima, de feliz memoria. En Cádiz, en Gibraltar tal vez —no habría conseguido precisar nada, de proponérselo el anciano— o en Filadelfia o Nueva York había quedado, abandonada a su suerte, la *linterna mágica* construida por el hojalatero Zalazar, siguiendo las instrucciones y dibujos salidos de la mano del presbítero, que éste le ponía ante los ojos.

Esto, sin embargo, quedaba ahora en el futuro y nadie habría podido delinear nada semejante. De momento, el entusiasmo de la inmensa mayoría de los asistentes no se limitaba a la curiosidad ya mostrada en conocer el funcionamiento del aparato, sino que buscaba penetrar aun en los secretos del arte paisajístico expuestos con tan conmovedora elocuencia por Varela. Por entre la barahúnda que reinaba, y pese a estar atento a lo que se le preguntaba, se percató el sacerdote —merced a un don de sensibilidad especial muy acusado, con el que había sido regalado— de aquella suerte de sombra ubicua, aunque aptamente disimulada por él, en la frente del intendente Ramírez, anuncio fatídico, si bien por entonces indescifrable, de una muerte que sería tanto más lamentada cuanto imprevista, ocurrida como en la ocasión se diría: *en la flor de su edad*, e igualmente, *en lo mejor de su hora*, pues al morir el 20 de mayo de 1821, contaba apenas el benemérito don Alejandro cuarenta y cuatro años, y dejaba un legado y una trayectoria de gran envergadura, atestiguados por una labor que iba de Guatemala a Cuba, pasando por la islita de Puerto Rico y la de Santo Domingo.

Esa noche, había alcanzado a distinguir Varela, pese a las numerosas distracciones a que era sometida su atención, y a lo bien iluminado del local, la sombra proyectada por la muerte sobre la frente del bueno de don Alejandro. Aún sin reconocerla, mas evidenciada allí por un sello de perturbación y angustia, pensó el sacerdote apartarse momentáneamente del resto y hablar al intendente, no sabía muy bien de qué, salvo que el hacerlo —según estaba convencido— le permitiría allegarse al alma del afligido y llevar a ella alguna forma de consuelo o luz por la palabra. Pero faltó en todo momento la ocasión de poner en práctica este propósito, y sólo ya para despedirse todos quienes componían la concurrencia, dispuso apenas de un momento Varela para la colocación de una frase dirigida al aquejado, la cual según su propósito debía ser oportuna y estar lo más alejada posible de las convenciones de la cortesía al uso. Un vago desasosiego que sólo a sus plegarias, y más tarde a su violín confiaría en sordina, lo acompañó luego.

15

No bien desembarcado en su nuevo destino habanero el año 1816, procedente de la Guatemala, donde dejaba una feliz memoria de su paso, se había apresurado el intendente de Hacienda don Alejandro Ramírez Blanco a gestionar que en el Hospital de San Ambrosio se establecieran las cátedras de Anatomía, Fisiología y Química, conocidas como el Trigónomo, de las cuales podía encargarse a los doctores Tasso y Saint-André, éste último, recién llegado de París. Como el francés muriera repentinamente de fiebre amarilla a los pocos días de su arribo, se vio obligado a cubrirlas todas, el italiano Tasso —ya aclimatado al país, o *aplatanado*, según se decía corrientemente— quien impartía clases diarias de anatomía, a partir de las once de la mañana, y se hizo cargo igualmente de enseñar las otras dos asignaturas. Para las de Química y Fisiología contó primero con la colaboración del doctor Jacinto Bucelo, y algo más adelante, con la del doctor Antonio Castro. Los frutos de esta siembra, que había sido pródiga en verdad, se cosecharon al cabo de cuatro años, precisamente por las presentes fechas, con los exámenes generales de Anatomía y Fisiología correspondientes al primer curso, los cuales tuvieron lugar los días 12 y 13 de mayo del presente año de 1820. La ceremonia con que se recibía a los primeros egresados del curso resultó un acto de gran brillantez, al que acudió lo más representativo de la sociedad habanera del momento. Además de sus títulos y diplomas correspondientes, los nuevos galenos recibieron asimismo diferentes medallas y premios, y entre estos últimos la promesa formal de la Sociedad Económica de Amigos del País de costear estudios adicionales, en las facultades de Madrid a los primeros de la clase. Don Juan Montalvo y

O'Farrill, el conocido magnate de la casa de los condes de este nombre, dispuso de su peculio, y por iniciativa propia, de una bolsa cuyo valor alcanzaba para costear el equipamiento de los tres primeros expedientes. Y, asimismo, para no ser tenidos en menos, o por genuino espíritu de colaboración y caridad cristiana, contribuyeron muchos otros con sus aportes, a una hucha que debía ser repartida entre todos los que se recibían en la ocasión. No era ajeno don Alejandro, al escoger el hospital de San Ambrosio para la instalación de las nuevas cátedras por él gestionadas, al hecho de que, en el de San Felipe y Santiago (también llamado de San Juan de Dios) se contara desde el año once con la cátedra para la enseñanza de la Clínica Médica, que en 1795 había sido primeramente establecida en Madrid por don Mariano Martínez de Galinsoga. Era el criterio del progresista y bien informado intendente Ramírez, diseminar cuanto fuera posible los recursos y medios entre los hospitales y establecimientos de vario orden existentes, a fin de estimular el afán de emulación, que entre los hombres es incentivo fundamental para el progreso, según le enseñaba la experiencia.

En este mismo hospital conseguiría el doctor don Tomás Montes de Oca, notable cirujano tenido en gran estima a causa de sus aciertos, y favorecido por ello del intendente, operar con éxito una hernia estrangulada, lo que tendría lugar el año veintidós. En este mismo teatro, se producirían igualmente otras intervenciones quirúrgicas llamadas a hacer la reputación de más de uno. Don Alejandro, que moriría muy joven, a los cuarenta y cuatro años, de una apoplejía inopinada el año 1821, ya no alcanzaría a presenciar éste triunfo del favorecido Montes de Oca, que también pudo muy bien atribuírsele al intendente por haberlo facilitado con su gestión, pero muy en su salud al presente, salvo por un ataque de laringitis nada grave que lo obligaba a llevar alrededor del cuello un pañuelo de tejido muy espeso, inmaculadamente blanco, declinó a favor de otro las palabras de salutación pretextando la afección que sufría, y estuvo sonriente y cordial como era su natural. De facciones suaves, mirada inteligente y bondadosa y sonrisa cuyo blancor de esmalte competía con la del pañuelo que llevaba al cuello, constituyó a su pesar y contra su intención, el otro centro en torno al cual giraba la velada subsiguiente a la ceremonia del grado.

A pesar de la energía y vitalidad de que, así en ésta como en toda ocasión dio muestras el intendente, aunque sin ánimo jactancioso, resultaba difícil explicar de qué modo se las arreglaba para dar cabida en su preocupación, y llevar a feliz término, proyectos tan diversos y aparentemente reñidos o distintos, como eran el organizar y administrar de tal modo la hacienda isleña que las rentas aumentaran prontamente, y el bienestar se diseminara expandiendo los alcances de su radio, a la vez que concebía y apadrinaba obras numerosas, cuál las mencionadas del hospital, o las muchas de salubridad promovidas con gran celo y persistencia por el doctor Tomás Romay y Chacón, quien desde el 13 de febrero de 1804 no cejaba en su campaña de vacunación, desde hacía ya varios años extendida a toda la isla, mediante los auspicios de la *Junta Central de Vacuna* por él presidida. Ni faltarían entre las obras emprendidas por el intendente don Alejandro Ramírez Blanco, y llevadas por él satisfactoriamente a su fin, las correspondientes a la fundación de la hermosa y rica villa de Cienfuegos, el año de 1819, en respuesta a la solicitud del coronel don Luis de Cluet, así como de las nuevas colonias de Nuevitas, Mariel y Guantánamo; el establecimiento igualmente de una Academia de dibujo, rival de la de San Fernando de Madrid, y de las cátedras de Economía Política y de Anatomía Práctica en el habanero Seminario de San Carlos, entre las muchas obras a él debidas que podrían mencionarse.

Alcanzaban las fuerzas y buena disposición de don Alejandro, incluso para socorrer a más de uno que se lo solicitaba, bien por intermedio de una misiva, o por un propio, como en el caso de un marino recién llegado a este puerto y aquejado de algún mal que lo tullía, dejándolo incapacitado, el cual aducía a su favor conocer bien al intendente —de nombre y obras— desde los días que para su buen crédito había pasado éste en Puerto Rico. Logró hacerse oír mediante un tercero el enfermo, entonces alojado en el Hospital del Arsenal, que era el dedicado a la atención de marinos, y consiguió que por intervención directa de éste a quien se dirigía se le pasara al de San Ambrosio. Allí, le vio el propio Montes de Oca, quien con buen criterio le remitió al doctor don Francisco Alonso Fernández, al frente de la cátedra de Anatomía Práctica. Del buen resultado y de la gratitud del marino, daría cuenta éste por muchos años, preciando por igual la intervención del médico, como la del intendente don Alejandro Ramírez que la había posibilitado. Mas, así como era éste el más sensible y caritativo de los hombres, cristiano devotísimo, sin estridencias, y administrador justo del bien común, no consentía por causa de este último de sus atributos el menor *corrompimiento* o abuso, en lo tocante a las recaudaciones y su gestión, las que habían de ser honestas y sin lugar a cohechos ni otras degradaciones, de lo que no llegaba a hacerse ni leve ni gracioso a quienes con él de por medio no podían aspirar a medro alguno, ni al celebrado como infame *unto de Indias, México,* o *de Cuba,* para el caso.

—Administradores somos. Ministros de nuestras obras, que no dueños de prendas ajenas. Por administrarlas nos compensan, no para disponer de ellas como si estuvieran al albedrío de nuestro primer capricho. —Con estas palabras dirigidas a quienes debían estarle subordinados, y entre los que se contaba un joven Claudio Martínes de Pinillos, futuro sustituto suyo, se había dado a conocer en su momento el señor intendente, y estas palabras resumían en verdad su filosofía, y su eficacia como administrador de bienes comunes.

No es pues de extrañar, que, así como por estas palabras, y sobre todo por los actos consecuentes se diera a conocer el administrador a sus asistentes, le conocieran igualmente quienes antes de su llegada e instalación medraban a costas del erario, y por la vía expedita de las defraudaciones y arreglos de variada índole. Una tensa puja que, con el correr del tiempo ganaba en estrategias y golpes bajos ensayados de continuo por sus enemigos, no parecía entretanto producir mella alguna en el comportamiento o la salud del intendente, bien fuera por el carácter mismo de éste, feliz conjugación de los rasgos característicos del flemático y los del temperamento apasionado, o porque no hubiera llegado aún el punto de máxima saturación que debía quebrar este equilibrio. Como a ello seguramente apostaban aquellos enemigos que lo habían sido desde el primer momento, considerando que eran ellos muchos, y él uno solo, tampoco se replegaron a discreción, sino que adoptaron con él encontradas y a veces contradictorias estratagemas, las cuales, si no conseguían el propósito de desplazarlo del sitio alto que naturalmente ocupaba, servirían de seguro para confundirlo, y quién sabe. Especialmente empecinados en esta política estaban algunos gremios de comerciantes, que trabajaban con todo género de bienes y de voluntades, según había de verse algo más adelante. A día de hoy, sin embargo, predominaba el ánimo celebratorio que animaba los espíritus de los congregados ante el fausto acontecimiento. De su ilustrísima a la última de las monjas, que hacían de enfermeras del establecimiento, y del saliente capitán general Cagigal al último de los oficiales de su entorno, pasando por un público variopinto que se daba cita con motivo de la ocasión y colmaba el local y sus aledaños, celebraban todos. Por disposición del intendente Ramírez habían sido dispuestos algunos barriles de cerveza pagados de su peculio, la cual se servía acompañada de fiambres, y estaban al alcance de cualquiera que así lo deseara. Aunque una barrera natural separaba al pueblo que acudía al convite, de aquellas figuras encumbradas bien por su posición o por su riqueza, algunos más osados o menos inhibidos entre los primeros consiguieron traspasarla, y se vieron de pronto rozándose de codos —se diría— con el propio obispo, quien en modo alguno se mostró conturbado, y con su excelencia, el cual no consiguió ocultar el malestar que aquella excesiva *confianza y desconsideración de unos majaderos* le producía, al punto de que con una excusa cualquiera, dirigida a los reunidos que, por su rango la merecían a sus ojos, se retiró prontamente acompañado de sus edecanes, lo cual produjo un momentáneo desconcierto entre los reunidos. Pasado el efecto, sin embargo, se prolongó aún el agasajo mucho tiempo, hasta que la partida del propio obispo, seguida poco después por la del intendente, y otros principales debió marcar la conclusión del programa.

16

Rendida con éxito hacía apenas unos meses, una nueva faena de las que traen africanos a la luz del día, tras eludir con maña, e innegable osadía, la vigilancia inglesa, se aprestan otra vez los traficantes, para un nuevo viaje a las costas de la Guinea. Reunidos algunos de ellos en torno a una tosca mesa de madera, no insiste don Casimiro, en que beba su capitán Elpidio Valdés Rogado un segundo trago de ron, que el tabernero, adivinando quizás un deseo, o anticipándose a él, les coloca delante con obsequiosidad servil. Cree el potentado, conocer bien a este hombre, su más hábil capitán sin dudas, y sin embargo, algo en el carácter de éste se le escapa como un pez entre las manos. Esta misma cualidad *escurridiza*, que nada tiene sin embargo que hacer con la sinuosidad, sino antes con una gran reserva, posee la virtud de intensificar el atractivo, y despertar en el magnate un vivísimo deseo de conocerle, cultivando siempre que es posible y conveniente, la relación que los une, y justifica que de tal modo se proceda. Siente por él un género de afinidad que responde por igual, a esa fuerza que dimana de la persona del marino (intrepidez, y reserva), como a ese lado oscuro, indescifrable, que insinúa apenas el alma penumbrosa. Don Casimiro intuye ese pozo ciego, oculto bajo la blusa de tela cruda, desprovista de corbata o adorno alguno, y deja ver la recia musculatura bajo ella. Todo este conjunto le seduce hasta rendirlo casi inoperante, lo que sin dudas explica la presencia de su hija Ana María, haciéndole compañía junto a la mesa.

No muy lejos de donde se encuentran está fondeada la goleta propiedad del magnate, empleada últimamente para la expedición que acaba de ser cumplida. Las reparaciones obligadas, el embreado, algo de pintura, y demás mantenimiento de rutina tienen lugar a bordo de *La Nueva Esperanza* bajo el ojo avisado del segundo a cargo. El muelle, y el puerto todo, dan señales de gran actividad, pues no se trata únicamente de *La Nueva Esperanza*, y el atareo, como un derrame, se extralimita hasta alcanzar los alrededores del muelle propiamente, donde faenan los hombres. Numerosas mujeres —las hay negras, blancas y mulatas, y se diría, de todas las coloraciones intermedias que son posibles— se cruzan en un ir y venir incesante con los hombres de iguales características, los que ascienden a los barcos que atracan, o descienden de ellos. Un gentío estrafalario, en el que sobresalen, vale decir, el desaliño y aun el desaseo más persistente, y cierto pintoresquismo caricatural que haría las delicias de un pintor de estampas aún desconocido, se desempeña en sus faenas, con aire o presunción de señores. Entran y salen de los lugares más diversos: bolleras, mondongueras, mujeres de *vida fácil* o *alegre*, que se dice, estibadores, marinos, carretoneros, gente libre o liberta, y esclavos. Una multitud de ratas furtivas, y de perros hambrientos y afilados, enemistados entre sí, aparece y desaparece entre los bultos que se almacenan aquí y allá, como haciéndoles la contraparte. Gaviotas de plumaje níveo, o gris, hacen su incesante ronda de inspección. Se posan a veces sobre los espigones del muelle, o se alzan al infinito azul y descienden de repente sobre las olas, precipitadas cual piedras o dardos incapaces de resistir la atracción fatal del mar, para surgir poco después con burla de las leyes más aparentes del sentido común. Infinidad de naves de diferente calado, características y propósitos, ocupa la rada. Cabrillea el mar, cual la superficie de una vidriera centelleante. El graznido de las gaviotas, las voces, el ocasional gruñido de un perro o el lastimoso lloriqueo de otro, lastimado por su contrario, se confunden en un todo. La brisa marina trae por igual el alivio y el olor del mar. Un hedor de peces muertos y cosas que se pudren, se coaliga con los olores más diversos y gratos.

Ninguno de quienes ocupan el local, da muestras de sorpresa ni sobresalto alguno por la presencia de la joven señorita en un tugurio como está llamado a ser éste, de «El Curro Miguel», bien sea que la compañía de los dos hombres a su lado baste a resguardarla, bien se trate de que ella misma resulte para aquellos hombres, zafios y brutales en su mayoría, un detente demasiado poderoso en razón de su propio desborde e inconcebible fuerza. De un golpe, baja ella la medida de ron que ninguno de sus acompañantes ha tocado, y se relame de gusto. El gesto, en el que se ha propuesto no reparar el capitán, se le queda grabado, sin embargo, y esa noche sueña por primera vez con los labios de la mujer. Todavía al levantarse, mientras se echa agua a la cara con ambas manos para despertarse, conservará fresca esa memoria que luego irá relegando al desván de las cosas inútiles, de los sentimientos fastidiosos o improcedentes.

En presencia de la mujer, y a no dudarlo de los dos hombres que la acompañan, se ha impuesto un cierto recato a su alrededor, que guardan con más o menos reserva los que llegan tan pronto se percatan de su presencia allí. Una bofetada propinada con fuerza por uno de los hombres sentados a una mesa próxima, impide que prospere el conato de desorden que está a punto de iniciar, a causa de la irrupción de una rata en el local, la mujer vestida con muchos tafetanes de rojo y negro.

—¡Ay! ¡Que *le* tengo mie'o yo a la' rata'! —se explica aquélla en voz baja como si su declaración pudiera importar al hombre que le ha pegado.

—¡Chito digo! ¿Más quieres?... ¡Más habrá! —es cuanto el hombre tiene que decir, y la mujer se repliega sobre sí misma, enmudecida, pequeñita.

Entretanto, Ana María Irazábal permanece indiferente a cuanto sucede a su alrededor, sumida aparentemente en la transparente vaciedad del vaso menudo que sostienen sus dedos, como si pudiera tratarse de otra cosa: una joya de exquisita hechura acaso. Ni siquiera la pelea en que de pronto se enzarzan unos perros en cualquier parte del muelle, y a cuya hecatombe se suma la algarabía de los hombres que la atajan, descargando golpes sobre la perrada, consigue distraerla o perturbarla en lo más mínimo. Al cabo, hace descender muy lentamente la mano que sostiene el vaso frente a sí, a tiempo que desvía la mirada para clavarla en el rostro de su padre. Tal parece que hubiera sido necesario deshacerse de la fascinación del vaso antes de que sus ojos consiguieran hallar otro objeto en que posarse. Entonces dice:

—Padre, mejor será que dejemos estar a don Elpidio con sus indecisiones, por algún tiempo más. Aún hay tiempo por delante, sin duda alguna. Si el capitán no consigue aún ponerse de acuerdo consigo mismo, no está bien forzarle con razonamientos. Debemos ser considerados, que no por ello se perderá el tiempo. ¿No lo cree así su merced?

Dicho esto, y antes de que el aludido consiguiera darse cuenta de nada, o ser capaz de una reacción cualquiera, se despedían de él sus compañeros.

—Piénselo bien, don Elpidio. Nada me daría más gusto que poder retenerlo en mi servicio. Nuestra asociación… Hombre, ya sabe usted. *Agur*.

—Don Casimiro… —atinó apenas a decir el capitán a modo de despedida, poniéndose también él de pie—. Señorita…

Un profundo silencio roto apenas para saludar al paso de quienes se marchaban, se hizo en torno. Adelante, andaba sobre el muelle con su frufrú de faldas y una determinación y seguridad pasmosas en mujer que no fuera ésta, Ana María Irazábal.

17

Aunque tuerto —lo cual disimula, u oculta convincentemente un ojo de cristal— no es nada feo como acaso pudiera suponerse, don Ricardo Pontevedra y Ramírez de Torralba, sino por el contrario, se trata de un apuesto joven, a quien distinguen tanto sus rasgos y buena figura, como lo cuidado de su atuendo, y exquisitez de modales. De todo ello hace gala sin proponérselo de este modo, sino más bien de manera natural en él, en medio del grupo de sus amigos, que ahora le festejan con motivo de los anunciados esponsales del oficial, a tener lugar muy pronto. Contrasta, aunque sin estridencias, la conducta reservada del novio, entre bromas y veras que agotan un repertorio de procacidades y salidas extemporáneas de toda clase, las cuales acaban por girar cada vez más con menor reserva en torno a la noche de bodas, a medida que se bebe champaña en abundancia, de lo que termina por desbordar la copa de la impropiedad. Algo achispado también él, y con las mejillas encendidas, pero lejos de estar borracho lo que no pudiera decirse igualmente de ninguno de sus camaradas, consigue deshacerse al cabo don Ricardo de tan gárrula compañía, para dirigirse a pasos largos, después de un prudente rodeo, a la casa solitaria donde es naturalmente bien recibido de la tía Mercurio, y una de *sus hijas* en particular, la llamada Adelaida. Es ésta a ocuparse en adelante del oficial, sin que medien instrucciones al respecto.

—¿Hago que te traigan alguna cosa de beber? ¡Champaña seguramente querrás que te sirvan!

—Nada, mujer. Bien sabes que no estoy de celebraciones, sino antes de pésames.

—Exageras sin dudas, señor don Ricardo. Ya te llevo dicho: Ni que fueras mujer, para atribuirle al matrimonio tal señorío sobre tu persona. Y aun de algunas casadas te podría yo contar infinitas historias que de primera mano conozco.

—Eres extraordinaria, sin dudas, mujer. ¿Por qué no habría yo de casarme contigo en vez de con ésa?

—Ésa..., seguramente no se merece señor mío que la aflijas con calificativos, o descalificaciones, por una decisión que al cabo conviene a tu proposición. En cuanto a lo de casarte conmigo, bien sabes porqué ha de ser como es.

—¿Y tú, te casarías conmigo si yo te lo pidiera?

—No me lo pedirías por nada del mundo, ni yo consentiría en que de este modo te engañaras. Además, de que yo para reinar sobre mí propio nací, y no para que ningún hombre se adueñe de mi albedrío.

—Tonterías. Mentirijillas son ésas. Que tú como cualquier mujer...

—¿Te gustaría yo tanto si fuera como *cualquiera* otra mujer?

—De cualquier modo que fueras, me gustarías, y más si te casaras conmigo. Huiríamos a cualquier parte. Con mi fortuna y con mi nombre... A la Nueva Orléans si prefieres volverías, y yo contigo, como tu esposo.

—Demasiados folletines has de haber leído, amigo mío, que han acabado por sorberte el seso, según creo que es apropiado que se diga. Yo, bien sabes que al presente de nada carezco, cosa que no siempre pude decir, y antes aquí prefiero estar que volver a ninguna parte.

Ahora la tomaba de ambos brazos el galán acometido de una pasión insensata y extravagante.

—Algo de esa historia que me has contado conozco, pero no volverías allá sino que sería como empezar de nuevo a mi lado. ¿Quién sería a tocarte un solo cabello sin pagar por ello con su vida?

—No dudo que así fuera. Lo temería constantemente.

—Pues nos iremos a vivir a Francia, o a España. ¡A los Estados Unidos! Hasta a la mismísima Inglaterra si allí estuvieras a tu gusto.

Conmovida en su yo íntimo por la insistente ternura con que el hombre, más que engañarla procuraba engañarse a sí mismo, mas inconmovible en una determinación que le parecía ser la única razonable, dijo ahora Adelaida mientras acariciaba el rostro de su amigo:

—Hombre, Ricardo mío. Deja ya de insistir en tus despropósitos, y cásate con esa muchacha. Hazla feliz con poco, y selo tú, que yo, entretanto, aquí aguardaré por tus visitas y serán ellas tesoros de amor, felicidad y sosiego para ambos. ¿Cuántos, dime tú, bien mío, son los hombres que pueden hacer dichosas a la vez a dos mujeres? ¿Serás por causa de ello infeliz tú?

En ese instante, sin poder aguantarse ya más, y obedeciendo a ese impulso que lo poseía, rindiéndolo a su arbitrio, extrajo él de uno de los bolsillos interiores de la guerrera un anillo, en el que esplendía una piedra de gran belleza y la colocó con recogimiento cuasi estático en el dedo de su amiga.

—Acéptalo, que con esta alianza nos comprometemos tú y yo, o si prefieres...

—¿Qué es esto, amigo mío? —indagó la mujer profundamente conmovida, mientras le acariciaba el rostro con la misma mano donde él colocara el anillo, e intentaba enjugar con los extremos de sus dedos, las lágrimas que corrían por una de las mejillas del hombre—. Otra alianza nos une, más duradera que ninguna. —Y despojándose de la joya hizo por devolverla y colocarla en las manos del amante que la devolvió a su vez al dedo donde antes la colocara.

—Puesto que nada soy a darte de valor y consecuencia...

—¿Qué es esto? Ven. Échate a mi lado, amor mío. Recapacita y sosiégate. Así, sobre mi hombro recuesta la cabeza, que yo la despejaré de insomnios y pesadillas como otras veces. ¡A ver! Ya verás que también pasa y se disipa esta borrasca, que no es otra cosa sino *tormenta en un vaso de agua*.

Hizo don Ricardo como se le aconsejaba, y sostuvo un momento entre las suyas las manos de Adelaida.

—Vamos. Vamos, niño mío. Descansa. Que ya están enlazadas nuestras almas. Y yo feliz soy de amarte y de que me ames. En otro plano se ha cumplido esta promesa. Vamos.

—¿Quién parece ahora haber sido a leer demasiados folletines? —protestó él.

—¡Calla! ¡Descansa, anda! Mucha batalla llevas en ti.

Pronto se quedaba dormido junto al cuerpo de la mujer, el soldado y futuro marido, entre sollozos ahogados que de cuando en cuando le sacudían el pecho aun en sueños. La verde y profunda claridad de la piedra en el anillo, comparaba en calidades con la luz y el color de los ojos en la mujer, que los mantuvo abiertos por un tiempo más, hasta que asimismo venció de ella la somnolencia y se quedó dormida con el rostro junto al del oficial, cual si ambos procuraran inspirar un mismo aire.

18

Apenas instalado en su cargo el nuevo capitán general don Nicolás de Mahy y Romo, quien llegara a este puerto rezumando entusiasmo y arrestos —disposición más encomiable en él, que en otro cualquiera, a causa de su avanzada edad, y del general estado de su salud— había tenido que hacer frente de inmediato a un sinnúmero de problemas de distinta singladura y alcances, no todos ellos de orden interior, y muchos de urgente o viejo reclamo. Entre los de origen doméstico, si es que aún podía establecerse con certeza donde comenzaban y terminaban unos y otros, se reiteró el problema de los presos en la cárcel de La Habana, cuyas manifestaciones no faltaron tampoco, aunque en menor medida, en la de Santiago de Cuba. Desde el momento mismo de pisar suelo cubano nuevamente, y puesto que no le eran ajenos los hechos relacionados con dicho establecimiento, se había mostrado el viejo soldado preocupado de mejorar en todo el estado material de ésta y todas las cárceles del país, y de quienes en ellas se alojaban, de lo cual concluyeron algunos, que a lo mejor por ahí se podía empezar una labor de zapa que demostrara de qué material estaba hecha la nueva autoridad.

Muy a tono con la determinación que uno y otros habían tomado, no cesaron las provocaciones de distinta intensidad de parte de los malquistos, y las respuestas e intervención de la capitanía general a las mismas, aunque diferidas por la máxima autoridad a la ejecutoria de algunos hombres de su proximidad y absoluta confianza. Estos le mantenían igualmente informado de cuanto transpirara, pues mediante el empleo de recompensas y otros sobornos disponían de informantes confiables entre los presos. Verdaderamente era nulo el número de estos por razones políticas, existente, puesto que a su llegada había dispuesto de inmediato el capitán general su liberación, al amparo de la Constitución liberal, mas no por ello, dejaban de alentar desmanes los distintos intereses, entre los peores de los reclusos, con todo género de excusas, exigencias y expectativas que correspondía satisfacer al nuevo orden. Y no pocos eran, los militares levantiscos que veían en la cárcel de La Habana una nueva Bastilla por tomar, que diera la señal de arrancada. En verdad, con su comportamiento, antes buscaban convertir el reclusorio en un polvorín. Gracias a la atenta vigilancia de los encargados de frustrar tales intentos, consiguió interceptarse nada menos que una considerable carga de dinamita destinada a ser almacenada entre las paredes del recinto penal, con propósitos indeterminados, aunque indudablemente siniestros, y fueron aprehendidos con este motivo varios militares acusados de conspirar, a quienes después de formulárseles los correspondientes cargos —negados por ellos frente a las incontrovertibles evidencias que les fueron presentadas— se remitió a la Península sin demora, en evitación de un proceso que viniera a echar más leña al fuego de las pasiones políticas, de por sí tan inflamadas.

No faltaron con motivo de este proceder, las acusaciones de la prensa, una parte de la cual clamaba por la justicia que a su ver correspondía haber impuesto a los traidores, y otra que consideraba un abuso de autoridad incompatible con los derechos constitucionales, el proceder de las autoridades que la representaban. Para que no faltaran los argumentos en pro y en contra, y las acusaciones que contra el flamante capitán general se lanzaban a diestra y siniestra, no faltó, desde luego, la voz del presbítero don Tomás Gutiérrez de Piñeres que enlazaba denuestos contra todos, trayendo de los pelos acusaciones como era aquella de un complot anglo-masónico donde se mezclaban intereses en apariencia encontrados, y llegaba a sugerirse entre líneas, la complicidad cuando no la connivencia de las más altas autoridades políticas y eclesiales de la colonia.

Entre proceder contra éste que de tal modo excedía sus derechos de libre expresión, violentando el de la propia persona del capitán general y el de su ilustrísima entre otras, y no hacerlo contra el resto, fue de Mahy de la opinión de ignorar el fárrago de insultos e insensateces, y pasar página, lo que sin lugar a dudas y contra los propósitos que dictaban su conducta, sirvió de estímulo al panfletista, en el que algunos llegaban a ver a una especie de Voltaire, muy a su aire.

La serie de pequeños y graves incidentes que de tiempo en tiempo tenían lugar tanto en la cárcel habanera, como en plazas y otros lugares, serviría para componer una lista de enconos, no siempre discernibles, que procedían de los cuarteles más sorprendentes, de modo que bastará nombrar los más notables. Además de estos a que ya se ha hecho referencia, mencionaremos los hechos que tendrían lugar respectivamente el primero de abril y el trece de agosto, y reclamaron la intervención del anciano capitán general en persona.

Con motivo del primero de estos, y determinación, de que no siempre iba a dar muestras, se encaminó esta vez al interior de la cárcel su excelencia, donde se informó sin intermediarios, de la amenaza que pesaba de insubordinación, y del complot fraguado entre militares y presos, por lo que, tomando en el acto las provisiones que mejor le parecían, relevó con aquellos del batallón que le acompañaba a los militares sospechosos de intrigar, y prometió a los presos mejorar aún su condición, y satisfacer ciertas demandas que fueran razonables. A este efecto, dispuso que se cumpliera aquello que ordenaba, y se redoblaran la vigilancia y el celo con que se desempeñaba su encomienda. Exaltó en un breve discurso dirigido a todos aquellos presuntos alebrestados, el valor simbólico y real de la reciente disposición de las Cortes, que «*desterraba por siempre de los dominios españoles como contrario al pudor, a la decencia, y a la dignidad humana el castigo de los azotes, que incluso la ilustrada y tan traída y llevada Inglaterra seguía considerando aceptable en determinados casos*». De semejante discurso, coligieron los más, que no se impondrían castigos corporales a manera de represalia, pero asimismo hizo ver el capitán general, que no se repararía en someter a como diera lugar, cualquier intento de imponerse por la violencia a las legítimas autoridades, cuáles eran las allí representadas por su persona.

A pesar de esta intervención en el incidente, de la primera autoridad del país, al menos otros dos intentos semejantes de insubordinación se suscitaron con posterioridad, de los cuales, el peor tendría lugar el día 13 de agosto de este mismo año. En tal ocasión se empleó efectivamente al cuerpo de bomberos, acompañado de varios destacamentos de soldados, para echar agua y apagar el incendio que intentaban propagar en el interior de la cárcel un grupo de malcontentos, cuyo principal reclamo consistía en que se les concediera pases para visitar en sus casas a sus familias todos los fines de semana, por ser éste un derecho supuestamente garantizado por la Constitución y el régimen constitucional. A todos ellos debería enfrentar el gobierno de su excelencia a lo largo de sus escasos dieciséis meses de tenencia, en los que no abandonó sin embargo, y pese al debilitamiento de su salud, la promesa que a sí mismo se había hecho al tomar posesión del cargo, de no actuar con arreglo a la violencia, y antes, evitar represaliar activamente a quienes bien lo merecían. Un prurito, acaso excesivo, de no ser causa de derramamientos de sangre lo llevaría, no obstante, y en contra de sus expectativas, a causar o permitir que se derramara sangre inocente por mano de otros, que así probaban el temple del viejo soldado, y lo hallaban a su sazón.

Algunos nombres conocidos, y otros que recién venían a serlo, entre los involucrados en los acontecimientos, apuntaban a muchos militares provenientes de Tierra Firme, entre los cuales, un don Gaspar Rodríguez, capitán de caballería, a todos los cuales el general instruyó de abstenerse en lo sucesivo de aquellas actividades, so pena de destierro forzoso, como si semejante advertencia no fuera sino a provocar a sus espaldas la carcajada en los levantiscos. Por orden suya, se practicó más de un registro minucioso de la cárcel varias veces visitada por él, mediante los cuales se dio indistintamente con un alijo de armas blancas y otras de fuego, como eran revólveres y escopetas, o literatura incendiaria conocida, entre la que se hallaron libros de Rousseau, Paine y otros autores, además de proclamas y manifiestos del peruano Vidaurre, a la sazón magistrado de la Real Audiencia de Puerto Príncipe, y el colombiano Fernández Lamadrid, y poesías de numerosos autores conocidos o anónimos, que llamaban todos a exaltar los ánimos, y componían en verdad, una barahúnda no siempre reconciliada de conceptos, a no ser en lo que de ella sacaban de aquí y de allá los ánimos exaltados.

Por no ordenar que se quemaran bárbaramente los libros e impresos, aun cuando de algunos tuviera de Mahy muy mala opinión, y de otros no supiera a qué razón atenerse por no haberlos leído, dispuso que se trasladara todo a la capitanía general, donde se debía dar entrada de ellos en un registro habilitado a tal propósito, luego de lo cual, desentendiéndose el capitán general del asunto, quedaron estos a la mano y alcance de muchos, que los sustrajeron, para su uso, o para devolverlos al empleo al que habían sido dispuestos en un comienzo.

Esa noche, y muchas otras, soñó el general hallarse a bordo de una antigua nave galera que hacía agua por todas partes. Los remeros eran, naturalmente aquellos infames o pobres galeotes encadenados a los remos, a quienes a su muerte se decapitaba con un golpe de hacha para liberarlos de sus instrumentos y dar colocación a otros. Látigo en mano, se veía hacer a sí mismo, parado en el castillo de mando, mas paralizado por una mano invisible a tiempo que rompían algunos sus cadenas, y empleaban su libertad y aquel yugo ahora fuente de su poder, en destrozar las cabezas de aquellos compañeros más infortunados que seguían al remo, impulsando desesperadamente la nave que naufragaba, con la intención de alcanzar antes una orilla salvadora. Al amanecer del día, despierto ya, y hallándose en su lecho a cubierto de las sábanas, no le abandonó aún el sobresalto que había experimentado en el sueño, sino que esta sensación y la clara evocación de las imágenes oníricas siguió estando con él hasta muy entrada la mañana, cuando hacía ya mucho rato se afanaba en su despacho.

19

Con vertiginosa rapidez había transcurrido el tiempo, desde el momento en que se hiciera cargo de la Cátedra de Constitución en el Seminario, le parecía a Varela. Sus *Observaciones sobre la constitución política de la monarquía española*, de reciente publicación, había constituido un verdadero éxito de ventas, a pesar de estar concebido exclusivamente como ilustración para los interesados en su curso, y ahora estaba obligado a considerar una posible reimpresión del texto salido de su mano, según se le demandaba. Seguramente que para informarse de la marcha de esta empresa, mandaba por él ahora su ilustrísima, conjeturó, mientras observaba la hora en su reloj de bolsillo.

¡Temprano le hacía llamar en verdad! —se dijo mientras se disponía ya a salir en seguimiento de quien había estado a darle aviso, y aguardaba en la antesala. Sin abandonar el rosario que siempre le acompañaba (regalo éste de su padre muy estimado por eso, y por haber pertenecido a su madre, muerta cuando apenas contaba él tres años, y luego por estar primorosamente hecho de cuentas de cristal de murano, que constituían una sarta de pequeñas rosas enhebradas, de gran belleza), y echando mano antes de salir al breviario, se dispuso finalmente a ir al encuentro de quien lo aguardaba, y con quien cruzó un saludo fraternal.

El padre Cisneros que lo aguardaba, le deparó una amplia sonrisa a tiempo que un ademán suyo indicaba precederlo en dirección a la puerta, que otro hermano les franqueaba, igualmente sonriente. Todo parecía aguardarle por disposición de una voluntad ubicua y muy determinada —se dijo Varela no sin experimentar algún desconcierto ante su constatación—: el coche en el que su ilustrísima enviara por él, allí estaba, e igualmente presto a ayudarle a subir al mismo, se hallaba el cochero, a quien dio las gracias con su bendición, y una moneda.

El obispo mismo le recibió a la puerta de su despacho donde le esperaba, con ánimo exaltado y expresión luminosa, y casi sin darle ocasión de saludar como correspondía, pasó a decir todo aquello que lo llenaba de sobresaltos, a tiempo que se retiraba su enviado, con una inclinación de cabeza:

—*Ex abundantia cordis os loquitur...*, que ya sabes, hijo. Todo indica, como bien sabes, que al fin la libertad premia, con dádivas y dones muy extendidos y concretos, la fe y el tesón con que los españoles de ambos lados del océano, hemos preparado largamente su camino, y esperado sus retribuciones, y hoy se reafirma en sus prerrogativas. Y como no podía ser menos, hasta nosotros llegan los ecos (y las tribulaciones, que no podían faltar) de este fausto acontecimiento. Damos pues por un hecho, no pudiendo ser menos, que en breve se convocarán las anunciadas elecciones para elegir en toda regla nuestra representación como provincia española ante las Cortes de la nación, que ya trabajan, y a las que debemos sumarnos con la mejor disposición. Y, naturalmente, uno hay entre nosotros, a quien por sus dotes se dirigen sin vacilación todas las miradas, no sólo la mía. *Fama volat!* Y la justicia premia al justo, antes o después. ¡Aunque tarde, a veces, llega siempre!

No suponía aún el joven sacerdote que se hablara de él, ni anticipaba que los ojos de tantos estuvieran puestos en su persona, según le indicaba el obispo, pero así que le quedó clara la determinación de éste de presentar su candidatura entre los representantes que deberían sostener las reclamaciones de la provincia ultramarina, se encomendó al Señor y dijo a su ilustrísima que como su deber era servir, y así se lo requería éste, él no podía sino quererlo igualmente, si bien, no creía estar preparado para aquella tarea. Requeriría de él mucho consejo y guía, y por su parte compenetrarse más de todos aquellos asuntos que, sin duda, serían de su competencia, de los cuales hasta aquí no tenía otro conocimiento, que el adquirido a marcha forzada para desempeñar dignamente la Cátedra de Constitución finalmente a él adjudicada. No es que diera por un hecho, ni mucho menos, su elección, pese al indudable espaldarazo que debía representar el nombre de su ilustrísima —y tal vez una parte de él deseaba que ocurriese de otra manera— pero como solía en todas las empresas grandes o pequeñas que emprendía, o le eran encomendadas, se sintió de inmediato comprometido con su desempeño, y considerando que debía estar preparado en cualquier caso, se dedicó a partir de esta entrevista a informarse en profundidad, y a estudiar aquellas cuestiones de cuyo conocimiento no podía prescindirse de resultar electo.

El mismísimo capitán general don Nicolás de Mahy y Romo —llegó a saber el sacerdote por boca del obispo— veía con muy buenos ojos su candidatura, lo que lejos de proporcionarle tranquilidad, venía a resultar una nueva fuente de zozobra, ante la cual, sólo su inquebrantable fe, conseguía sostenerlo y darle alientos.

—Me consta, hijo, que el afecto que siente su excelencia por el país es la mejor garantía de su política, como bien quedara demostrado en su momento, si aún hicieran falta muestras de ello, con *la suspensión de los gravosos aranceles* con que algunos en las Cortes intentaran hacernos mal, para beneficio exclusivo del Comercio gaditano.

—Cuyo repudio fuera concebido —observó el joven sacerdote— en los términos más categóricos al decir de S. E. que la provisión se anulaba porque constituía «*una disposición destructora de la felicidad de esta Isla*». Lo cual suscitara en no pocos, ciertas suspicacias, y aun resentimientos, por lo mismo que sus intereses están ligados a los de algunos capitostes de allende, y no a los del país en que procuran su riqueza.

—Mas en la inmensa mayoría, a no dudarlo, júbilo sumo y fe en la política de su excelencia.

La pedagogía del obispo, que nunca estuvo reñida con su bonhomía y sentido de la oportunidad, hicieron que las visitas al sacerdote, o las de éste a su ilustrísima, se hicieran más frecuentes, a partir de este momento, por motivos que podían ir de una merienda a un paseo en coche por el paseo de Paula.

— Su ilustrísima sabrá a lo que se atiene. Si estoy llamado a ser instrumento en una obra para la que no creí ser apto, será porque no alcanza al instrumento comprensión de su mérito o función, hasta que a ella se aplica y la saca adelante. ¡Dios sea la mano que me emplea por designio y sabiduría sólo suyos!

Bien sabía el obispo que no se trataba de injustificada modestia, y aun menos de falsía o simulación, sino de las naturales dudas y de la turbación que asaltan a quien, en razón de su misma inteligencia y del número y buen tino de sus razonamientos, es más consciente de sus limitaciones.

—*Aquila non capit muscas* —dijo al cabo su ilustrísima con una sonrisa paternal, invitándole a descender ahora del vehículo en que viajaban, para andar un poco por la alameda, despertando en quienes allí estaban, gran conmoción. Entraba en sus cálculos, ésta de ser visto en compañía del clérigo, pues le parecía la mejor política a sus propósitos de contar con la mayor cantidad de adherentes que votaran a su nominación.

El nombre de Varela, que ya iba siendo conocido, se escuchó a partir de ahora con más frecuencia en amplios círculos de la urbe, y si hasta entonces había gozado de popularidad entre los estudiantes del Seminario, pronto la fama del padre corrió por todas partes. Muchos eran los jóvenes estudiantes de la universidad que, animados a escuchar sus clases, asistían en calidad de visitantes a las lecciones que impartía en su plantel del San Carlos, y que no se limitaban a las de la Cátedra de Constitución, pues igualmente instruía de manera que pudiera llamarse *informal* en las tertulias, donde solía el sacerdote tocar el violín, e invitar a músicos y poetas, y hablar de apreciación musical y de cuanta cosa divina o humana se prestara.

20

Tal y como había terminado por hacerse costumbre en poco tiempo, acabada la última clase de la mañana del viernes se reunieron los amigos, para dirigirse a «*la fonda de Agüero*», nombre un tanto festivo que habían dado entre sí a la morada del pariente de uno de ellos, cuyo dueño les había arrancado la promesa de acompañarlo al almuerzo todos los viernes, aduciendo en favor de sus invitados el ser estos escolares y por lo mismo «*insuficientes a sufragarse una comida decente*», con lo que ésta de los viernes podía alcanzar a mantenerlos con ánimos entre una y otra semana.

—*Gazuza de estudiante... ¡Retortijón constante!* Si sabré yo bien lo que el hambre tira, que alguna vez anduve igualmente por esos mundos de Dios... —había dicho, en conversación con su pariente Gaspar Betancourt Cisneros que, no por serlo en grado cuarto o quinto dejaba de ser «*un pariente en apuros*», según veía las cosas el patriarca—. ¡Hombre, un *tente-en-pie*, que no hay otro, no os vendrá nada mal cada tanto! —Y naturalmente, con el pariente Gaspar eran esperados aquellos amigos que le acompañaban en la primera ocasión, y otros si los hubiere, que para todos habría lugar y acogida a la amplia y bien surtida mesa.

Así pues, para almorzar en la casa de don José Augusto de Agüero Gallés y Marcaida Iñiguez, donde se les aguardaba ya, con un servicio bien dispuesto para numerosos comensales, entre los de casa, y quienes eran los ocasionales invitados, se dirigieron al lugar, el principeño Gaspar Betancourt Cisneros, acompañado por los bayameses Nicomedes Zarco Santarrosa y Carlos Treviño, y el vueltabajero Ganímedes Frías de Rodas que los alcanzó, a poco de salir estos.

Andaba un poco más rápido el llamado Gaspar que valoraba la puntualidad, y sabía exactamente a donde encaminar los pasos esta vez, seguido de muy cerca por sus amigos, Zarco, con su vivísima y siempre bien pergeñada conversación, y algo más rezagados, los otros dos invitados que componían la comitiva de golosos. De camino, en sentido contrario, se encontraron con un compañero de curso de nombre Fernando de las Rosas Martorell que viendo la procesión tuvo una de sus salidas:

—¡Hay que ver cómo anda *Cuba*, señores! ¡De Bayamo a Vueltabajo, todos, a la saga del Príncipe!

Buscaba sin dudas el que hablaba, provocar en unos y otros los pruritos regionalistas engreidores o resentidos, a fin de divertirse a costa de aquellos resabios, que atribuía a quienes le parecían igualmente rústicos, pero ninguno de los amigos lo tomó en cuenta, sino que lo invitaron a encontrarse luego del almuerzo al que estaban invitados, en el Mesón de Arjona donde podrían invitarle a su vez, a algún helado.

En medio de la calle quedó pues el compañero, un tanto desconcertado, preguntándose sin dudas de qué modo había resultado aquello de ser plantado sin que alcanzara a evitarlo, y sin recurso a su disposición que oponer a aquella certeza, sintiéndose desairado.

Una vez acogidos a la intimidad y llaneza de la morada, donde todos los que aguardaban les recibieron con beneplácito manifiesto, no sólo en las expresiones de cortesía que se prodigaban sino en la fineza y reiteración de gestos que hubieran podido abrumar, de no estar movidos por una generosidad auténtica y palmaria, y precedidos de una suavidad de modales, a la que ni los hombres de casa eran ajenos —y antes parecían competir estos con las mujeres en su afán de agasajar a todos y cada uno de los invitados, de manera que ninguno fuera a sentirse menos consentido que sus compañeros— se acogió quien a la vera de un árbol de buena sombra, quien al arrullo de las aves, que revoloteaban en el interior de una enorme pajarera, repasando a veces con sus picos las varillas de alambre y arrancando a éstas un cimbrido de arpa rústica. Un tercero, entretanto se distraía en animada conversación con

Lo que dura el estío

el dueño de casa, a quien preciaba la ostensible belleza de una talla en madera, correspondiente a un mueble alacena, como no había visto otro en sus días.

Le eran especialmente gratos a Gaspar el patio, con sus tiestos desbordantes de flores, y a pesar de ellos, amplio y acogedor, y las celosías y arcos de medio punto que a él daban como deslizándose en ángulo del colgadizo interior a los primeros canteros. Un tinajón de los que se acostumbraban en su tierra, y que aquí cumplía con estar para acentuar un ángulo del patio en que, seguramente se fijaba a veces la mirada del dueño de casa, le atraía más que ningún otro objeto. La estatua de un pillastre arrancado al mármol blanco, ocupaba el centro de una fuente. Parecía alzarse sobre los dedos de los pies para alcanzar con el chorro desinhibido el plato que había de acogerlo, al tiempo que había en su rostro una sonrisa, y las palmas de las manos parecían a punto de juntarse una con otra en señal de júbilo. El vueltabajero Ganímedes, que por primera vez tenía ocasión de ver al meón de la fuente, sonrió algo conturbado ante la presencia de las mujeres de la casa, a quienes no debía arredrar aquella contemplación demasiado cotidiana, y, por otra parte, harto natural para despertar ninguna zozobra o desconcierto en ellas.

En el interior del tinajón lleno de agua que ocupaba un rincón rodeado de vegetación, nadaban dos o tres peces de colores, muy hermosos y de gran tamaño, los cuales surgían a la superficie cada cuánto para procurarse un reflejo de luz que los resarciera de aquella tiniebla que los envolvía luego, y parecía atraerlos tanto como la luz, cuál si entre ambos polos de luz y sombra transcurriera un desasosiego que tal vez columbraran, y colmaba sus vidas.

Mientras conversaban entre sí, o acompañados de sus anfitriones recorrían el patio, se detuvo Zarco bajo una higuera que ya daba sus frutos, y alargando la mano tomó uno para probarlo.

—En la casa de mis padres hay también una higuera como ésta, de que mi señora madre gusta disponer en su forma natural, o para emplear de mil otras maneras.

Gustó especialmente una de las hermanas de aquel cumplido, siendo como era parcial de aquella fruta.

—Viera usted cómo nos la dejó el último ciclón del año anterior, que daba pena verla, y eso a pesar de los cuidados que nos tomamos para protegerla de las arremetidas del viento. Pero así que pasó todo aquello, con un poco de cuidado y otro poco de mimo, dio en revivir, y vea usted que nunca como hasta aquí había cuajado tanto fruto ni tan dulce, que es *miel de caña*.

—¡Mejores brevas no las encontrarías, verdaderamente, ni en la Feliz Arabia! —se sumó a las preces el llamado Gaspar.

—Pues más a menudo vengan tú y tus amigos a visitarnos, primo, que si no son higos serán anones o zapotes. De aquí mismo, o del *monte*, que sin falta nos provee el arriero Abelardo de todo ello, y nunca se echan en falta en esta casa las frutas de toda índole, y de cualquier estación de que se trate.

Habían pasado al comedor donde tendría lugar el almuerzo, y se pasó de celebrar las frutas del país, émulas indudables de las peras, las cerezas, ciruelas o manzanas de allende el mar, a los cumplidos que merecían, y despertaban en los comensales, los bocados que se ponían a su alcance. Cuidando siempre de no hablar con la boca llena o de masticar a dos carrillos, según le aconsejaran hacer sus compañeros, el joven Treviño, que era sin dudas el benjamín de los invitados, cuidaba especialmente de trinchar y de llevar un ritmo masticatorio que le permitiera al propio tiempo seguir las pautas de la conversación, pero era tanto lo que se fatigaba precisamente en aquel empeño, que a punto estuvo en dos ocasiones de causar sendos estropicios: la primera vez cuando un gesto de su brazo hizo tambalearse la copa de vino que recién había devuelto a la mesa, y la segunda, cuando un trozo del asado que se disponía a morder, se deslizó del tenedor y cayó sobre sus pantalones blancos, pringando de grasa la servilleta que por fortuna le precedió en la caída. A nada de esto prestó ninguno la menor atención, sino éste a quien su torpeza y nerviosismo señalaban como único culpable. Por el contrario, se doblaron con el llamado Carlos Treviño los esmeros de los anfitriones, y todo con un tacto y delicadeza que no hubiera encontrado extraño ni fuera de lugar un emperador de la China.

Transcurrido el almuerzo, que según había sido adelantado debía ser *breve*, en consideración de otros compromisos y estudios que urgían a los huéspedes ante la proximidad de ciertos exámenes, se marcharon estos con todo género de expresiones mientras volvían a la mesa y a los postres los de casa.

—Al querido maestro Varela, digan ustedes de mi parte que esperamos tenerle nuevamente por aquí uno de estos días. ¡Cuánto antes, mejor! Será siempre una gran alegría agasajarle y mimarle como él merece. Todos sabemos de cuanto se ocupa, pero que no se olvide de los de esta casa entre tanta faena.

Lo prometió Gaspar, con toda solemnidad, y asintieron asimismo los demás, y recobrando sus sombreros y bastones se marcharon por donde mismo habían venido. En una fonda próxima, seguramente aguardándolos con ansiedad mientras espiaba desde una mesa a los transeúntes, se encontraron nuevamente al compañero de nombre Martorell, al que antes prometieran invitar a helados en lo de Arjona.

21

Haciendo compañía a su madre, que aún no se resigna a los quebrantos de huesos cada vez más debilitantes, y disfruta cuanto puede de tarde en tarde, un paseo cerca del mar, Salvador Lemus descubre a veces algún rostro conocido suyo del Seminario: un compañero que, de lejos, le hace un saludo; otro que se acerca francamente a ellos para saludar, y expresar sus respetos a la señora. Con una ansiedad inconsciente buscan sus ojos, no sabe exactamente qué, por entre aquella multitud que viene y va, cada uno a sus cosas, no todos de paseo. Su hermano José Francisco, tres años mayor, se les une a veces, y con él, un compañero suyo a quien Salvador evita mirar a la cara con fijeza, diciéndose, que su conducta responde al propósito de no conducirse con impertinencia, deteniendo desapercibidamente su mirada en la contemplación del ojo de cristal, que a él se le antoja un ojo de pescado. Tal vez se trate, además, de la aspereza que le parece descubrir detrás de la parquedad de su trato; de una excesiva firmeza en el apretón de manos. En fin, que no sabría precisar él de lo que se trata, pero es el caso que tiene este Ricardo Pontevedra y Ramírez de Torralba, el don de perturbarlo bastante con su proximidad.

—Tal parece que hubiera hoy más muchachas que nunca esperando por la retreta. ¿No lo crees tú así, Salvador?

—¡Ojo, señor militar, que en poco tiempo será usted un hombre casado! No lo olvide —interviene la madre, antes de que Salvador tenga tiempo de recomponerse, lo que arranca al milico una sonrisa aquiescente.

—Y lleva usted razón, mi querida señora, como no podía ser menos. Pero no ha de temer de mí ninguna impropiedad, que admirar al paso la belleza, no significa en modo alguno codiciarla.

Sonrió ahora ésta a quien se dirigía, e hizo una inclinación de cabeza el militar, muy compuesto.

—Las muchachas son las mismas, sólo que se refrescan con afeites, y acertamos a verlas con ojos diferentes cada vez —alcanzó a decir Salvador, pues era aparente que se esperaba de él, alguna respuesta o comentario.

—Mamá, pero ¿cómo es que no va usted en su quitrín como el resto? —interviene ahora José Francisco, reprendiendo con dulzura a la mujer, a quien ha besado cumplidamente las manos. Es un joven alto y distinguido, militar repatriado del continente, de donde se origina la relación de amistad que lo une al otro.

—Porque entonces no sería un paseo como Dios manda, hijo, según yo entiendo, y porque no sé cuánto tiempo aún podré darlos por mis pies. Eso, además de que, si bien miras, verás que no todos van en quitrín. ¡Sólo las más jóvenes y coquetas! O las más viejas.

Entretanto, parece replegarse sobre sí mismo Salvador, agobiado por emociones de las que ni siquiera posee un cabal entendimiento. No tiene nombre, entre muchos otros, para ese sentimiento que lo aqueja, casi tanto como los achaques a su madre, y a los que ambos se reponen y logran imponerse con igual esfuerzo de voluntad. En ocasiones, encuentra el joven en sus lecturas —o cree hallar—, la punta de esa hebra que se le escapa. Soledad, desolación, *spleen*, *saudade*, melancolía... Se trata de nombres, palabras, que no consiguen nombrar con precisión nada de aquello que siente, y tienen algo de todas aquellas cosas a la vez. Si en ocasiones se sumerge en la lectura de un libro que parece prometerle revelar —con su santo y seña— aquel sentimiento desconcertante que hay detrás de todo lo otro, al cabo sale de él momentáneamente reconfortado, pero sin hallar la respuesta que precisa.

A veces, se le antoja hallarse sumergido en un sueño doble. Sueña que alucina dentro de un sueño (otro) del que no consigue despertar, pero en el cual no está dormido del todo. Y un día descubre, merced a sus incontables lecturas, el verdadero significado de la palabra *adolescencia*, que más que un estadio por completar —según suele suponerse— le parece a él un estado en el que se atascara la existencia, sin objeto y sin proyección. Adolecer: *padecer, carecer, sufrir, penar, enfermar, soportar, doler*. Tal vez abarque aquel estado de alma suyo una sola palabra: adolescencia. ¡Tal vez! A él le gustaría al menos estar seguro de ello. Una sola palabra que viniera a darle garantías de todo, cuánto en él son dudas o puede suscitarlas. En las clases del Seminario se distrae con frecuencia, más de la cuenta. Deja que vague su pensamiento. Más bien no puede evitarlo. Giran las ideas vertiginosamente.

La lectura últimamente de esa novela de título tan sugestivo como es inquietante su argumento: *Carta al autor de «Una sospecha»*, tiene la facultad de absorberlo más de lo común. ¿No es él mismo, acaso —se dice— quien escribe aquella carta, o pudo haberla escrito, mediante la que se conmina al autor de una de aquellas novelas que lee, o demandándole explicaciones que vengan a mitigar insatisfacciones por las que se responsabiliza al texto? Ni siquiera la lectura de *Los sufrimientos del joven Werther*, con serle tan afín por su sensibilidad, ha conmovido los cimientos de su ser del modo que esta otra novela. No es preciso tenerla delante de los ojos para que esté presente, y él se deje ir en el vuelco de su fantasía. Puede ser a la vez todos los personajes atrapados en el turbión de sus destinos, a veces implacables, y, sobre todo... sobre todo, ése que escribe soliviantado, al autor, exigiendo explicaciones.

—¡Lemus! —solicita su atención el maestro—. Se distrae usted demasiado. Hombre, ponga en esto la cabeza, que es lo suyo.

Las disculpas que salen de su boca, más aún que el regaño del maestro delante de sus compañeros, tienen la virtud de aturdirle a la vez que de sacudirle de su modorra o ensimismamiento.

—Procure que no vuelva a suceder. No es de utilidad distraerse de ese modo.

No volverá a suceder, se promete como tantas otras veces, y al tomar conciencia de su *«debilidad de carácter»*, de su falta de determinación o de su incapacidad para tenerla, se enfada consigo mismo, y el enfurruñamiento le dura hasta que se gasta en él. Por lo pronto, una idea va cobrando forma en su cabeza sin saberlo todavía. Cada vez más, aunque la pobrecita no lo insinúe siquiera, requiere la madre de su compañía y atención constantes. Poco es Josefina a deparársela, pese a sus mejores intenciones, atareada como anda siempre entre peroles y sus demás deberes. ¿No ha tenido él acaso la inmensa fortuna de heredar a su padrino, muerto recientemente, *en paz descanse*, dejándole como su universal heredero? ¿Qué necesidad tiene entonces, de privarse de la dulce compañía de su madre el precioso tiempo que le toman las lecciones? Aquí llegará al cabo, a una resolución que no admite más trámite: interrumpir los estudios del Seminario para dedicarse por entero a cuidar de ella.

Entretanto, la cháchara en que parecen empeñarse su hermano, y aquel que lo acompaña, consigue irritarlo, pues lo que más desea es quedar a solas con su madre, a quien su mera compañía parece satisfacer y hacer bien. Para contento suyo se despiden estos al fin.

—Ya me encargo de enviarles vehículo que aguarde a la disposición de ustedes. —dice José Francisco, alejándose—. Por si mamá se animara a tomarlo.

Salvador contiene apenas un suspiro que bien pudiera ser de alivio, mientras fija la mirada en quienes se alejan a pasos rápidos.

22

Por carta que desde El Príncipe le hacía llegar un primo suyo, tuvo Gaspar noticias, según deseaba, de muchas cosas que sucedían por allá, y de inmediato las compartió con su pariente don José Augusto, por juzgar que sería éste, afecto a recibirlas igualmente. Como era la índole de aquella correspondencia, casi toda ella graciosa cual correspondía al carácter e inclinación de su remitente, Juan Pablos Betancourt y Uribe, también estuvo en el conocimiento de ella su amigo y condiscípulo Nicomedes Zarco Santarrosa. Era de esta suerte el tono y asunto de lo que relataba el corresponsal principeño: en contra de lo que pudiera concebirse, a la luz de la libertad de impresos contemplada en la Constitución, nada menos que un censor, o por otro nombre llamado «corrector», había sido nombrado por el gobierno local, con efecto sobre todo lo que se publicara, de manera que declaradamente no resultaran afrentadas la religión ni la moral pública bajo cubierto de las proclamadas libertades. Por arte de carambola, o quién sabe cuál sería el arte de la designación, había resultado nombrado tal un don Abelardo Ingersola de la Puente, no mal sujeto éste, a quien hasta aquí reputaban algunos de sabio en solitario, y poseedor de una biblioteca, que mal debía darle para vivir, pues antes medraban él y su mujer de unas rentas que procedían de ella. Era ésta, parienta no muy lejana del gobernador Serrano, o más bien de la mujer de éste, de cuyos lazos, derivaban muchos, que procediera el nombramiento. Por lo demás, si no en la miseria vivía la pareja con gran modestia, pues no contaban siquiera con un esclavo a su servicio, o cualquier otra manera de servidumbre, como no fuera la lavandera a quien se encargaba regularmente la ropa de casa, pero era ésta una negra liberta, cuyo interés era servir en carácter de tal, a cuantos le solicitaran sus servicios.

Ya asentado en su nuevo empleo, recibía Ingersola de continuo, escritos que a menudo probaban su paciencia y determinación de permanecer en el mismo. Tampoco eran todos los papeles e impresos que se publicaban en la villa tasados y pasados por sus manos, como era de esperarse, puesto que bien veían muchos que para cumplir con sus intenciones no resultaba obligado acogerse mansamente a la aprobación del «corrector», sino que se inventaban fórmulas como era aquella de dar por publicados fuera, los títulos que se deseaba pasar, con lo que se daba gato por liebre. Otros, procuraban sin dudas agotar por acumulación la paciencia del dicho, gastando en pliegos que sometían a su consideración, sin esperar otro resultado que el de apabullar al lector de ellos.

Aunque no careciera de humor, (como llegaban a pensar los más, que sucedía) a don Abelardo Ingersola de la Puente no podía hacerle ninguna gracia que le fuera sometido un papel, de nombre tan intencionadamente conceptista, como lejos del ingenio quevediano —juzgaba él—: *enemástico para enemigos, y curas de radical estreñimiento*, el que le fuera presentado por una presunta *Sociedad del Hatibonico principeño*, de la que nadie parecía saber, sino aquel género de cosas que se decían en voz baja, e incluso mediante susurros, de donde podía concluirse que existía, pero antes como cosa evanescente, que constituida en toda regla. Con paciencia característica, que llegaría a ser proverbial, leyó el corrector cuantos pliegos de estos le fueron puestos en las manos, y pocos encontró a su sabor, bien fuera por el estilo empleado, bien por las de dislates en que incurría el redactor o redactores, que se decían dos: *Fray Zascandil de Hurtadillas* y *doña Petición Almonte de Buenaventura, antigua monja que fuera del Convento de la Primera Manifestación, en París*. Siguiendo el que sería su método, tachó Ingersola, y garrapateó escolios, que habían de ser tenidos en cuenta, antes de contar con su presunta aprobación. Esperaba que más tarde o más temprano se presentaran ante él los dichos redactores, o alguno otro enviado por estos, a fin de recoger los pliegos jalonados de enmiendas, pero al ver que nada de esto sucedía, tuvo a bien sonreír de la que entendió ser una broma gastada a su costa por algunos traviesos lugareños. Era don Abelardo, natural de los alrededores de la villa de Puerto Príncipe. Había nacido en una finca que distaba sus tres leguas de distancia, de nombre *La prosperidad y el buen recreo*, aunque de ella le sacó muy pronto su madrina y tía, hermana de su madre, para educarlo por su cuenta en medio que estimaba más apto. No obstante lo cual, eran algunos a considerarlo «rústico» en razón de haber pasado los primeros años de su vida en el campo, por lo que creyó entender el «censor», que con semejante broma buscaban algunos probar la pasta de que estaba hecho el hombre, ya que de nada le conocían, y hubiera sido lo mismo que procediese de La Habana, Santiago de Cuba, Sancti Spíritus o Trinidad, o de la mismísima Compostela para el caso... Su mujer, si bien era asimismo oriunda de estos predios, no había podido darle seña alguna de los mensajeros, o muy poca y sin beneficio en última instancia, al indicarle que se trataba de unos muchachos, los cuales, así como llegaron y anunciaron su cometido de someter a escrutinio el papel dicho, se escurrieron sin despertar en ella suspicacia de ninguna clase.

No porque buscara demostrar él a ninguno, que era en efecto capaz de reír como cualquier hijo de vecino, sino porque le pareció gracioso y bien vertido al castellano, autorizó sin apenas hacer anotaciones de las acostumbradas por él, y exigidas en su oficio, un panfleto de la autoría del célebre y aún celebrado Benjamín Franklin, nada menos, cuyo título libremente traducido rezaba: *¡Del pedo ufanos!* (o por qué conviene tratar naturalmente lo que natura de manera clara indica). Y databa del año 1781, con lo que se veía que no sólo en nuestra lengua madre se expresaban sin cortapisas ni pelos en la lengua, sobre infinidad de temas, aun los hombres más adustos. Aunque se publicaba sin otras señas, supo por tratarlo en persona que era el traductor y editor de la obrita, vecino de Puerto Príncipe, abogado de profesión y de la conocida familia de los Bernal, que, aunque procedente de Santo Domingo, se hallaba ya, hacía muchos años inserta en la vida del país y enraizada en él.

Esta buena disposición de parte de don Abelardo hacia el tema de que se trataba, sufriría con el andar del tiempo y la experiencia, algunas modificaciones de poca consideración, bien que de haber sido más largo de lo que resultó su quehacer de corrector —interrumpido inesperadamente por la muerte a los cincuenta años— tal vez habría acabado por repudiar todo aquello enteramente, pero a la fecha de sus comienzos, contaba con una casi absoluta tolerancia, para todo aquello que no tuviera que ver con la corrección del estilo, en todo lo cual jugaba un importante papel la influencia que el medio o las circunstancias políticas del momento surtían sobre no pocos, él entre ellos. Se vivía, en verdad, una época de tolerancia que lindaba en ocasiones la permisividad más absoluta, y aun el libertinaje. De manera que a un «censor» de su índole, que no era, le bastaba con poner los puntos sobre las íes del buen decir, para tener bien hecho su trabajo, lo que llegó a merecerle la regañina más o menos simulada de Serrano, quien tampoco podía sustraerse del todo a las influencias de su época.

Según declaraba Juan Pablos, consistía el tomito que se ha dicho, (además del texto de Franklin en versión española) de un apéndice añadido por el editor Bernal, con noticias y notas de interés que abundaban en el tema desarrollado por el autor. No eran escasas entre ellas las gemas al alcance del lector, que hubieran hecho la envidia del mismísimo don Francisco de Quevedo, y eran todas de esta guisa:

> Afirman algunos, que de esta materia sin duda entienden mucho más que este editor, por haberse dedicado a tales pesquisas a lo largo de sus vidas, que además de oído, el pedo puede ser visto, pues tiene propiedades atómicas, las cuales dadas la oportunidad y otras condiciones requeridas lo hacen perceptible a los ojos de casi todos, bastando con fijar en ello la debida atención y propósito. A este fin, un experimento de fácil puesta en práctica es recomendado, el cual consiste de inflamar o encender, que también se dice, el gas expulsado por el culo arrimándole oportunamente una llama de vela.

Al «pedo marinero» o «bitando», así llamado no por ser cosa de marear, sino por su carácter estacionario —como de miasma en puerto— se le disimula y aún mejora con el humo del tabaco, y la llama de la brasa con que se prende éste. Los llamados luciferes, (esos palitos, uno de cuyos extremos, untado en una materia explosiva, de un tiempo a esta parte se dispensan en cajitas de madera, para varios usos y empleos, algunos entre la gente que gusta de asustar y gastar bromas a sus congéneres) compiten con gran ventaja sobre cualquier otro recurso, pues sus emanaciones pestíferas azufradas tapan con eficacia el rastro del marino, llegando a excederlo en potencia las más de las veces. Funerarios o sepultureros inexpertos, no pocas veces resultan alarmados, de lo que no es sino una manifestación extrema del proceso natural, al ser testigos obligados de lo que entre los peritos se conoce como «flatulencia post-morten» y «flatulencia en rigor mortis», consistente en que el difunto (o la difunta, que también las señoras se emplean en estos menesteres) deja escapar uno, o más sonoros pedos con sus correspondientes hedores, lo que hace pensar con aprensión, que la persona no está muerta según se había supuesto, de lo que además se atribuye al pedo una sintomatología de vitalidad, que acompaña al individuo más allá de la muerte del *sujeto*.

Aunque recatando algo el carácter de la carta, o de otro modo disculpando lo escabroso del asunto en cierta parte de ella, antes de ponerla en manos de don José Augusto, comprobó al cabo Gaspar, que nada era motivo de escándalo para éste, sino todo lo contrario, pues con gran entusiasmo declaró:
—Y afirmo yo, que según viene a demostrar este joven Juan Pablos, abunda en nuestra familia un germen que predispone a escribir, y ser pródigo en este género de relato, bien llamado costumbrismo, o cuadros de costumbres. A ver si resulta que tú mismo llegas a ocuparte alguna vez de dar rienda suelta a esta resolución, y a enriquecer de paso el conocimiento de nosotros mismos, como sucede en la misma Península y en

otras partes, donde no son escasos los deseosos de divulgar este género de conocimiento.

Zarco, por su parte, después de reír con la lectura de la carta, desgranó a su vez un rosario de observaciones que debían ser por fuerza de gran inteligencia y penetración, y quedarían grabados en la mente de Gaspar. Gustaba a éste, de manera particular, la que juzgaba jocundidad y buen pulso del breve párrafo con que cerraba su relato el corresponsal:

Y con semejantes muestras como son las que preceden, ya quedará ilustrado cualquiera que desee conocer algo, acerca del estado de la cuestión de «la censura» entre nosotros, como asimismo de la persona de tan ínclito censor, según lo es por su oficio, el dicho don Abelardo Ingersola de la Puente.

23

Noticias, rumores y conjeturas de éste y del otro lado del océano, daban para sospechar a su ilustrísima, alerta siempre e informado, a pesar de su salud últimamente algo quebrantada, que aún cuando ya pareciera establecida y firme de largo alcance la implantación constitucional del Nuevo Período, como diera en llamarse, contra el éxito definitivo de la misma se erigían, cada tanto, enormes obstáculos que la erosionaban en su estabilidad, minando sus estructuras con un sinnúmero de entuertos, claudicaciones e inconsistencias, que procedían con harta frecuencia de quienes tenían por norte —o deberían tenerlo— los intereses representados con generosidad e inteligencia, por la mil veces gloriosa Constitución. Aquí mismo, tan pronto como se barajaron las candidaturas de Varela, y quienes con él, a juicio de muchos, deberían representar los intereses de la Isla, se desató por parte de sus oponentes una verdadera campaña, que iba del descrédito con infundios de dichas personas, a las amenazas más o menos veladas contra ellas, y a la promoción de todo género de sospechas contra el bien público, siempre tan invocado, como consecuencia de ser elegidos los que se dice.

De todo esto, y más, se habló, con mesura que hubiese sorprendido a los mismos que adelantaban toda clase de desafueros, y la ruina del país, por cuenta de los reunidos en la casa del obispo, de ser electos legítimos representantes a las Cortes. Con pasión, mas, con igual cordura, hablaron asimismo de la calamidad encarnada por la esclavitud, contra la cual se manifestaban todas las opiniones. Claramente expuesta por Varela, quedó la especie, y defectuoso razonamiento, mediante los cuales, a ella se atribuía la riqueza de la colonia, cuando lo que defendían los negreros y sus directos beneficiarios, no comprendía sino el progreso de unos pocos, a expensas del estancamiento del resto, y ello, con arreglo al más cruel sistema de expolio conocido hasta entonces por el género humano.

La elocuencia con que su protegido, expusiera siempre y defendiera en todas partes la íntima convicción que lo asistía, contraria a la esclavitud y sus efectos sobre las personas, el bienestar material del país, y de la monarquía en general, no podían sino producir un efecto salutífero en su ilustrísima, quien acabara por abrazar tales preceptos como propios. Pasaba ahora —bien que con tiento de pastor— de instruir a su grey tratar bien, y con justicia, a sus esclavos, a encomendarles que se les instruyera regularmente en la religión; y se les proveyera de algún oficio o profesión, que a la vez que permitirles emanciparse, comprando, como ya hacían muchos, su libertad, les permitiera luego vivir honestamente. A determinadas consultas que le fueran formuladas, temerosos de lo que pudieran pensar de aquellas inquietudes algunos familiares próximos, aconsejaba el obispo proceder con astucia y cautela, concediendo su libertad a un esclavo cuando hubiera cumplido un cierto número de años de servicio —por ejemplo— expresando que se hacía en premio y como acto de caridad cristiana, contra la que ninguno osaría pronunciarse francamente. Aconsejada por la cautela, a esta política suya se aferraría hasta el último de sus días, pues muy claro veía que pronunciarse abiertamente contra una institución tan arraigada en la concepción de la sociedad, habría sido una actitud suicida, y de efectos seguramente contraproducentes. Ponderaba el obispo que no eran, después de todo, únicamente los blancos, ni los más acaudalados y poderosos, los únicos que aspiraban a poseer esclavos. Los tenían a su disposición igualmente, muchos que, si bien eran de tez blanca, apenas disponían de un ochavo en las faltriqueras; mulatos y gente más o menos atezada, de variada condición y posición social; y aún libertos, que en buena lógica deberían odiar su antigua condición, mas veían como *cosa hecha* y sin remedio, o alternativa, la institución de la esclavitud.

De sobremesa este día —pues a ella se suspendían de común acuerdo los comentarios en torno a la política y otros de este jaez— al huerto-jardín tan pronta como justamente celebrado por sus convidados, le siguieron estos: el padre Varela, los hermanos Indalecio y Leonardo Santos Suárez, y don Tomás Gener. A la claridad de un cielo azul, se reanudaron allí las interpretaciones de los hechos y noticias de que se disponía con certidumbre, en torno a los más recientes acontecimientos. Mientras aguardaban a ser llamados para tomar el café, se especuló acerca de lo que podía esperarse aún, y de lo que mejor convenía hacer, o no hacer, con respecto al proceso mismo posterior a las elecciones, atascado como se hallaba, con arreglo a algún mecanismo suelto en el ensamblaje, que entorpecía de propósito las determinaciones que pudieran y debieran tomarse sin más demora, a fin de representar la provincia ultramarina, mediante *los factores* más favorables y leales a ella, y a sus intereses, presentes en el parlamento de la nación.

—Está visto que no podemos quedarnos de brazos cruzados, ante lo que no puede considerarse, si no una conjura de malas y peores voluntades, aunadas con el fin único de hacer que fracasen nuevamente, y de una vez por todas, nuestros empeños y trabajos —dijo el obispo—. Lo mismo en casa, que fuera de ella, hemos de ser infatigables, ingeniosos y discretos, y esto, pese a que el momento político en general nos favorezca. ¡Es mucho en verdad lo que está en juego! Promover voluntades, cobrar favores, pedir la asistencia de amigos que se hallen cerca, o en la mismísima Península. ¡Mucho pensar y adelantar camino! Por lo pronto, allá se empeñan ya, como es de ustedes conocido, algunas mentes y disposiciones, en la preparación de cosas necesarias, para el momento mismo en que nuestros representantes resulten habilitados, y asuman finalmente sus escaños.

Estuvieron de acuerdo todos, en el imperativo de hacer más de lo que ya hacían, en preparación *del momento*, estimulados por las palabras y la sagacidad del obispo, quien seguidamente no pudo, o quiso, reprimir ante su concurrencia algunas consideraciones adicionales, las que no podían ser únicamente de caución, sino que venían a expresar un íntimo pesimismo al que debía ser ajeno, y sin embargo se iba apoderando de sus convicciones y de su corazón, como si se abriera paso en ellos a cuchilladas.

—Y bien parezca a Dios, Nuestro Señor, iluminar los sentidos de su majestad el rey, y conmover la incierta agonía de su corazón, o la Constitución acabará pisoteada entre las patas de cierta caballería, y nos sobrevendrá entonces, quizás si la peor época que jamás hayamos conocido en estos reinos.

Con estas palabras parecía quedar dicho todo. No obstante, la determinación de los reunidos sólo se vio reforzada en adelante. Mediante cartas y diversas gestiones tanto a la luz pública, como especialmente reservadas, redoblaron los dichos cuantos esfuerzos encaminados a sus empeños les parecieron útiles y necesarios, mientras aguardaban a una resolución favorable, al infundado legalismo interpuesto contra la candidatura de Varela, en particular, que lo «inhabilitaba» y retenía lejos de su puesto en las Cortes, para las que había sido debidamente electo.

24

No siempre a la caída de la tarde, como ahora sucedía, bien que se tratase de la hora más favorecida por algunos, acudían discreta y cautelosamente ciertos mozos (y otros que no lo eran tanto, o ya iban dejando de serlo), a una casa conocida suya que en nada destacaba respecto a las otras del entorno, salvo por el hecho de hallarse algo apartada de las de vivienda, y estar situada entre la casa-almacén que una vez fuera de la viuda de Agudillo, de largo tiempo abandonados, y un yermo por entre el que asomaban unas ruinas difícilmente calificables.

—Tú ya sabes, Remigio —dijo el ocupante del quitrín, al descender con paso ágil, y ademanes desenvueltos, frente al inmueble—. Espérame donde estás, sin moverte un solo paso. ¿Me has oído?

Sin detenerse a oír la respuesta que procedía del gigante calesero, se adentró el petimetre sin perder tiempo, en la casa que le abría sus puertas con obsequiosidad.

—Por el rodar de su quitrín, don Eladio, conoció mi hijo Anterio quien llegaba, y yo, a recibirle en persona me dispuse, como no podía ser de otro modo. Adelante. Pase usted y disponga de ésta, su humilde casa.

La propia tía Mercurio, en efecto, le aguardaba ya, con una sonrisa amistosa, y los brazos en actitud de recibirle, sino en ellos, en lo que estos representaban a la ocasión.

—Venga usted conmigo —dijo sin deponer su entusiasmo, mas bajando cuanto le era posible la voz, para susurrar nuevamente el nombre del recién llegado, como si de este modo lo protegiese de posibles testigos. Estos, de haberlos, debían ocupar aquellos ángulos encuadrados de la pieza mediante biombos de seda pintados con esmero y buen gusto, y tupidas cortinas, iluminados ya a esta hora por una abundancia de candelas y quinqués detrás de sus fanales, que, si bien eran bastante a iluminar la escena, se hallaban tan bien dispuestos, que transmitían de inmediato al recién llegado, la impresión de confianza y discreción que era requerida.

—Doña Engracia —saludó a su vez el joven huésped con una leve inclinación de cabeza, al tiempo que ponía en sus manos el sombrero, los guantes y el bastón por último.

—Aquí le aguarda ya su dulce —dijo la mujer indicándole un aposento al final del largo corredor, y apartando la cortina que daba acceso a él—. Lo prometido es deuda como se sabe, y yo, aunque mujer, de mi palabra soy, don Eladio.

Desapareció en el acto la celestina —también llamada *matrona* aunque fuera éste vituperio del vocablo según entendían otros—, o mejor, la regenta del prostíbulo, que no otra cosa, era éste, aunque con disimulo extremo, y penetró el joven recién llegado en el recinto donde le aguardaban en efecto.

—Veo que te ha gustado mi regalo —dijo con una sonrisa que le llenaba el rostro, en viendo el cuerpo de quien daba muestras de aguardarle, bien ceñido por un vestido de magnífica hechura—. A ver si te gusto yo un pelín más, que es lo que de verdad importa, ¿no es cierto?

Sonriente, mas sin decir palabra —según había sido instruida de proceder por el propio amante, la jovencita le tendía los brazos, que el hombre comenzó a besar por las puntas de los dedos, para pasar bruscamente a tomarla del talle y a besarla en los labios con desenfreno pasional.

—Ese olor tuyo, Caramelo mío, que me volverá loco del todo. Ven aquí. Ven a que te dé lo tuyo.

Correspondía con visajes —que de otra manera no debería hacerlo según lo instruido— aspavientos, contorsiones, arrumacos y expresiones de todo género a la pasión del joven, la muchacha a la que iba despojando éste de sus ropas, en lo que ayudaba ella como podía entre los brazos de su amante. Como se dificultaba esta tarea más de lo que podían o estaban dispuestos a esperar ambos, la echó él sobre el lecho en tanto se metía entre sus faldas y abriéndola de piernas fingía suplicar:

—Anda, déjame que te chupe yo, la perinola de ese organillo en que soy diestro. Sabes bien lo que me gusta a mí hacer música en él. Y otro tanto harás tú, que para mamar parecerías haber nacido, si otros dones no tuvieras que para nada son en menoscabo.

Era muy joven Caramelo, y aunque su vocación natural le hubiera preparado con anticipación para los lances del amor, algo le impedía gozar con libertad de su aptitud natural, esta disposición y exigencia del amante de guardar silencio en todo cuanto a las palabras se refería, a la vez que, de expresar por medio de esas otras manifestaciones más elementales, que en todas las lenguas y sin mediar ninguna, dieran cuenta del placer, el enorme gusto que debía proporcionarle. No fingía Caramelo su satisfacción, sino que echaba de menos —hablador como era— que se le coartara de este modo incomprensible la manifestación de ella, sobre todo cuando el amante le cubría la boca con sus manos, cual si, se tratase de una mordaza, temeroso de que fuera a escurrirse por entre los labios de Caramelo una palabra cualquiera de desobediencia.

Pronto crujía el lecho, cuyo bastidor era de cujes trenzados, bajo el peso y la agitación que sobre él tenía lugar, pese a estar parejamente relleno y firme el colchón que de la Nueva Orléans había hecho traer la dueña, y ofrecía por su precio a los mejores clientes, en la llamada *Recámara ducal*, que era siempre a ocupar cuando venía, don Eladio. Al suelo rodaron las cobijas, y echó mano el improvisado «duque» a las almohadas para colocar prestamente a «la duquesa» en posición de recibir. Este último trámite le tomó menos tiempo del que hubiera deseado, pues a su pesar le apuraban una noción de tiempo o de deberes incumplidos en alguna parte. Acabado el desempeño, no esperó a lavarse como solía, o mejor, a ser lavado y secado luego por las manos de su amante, sino que se limitó a mear en el orinal que halló al pie de la cama, con algo de desparpajo, poniendo a rebosar la bacinilla.

—El deber llama, y el placer ha de esperar hasta una próxima oportunidad, que no ha de tardar demasiado —creyóse obligado a decir, cuando ya se disponía a marcharse, sin otras consideraciones en mente. Esto debió decirlo más para sí mismo, que para quien quedaba en abandono sobre el lecho—. A Remigio te enviaré como de costumbre para que te avise cuándo, y te lleve algunas cosas.

Contrastaba esta despedida respecto a la llegada, no por la precipitación con que se producía, sino por lo que prescindía de aquellas manifestaciones de ostensible pasión y aun cariño, en que se prodigara la segunda. Y aunque ya debiera estar acostumbrado a semejante proceder dada la reiteración del mismo, no pudo Caramelo evitar que un sentimiento de infortunio, frustración y desamparo invadiera su alma, hasta rendirla a su desesperación sobre las sábanas revueltas. Sentimental como era, lloró sin contención y le hizo bien deshacerse de una aflicción como era la que pesaba sobre su corazón, de modo que, sin habérselo propuesto de este modo, se quedó dormido. Allí le halló algo después la tía Mercurio, extrañada de no haberlo visto para despedirse como solía hacer el muchacho.

Al salir del local al que entrara poco antes el joven don Eladio, encontró éste que ya había anochecido, y esperaba Remigio con los faroles encendidos y listo para partir.

—Mande mi amo —dijo el esclavo, así que le vio asomar a la puerta.

—A casa, Remigio. ¡A casa donde me esperan, que se hace tarde!

25

Del grupo de estudiantes, que aguardaba junto a un banco el comienzo de las clases, se separó precipitadamente ahora uno de ellos, y a toda carrera se dirigió al encuentro del sacerdote que, a la distancia encaminaba sus pasos al Seminario.

—José María Heredia y Heredia, padre —dijo el que llegaba, besándole la mano.

Enseguida, el maestro puso esa mano sobre la frente del joven, y le dio su bendición.

—¡Toma! Así que tú eres Heredia, el amigo de Domingo. Hombre, ya me habían llegado noticias tuyas. ¡Y más que noticias!

El joven, de ojos grandes y mirar intenso, miró detenidamente al hombre que representaba quizás más años de los que, seguramente tenía. Observó que, sin ser menudo parecía éste, ser frágil. Tal vez siempre hubiera llevado lentes, lo que algo añadía a esta impresión combinada de fragilidad y de tener más años de los que en verdad contaba. La fortaleza de que, enseguida daba muestras, contrariando aquella primera impresión, procedía de su carácter de una dulzura rara que lo hacía ser a la vez, fuerte y blando, es decir, suave en su trato.

Junto al pecho, apretaba con fruición el futuro bachiller unas *Lecciones de Filosofía* de las que era autor el propio maestro. A fin de que estampara en ellas su autógrafo, lo que solicitó y le fue concedido sin más expediente, había acudido a él el joven estudiante.

Con posterioridad, tendría oportunidad José María de admirar por sí mismo en la persona del maestro, el talento de que era poseedor éste que, no obstante, parecía resuelto a no dar aquella impresión.

Ya en la clase, a la que asistía Heredia con el consentimiento entusiasta del preceptor, se sorprendió el discípulo del manejo inusitado de la lección que impartía Varela.

Habiendo comenzado éste por leer alguna cosa sentenciosa, más o menos según era el método seguido, no lo hizo en latín —que dominaba como pocos— sino en buen castellano, y pronto se apartó de los papeles, para entrar en una explicación que más que explicar, parecía demandar una satisfacción lógica por parte de los estudiantes, que formaban su clase, y se mostraban regocijados y estimulados por la novedad de la fórmula, que tan pronto se dirigía a uno como a otro, y no parecía contentarse con cualquier respuesta sino que antes indagaba en los sostenimientos del argumento dado.

—Creemos muchas cosas porque así se creen, y se han creído por todos; y de igual modo, otras muchas las rechazamos por fórmula, porque tradicionalmente así ha sido.

Éste y otros razonamientos fueron presentados y explorados por el profesor y su clase, y dividía el visitante su atención entre incorporarse al plantel con sus intervenciones, y recoger por escrito aquellas formulaciones que luego le sirvieran para volver sobre lo dicho por el maestro:

—La credulidad es el patrimonio de los ignorantes. La experiencia y la razón deben ser las únicas fuentes, o reglas del verdadero conocimiento.

La clase en pleno pareció sacudida de momento por una afirmación que no debía ser sino plenamente apta, y de una sencillez meridiana, y sin embargo les resultaba difícil de digerir:

—El primer maestro del hombre es su madre, y esto influye considerablemente en el resto de su educación, de manera que, si no se presta la atención y consideración debida a la educación de las niñas, pobre y coja ha de ser la educación de los niños cuando ésta se halle en condiciones de tenerlos.

Para explicar, tal vez aquello que había terminado por convertirse en un galimatías no resuelto por los jóvenes, el maestro sentenció con dulzura y persuasión en los que radicaba su autoridad:

—Nos despojamos muy difícilmente, de las ideas que nos infiltraron desde la más temprana infancia, sean ellas buenas o perniciosas, y en virtud de ellas llegamos a obrar por una especie de hábito que fatiga la comprensión, y desanima el cuestionamiento en que la razón se basa. Actuamos, por automatismo, no diferente al animal al que adiestramos para que obedezca, al cual en principio es necesario premiar o castigar con arreglo a fórmulas hechas, y una vez adiestrado, con arreglo a ellas procede, aun si faltaren los estímulos iniciales.

Algo después, interrogado acerca de la verdad que hay en los libros, especialmente en aquellos que, como bien se reconoce constituían autoridad en una materia, dijo el maestro:

—Un libro es la obra de un hombre, y ningún hombre dijo o pudo decir todo lo cierto, ni es absolutamente cierto todo lo que dijo, de manera que aun los libros están sujetos a errores, y quien lee debe estudiar su materia y someterla a cotejo de otros libros para aprender de ellos, y no ser maestro de un solo libro, por más autorizado que éste parezca, o haya llegado a ser tenido por todos. Hay que llegar a pensar con cabeza propia, pero de manera que la razón y el entendimiento precedan nuestros juicios, o podríamos sumar un compendio de sinrazones propias, al conjunto de ideas de que se trate. El pensamiento es como un músculo que hay que ejercitar siempre, y hay que comenzar a ejercitar temprano, con temperancia y disciplina. Se anda en cuatro, y a rastras, antes de ponerse en pie la criatura humana. Luego se dan los primeros pasos antes de andar con seguridad de saber en qué rumbo. A la flacidez e insalubridad generalizadas de los cuerpos que observamos, se corresponde igual flacidez e insalubridad del pensamiento. Existe un género de correspondencia entre ambos, que es del orden contrario a aquel que invocaba Juvenal, y suscribían los antiguos con una lucidez que hoy nos parecería extravagancia: *Mens sana in corpore sano*. Aunque pueda parecer un contrasentido, no son hoy los pueblos más directamente herederos de la estirpe latina los que abrazan esta idea a que en su momento llegaron los antiguos, sino los ingleses y los teutones.

Sin ánimo de provocación, sino con verdadero candor quiso saber alguno lo que pensaba el maestro en lo tocante a la libertad.

—Don divino es éste, que asiste al hombre en primer término, y a la nación constituida por ellos en segundo lugar. ¿Qué nación puede merecer este nombre si no es libre? ¿Y qué hombre puede merecer el suyo? Los pueblos pierden su libertad, que es su primer derecho y don natural, por la opresión de un tirano o por la malicia y ambición de algunos individuos que se valen del mismo pueblo al que le incautan su libertad, para esclavizarlo al paso que le proclaman su soberanía. Estos hacen del patriotismo un instrumento aparente para obtener ventajas. El patriotismo es una virtud cívica, que, a semejanza de las morales, no suele tenerla el que dice que la tiene, por el solo hecho de declararla, y hay hipocresía política como hay hipocresía religiosa. La ignorancia es el agente más eficaz de la tiranía.

De la elocuencia y poder de persuasión del maestro sacerdote se hacían eco desde hacía ya mucho, no sólo sus allegados en el afecto, sino también quienes, envidiándolo, temían a sus enseñanzas y creciente influencia entre los jóvenes, y buscaban de sembrar cizaña a su alrededor con lo que obstaculizar su desempeño. Se comentaba que alguna vez el mismísimo obispo que lo había instado a postular a la cátedra de Derecho Constitucional instaurada por él, con talante liberal, se había visto obligado a llamar a su protegido para pedirle cuentas, o al menos para dar la impresión de que prestaba atención a la queja de un personaje en extremo pío y poderoso, que se hacía oír, y aunque no hubiera testigos de la presunta conversación, aseguraban unos que el prelado había aconsejado extrema prudencia, y otros, que el obispo había colmado de elogios la labor del profesor. El objeto de la supuesta queja habían sido unas declaraciones acerca de la naturaleza misma del cambio, atribuidas a Varela, y recordándolo ahora seguramente, le interrogó alguno, lo que suscitó la pronta respuesta del maestro:

—Frente a los cambios nos preguntamos de inmediato con diversos grados de aprensión, si es que somos lo bastante reflexivos para ello, y a veces por reflejo o intuición, si son necesarios en absoluto o si más bien constituyen una amenaza a la estabilidad de todo lo que nos rodea. Después de todo, lo expresa a cabalidad el refrán que dice: *más vale malo conocido que bueno por conocer*. Sabio y cobarde parecer éste. Sabio porque encierra un elemento de sabiduría innegable, que procede tanto de la experiencia como de la ponderación: aquello que conocemos bien nos permite en cierta medida proceder con arreglo a usos y maneras, que para bien y para mal, nos dan una medida de seguridad o certeza; cobarde, porque grava el comportamiento de la persona y le cuelga del cuello una rueda de molino a manera de amuleto que lo proteja de imprevistos. Semejante rueda no protege, sino que aplaca el miedo al cambio, y hace llevaderos los errores y los horrores de la inmovilidad, que no son los del destino del hombre, y ni siquiera los de la piedra son. Pero el cambio por el cambio es fatal divisa, y peor propósito. El cambio no iluminado por el razonamiento, y debidamente anticipado por él, no sólo es fútil sino verdaderamente desastroso, y justificaría el temor de los que no lo desean y aún lo combaten, porque ello significaría la destrucción de las bases mismas de todo lo que hemos alcanzado, sin un sentido claro, es decir, verdadero, de destino. Sólo los pretensiosos podrían afirmar que no hay nada de valor en el pasado y aun en el presente. De ahí ha de partirse. Cambio, transformación, mejoramiento, no destrucción ni negación a ultranza que sólo al vacío y al caos conduce.

Mucho tiempo después de escuchada esta primera lección de boca del maestro Varela, la recordaría Heredia con el mismo entusiasmo de entonces, más acendrado, y las ideas más esclarecidas, y otro tanto ocurriría a la mayoría de esos jóvenes compañeros suyos que asistían como en un vilo a la clase del noble y sabio sacerdote.

—¿Y has conseguido que te dé su autógrafo? ¡Vaya que no es éste el menor de tus logros, paisano! Don Félix es hombre de probada modestia, y reacio como pocos al fausto asociado con su nombre.

—¿Le has visitado en su celda entonces?

—¿Y qué cosas te ha escrito?

—Versos.

—¿Suyos, o prestados?

—Del dulce Horacio. ¡Un fragmento!

—¿En latín seguramente?

—Traducidos por él. ¡Gran latinista, e inspirado poeta!

—Muéstranos, hombre. No seas *casasola*.

Con algo de reserva dejó José María, que sus amigos inspeccionaran la inscripción que en la portadilla de su libro había estampado Varela con trazos elegantes.

Al fragmento copiado por el maestro le seguía una frase que concitó la admiración de todos:

«Con todo mi afecto, al joven y talentoso traductor que apreciará mejor que ninguno otro estos esfuerzos».

No le costó ninguno a Heredia reconocer, antes se suscribió con entusiasmo a la tesis, aquello de que no había en los claustros de la universidad a los que asistía con más o menos regularidad, nada que se acercara en miras ni en altura a la cátedra de Varela en el Seminario. Pensándolo muy detenidamente luego, se dijo que tampoco debía haberlo ni en México ni en Caracas, según era su experiencia, y estuvo en mejores condiciones de apreciar el salutífero efecto que sobre él había tenido su difunto padre, en materia de estudios y disciplina.

26

Pese a la efectiva diligencia de Paulina —ayudada en sus quehaceres por Serafín— no se daba lugar doña Amalia a la agitación que de repente la embargaba, y conforme a su estado de exaltación, antes que, por causa de un carácter imperioso, reprendió a la esclava sin verdadero motivo:

—Apura, Paulina, por Dios, que pronto estará aquí mi primo, y quiero que esté todo a punto como debe ser.

Asintió la esclava, diciéndose para su capote que *no estaba el horno para panecillos*, y lamentándolo sobremanera porque se había hecho el propósito de aprovechar la visita del sacerdote para solicitar aquello que tanto deseaba, y para lo cual había conseguido asegurarse el concurso de *la niña*.

En medio del patio, doña Amalia Arteaga y Cisneros juntó las manos a la altura del pecho, y alzó los ojos al cielo, elevando hasta allí un ruego que debía ser urgente. Desde el traslado de su casa en El Príncipe a esta ciudad, por exigencias relacionadas con el ejército y su marido, coronel de ingenieros que había sido destacado a estas partes en cuyo puesto había muerto repentinamente, haría muy pronto tres años y ocho meses, no había vuelto a ver a su primo hermano, el padre José Joaquín Cisneros y Arteaga, a quien los tumbos de la fortuna habían acercado nuevamente a ella.

La llegada del primo, disipó enseguida el cúmulo de sus temores, vagos e infundados, y con el afecto genuino, la llaneza de su trato y la alegría de que dio muestras el visitante, consiguió asimismo disipar el mal carácter de que ocasionalmente daba muestras la dueña de casa.

—Dejemos los cumplidos, prima, para aquellos con quienes sea necesario usarlos. ¡Qué alegría verte, mujer de Dios! Venga un abrazo, y deja que te bese como a mi hermana querida. ¡Cinco años ya sin vernos!

Estaban húmedos por la emoción los ojos de ambos, de lo cual fueron testigos en diferente grado Paulina y Serafín. El resto de la familia fue allegando, convocado al parecer por las efusiones del cariño que tenía lugar en el seno del hogar, y se repitieron con más o menos intensidad las manifestaciones de afecto, y reconocimiento, mutuos.

Paulina había acudido a besar la mano del sacerdote, y tuvo aquél palabras afectuosas para ella.

—Tú sí que no has cambiado nada, hija. Te conservas igual que siempre. ¡Dios te bendiga! —y haciendo la señal de la cruz sobre la cabeza de la esclava se volvió a su prima, con una observación que no pretendía ser maliciosa ni intencionada en modo alguno—. Bien dicen que es imposible decir la edad en los negros. Cuando un negro encanece es porque tiene más años que Matusalén. ¿Y este *chicuelo,* vamos a ver? —exclamó ahora, en referencia a Serafín—. ¿Cómo te llamas?

Dicho su nombre el muchacho, tomó el sacerdote en su mano el mentón de éste y lo obligó con ello a mirarle mientras decía:

—En verdad que eres un ángel de inocencia, Serafín. ¡Dios te bendiga!

En este momento, como si lo que decía formara parte de un repertorio bien ensayado, intervino en la conversación la joven Verónica para destacar lo bueno que sería enseñarle temprano algún oficio, cual el de sastre, que, seguramente podría enseñarle el maestro Palomino, el más apropiado para ello por contar con su taller no muy lejos.

—¿Y a ti te gustaría aprender el oficio de sastre, Serafín? —preguntó el sacerdote, intuyendo quizás su papel.

El chico miró alternativamente de Paulina, que parecía asentir con su mirada, a su ama, cuyo rostro, sin embargo, a pesar de su luminosidad no parecía indicarle por lo claro cuál debía ser la respuesta. Fue necesario que doña Amalia lo animara a hablar para que el chico se decidiera al fin a hacerlo, no sin consultar una vez más, la mirada de Paulina.

—Pues serás sastre, Serafín, si Dios también lo quiere... —declaró el padre mirando alternativamente del muchacho a su prima, que pareció no menos entusiasmada que el resto con la buena resolución del asunto.

Tuvo que reñirse a sí misma Paulina para someter la agitación que de repente se había adueñado de ella, y amenazaba con hacerla cometer cualquier torpeza, de lo cual, muy posiblemente, sin embargo, no se habría percatado doña Amalia tal era su jubiloso talante.

—Noticias tendrás de ti, en primer lugar, y de mi hermano y el resto de parientes y amigos, que no son ni podrían ser lo mismo comunicadas de viva voz, ni hay en las cartas espacio a todas ellas.

Desde que podían recordar, no habían visto nunca los de casa a la dueña y señora de ella dar muestras semejantes de un tal regocijo, que le cambiaba hasta el semblante, ni entregarse al muelle abandono de su gozo con franqueza rayana en la imprudencia, o lo que ella misma habría tenido por tal, en diferentes circunstancias.

Extendiendo, acaso sin total consciencia de su actuar, con mil argucias y mimos al pariente, su estadía, dilató la anfitriona cuanto era posible y estaba bien visto, los prolegómenos al momento de servir el almuerzo, mientras se enfrascaba con él en una conversación que apenas si dejaba lugar a los otros concurrentes, a otra cosa que no fuera una ocasional intervención en la misma, por las vías de la expresión admirativa o de la indagación accidental. Más alerta o sobre aviso de su entorno, o quizá si menos requerido de constituirse en centro de toda atención, el padre Cisneros procuraba en ocasiones extender un cabo salvador a quienes les rodeaban, que a la vez les permitiera a estos decir lo suyo, y a él, rodearse de la serenidad y aplomo que el ritmo vertiginoso de la plática le arrebataban.

La visita del sacerdote se prolongó por un tiempo que excedía el del almuerzo propiamente dicho, y concluyó al cabo, con la solemne promesa de repetirla pronto. Sirvió aquélla para que sintieran todos que se restauraban o fortalecían unos vínculos que, precisamente al quedar restablecidos o reforzados, cobraban el relieve o importancia que alguna vez habían tenido.

—Bien sabemos que eres hombre a quien el tiempo más bien falta que sobra, primo, de lo contrario ¿habrías tardado tanto en hacernos la visita, ahora que volvemos a estar cerca? —no pudo menos que reprocharle doña Amalia.

—Y llevas razón, mujer —concedió el reprochado, para desconcierto de la prima—. De modo que prometo regularizar mis visitas a esta casa, tanto como me sea posible.

A la marcha del sacerdote, aún quedó en pie la tertulia precedente como sostenida a voluntad por la anfitriona principal, y el festejo autorizó que se sirviera un *chiringuito* no muy cargado, que doña Amalia encargó a Paulina, y debió explicar a su hija Verónica como «*un agua de coco con su pizca de menta, ron y azúcar parda*».

La visita a los de casa dio mucho de qué hablar en los días sucesivos como si de un inagotable venero se tratara, y algo suavizó la hosquedad de doña Amalia.

—¿Y de dónde conoces tú al tal sastre Palomino, vamos a ver? —deseó saber ésta, en medio de una de las conversaciones que ahora gustaba de sostener con su hija Verónica, como si acabara de descubrir en ella una interlocutora a su altura.

—Pues le conoce bien mi hermano, mamá, como que de él se sirven muchos jóvenes de su clase y aspiraciones. Y por el propio Alcides he sabido que buscaba un ayudante, y que acaso Serafín...

—Pues bien será..., que lo prometido, deuda es, máxime si de alguien de la familia, y por demás caro a nuestros afectos se trata. Será bien que Paulina lo arregle todo cuanto antes: esta misma tarde. ¿Por qué no? *Entre ellos* se entiendan, y todo quede arreglado y como Dios manda que sea. El chiquillo, naturalmente, no se contrata sino algunos días a la semana, que luego le toma el gusto a andar de *pataperros* como tantas veces ocurre, y se daña sin remedio.

A pesar de tales requisitos, no se preocupó doña Amalia por el destino de las recaudaciones que tuvieran lugar, ni siquiera por averiguar si las habría, con lo que seguramente dejaba en las capaces manos de

Paulina todo el asunto, o ignoraba, por parecerle nadería muy por debajo de su competencia y posición, aquélla de arrebatar al muchacho lo que consiguiera por su industria. A fin de cuentas, éste no pasaba de ser una criatura todavía. Para sus dulces le daría, lo que el sastre tuviera a bien poner en sus manos, y el resto, en manos de Paulina estaría en la mejor de las alcancías, y a buen resguardo de pícaros. Después de todo, no de otra cosa se trataba, sino de una promesa, y ella nunca hasta aquí había sido incumplidora ni desleal.

27

Objetada por sus enemigos la candidatura del padre Varela, con arreglo a fórmulas de apaño evidente, y mientras se dirimían los argumentos a favor y en contra de la misma, se retrasaba por idéntica causa la habilitación del candidato, y su envío como representante de la provincia cubana ante las Cortes.

El tiempo, entretanto, transcurría, que era lo mismo que perderse éste. A ratos parecía que se esfumara entre las manos, a semejanza de los esfuerzos encaminados a hacerlo provechoso.

—Sal y agua... —decía alguno, con una locución conocida, convencido de que con semejante declaración se comprendiera, cual mediante ninguna otra, lo que buscaba expresarse. Y era lo cierto que el tiempo iba pasando, pero sin dejar en los labios ni aun ese sabor salobre y definitivo.

A pesar del buen ánimo, y del entusiasmo que nunca los abandonaba, y antes los comprometía a actuar, ponderaban a estas alturas tres de los diputados habaneros con destino a Cádiz, don Félix Varela y Morales, el primero de ellos, don Tomás Gener y Bohígas y don Indalecio Santos Suárez, reunidos en la casa de este último, cuáles podían ser el alcance, y la verdadera situación política actual, consecuente de la Revolución de Riego, en la Península, su arraigo, competencia moral y sus posibilidades de éxito a largo plazo, amén de la influencia salutífera que sobre el gobierno de las provincias ultramarinas de España, cabía esperar con realismo. En esto andaba Varela muy a la cabeza del resto, y aun a su ilustrísima, cuya salud andaba algo quebrantada, pero había querido unírseles, adelantaba con su penetración, y la agudeza de sus conclusiones, pero igualmente animoso y optimista, se mostraba dispuesto cual ninguno, a *lanzarse al ruedo y quebrar* según afirmó en la ocasión— *no una, sino cuantas lanzas fueran necesarias,* a pesar de la impugnación que con mil argucias y trampas hacían a su elección, los enemigos jurados de su candidatura, a fin de comprometer y demorar, cuando no impedir, su designación efectiva, y su marcha a la península.

—Pues con las credenciales en mano, o sin ellas, si no es contrario el parecer de su ilustrísima, creo que allá donde está ahora mi deber, debo dirigirme en el primer barco que ponga proa hacia aquel puerto. ¡Demasiado esperar es éste! Y la dilación en el remedio sólo sirve para debilitar el cuerpo.

Estuvo de acuerdo el obispo y, como ya venía haciendo, alentó nuevamente a los otros a estudiar lo que debiera hacerse, incluso si resultaran recusadas igualmente sus candidaturas, puesto que en última instancia, quienquiera que resultare electo y aprobado no era sino portavoz de unas inquietudes e intereses colectivos, y había de pensarse en servirlos del modo más eficaz, aun por vías indirectas, con recomendaciones, facilitando contactos, y proveyendo de lo necesario a los representantes que alcanzasen a sentarse en las Cortes.

—¡En fin, hijos, lo sabido! Allanar y persistir, que, dando vueltas a su noria, es como llega a conocer mejor el mulo su camino. Y nuestro empeño, no es, ni podría ser el de quebrar la muela del molinero, sino de llevar el agua a nuestra acequia por aquello de que *grano se muele.*

En cuanto a Varela —concluyeron todos— ya le llegaría por trasmano el correspondiente nombramiento, una vez en la metrópolis, o de otro modo habría manera de hacerse escuchar —se dijo él— y sin miedo alguno en el corazón, si bien lleno de todas las premoniciones, y adelantando contratiempos bien fundados en sus razonamientos, el día 28 de ese mismo mes de abril del año del Señor 1821, se despidió éste de sus escasos familiares, de sus discípulos, y amigos todos, que eran muchos, y partió a bordo del barco que lo llevaba a España. La hermana amadísima que no habría podido venir hasta el muelle lo despidió antes en su casa, aturullándose de consejos que lo mismo era a proveer como a recabar del que partía:

—No te preocupes por mí que estaré bien. ¡En casa quedo y a buen resguardo! No como tú, hermano. Bien que a Dios tienes y no te hace falta más. Cuídate. Abrígate bien y come regularmente. No duermas poco, que la salud en el comer bien y en el bien dormir se afinca, como tú mismo dices. Bien que por otros parecieras decirlo a veces, que no por ti. Dame ya tu bendición de hermano y de sacerdote, y deja que te bendiga yo a mi vez con todo el amor que te tengo, y bien sabes que no es poco. ¡Anda! Ve a donde debas, que el deber llama, y no seré yo quien en modo alguno intente poner cadenas a tus pies. Dios te acompañe siempre, y a mí no me falten la fortaleza y la esperanza que de él emanan, y sólo por su misericordia nos dispensa.

Una pesantez rara, al parecer definitiva, contra la cual se rebelaba su alma, se había apoderado de él, y a medida que la embarcación se fue alejando de la costa, acabó por dominarlo, como si en vez de marchar al encuentro con su destino, pudiera tratarse de un naufragio a la vista de sus seres más queridos. El obispo mismo había estado a despedirle, y en el último instante había puesto en sus manos, con una bolsa llena de monedas y un escapulario bendecido por él, aquel pliego que encomendaba a su cuidado hasta el momento mismo de ser entregado en las manos a que se destinaba, y del que ni a bordo debía separarse en ninguna circunstancia ni oportunidad. Desde el muelle despedían conmovidos al que partía, agitando manos y pañuelos, todos aquellos que, sin exceptuar el obispo le habían abrazado, pero ninguno debía estarlo tanto como Esteban, antiguo esclavo dejado en herencia hacía unos años al joven Félix por una tía suya, y a cuya posesión había renunciado enseguida, quien ahora se marchaba, por repugnarle especialmente la mera idea de señorear sobre la vida de un semejante, contrariando la voluntad del Creador de todos, que había concedido al hombre su libre albedrío como un bien supremo. No sólo había renunciado a éste, y otros bienes de fortuna dejados por la testamentaria, sino que aquella parte de los mismos que por serlo más bien de la familia le era más difícil de alienar, como podía ser un juego de mesa de plata esterlina y dos lunas venecianas enmarcadas, los había cedido sin reservas al mismo Esteban, para que dispusiera de ellos como mejor quisiera en su nueva condición de hombre libre. Como era éste, diestro en cosa de números, que había aprendido, lo mismo que a leer y a escribir cuando era esclavo todavía, pudo emplearlo algún tiempo el joven sacerdote en llevarle las cuentas de su casa, así como en darle otras encomiendas que lo prepararon para asumir en llegado el momento su vida de hombre libre, entre los que gozaban de esta condición desde su nacimiento. Lloraba ahora amargamente Esteban, sin cuidarse de ser visto de todos, y lloraban su mujer y su pequeño hijo, seguramente contagiado de la emotividad de sus padres, aunque no cupiera en él entendimiento de la razón que la provocaba. Fue necesario que el obispo mismo se deshiciera de su pena, y se dedicara a consolar a aquellos que sin reservas daban muestras de una desolación absoluta. Ambas manos sobre el pecho, una encima de la otra, y algo inclinada a un lado la cabeza, desde la borda junto a la pasarela, parecía el que se marchaba la imagen misma del mártir cristiano, que afronta con resolución y entereza, incluso con alegría incomprensible para sus antagonistas, las peores pruebas. Y en verdad debía serlo aquélla de partir por llamado supremo de un deber ineludible, de un bien irrenunciable como hombre y como sacerdote, pero dejando por detrás todos los afectos, con la incierta esperanza de *volver pronto*. ¿De qué modo predecir nada en tratándose igualmente del regreso como de la prontitud del mismo? ¿Podía tratarse acaso solamente de algo tan *sencillo* como comparecer ante las Cortes en representación del bien común, haciéndose oír con arreglo a la razón y el buen sentido político que debían imperar para bien del reino, y estar de vuelta con sus compañeros de encargo una vez resuelta la cuestión que a todos concernía? El corazón, y su mucho razonar y ponderar cuestiones le sugerían, que tal vez no fuera todo *tan simple*.

    El sonido que producía el golpear de las olas contra la quilla y los costados del barco, y del que parecía proceder aquel sentimiento que lo invadía de una melancolía rara en él, lo acompañó en mayor o menor grado hasta tocar en el puerto gaditano dos meses después, la mañana del 7 de junio. A bordo, se le pasó el tiempo entre escribir, rezar; tocar el violín, seguir estudios de toda clase, y ministrar consuelo a no pocos afligidos que a él se acercaron, o a quienes se aproximó él, llevado por una premonición o lo que acertara a ser aquel sentimiento que era como una luz apartando sombras. Uno de estos resultó ser, no otro que el enviado expreso de algunos de aquellos que más determinados estaban a estorbar las gestiones del habanero ante las Cortes, en cualquier condición o capacidad de que se tratara, pues temían tanto a su determinación como a su inteligencia, y a la manera en que conseguiría seguramente abrirse paso, y con él a sus ideas, que si les resultaban detestables en casi todo, en lo tocante a la esclavitud lo eran aún más por su audacia y mucha argucia. No conformes con entorpecer su elección por diversas vías, un pequeño grupo de inconformes más determinado y soliviantado contra él, que el resto, se había complotado para anularlo antes de su llegada a España, por la vía más expedita posible, siempre que el método empleado no despertara sospechas. En confesión, que le imploraba un poco antes de su propia muerte, le dio cuenta cabal de estos planes el conjurado en quien recayera la ominosa responsabilidad del asesinato, que con su propia muerte se frustraba. Mediante el secreto de la confesión que comprometía su silencio, conoció el sacerdote los detalles de la conjura tramada en contra de su vida por aquellos descarriados, y amén de sentir hacia ellos una profunda piedad, sentía que más había de hacer aún, sin descansar día y noche por llevar a sus conciencias la luz que les mostrara el horror de su conducta, en todo aquello que, siendo aborrecible, se les antojaba bueno y sin mancha alguna.

La honda pesadumbre que sentía Varela, acentuada por la visión de aquella inmensidad de agua en apariencia desolada que los rodeaba, amenazaba a veces con sumergirlo definitivamente en una sima de la que acaso ya no podría surgir, y para que tal cosa no llegara a ocurrir, acudía en primer lugar a la oración, de la que dependía, sobre todo, y en segundo término a la escritura de versos, y al consuelo querencioso del violín que tocaba desde temprana edad, con buen pulso y rara delicadeza. Aunque tocaba para sí mismo, acogido a la recoleta privacidad de su camarote, muy pronto fue invitado por un pequeño conjunto de músicos que viajaba a bordo, para que con ellos tocara alguna cosa que animara a quienes más sufrían los estragos de la travesía. No obstante, gustaban todos de oírlo tocar, sobre todo como solista, aquellas delicadas y hermosas melodías de la autoría de un músico austriaco, al que, la inmensa mayoría, incluidos muchos de los músicos, hasta entonces jamás había oído nombrar: Franz Schubert.

Al hijo de apenas seis años de una pareja de franceses, el cual parecía como alelado a la vista del instrumento, inició Varela con el consentimiento de los padres, en el conocimiento elemental del mismo, valiéndose para ello de una pedagogía ajustada a los pocos años del discípulo, y a las circunstancias mismas del viaje, y se sorprendieron no poco los viajeros, cuando en poquísimo tiempo alcanzó el chico a dar una demostración de lo aprendido por él.

El más joven de los instrumentistas del conjunto, seducido igualmente por la personalidad del sacerdote, y por la habilidad del músico, procuró y consiguió noticias acerca de aquel compositor desconocido, una de cuyas sonatas para violín facilitadas por Varela, había él comenzado a transcribir.

28

Del banquete y baile, que en el palacio de Casa Montalvo había tenido lugar con motivo del cumpleaños de la joven Elvira, sobrina-nieta, y ahijada del conde, se habló luego durante mucho tiempo, en los términos más halagüeños. Acudió a este acontecimiento, según era de esperarse, «*lo mejor de la sociedad habanera*» —frase que haría invariablemente suya la crónica social, por entonces incipiente—. De modo que, de ponderar como correspondía, lo que había sido el cumpleaños, se hicieron voces durante mucho tiempo los que a tan esperado evento acudieron.

La brillantez y el lucimiento que fueron su característica, confirmó a los ojos de todos, que bien había valido la pena aguardar a que el momento fuera llegado. Si a última hora hubo que lamentar tan notable ausencia, como fue la de su excelencia el capitán general don Nicolás de Mahy y Romo, bien se disculpó ésta, ponderando un repentino resfrío que lo mantendría en cama, de lo que daba cuenta una misiva suya, concebida en los términos más delicados y afectuosos para las personas de sus anfitriones, y en particular de *la bella homenajeada,* a quien hacía llegar por persona interpuesta, un precioso regalo. Por lo demás, pese a tan notable ausencia estaban todos aquellos que debían, sin que pareciera faltar ninguno.

Al intendente de Hacienda don Alejandro Ramírez Blanco, atildado, y de natural apostura, quien era observado sin disimulos por algunas viejas matronas a través de sus impertinentes, rodeaban en primer término el eminente pintor francés Jean-Baptiste Vermay, (*don Juan Bautista* como él mismo se hacía llamar), además de un grupo numeroso, entre quienes se encontraba, el muy reputado doctor Enrique Faber, del cual se decía haber desempeñado su ciencia alguna vez, entre las tropas del emperador Bonaparte, y había sido más recientemente nombrado Fiscal del Protomedicato de La Habana para la región oriental de la isla. Iba siendo conocido éste por sus aciertos en curar, y los atinados diagnósticos que se le atribuían, amén de sus títulos de facultades europeas, y hallándose en la capital por sus asuntos, había venido en compañía de una dama que se sentía con él en deuda, a la vez que deslumbrada por su vasta cultura y exquisitez de modales, al ágape de los condes de Casa Montalvo. Más adelante, se le vería en animada conversación con el obispo, a quien se hubiese hecho presentar de su acompañante, y el cual sostuvo luego de concluida la velada, igual opinión de él que aquellos que ya la tenían en mucho.

De un joven y acaudalado don Domingo del Monte, de impecable empaque, en compañía de José María Heredia, y el principeño Gaspar Betancourt Cisneros, de rancio abolengo, y no menos distinguido y rico, a quienes se había unido un cuarto compañero, José Antonio de Cintra, estaban pendientes algunas jóvenes que bien pretendían un desinterés muy lejos de ser suyo. Alguna se las arregló para sentarse cerca de éste que más le interesaba, y a la hora del baile, no habiéndose proporcionado aun la oportunidad de acercamiento, que muchos ojos, sobre todo los de las madres atentas, dificultaban con empeñamiento, volvieron a sus conciliábulos las muchachas:

—No sé yo quién sea ése —se animó a decir llevándose al rostro el abanico calado como si fuera a soplar sobre él, una de ellas, en referencia al cuarto de los jóvenes—. De los otros que bien conocemos mucho habría que decir, comenzando por aquello de ¡qué galanes están!

Rieron con picardía disimulada tras los abanicos que se abrían y cerraban para volver a abrirse y a cerrarse, cual si, de una estrategia de distracción al enemigo se tratara, en una guerra que todas deseaban declarar y perder, ganándola así sin disparar un solo tiro.

Atentos a su vez al grupo que formaban las muchachas, se hallaban cuatro jóvenes oficiales de caballería, entre los que algo sobresalía, tanto por su estatura como por su aire distinguido y natural apostura, aquel que acariciaba de vez en cuando un bigote de cerdas rubias, bien cortado, bajo el cual ardía la boca de labios muy rojos. Fue éste el primero en romper la suerte de formación militar, y en dirigirse a una de las muchachas con aire decidido:

—Permítame presentarme y ponerme a los pies de usted, señorita. Mi nombre es José Francisco Lemus y Escámez. Soy un adepto entusiasta al baile, de manera que, si no lo estima usted en menos, y no pesan sobre usted otros compromisos, permítame suplicarle que consienta usted en bailar conmigo alguna vez.

Tomada por sorpresa —muy favorablemente, además— se rindió prontamente la muchacha a los requerimientos del pretendiente, sin siquiera acudir a los fingimientos o maniobras aconsejadas en estos casos, tratándose de un verdadero desconocido. Accedió gustosa, y anotó en su carné de baile el compromiso, luego de lo cual ya no tuvo más interés verdadero, que aguardar al momento de cumplir con su promesa.

Ocupados andaban los sirvientes de la casa, acarreando copas de cristal de Bohemia y bocadillos diversos sobre las bandejas de plata pulida la víspera: envarados y orgullosos, vestían las casacas, pelucones y demás insignias que los identificaban como de la casa, y conseguían desplazarse con suma agilidad y precisión por entre los que conversaban, sin resultar molestos o causar contratiempo alguno, antes prestos a remediar los desaguisados que pudieran cometer algunos invitados.

El joven militar Alcides Becquerel y Arteaga, que se hallaba en los comienzos de una carrera en sostenido ascenso, siempre atento y muy bien considerado de todos, hablaba ora con el obispo, ora con una joven dama de nombre Flora Pierrá de Anglada, a quien, muchísimo bien parecía hacerle su proximidad y conversación, pues que se animaba a ojos vistas con ella, y en cambio decaían su interés y viveza en cuanto el objeto de ellas volvía a distanciarse. Suspiraba entonces que daba pena la damita, y sólo un prurito de su amor propio, o el llamado a capítulo de su madre con un perentorio aclararse la garganta, conseguían que se serenase para no dar motivo a que hablar de su conducta.

Por su inquietud e impetuosidad a duras penas contenida se hacía notar de otro modo, un joven José Agustín Cisneros de la Urde, recién salido de la primera adolescencia, a quien, a pesar de obligarse a ello, no conseguían atraer aquellos faustos. Otras eran sus preocupaciones. Y ni una sola entre las muchachas parecía compartir sus intereses. Contemplaban las unas sus bellas manos de tribuno, o concertista, quien el rostro agraciado por unos ojos negros, intensos y brillantes, o el perfil de su figura no muy alta ni baja, sino bien proporcionada, y todas suspiraban por lo que estimaban una terrible pérdida. En tanto, echaba él de menos a una sola entre sus amigas, la más generosa, la más inteligente y cabal de todas cuántas haber pudiera. Desde la muerte del padre, hacía ya sus tres años largos, acogida al luto riguroso de su casa, Verónica Becquerel y Arteaga no asistía a fiesta alguna, ni salía como no fuera para ir a misa. De vez en cuando, consentía su madre de un tiempo a esta parte, reuniones a las que asistían un grupo no muy nutrido de amigos a merendar, o para hacer tertulia en la que se leían versos y se hablaba de algún tema de interés o de actualidad. A tales reuniones había estado invitado el joven, y por lo demás, se mantenía entre los amigos una relación epistolar más o menos sostenida, mediante la cual habían ido descubriendo ambos una red de intereses y afinidades que no eran los del común. A dicho intercambio epistolar le seguiría, casi como correlato, el intercambio de libros y publicaciones diversos, tráfico éste para el que se empleaban los buenos oficios de Paulina. Pensando en ello, no pudo reprimir el jovencito un desdén que no era fingimiento, y antes de marcharse de la fiesta, contrariado, e intentando no llamar la atención, José Agustín pasó sobre la concurrencia una mirada en la que apenas se disimulaba un desdeñoso cinismo.

Aunque conforme era de esperarse, la más solicitada de las jóvenes era la homenajeada Elvira, otra rivalizaba con ella ventajosamente de lo cual daba cuenta su carné de baile, y el continuo ir y venir del centro de la sala al sitio ocupado por ella cuando no bailaba, en la compañía de su chaperona. Se trataba de María Amparo de la Caridad Iznaola y Gamborino, la inefable Charito de sus amigos, cuya vivacidad y encantos no agostaban ni los mil ojos de la Gorgona posados en ella. Moriría temprano la joven, poco tiempo después, de causas de un raro mal de la sangre que ninguno podía anticipar esta noche, viéndosela, del modo como la recordarían todos, animosa y radiante.

Para no desairar a la homenajeada Elvira que se lo rogaba, bailó con ella su tío el conde de Casa Montalvo, y lo hizo admirablemente a pesar de no haberse ejercitado en mucho tiempo. Becquerel suplicó y obtuvo a su vez, el consentimiento de éste para hacerlo con la condesa que accedió encantada, y en su fuero interno halagada, por la deferencia del joven militar.

El baile duró hasta bien pasada la media noche cuando los últimos invitados —conscientes de abusar de la acogida de los anfitriones, de prolongarse su estada— se despidieron, y acompañados por ellos hasta la puerta del salón principal, se marcharon. Fuera se escucharon las pisadas de los caballos, las voces de quienes entre sí se despedían, y el ruido que hacían las ruedas de los quitrines y calesas sobre las piedras de la calle.

Un silencio sepulcral cayó luego sobre los alrededores de la casa.

29

Al amparo de la libertad de prensa y de palabra, de que ampliamente se disfrutaba —y aun abusaba, concordaban muchos— circulaban de día en día, y de boca en boca, rumores, a cual más estrafalario —que habrían causado la envidia del cesado Cajigal, ahora retirado a la quietud de su vivir en la cercana villa de Guanabacoa, por gracia especial solicitada al rey y concedida por éste— los que eran echados a rodar en muchos casos por quienes podían beneficiarse del caos y la incertidumbre, sembrando cizaña que hallaba terreno fecundo en el clima reinante. Rumores eran estos que lograban a veces poner el espanto en la gente, cuando no despertar sentimientos encontrados de este género:

—Yo, por la libertad de prensa estoy, pero todo sea con mesura. ¡Eso! ¡Qué no se permitan ciertas cosas!

—¿Y quién será a ponerle el cascabel al gato?

—Pues, hombre, las autoridades competentes. Qué para algo son la Autoridad.

Al paso de ciertos bulos se habían visto obligados a salir su ilustrísima, por una parte, y su excelencia el capitán general por la otra, a fin de dar seguridades a quienes las requerían con el temor de que daban cuenta. Contra los fanáticos que se arropaban bajo el manto del patriotismo, para arremeter contra la libertad, aconsejó el obispo de diversa manera, según fuera del caso, una máxima de Syrus como aquella *Non pote non sapere qui se stultum intellegit*[1], u otro latinajo transparente; una cita bíblica o una sentencia de su autoría, dicha con la elocuencia que le

---

1. Un hombre debería poseer al menos algo de inteligencia que le advierta que es un tonto.

era natural, y hasta una lectura de *Centinela contra franceses* del catalán Antonio de Capmany, por más que el título le evocara otros, de índole más desafortunada a su parecer.

En más de una plática sostenida con el capitán general, oyó el obispo de qué manera se lamentaba éste de la resistencia, más o menos encubierta, que en ciertos círculos encontraba todo intento de reforma, por más que a viva voz se protestara, a diestra y a siniestra de la *incoercible* lealtad al momento, y las ideas del período constitucional que se vivía.

—No son pocos, ilustrísima, los que alimentan las sospechas, y amenazan con *la degollina de los infantes* y todas las hecatombes que nos atribuyen a los liberales, y sólo ellos son capaces de concebir en sus mentes calenturientas, según está más que demostrado. Por lo demás, las disposiciones son a veces poco menos que letra muerta, y nos recuerdan aquello tan nefasto de «se acata, pero no se cumple», que Su Ilustrísima bien conoce.

—¡El miedo, Excelencia, que es siempre pasto verde, y carne de cañón que alimenta a la ignorancia, en todas partes y época de que se trate!

—¡A la ignorancia, Ilustrísima, y a los malos, si me permite usted, que no todos pecan por ignorantes…!

—Pero lo son, Excelencia, permítame discrepar, porque actúan como ignorantes al amparo de su inteligencia, y emplean ésta no para hacer luz por delante, sino para echar tierra y encubrir sus excretas como hacen algunos animales: cosa que en estos es de admirar no poco, pero que en los humanos es, por el contrario vergüenza inescrupulosa cuando se aplica a esconder miedos, o pecados, y aún peor a justificarlos, y a darlos por buenos como escudos tras los que se parapetan, o con los que creen poder comprar honra y verdad.

—Horacio nos consuele pues, de algún modo, al decir aquello de que *cuando los tontos se empecinan en huir de un vicio muchas veces caen en el opuesto*, o algo parecido…

—*Facilis descensus Averno; sed auras evadere est labor*, Excelencia, según nos previene Virgilio!

—Previsión que no sé yo hasta qué punto, Ilustrísima, pueda ser interpretada como un consuelo en la situación actual.

—Eso sí. Lleva Su Excelencia razón en decir tal, que tampoco las tengo yo todas conmigo en cuanto a los esfuerzos que se requieren para dejar atrás el Averno en que fácilmente nos precipitemos, porque el hombre dado es a sus errores, y muchos, empecinados son en el mal proceder, y en el llamar las cosas por el opuesto de sus nombres.

—Como llamar *patán* al que por su misma delicadeza se retrae; razonable al que desatina, y bien hablado al que barrita.

—O lo que es aún peor: atribuir honestidad y desprendimiento al parecer u opinión, que simplemente se disfraza de virtud, mediante la adulación y la palabrería con que se encomian, a la par que la virtud, aquello que constituye su antípoda, cuando no su vituperio.

—Vea Su Ilustrísima si no es éste el caso del muy notorio doctor Gutiérrez de Piñeres, entre muchos otros, de quien he querido hablar a su paternidad. Autoproclamado liberal… Y el primero en subvertir el orden constitucional, con sus proclamas incendiarias y desproporcionadas, en que dice cifrar su patriotismo y lealtad a la patria.

—Como que vamos de un extremo de servidumbre absoluta, Excelencia, a otro extremo donde se confunden libertad y desenfreno, sin que sean los más a discernir la sutileza.

—Alguna provisión o remedio habría que imponer, Ilustrísima, para evitar que mediante tales excesos por los que expresa el dicho, de continuo, un fervor que es odio poco menos que encubierto y a veces no tanto, contra los naturales de esta isla, continúen enconándose los ánimos.

—Perentorio será como bien dice Su Excelencia que se proceda contra él, que es actuar contra sus excesos y abusos de toda índole, de lo cual, si hasta el presente me recato, en consideración de su edad y ministerio lo hago.

—Y yo por las mismas causas y porque me repugna un secuestro de tal naturaleza, no me animo a desterrarle a España, si bien a ello me inclino cada vez más, que en el dicho y sus proclamas hallan muchos si no sustento, su elemento.

—Procedamos todavía con ánimo persuasivo, si parece bien a Su Excelencia, y recluyámoslo al recinto de cualquier monasterio, instruyéndole claramente de cejar en sus vituperios, que tan mal sientan a un hombre de su ministerio. Que con ésta y otras amonestaciones si cabe en él una pizca de razón, se recatará en lo adelante.

—Con lo cual, si no se reforma, le impondremos la repatriación a la Península en el menor tiempo, previniéndosele con un argumento que no puede ignorar, y es que allí, las autoridades serían menos tolerantes con alguien de su heterodoxia.

—Esperemos, Excelencia, que con apretar algo las clavijas y llamar a su razón al dicho, se consiga enmendarle en su conducta.

—¡Qué otra cosa no deseamos ni procuramos, Ilustrísima, ni este servidor se halla tan predispuesto, que busque a cualquier precio el perjuicio del doctor Piñeres!

—Con Dios por testigo de lo que en nuestros corazones haya.

De esta suerte, y otros temas igualmente, conversaron incontables veces el obispo y el capitán general, mientras despachaban asuntos de interés común cual venía a ser aquel otro, de si debía asignarse alguna cantidad de recursos en dinero del estado para sufragar un periódico de aliento liberal, que diera coherencia a las ideas que de otro modo se dispensaban con mayor o menor acierto, y aun sin acertar en nada, incluso en publicaciones profesadamente liberales, para no hablar de las que se manifestaban contrarias a tales ideas, y aun sin comprenderlas ni a medias las representaban caricaturesca o erróneamente. Al cabo decidieron sufragar de su peculio personal, y con la convocatoria de una suscripción pública si hiciera falta, la publicación en que ambos cifraban esperanzas que era preciso alentar con algún género de concierto.

30

Breve había sido su juventud, y el esplendor de su belleza ahora marchita, también de corta duración. Sin embargo, con toda entereza y una determinación puestas a partes iguales en lo inmediato, y en lo trascendente, doña Josefa Escámez y Solís, viuda de Lemus, se entregaba al goce de sus devociones, y hallaba devoción en infinitas cosas. El perfume de un rosal, el gorjeo de los pájaros, el zureo de las alondras enamoradas, el silencio y la palabra igualmente. No se trataba de una determinación que fuera contraria a su disposición de espíritu, sino que armonizaba con él. Desde muy niña se gozó en esta propensión de sus sentidos, que hallaba belleza y novedad en todas partes, aun cuando a los ojos de sus hermanos y primos, y de la generalidad de la gente, no alcanzara a ser sino lo ordinario de una roca, o la mancha de tinta sobre la albura de una página, a los que ella daba forma y propósitos.

—¡Vaya niña imaginativa ésta! —decía algún que otro mayor de la familia, más que contrariado, inquieto por el ceño que aquello pudiera tomar de seguir su camino—. Mejor será vigilarla de cerca, y hacer cuanto sea necesario por disuadirla de una propensión que no puede significar sino perjuicio para ella.

Pero de nada hubieran valido cuantos esfuerzos se hicieran con este propósito, de tal modo era afecta a los goces de sus sentidos la chica, que, antes habría sido necesario desollarla, cegarla y en suma, despojarla de todos sus atributos sensoriales, a fin de alterar su naturaleza misma. Por lo demás, aquellas prevenciones en boca de algunos parientes no llegarían a calar verdaderamente en la conducta de sus familiares inmediatos.

Los dolores de hueso que ahora la aquejaban, la encontraban pues, preparada, y ni ella misma hubiera podido decir de qué modo, la altura de su alma temperaba o hacía tolerable el detrimento paulatino de su cuerpo.

Se había casado, siendo muy joven, con el hombre sin bienes de fortuna del que estaba enamorada. La oposición inicial de los padres de la muchacha a este enlace, habían cedido muy pronto, vencidos por los argumentos de quien a pesar de su extrema juventud supo sostener su caso, y del encanto que desplegaba el joven pretendiente, y tenía que ver menos con un propósito consciente de su parte, que con un don natural de gentes. Los tres años escasos que duró la vida en común, le habían dejado a la mujer no pocos bienes de que se alegraba infinitamente, ufanándose de ello en alguna medida: dos hijos, y una memoria de felicidad que la acompañaría a la tumba, y de la cual eran sus dos vástagos, arte y parte. Un accidente le había arrebatado la vida al esposo, cuando un caballo desbocado que arrastraba a su perdición un quitrín en el que viajaban señoras, lo había embestido y lanzado contra el suelo apisonado, causándole numerosos e irreparables daños. La fortaleza con que entonces la joven viuda había enfrentado la tragedia, anunciaba ya sin que nadie pudiera entonces anticiparlo, la integridad y fortitud con que asumiría su viudez, y algo más tarde asimismo la enfermedad que la iría postrando y, literalmente, rompiéndola.

El menor de sus hijos, Salvador, la contempló ahora un instante y tuvo que hacer un gran esfuerzo para contenerse las lágrimas, que a punto estaban de aflorar a sus ojos. Aprovechando el tono impuesto por la novela que leía en voz alta para deleite de doña Josefa, tragó en seco, carraspeó y continuó tras una breve pausa.

Disfrutaba ella de la lectura en voz alta que le permitía librarse de rémoras, y dejar vagar la imaginación sin moverse un ápice de su poltrona, acomodada de infinitos cojines muy suaves, bajo la manta a cuyo abrigo se sentía tan a gusto. Se dejaba arrullar igualmente por la voz bien timbrada de su hijo, que había probado ser un lector excelente, y veía en sus facciones que apuntaban ya a definirse en el joven, las del esposo amado.

De vez en cuando, José Francisco, que era el mayor de los hijos y estaba finalmente de regreso de sus viajes y empresas a tierra firme, a las que como militar debía estar comprometido, se les unía en la sala y seguía en silencio —como en un vilo— la lectura de su hermano, hasta que éste la interrumpía un instante para dar paso a un intermedio, en el que se revelaba la presencia del otro. Se acercaba entonces, con un beso y muestras incansables de su devoción, a demostrar a la madre cuánto era su amor. Almorzaban luego todos en familia. A veces se demoraba la llegada del que aguardaban, y ocasionalmente se hacía representar éste mediante un aviso llevado por mano propia de algún muchacho callejero, al que se encargaba de ello a cambio de una moneda que los destinatarios debían de poner en sus manos.

Los días en que parecía estar curada y como nueva —según decía la propia enferma— que, si bien eran los menos, a veces se producían inexplicablemente, cual gracia que le hacía la Providencia, se ocupaba aún doña Josefa de los preparativos de una jalea real, o los de una suculenta natilla en compañía de Josefina, la vieja sirvienta catalana que antes se empleara en la casa de sus padres. Pero estas ocasiones de inusitado júbilo para los de la casa, se irían espaciando cada vez más hasta dejar de ser por completo, cuando la dolencia acabara de apoderarse totalmente de la enferma.

—¿Ya se cansa mamá?

—Aún no, hijo. Sigue. Sigue si no lo estás tú de tanto leer.

—Cuando se fatigue, o cuando usted así lo desee, no tiene más que indicarlo.

—Gracias, hijo. Sabes cuánto me gusta oírte.

La lectura, sin embargo, resultó interrumpida por la aparición de la criada que venía a comunicar la visita sin anunciar de Angélica Sepúlveda Romeu, sobrina política de doña Josefa por razón de serlo asimismo de su difunto esposo, la cual pasaba a tener noticias de la enferma, y de ser posible a presentarle en persona sus respetos.

Se retiró de momento Salvador, dejando a un lado el volumen que sostenía entre las manos, y pasando a la antesala donde aguardaba una señorita de gestos nerviosos y mirada inteligente e inquisitiva, aunque en general de apariencia tímida, saludó y de inmediato la invitó a pasar a la pieza que hasta entonces habían ocupado él y su madre, y en la que aquélla seguía estando.

Los saludos y las cortesías se entrecruzaron, e invitó doña Josefa a su sobrina política a tomar asiento próximo a ella, y ofreció luego a ésta tomar alguna cosa, a lo que la recién llegada dijo que no, excusándose por no haberse anunciado con anticipación, y dando como excusa de su intempestiva visita el haber estado muy cerca, a visitar a otro pariente, un tío suyo por parte de madre, que desde un par de días a esta fecha se hallaba mal de guardar cama, sin que al parecer dieran los médicos que lo atendían con la causa de aquello que lo afligía. Se trataba de alguien sin más familia que su hermana y sobrina —explicó la joven— y, naturalmente, el joven esposo de ésta, Nicolás Lemus Insuástegui. Por éste, en particular, se interesó Salvador, que lo recordaba bien, al oír que se decía su nombre:

—¿Y del primo, qué razones puedes darnos, mujer? Hace ya tanto tiempo que no se deja ver por estos lares, ni al parecer por parte alguna, que ya juzgábamos si se habría marchado a la corte, tal y como alguna vez pareció determinado a hacer.

Explicó Angélica que, en efecto a la Península, aunque no a Madrid, sino a Barcelona había marchado hacía ya su tiempo el esposo, con algún encargo cuya índole no acertaba ella muy bien a explicar, ni siquiera a comprender. Aquí la voz pareció a punto de quebrársele, pero logró recuperar el control de sí misma, y no insistió ya más en lo adelante Salvador en tratar de saber más noticias del pariente.

La visita duró aún algo más, y al cabo le puso fin la muchacha, a quien Salvador acompañó esta vez hasta la puerta de salida. Una vez fuera, volvió a despedirse la joven agitando en su mano un pañuelito nervioso y perfumado en aguas de violeta, y abrió luego el parasol de encajes, con el que se cubría mientras se alejaba por la calle.

Sin que pudiera explicárselo, a Salvador que quedaba contemplándola mientras la mujer se alejaba, le vinieron alternativamente a la mente, confundiéndosele al cabo en una sola, las imágenes del primo a quien recordaba bien por haberle conocido y tratado, y la del tío de la visitante que suscitaba en ésta, tanta preocupación.

—Vaya cruz la suya —se dijo, francamente conmovido por ella, y convencido un instante de que ninguno otro debía llevar un peso semejante sobre sus hombros. Mas como no quisiera expresarse mal del primo, siquiera fuese para su capote, inconscientemente le atribuyó toda la carga al tío patituerto de Angélica—. Una sola para cargar con semejante muerto, ya es infamia que encomiende para el Cielo.

La figura desgarbada y ramplona de don Eustaquio, según la recordaba, entretanto, seguía aferrada a su retina.

31

Pasaban ya los efectos de la fuerte gripe que lo retuviera en cama contra sus deseos, y propósitos, y se alzaba de ella, dispuesto a hacerse nuevamente cargo de aquellos deberes apremiantes que aguardaban, según entendía que había de hacerse el capitán general. Las órdenes encargadas a su principal ordenanza y colaborador, habían sido cumplidas al pie de la letra, de lo que podía congratularse la máxima autoridad del país, y no obstante, un alto sentido del deber tiraba de él hasta ponerle en pie.

—Hoy habremos de ocuparnos, entre otras muchas cosas —dijo ahora, con voz grave que parecía proceder del interior de un pozo muy hondo, dirigiéndose al capitán Brandau— de dar satisfacción, en lo posible, al señor intendente, que merece como pocos, semejante detalle, por el bien inestimable que hace al país, y su condición de hombre recto y pundonoroso. Y en el curso de nuestra entrevista, intentaremos extraer de él, si se halla en posesión de tal remedio, alguno que ponga fin a tanta maledicencia y calumnia, en lo que a él corresponde, haciéndole saber que somos los primeros en deplorar tanta falsedad y vilipendio contra quien es, considerado justamente, el principal benefactor y, uno de los padres de la patria, a quien tantos deben tanto.

No veía, sin embargo, su edecán, quien, a fuer de discreto y buen razonador, se había convertido en el interlocutor ubicuo de la primera autoridad del país, de qué manera habría de remediarse nada, de aquello que el superior intentaría reparar, mucho menos, de qué recursos creía disponer su excelencia, como no fuera tal vez remendar con palabras, el ánimo ensombrecido de don Alejandro Ramírez Blanco, de natural elevado, últimamente abatido por todo género de murmuraciones echadas a rodar de sus enemigos, quienes además de su daño, procuraban el que a través suyo conseguirían hacer al estamento en pleno. A dichas andanadas, sin proponérselo ni de lejos, había contribuido su estopa impregnada el propio capitán general, con una malhadada intervención pública, que procuraba ahogar las protestas elevadas hasta él de algunos capitostes del partido autollamado de *los patriotas*, habiendo prometido pública y ostentosamente, que él, en persona, se comprometía a someter al más minucioso escrutinio las acusaciones elevadas hasta la Capitanía General, para lo cual designaría a un grupo de personas de su entera confianza, de modo que pudiera despacharse a satisfacción de la verdad, lo que hubiere de ser. Tales declaraciones, amplificadas por la prensa más amarilla, y aquella que respondía específicamente a los intereses concitados en la acusación de impropiedad y abuso de poder contra don Alejandro, no podían sino tener un efecto negativo sobre éste, que llegaron a afectar su salud.

Tenía preparadas su excelencia —quien pese a la buena disposición que lo animaba, no repuntaba del todo, de su achaque reciente— una serie de frases muy socorridas en las que apoyar su discurso, como era aquel verso del aria de *Il Barbiere di Seviglia*, la ópera de Rossini, que expresaba eso de *la calunnia è un venticello*, habiendo descartado, por parecerle contraproducente el refrán castizo que decía, «calumnia que algo queda». Pero, al fin y al cabo, todas las expresiones que se había dado a reunir, pareciéronle igualmente desacertadas, y la visita de don Alejandro Ramírez Blanco lo sorprendió impreparado, a fin de hacerle frente como hubiera querido a la situación. Agradeció, que hubiera estado éste a despachar ciertos asuntos de su competencia, o más bien a consultarle acerca de los mismos, pues mucho se guardó el visitante de expresarle su disgusto acerca de los motivos que le desasosegaban en lo más profundo, de manera que, amén de agradecerlo en su fuero interno, el capitán general juzgó admirativamente la madera de que estaba hecho este buen español, gran estadista, écono y reformador como harían falta muchos otros. La muerte súbita, del hombre probo y gran benefactor, ocurrida a poco de esta visita, por causa aparente de una apoplejía, vino a sumarse inevitablemente luego, a la carga de sinsabores que embargaron, aún más, los últimos días del anciano capitán general, cuya propia muerte se produciría un año y dos meses después, de la de quien ahora le visitaba en su despacho, sin dejar traslucir trasunto alguno de la amargura que lo consumía, corroyéndole las entrañas.

Acabada pues la entrevista, que había tenido lugar en lo privado de su casa, e, ido el intendente, debió su excelencia desplazarse hasta el despacho, donde le aguardaba una multitud de asuntos por resolver, o cuando menos, de los que ocuparse con este propósito en mente. Con diligencia, y sin aparente esfuerzo, debió ayudarlo en ambas empresas el ayudante, que permanecía a su lado, y ya iba siendo, antes que su auxiliar y activo colaborador, un amigo en el que podía confiar el viejo soldado.

—Bebe algo, hombre…, si tal deseas hacer —lo animó a hacer el superior, una vez llegados al despacho—. Un anís, u otra cosa ligera, que te apetezca.

Agradeció el capitán la licencia que le hacía, pero negó que quisiera beber él cosa alguna.

—¡Pues manos a lo nuestro, Brandau! A lo nuestro, que el tiempo pasa y no vamos para más jóvenes. ¿Por dónde empezamos hoy la batahola? —repentinamente, como si no pudiera quitarse de la cabeza una preocupación más empecinada que otras, agregó:— ¡Pobre del bueno de don Alejandro! Será menester contentarle de algún modo… Ya pensaremos en ello.

32

Los nombres de Ingersola y Carrazana, poco menos que olvidados algo después, llegaron a ser por esta época, los únicos verdaderamente conocidos entre los que correspondían a los «correctores» de la prensa, que se multiplicaron por un tiempo, y llegó a haberlos casi en todas partes, si bien es cierto que la mayoría de las veces, (sobre todo hasta ocurrido el incidente lamentable entre el capitán Armona y los redactores del *Esquife Arranchador* en la capital) era más bien, poco, lo que se censuraba, y aun lo que con tal determinación se leía. Más de veintidós periódicos noticiosos existían en La Habana solamente, amén de un número siempre creciente de publicaciones de toda índole, entre panfletos, revistas, hojas sueltas y otras. Ganaba el corrector, un sueldo por no hacer nada prácticamente, y en muchos casos, de hacerlo, a su ignorancia se remitía, pues llegó a haberlos de pocas letras y menos luces, por lo que también por él se decía aquello de «El maestro Ciruela, que sin saber leer, puso escuela». Éste, sin embargo, no era ni había sido nunca el caso de los dichos don Justo Carrazana Medinilla y don Abelardo Ingersola de la Puente. El primero, «ajustaba clavijas» a la prensa en Santiago de Cuba, siendo uno de dos «censores», por otro nombre, con que contaba aquella ciudad en contraste con la de La Habana, que sólo dispuso por mucho tiempo de uno sólo de aquellos, a quien apenas si salpicaba el río de tinta, que circulaba a borbotones, y él eludía como si del agua brava a que se refiere el conocido dicho se tratara. El segundo de los dichos príncipes de borrones y capitulares, examinaba en el Príncipe a quienes procuraban las galeras, y a veces, como no podía darlas —pues no llegaba a ello su autoridad— se conformaba con ser causa de sufrimientos y dilaciones sin cuento, por quítame ahí esas comas, o lo demás que se le antojase. Se trasladó al cabo de algún tiempo a la villa de La Trinidad, el de Ingersola, de donde descansaron algo los principeños del celo con que los trincaba éste. Pero en toda justicia, sea dicho, difería el santiaguero llamado Carrazana del otro, en los procedimientos que seguía, y cada uno del otro en las resoluciones, que tomaban. Ambos leían con sistematicidad y penetración, lo que se allegaba, y como se trataba de hombres verdaderamente cultos, anotaban, hacían recomendaciones inteligentes en ciertos casos, de lo que muchas veces, antes que «censurados» resultaban mejorados los textos. Habrían podido transformarse estos escolios en verdaderos tratados, de contar los censores a que se alude, con un poco más de ambición por convertirse ellos mismos en escritores y publicistas, como eran o se proclamaban otros. El santiaguero don Justo era el más severo de ambos y su rigor, aunque extendiéndose a lo estilístico, era sobre todo conceptual, y nada lo irritaba más que la facundia de ciertos autores que citando a Aristóteles lo confundían con Santo Tomás, o lo que venía a ser lo mismo, con la mayor cara dura, intentaban dar gato por liebre, y pasar como gazapos, como si nadie fuera a reparar en la pifia. Estos, lo indignaban en particular, porque despreciaban al lector y al corrector juntamente, dándolos por ignorantes cual eran los mismos autores. Luego había en él la cuestión del honor y el respeto al prójimo, que ni el mismísimo don Francisco de Quevedo, de haber vivido en este tiempo, habría conseguido vencer con su ingenio. Ingersola era de índole más tímida que su colega, y tenía casi desde el comienzo de un escrito cualquiera, una impresión general que casi nunca le fallaba. Se trataba de una intuición para determinar, adelantándose a ello, la resolución de un artículo con haber leído apenas unas pocas líneas. No obstante, se obligaba a concluir la lectura, siempre haciendo apostillas pertinentes, que luego sometía a la consideración de los autores. Amoscados muchos de ellos, intentaban dárselas o desistían del todo en sus propósitos aduciendo mala fe, y procurando publicar aquello mismo con mil truculencias, y haciéndolo pasar, por impreso en Filadelfia o París, cuando no en Barcelona, y atribuyéndolo a un autor anónimo, o de nombre como podía ser el *marqués de Cantalasclaro* o el *principeño independiente*. Muchos otros buscaron aprender en la fuente del saber de don Abelardo Ingersola, así que vieron que sus escolios se ajustaban a la verdad, y componían el texto haciéndolo claro y elegante. Fueron en verdad los menos. Sucedió que, dándose el caso de un persistente autor, cuyo estilo no conseguía ser mejorado, sino que empeoraba a cada nueva redacción, se agotó al cabo la paciencia nazarena del corrector Ingersola, y luego de haber devuelto infinitas veces a su autor, un joven e impetuoso abogado, el escrito de marras, lo autorizó a ser publicado, con lo que el único afrentado vino a ser su autor, a quien desde entonces se consideró un verdadero ignorante. Intentó el dicho, culpar de lo que había escrito, al otro, y vino a él para echárselo en cara, a lo que respondió éste con voz y modales suaves y comedidos que bien empleado lo tenía el reclamante, por carecer tanto de ideas propias como de instrucción y estilo, para expresar incluso aquello de que carecía. No fueron siempre de este orden, ni antes ni después, ni aún por esta misma época los más de los censores, como ya se ha dicho, pero fueron estos dos, por su singularidad, muy mentados, aunque como no dejaron obra propia, sino que antes tenían por encargo expreso, «aherrojar» toda la que se produjera, recortándola y desluciéndola —aunque esto no hicieran— pasado su momento cayeron en el olvido, y si alguno llegó luego a recordarlos, con gratitud o afecto, ello se debió a que el oficio de censor, alcanzó a ser luego por sus propósitos como alcances, de los más odiosos y despreciables a los ojos de la inteligencia sensible a la libertad.

He aquí, en resumen, la crónica en que se ensayara Gaspar Betancourt Cisneros, fundándose en la comunicación que del Príncipe y Cuba respectivamente, le hacían beneficiarios distintos corresponsales, y que para divertimento de la pequeña tertulia que en su casa estimulaba su pariente don José Augusto, había leído. Preciaban unos el estilo, y todos la intención, y se debatían por causa del escrito las afirmaciones y pronósticos contenidos en él, como era aquello de que los «correctores» pudieran extenderse como una plaga a todo el país, y acabaran por constituirse en «censores» de ordeno y mando.

—Hombre, que aún tenemos Constitución y albedrío —protestaron dos o tres con coincidente rotundidad.

—Poca fe en el sistema político y en el pueblo demuestras, paisano.

—Por el contrario, digo yo —intervino Zarco, que se retraía hasta este momento— que el diagrama de lo que sucede está bien hecho, de cuyo trazado puede concluirse a donde iremos por este camino.

Y de esta manera prosiguió aquel guirigay hasta muy entrada la tarde, bien que contenido siempre que parecía a punto del desborde, fuera por la mera presencia y guía del benemérito dueño de casa, o la ocasional participación de las mujeres, que se asomaban de cuando en cuando y opinaban en aquella materia algo escabrosa, cuando bien les parecía del caso, sin suscitar contrariedad ni asombro alguno.

33

Francamente abrumado por el cúmulo de noticias desfavorables que llegaban a él de todas partes, y rivalizaban en desproporción las unas con las otras, se hallaba el capitán general de Cuba, y aun debía considerar, lo que pudiera hacerse de inmediato, en lo que a contener y aquietar las fuerzas que, en el interior del país a su cuidado, se movían en todas direcciones, con diferentes grados de inquietud, y en quienes el efecto combinado de unas y otras noticias, podía ser impredecible.

—¡Una verdadera olla de grillos! —exclamaba a veces, para sí, cuando el sentimiento de frustración predominaba en él, y por unos instantes contemplaba admitir la derrota que parecía inevitable—. ¡Qué digo olla, una infernal caldera, a punto de estallar!

En medio de semejante desbarajuste, que aprovechaban distintamente para arrimar la brasa a su sardina las encontradas fuerzas reunidas de largo tiempo, y otras de poco tiempo a esta parte en la plaza bajo su férula, debió de Mahy dar satisfacción hoy a unos, y mañana a otros, no siempre acorde a su gusto y agrado, lo que asimismo le permitía proceder a veces decidida y drásticamente en algún asunto que consideraba de mayor monta, en beneficio —según juzgaba— del mantenimiento del orden y la autoridad española, tan quebrantada y burlada en todo el continente, aun por quienes se obligaban a sostenerla y representarla con bien. Había sucedido pues que el nutrido y vociferante gremio de comerciantes de la capital, o aquella parte de él integrado en el partido de los llamados *patriotas*, que intentaba atraérselo a sus filas, bien fuera por las buenas o por las peores, se dio en atacar la política y aun conducta de don Alejandro Ramírez Blanco, el íntegro y eficaz intendente de

Hacienda que desde el año 1816 venía oponiéndose, y coartando efectivamente con sus disposiciones y policía, todo intento de ésta y otras corporaciones e individuos, tendiente a relajar y manejar a su antojo, lo relativo a las contribuciones y sus protocolos, e instaurar un sistema de libérrimo albedrío mediante el pago de sobornos y otras figuras semejantes. De modo que, insatisfechos, y contrariados de la intransigencia y virtud del señor intendente, concibieron el mejor modo de socavar una y otra, por el expediente de acusarle precisamente de cohecho mediante falsas alegaciones, por cuenta de las cuales se exigía su pronta renuncia. No porque pensara en lo más mínimo hacer caso a las acusaciones que se hacían rodar, mas, viéndose en la situación de responder al escándalo que metían los del gremio, y pensando imponerse a ellos con una promesa de *reparación donde fuere requerida,* que los satisficiera, había tenido el capitán general la malhadada ocurrencia de dar por «más o menos legítimas» las razones de los enemigos del Intendente, (que eran los mismos suyos), y de expresarse con imprudencia, en ocasión del agasajo que los tales, ofrecieron a su excelencia en el local del Ayuntamiento de La Habana. Dicho homenaje, para el que no existían otras razones que las taimadas de los dichos comerciantes, ocurría —ya instalado definitivamente el nuevo capitán general Mahy, y cuando ninguno podía aún llamarse a engaño acerca de este extremo— como respuesta y contrapeso, al agasajo que tuviera lugar algo antes, con motivo del fin de curso, y de la entrega de títulos a los nuevos galenos del hospital, cuya gestión se debía a la energía y determinación del intendente Ramírez Blanco. Conseguido de este modo su propósito desestabilizador, y lejos de satisfacer o venir a acallar a los camorristas, antes tuvieron por efecto las palabras de su excelencia en la ocasión, el de disgustar a la mayoría de quienes conocían y estimaban la persona y labor de don Alejandro, y en particular la de afectar el ánimo y la salud de éste, de modo que errado en su estrategia de apaciguamiento a los revoltosos, pensaba ahora su excelencia en el mejor modo de hacer llamar al funcionario con ánimo de explicarse ante él, y dar cumplida satisfacción al caballero. Pero fueran las constantes demandas que sobre la persona del capitán general ejercían los acontecimientos al interior y al exterior de la isla de Cuba; tratárase de cierto remilgo de su parte para admitir ante el otro, un despropósito de tal envergadura, o por los motivos que fuese, dilató de Mahy cuanto pudo su propósito, de modo que vino a resultar tardío su empeño cuando apenas unos días después de lo acontecido, murió repentinamente de un ataque de apoplejía, el doblemente injuriado don Alejandro Ramírez Blanco, el día 20 de mayo.

Un estremecimiento de consternación y piedad, pareció sacudir a no pocos de los mejores habitantes del país, y de los más prominentes y distinguidos por sus obras e ideas, al conocerse la triste noticia, pero de repente todo parecía precipitarse cada vez más en un pozo sin fondo visible, de lo que eran los más a no entender, o percatarse siquiera de aquel estado de cosas, y si bien se dedicaron sentidas exequias e innumerables elogios a la persona y gestión del difunto, pronto vino a quedar tan lamentable como significativo suceso y pérdida, sepultado por el número de los acontecimientos que se sucedían, de que bien valía repetir aquello de resonancias bíblicas que alguno repitiera en la ocasión, con ánimo contrito y acento doloroso: ¡qué solos y olvidados se quedan los muertos! También el capitán general de Mahy y Romo se quedaría un poco más solo para hacer frente a las demandas de un gobierno que se le iba inevitablemente de las manos, pese a su tenacidad y dedicación, y sobre todo a una fe sin flaquezas en los destinos de su patria,

34

Aunque, en un principio vacilara, de imponer al obispo sobre lo ocurrido a bordo, por temor a inquietarle innecesariamente, y por considerar que más imperioso resultaba comunicar muchas otras noticias, juzgó al cabo, procedente hacerlo, el padre Varela, en cumplimiento de la lealtad que hacia su persona sentía, y al acatamiento a que como sacerdote estaba obligado. Así pues, mediante una larga carta a este efecto, le dio cuenta de todo, desde su residencia gaditana. Esta correspondencia, pese a ser encargada a los canales más confiables de que podía disponer, no alcanzó a llegar nunca a las manos de su destinatario, y fue preciso —e inevitablemente doloroso para el corresponsal— volver a escribirla más adelante, de lo que obtuvo respuesta pertinente, cuando ya se hallaba metido de lleno en las gestiones relacionadas con su viaje a la Península, el representante de Cuba. Con frecuencia meditaba ahora el joven presbítero en aquellos hechos, en medio de la turbamulta de asuntos que lo ocupaba, y ponderaba a la luz de éste y otros sucesos que habían sido, futuras ocurrencias, no con el ánimo afligido, ni sintiéndose abrumado por el cúmulo de obstáculos que pudieran presentarse en su camino, sino antes con resignación y firmeza en su fe. De ello ofrecía al obispo, que no las hubiera necesitado, seguridades y garantías que al Altísimo en primera instancia fiaba, siempre que podía hacerle llegar noticias. Su ilustrísima por su parte, leía y releía con avidez esta correspondencia, que por las vías a veces más inesperadas, aunque por mano segura le hacía llegar el diputado a Cortes, en la que daba acabada cuenta de todo, anticipando en no pocas ocasiones igualmente, los peligros a que se veía expuesto el sacerdote en la misma España.

La historia del sucedido a bordo sirvió a quienes pudieron conocerla, de tema de conversación por mucho tiempo, y fue motivo de constante preocupación para el obispo de la cual sólo era a aliviarlo la oración. Según la versión contada por el propio sacerdote, había ocurrido del siguiente modo. Recién venido a bordo, había conocido el viajero al joven de nombre Joaquín Gamboa y Gamborino, militar procedente de las tropas repatriadas del Coro, en Venezuela, o de *coreanos*, nombre por el que también se las conocía, que volvía a su tierra luego de dos años de servicio. Caviloso, y algo absorto en sus sentimientos, amén de hombre de bien —según sabía el obispo— Varela no debió percibir ninguna amenaza de parte de ninguno, y menos de éste que con palabras amables y disimulando sus verdaderas intenciones, pronto se le acercó y entabló conversación, que en verdad contribuyó a distraer y hacer más llevaderos los primeros momentos de la despedida, al sacerdote cuya alma conturbada decía adiós a su patria, y a sus afectos, sin certezas de un pronto regreso. A partir de ese primer momento por el que Varela agradeció al joven militar su cordialidad, fue fácil que se produjera entre ambos, algún género de acercamiento, apenas contenido por la severa disciplina que se imponía el sacerdote y sus muchos empeños, que poco tiempo le concedían para la charla sin propósito. Algún efecto debió ejercer entretanto, la dulzura y carácter del sacerdote sobre la torcida intención del otro —juzgaba su ilustrísima— cual falena irresistiblemente atraída por la luz, de manera que éste pospuso hoy con un argumento, y mañana con el mismo, la ejecución de su plan, que consistía en envenenar a su enemigo. Incapaz de proceder a fin de cuentas, como se le mandaba, y con mejor juicio, considerando que comprometía su alma con un crimen que era doblemente alevoso por tratarse de un sacerdote en estado de gracia, el joven Joaquín enfermó, y fue decayendo a ojos vistas sin que ninguno de los dos facultativos, que por feliz coincidencia se hallaban a bordo, pudieran hacer nada para mejorarle, por no encontrar en lo físico la causa de aquella decadencia. Llegado el momento de requerir la extremaunción, y con lágrimas de arrepentimiento verdadero en los ojos, que conmovieron al sacerdote, confesó a éste sus malos propósitos rogándole el perdón, y encomendó a Dios su alma, entre los ruegos del confesor.

—Si no acepté dineros por echar sobre mi alma un crimen sin remisión, al comprometerme a dar a usted muerte, ello fue así porque ni aun en el momento de mi peor descarrío que fue aceptar esta encomienda, prestando a ella oídos, me consideré un vil asesino. Ahora lo soy doblemente, no obstante, de mi alma por comprometerla a tanto, y de intención por concebir vuestra perdición. Soy culpable, padre, de cometer suicidio tanto como de hacer a Vuestra Paternidad violencia. ¿Qué género de terribles y eternos suplicios me esperan en el Infierno, merecidos como los tengo sin dudas, pero a los que temo como nunca temí a muerte alguna?

—Hijo, yo te otorgo mi perdón de hombre y de sacerdote. No temas por ello. Ni por tu alma temas, que no es ella quien perece, sino quien te salva con su limpieza. Muere tranquilo y confiado, de que no habrá castigo aguardando por el arrepentido, que ya en este paso halla a la vez solaz y castigo a su falta. No desesperes en Dios Nuestro Señor de Misericordias infinitas, que en su hijo Jesucristo nos hizo perdonar todos nuestros pecados, cargándolos en lugar nuestro cual un fardo sobre sus gloriosos hombros. Abre tus ojos a la contemplación de la Verdad y el Amor de Dios, y gózate en ellos. No tengas tristezas, que allá no corresponden. Deja atrás todo desasosiego, cual si de un despojo se tratase. Vuela de mí con las alas que te prestan los ángeles del Señor, hasta que alcances a hacerlo con las tuyas propias. ¡Anda, hijo! ¡Ve a donde eres llamado, y se te espera con alegría! *E yo te absolvo. In nomine Patris, e Filiie, e Spiritus Santi.* Amén.

No por el destino del alma del joven sufrió luego Varela —según escribía a su ilustrísima— que en su convicción y fe cristiana hallaba antes motivo de regocijo por la que, en el último instante se salvaba, sino antes por aquellas otras que determinadas a perderse por su ceguera y odio, envenenaban asimismo a otras cual la del joven Gamboa y Gamborino, para todas las cuales juntamente a las de los principales descarriados rogaba de continuo, con humildad, el sacerdote.

Como era la costumbre del mar, los restos del joven fueron entregados a las olas después de una breve ceremonia, en la que habló el sacerdote de la muerte, pero asimismo del perdón y el arrepentimiento, y entonó con voz grave el Ave María. Nuevamente habló de ello, del descarrío que nos lleva a desear el mal del prójimo, y aun al crimen nos empuja, y habló del crimen contra nuestra propia alma, que sin remedio ni compasión se asesina con un deseo tan pernicioso, que si a la destrucción de otros conduce por el camino va arrasando la propia alma, y afligiendo la de aquellos que nos aman. Y todo esto consiguió hacer de tal modo que, a pesar de su elocuencia, no fueran a concluir ni a entender de ella quienes le escuchaban, que había reproche alguno en sus palabras ni falta alguna en la vida del joven, cuyos despojos se daban al mar.

Más tarde, en la soledad de su recámara escribió el sacerdote un largo poema sobre el asunto, que iría a perderse al fin y al cabo con otros escritos semejantes al interior de las páginas de un libro cualquiera, pero cuyo sentimiento permaneció con él por largo tiempo.

Entretanto —obligándose a ello, y aunque no siempre consiguiera adelantar según era su intención, lo que confesaba a su corresponsal— repasaba las notas y correcciones a la que había de ser la segunda edición de su *Miscelánea Filosófica*, que por encargo de su ilustrísima se había propuesto reeditar, una vez alcanzada la capital del reino.

Tal y como temieran ambos desde entonces que sucediera, no sería éste el único atentado contra su vida al que debiera enfrentarse el sacerdote desde que los acontecimientos le arrojaran al ruedo político. Años después, residente en la ciudad de Filadelfia donde había comenzado a publicar su influyente periódico *El Habanero*, durante un peripatético exilio que había dado comienzo en Gibraltar y terminaría con sus días en San Agustín de La Florida, donde, asimismo había transcurrido su niñez, sufrió otros dos intentos de que sólo la Providencia le libró con bien. La sensación que dejaban en él estos actos, y pese a ser hombre racional y en lo posible, objetivo, era de extrema incertidumbre y amargura, porque alguien llegara a sentir tal cúmulo de odio contra un semejante, o lo que éste representara o encarnara por razón de sus ideas contrarias. Ni en lo más agrio o enconado de los enfrentamientos políticos a que había asistido o asistiría Varela en lo futuro, sintió nunca justificados o necesarios el ejercicio de un sentimiento como éste que todo lo emponzoñaba, y era, por su propia naturaleza, destructivo y sin apelación posible, y por lo mismo le resultaba más difícil aquilatar o comprender la naturaleza y sesgo verdaderos de una dolencia semejante.

El recuerdo del joven militar de nombre Joaquín Gamboa y Gamborino, de su confesado propósito, arrepentimiento y trágico final, en verdad no abandonaría nunca a Varela, quien siempre tuvo al propósito de la salvación del alma atribulada una oración dicha con fervor, y de estar a su alcance una vela encendida que sirviera igualmente de recordatorio a sí mismo de la fragilidad y de la trascendencia de esta vida. Tampoco olvidaría del todo el sacerdote, ni aún al cabo de los años, la sensación de honda y revuelta marejada que lo envolvió por primera vez, frente al mar que esta vez lo alejaba de las costas de su país tal vez para siempre, según vagamente presagiaba su corazón desde el puente del barco, cuyo destino era a la vez aciago y venturoso, por cuanto en este viaje se cifraban asimismo esperanzas de florecimiento y justicia para el bien de su patria.

35

Mientras más vueltas le da al asunto en su cabeza, más reacio se vuelve Salvador a continuar estudios que, no habrán de conducirlo sino a completar una de las dos carreras más lucrativas que se ofrecen a un joven de su condición: el foro, o la medicina, por ninguno de los cuales siente la menor inclinación. Lo que más le incita a dejar aquellas obligaciones, sin embargo, es su deseo de ocuparse por entero del cuidado de su madre. Por eso, seguramente, no le cuesta mucho esfuerzo convencer a su hermano José Francisco, a quien primero aborda con tal determinación, y después a su madre, de que nadie como él, ni en mejor disposición para convertirse en el enfermero atento y dedicado que, de cualquier modo, ya es, y ella requiere cada vez más.

—Pero, hijo, ¿y de tus estudios qué ha de ser?

Para esto y lo demás tiene Salvador una respuesta convincente, o que al menos lo parece, dicha con las debidas inflexiones, la suavidad y al propio tiempo la absoluta seguridad con que él las encarece.

—Dinero no ha de faltarnos, por suerte, que sumado el que en herencia me dejara mi padrino, hasta para algunos gustos alcanza.

—Pero el dinero se acaba, hijo.

—No sucede así cuando éste es bien administrado, mamá. Además de ser un capitalito nada desdeñable ese que me cayera del cielo, como aquel que dice. Y siempre podremos acudir al consejo prudente de don Francisco Fernández Allué.

Es Salvador el más sorprendido de todos, con la buena acogida de sus propósitos según declaración de su hermano mayor.

—Si aún quieres pensarlo un poco más, aquí lo dejamos, que siempre habrá tiempo de hablar con el Rector.

—Todo está pensado y más que pensado.

—Pues mañana mismo, si te parece, despacharé yo ese asunto. ¿Le parece a usted bien que así se haga, mamá?

Un poco a su pesar, pensó ahora José Francisco en el origen de aquella renta benefactora de su hermano, que como todas —o casi todas— y un gran porcentaje de los capitales que se amasaban, estaban manchados con la sangre de la trata, y la esclavitud de los africanos. Vuelto hacía menos de un año del continente, por la vía de Filadelfia, le parecía que en su ausencia se hubieran afincado en el país, haciéndose más odiosos y firmes, los bastiones de esta lacra del espíritu y el progreso humanos. Munificente y más que bien dotada —se le antojaba— se mostraba la empresa de la esclavitud a cada paso, y aun muchos de aquellos que noblemente suspiraban y aplaudían la dotación de nuevas libertades políticas, proclamadas y amparadas por la Constitución restaurada, no paraban muchas mientes respecto al usufructo de iguales libertades por parte de los esclavos.

De sus pensamientos vino a sacarlo la voz del hermano, que preciaba el resultado de la reciente visita a su madre del sagaz doctor Enrique Faber, de paso por esta ciudad, pero cuya creciente y extraordinaria reputación le precedía siempre. Por encargo suyo debió la enferma aumentar la dosis de leche de cabra que ya consumía, y enriquecer la dieta con un incremento de huevos y vegetales, amén de tomar las consabidas y esperadas recetas entre las que predominaban los extractos y emulsiones, sin los cuales posiblemente, en mucho descrédito se hubiera puesto enseguida la ciencia, y aun la fama del doctor Faber.

En francés, idioma que Salvador hablaba con tanta desenvoltura como el propio, y para la grata sorpresa del facultativo, habían conversado largamente el médico y el enfermero, y esta conversación se prolongó algo después de concluida la visita a la paciente:

—Médico debería usted ser —le dijo, casi como si se tratara de un vaticinio, ya para marcharse, el físico de nombre muy mentado.

Quedó Salvador muy pensativo tras la visita. Impresionado con la delicadeza innata, y la penetración del visitante, con el arrullo que había en su voz, una vez que hubo reconocido en las palabras que él le dirigía los sonidos familiares y, sin dudas bienamados, de su lengua materna. ¿Se debería a ello, es decir, a un sentido de gratitud, el celo y cuidado extremosos que el médico había puesto —meditó Salvador— en el examen practicado a su madre, o era aquella práctica habitual al físico, no siéndolo por lo general a los médicos que hasta aquí conocía?

A más de las palabras que cruzaban en un francés ágil, como de florete, no perdía el médico el pulso a la otra conversación que entre preguntas dirigidas a la señora y expresiones cordiales a ella dirigidas, sostenía.

—Un poco de ejercicio nunca le vendrá mal, mi buena señora. —Apuntó en algún momento.

—Es lo que digo siempre, y de continuo hago, doctor: dar un paseo.

—Un paseo es siempre la culminación de un primer paso.

La frase, tal vez por lo espiritada o exótica, resultó graciosa, y gustó tanto al propio médico que la había proferido, como a la enferma. Ambos la rieron como si de la mejor de las ocurrencias se tratara. A la saga, un poco desconcertado, también rio Salvador.

—Vea usted que su señora madre siga en todo, la dieta que prescribo, además de tomar las medicinas que he indicado a usted. Estoy convencido, don Salvador, de que de la dieta o régimen que sigamos, depende en gran medida el equilibrio de la salud corporal y el de su mantenimiento.

Asintió el interlocutor del médico, complacido con aquel diagnóstico cuya sensatez le parecía más a su medida, que los decretos a ratos contradictorios o complementarios, según se viera, de aquellos galenos que decretaban prohibiciones de todo género, algunas de las cuales alcanzaban al agua, y que a menudo se anulaban mutuamente.

Algo más adelante, evocando todavía la visita, no pudo Salvador reprimir un suspiro que acaso no pasara inadvertido para la buena de Josefina, la vieja criada catalana.

—Raro anda, niño —dijo ésta por lo bajo, pero no tanto que él no alcanzara a oír con claridad aquello que se decía—. Esa rareza suya...

Salvador fingió no escucharla.

36

Luego de haberse conocido, durante el inolvidable agasajo de Casa Montalvo, tuvieron ocasión de coincidir en otro par de ocasiones, como era natural que sucediera, el joven Alcides Becquerel y Arteaga, y la agraciada joven que respondía al nombre de Flora Pierrá de Anglada, y sería ello con motivo de sendos bailes que tuvieron lugar, respectivamente, en los salones de la Marquesa de Landé, y en la casa de don Augusto Isaguirre Mendieta, acaudalado bayamés casado en segundas nupcias con doña María de Anglada Iturbide, madre de la joven. *A la tercera*, si como reza el dicho, *va la vencida*, pareció en efecto cumplirse su vaticinio, según era rogado por la hermosa joven respecto a sus aspiraciones sentimentales por el joven oficial, puesto que acabó éste por hacer manifiesto a la muchacha, la correspondencia del mucho agrado que le producía volver a verla, eligiéndola en repetidas ocasiones para solicitarle con toda su consideración el próximo baile. No es que hubieran pasado inadvertidos con antelación los encantos de la muchacha para el joven oficial, antes bien en ellos había reparado con particular trepidación, pero prontamente llamado al sentido común por la que estimaba extrema juventud de Flora, y creyendo que no atendía ella ni poco ni mucho a la cercanía de su presencia, terminó convencido, o por convencerse, de lo fatuo de estimular en su pecho, cualquier sentimiento de aquella índole. Otra cosa había ocurrido, no obstante, durante el segundo de aquellos encuentros, y al producirse el tercero, parecía claro para ambos que una corriente de simpatía mutua se comunicaba de uno a otro. Además, cumplía en la ocasión la joven los diecisiete años, con motivo de los cuales se celebraba por todo lo alto la fiesta a la que Becquerel había sido expresamente invitado por la joven, valiéndose de los oficios de una amiga común, que se ofreció a poner en las manos del militar la tarjeta con las armas de familia de la Anglada.

No gozaría de inmediato, sin embargo, la naciente relación, de la aprobación familiar de los deudos de la muchacha, por considerar en menos la fortuna del joven que habría de ser el pretendiente, del que por otra parte se tenía a bien su alcurnia.

—¿Qué futuro, hija, podría ofrecerte a ti un joven de las prendas personales de éste, pero sin aquellos bienes de fortuna que los complementan, y sin los cuales…? —le decían por turnos, con éstas o parecidas palabras, de la madre a las tías y algunas primas de más edad—. Necesario es que te enamores de un joven que asimismo pueda proveerte el tren de vida a que estás acostumbrada, y que por tu condición mereces.

Semejante desencanto, y más aún la índole crasa y mercantil que se le atribuía a sus sentimientos, según ella se apercibía, violentó de tal modo la naturaleza sensible y la constitución de la muchacha, que perdió ésta el apetito, huyó de sus mejillas prontamente el arrebol que de común había en ellas; se desencajó la expresión de su semblante, y enfermó de consideración que pensaban todos que moriría.

La intransigencia de sus deudos, y el considerar que se trataba aquélla de una simple pataleta de la joven, cuando no de una estratagema bien tramada para sacar adelante sus intenciones, bien pudo ser causa de un desastre que ninguno hubiera deseado, pero la genuina preocupación de sus más allegados, y la decidida intervención de su padrastro, que la tenía por hija y con ternura de tal le amaba, a favor de su causa y felicidad, consiguieron abortar la catástrofe.

Prometieron todos aquellos en condiciones de formular tales promesas, que consentirían en que progresara aquella relación que tan cara a sus afectos había demostrado ser, y fue éste el comienzo de que se recompusieran el semblante y la expresión de la bella, quien volvió a probar bocado y pudo al fin incorporarse del lecho y andar por casa sin ayudas que la sostuvieran.

Entretanto, había enfermado también el joven pretendiente, de unas calenturas inopinadas que llegaron a temerse fueran las producidas por la fiebre amarilla, y hallándose en un estado grave, de lo que desesperaban sus familiares, vino a saberlo la enamorada justo cuando se recuperaba, y quiso de inmediato acudir donde el joven para informarse in situ de su condición y estado presente. Había sufrido el enamorado el doble tormento de saberse enfermo, quizás al borde de la muerte, si como podía suceder no conseguía su organismo sobreponerse a la infección causada por el flagelo que se temía, y al mismo tiempo siendo de su conocimiento la agonía sufrida no lejos de donde él se hallaba por su enamorada, quien muy probablemente también sucumbiera a la calamidad que la afligía.

Los días de esta angustia, la primera a compartir de la pareja que más tarde había de constituirse, fue compartida con diferentes grados de intensidad por las familias respectivas de uno y otra, y sería motivo de reiterada mención más tarde, cuando ya despejados los augurios nefastos, dieran todos juntos las gracias más sentidas al Altísimo y a Su Divina Providencia.

La noticia del compromiso no se haría pública en todo caso, sino hasta que transcurrido algo más de un año del sucedido se hubiera solidificado la relación de la pareja, tras la petición oficial de mano, que no hubiera podido faltar, en cualquier caso.

Verónica, que desde el comienzo mismo fue muy parcial de su cuñada, a quien quería más como una hermana, diría siempre, transcurridos los años, que ya le hubiera gustado a ella tener dotes para referir la historia de amor de que su hermano y su cuñada habían sido protagonistas. Lo decía, sobre todas las cosas, por el desenlace feliz que había tenido la historia. Sería uno de los hijos de la propia Verónica, quien habiendo oído contarla numerosas veces, sobre todo en palabras de su madre, decidió referirla alguna vez en un libro que gozó de gran predicamento, y el favor de muchos lectores, y tal vez no haya perdido aún del todo su atractivo.

37

Se había prolongado más de lo usual, y acaso de lo conveniente, su monólogo —meditó ahora un abrumado capitán general, alzando la mirada hasta el criado que lo escuchaba en silencio, a cierta distancia. No era éste un criado cualquiera, desde luego, sino el mayordomo de su casa, don Adrián Fonseca y Medinilla, hombre de avanzadísima edad, aunque de inmejorable salud, cuya natural reserva, años de servicio, e inclinación de afectos bien probada, le habían conquistado un lugar indiscutible, en el corazón del otro.

—En fin, no otra cosa diremos, sino que no son éstas las aguas del Miño —se permitió añadir su excelencia, que había decidido cortar allí su descargo—. Decididamente no lo son. ¡Ah, mas qué sería de mí, en éste o cualquier otro lugar, sin los cuidados de tan fiel mayordomo y amigo!

A lo dicho por su interlocutor, se limitó éste a sonreír, al tiempo que hacía una leve inclinación de cabeza, y aguardó, al parecer sin impaciencia, al momento de decir lo que debiera. A pesar de su jerarquía, y al poder omnímodo de su encargo, dispensaba Mahy una especial consideración al criado, a quien hacía objeto de confidencias y reparos, que no estaban deparadas a ninguno otro. A él se dirigía, invariablemente llamándole de *don* y era manifiesta, de muchas otras maneras, la distinción que le dispensaba y que, en tratándose del capitán general de Cuba no se explicaba, en razón de la mayor edad del sirviente. El cariño recíproco, y la gratitud que por el mayordomo sentía su excelencia tenía un sustrato.

De pocas a ninguna, eran las posibilidades con que contaba de ingresar en la Guardia de la Real Persona —reinando Carlos III, el año

1770— un joven Nicolás que tal ambicionaba. El favor real, y las relaciones cortesanas estaban sujetas por entonces a las innumerables intrigas y los correspondientes altibajos de la política, dictados por ellas, de manera que, luego de haber alcanzado a brillar en la corte, la estrella de su padre sufrió de repente el eclipse que iba aparejado a sus magníficas relaciones con don Zenón de Somodevilla y Bengoechea, marqués de la Ensenada, quien se viera involucrado en los eventos del llamado Motín de Esquilache, y fuera sacrificado a la presión popular. Nicolás estaba por cumplir los trece años requeridos para ingresar en los *Guard de Corps*, con el aval extraordinario de su padre, que era Brigadier en este cuerpo, cuando se produjeron los hechos. A partir de entonces, como era natural, no dispuso ya de contactos efectivos e interesados donde se requerían, para hacer valer y representar sus intereses y vocación como era menester, es decir, próximo al rey. La situación, en verdad, era peor aún, considerando que la sola mención de su nombre debía de situarle, por cuenta del padre, en el bando reprobado por la gracia real. La conciencia de este golpe doble no se ocultó a la inteligencia alerta y a la comprensión del chico, que cayó en una suerte de retraimiento por causa del cual, llegaron a preocuparse todos los de casa. Comía poco, se distraía menos, y ni aquellas cosas como cabalgar o ejercitarse en el empleo de la espada, concitaban más su interés. A poco más, y llegaría a enfermar de consideración, temían quienes le rodeaban y querían, pues era notorio que se encariñaban con él enseguida de conocerle hasta los criados que menos contacto tenían con su persona. Don Adrián Fonseca y Medinilla que estaba entonces *en la flor de su edad* —como él mismo gustaba de decir ahora— y al servicio de la casa real, disponía de una red de afectos, vínculos no siempre confesos ni predicados (que en ocasiones pasaban por favores y merecimientos de diversa índole, de largo tiempo cultivados) y estaba, en última instancia, liado en amores con una criada principal de la casa del joven Nicolás. De ésta partió la insólita postulación, que el amante hizo suya y convirtió en demanda, a cambio de favores prestados a su vez, y de favor en favor, cumplió Adrián la encomienda de rogar al rey, por intermedio de quien tal podía hacer, nada menos que el duque de Lozada, Sumiller de Corps de Su Majestad, un lugar en su milicia para el futuro capitán general de Cuba. Como su majestad no viera en ello daño alguno, sino al contrario la posibilidad de obrar bien, complaciendo con ello al solicitante próximo al trono, dio su visto bueno, predispuesto a aquella dádiva por tratarse además de la proximidad del Nacimiento de Nuestro Señor. Aun hizo venir Carlos III a su presencia al candidato, cuya buena figura, gracia y disposición le convencieron enseguida —no que hubiera hecho falta tal cosa— de haber actuado bien, y de haber procedido con magnanimidad, y munificencia dignas de su real persona, y del buen cristiano que intentaba ser. De modo que, en diciembre de aquel año de 1770, y contra todo pronóstico, ingresó el chico por real valía y merced, en el cuerpo armado al que tanto deseaba pertenecer. Incapaz de contenerse, y como si se tratara de su propio regalo de Navidad —que en cierto modo era— la criada había hecho partícipe a la madre del mozuelo, y ambas a éste, de la buena resolución de su gestión —ahorrándose detalles la primera— mediante aquél cuyo nombre desde entonces, guardó con devoción y gratitud en su corazón el chico. Transcurridos algunos años, y ya en su ascendiente, conoció el coronel de Mahy y Romo que un don Adrián Fonseca y Medinilla —venido a menos, a causa de intrigas palaciegas que a toda escala tenían lugar—, estaba a verle y rogaba ser recibido. Halló así el militar el modo de resarcirle por un favor que no tenía modo bastante de pagar, según estimaba, haciéndole su mayordomo cuando fuera nombrado capitán general de Galicia.

—No. Definitivamente no son éstas las aguas del Miño ni las Caldelas del Tuy, don Adrián —insistió en decir don Nicolás— por más que mi lealtad probada a la corona, y mi celo por servir al ejército, aquí y allá me lleven y me traigan sin cesar.

—Comer bien, dormir lo suyo, y cuidarse más la salud y no cometer excesos, Excelencia —se permitió decir al cabo el hombre ya muy caído de hombros cuya parsimonia y lentitud, lo mismo podían obedecer a una cautela y sabiduría aprendida a lo largo de los años, como al peso de estos sobre sus espaldas encorvadas.

—Y como siempre, tiene razón mi querido amigo, que no por gusto se tienen años y se acumula experiencia —estuvo de acuerdo el capitán general, alzando algo la voz para asegurarse de ser escuchado.

Desde la *Guerra del Rosellón*, librada contra la República Francesa, cuyo corolario después de dos años de cruenta lucha, y gran derroche de heroísmo por la parte española, sería la cuestionable Paz de Basilea (1795) firmada por el ensalzado Godoy, a quien se premiara con el título de Príncipe de la Paz por tan dudoso servicio; y de la que además resultara la cesión de la parte española de la Isla de Santo Domingo (que, si bien volvería a manos españolas en 1802, sería para perderse de una vez, con la proclamación del Haití Español en 1821), había tomado parte el entonces joven soldado, en numerosas campañas. En todas ellas, aunque sin proceder con imprudencia, o arrastrado por impulsos, se había dejado algo de la piel, tales eran su valor reconocido y el brío y determinación con que marchaba al frente de su tropa, alentada por él y dispuesta a seguirlo sin vacilaciones. En más de una batalla había sufrido algún género de lesión o herida de más o menos gravedad, de las que salió sin mermas, pero una había tenido graves consecuencias ulteriores. Fue aquélla en la que le alcanzara una esquirla de metralla de artillería, y a consecuencia de la cual, (o mejor, de una infección provocada por ésta, ya que la herida no había pasado de un rasguño con laceración) había estado a punto de morir por causa de lo que se determinó ser, un posible «envenenamiento de la sangre», felizmente rebasado. Sin embargo, no había vuelto desde entonces a ser lo que debía, la salud del militar. Estas consideraciones pasaban ahora por la cabeza del anciano mayordomo, quien, no obstante, llegó a la conclusión que le pareció más atinada. Antes incluso que ésta, u otras heridas, eran otras sin sanar las que laceraban el pecho del capitán general. También él —debía confesarlo— añoraba los vergeles del Tuy, las riadas y el paisaje gallego, lo mismo que si en aquellas tierras de lloro perpetuo, hubiera visto por primera vez la luz del mundo. Allí había sentido por primera vez el actual capitán general de Cuba, un sentimiento que era en todo, correspondido y excitante, como sólo podía serlo el amor, cuando ocurre sin esperarlo ya, tal vez sin saber ni poder imaginar su mera existencia, y cuando todo entorpece y se opone a su realización. De aquel sentimiento, lo sabía todo el viejo mayordomo, cierto que para esta época ya hacía mucho que el amor dormía sujeto por unos alfileres en su alma, como las mariposas que clava en su tablilla el coleccionista. Pero aún había más, se dijo el criado, respecto a su excelencia: un sentimiento de continua posposición, en cierto modo de fracaso, que no estaba en correspondencia con los ascensos y prebendas alcanzados, sino que se debían al observar con ojo atento, la postergación de que, a pesar de los esfuerzos realizados era objeto muchas veces, siempre a favor de otros a los que se favorecía a sus expensas, y a los cuales llegaba incluso a concederse lauros, que en buena lid no correspondían sino al agraviado Mahy.

Se desperezó ahora el gato Maimónides de su excelencia, que hasta entonces permaneciera ovillado en el regazo de su amo, y cual si, anticipara una intención en el hombre antes de que aquélla pudiera concretarse en un pensamiento, presto saltó o se dejó caer sin ruido alguno a sus pies, donde permaneció como si aguardara alguna cosa, o se propusiera constituirse en el centro único, sobre el que convergieran todas las expectativas. Se percataba ahora su excelencia de que, mientras peroraba momentos antes, repasando una lista de agravios que debía haber ido en aumento, a juzgar por lo que en ella se había extendido, no era el criado su único interlocutor. Aquel ronroneo que sólo de cuando en cuando se interrumpía para recomenzar luego, era —debía ser— lo más próximo a un diálogo del que sólo ahora tomaba nota. ¿Qué cosas, seguramente trascendentes y decisivas, habría intentado comunicarle el sabio Maimónides en su plática? Antes de que tuviera ocasión de inquirir a su mayordomo lo que pensaba del asunto, un ataque de tos incontrolable, hizo presa de repente del capitán general, el cual debió acudir a un mueble próximo para apoyarse y no caer.

—¡Vaya! ¡Vaya! —logró articular al cabo del tiempo que duró el acceso.

Junto a él, con una copa de tinto que rebosaba de sí se hallaba don Adrián. La luz que desde lo alto penetraba en el recinto, daba en el cristal de la copa y la iluminaba de manera que algo de la transparencia del vino y del cristal, resbalaba sobre la mano del viejo, y era como si aquella sangrara.

—Beba usted algo, Excelencia. Le hará bien. Verá usted

De Mahy tomó la copa que con manos temblonas le ofrecía el criado, y observó con pena que unas gotas del vino derramado sobre los costados exteriores de la copa alcanzaban la base y los dedos nervudos y sarmentosos del anciano.

Bebió deprisa, y sintió que, en efecto, le hacía bien la sensación de calor que el vino dejaba en su interior.

—Ya está bien, don Adrián. Retírese usted a descansar. Tómese también una copa de vino, si así lo desea. Coma algo. ¡Vaya! ¡Vaya usted!

El viejo se retiró como se le indicaba. Tenía en mente una sola preocupación, y aquella no tenía nada que ver consigo mismo, ni con comer o beber cosa alguna como le mandaba hacer su excelencia. Si atendió a aquello de descansar un poco, que también se le mandaba, ello se debió a que verdaderamente lo necesitaba más que nada. Se retiró a la pieza que ocupaba, adyacente a la del capitán general, y sin despojarse de prenda alguna se echó sobre el lecho transversalmente, de manera que los zapatos no pringaran las sábanas. Así, le encontraron a la mañana siguiente los criados enviados por su excelencia para averiguar lo que pasaba. A partir de esta pérdida, y sin que pudiera ya evitarlo, fueron en aumento la morriña que éste sentía, y una gran abulia hizo presa de él, y cayó en un detrimento notable, asimismo, la salud de la máxima autoridad, como si todo lo demás dejara de poseer interés. Pero aún no había de tratarse de un epílogo.

38

Con *la bendición* de su ilustrísima, vale decir, con su absoluta aprobación y licencia, cada vez que podía, se empleaba fuera de casa el joven jardinero Nemesio Arreola, quien con su pericia y buena disposición acrecentaba de este modo sus ingresos. El propio obispo se hacía eco de la fama y buena mano del joven jardinero, al que, en los comienzos, instruyera propiamente en el arte del injerto, detalle éste que omitía en sus preces por parecerle innecesario, o haberlo olvidado totalmente. De este modo había venido a ocuparse Nemesio, del jardín, que tanto desvelo producía en doña Josefa Escámez y Solís, viuda de Lemus, quien cada vez menos podía dedicarle sus esfuerzos. Y por esta vía habían venido a conocerse, y a tratarse igualmente, aquél que se empleaba a destajo como jardinero en su casa, y los hermanos Lemus. Doña Josefa, que veía los progresos y contemplaba maravillada los esplendores de su jardín, preciaba con creces *la mano de oro* del muchacho, juntando los dedos índice y pulgar y llevándoselos con arrobo a los labios, lo mismo que si de preciar la calidad de un puchero se tratara. Abundaban las rosas Borbón, y las de Castilla, y no faltaban tampoco las Hechiceras y las de Alejandría junto a las de Francia, y a la Rosa Urbana de pétalos tan delicados y sutiles, y tan sofocada fragancia que el nombre parecía venirle por aquellos dotes, antes que por el nombre de la mujer o santa que lo hubiese inspirado, y había plétora de todas ellas y otras flores por toda la casa, ahora que el jardín volvía a producir con fecundidad.

—Hoy se queda usted a almorzar con nosotros, que es lo menos que podemos ofrecerle —dijo la dueña de casa, al joven que había estado acarreando aquellas espigas al interior para ponerlas en manos de la criada—. Además, que para nosotros será un honor agasajarle.

Antes de que un desconcertado Nemesio pudiera objetar nada, intervino José Francisco, cuyo ascendiente sobre éste, aunque inadvertido hasta aquí, o ignorado de todos, se hizo sentir:

—Ya lo has oído, hombre. Mamá lo ha decidido así, y no te queda otro remedio que obedecer.

—¡Ay, hijo! Tampoco así, que más parece una penitencia. Y de lo que se trata es de un ruego que le hago, Nemesio.

Como viera que no había modo de escurrir el bulto, se repuso el joven jardinero, y echando mano a las palabras que mejor le venían a mano, o para hablar con propiedad, a los labios, dijo:

—Y como bien se dice... digo yo, que un ruego de la señora... es una orden para mí.

—Pues, nada, Nemesio. Deja ya eso y arrímate que ya oyes el repique de Santa Josefina... —acudió José Francisco en su ayuda.

Rio el otro, encontrando graciosa la referencia al presunto golpear de los peroles en la cocina a cargo de la criada catalana de este nombre.

—Sí, hombre. Ve ahí dentro para que te refresques algo antes de pasar al comedor. Ven conmigo que te indique...

Quien ahora intervenía era Salvador, el menor de los Lemus, a quien no había resultado difícil entablar en poco tiempo una verdadera camaradería con el jardinero, la cual pasaba por sostener largas conversaciones, a propósito de temas e intereses de que éste parecía poseer un venero inagotable, pese a su aparente rusticidad.

—Aquí tienes de todo lo que necesitas. Agua, jabón, toallas..., y si lo deseas, una camisa fresca que puedo prestarte y que ya me devolverás cuando lo creas oportuno. ¡Hombre, no vayas ahora a venirme con pruritos y galimatías, que no son sino pujos y *malascrianzas*! Después de todo, no te estoy pidiendo que te metas en camisa de once varas.

Rieron de buena gana ambos jóvenes, sintiendo quizás como una certidumbre, que este reír era siempre cosa más fácil y desembarazada, cuando acertaban a hallarse próximos el uno al otro, como ahora ocurría.

—Bueno. Enseguida vuelvo con la camisa limpia. Tú a lo tuyo.

En un dos por tres se cambió Nemesio cuando hubo vuelto Salvador, trayéndole una hermosa camisa de hilo. Un poco aturullado bien fuera a causa de la presencia del amigo, o por la impericia de que daba muestras al colocarse la prenda, tuvo necesidad de la ayuda que éste le ofrecía. Un instante apenas el aliento entrecortado de ambos pareció tocarse por intermedio de la tela, suscitando algún grado de desconcierto, pero esta sensación no perduró más allá del momento en que tuvo lugar.

Por encargo de su madre, correspondió a José Francisco dar gracias por la abundancia de la mesa y todos sus dones, al Ser Supremo. El almuerzo transcurrió luego en una suerte de silencio colocado entre las cadencias de la masticación, y las palabras que, de vez en cuando se colocaban, rumorosas, plenas de satisfacción.

Acabado el yantar, para contrariedad de su hermano Salvador que hubiera deseado quedarse dueño de la compañía del otro, se las apañó José Francisco para sustraer al jardinero a su placer, con motivo de alguna conversación que ambos debían sostener.

Se despidió Nemesio de la señora de la casa, haciendo los cumplidos de la mesa del mejor modo que sabía, e igualmente de la criada que los oía sumamente complacida por ellos, y finalmente del joven Salvador. No dejó éste ocasión a que progresara una protesta que bien sabía él por dónde iría, y que acaso consiguiera humillarlo más a él mismo, oyéndola formularse, que al jardinero que la profería.

—Hombre, no hablemos de ello. ¡Ya está! ¿Somos o no somos amigos? Pues entre nosotros quede, y ya está dicho todo.

De algún modo, sintió que estas palabras le devolvían una cierta seguridad, una garantía de algo que no habría podido articular con claridad.

39

Con determinación insospechada, más sorprendente por ello, a los ojos de sus más cercanos colaboradores y subordinados, que podían observar de primera mano el deterioro en que se precipitaba su salud, se dispuso este día el capitán general, a tomarles las riendas una vez más, a todas aquellas cuestiones que parecían multiplicarse ante él. Frente a las incesantes demandas de una encomienda como la suya al mando de la Isla de Cuba, y pese a los años que ya contaba sobre los hombros, a la evidente fragilidad de su persona, cada vez más aparente —y no menos, al efecto que la muerte súbita de su mayordomo por un lado, y la del intendente Ramírez por el otro— ejercieran al presente sobre su ánimo, aún conseguía él reunir ocasionalmente fuerzas que le permitieran disponer y ejecutar, la política que a su ver, mejor convenía a la colonia encargada a su celo, y en consecuencia a la Madre Patria. Liberal, de convicciones bien afincadas, había tomado posesión del mando que se le encomendara, con la determinación de extender al pueblo los beneficios que se derivaran, y sin dudas serían muchos en su parecer, de los fallos, leyes y disposiciones que correspondía tomar a las Cortes de la nación, elegidas por ella. A su llegada a esta Capitanía General el 3 de marzo de 1821, por la vía de Burdeos, y ante la multitud que espontáneamente acudía a recibirle, había dado vivas tres veces seguidas a la Magna Carta, sabedor de que, quienes le recibían jubilosos, proclamaban a su vez la adhesión y entusiasmo por la Constitución, y por la persona de quien tanto esperaban. En la ocasión, y haciéndose eco de un sentimiento muy fervoroso y extendido entre los habaneros, que así se lo hacían saber, dispuso que se aliviara de inmediato el horrible sufrimiento de aquellos mexicanos presos de muchos años, en los lóbregos calabozos de La Cabaña, a donde habían llegado muchos cuando esta plaza estaba bajo el mando de Cienfuegos, y aun en los primeros tiempos de Cagigal, enviados que habían sido desde su país de origen, por los virreyes don Félix María Calleja del Rey, y luego por don Juan Ruiz de Apodaca, conde del Venadito. Eran unos, acusados por sospecha de infidencia, y otros culpados o culpables de ella, pero estaba en cualquier caso en sus manos, hacer algo por mejorar la condición de estos, y tal hizo de inmediato. A instancias pues del nuevo capitán general, ordenó de inmediato la liberación de los reos la Excelentísima Diputación Provincial de La Habana, luego de una inspección preliminar del lugar, en la que participó destacadamente la máxima autoridad, de lo que resultó el mejoramiento en general de las condiciones de los presos, por diferentes motivos. Asimismo, se determinó el traslado de estos, que lo eran por razones políticas, y dejaban de serlo, a lugares de amparo temporal, luego de lo cual quedarían en completa libertad, de cuyas provisiones quedó complacido sobremanera el nuevo inquilino de la Capitanía General. Por mandato suyo, fueron tapiados o destruidos aquellos calabozos, cuarteles de la abyección y la ilegalidad en una sociedad civilizada, donde antes se mantenía a los presos que se ha dicho. Tal disposición, no obstante su carácter puramente humanista, y de haber gozado de la aprobación de una amplia mayoría, gustó poco, o nada, a muchos de los llamados *patriotas*, y hasta a buen número de los autoproclamados *liberales* del último momento, que no vieron con aprecio las acciones del viejo general, de modo que al amparo de los mismos derechos que garantizaba la Constitución, pronto comenzaron a socavar y entorpecer, mediante críticas infundadas, y otros procederes semejantes, la gestión política del recién llegado.

De los más ruidosos y activos en su condenación y falaz representación de tal proceder, había sido indudablemente el presbítero doctor Gutiérrez de Piñeres, autoproclamado liberal, que se decía, sobre todo, defensor a ultranza de la integridad del territorio y dominios españoles, con lo cual la circunstancia de que fueran o no inocentes de las imputaciones que se les hacían, algunos de los encartados mexicanos ahora en libertad, a más de ser igualmente liberales, y algunos de ellos masones —como lo era secretamente el propio panfletista, y agitador— no conseguía hacer mella alguna en su determinación *patriótica*. Dos eran, y estos constituirían sobre todo el objeto de su furia y maledicencia en el futuro, los objetivos contra los que se dirigían sus andanadas: el capitán general de Mahy, y el obispo Espada.

Ante el desorden que indudablemente cundía o amenazaba a la llegada del primero de estos, con apoderarse de muchos sectores de la administración pública, y del gobierno del país, lo cual se hizo evidente de inmediato a su mirada de soldado, su vocación y larga experiencia castrense indicaron a Mahy, como primera medida, obrar en el sentido de constituir y organizar, bajo una recia ordenanza militar, a la población bien dispuesta, a fin de que sirviera en compañías de milicias sometidas al mando de su capitanía. Una vez constituidas éstas, se encargó a ellas del cuidado y policía de las ciudades todas del país. El acierto de tal medida, según la prontitud y eficacia con que entraron en acción, quedó demostrado de inmediato, con la disminución del número y gravedad de los delitos, que a su llegada era elevadísimo. Disminuyó asimismo la presencia de aquellos malhechores, cuya modalidad de acción era mezclarse entre la población regular, y una vez confundidos entre ella, actuaban la parte correspondiente, ayudados por otros infiltrados de su misma catadura, consortes y apañadores de los primeros de tal ralea. De este modo fue desbandada y aprehendida una banda conocida como la del «conde de San Cristóbal» y otra conducida por Argón el rubio. Como gran número de estos delincuentes se hacía pasar por mendigos, pedigüeños y desarrapados de toda índole, sin serlo, mas que por conveniencia de sus fechorías, o las de sus asociados, se reguló con éxito en las grandes y medianas poblaciones la práctica de la mendicidad verdadera, de lo que quedaron igualmente contentos los infelices, sobre todo mujeres, viudas, huérfanas y desamparadas, que apenas subsistían por la caridad cristiana. Paralelamente, sin embargo, a estos logros de su política, los cuales saltaban a la vista, la libertad de prensa, o más bien los excesos que a su sombra eran cometidos de continuo por los partidarios de unas u otras ideas, o simplemente por quienes buscaban armar camorra a cualquier costa, consiguieron tener en suspenso innumerables veces a la población, propalando toda clase de especies, e incitando a tomar ésta o aquella acción, y denostando a individuos públicos, con causa o sin ella.

Mientras intentaba, y a veces conseguía con éxito poner riendas a la colonia a su encargo, se veía obligado asimismo el capitán general de Cuba, a dilucidar y satisfacer un sinnúmero de otros contratiempos y problemas, entre los cuales eran varios, relacionados con el virreinato de México, que se apuraba a su total desintegración, y como si ello todavía no bastara, debió ocuparse asimismo del cumplimiento de lo pactado dos años antes por el gobierno de Su Majestad con el de los Estados Unidos, que al presente se constreñía al traspaso formal, y entrega, del vasto territorio de La Florida a su comprador y actual propietario. No conseguía de Mahy conciliar en el caso sus sentimientos y sus obligaciones, y entretanto, dilataba sin propósito definido la aplicación de las fórmulas del traspaso. Juzgaba qué manejos e intereses, sin dudas turbios, habían propiciado que se llegara a una transacción que a él, se le antojaba demeritoria y gravosa a los intereses de España. No ayudaba a sosegarlo, saber que el trámite de este negocio había corrido a cargo de quien entonces se desempeñaba como embajador y representante de los intereses españoles ante Washington, el general Francisco Dionisio Vives, por quien de Mahy no sentía gran estimación.

Así pues, resistía, o más bien dilataba todo cuanto podía, el momento de hacer entrega formal de las últimas posesiones españolas de Panzacola y San Agustín a los comisionados en La Habana, de la República del Norte, al frente de los cuales el coronel Forbes se le antojaba un personaje particularmente odioso, bien que éste no cumpliera sino con su deber ante el capitán general, al exigirle el cumplimiento del tratado de 1819, que al español correspondía ahora facilitar en todas sus partes. Fuera cual fuere la causa del desleal proceder del capitán general, en la cuestión

Lo que dura el estío

del traspaso de poderes, el asunto llevaría a la exasperación de los comisionados estadounidenses en La Habana. Para vengarse, o porque hubiera verdadero interés militar en el asunto, se proporcionaban estos sin mucho ocultamiento, los planos de algunas fortalezas de la capital y otras partes, y esta estrategia, si es que llegaba a serlo, acabó por decidir a la autoridad a despachar sus órdenes de liquidación y entrega de los reductos españoles en La Florida. El grado de acritud al que, entretanto, se había llegado por una y otra parte, sin dudas dio lugar a una serie de incidentes posteriores como fue que, tanto en una como en otra plaza floridense se apoderaran los oficiales norteamericanos encargados, no sólo de los fuertes que se les traspasaban, sino que igualmente reclamaran los archivos, llegándose al arresto del coronel don José María Callaba, último virrey que sería de la Florida Occidental, quien bien se negara a obedecer a semejante demanda, o protestara desconocer de lo que se trataba, y fue sacado entre bayonetas del círculo que componían la oficialidad española y americana que lo agasajaba, con una cena de despedida, arresto que procedió por orden del propio Jackson, a quien Callaba habría entregado finalmente la plaza el 17 de julio, y quien, sin dudas se sentía humillado de esperar por la entrega de Panzacola, y en último extremo, por la renuncia aparente o verdadera del español a su demanda de rendir el archivo. No obstante, el penoso incidente del que abundaron versiones contradictorias, parecería ser que ambos oficiales partieron reconciliados, y el propio Jackson expresaría luego una alta estima por el español.

No obstante, en su carácter de capitán general de Cuba, se vería en la consecuente obligación de protestar Mahy ante las autoridades americanas, y de exigir como consideraba apropiado que se hiciera, la restitución de los archivos de Panzacola y San Agustín a manos españolas, los que ya para entonces —de lo que aún no estaba informado el demandante— habían sido devueltos por disposición del propio Jackson. En contraste, nada respondería ni haría, sino la vista gorda, el gobierno de Madrid ante las exigencias del capitán general, quien reclamara para el coronel Callaba, un tributo oficial de reconocimiento, por sus servicios al ejército, comenzados antes en el curso de la guerra peninsular por la independencia, y más adelante durante su desempeño en diferentes campañas, destacadamente durante la defensa de Veracruz y el Castillo de San Juan de Ulúa, y no menos, durante su larga estadía en La Florida. Buscaba de Mahy, si no reparar, paliar así la lesión a la dignidad de su compañero, perpetrada contra él por Jackson, cuando Callava se encontraba al servicio de la Patria. Este último desdén, procedente del gobierno central y de las Cortes, si bien uno más entre muchos otros, vendría a sumarse al cúmulo de disgustos que debió arrostrar y tolerar el atribulado capitán general durante su breve mandato. Ni siquiera se dignaron responder los destinatarios de sus repetidas comunicaciones, pese a la insistencia y al tono cada vez más alto de su requerimiento, que habría podido ser tenido por una muestra de insubordinada altanería.

40

A bordo de la calesa familiar dispuesta por ellos con este propósito, y después de decir misa a la media mañana, acompañó a sus parientes el padre Cisneros. Por ser este día, aquél en que celebraba su santo la joven Verónica, su madre había concertado un almuerzo que debía ser especialmente fastuoso, y al que fueron invitadas varias personas notables. Iba haciéndose pensable, en estimación de la viuda, recurrir una vez más a estas reuniones y recursos de la vida social, mediante los cuales tres años antes se habían procurado la distracción decente, y las relaciones con los de su clase. De sus hijos, Verónica en particular —por tratarse de la única mujer— ya iba requiriendo las atenciones de su edad, y era deber suyo facilitar las ocasiones de que brillase con luz propia. El luto por su marido había durado cuanto era de esperarse, y había sido riguroso en todo, no sólo por no faltar a la decencia, sino inspirado por sentimientos verdaderos.

De principal, entre un delicioso cabrito asado a la mostaza, y otros manjares que abundaban, fue servido un suculento *pastelón de Puerto Príncipe* del que Paulina podía sentirse verdaderamente orgullosa, por haber sido ella quien consiguiera su lucimiento, aunque como era natural, fue a la señora de casa a quien se dirigían los cumplidos de todos los presentes.

Halló alguno de los comensales cierto divino parentesco entre el principeño, y cierto platillo catalán de que hizo las preces, no sin tornar a la elevación del plato más a la mano, por parecerle verdaderamente suntuoso, como por haberse percatado de que podía entenderse que hacía desmerecimiento de él con sus referencias al otro.

Hubo a los postres frutas frescas y en una sucesión de jaleas y otros zumos, y bollos de nata, y crema catalana que venía a hacer justicia a los elogios de aquella cocina, prodigados antes por uno de los invitados.

De sobremesa se habló de cuanta cosa era pródiga la imaginación, sin faltar al respeto que la casa, por un lado, y la presencia del sacerdote por el otro, obligaban a los presentes.

De la terrible y misteriosa aflicción que aquejaba a su excelencia el capitán general, y parecía agravarse con el paso de los días, se habló con tiento y ponderación dictados por consideraciones de muy variada índole. Sentían algunos, que al hablar del tema podían sin proponérselo trasponer una frontera, celosamente custodiada por un cancerbero impredecible.

—Dios Nuestro Señor quiera restaurar cuánto antes la salud a su excelencia, que es tanto como decir la salud de todos los asuntos públicos que de él dependen.

Por su parte, hallaba la anfitriona más reconfortante la conversación que buscaba en su primo el padre Cisneros, sin descuidar la ronda, que como en un tiovivo la llevaba de uno a otro grupo de conversadores.

—Y dime, primo, qué novedades hay del célebre y celebrado padre Valencia... —buscó tener noticias doña Amalia, ya de sobremesa.

Contó entusiasmado el sacerdote lo que sabía de los esfuerzos de aquel *santo* —tal fue el calificativo empleado por él— que si aún no alcanzaba los altares seguramente muy pronto en ellos estaría, pues no se podía esperar menos, según era la nómina de sus bienaventuranzas y sacrificios sin cuento, por los más desventurados.

—Su ejemplo inspira respeto y emulación, aún a sabiendas de que no estaremos nunca en condiciones de alcanzarlo. Como bien sabes, prima, lo mismo predica un sermón inspiradísimo, el cual parece miel en sus labios, y viene a endulzar las llagas del espíritu más lacerado, como lleva a los enfermos el consuelo y la cura cuando es menester, o se emplea a fondo para levantar un muro y fomentar un techo a los más desamparados. Y todo, a sus años, que ya van siendo algunos, y sin darse día de reposo. Es la misma historia de siempre que ya conoces, aunque parezca siempre nueva y consiga serlo, porque la miseria del mundo se renueva, y para vencerla haga falta la constancia de la fe. No ha mucho, por iniciativa suya y con su participación, amén de entusiasmo, se ha levantado una escuela para niñas desvalidas, y a instancias suyas la provee la generosa dotación que de ella ha hecho doña Lola Morell de Varona. El lema de este santo hombre, y muy conocido de todos, es aquel que dice que siendo riquísima la Providencia no necesita él de nada más. De nada se aqueja, porque no le es dable quejarse cuando todo lo posee sin merecimiento particular. Él no es pobre, sino hombre riquísimo de todo lo más caro. ¡Almas Señor! ¡Dame, almas!, clama él, que de ellas soy pobre, y vemos este clamor en sus añalejos y cartillas de rezos, que hace imprimir a su costa para edificación de todos.

Oyéndole contar del santo varón a su primo, se humedecían y abrillantaban los ojos de la anfitriona, evocando inevitablemente otros días y circunstancias que rondaban su adolescencia y primera juventud, allá en la casa y el solar de sus ancestros. Entre tales evocaciones, un recuerdo o sentimiento más turbador que el resto vino seguramente a trastornarla de repente, pues se la vio sacudir un instante la cabeza, y alzar ante sus ojos una mano inquieta, como si de espantar el fastidioso azote de una mosca se tratara. El resto de la tenida lo pasó luego, entre recobrar el primer sentimiento de júbilo que la había caracterizado, y suprimir la mortificación de un recuerdo, cuya vaguedad iba afincándose con sus contornos mejor definidos a medida que pasaban las horas.

Percatándose a lo mejor de su inquietud, y porque cualquier excusa era buena a quien desde hacía ya algún tiempo la contemplaba con ojos prestos a las ternezas de su corazón, se acercó a ella don Francisco Fernández Allué para sonsacarle conversación que le proporcionara distracción a la mujer, y a él, el inconfesado júbilo de su compañía. Viudo igualmente, desde hacía unos ocho años, y sin haber tenido hijos de su matrimonio, no obstante, no había vuelto a casarse en principio por un prurito de lealtad según la entendía, y luego, porque a medida que pasaba el tiempo (y sin ser viejo aún) sentía que se apagaban en él todos los ardores y entusiasmos por el matrimonio, y aun por las mujeres. Este sentimiento, que había ido adueñándose de su espíritu, e instalándose en él como un vino que madurara en su odre, duraba ya mucho tiempo cuando volvió a ver a doña Amalia Arteaga, ahora viuda como él, a quien había visitado con motivo de su reciente viudez, para presentarle sus respetos y condolencias. Sin poder explicárselo, a la contemplación de la mujer sintió de repente un pálpito desconcertante, doloroso incluso, al que con todas sus fuerzas habría querido negarse. Y desde entonces, consintiéndolo o alentándolo unas veces, y otras sin su consentimiento, sentía cómo aquello terminaba por imponerle su vasallaje y pleno dominio.

—Veo que sigue usted teniendo la mejor mano del mundo para cuidar de las orquídeas, y para lograr que éstas compitan ventajosamente con cualquiera —dijo, y enseguida le parecieron sus palabras las más inadecuadas y torpes, de cuántas pudieran decirse en la ocasión. Había estado ensayándolas para su copete desde hacía rato mientras distraídamente, llevaba el ritmo de la conversación con los otros invitados; ensayándose en el mejor modo de decir aquello que había concebido, y ahora le parecía transparente en su misma torpeza.

A pesar de la confusión, bien disimulada por ella, que ya entonces comenzaba a embargarla, y cuyas causas ninguna relación guardaban con su interlocutor, le pareció sentir a la mujer una simpatía genuina que emanaba de aquella alma, y fue bastante a consolarla, cual si una misma nota se trasladara sutilmente de un instrumento a otro para componer un breve acorde, que se perdiera enseguida por entre el fárrago de las conversaciones que tenían lugar.

A su sabor conversaban entretanto la joven Verónica, una prima suya, y sus amigos José María Heredia y José Agustín Cisneros de la Urde, todos los cuales parecían disputarse la atención de ésta, cuyo santo se celebraba. Al momento de despedirse, y cuando devolvía el precioso ejemplar del *Don Carlos,* de Schiller, que su amiga le había prestado, con reiteradas manifestaciones de gratitud, consiguió deslizar el llamado José

Agustín un billete entre los dedos de aquella, temeroso tal vez de que pudiera rechazarlo en principio. Consistía éste de unos versos acrósticos bellamente inscritos, que con el nombre de Verónica por lema le obsequiaba en el día de su santo.

> Verdad es, y ciencia, que a ninguno elude:
> En usted es la luz, que deslumbra en la vela.
> Rostro noble, que irradia, con sus haces revela
> Onda prístina y cara, de musical cadencia.
> Ningún otro instrumento, su voz tiene;
> Ingenio como el suyo —a quien conviene
> Curso de gran caudal, cual es su esencia—.
> A usted, quien más le quiere... ¡No lo dude!

Acabados finalmente el almuerzo y la reunión, y así que todos los presentes se hubieron retirado como a eso de las tres, o tres y media de la tarde, se retiró también doña Amalia a sus habitaciones prontamente, con la excusa de una súbita jaqueca, dejando a Paulina a cargo de todo en la confianza absoluta de que no eran necesarias sus recomendaciones.

—Ocúpate de todo, como bien sabes. En cuanto a mí, no tienes que preocuparte. Yo sola me basto —esto último dijo para prescindir de la ayuda de la esclava, a quien no deseaba a su lado en este instante.

No se dispuso a dormir la siesta, sin embargo, la quejosa, sino que se dio a hurgar en sus cajones hasta hallar el manojo de cartas, amarillentas a pesar de las cintas y pañuelos que las envolvían, amarillos también, y retirados por sus manos cuya blancura hacía aún más contrastante el blanco demacrado de las telas y del papel.

Y sin poder contenerse, ni precisar el origen inesperado de su llanto, se sintió desbordada por él, y con el fin de ahogar los sollozos que salían de su pecho desbocado fue preciso echarse de bruces sobre las sábanas, y llorar *para dentro*, como aconsejaba hacer aquella prima ahora lejana, que tanto parecía saber de estas cosas de lloros mujeriles.

—Ya verás cómo te casas con él y nadie se puede oponer —aquella idea que ninguno sino ella misma se había metido en la cabeza, y fue ganando allí terreno con el paso del tiempo, sólo debía ser compartida por su prima Margarita, tan indigesta de lecturas bobaliconas, novelas francesas y cuanta cosa estrafalaria acertara a caer en sus manos, las cuales habían acabado por dotarla de una noción irreal de todo cuanto la rodeaba. Ella, por lo mismo, sería su única cómplice y confidente de aquellos días aciagos. No había sido, sin embargo, como llegaron a estimar, la oposición cerrada de sus progenitores ni cosa alguna de este orden, los que se opusieran al enlace que su corazón había fraguado. Había sido la negativa de él, y su determinación de abrazar la vocación sacerdotal, los que vinieron a poner fin y contención a un sentimiento, que ya entonces señoreaba sobre su alma de muchacha. Una vez más, fue Margarita la única a compadecerla, y a entender sus razones y a prestarle su hombro en que llorar cuando estaba, y también ella —sin dudas escarmentada o ducha en aquellos lances sentimentales— quien le recomendara llorar todo cuanto fuera necesario, mas, hacerlo *hacia dentro*, de manera que solo al silencio de la habitación y del lecho se confiara el mucho sufrimiento.

—Llorar no cura, chica, pero alivia. Sólo el tiempo tiene esa facultad de sanación, que es también alivio.

Ahora, de improviso, como si todo su pasado se le volviera presente, la asaltaba el vivo recuerdo de su amor, de sus primeras ilusiones, de sus afectos idos o quedados allá, y un deseo que la soliviantaba y se convertía en determinación insensata, la dominaba: regresar, volver al lugar del que engañosamente le hablaban aquellos recuerdos, como si semejante espejismo se tratara de una meta realizable.

41

Agobiada por un peso invisible, que iba quebrantándola inexorablemente, y apoyándose en su hijo Salvador, alcanzó al fin doña Josefa la mecedora o *comadrita* en que solía sentarse, y enseguida, como si tocara fondo, y contra él rebotara algo sólido como una resolución que se refugiara en ella, sonrió a su acompañante mirándole con mirada animosa.

—Gracias, hijo. ¡Sol de mi alma! Ya estoy bien.

Y diciendo, puso en su frente un beso que debía aliviarlo de alguna cosa, o de muchas, que el hombre llevaba dentro y sólo ella sabía, o debía presentir.

No es que fuera vieja doña Josefa, o al menos, no lo era tanto como había llegado a parecerlo, pero la fragilidad de sus huesos la rendían de una edad, si bien indefinible, muy avanzada. El pelo, todo blanco, le raleaba en la cabeza y lo llevaba peinado y recogido en un moño en la parte posterior. Los ojos, aunque también envejecidos, se aferraban a su luz, y debían ser la única cosa trémula o palpitante en este rostro ya surcado de arrugas, en el que se insinuaban asimismo las sombras de otras por venir.

—¿Ha salido ya tu hermano?

—No ha querido despertarla, mamá. Ya le conoce usted. Me ha pedido que la bese a usted en su nombre, que es lo que ahora hago, y rogarle que le bendiga usted con su pensamiento puesto en él.

—Benditos sean Dios y su madre generosa. De nada tengo lugar a quejarme. A mis dos hijos me remito, que en ellos son satisfechas todas las aspiraciones que en el pecho de una madre caben.

—No se agite usted por nada, ni se fatigue, mamá. ¿Se le antoja cualquier cosa más? Si no, me sentaré cerca, y conversaremos de lo que mejor le parezca. O si le parece bien, algo de su interés podría leerle, que hoy estoy mejor de voz que ayer, y el día antes.

El tiempo transcurrió, a partir de entonces, sin que ninguno de ellos lo notara verdaderamente, embebidos como estaban, en las peripecias de la novela que leía Salvador en voz alta. A eso de mediodía, la sirvienta catalana que hacía igualmente las veces de cocinera, vino a dar aviso de que el almuerzo estaba listo, que cuando quisieran lo servía. ¿Lo tomarían ya, o debía esperar por el señorito José Francisco? ¿Vendría él a hacerles compañía? En eso, volvió éste de quien hablaban. Se mostró tierno con su madre, blando con blandura que era a una vez recia y suave.

—¿Cómo está hoy, mamá? —deseó saber, a tiempo de besarle, primero las manos, y después la frente.

—Bien, hijo. Contenta. Feliz de mis dos hijos.

Sonrió ahora al hermano el recién llegado.

—Ve tú adelante, Salvador. Yo me ocupo.

Con un asentimiento de la cabeza, el que había permanecido junto a la madre, hizo como se le indicaba y con andar ligero se encaminó al comedor. Hasta doña Josefa y José Francisco llegaron las voces que desde allí intercambiaban Salvador y la cocinera.

—Eso, por *cazuelero* le pasa, niño, que ya le llevo dicho yo... No meterse donde no le llaman, hombre de Dios, que cada uno a lo suyo.

—Calla, mujer, que acabarás inquietando a mamá todavía, con tus cosas. Lengua tienes...

Los ojos con que ahora le miraba su madre, pensó José Francisco, no necesitaban traducir la interrogante que en ellos se abría paso.

—No debe ser nada —le restó importancia el que hablaba, aún sin hacerse idea alguna de lo que pudiera tratarse—. Algún *accidente* sin importancia. Un poco del guiso que se derrama, o la salsa que se pasa de punto. ¡Josefina que es reina y emperatriz absoluta de su cocina y todo cuanto a ella concierne, y no consiente intrusos!

—Pero tu hermano sólo busca ayudar... ¡Alma de Dios! Ayuda en todo, el pobrecito. No se da abasto. Y ni se queja.

—En eso de la cocina, si no se es cocinero, mejor no entrometerse, digo yo, ¿no? Cuando más que cocinera tenemos.

—Cuando se case a lo mejor... —comenzó a decir la madre y dejó estar allí la frase, arrepentida, o tal vez incierta de qué manera concluirla.

José Francisco, creyendo haberla oído decir *cuando se canse*, arguyó que no sólo no había razón alguna para cansarse de nada, sino que, además, su hermano, lo mismo que él, no querrían más que mimarla, y cuidar de ella siempre, y en todo momento.

Doña Josefa se alegró de aquella equivocación, sin saber muy bien porqué, pero incapaz de engañar en modo alguno, o de consentir que de cualquier modo se engañara su hijo, prosiguió de este modo:

—Le haría falta encontrar una buena mujer, cuyo principal interés fuera hacerlo feliz.

Más temperado en cosas del mundo, José Francisco no dijo esta vez lo que estaba pensando. Su madre no tenía por qué saberlo, y él mismo no habría podido formular con precisión aquellos pensamientos, sólo que, no veía en modo alguno la posibilidad de que su hermano Salvador... Aquel hermano suyo, tan querido... ¡Un santo! Eso, un santo, un hombre que si para algo había nacido era para ocupar un lugar que... ¡Algún hábito, o la sotana cural! Retraído y sacrificado por los demás. Pensando siempre en los otros, antes que en sí mismo... Pero la idea de una mujer a su lado...

Salvador ya los aguardaba sonriente, junto a un taburete de alto espaldar al que debía sentarse su madre. Oculta a la espalda, con discreción que las atenciones de Josefina hacían poco menos que imposible no delatar, la mano derecha mostraba la escaldadura reciente. En un susurro, la criada le vertía al oído todavía un chorro de reproches, que debían pasar inadvertidos para la madre, ayudada a sentarse por su otro hijo. Por la devoción y familiaridad que demostraba, más que por su edad, podía verse que se trataba de una vieja criada, ya implantada en el hogar de los Lemus, como una más de la familia.

—Déjeme usted que le ponga sobre la escaldadura un unto de manteca, que no hay nada mejor para dar alivio y curar, antes de que se ampolle todo. Luego le cubrimos con un trozo de tela de mosquitero, que en esta casa nada se tira, o prestos estamos.

—Déjame ya, mujer. No seas impertinente. Eres un tábano, por Dios.

Semejante intercambio, más que valido de palabras dadas en un susurro, se efectuaba mediante el cruce de miradas y gestos bien disimulados que, bien mirados habrían podido tomarse por una coreografía teatral inusitada, y algo estrafalaria, entre dos actores situados algo al margen. Dándose cuenta de ello, a pesar de hallarse concentrado en la conversación que sostenía con su madre, José Francisco no pudo evitar una sonrisa.

—Ya me dirás qué se traen entre manos estos dos. Yo nada entiendo.

—Ya ve usted, mamá, de qué modo se resuelve todo fácilmente cuando no faltan buenas palabras, ni empeños útiles. Josefina que se desvive por complacer a quien, primero se rehúsa, y luego acaba por ceder con tal de dejarla complacida.

—Como está bien que así sea, hijo, que es ella un tesoro, y uno más de nuestra familia, que otra no tiene ni falta que le hace.

III
El tiempo estanco

42

Desde su incorporación a las milicias, pasa cada vez menos tiempo a la vera del establecimiento de sus parientes, y esto, sólo en su condición de *militar en servicio* que se dice, quien fuera allí dependiente, y se hace llamar ahora, o es llamado por todos don Luis Manuel de Arjona y Arjona. Nada queda de la traza sumisa del que fuera sirviente, y hasta sienta bien a sus parientes que encuentre el apellido un repunte inusitado de brillo doble, en los que proclama el joven militar con su mera presencia. Por consejo de su mujer, se muestra dadivoso el pequeño propietario, disponiendo ocasionalmente, en beneficio del pariente miliciano, aquellos medios que «compensen al vigilante soldado por sus servicios a la patria». El resto de dineros, lo consigue el joven Luis mediante sus malas artes de toda clase, pronto a aprender sin fatigas a ganarse el pan miliciano, en lo que su buena presencia y rostro agraciado, amén de una labia fácil, tienen mucho que ver. Si se le ve aún por estos predios del café, ello se debe más que nada, al atractivo que representa su joven prima Azucena, a quien corteja abiertamente cuando a la vista de sus camaradas ésta le sirve y atiende, con un reservado sentimiento de satisfacción, que se revela apenas con una media sonrisa, y sobre todo por el rubor que enciende sus mejillas.

—¡La horchata para los viejos y las señoras, mujer! Una cerveza, fría, como dicen que la toman los flamencos. Y para lo que valga el cuento, una pica en Flandes, que bien dicen. A mis camaradas, lo que gusten... Invito yo, que además soy de la casa... ¿Y tus padres? ¿Acaso se esconden?

A todo, respondió la muchacha aturullándose, y deseando verdaderamente que acudiera alguno en su ayuda, pese a no ser generalmente de las retraídas, y conocer bien al primo de antes de haberse hecho miliciano y constitucionalista y patriota, y aun *Adelantado*, de todo aquello que pudiera ser en su provecho e inmediata gratificación. Por fortuna para ella, tal vez si por estarlo rogando para su fuero interno, apareció su padre sonriente y abierto de brazos como una cruz fraternal que se le echara encima al pariente militarizado. Apenas tuvo éste ocasión de ponerse de pie, para dar ocasión al otro de batir palmas en sus espaldas como si de un tambor se tratara, con el reiterado golpear de sus dedazos gordos como morcillas.

—Hombre, Luis… ¡Qué digo, don Luis! ¿Se les atiende bien a usted y a sus amigos? ¡Señores, que por pedir no quede, que en este establecimiento al ejército se estima, por ser el primero en la defensa de la patria! Y más que nuestro querido primo es de la casa, para honra nuestra.

Agradecieron con gran algazara y muestras de satisfacción los militares, a quienes se dirigía el dueño y aprovechó el llamado Luis, para lucirse, requiriendo que se encontrara algo de hielo para su cerveza. Vaciló un instante en medio de su efusividad el patrón, pero reponiéndose enseguida, determinó que se procurara satisfacer aquel capricho del pariente miliciano, más impertinente toda vez que la cerveza parecía lo convenientemente fresca, de lo que daba muestras la sudoración del vaso. Tras retirarse un instante con las excusas del caso, ordenó a su hija dirigirse a la carrera a casa de don Jacinto Ternera, que era el único conocido suyo a disponer de hielo, una excentricidad, según se le antojaba al que ahora enviaba por ello, que venía siendo importado de Massachusetts desde hacía varios años, con demanda creciente. Sólo por esta causa, y con harta reserva, a insistencias de su mujer se había embarcado finalmente en este gasto que más bien le parecía un dispendio. Disponía don Jacinto de un almacén donde despachaba diariamente una determinada cantidad de piezas de hielo que vendía enteras, o troceadas, e iban a parar por igual a los cafés, bares, hospitales y depósitos de cadáveres donde cumplían parecida función. Con todo, se empecinaba el dueño del café de Arjona en no considerar el hielo de utilidad bastante para pagar por ella un solo céntimo. No obstante, en obsequio de su pariente, volvió donde éste para dar parte de la encomienda, y satisfacción con ello, cuando hizo él por despedirse, y asimismo sus camaradas, con cualquier pretexto, que ni siquiera se empeñaba en serlo.

—Hombre, ¿qué no esperas por el hielo que he mandado a buscar de inmediato? ¿No tomarás helada tu cerveza, primo?

—Llama el deber, y es primero —esto respondió apenas, apurando hasta las heces la caña que sostenía en su mano—. Otro día. Mañana acaso. Otro día.

A poco de marcharse el pariente, volvía la muchacha portadora de una cesta dentro de la que sobresalía, como la punta de un témpano envuelta en serrín, un trozo de hielo cubierto además por un jirón de tela impregnado.

—En vano ha sido —dijo el padre, ante la consternación de la muchacha—. Lo mismo que echar dinero en saco roto —y volviéndose al interior del establecimiento, dejó a la mandadera en posesión de aquel trofeo de «dudoso valor», que ella sostenía aún, por no saber de momento qué empleo darle.

43

No se hablaba, al parecer, de otra cosa en todas partes. De nada, que no fueran las nuevas votaciones para diputados a Cortes, y otras de ámbito local, que debían celebrarse. Bien fuera a propósito de las mismas, o por interposición, que alcanzaba a cualquier tema de que se tratara.

—Si no nos apuramos, pronto habrá que cambiar el nombre a este local por el de *Yuquinos*, que no se ven más en ninguna parte, creo yo.

—Ah, pero ya ve usted que el tiro, por la culata les ha salido a estos malhadados.

—Por la nueva impugnación a sus delegados, lo dirá usted, sin dudas.

—¡Pues faltaría más que se salieran con las suyas estos desalmados y traidores, y acabaran vendiéndonos la casa con su ensamblaje, y guardándose el *expósito*!

—¡Veamos que no prospere, por más que parezcan multiplicarse los condenados, ningún intento por parte de quienes desean nuestra ruina, y la del país, consiguiendo que se decreten trabas, y se erijan impedimentas al desempeño del libre comercio de negros!

—Ya se sabe que, sin ello, no hay prosperidad que valga.

—Hombre, no habría que demostrarlo.

—Pues, eso, que está más que demostrado.

No muy lejos de allí, en otro círculo cualquiera del local, se expresaba un parecer contrario, e igual determinación de salir adelante por el recurso de elegir aquellos representantes que, según los criterios de los reunidos, impulsaran el progreso, y garantizaran un clima de derechos, del cual pudieran beneficiarse todos los individuos y con ellos el país.

—La esclavitud es una rémora, que a todos nos escora. Los que aún no lo ven así, no son sino una caterva de tontos desalmados.

—Es evidente. Esclavos somos todos, que ni aun súbditos, y menos ciudadanos.

—¡Y por lo mismo habría que hilar con pericia y sumo tacto, no sea que se nos atribuyan intenciones que trascienden nuestros propósitos, que a estos deben constreñirse!

—Nuestro propósito sólo uno habría de ser, y es elevar a los ojos de nuestro soberano nuestros deseos más fervientes, de que se reconozcan nuestros derechos como españoles, sin mermas de una u otra cosa — dijo con su acostumbrada flema un José Indalecio Santos Suárez, elegido al cargo de diputado suplente, con los otros que por esta provincia ultramarina habían sido elegidos inicialmente, y cuya candidatura había sido impugnada con la de aquellos, por parte de quienes se valían de dilaciones, y argucias de toda índole, que retrasaran y obstaculizaran los progresos que en materia constitucional pudieran adelantar los dichos.

—¡Bien dices, hermano mío! —aprobó entusiasmado José Leonardo Santos Suárez, alzando por delante de sí una copita de jerez—. Como un Solón te has expresado.

Otro de los interlocutores del primero, tomó en cuenta inadvertidamente el número de veces, que éste había empleado la palabra *nuestro* en su parlamento, con lo cual buscaba, a no dudar, cohesionar en torno a su propuesta declarada la de los demás contertulios, que parecían marcar tendencias disociadoras. Alguno otro que así debió entenderlo igualmente, intervino entonces:

—Nuestro propósito, siendo el de todos los españoles dignos de ese nombre, ha de encaminarse a conseguir que las Cortes reconozcan y amparen nuestra voz, y con ella nuestros legítimos intereses, en todas y cada una de las cuestiones que nos conciernen como provincia del reino de España, y no como un mero accidente o escollo de la política, o de los políticos peninsulares.

La *Tasca del Curro Manuel*, muy concurrida a toda hora, y ya conocida por la calidad del servicio que dispensaban el propio Manuel, su mujer, (una gaditana salerosa de nombre Gertrudis apenas entrada en sus carnes y joven aún) y dos sobrinos del dueño a quienes se atribuían manos maravillosas para la confección de platillos diversos de embutidos, y demás antojos de boca, quedaba al parecer a medio camino de todos los encuentros concebibles, y en ella se daban cita en los últimos tiempos, hombres de diversa extracción y no pocas mujeres, debidamente acompañadas.

—He aquí el problema insoluble de la política española —dijo sin más, dirigiéndose a aquél que le quedaba a la derecha, el hombre ya pasado de tragos, de pie junto a la barra—. Que hemos de hablar y hablar hasta el desvarío... Todo se resuelve en comer y en beber con abundancia. Eso. *La política ahíta*, es como yo la llamo —dijo mientras bajaba de un tirón su jarra de cerveza.

De otro parecer enteramente, a juzgar por el ceño fruncido, y el aspecto fiero de su expresión, debía ser éste que por fuerza le escuchaba, aunque sin argüir nada en contra de tales argumentos, mas el borracho embebido en la fulguración de su propio discurso continuó imperturbable en su monólogo.

—Las patatas a tanto, las salchichas a más cuanto y las pelas a cuarto... ¡Qué digo pelas! Hombre que la política a fin de cuentas es cosa de pelas y de cuartos y eso debí haber dicho, sí señor. ¡Y el valor de un negro en el mercado! Pero quién ha visto nunca eso *del valor de un negro* en el mercado. Precisamente en el mercado... ¡Vive Dios! Tasados y marcados como las reses. Otra ronda, mocito, de chorizo con cerveza.

Sin dejar de mirarlo con profunda aversión, y un convencido aire de superioridad, el hombre a la derecha del que hablaba se alejó repentinamente, sin siquiera despedirse de él, que abstraído en su propio discurso continuó éste por donde había ido.

Alcanzó a ver a quien se marchaba, uno de los jóvenes reunidos a la mesa de los exaltados constitucionalistas, o más precisamente, de los *yuquinos* o hijos del país (que por la Constitución decían estar hasta sus enemigos más encarnizados), y poniéndose de pie, como animado por un resorte se dirigió de este modo a sus primos Indalecio y José Leonardo.

—¡Vive Dios! Miren ustedes si no es otro ése que ahí se marcha que el mismísimo Fernando de las Rosas y Martorell.

—Antiguo condiscípulo nuestro del Seminario.

—Y hoy furibundo partidario del *integrismo* más rancio.

—Que es el de los comerciantes de manteca y tocinos.

—Transformado está que parece otro.

—Bien mirado, no es sino el mismo que siempre fue.

—Mejor llamémosle para *amonestarlo* como es debido.

—Aun si valiera la pena perder el tiempo de tal modo, no quiero pringarme el traje.

—¡Y pensar que en los mismos claustros que nosotros ocupamos se halló alguna vez, y con la guía y enseñanza de don Félix contó igualmente!

—También a Cristo traicionó uno de sus discípulos.

—Sí, pero al menos ése se colgó de un árbol.

—Por desgracia, los traidores nunca faltan. Encarnan no sé yo qué diabólica esencia.

—¡Eah! Brindemos. ¡Un brindis por el maestro don Félix Varela!

—Por Varela.

—Por el éxito más rotundo de sus labores en la Madre Patria.

—Y por nosotros, sus leales discípulos.

—¡Eso! ¡Que pronto se deshaga de una vez por todas el nudo gordiano, y podáis reuniros con él en Cortes!

44

A pesar de su resolución anterior, había cedido una vez más el capitán Elpidio Valdés a la intimación de su patrón, don Casimiro Irazabal y Ezpeleta, que de este modo se había expresado con gran brío, a fin de rendirla:

—Los hombres de verdad, como usted y yo somos, don Elpidio, venimos a este mundo destinados a hacer cosas, y nada puede ni debe apartarnos de ello. Máxime que no podría usted quejarse de que tan mal le vaya —dicho esto, y como se adelantara a una objeción cualquiera de su interlocutor, torció don Casimiro a halagar la vanidad del otro—. Por si fuera poco, bien es de general conocimiento que hombres de su temple, se cuentan con los dedos de una mano en este negocio. Truhanes, improvisados, fantoches... ¡Y aventureros sin escrúpulos! Todos los que se quieran. Hombres resolutos, intrépidos, formales y conocedores se cuentan, como digo, con los dedos de una mano, y salen sobrando dedos, hombre mío. Es la opinión que como bien sabrá tengo de usted, formada por mi experiencia... Usted y yo tenemos algo en común, y ello es que, nos gusta hacer bien las cosas, y a lo grande. ¡Eso! ¡A lo grande, sí señor! Los soñadores y mentecatos no ven en lo que estamos, un negocio mondo y lirondo como cualquier otro. Usted y yo, sí. Y eso ya es de agradecer. Por eso... No de cualquier asociación se trata, ésta de nosotros, que usted es de la inclinación de romper hoy, sin mayor consideración, si me permite la franqueza.

Aunque no era aficionado al trago —rarísima cosa entre los lobos de mar como él— y por consiguiente no había bebido en la ocasión, sino un pocillo muy menudo de ron, Valdés sentía ahora que se había dejado embriagar si no por el alcohol, por las palabras del hombre acaudalado, que parecía dueño igualmente de todas ellas. Se lo decía la luz natural: un hombre poderoso como don Casimiro poseía a su disposición, no sólo de su riqueza, sino igualmente de un arsenal de palabras. Aunque no le resultara fácil explicárselo, bien que alcanzaba a comprender de qué se trataba. De este modo, intentaba persuadirse ahora, de atribuir a don Casimiro la responsabilidad de su recaída. Porque hasta ahí había llegado, se decía un poco antes. Bastaba ya de *negros* y de agravantes y miserias, que duraban cada vez más tiempo, en las circunstancias actuales de la trata, y que bien visto no reportaban tal ganancia según quería hacerle ver don Casimiro, al menos no para quienes arriesgaban la piel, y algo más, en la travesía. ¡La culpa toda de haberse dejado involucrar una vez más en esta locura, era —incuestionablemente— de don Casimiro y su rotundidez!

—Hombre, capitán —había rematado éste— no será por unos pesos más o menos que no nos entendamos. De mi parte al menos, ofrezco a usted que nos arreglemos a su entera satisfacción. Aquí ganamos todos. ¿Qué cosa podía tener alguien como yo, en contra de que así fuera?

Las condiciones ofrecidas por el contratista y dueño de barco, le habían nublado el juicio, indudablemente. Sin dudas, de éste era la responsabilidad, aunque claramente —eso, claramente— suya también, por no advertirlo entonces, o por sucumbir al deseo de enriquecerse, que no habría de suceder a fin de cuentas con aquel último viaje a las costas africanas. Tal vez —pero esta idea lo irritó aún más, a punto de hacerle perder la paciencia consigo mismo— también la presencia próxima y distante a la vez, de Ana María Irazabal, acompañando a su padre en aquella negociación, que ya parecía concertada y determinada de antemano, ejerciera sobre él no poco poder de autosugestión. Era, en efecto, como si la sola presencia de la mujer constituyera un aroma de peculiar sutileza, que se infiltrara sin resistencia en su sangre, y la sometiera a un cautiverio, no por desconocido o insensato, menos poderoso. Maldijo por lo bajo, como si temiera que alguno pudiera ser testigo de la causa que lo inducía a maldecir, y luego de un rato alzó la voz para comunicar sus órdenes, deseando ser oído sobre todas las cosas, y aún mejor, obedecido prontamente sin chistar.

La persecución a que se vieran sometidos poco antes, avistados por un barco de bandera inglesa que procuraba darles alcance, y lo habría conseguido de no contar los fugitivos con viento favorable, y una nave como ésta de gran maniobrabilidad, hábilmente capitaneada, había tenido el efecto de acentuar su mal humor, y su sentimiento de patalear insensatamente en un piélago demasiado escaso de movimiento. Los días pasados, alguna enfermedad del estómago de las que siempre hacían sus estragos, pero que con mejor suerte conseguía él mantener a raya, había venido a cobrar las vidas de varias de *las piezas* transportadas a bordo, reduciendo con ello su parte de la ganancia acordada con don Casimiro. Resultaba una agonía, aquello de ver morir a tanto negro a bordo, cuyos cadáveres eran de inmediato echados al mar. Al menos los bastimentos podían casi siempre aprovecharse de cualquier modo, aun cuando no se conservaran en su mejor forma. Los negros, en cambio, sólo a los peces servían de algo. ¡Maldito el beneficio que le proporcionaban a él los peces!

El olor salobre que el mar ponía en las cosas, o más bien, un cierto olor entre los múltiples que vestía el mar, como si pudiera tratarse de infinidad de velos hechos del cendal más fino, le arrancó un involuntario suspiro. Y un *no-recuerdo* —impreciso, amorfo, imposible— lo hizo sentir vulnerable un instante. Apenas un instante, porque ya al siguiente, repuesto de sus efectos, dispuesto a lo que fuera por alcanzar aquellas cosas de naturaleza cada vez más esquiva, volvió a situarse al frente de su tripulación. La movilización a bordo, en obediencia estricta a sus últimas órdenes, consiguió devolverle finalmente el control de su voluntad amenazada de percances.

45

Últimamente andaba por casa José Francisco, algo como aturdido —de lo que muy pronto se percataron su hermano, y la vieja criada— y esto, a pesar de ir el mayor de los Lemus, más alerta y sobre aviso que de costumbre. Le distrae, o más bien, parece absorberle algún pensamiento súbitamente clavado en su cerebro.

—Mamá ha preguntado ya, si te ocurre algo —le hizo ver por fin el hermano—. En lo adelante, deberás disimular mejor ante ella, que no está para preocupaciones ni más desvelos.

De este modo avisado, se reprochará luego el mayor de los hermanos aquella falla de su conducta que pone en peligro a la vez, delatándolos, los dos afanes que lo ocupan: el bienestar y la tranquilidad de su madre, de una parte, y de la otra sus trabajos en la sombra, en bien de la patria sojuzgada por cuyo destino trama él, desde hace mucho, una conjura que ya se extiende a la región de Puerto Príncipe, a donde antes ha enviado una embajada, y ya cuenta con varias células organizadas según el método triangular, que mejor garantice la integridad del movimiento.

—Si no es nada, hombre. ¿Qué habría de ser? No te preocupes. Ya diré yo algo a mamá, que la convenza de que así es. Pero antes, harás tú lo que sea menester para sosegarla. De ti se fía más en estas cosas, me parece a mí.

Si había en esta última confesión, asimismo, una admisión de celos, aunque no de resentimiento hacia él, Salvador Lemus no habría podido sino inferirlo.

—No, si ya está hecho, que no era éste, asunto que pudiera aguardar a tus explicaciones. Pero como no cambies de actitud, hermano, o disimules mejor, será difícil mantener la ficción mucho tiempo. Mas a quien va a ser harto difícil convencer de nada es a la Josefina, que todo lo observa y tiene su medida exacta para cada cosa. ¡Es más lista de lo que crees!

—Le dirás como cosa tuya, que se trata de un barullo de faldas en que ando embrollado. A mamá le dirás otra cosa, o bien con otras palabras le dirás que he conocido a una muchacha, de la que creo estar enamorándome. Tú lo adornas a tu sazón.

—Ya decía yo.

El mayor de los hermanos pensó un instante, cuán fácil era reducir en la convicción de Salvador toda la preocupación y ansiedad que lo embargaban, a una cuestión de faldas. Y consideró igualmente que no de otro modo podía ni debía ser.

—Lo cierto es que he conocido a una tal Manolita Andires de Celaya, que me roba el sueño, pero no sé yo a donde conduzca nada de esto.

—De otro de tus pasatiempos no parece tratarse.

—Sólo el tiempo dirá, hermano. Sólo el tiempo. ¿Y tú, para cuándo te enamoras?

En ese momento, del exterior llegó junto a ellos Nemesio, que se apartaba así unos instantes de su labor en el jardín. Luego de saludar, despojándose del sombrero de *empleitas* que llevaba, y de sacudirse el sudor de la frente con la mano, se dijo portador de un recado para el mayor de los Lemus, de parte de una damita —según creyó bien declarar— que así se lo rogaba. Se trataba, antes que de un mensaje que debiera transmitir de viva voz, de una esquela o billete, por cuya envoltura creyó descubrir Salvador que se trataba de una pretendiente. Sin ser muy entendido en las truculencias de aquellas artes declaratorias que comenzaban por la manera de doblar un pliego, estuvo convencido de que no de otra cosa se trataba.

—Pasa luego, Nemesio, con algo de tiempo para que saludes a mamá, que ya hoy ha preguntado por ti dos veces. Y, además, para que te remuneremos por tu trabajo, que ya casi estamos a mediados de mes. ¿A qué hacerte esperar?

—En un tantito será. Ya *mesmitico* casi. Así que me desocupe.

—Anda, que te esperamos con impaciencia.

Sonrió complacido el jardinero, mientras se tocaba nuevamente con el sombrero algo desflecado, y se alejaba entre los rosales del jardín silbando una tonadilla de su gusto. A poco más, Salvador que aún permanecía en su puesto, le oyó entonar una décima, tal vez improvisada por el mismo jilguero.

46

Agradeció Verónica mediante una misiva que por intermedio de Paulina le hacía llegar a su amigo José Agustín Cisneros de la Urde, los versos acrósticos que éste le dedicara, y en los que no podía ver ella sino los delicados sentimientos de afecto, que el amigo le tributaba, y eran, ella insistía en afirmarlo, recíprocos y bien retribuidos.

«Pase usted a visitarnos alguna tarde. No tiene que hacerse anunciar pues le estaremos esperando. Usted sabe que no sólo yo, sino también mamá y todos los de esta casa le apreciamos y queremos como usted merece».

Era absolutamente cierto que también su madre daba muestras de estimar y distinguir especialmente al joven, sin que ella misma, de hallarse en situación o deber de explicarlo, pudiera decir con precisión por qué causa.

A visitarla pues, al día siguiente, estuvo el amigo según le anunciara mediante Paulina. Tal y como ya se había vuelto costumbre entre ellos, intercambiaban libros y opiniones sobre sus lecturas respectivas.

—He aquí esa edición de la *República Literaria* de don Diego de Saavedra Fajardo, de la que antes he hablado a usted con tanto entusiasmo, nada menos que antecedida de un prólogo de don Francisco de Quevedo, que no viene sino a añadir lustres, a una gema auténtica, y es edición rarísima, poco conocida aún de los eruditos. Y para que no le falten lecturas de su interés y el mío, el tomito de *La derrota de los pedantes*, de Moratín. Y ojalá no me tenga usted por uno.

—¿Y de qué modo iba a tenerlo a usted por tal, mi querido amigo, si amén de no ser pedante es usted, por el contrario, el más considerado de los hombres, y el que más y mejor distracción me provee, que sin dudas no le faltarán a usted otras amigas que le requieran, y a mí me envidien?

Sonrió complacido, aunque sin poder dejar de sentir ni ocultar cierta turbación, el joven José Joaquín, y replicó de esta manera:

—Bien sabe usted, o debiera de saberlo, que esa afinidad y armonía que existe entre nosotros, y discurre con serenidad y hondura, es cosa única de que me siento yo el más honrado y venturoso de los hombres...

Como viera entonces Verónica que acaso sin proponérselo se había mostrado demasiado impetuosa, colocando al amigo en una situación poco favorecida con su declaración, intentó sacar nuevamente adelante la plática, retrotrayéndola a las lecturas que hacían en común:

—¿Y qué le ha parecido a usted la obra de Schiller? Es decir, aparte de la visión de conjunto de la que ya se expresó usted antes, en términos tan determinados y justos, cuando mi fiesta. ¿Qué juicios merecen en su estima las libertades que, en relación con la verdad histórica se toma el poeta?

—Pues diré a usted que, si en la verdad puede haber poesía, en la poesía debe haber siempre verdad. Es lo que creo. Lo verdadero no está en la historicidad del argumento, como vienen a demostrar innumerables obras y sus autores, si se las examina atentamente, paréceme a mí.

—De acuerdo. Pero ¿no parece a usted demasiada distorsión ésa de atribuir a quien muy posiblemente no fue otra cosa que un infeliz loco, un hijo malquisto, o un príncipe resentido, el cometido y la pasión de un poseso de la libertad?

—No me llamo a engaños. De poeta no tengo otra cosa que el remedo de la pasión que a estos mueve, que seguramente hay en cada persona, mas sin ser poeta, creo poder afirmar que la metáfora es la materia más dúctil de la poesía. Las traslaciones y desplazamientos por su conducto, pueden abarcar no sólo a los objetos, sino igualmente a las épocas y conductas más heterogéneas.

—Y su personaje favorito, ¿cuál es, si alguno hay?

—¡Ah! mi personaje favorito, si quiere usted saberlo, viene a ser el marqués de Posa. ¿No le parece a usted que él encarna la conciencia de toda una época?

—Antes querrá usted decir, la conciencia que debería caracterizar a una época determinada...

—¡A cualquier época! A cualquier época, amiga mía. Que los tiranos, a diferencia de los vestidos y las costumbres, no pasan de moda.

—O son más bien como una moda estrafalaria que se aferra en persistir, y obligarnos con empecinamiento y desconsideración a incurrir en su hábito.

—Lo ha dicho usted, elocuentemente.

Conversaciones como ésta que tenía lugar, vendrían luego muchas veces a la memoria de Verónica, cuando un día el amigo ya no estuviera próximo, y ni siquiera el paso de los años podría desdibujar por completo estos recuerdos y reminiscencias, como si con ellos consiguiera un singular retrato, un *acróstico* como si dijéramos, hecho menos con las letras de su nombre, que a base de sus rasgos más salientes, y que debía leer como un inspirado poema. De momento, sin embargo, se gozaban ambos en la compañía recíproca, hasta cuando decayera la conversación unos instantes, por parecerles a ambos que no eran necesarias las palabras.

IV
In extremis

47

Nada más, de momento, podía hacerse en socorro del triste estado de aquel reino de México —se dijo el capitán general de Cuba—, y a pesar de conocer en persona, y aun de haber simpatizado alguna vez con la persona del virrey don Juan O'Donajú, no pudo sino repudiar sus últimas acciones, bien que al comienzo juzgara que seguramente se había visto éste en una posición insostenible, para aconsejarse del modo que lo hiciera. Pero así que conoció mejor la resolución del virrey, de invitar a los jefes rebeldes a reunírsele en la ciudad de Córdoba, con el fin de suscribir el Tratado de este nombre, mediante el cual se reconocía la independencia del virreinato, luego de lo cual se había dirigido a la capital del mismo para deponer al general Francisco Novella (autoproclamado por destitución de Apodaca), y entregar dos días después el gobierno y la soberanía española en manos de Agustín I (Iturbide), sentía de Mahy que no podía excusar semejante proceder. Bien que temperara su censura de semejante actuación el conocimiento de las torturas y quebrantos físicos, a que, en el interregno que mediaba entre el primero y el segundo período liberal, sufriera el valeroso soldado, a causa de su posición abiertamente opuesta al absolutismo fernandista. Se había llegado a rumorar —según ahora recordaba de Mahy— que sólo como compensación, y por haberle sido arrancadas todas las uñas de manos y pies, como procedimientos de tortura, y hallándose muy enfermo, determinaron las Cortes del segundo período constitucional hacer virrey de la Nueva España en sustitución de Apodaca al viejo soldado, con lo que las mayores culpas de lo acaecido recaían —consideraba el capitán general— en el gobierno metropolitano. O'Donajú, en efecto, había llegado ya muy enfermo a su destino mexicano, en el que moriría poco después de los hechos de que se había tenido noticia en esta Capitanía General de Cuba. No obstante, de Mahy soslayó como cosa definitiva, aquella de encontrarle una justificación cabal a las últimas acciones de éste, a quien así manchaba una impecable hoja de servicios a la patria, con su traición. Igualmente liberal, de Mahy no podía encontrar decoro alguno en semejante proceder del otro, bien que el mismo se dijera en concordancia con esta doctrina política.

Si tal pensaba de Mahy respecto de O'Donajú, y el que estimaba incalificable proceder de un soldado, y aun cobarde del género de cobardía que se relaciona con la impudicia, tal vez ello obedeciera más que nada a la cercanía del objeto de que juzgaba, y a desconocer bien, los hechos cuyo desenvolvimiento llegaba a él de manera incompleta, y aun contradictoria, por vías muchas veces encontradas. Y naturalmente que asimismo pesaba lo suyo, la consideración del significativo socorro y respaldo ofrecido en La Habana al virrey, y aun las esperanzas fundadas en las gestiones de éste, todo lo cual acabaría convertido en un agua de borrajas.

Más que por disposición alguna de las Cortes, en obediencia a un impulso natural, había sido que el capitán general de Cuba se diera prisa en acoger y auxiliar al virrey mexicano, procedente de aquellos lares, cuando vino a La Habana en busca de apoyo en hombres y recursos, para reforzar a las tropas que aún defendían la soberanía española en el virreinato. Dos sobrinos muy próximos en el afecto del virrey, que con él venían a bordo del *Asia* fueron igualmente acogidos y agasajados, con el resto de quienes constituían el Estado Mayor, y habían vuelto estos que se ha dicho al frente de dos batallones formados por voluntarios de esta plaza, asignados para combatir en suelo mexicano. Desde principios de julio, fecha de su arribo a La Habana, hasta el 30 del propio mes en que estuvo su huésped de vuelta en Veracruz, tuvo la impresión más exaltada del virrey O'Donajú el capitán general. Esta percepción resultó alterada luego por los acontecimientos, o por lo que de ellos entendía de Mahy conforme a sus numerosas fuentes, según se ha dicho. No obstante, la muerte del último virrey de México, que no pocos atribuían a envenenamiento ordenado y propiciado por «el traidor Iturbide», aprovechándose de un convite que ofrecía al español, con lo cual —se aseguraba— mataba dos pájaros, e incluso una docena de ellos, con un solo tiro de piedra, encontraron en su excelencia una cuerda sensible, de manera que encargó se dijeran, una docena de misas por el descanso de su alma, las cuales deberían decirse sin asociar en nada su nombre al encargo que se daba.

Tal vez su propio acabamiento, que a estas alturas no constituía secreto para nadie, le rindiera blando como la misma cera a última hora, cuando de condenar al claudicante soldado se trataba. ¿Acaso no habían sobrado las ocasiones en que él mismo se sentía desfallecer, y hubiera querido que todo acabara de una bendita vez? Entre los extremos del deber y la piedad, osciló su juicio a partir de entonces en lo que al camarada en armas se trataba.

48

En medio de la habitación mal iluminada, se distinguían los bultos que hacían dos hombres allí. Sin encomendarse a ninguno, ni saludar a Sus Mercedes, como habría sido de esperar, la esclava portadora de una bandeja no muy nutrida entró de repente en la pieza, desbordándola —se hubiera dicho— con su mera presencia allí, como si su solo estar consiguiera desplazar de los sitios que antes ocupaban estos, los objetos todos, arrollándolos con estrépito y haciéndolos trastabillar. Era una mujer alta y corpulenta, de pies y manos sucios, largas uñas en ambas extremidades, desarrapada, greñuda y zafia; en pocas palabras: basta de arriba a abajo.

Con la acostumbrada pachorra que debía caracterizarla, se había calzado al entrar en la habitación los zapatones a manera de chancletas, que parecían aguardarla, y ahora arrastró consigo haciéndolos golpear sobre las baldosas del piso. De nada de esto, sin embargo, parecieron percatarse los dos hombres, abstraídos en el juego de barajas en medio del cual conversaban ocasionalmente, con frases que parecían recortadas o escasas, semejantes a gruñidos.

Don Eustaquio, el anfitrión, debió decir algo a su huésped, o de otro modo dejarle entender que era el momento de interrumpir la partida para consumir aquel refrigerio, que les llegaba tan oportunamente, pues desde hacía algún tiempo los retortijones cada vez más apremiantes en las tripas le anunciaban la urgencia de comer alguna cosa. Era este don Eustaquio Romeu de Albornoz tan corto de entendederas y de modales, como era de busto, pero se había apañado bien en el comercio que perteneciera a un tío suyo que lo había hecho llamar, a fin de que le ayudara en el desempeño del mismo, y a su muerte —sin otros legatarios— le había dejado al sobrino una considerable herencia.

El visitante, un cura de rostro seco y expresión mortificada, tenía en cambio unas hermosas manos de uñas bien cuidadas, que contrastaban por su belleza con el resto del personaje. Sin delatar con un gesto o expresión nada de la repulsión que sentía, rehusó el convite aduciendo que algo había comido antes de salir, y que no acostumbraba él a probar nada entre comidas. Don Eustaquio no pareció arredrarse ante tal negativa, ni considerar que se le hacía un desaire, sino que después de pedir permiso para engullir aquello que debían ser unos trozos de queso y otros fiambres, se ocupó por completo de masticar a dos carrillos, suspirando de satisfacción, y emitiendo de cuando en vez lo que no podían ser sino gruñidos de lo mismo.

La bocaza abierta dejaba escapar de cuando en vez un grumo de queso u otras cosas, las cuales iba a parar generalmente sobre la bandeja que tenían delante, de donde la pescaba con dedos hábiles el comilón, para devolverla prestamente al orificio que hacía de boca, y en la cual los trozos del queso daban la fugaz impresión de dientes sueltos, que bailotearan al interior de una tómbola.

Como mismo había llegado se marchó la esclava, retirando sin muchos miramientos la bandeja tan pronto fue evidente que nada quedaba en ella, y al marcharse tuvo el cura, distraído en sus pensamientos, la sensación de que aumentaba, expandiéndose, el espacio alrededor suyo, y como si aquella sensación consiguiera volverlo elocuente dijo:

—Los buenos españoles sólo podemos contemplar con horror, estos tiempos de licencia y desacato en los que se insulta al soberano y por consiguiente a Dios mismo, y esperar... No hay que desesperar entretanto. Ahora se hallan *estos* en la cresta de una ola que habrá de destruirlos cuando se estrelle irremediablemente contra la roca del derecho que representa nuestro monarca. ¡Allá llegaremos! Y muy pronto, si no me equivoco. Por eso, debemos estar unidos en un solo haz, quienes tenemos por nuestro único norte el bien y la grandeza de España.

A esto, intuyó el otro que debería corresponderse con un brindis, pero no había copa alguna que alzar frente a ellos, y el que de tal modo se había expresado, dio indicios asimismo de que estaba por marcharse.

—Algo tengo para usted, padre, como contribución a tantos desvelos —creyó oportuno anunciar el anfitrión mientras sacaba de algún lugar una bolsa, cuyo tintineo no dejaba lugar a dudas—. Calderilla para sus pobrecillos pobres. En lo tocante a esos terrenos baldíos que tanto interesan a Su Paternidad, y a la iglesia, aún tendremos ocasión de hablar más de ello, que, según yo entiendo, algo que a todos contente podría lograrse.

Un acceso de tos acometió de repente al que hablaba, lo que hizo recordar al cura que habiendo estado mal de tomar cama don Eustaquio, podría haberse excedido en su plática, de manera que se dio por satisfecho de momento, persuadido de que no otra cosa sino seguir aguardando se imponía de momento.

—La iglesia anda siempre escasa de recursos para asistir a tantos pobres y menesterosos como abundan, y depende para su misión, exclusivamente de cristianos generosos como usted. ¡Dios le guarde! —dijo, por último, mientras inconscientemente sopesaba e intentaba determinar por esta vía, el monto de la bolsa que el otro ponía en sus manos.

Sin dejar de sonreírle con sus dientes malos, y manchados de comida, el anfitrión acompañó al sacerdote hasta la puerta principal de la casa. No habría podido decirse con certeza hasta qué punto marchaba detrás de éste, por un prurito de cortesanía inevitable, y en qué medida lo guiaba un afán inconfeso de librarse de su huésped, convicción de la que hubiera podido persuadir a quien la contemplara, su propia figura que marchaba detrás del sacerdote como si le empujara hacia la puerta con la cóncava de su vientre repleto de queso.

—Dios quede con usted —tuvo el cura ocasión de decir.

La puerta se cerró tras de sí, más como si se tratara de un portazo que se pegara en el rostro de Dios mismo, pensó él, con aire algo mohíno, pero persuadido de que no debía tomarse tan a pecho la rusticidad de aquel hombre desprovisto de todo, salvo bienes de fortuna.

49

El extremo cuidado, no obstante, e incluso los mimos con que era tratado de continuo, el cuerpo de doña Josefa Escámez y Solís, viuda de Lemus, acabó por rendirse. Las fracturas por cualquier causa o por ninguna, se sucedían ahora con tanta frecuencia que no daban tiempo las segundas a que soldaran malamente las primeras, y fueron la causa inmediata o el factor precipitante del fin, ocurrido en poco tiempo. Durante todo él, mantuvo la señora una templanza de ánimo, que llegó a sorprender a todos, teniendo en cuenta que aquella alma habitaba un cuerpo literalmente quebrantado por una rueda invisible, lo bastante lenta para no darle muerte de una vez, sino extendiendo cuanto puede resistir un cuerpo, la agonía de su martirio. Junto a ella se mantuvieron sus hijos y la vieja criada sin abandonarla un instante.

A darle los últimos auxilios espirituales, y los santos óleos a la moribunda acudió un cura joven, conocido del mayor de los Lemus, quien no se retiró enseguida, sino que permaneció junto a los deudos y a la agonizante, hasta el momento en que ésta dio su alma con un suspiro, que bien podía ser de alivio, y tuvo la virtud de arrancar a Josefina los primeros sollozos que hasta entonces consiguiera reprimir.

Luego de la muerte de su madre, quedaron Salvador y José Francisco suspendidos por un tiempo en un plano de irrealidad, que tal vez lo fuera aún más para el primero, el cual además había sido para ella el enfermero más devoto con que pudiera contar la enferma. La vieja criada de la casa se empeñó en un esfuerzo ingente por mantener ciertos ritmos que le parecían esenciales, al sostenimiento de cualquier semblanza de hogar. Salvador también se esforzaba, luego de concluido un primer estadio de incapacidad y letargo. Por su parte, José Francisco pareció abrumado por un peso insoportable que lo rendía a su inercia, y en semejante estado, transcurrieron algo más de dos semanas, pasadas las cuales debió sacudirse el peso que lo escoraba, y reflotar con nuevo ánimo. La recuperación de cada cual, en el seno del hogar, siguió sus cauces propios y un ritmo diferente según cada uno. Josefina, lloraba a veces entre las ollas y peroles de cocina, y si era vista fingía una aflicción provocada por las cebollas, que le irritaba los ojos y la nariz enrojecida. José Francisco en tales ocasiones fingía no ver ni percatarse de nada, y bajaba los ojos como si por el piso anduviera perdida alguna cosa de extraordinaria importancia. Salvador, por su parte, la contemplaba compadecido de ella y acercándosele le echaba los brazos, y le daba unas palmaditas que él mismo hubiera deseado sobre sus hombros. Era innegable, no obstante, que la vida seguía su curso, reponiéndose lentamente de sus heridas.

—Iré a la farmacia por esas gotas que precisas tomar —indicó que haría Salvador, cuando la criada dio al fin con el frasco que buscaban sus manos, y comprobó que estaba vacío.

—No es de urgencia, niño.

—Enseguida vuelvo.

Aprovechó la excusa el que hablaba para salir de casa, y caminar sin rumbo determinado, como si se avergonzara de sentir esta necesidad de vagabundear.

El recorrido que ahora hacía, con ser más o menos el de siempre, le pareció hacerlo por un paraje desconocido, lleno de imprevistos amenazantes, y más de una vez estuvo tentado de retroceder en busca del refugio que le ofrecía su casa. La vista de la farmacia le dio ánimos, y los escasos veinte pasos que le faltaban para llegar a ella, fueron lo bastante a alentarle para que se decidiera a seguir adelante. Al cabo, se dijo que había llegado, porque sentía que lo peor de aquella prueba había sido superado. Más sereno y seguro de sí, volvía a casa, cuando en su camino se interpusieron unos instantes, dos figuras desconocidas, o, mejor dicho, apenas conocidas de haberlas visto ya antes algunas veces, furtivas, desconcertantes, con escaso tiempo de su parte para reparar en la apariencia *estrafalaria,* según se le antojaba, de ambos sujetos. Lo más singular del caso, había sido que en esta ocasión uno de ellos se dirigiera a él, e intentara detenerle con la excusa del pésame que los dos fueron a comunicarle. Él no los escuchaba, o escuchó apenas lo que sus improbables interlocutores musitaban. Entonces se oyó balbucir alguna cosa. Agradecer tal vez, mientras tocaba con los dedos el ala del sombrero, mas no se detuvo. De regreso a casa, agitado, desencajado el rostro, y sin poner en las manos de Josefina la medicina por la que había ido a la farmacia, se escabulló hacia su dormitorio. En medio de una gran confusión sin horizonte alguno, cuyo origen no acertaba a reconocer, rompió a llorar, como no había hecho nunca ni siquiera de muchacho, ni siquiera a la muerte de su madre. El pecho parecía a punto de rompérsele de sufrimiento, de pena que no sabía por quién era exactamente, por causa de cuántas cosas podía ser, y no le importaba nada que el pecho pudiera rompérsele, como amenazaba que sucedería y tal vez él deseaba que ocurriera. Un instante se apiadaba de sí mismo, y al siguiente llegaba a despreciarse. La patética figura que hacían a sus ojos aquellos desconocidos, llegaba a confundírsele con la suya misma, y ante semejante constatación no podía resistirse, sino a lo sumo llorar de indignación y pena. Lloró, hasta quedarse dormido, vencido del agotamiento en la soledad de su cuarto.

50

Mediante aquel billete, portador de todo género de explicaciones, y reiterados ruegos y disculpas, que le hacía llegar con un sirviente don Francisco Fernández Allué, vino a conocimiento de doña Amalia que había enfermado éste, a causa de un resfrío o enfriamiento que lo mantendría recluido, y en cama, por varios días, según le adelantaba el físico que primero acudiera a su llamado, y no era otro que el ya reputado don Enrique Faber, nuevamente de paso por esta capital, a donde le traían los negocios relacionados con su encargo de Fiscal del Protomedicato, para la zona oriental del país. La repentina enfermedad de don Francisco, venía a contrariar no poco los planes de doña Amalia, de reunir una vez más aquella tertulia que a partir del santo de su hija Verónica había venido juntándose de tiempo en tiempo, y en la cual, si bien eran invitados alguna que otra vez rostros nuevos, podían verse poco más o menos los mismos de anteriores veladas, lo que lejos de volverlas aburridas, contribuía a dotarlas de una cierta familiaridad, no reñida con los modales distinguidos de los selectos tertulianos.

Entusiasmada con la proximidad de la reunión, y no alcanzando a comprender el proceder de su madre, de repente inclinada a su cancelación —aprovechando que había terminado por convertirse en interlocutora apta de ésta— Verónica intentó en vano convencerla de la inconveniencia de aquel proceder, dados un buen número de razones.

—Lo primero, mamá, que tendrá usted que escribir y enviar de hoy para mañana un número considerable de cancelaciones, con sus correspondientes disculpas... Lo segundo, que bien dice el refrán: *una sola golondrina no compone primavera. Y no por un garbanzo se deja de hacer el puchero.* Y lo tercero: qué género de disculpas dará usted para...

—¿Y desde cuándo te enseñas tú con Sancho Panza? —ironizó contrariada, doña Amalia, advirtiendo no obstante la precisión y buen tino de aquellos reparos, en particular el último.

—Perdóneme usted, mamá. No quería que se *enoje*.

—¡Qué va, hija! Si no me enojas. Razonas bien. Y en verdad, no hay motivos para cambiar de planes. Seguramente lo de don Francisco no pasa de un resfrío, por el que no debemos desvelarnos demasiado, si bien es deber cristiano preocuparnos por él, y rezar por su pronto restablecimiento.

Pese a su candor, a la muchacha le pareció percibir algo inexplicable y desconcertante en las palabras y en la actitud de la madre, al hablar del enfermo, pero lo atribuyó en última instancia a una gran piedad de su alma generosa, extremo éste en el que la hija no tuvo que esforzarse.

—Usted decide lo que haya de hacerse, mamá. Y si le parece que escribamos esas cancelaciones, yo misma le ayudaré. Ya sabe que tengo una letra clara y pareja y me las apaño más bien que mal para no emborronar pliegos.

—Más que eso, hija querida. Tienes la letra más distinguida que haya visto nunca. —le atajó ahora doña Amalia—. Sólo que, bien mirado el asunto, no será menester después de todo dar marcha atrás, sino seguir adelante con nuestros planes y...

Sin poder contenerse, y delatando el contento que la colmaba de repente se echó en los brazos de su progenitora la muchacha, y por un instante pensó doña Amalia en los días lejanos de su primera juventud y entusiasmos, sin que, tal y como habría podido suceder un poco antes, intentara sacudirse con presteza, por parecerle inconveniente, este recuerdo.

V
Un periplo peninsular
Madrid (1821)

51

Procedente de Sevilla, a donde había pasado últimamente, luego de su desembarco y breve estancia en Cádiz, a principios de julio, por fin llegó a Madrid el viajero en un estado de agitación inusual, que se debía tanto al cúmulo de novedades, como a su interés de establecerse pronto, y con provecho, en la capital, a fin de dar comienzo a los trabajos que aquí lo traían. Luego de un primer encuentro con las personas de don Ángel María de Saavedra, el futuro Duque de Rivas, prolífico escritor y político liberal, y de don José María Queipo de Llano, (a quienes iban dirigidas las cartas del obispo Espada, lo mismo que otros presentes encargados al celo de Varela) se entrevistó el sacerdote con otros delegados, entre los que fue averiguando el estado de sus sentimientos respecto a las cuestiones que ya se debatían en el Parlamento, y estableciendo convenientemente alianzas, en la medida en que las exigían la política y los intereses particulares, para su defensa y sostenimiento. Todo esto había tenido lugar a raíz de su llegada a la corte. A pesar de no disponer aún en su poder de la acreditación parlamentaria, el trato recibido de los dichos y de muchos otros, ha venido a dar sustentación al buen ánimo y a los trabajos de Varela, de modo que cuando estos documentos al fin llegan a sus manos, ya puede decirse que dispone éste y sus demás coterráneos por la provincia de ultramar, de una plataforma debidamente sólida, que les franquea el acceso al parlamento. Sin embargo, pese a la acogida calurosa que le es tributada y del largo aplauso con que les recibe una buena parte del hemiciclo, sabe el avisado patriota que no están todos los que son, ni pueden ser todos los que están. Celosamente, cultiva la amistad y el consorcio con cuantos le son próximos en sus ideas y principios, y brinda apoyo decidido a aquellos a quienes en su momento puede contar como aliados, bien que esta estrategia no siempre disponga de éxito, pues tampoco es de fiar la palabra de cualquiera, según tiene ocasión amplia de aprender. Por todas estas cosas, y por haber sido además su primer fiador en estas lides, siente Varela una delicada inclinación por Queipo del Llano, a quien en cuanto le es posible decide hacer una visita de cortesía.

Hasta hoy, no ha vuelto a presentarse la ocasión propicia de reunirse con su primer conocido, quien por elección unánime y con aprobación general estaría llamado a presidir en breve las sesiones del Parlamento. Ni había olvidado tampoco el propio Queipo de Llano la gratitud, ni la buena educación a que se debía, ni mucho menos la gratísima impresión causada en su ánimo por la personalidad y acumen del habanero que, no por gusto resultaba ser protegido de su amigo el obispo, de modo que, mediante su secretario personal logró Varela concertar un encuentro que había de subsanar aquella irregularidad.

Al fin, según lo declaró, podía corresponder como deseaba el señor conde de Toreno, don José María Queipo de Llano y Ruiz de Sarabia, a la cordialidad recibida del sacerdote habanero, su co-parlamentario, que le había traído con la carta del ilustrísimo obispo Díaz de Espada y Fernández de Landa, su amigo, la primorosa caja elaborada en madera preciosa, con filigranas de las armas de su obispado, la cual contenía aquellos habanos de calidad sin par, que llamaban puros.

—Me encomienda decir a usted su ilustrísima —le había transmitido en la ocasión el mensajero con su embajada— esto que invariablemente le he oído decir en semejantes casos: «que, puesto que hemos de sufrir los humos de nuestros amigos, cuidemos de que bien huelan, si no a mirto, a canela fina».

Ahora, ponía el conde en las manos del representante ultramarino de esa entrañable España, que a ambos desvelaba y podía verse de qué modo se desgajaba y rompía, sin que pudiera remediarse acaso, un estuche en cuyo interior halló Varela dos pinceles, uno junto a otro: el primero bueno, y el segundo quebrado en dos. Confiado en la sagacidad de su interlocutor, alzó hasta él los ojos el comisionado por Cuba, y los dejó posados en los suyos hasta que finalmente dijo el conde con una sonrisa que le hermoseaba el rostro varonil:

—¡De un trofeo se trata! Nada más y nada menos. Uno que ahora yo pongo en sus manos, padre. Usted, cuya actividad conocemos, y cuyo trabajo ante esta asamblea constituye una revelación, y un aporte de gran relieve a nuestro cónclave y propósitos, sabrá apreciarlo como nadie. Ambas herramientas correspondieron al gran pintor y liberal don Francisco José de Goya y Lucientes. Con uno de estos remató el retrato de Fernando VII, no tendré que decir a usted de cuál de ellos se trata, y con el otro, dio los trazos finales a un retrato más caro a sus afectos, el del general José María de Torrijos y Uriarte, que tal vez tenga usted ocasión de apreciar, si nos lo permiten el trabajo y las preocupaciones en que estamos sepultados.

Agradeció Varela, alma en extremo sensible, aquel regalo que se le hacía, y después de consumido el refrigerio, y de conversar aún un poco más, se entregaron nuevamente al trabajo que allí los convocaba los dos hombres, tras una despedida cordial, incluso afectuosa. La propuesta concerniente a la abolición de la esclavitud que el conde de Toreno formulara ante las Cortes reunidas, tendría sus segundas partes, que en verdad no lo eran sino en apariencia, en las presentadas por Varela sobre el mismo asunto, al que ambos dedicaran un largo capítulo de su encuentro recién celebrado. Algunos descarriados que, no obstante defender intereses ajenos a los del liberalismo se proclamaban liberales, y en calidad de tal ocupaban allí un asiento, eran enemigos acérrimos de las propuestas de aquella naturaleza, y se manifestaban opuestos con aliento y resolución furibundos, a los que juzgaban designios de fuerzas oscuras. Eran estos quienes habían dado en llamar al de Toreno por lo bajo, «el del *Teorema*», tenido en cuenta lo cual sin duda alguna, había dicho éste a su interlocutor:

—La posteridad, querido padre, no habrá de juzgarnos seguramente por lo que aquí consigamos desmontar, o por lo que logremos en beneficio de la humanidad, sino por lo que no se consiga, pero es nuestro deber esforzarnos aún más, de cualquier modo, por conseguir tanto como se pueda.

Tendría ocasión Varela de sopesar luego estos juicios en más de una ocasión, cuando él mismo, se empeñara en ponderar los logros, alcances y consecuencias del histórico momento en que le tocara tomar parte, cuando las Cortes parecían abocadas a resolver muchas de las cuestiones vitales para la nación española, de cuyo éxito o fracaso dependía nada menos que su propia integridad física y moral.

Con veneración de reliquias que fueran —que llegarían a ser en su afecto— guardaría el sacerdote, conservándolos por muchos años, los dos pinceles: uno entero y el otro quebrado que pusiera en sus manos el conde con desprendimiento que retrataba su persona, y con los cuales el pintor Goya había pintado para la posteridad los retratos de un déspota, y los de un esforzado defensor del constitucionalismo y la libertad. Años después, cuando ya Varela se encontraba de largo tiempo residiendo en el exilio, que sólo con su vida misma llegaría al fin, y tuvo noticias de la muerte por fusilamiento del paladín, decretada por Fernando VII con particular saña, se consoló rezando por el mártir, y contemplando el pincel intacto que conservaba en su estuche. De inmediato echó en falta el otro, sin que acertara a recordar, de qué manera o en qué momento había dispuesto de él, y en consecuencia a donde hubiera podido ir a parar éste.

52

Desde su llegada a Madrid, y aunque no dispusiera él de tiempo entre las manos para disponer a su aire del que requería con el fin de conocer la capital del reino, aprovechaba Varela al máximo de aquél que podía llamar *suyo*, para visitar, hoy un café donde se daba cita regularmente un grupo de escritores y artistas, otro día una iglesia, y otro una librería, o imprenta, o algún monumento notable, al que llegaba por las noticias que propalaban su fama y mérito.

Notable como corte por sus muchos adelantos y mejoras, desde la época en que el ilustrado Carlos, obligara a sus súbditos a emprender impopulares medidas de sanidad, que a punto estuvieron de costarle el trono, Madrid olía tan mal, y a ratos, aún peor que la noble Habana —constató Varela— ciudad que también adelantaba en esto, y otras cosas, si bien con morosidad que podía llegar a desesperar a un santo, y al pensarlo, le venía a la mente la imagen del obispo Espada, quien a pesar de su autoridad y aun de su bonhomía había debido enfrentarse no más llegar al país, a tradiciones tan arraigadas como la de enterrar a los muertos en las iglesias, y distinguir *la calidad de la persona*, es decir, el alcance de sus riquezas, por el número de repiques dados a su muerte, lo que había dado lugar a la proclamación en 1803, por parte de su ilustrísima, del Edicto de las campanas mediante el cual se ponía fin a esta práctica.

Administrando bien su escaso tiempo disponible, y arreglándolo cuando así era posible y conveniente, a los horarios de que disponían instituciones como la Academia de Arte de San Fernando, o el Jardín Botánico, se propuso conocerlos Varela. Admiró asimismo la hechura de la Puerta del Sol y del Palacio Real. Y tuvo a maravilla la concepción del

Prado de San Jerónimo con sus sucesivas extensiones, dotadas de fuentes de las que brotaba continuamente el agua: así las de la Alcachofa, la de Cibeles, la de Neptuno, o la de los Cuatro Tritones, bordeadas de árboles que proporcionaban sombra, y hacían posible una brisa, casi siempre limpia de las emanaciones pestilentes de algunos rumbos, cuando no se trataba de vientos sostenidos que arrastraran de aquí o allá los efluvios pestíferos. Había en tales ocasiones que echar mano a los pañuelos y pañuelitos de que disponían todos, así caballeros como señoras. Le acompañaba casi siempre en estas excursiones cuando ellas podían tener lugar, su amigo y co-parlamentario Tomás Gener y Bohígas, a quien la fortuna había de deparar la presidencia de las Cortes tras consumarse la que sería, la última de las felonías contra ellas, del rey Fernando VII, más adelante, y quien había de acompañar igualmente a Varela en su huida a Gibraltar, a donde entonces escapaban para salvar la vida. Era fastidioso, no obstante, el barcelonés, respecto a su aprecio de la corte española, con lo que se entrenaban ambos en la argumentación cuando a Varela parecíanle excesivos, o de algún otro modo defectuosos, los reparos del amigo. Sin haber estado nunca en aquella ciudad, incluso dando por excelentes y notables las cualidades del estilo gótico que allí se guardaba, se le antojaba peregrina la afirmación de que un centro urbano de corte medieval, que lo era aún más que la propia corte, y seguramente tanto como La Habana, no sufriera el impenitente asedio de las miasmas, si aun con los adelantos, decretos y otros tales, se producía en una ciudad como Madrid el asqueroso fenómeno de aferrarse algunos vecinos a la costumbre de verter en la calle las bacinillas, bien por un impulso de desobediencia insensato, o por indolencia de muchos de sus habitantes, o imperativos mil, sin cuidarse de multas, o la denuncia que tales actos pudieran acarrear. Al cabo, concedía el barcelonés que, de seguro el cariño y la nostalgia por el lar de que tanto tiempo hacía se encontraba ausente, ponía adornos en sus recuerdos, como para no ver en él mermas o defectos de ninguna índole. Comprensivo y afectuoso, entendía entonces Varela que era llegado el momento de pasar página, en vez de aferrarse a un razonamiento cualquiera, y aun de aventurar alguna afirmación más afortunada o caritativa que no faltara a la verdad:

—El libro extraordinario de esa ciudad, según es de sobra conocido, acoge por lo menos tres capítulos singulares de nuestra civilización, los que la hacen un sitio único por el modo en que allí se combinan y resuelven: la Antigüedad romana, y toda la Edad Media y el Renacimiento. Y ello, sin dudas, acarrea más peso, amigo mío, que un airecillo que viene y va.

Las noticias de una epidemia de fiebre amarilla de consecuencias catastróficas que tuvo lugar en dicha ciudad, algún tiempo después de esta conversación, daría lugar a otras, en las que se abordaba nuevamente la cuestión sanitaria, y la planificación de las urbes modernas. Muchos años después, instalado ya en su exilio americano, en la ciudad de Nueva York por esas fechas, Varela daría a la luz un libro de su cosecha, en el que abordaba otro de los temas relacionados con el crecimiento de los centros urbanos: el detrimento causado a la salud y reposo de las personas, por el exceso de ruido, y en particular por el que causaban la fricción de las ruedas de los vehículos sobre el pavimento, con algunos consejos para su eficaz remedio.

VI

Resistir

53

Con orden de intercepción y captura, y por disposición expresa del capitán general, habían salido en busca del pirata que incursionara en aguas próximas, dos barcos de los que tenían por cargo la vigilancia y seguridad del puerto, más reforzada desde que de Mahy se hiciera cargo de esta plaza.

El propio general, que hoy parecía repuntar una vez más de la profunda aflicción que lo aquejaba de continuo, examinaba unos mapas portulanos que se había hecho traer, desechando los más, y parando mientes en los más recientes, con la ayuda eficaz y desembarazada del primero de sus ayudantes, el capitán Baltasar Brandau Durán.

—Habrá que ocuparse también de esto, amigo mío —dijo luego de un largo silencio, como refrendando un pensamiento que no procediera de él sino de otro, y apenas acertara a manifestarse a través suyo. Esta suerte de *mediumnidad* que lo sume cada vez más en una como crisálida densa, apenas traslúcida, se va apoderando de él de hora en hora, y hasta en un día de considerable transparencia como el presente, no deja de manifestarse.

Brandau que lo escucha, cree entender que su excelencia se refiere a la inmediata tarea de encargar mapas más fiables y actualizados, y toma mentalmente nota de ello, pero el capitán general piensa más bien en esta cuestión de los piratas de toda clase que pululan por los mares y costas del país, con frecuencia al amparo de la bandera de una de las nuevas repúblicas americanas. Su lealtad a la soberanía española, cuyo estandarte él mismo representa, y su honor de soldado, no vacilan en lo tocante a ello, pero igualmente se da cuenta del monto y distracción que la cuestión representa para sus otros asuntos, de todos los cuales ha de ocuparse igualmente, y para los que habría de contarse con otro hombre, no tiene a menos decirse. Por lo que a él toca, siente su excelencia que la muerte ya ha llamado a su puerta, y aguarda sin impacientarse, pero con determinación, a que esa puerta sea abierta de una vez por la mano encargada de hacerlo.

—Ocúpese, capitán… —ordena, por último, más que nada porque así ha de hacerse, y se echa sobre el taburete de cuero trenzado que está más cerca. A punto de enredarse con su propio sable y caer, impide a tiempo que tal suceda, la mano fuerte y delicada a un tiempo de su ayudante.

—Con estos piratas habríamos de acabar de una vez, a cañonazo limpio, pero antes habría que deshacerse de tanto filibustero en tierra, de donde proceden los otros. Oiga usted, amigo mío, lo que tengo a bien decirle, que son todos esos esclavistas y tratantes de negros, los piratas más despreciables y depredadores del bien común, con cuyo fin ganaríamos todos en esta isla, y haríamos el más grande favor a la Madre Patria.

En ese instante otro de los asistentes entra en la pieza y saluda militarmente luego de colocar en una mesita la salvilla con la tizana caliente, y las dos tazas y sus respectivos platillos y cucharillas, el azúcar y unos bizcochos.

—¿Desea su excelencia que sirva ahora mismo la tizana?

Con desgana, responde el interpelado apenas con un gesto.

—¿Algo más, Excelencia?

—No. Gracias, Ramiro, puede retirarse.

Nuevamente se cuadra el asistente, antes de dar media vuelta y marcharse por donde ha venido.

El capitán se encarga de servir la bebida, y aunque, su excelencia le intima a acompañarle se rehúsa por delicadeza.

—Hombre, Brandau, deje usted los miramientos alguna vez. Siéntese, y hágame el honor de acompañarme.

Su excelencia bebe un sorbo, después de revolver la media cucharadita de azúcar que ha vertido en la taza, y antes de que Brandau haya tenido tiempo de probar la tizana, ve cómo se demuda el rostro de su excelencia, y está a punto de caer de su mano la taza que sostiene en ella a duras penas. Una sospecha, no por infundada —se dice— menos vehemente, pasa por la frente del capitán ayudante, y arrebatando casi la taza de manos de su superior, a duras penas consigue imponer silencio al tropel de sus pensamientos, mientras ayuda a su excelencia a recomponer su postura anterior.

—Ya está. ¡Eso! Vea ahora su excelencia si desea tomar otra cosa.

Un ademán apenas de su mano indica al ayudante que declina el ofrecimiento, mientras el juego de café permanece olvidado donde está, sin que ninguno de los dos hombres se ocupe de hacerlo retirar.

54

La fragata *Determinación,* cuyo nombre recién pintado se destacaba sobre el otro que aún podía leerse, sin embargo, con un poco de esfuerzo, avistó al fin la costa de Matanzas después de haber burlado en sendas ocasiones la persecución, y evitado la captura, respectivamente, de un buque sin identificar, y de otro inglés que a punto estuvo de darle alcance en tres ocasiones. Debía felicitarse seguramente el capitán don Elpidio Valdés y Rogado por el buen éxito de aquella empresa, y el afortunado desenlace que había venido a coronarla, pero no estaba él de humor para recibir cumplidos, como hubiera pensado el segundo de a bordo un tal Juan Padrón o Padrines, que de ambas maneras podía llamársele, sin que él hiciera por enmendar la plana, a quien a él se dirigiera.

—Buena la hemos hecho, Padrines, para que me venga usted con *albricias.* ¿Se da usted cuenta, hombre, de que escapamos de ser hechos prisioneros para caer en manos de la miseria? Estamos arruinados sin remedio. ¡Y usted, se felicita, y me felicita!

Don Elpidio Valdés había tenido a bordo una jornada complicada, desde que a primeras horas de la mañana del día que ahora estaba por terminar se divisó el segundo de los barcos que, al fin perdieron de vista. No se trataba de esto, sin embargo, sino que ahora se lamentaba del estado de la carga que transportaban, gran parte de la cual se había visto obligado a entregar al mar en sucesivas remesas.

—Este negocio se va a pique, Padrón... ¡Hace agua por todas partes! Eso está a la vista. Nos empecinamos porque aún da plata, pero a qué precio, hombre. ¡A qué precio! Los negros se mueren en racimos. Lo mismo da que sea de fiebre, que del aburrimiento que los acomete mientras llegan a su destino. Hay que alimentarlos a bordo, tratarlos con todo género de mimos, y cargar cuántos sea posible para que más lleguen con vida y podamos cobrar nuestra comisión. ¡Un verdadero desastre! Bien que podrá darse por satisfecho don Casimiro con lo que le llegue, que lo que es nosotros, tiempo y trabajo perdidos… Ni para compensarnos de tantos agravios… ¡Malditos sean los negros todos! ¡Y este negocio, que como llevo dicho, se va a pique con todos nosotros!

—Oigo a usted, capitán. Y sí que lleva razón en todo, aunque si bien me lo permite diré que alguna cosilla siempre se saca…

—Hombre, si uno se conforma con la calderilla, luego de acarrear el oro a brazadas, bien está, y aún así son infinitos, que no entraré en ello, los gastos y empeños por los que se ha de pagar una fortuna, de donde lo que se saca viene a quedar reducido a una pena. ¡Dichoso usted que cobra en limpio hasta el último penique y no lo asedian preocupaciones!

Muy en su ánimo, más ahora que don Elpidio le confirmara con sus palabras aquello de que se envanecía y siempre había oído decir de ser él *suertudo*, es decir, afortunado como pocos, el segundo agregó antes de retirarse:

—Ya se avista la costa. Un poco más, y comenzaremos a desembarcar la mercancía a cubierto de la noche. Los botes están listos, las órdenes dadas, capitán, y seguramente esperan ya impacientes los hombres de don Casimiro, en el punto acordado. Esperaremos por las señales y asunto concluido.

Cerró la noche en poquísimo tiempo, apretada de nubes que indicaban tempestad, y se divisaron desde el palo de mesana antes que de ninguno otro punto del barco, las señales que hacían con faroles los de la costa. Bajo una lluvia inclemente, que sin embargo los aliviaba como aligerándolos algo de su miseria, fueron subidos a cubierta los hombres, mujeres y niños que habían sobrevivido la travesía. Después de juntarlos en pequeños grupos, bajo la mirada escrutadora de los hombres de la tripulación, fueron arreados con ayuda de unas horquillas de palo de guayabo, de cabo largo y grueso, hasta la borda donde debían ocupar el bote que los llevaría a la orilla.

Desesperados hasta la resignación, y agavillados de dos en dos y de tres en tres, fueron entrando en los botes. La oscuridad encubría el aspecto famélico de la mayoría, e impedía constatar ahora el color ceniciento de la piel. El aire yodado, el agua de lluvia y el agua de mar en concierto, hicieron bien a las heridas y laceraciones causadas por los hierros sobre las extremidades de los sobrevivientes.

Uno de los miembros de la tripulación, el esclavo Juan María, que lo era al servicio del capitán, se mostraba especialmente enconado contra aquellos que, por no ser de su antigua tribu, o haber sido enemigos de ésta, merecían su cólera y desprecio. En lengua que debía serles común, o que le era simplemente conocida, insultaba Juan María a quienes se le ponían delante de los ojos sin poder evitarlo, y no pocas veces le asestó un golpe o un escupitajo a quien acertara a estar más próximo. El capitán, generalmente le dejaba hacer, y también esta vez se lo habría permitido, de no ser porque no estaba de humor para bufonadas de ninguna clase.

—Ya basta de extremos, Juan María, que hemos de desembarcar pronto y entera la mercancía. Ya bastante pérdida hemos sufrido.

Sin una sola protesta, se acogió el esclavo a lo que se le mandaba, y antes pareció empeñarse en satisfacer a ojos vista, adivinándolos, los deseos y caprichos del amo.

Una chiquilla que no debía pasar de los doce o trece años de su edad, en estado de avanzada gravidez, fue empujada al interior del bote por otro de los tripulantes, lo que la hizo trastabillar y caer de rodillas, sobre uno de los travesaños que servían para sentarse y empuñar los remos. Se indignó el capitán con lo que constituía amén de un desatino, algo aún peor, un desacato a las instrucciones que tenía dadas, y estuvo presto el rebenque en sus manos, alcanzado por las de Juan María, a quien no había hecho falta pedírselo. Como una sucesión de relámpagos que golpeara su tralla, repetidas veces cayó el fuete sobre las carnes del transgresor, quien había intentado en un primer instante sujetar con su mano el extremo del flagelo y ahora, en el paroxismo de la indignación, o de lo que acertara a pasar por su alma, maldijo al capitán negrero, y ciego de odio se lanzó al agua sin que ninguno pudiera evitarlo.

Sin más interrupción, ni preocupación alguna por la suerte del marino que saltara al agua, continuó el desembarco, y antes de la medianoche se hallaba en tierra firme todo el lote de esclavos que los hombres de don Casimiro instalaron prontamente, en unos barracones levantados en lo alto de un promontorio, donde permanecerían hasta el momento de su traslado.

55

Cada día que pasa es más arduo y constante el esfuerzo que requiere su excelencia, don Nicolás de Mahy y Romo para proceder a ejecutar las más elementales de sus funciones (y ello comprende al cabo hasta aquéllas que corresponden y se refieren a sus vísceras). Con determinación y estoicismo, se guarda cualquier queja o lamento que pueda acudir a sus labios, y los escasos días que se encuentra mejor, hace alarde de su circunstancia, y resuma optimismo y excelente humor ante quienes le rodean.

No obstante, incapaz de valerse por sí mismo por más empeño que pusiera en ello; ya sin fuerzas que le respondan para arrastrar su alma en pena por los corredores y recámaras del palacio de la Capitanía General, mas reacio a depender del auxilio de un criado cualquiera, no tiene a menos contar y disponer del socorro que le ofrece su joven ayudante Baltasar Brandau Durán, a quien distingue, por los dotes de su persona, y tiene —pese a la diferencia de edad entre uno y otro— por un genuino compañero de armas.

¡Siente que se muere, el capitán general de Cuba! Y no se trata de una frase que se dice, con displicencia o ligereza. Ya no se trata —no puede tratarse tampoco— de un presentimiento. Vive desde hace tiempo como fuera de su cuerpo, aquejado de muerte antes que de dolencia alguna; en un plano a la vez elevado y llano, de hechura única. Aún aquí, en la inmediatez de las cosas y personas que lo rodean, y todavía no del todo ahí o allá a donde se dispone a marchar, o es llamado cada vez con mayor urgencia, (un espacio a la vez ubicuo e inabarcable) al que propenden sus sentidos todos, mientras se arrastra todavía por las piezas que constituyen su universo. Quiere dejar en orden sus cosas todas. No le basta encomendarlas al propio Brandau, o a cualquier otro de sus subalternos. Pero, sobre todo, quiere poner en orden sus asuntos de hombre antes de marcharse. No siente miedo, a decir verdad, de la muerte que lo aguarda próxima, antes se trata de algo como devolver las llaves del aposento al casero, antes de partir a ese largo viaje del que ya no volverá.

Siguiendo sus instrucciones, el ayudante ha estado poco antes a llevar aviso al obispo mismo, por quien de Mahy ha llegado a sentir un singular aprecio, y a quien distingue no sólo por lo que éste representa, sino por su bonhomía y distinción. Brandau ha regresado, cumplida su encomienda, para comunicarle que el obispo se halla fuera de la ciudad —no muy lejos de ella— en el ingenio Carmela, y deberá hallarse de vuelta al siguiente día. Sonríe de Mahy, al conocer la buena disposición de que hace gala su ilustrísima, que no va estando ya en edad para esos trotes, pero el cual no tiene a menos desplazarse en viaje de visita a una de las haciendas del aledaño. ¡Sin dudas de alguna cosa que demanda en serio su intervención, ha de tratarse, y no de frivolidad alguna de su parte! Bien que le parece conocer a su ilustrísima. Suspira, sin embargo, sintiendo quizás algo de nostalgia. No hace mucho también él —se dice— habría disfrutado de un recorrido semejante. Más de una vez llegó a emprender un paseo a pie por la finca de que disponía, sin otra amistad ni comitiva que la de su leal *Maimónides*, que más que felino parecía dotado de alma de sabio, de ahí el nombre, que más bien tarde le había sido dado por su dueño.

—Si su excelencia así lo manda —sugiere hacer su ayudante, adivinando tal vez lo que pudiera ser un deseo fehaciente, desconocido del mismo que lo abriga en su pecho— podríamos hacer llegar prontamente recado a su ilustrísima de la urgencia con que se le requiere en esta Capitanía.

—Persona de la distinción, y en lo personal de mi aprecio como su ilustrísima, mi querido amigo, no debe ser requerida con urgencia, ni siquiera a presencia del capitán general. Sería ésta sin dudas bellaquería imperdonable. Esperemos en Dios y Nobleza nos asista.

No pudo sentirse ofendido el ayudante, con lo que como quiera que se viera constituía una reprimenda, pues había suavizado cuando le era posible su regaño el otro, con aquella frase que no pasó inadvertida: mi querido amigo. Aunque Brandau le ofrecía su brazo en que el capitán general se apoyaba, hacía uso además el inválido de su sable envainado, a manera de bastón, y así, en silencio ahora, se desplazaron largo rato por un corredor cuyo fin debía antojárseles inalcanzable, y conducir a ningún lugar.

—No podrían ser pocos, pese a que he procurado en lo posible, no lastimar los intereses de muchos, los que aguarden con impaciencia mi reemplazo por inhabilitación o muerte. Especialmente aquellos prebendados, a quienes nada parece bastar a satisfacer sus apetencias, y esperan de otro lo que no han conseguido del actual capitán general.

De un acuerdo, aunque sin haber cruzado palabra entre sí, los dos hombres detuvieron sus pasos hasta ahora multiplicados por las sucesivas resonancias de las galerías, con lo que el silencio circundante terminó por imponer sus relieves.

Después de una pausa bastante prolongada que le permitiera recobrar el aliento, la cual no osara interrumpir su ayudante, volvió a decir de Mahy:

—Kindelán ya espera, sin dudas impaciente, e impuesto debidamente de la situación, a que lleguen las reales órdenes de su traslado y nombramiento, si antes no se impone evacuar deprisa la plaza que ahora ocupa. ¡Más que plaza, un polvorín asediado por todas partes y sin recursos a defenderse! Otro en su lugar se echaba al mar en busca de un promontorio cualquiera en que ponerse a salvo. Es buen soldado y no mal político —como quedó bien demostrado cuando fue gobernador de Santiago de Cuba—, pero ni una cosa ni otra bastan casi nunca. Del propio Kindelán se deshicieron antes, quienes podían y así lo deseaban, logrando que por entonces se le enviara a La Florida, donde fue igualmente fecundo y muy meritorio su comportamiento. El tiempo se encargó mejor que ninguno otro, de dar a este soldado su razón en uno y otro caso, pero ¿eso a quién importa? ¡España, mi joven amigo, conspira contra su propio ser! Algo turbio nos emponzoña y vuelve criminales contra nuestra propia naturaleza. ¡Y lo peor, que esto hacemos a conciencia, y con delectación macabra! No sabría yo decir tampoco cuál es el remedio, sino dejar de tirar golpes y de dar lanzadas a diestro y siniestro contra nuestro propio pecho. Pero esto que digo, ¿de qué habrá de valer?

Suspiró el capitán general como si dejara escapar de una sola vez todo el aliento, y se dio cuenta su ayudante, de que estaba al borde del desvanecimiento, por lo que pasó con determinación su brazo por la cintura del compañero, al tiempo que le animaba a echar el brazo que antes apoyara en el suyo por sobre los hombros, y con un ingente esfuerzo de su parte, consiguió el enfermo llegar hasta un taburete, sobre el que se derrumbó al borde del colapso. Allí lo dejó estar Brandau, apoyado en el sable para no caer hacia delante, mientras iba en busca de ayuda para trasladarlo a sus aposentos.

Los días sucesivos, ya no consiguió ponerse en pie su excelencia, sino que, a lo sumo, y con enorme esfuerzo de voluntad lograba sentarse en el lecho, y permanecer sentado, despachando asuntos de toda índole, con el sostén que le brindaban las almohadas. Cuando no era visto, reclinaba unos instantes la cabeza sobre el mullido cojín que aquellas constituían, y este ejercicio que en los comienzos se regía por ciertos intervalos de absoluto descanso, fue ocupando cada vez más tiempo, de manera que el proceso se revirtió en uno, mediante el cual sólo ocasionalmente conseguía levantar cabeza, y sostenerla por sí misma poco tiempo, en deferencia al visitante de que se tratara. Sabedor de la naturaleza humana, e instruido de los progresos de la dolencia que aquejaba a su excelencia, el obispo, que venía a visitarlo no consintió en sentarse, sino a condición de que el enfermo acatara su indicación de permanecer en la posición más cómoda. Dos días antes, convencidos todos de que llegaba a su natural desenlace el drama que tenía lugar, había acudido el propio obispo para administrar los santos óleos, pero el sufrimiento del enfermo había pasado, y a partir de entonces llegaron algunos a albergar ilusiones respecto a una cura poco menos que milagrosa. No estimaba lo mismo el principal actor de esta jornada, sino que daba su enfermedad por temporalmente remitida hasta que todo alcanzara a estar completamente listo para él.

—A mí, Ilustrísima, ya nada, o casi nada, me retiene en este mundo. Por ganado doy lo que se pierde, que a Nuestro Señor gano en su lugar y nada abarca lo que Él. Brizna soy en su brisa, que me eleva sin dejarme ya caer. Átomo de polvo en Su aliento Divino. Rece usted por mi alma todavía, que el único miedo que puede acometerme aún, es el de perder mi rumbo.

Prometió el obispo rezar por el alma del moribundo, y se despidió de éste, que aún después despachó un par de cartas, entre ellas, aquella que dirigía a una dama de allende el mar con el encargo a su fiel Brandau, de que sólo por la vía convenida de antemano la hiciera llegar a su destinataria. El pulso le temblaba al poner su firma en ellas, y en las horas siguientes entró en su franco declive el capitán general, de que solo algunas veces conseguía salir inesperadamente por unos instantes.

El obispo, entretanto, seguía rezando por su alma, y visitándole en su lecho, con lo que parecía animarse algo el enfermo. De ello daba cuenta fehacientemente la mirada y cierto movimiento de las manos, o más precisamente, de los dedos como movidos por hilos invisibles, que daban cuenta de este modo, de no haber sido cortados todavía.

VII
A buen recaudo
(La Habana)

56

Con motivo de cumplir años su hijo Alcides, vio doña Amalia, quien de un tiempo a esta parte parecía buscar la ocasión propicia a las reuniones sociales de este orden, razón bastante para homenajearle con un almuerzo que, según se estilaba allá en el Príncipe, tendría lugar más bien temprano, de manera que los invitados pudieran quedarse hasta tarde sin resultar engorrosos, en tanto los más próximos eran retenidos con argucias, sin lastimar las sensibilidades de ninguno.

Antes de pasar al comedor se agasajó a los invitados a su sabor, con licor de anís o menta, magdalenas y bizcochos cubiertos con almendras amargas, y algo de queso blanco con casquitos de guayaba aderezados con cortezas de limón verde, las que proporcionaban aquel contraste tan delicado que ostentaba la jalea. De todo se había ocupado Paulina contando con la ayuda siempre eficaz de Serafín, cuyo desempeño como aprendiz de sastre, satisfacía por igual al maestro Palomino y al muchacho, cuyo natural noble y hacendoso le hacían dueño de un ritmo propio, y de una disposición favorable a todas las empresas y obligaciones. Verónica, empeñada siempre *en meter la cuchara*, según llegaba a decirle a la cara la propia Paulina, había tenido igualmente su poco que ver con aquellas *cosas de boca* de que se disponía, aunque no pudiera precisarse de qué modo.

Desde temprano, se dispuso en el comedor una mesa en la que al fausto de los cristales y la vajilla toda, con sus servilletas de hilo inglés y cubiertos de plata esterlina, se unía el de las flores exquisitamente dispuestas en centros de mesa también de cristal. Abundaban las rosas Borbón y las de Castilla mezcladas con los jazmines, y en medio de todo, señalando su propia reserva, un juego floral donde se conjugaban orquídeas blancas, de una blancura alba, con las frondas de helechos que, más que ocultarlas le ofrecían amparo del contacto de unas cortezas semejantes a las rajas de la canela, insertas entre unos y otras. La impresión en los comensales había sido calculada, pero el efecto conseguido sobre estos desbordó las expectativas, y por un instante sintió el homenajeado que, en tratándose de él, seguramente se exageraba un poco la nota. Ni siquiera el magnífico convite por el santo de su hermana Verónica celebrado tiempo atrás, cierto que más próximo al momento de levantarse —con todo género de miramientos y consideraciones— el luto guardado hasta entonces por la muerte del padre, había contado con tal derroche. Pensando en su hermana, sintió un conato de vergüenza porque la ocasión de aquélla pareciera desmerecer ante la de ahora, pero observándola feliz, rodeada de sus amigos y amigas, depuso tales consideraciones. Radiante en un sencillo pero hermoso vestido de muselina, el pelo apenas recogido con una cinta del mismo color del vestido cayéndole en rizos abundantes sobre los hombros, Verónica conseguía ser notada no sólo del hermano y de sus amigos —en particular aquel José Agustín Cisneros de La Urde— sino de algunos otros de la tertulia, a quien los ojos le advertían con perspicacia del cambio operado en la muchacha desde la última tertulia.

—¡Vaya! ¡Vaya! Que por fin ha roto la crisálida, y mire usted en lo que ha devenido... ¡Una criatura, verdaderamente maravillosa! ¡Encantadora! Dicho sea, con el debido recato, naturalmente.

—Digna, sí señor, de volar en el más bello jardín, cuál es sin dudas éste que cultiva su señora madre, hasta llegado el momento en que un apreciador de tales bellezas y en condiciones de sostenerlas, aparezca en el horizonte.

Requeridos a la mesa por la invitación de la anfitriona, una vez que se hallaron todos a ella, propuso don Francisco Fernández Allué el primer brindis, adelantándose seguramente al propio padre Cisneros, que había sido el último en unírseles, cuando tras largo esperar por él se disponían ya, a pasar al comedor.

—Si se me permite —comenzó diciendo mientras se ponía de pie con la copa en alto, dirigiendo alternativamente sus miradas de la dueña de casa al joven Becquerel, y paseándolas luego por los demás comensales— propongo que brindemos por nuestro homenajeado, en cumplimento de las buenas prendas que le adornan, y le hacen querido de todos, y por el éxito que ya cosecha y el que aún le aguarda. Un brindis en este día y ocasión tan especial para esta casa, como para todos aquellos que le somos afectos.

Con entusiasmo manifiesto correspondieron todos al convite, y a la demanda que no pocos le formulaban con muestras de cariño, respondió asimismo el homenajeado con franqueza y unas pocas palabras:

—Gracias a todos por acompañarnos, y por sus buenos deseos e inmejorable opinión de este criado suyo.

La palabra *criado*, naturalmente, desconcertó a un avisado Serafín, que tan pronto tuvo ocasión de ello, importunó con sus preguntas a Paulina.

—Pues bien, no sé yo que quiera decir, Serafín, hijo, sino que a veces los amos dicen cosas que sólo ellos entienden, y lo mejor es en esos casos no *desvanarse* los sesos queriendo entender, que ya se dice bien eso de *allá ellos se entiendan que son blancos y de más serán juristos*, que tampoco sé yo lo que eso sea. Y *con su pan se lo coman*, que también has oído decir, seguramente. De lo que sí sé yo es que no tiene el señorito la pinta de criado de nadie, como que va y viene a donde lo lleva su deseo y cuando le viene en ganas.

Acabado el almuerzo, y cuando se servía el café en el salón contiguo al comedor, así que avistó al niño portador de una salvilla en la que había varias tazas de café, a él se dirigió un inquisitivo padre Cisneros:

—¿Y ya haces progresos en el oficio, Serafín? Mira que a mí mucho me va en ello, como sabes.

Asintió el muchacho con viveza y un chispear en la mirada, y ante la insistencia del sacerdote, quien buscaba arrancarle precisamente aquel género de promesa, se animó a vaticinar con toda seguridad.

—Y como dice el señor maestro Palomino que pronto aprendo, y que antes estaré cortando que… otra cosa de que bien no me acuerdo ahora… lo primero que cortaré será una sotana nueva para usted, señor padre.

Como rieran todos, divertidos con la salida del chico, volvió a decir el sacerdote:

—Hombre, que no será porque la que llevo esté en tan mal estado, aunque siempre es de agradecer que lo vistan a uno, Serafín. Mucho más cuando se trata de un sastre de tu altura… —esto último dijo como si midiera con su mano la estatura del chico, lo cual suscitó nuevas risas.

Agradeció con una sonrisa e inclinó la cabeza el muchacho, cuando el padre posó con ternura su mano sobre ella.

—Anda, hijo, ve a donde debas.

Diligente, andaba Paulina ocupada en que nada faltara y atenta a lo que pudiera mandar doña Amalia, como si pudiera tratarse nada menos que de su sombra. Verónica, por su parte, acaparaba un tiempo a su hermano Alcides, y lo atraía al círculo de sus jóvenes amigos.

—No sabes lo contenta que estoy.

—Y yo. Y yo. Sobre todo, por ti, hermanita. ¿Qué tal si hacemos música? No hay velada que se diga tal sin algo de música. Ya es hora, ¿no?

—Habría que consultar la disposición de mamá. Además de que el piano no se ha tocado desde hace ya mucho.

—José María es un acabado intérprete.

De esta guisa se daban ánimos los unos a los otros, con tal de impartir un carácter de divertimento juvenil al convite, que viniera a coronar las postrimerías del almuerzo.

Entretanto, en un aparte propicio buscado por él, o acaso propiciado por la intuición de la anfitriona, se dirigió a ella don Francisco con la siguiente súplica que, algo atropelladamente le formuló:

—Ruego a usted, doña Amalia, que me oiga sin interrumpirme esto que deseo expresarle hace ya mucho, y luego de escucharme que se dé tiempo a pensar una respuesta meditada, si es que mi proposición encuentra en usted alguna resonancia, no del todo ingrata a su corazón. Perdóneme usted que aproveche la circunstancia de esta invitación a su casa, para formularle sin más reservas mi deseo, pero en ello mismo verá usted seguramente la honestidad de mi propósito.

Como viera don Francisco que la mujer no opusiera resistencia alguna, ni se valiera de pretextos ni de fingimientos de ninguna índole ante sus requerimientos, procedió a manifestar cada vez más abiertamente aquellos sentimientos y esperanzas que respecto a ella se había permitido alentar, y conforme a la palabra empeñada dejó en libertad de meditar en todo ello a la mujer, el tiempo que ésta considerara oportuno.

VIII

(Matanzas, Cuba)

57

Desde hacía ya una media hora, aguardaba por ellos el nutrido grupo de sus dependientes, cuando se presentaron don Casimiro de Irazabal y Ezpeleta y su hija Ana María. A la cabeza de quienes esperaban, destacaba sin dudas por su estatura y buena pinta, el capitán negrero don Elpidio Valdés, y en orden descendiente su segundo Juan Padrines, y los mayorales don Marcelino Fuentes y Rogelio Carmenates. Al primero, señaló precisamente don Casimiro, dirigiéndole la palabra con evidente deferencia.

Al aproximarse más al grupo la joven Ana María, jinete en su cabalgadura, seguida de su padre que montaba la suya, aunque sin la distinción de la mujer que marchaba adelante, se despojaron de sus respectivos sombreros todos los presentes.

Correspondió apenas con una leve inclinación de cabeza la mujer al saludo de los hombres, y siguió adelante como quien va a lo suyo sin requerir de intermediarios. Fue más expresivo don Casimiro al llegar junto a ellos, quien al alzar la mano para responder al saludo de los dos hombres que allí aguardaban, les dirigió algunas palabras de bienvenida, y les ofreció de fumar de aquellos puros torcidos por él mismo con algo de rudeza, pero de indudable buen oler, según era la calidad y madurez de la hoja del tabaco empleada para ello.

Pese a las quejas del capitán pareció satisfecho don Casimiro, que para sus adentros daba ya por perdida la totalidad de la carga, y confirmaba de este modo que, a pesar de las suspicacias que siempre albergaba, y en esta empresa no podían faltar sino antes echarse de menos, era don Elpidio lo que se dice *un caballero de cumplida palabra*, o al menos alguien de fiar, conocedor como el que más de su oficio y preparado a cumplirlo.

Ente tanto, había adelantado la jineta hasta alcanzar aquel altozano donde se hallaban los barracones, y sin desmontar penetró en uno de ellos haciendo avanzar su yegua rosilla, sembrando al hacerlo el pánico entre los esclavos replegados por el suelo. Sólo uno, de hosca mirada y ceño fruncido —el pelo hirsuto complementaba su aspecto arisco y desafiante— permaneció en el sitio que ocupaba, y antes que apartarse hizo por incorporarse bajo los belfos henchidos y espumosos de la cabalgadura, que daba la impresión de una torre en movimiento que se le echara encima, con el propósito de someterlo, o aplastarlo. Ni una cosa ni otra sucedió, sin embargo, sino que asustado de aquella aparición que parecía crecer como un hongo delante de sus ojos, se encabritó el animal tan de repente y con tal brío, que hizo perder pie y caer de su montura a la jineta. Libre de sus riendas y aligerada de su carga, se desbocó la yegua disparada hacia adelante donde se divisaba el claro de una puerta franqueada por alguno de los peones que preparaban el traslado de los esclavos. La mujer fue a dar contra el piso de la barraca, y apenas la hierba amontonada por todas partes consiguió amortiguar el golpe que, de otro modo habría podido resultar mortal. Al estrépito de la caída, las voces y gritos de los atemorizados infelices, el relinchar desaforado de la yegua, y a la carrera que sin su jinete le vieran todos emprender se apresuraron al interior don Casimiro, el primero de ellos, seguido de cerca por sus dos asociados, y otro número de hombres a su servicio. El desconcertante espectáculo que se ofrecía a la vista de quienes penetraban al barracón no admitía duda en ellos, ni requería de constataciones, de manera que sin que se produjera orden alguna de parte de don Casimiro, que había acudido en auxilio de su hija, con ligereza poco característica en él, se echaron sobre el gigante negro, aún atado de manos que permanecía en pie, los hombres armados, quien con un garrote, quien con una fusta o chicote rematado en una bola de hierro estrellada, y comenzaron a golpearlo hasta hacerle saltar la sangre de numerosas heridas y laceraciones. El gigante no dio señal alguna de arredrarse, y debió tragarse en silencio las quejas que por fuerza debía arrancarle el castigo que sufría, y le llegaba de todas partes a la vez, sin que le alcanzaran bastante los brazos en alto a cubrirse de aquella acometida. Los perros atraillados debían oler la sangre, porque se habían unido con sus aullidos y el tironear de las cadenas, al estrépito que tenía lugar dentro del barracón. Y de improviso pareció perder pie el hombre desafiante, y cayó todo él por tierra y ya no volvió a pararse.

—Párate negro *zoquete* —le conminó uno de los hombres de la partida, pateándolo con reiteración en los riñones— o juro que eres muerto.

—Muerto está si conozco yo bien los trucos de estos negros —dijo otro de los hombres—. Éste *se tragó la lengua*.

—'Tá mue'to, 'tá. Sí siñó —aseguró, mientras escupía su desdén sobre el cadáver, el llamado Juan María—. Po' *jocicú*.

La mujer ya abría los ojos, y aunque un poco atontada todavía, sonreía a su padre que sentía volverle el alma al cuerpo.

—Vaya susto que me has pegado, hija. Haré que traigan una parihuela...

—No será necesario tanto aspaviento, padre mío, que de azúcar no he sido hecha, ni de nada que pueda quebrarme tan fácilmente. ¿No dice usted siempre que Dios no le ha concedido hijos varones? Pues ni falta que hace. Deme usted la mano y una vez en pie, estaré muy pronto dispuesta. ¿Sabe alguno de ustedes —dijo, autoritaria, dirigiéndose a los presentes una vez sobre sus piernas— qué ha sido de mi yegua? Seguramente no faltará quien al menos consiga traerla del cabestro.

Admiraban los más, el temple de la amazona, en tanto los menos dudaban de qué manera juzgar arranques de aquella índole en una mujer, por demás tan joven e igualmente hermosa, y ponderaba el capitán don Elpidio Valdés, lo mucho que con el esclavo se perdía.

—A ese negro lo quiero para mí —pudo al fin articular la joven, que no podía estar enterada aún del desenlace respecto al esclavo—. Más bravos que él, los he domado yo, y con su pinta dará un buen calesero cuando menos.

Fue el llamado Padrines, Padrón o Padrones, que de todas aquellas formas solía llamársele, sin suscitar en él ninguna contrariedad, quien se anticipó a participarle a la mujer lo ocurrido, mientras ella yacía atontada o sin sentido sobre el suelo del barracón.

Alguno entre los peones murmuró por lo bajo, con disimulada lascivia a su compañero más próximo, algo referente *al brío de esa yegua*, cuando traían de la rienda a la rosilla, que de inmediato acaparó toda la atención de la mujer, como si la noticia referente al esclavo no consiguiera más interesarla ni en manera alguna desasosegarla.

58

No habría podido decir doña María de Heredia, de qué manera la intranquilizaba la escena que tenía lugar a sus ojos. Por una parte, la alegraba ver nuevamente animado y dispuesto al hijo de sus desvelos, tras un abatimiento que ya había durado lo suyo, y a la edad del joven hubiera parecido el estado más incongruente, de no responder como en efecto se trataba, al luto que por la muerte de su querido padre se cernía sobre su corazón de hijo amante. No obstante, el determinado galanteo de José María con una de las muchachas invitadas al sarao, llegaba a parecerle un comportamiento próximo al escándalo. Se dejaba arrebatar éste sin reservas, según era evidente, por una pasión o arrebato pasajeros, a la vista de todos, poniendo en entredicho su buena conducta, y, sobre todo, arriesgando en ello no sólo su reputación, sino incluso procediendo sin el buen tino que era de esperarse en él.

—Son cosas, propias de la edad, y de la naturaleza, mujer —le tranquiliza, persuasivo, su hermano Ignacio, a la vez que sonríe, aquiescente, a la escena—. De ésas que con los años nos olvidamos luego... ¿Es que no lo ves? No podría sino tratarse de un juego inocente, y sin consecuencias. Si no, ¿cómo crees que se haría así sin disimulos, y a la vista de todos? Te digo que no hay para qué preocuparse. Y, además, que el chico es demasiado sesudo y maduro para su edad. Y ya ha tenido bastante pena. ¡Un poco de diversión, ya puedes ver, no le vendrá nada mal! Le hará bien a su sistema nervioso. Enamorarse... ¡Ya está en su edad! ¿Qué habría de mal en ello? —y a continuación, para provocar una reacción más que prevista, en su hermana queridísima, añadió de coletilla a lo expresado—: Dime tú misma, que a sus años, fuiste siempre enamoradiza... ¿Lo negarás a tu hermano ahora, que te has convertido en una matrona seria y puntillosa?

—No negaré, ni dejaré de negar nada, Ignacio, por Dios —rio la hermana, con algo de embarazo, pero sin perder su sentido del humor—. ¿Cómo dices una cosa semejante delante de cualquiera? Podrían oírte, y creer lo que dices, y me tomarían entonces por una atarantada de las que tanto abundan hoy. ¡Que en nuestra época, las cosas eran más estrictas, y las señoritas tenían en más su honra! Y tú mismo, con ser varón, que es indiscutiblemente el género con licencia, recordarás las añagazas de que habías de valerte porque eran mamá y papá dos cancerberos insomnes.

Rio de buena gana el hermano, y correspondió de esta guisa:

—Con semejante algazara, mujer, no hay nadie más que tú tan al alcance de mis palabras, que pueda escuchar esto que digo. Te prometo que será nuestro secreto hasta la tumba.

—¡Por Dios, Ignacio, qué despropósitos dices! —rio la matrona María de la Merced Heredia, tranquilizada por el zureo que tenían las palabras del hermano, y feliz de hallarse en su cercanía de afectos—. Tú sí, que fuiste siempre cortado de una pieza como hasta hoy sigues. No diré yo más, por discreción, que siempre es de estimar, especialmente en las señoras.

Desde la muerte del esposo, acaecida un año antes, cuando sin otro asidero que el hermano residente en Matanzas, ni recurso alguno a su disposición, había vuelto al país con sus hijos, para instalarse al lado de éste, la mujer ha guardado luto, y ha permanecido apartada de *estos lances de mundo*, como le parece bien llamar a cualquier tenida o almuerzo, que no sea estrictamente de familia. No se atiene con ello a lo prescrito en materia de duelo por las convenciones sociales, sino antes a una convicción de su espíritu que la aparta por vocación de aquellas cosas. Consiente, sin embargo, que sus hijos —gente joven, que ahora empieza a vivir, y a quien no sería justo ni bueno entorpecerles con excesivas tristezas el camino, siempre que se guarden el recato y la reserva natural que supone innata en las personas de buena cuna— lo pasen bien, y se diviertan con gente de su misma condición y propósitos. Cierto —se dice— que siempre fue ella más *consentidora* y dada a mimos en este sentido, que el difunto esposo, pero es que por su parte no dejaba éste de ser duro hasta rayar en el exceso, cuyo límite consistía, eso sí, de un alto sentido de justicia. De manera que, fuera por propia inclinación o por atemperar la severidad del marido, ejerció ella siempre una especie de moderada tolerancia. Muerto éste, debió ahora proceder con cautela a un reajuste de su tutelaje de los hijos, en que, según se reconocía ella misma, era incapaz a la vez de los rigores del esposo y de sus dotes intelectuales. Por fortuna para ellos, el tío Ignacio, por una parte, y aquellos preceptores y maestros que aquí había, compensaban en parte la pérdida de aquella fuente de inspiración encarnada otrora por el padre.

La orfandad ha dotado al hijo, por su parte, de voluntad de vuelo sin que él mismo lo advierta todavía. Pasada la inicial dislocación y el sentimiento de moverse de repente en un medio acuoso —en verdad ni sólido ni líquido, ni gaseoso, sino como hecho de alguna sustancia que participara de las cualidades de aquellos estados—, al cabo ha comenzado a extender sus alas con la aprobación, y el sesgado estímulo de su tío Ignacio, del entusiasmado círculo de amigos que lo rodea siempre, muy en particular el animoso y bien informado Domingo Delmonte, y de hombres como el padre Varela, en quien halló desde el comienzo, un interlocutor a la altura de su difunto padre, incluso —acaba por decirse— con más amplitud de pensamiento, y de un carácter tan fino y dulce, que por un breve tiempo José María contempló la posibilidad de abrazar él mismo, sin ambages, la enseñanza y el sacerdocio. Únicamente la franqueza que lo caracteriza, y que se debe a sí mismo, tal y como le enseñara su padre por vía del ejemplo, lo convencieron pronto de no reunir las condiciones, ni de poseer la vocación necesarias para el empeño. A partir de entonces, se reconoce en él mismo, por primera vez: enamoradizo, frívolo a veces, afanoso, y lo que es peor seguramente, por primera vez parece que se siente a gusto con este amasijo de pasiones que lo asaltan; pero también, es hijo y hermano amante y amigo leal, y leal asimismo a todo aquello que constituye un afecto de su corazón. La patria, por primera vez, se le revela entera en sus semejantes, especialmente en los más sufridos y desamparados: los tullidos, los esclavos, los niños y mujeres desarrapados. La suerte de un esclavo que sufre el azote de un amo cruel y voluntarioso, lo conmueve hasta las lágrimas. Quiere escribir un largo poema en el que exprese estos sentimientos, y no lo consigue, porque la escritura le parece un vehículo inadecuado o insuficiente. Pasa el tiempo, transcurren los meses, y ya siente que puede volar porque ha tomado conciencia de sus alas. Es entonces, cuando tiene lugar una tenida en la casa de su tío Ignacio, con motivo del cumpleaños de una de las primas.

En el centro del salón profusamente iluminado, ríe y conversa un grupo de jóvenes, entre los que destaca José María, por ser el de más edad, amén del porte y distinción de su persona. Los ojos del muchacho no se apartan de los de su amiga, una niña de quince, bastante crecida para su edad, de manera que aparenta al menos dos más de los que tiene, quien ya es diestra, aun en su candor, en las artes de la coquetería femenina. Sabe emplear con maña las disposiciones del abanico, en cuya lengua conversa, y mediante el cual se expresa tanto o más que con palabras que por cuestión de reserva o nervios, o por no saber el fondo de aquella cuestión de la que pretende un dominio del que carece, no logra articular. Por su parte, tampoco logra ser mucho más elocuente en sus silencios y palabras el joven galán que la corteja, a pesar de los expresivos ojos negros, cuyas miradas no se apartan de la chiquilla. De todo esto se han dado cuenta los adultos, comenzando por la madre del joven, pero adoptan una actitud muy afectadamente mundana cuando dejan que los jóvenes agoten las figuras de su coreografía, de por sí bastante limitada de ellas.

—Prométame que guardará siempre esta rosa que le doy como prueba de mi afecto.

—Prometido. Y asimismo, declaro que antes me dejaré escaldar vivo, que faltar a mi promesa.

Tal vez porque desconocieran el libreto más allá de este punto, a partir de él se vieron obligados a improvisar con más o menos acierto ambos actores, y al reclamo oportuno de su madre se encaminó al piano la muchacha, para interpretar la parte de la virtuosa que podía desempeñar con donosura, aunque no con verdadero lucimiento. El programa a partir de entonces fluctuó en un constante vaivén entre un *adagio* de Mozart y un aire de Rossini, de manera que pronto se halló el joven y galante enamorado llamándola para su fuero interno *la tedeschina,* en referencia que igualmente podía aludir a uno como a otro compositor.

Cuando al cabo se dio por acabada *la soirée,* o el sarao, como preferían decir otros, y la madre de aquella niña que había señoreado sobre el instrumento la llevó consigo, quedó el joven José María como en éxtasis recogido y, a pesar de que los de casa permanecieron aún levantados por un rato, pidió él licencia para retirarse a sus habitaciones, pues en el estado actual de su alma no sabía si hallarse mejor o peor en compañía, o en la absoluta soledad de su cuarto, pero se decantó por ésta última cuando la hincada de la rosa oculta contra su pecho vino a recordarle a la vez que la promesa formulada por él un poco antes, la dulzura de la mirada prodigada por aquélla que se la demandaba.

59

Era la segunda ocasión en que el negrero, siempre acompañado de su hija cual la sombra y el cuerpo que jamás se apartan, acudía a él en busca de *asesoría* legal, y sin entender por derechas el motivo de tanta insistencia en que fuera él precisamente su representante, había terminado don Ignacio por aceptar la encomienda de representar, y tramitar, de ser procedente, el traspaso de unas tierras hipotecadas, que habían pertenecido a doña Marina Leguizamo y Llorente, viuda del súbdito inglés don Javier Proctor, la cual se negaba a renunciar a la posesión de las mismas, aduciendo entre otras múltiples causas el incumplimiento de contrato por parte de don Casimiro de Irazabal. Había procurado la viuda, y contaba al presente con la representación legal que ofrecía el consulado británico en La Habana, mediante el conocido abogado José Ignacio Rodríguez Hernández, cuya trayectoria profesional aun daría de que hablar por largo tiempo. Se trataba, en suma, de un caso importante. Cogido entre dos fuegos: de una parte, la importancia misma del caso, y la considerable suma que ofrecía pagarle el potentado por sus servicios, y de la otra, una especie de aprensión inspirada por la pareja que conformaban el padre y su hija, determinó don Ignacio aceptar el empleo que se le ofrecía, en requerimiento de sus servicios profesionales.

Una vez despachado el asunto que allí les había traído, se despedían los visitantes ya para marcharse, cuando sin haber llamado antes a la puerta del despacho ingresó en el recinto, sombrero en mano y aturullándose con sus propias palabras, un joven de grandes ojos negros y mirada brillante. Hubo un momento de incertidumbre, tras el cual fluyeron las disculpas de labios del recién llegado, que hizo ademán de retirarse con una profunda inclinación de cabeza, pero antes de que tuviera tiempo para ello, ya el anfitrión procedía a efectuar las presentaciones que eran de rigor:

—Mi sobrino y ahijado, don José María Heredia..., quien muy pronto también se recibirá de abogado... José María, la señorita Ana María de Irazábal Mustelier, y su señor padre, don Casimiro de Irazabal y Ezpeleta.

Tuvo el joven la impresión de un súbito golpe que le propinaran al estómago, con el puño cerrado, sin acertar a discernir muy bien la causa. Por un lado, lo turbaba —deslumbrándolo— la belleza que irradiaba de la joven, cualidad ésta, no exenta de un aire de insolencia o desdén, sino más bien acentuada por estos, y del otro, la fachenda característica y fácilmente reconocible del magnate negrero, que parecía ocupar, él solo, todo el recinto del despacho de su tío.

Consiguió a duras penas reponerse a sus impresiones, y así que se intercambiaron las cortesías de rigor, pese a la insistencia de su tío y a que era obvio que se marchaban ya los visitantes, se escurrió lo más rápida y airosamente que pudo el joven por donde mismo había llegado.

Tan rápidamente debió hacerlo, y con tal eficacia se puso a resguardo de un posible nuevo encuentro con aquellos, que no consiguió luego su tío hallarlo por toda la casa, a pesar de que por toda ella lo buscó intrigado tanto de su desaparición repentina como de su aparición anterior con las mismas características.

—¡Bah! ¡La juventud! —se dijo al cabo, para dar sentido a aquello que, a sus ojos, no podía tener otra explicación—. Un continuo afán, mientras dura, que por suerte o por desgracia no es mucho. ¡Ya se le pasará la fiebre! —sin embargo, y a pesar del resignado optimismo de sus conclusiones previas, sucumbió a formular seguidamente una reflexión adicional—: Pobre sobrino, tan sensible y tenso como una cuerda de arpa. ¡Presta a vibrar como a romperse, según las manos que le pongan encima!

Y para sacudirse luego, la sensación desapacible, que estas ideas le habían dejado, volvió a su despacho y se encerró en él para ocuparse un poco más de sus asuntos.

Por carta que le remitía desde La Habana su amigo y contertuliano José Joaquín Cisneros de la Urde, trayéndole todo género de noticias, y acontecimientos que desde su partida habían tenido lugar, particularmente, aquellas relacionadas con las elecciones de diputados y la política local, y muy especialmente respecto de su amiga Verónica, vino a saber Heredia lo que *sotto voce* se decía en cualquier reunión de la capital, acerca del mal estado de salud del capitán general, así como de incontables conspiraciones en las que blancos y negros, libres y esclavos por igual estarían involucrados, y de la inminencia constante de una u otra amenaza de invasión, procedentes de tierra firme. Más propenso y en disposición de hablar de cosas que eran sumamente gratas a su corazón, José Joaquín dedicaba tres largos pliegos de apretada caligrafía a dar cuenta de sus pálpitos amorosos, y de la correspondencia que iba encontrando cada vez más, si su enamorado corazón no le engañaba, en los de la amiga que también lo era del destinatario de la carta. «Temo únicamente, querido amigo mío —confesaba de La Urde— *no hallarme a la altura de criatura tan extraordinaria, por sus dotes de inteligencia y ternura, de lo que seguramente no tendría que convencerte*». La carta del amigo, que había puesto en poder de Heredia su madre, tan pronto vino éste a su presencia para besarle las manos y la frente con verdadero cariño, entretuvo en lo que restaba del día sus ocios y los colmó de dulces emociones, y un ardiente deseo de regresar a la capital. Entretanto, salió una vez más de casa, esta vez para visitar a uno o varios de sus amigos matanceros, a quienes pediría que se le unieran de paseo por las márgenes del San Juan. Los encontrados sentimientos que le produjeran hacía poco tiempo, la presencia de Ana María Irazabal, por un lado, y por el otro, la figura petulante y basta del padre de ésta, fueron olvidados prontamente, contagiado el joven de su propio entusiasmo, y del que los amigos a su lado generaban entre veras y bromas.

60

Muy anticipada por los jóvenes, en particular un enamoradísimo José María, tuvo al fin lugar aquella visita al campo, en las proximidades de Matanzas, al que accedió la madre por influjo de su hermano Ignacio.

—Con una condición empero —dijo antes con toda la gravedad que debía requerirse, dirigiéndose a sus hijos— la promesa de que siempre y en todo momento habrán de conducirse con reparo, y no al primer impulso, no tenga yo que arrepentirme luego.

Con gran contento, y las más afectuosas muestras, recibió en su finca Las Delicias de Bellamar don Manuel Ángel Santos Parga, a sus nuevos conocidos visitados hacía poco, que ahora le pagaban según era el uso, su visita previa, a la ciudad, efectuada en compañía de su primo don Indalecio Santos Suárez. De éste era la carta portadora de diversas noticias, que por intermedio del joven Heredia le hacía llegar, y a la que el destinatario daría lectura poco después.

—Bienvenidos a su casa de ustedes, y a las canteras de Bellamar... —dijo el dueño, avistándolos mucho antes de llegar, y apeándose de la cabalgadura que montaba, para recibirlos al *rastrillo,* que no lo era, sino un portón de hierro con arco de lo mismo, afiligranado con gran gusto, a través del cual se accedía a la propiedad, y del que se encargaba únicamente un esclavo ya viejo, y achacoso, de nombre Taita Ambrosio. A la casa principal conducía, a partir de allí, un sendero cubierto de grava, mediante el cual se encaminaron todos a ella, luego de los primeros intercambios y cordialidades, y de que las señoras manifestaran su preferencia por seguir a pie, haciendo compañía a los caballeros. Del carruaje en que habían viajado aquéllas se encargó el calesero, al que se instruyó de lo que debía hacer, en tanto de las cabalgaduras de los hombres se habían hecho cargo, sin que fuera menester mandarlo así, otros dos esclavos jóvenes, que tras pedir la venia de su dueño se adelantaron con los animales del cabestro hasta un costado de la morada.

—Espero y confío en que el viaje haya resultado del todo placentero, y en modo alguno azaroso como pudiera ocurrir —añadió ahora el anfitrión.

—No tenga usted cuidado que ha resultado todo lo grato que podía esperarse.

—Además, eso de salir al campo de jira es siempre halagüeño.

—Sin duda alguna, señorita.

—Sólo en el campo se respira este aire de libertad que llena el pecho y parece que nos pone alas —al decir esto, la que hablaba, quizá si por ser joven en demasía hinchó el busto sin faltar a la modestia, pero sin las reservas que la madre de inmediato echó de menos, de modo que susurró con discreción al oído de la muchacha.

—¡Menos libertad, y menos pavonear el buche! ¡Recato, como corresponde a una señorita bien!

El vivo sonrojo suscitado en la muchacha, y la turbación consiguiente, hicieron que el joven Heredia dedicara a la hermana, a cuya vera marchaba, una sonrisa disimulada con la intención de arreglarle un rizo, y encaminada a sosegarla, devolviéndole su centro de gravedad.

—No se habrán estropeado demasiado las señoras con los bazuqueos. Ya se sabe que en materia de caminos, andamos aquí, lo mismo que en España, si se me permite decir, que no damos paso. ¡Muy por detrás en esto, de los Estados Unidos o de la Inglaterra!

—Sin embargo, salta a la vista que lo mismo no podría decirse de esta finca, don Manuel, la que a primeras ya revela que no le faltan senderos para cruzarla…

—Bella finca, don Manuel…

—¡Y qué vista…!

—Con razón hablan de la mejor hacienda de Matanzas.

—De las mejores, con modestia, si se me permite el cumplido por tocarme tan de cerca —replicó el aludido, dirigiéndose alternativamente a su interlocutor y al resto de sus acompañantes, particularmente a las señoras—. Y no vayan ustedes a creer que se llama a esto *Bellamar* sólo por la playa, aunque así parezca. No tienen ustedes más que mirar a su alrededor, señores... ¡Ésta es la comarca más linda del mundo! Con perdón...

—Ya decía mi sobrino José María, don Manuel, que era usted el más entusiasta de los matanceros. ¡Y con razón!

—Y dice bien, mi querido don Ignacio. Dice bien. Mañana, así que descansen del viaje que han tenido, si lo desean, me daría gusto mostrarles todo cuánto se les antoje contemplar. De los sembríos a las canteras. Y naturalmente, la playa, que como pueden apreciar, es en sí un panorama memorable.

Los ojos del joven Heredia, que ahora marchaba algo en retraso con los hombres de la comitiva, se dirigían a veces al frente, como si buscaran descubrir por entre los setos y pilastras del jardín que atravesaban, la figura de la muchacha cuya presencia en el interior de la casa anticipaba, y había sido —al menos en su caso— la principal razón del viaje, bien que el encargo de poner en manos de don Manuel aquella carta de Indalecio que su entrañable amigo Domingo Delmonte le había comisionado, constituía motivo igualmente importante.

Al fin, como si el descubrimiento premiara sus desvelos, vio aparecer a la distancia la figura de la muchacha. Contra el pecho, por debajo de la tela de la camisa llevaba él la rosa que dos meses antes le confiara ella como prueba de lealtad, a la que correspondiera el joven con la promesa que de este modo cumpliera. Otros jóvenes, adelantándose igualmente, salieron al camino para recibir a los que llegaban. Los ojos de José María se fijaron entonces, con creciente desazón, que desbordaba en ternezas el trato deferente en demasía que, a la joven dueña de sus afectos prodigaba uno de los caballeros, y lo que venía a ser peor, que ella parecía corresponder igualmente a tales muestras, de modo que al encontrarse la suya con la mirada de José María, pareció resbalar ésta sobre él sin que alcanzara o se comunicara a su continente ninguna de aquellas llamas que hubieran podido consumirlos en un instante.

Con las presentaciones que, allí mismo, y con cierta informalidad tenían lugar, supo el joven enamorado del compromiso formalizado apenas unos días antes entre *la niña de la casa* y el joven galán del que poca cosa llegó a saber, más allá de su nombre, y esto sólo porque alcanzó a oírlo durante alguna de las veladas o recorridos por la finca: que estudiaba medicina en los Estados Unidos, que antes se había hecho bachiller en Barcelona y que tenía por delante una carrera promisoria. Con algún pretexto baladí, cuya naturaleza bien llegaron a advertir tanto su tío como su madre, regresó antes que los otros a la ciudad, despechado y contrito, jurándose no amar nunca más, ni confiar en mujer alguna por más promesas de lealtad que pudieran formular. Por fortuna para él mismo, con el paso del tiempo pasaría éste a ser un episodio de juventud, menos desdichado que cómico, y la promesa que en tal momento se había hecho a sí mismo, una que él no habría sido capaz de mantener.

61

No parecía ahora, sino que se hablara exclusivamente de la nueva campaña antivariólica, que incitada o inspirada por el conocido doctor Romay en La Habana, tenía lugar en muchas partes, y muy pronto, según se anunciaba a los cuatro vientos, se emprendería igualmente en esta ciudad a orillas del San Juan.

—¿Y te dejarás marcar como a una res, Matilde mía, luego de haber visto con tus ojos de qué modo afea el brazo de tu prima Ángela una marca tal?

—¡Dios me libre!

—Y a mí.

—Pues digo yo, que peor está morirse de vómito negro o cualquier cosa.

—Eso, que los avances de la medicina prometen extender la felicidad de los hombres.

—Bien dices, Corina. Que de éstos es toda la felicidad que cabe esperarse.

Rieron todas a esto último que se había dicho, aunque cada una obedeciendo a sus razones, las cuales podían llegar a ser muy distintas.

—Ignorante eres, mujer, que en diciendo «hombres» deberías de saber que me refiero por igual a ti y a mí.

—¡Ah, que no! *Ignoranta*, y simple y todo lo que quieras, pero eso no. Ni que una fuera el monstruo ése de Cabizales, que se dice, quien además de cargar pechos peina barbas, si no es que las afeita, y además tiene marido e hijos. ¡Que no en balde si apenas de su casa sale, y eso de noche y entrapada! Esto, según afirman los que le han visto.

—Cuentos son esos, mujer. ¡Vaya si eres ignorante de veras! ¡Otra cosa son los hermafroditas! Seres desdichados, seguramente, de los que poco o nada has de haber leído tú, que sólo de coquetear te ocupas.

—¿Y de qué más? *Que Dios a algunas nos dio sus encantos, y a otras no tantos.*

—Dejen ya, muchachas, de pelearse, o terminarán más marcadas que si de la vacuna del doctor Romay se tratase —intervino ahora la que parecía mayor de todas.

—¿Y José María ya se ha vacunado? —buscó saber la llamada Corina, dirigiéndose a la joven que estaba sentada a su derecha—. Digo, como es él *tan habanero*… tiempo habrá tenido.

—En efecto, como bien dices, mi hermano es adelantado a todo, y fue de los primeros digo yo, con otros de sus amigos de la Universidad y el Seminario.

—Pues digo yo, que no me explico de qué modo hay siempre, según parece, tantos a los que vacunar si todos se vacunan…, y por lo mismo debían ya de estar todos vacunados.

A coro rio el grupo aquella simpleza que la muchacha había dicho sin ánimo de divertir, y se amoscó algo la que tal había hablado, enfurruñándose, y sumiéndose en la lectura de alguna novelita que le salió al paso. No le duraría mucho su enfado, sin embargo, subyugada por el incesante parloteo de sus primas y amigas, al que en breve volvió a unirse como por instinto, en seguimiento de la voz de una de éstas que parecía susurrar ahora.

—Pues no es nada de cuento, esto que digo, y es que, en la hacienda Manantiales, propiedad del doctor Abelardo Sitges Fontanills, existe un monstruo de poca estatura, que es allí exhibido —según rumores— a unos pocos amigos y visitantes extranjeros de la plena confianza del amo, y es este *fenómeno,* que también así se da en llamar, negro congo que según todos los que lo han visto posee una virilidad más en correspondencia con las proporciones de un gigante, de ahí el mérito o asombro del caso.

Entre el verdadero pasmo, y las expresiones de incredulidad, e incluso de absoluto desconcierto, suscitadas por la declaración de aquélla que había hablado, se escucharon algunos reparos, pero al cabo prevaleció la curiosidad de unas pocas y el afán indagador de aquellas:

—¿Y de qué modo has venido tú a saber una cosa así, vamos a ver?

—¿Pues que no tengo marido acaso, y no es de hombre prerrogativa ésta de saber cosas?

Entre protestas cada vez más expresivas de quienes desaprobaban, y algunos comentarios picosos de las que se interesaban en saber, hizo de repente su entrada la dueña de casa que venía en persona a avisar a las muchachas que ya esperaban todos por ellas para pasar al comedor.

—No hagamos esperar más tiempo a su ilustrísima, y al distinguido Dr. Hernández Palencia, que han querido honrarnos con su presencia entre nosotros, y hecho el viaje desde La Habana para dar comienzo de este modo, a la nueva campaña antivariólica, que entre nosotros se inicia mañana.

Salieron de la pieza, la primera la dueña de casa, y tras ella en hilera, una a una fueron saliendo las muchachas. Una de ellas, a punto ya de salir musitó al oído de la que le precedía un comentario que, alcanzando a las otras, provocó la hilaridad de todas:

—Si acertase a estar el doctor Fontanills entre los comensales, debería alguna de preguntar por la salud del monstruo de su finca de Manantiales. ¿Alguien cree que estará ya vacunado el conguito?

62

Según era conocido, disponía el doctor Fontanills en su casa y finca, no lejos de la ciudad, donde pasaba dos o tres meses del año, de uno de aquellos raros y extravagantes gabinetes de curiosidades de que se hablaba entre murmullos —sobre todo quienes debían por razón de su género desconocer todo lo referente a la existencia de semejante artefacto—. Socialmente se ignoraba convenientemente la mera existencia del gabinete, y fuere lo que fuere aquello que se pensara del asunto, como el mismo no era lugar a escándalo, es decir, a pública inconformidad, no sufría la reputación del buen doctor sino a lo sumo algún rasguño, sin consecuencias visibles y era generalmente tenido en buena estima. Por lo demás, previamente instruidos de no publicar de viva voz o en forma alguna por escrito sus hallazgos, un reducido —o más bien selecto— número de personas interesadas, y de otro modo invitadas, eran acogidas de vez en cuando para contemplar el muestrario de rarezas que podrían muy bien servir para componer un Museo de Historia Natural de lo asombroso o contrahecho. Bajo palabra de que no serían divulgadas ni conocidas del público en general, ni asimismo conocida su procedencia, consintió una sola vez su propietario que un visitante extranjero, francés por más señas, hombre de inventiva y curiosidad científica, y discípulo de otro de nombre Niepce cuya veneración era evidente en el visitante, ensayara el principio de un arte que aún no tendría nombre sino hasta años después, y sería éste el del daguerrotipo, teniendo como objetivo el de las diversas muestras, o al menos algunas de las que más fuerte impresión causaran en el extranjero.

Predominaba en el visitante acogido a la generosa recepción del doctor un interés científico compartido por éste, por lo que a esta causa principalmente habría que atribuir su pasmo y admiración por el *pisajo de negro*, momificado y exhibido junto a otros de diferente tamaño y de procedencias que eran puntillosamente indicadas con una caligrafía clara y elegante. Dos entre los expuestos eran de blancos sin reclamar, sustraídos al depósito de cadáveres, según un acuerdo concertado entre Fontanills y el colega encargado del establecimiento, y si bien observados individualmente admiraban por su natural grosor y largura, sufrían estos por comparación cuando se ponían lado a lado a la enorme verga del africano.

Alguna broma subida de tono se permitían los científicos a la vista del muestrario inmediato, pero sin llegar nunca a perder su atildamiento general ni el genuino interés por el examen detenido de cuanto se ponía frente a sus ojos.

Suscitó por ello igual consternación la momia de la enana Rigoberta, que había sido compañera de juegos infantil de la reina Beatriz antes de serlo ésta por su casamiento con Fernando IX el dócil. Tuvo a bien explicar Fontanills, que a la muerte de su bufona, de edad de no más de veinte o veintiún años, de tal modo la quería la reina, que amén de las solemnidades correspondientes a su rango y debidas sin más a la muerte, encargó que se le diera sepultura en un sitio alto de la tumba donde ella misma debía ser enterrada al morir, de manera que su amiga la acompañara siempre en la otra vida. A la muerte de la reina dos años después —que murió de parto—, en efecto se procedió a dar cumplimiento a sus deseos y se halló para sorpresa de todos que el cuerpo incorrupto de la enana parecía dormir placenteramente sobre la superficie donde se le dejara dentro de la cripta, como si en efecto aguardara por su ama. Los comentarios suscitados por esta razón debían sin lugar a dudas haber sido la causa de que alguien extrajera más tarde la momia en perfecto estado de conservación, para venderla sin respeto alguno por la muerte o los deseos expresos de la reina, y luego de un peregrinar por ferias y otros lugares que algo estropeó la frescura de su apariencia, mas no al punto de hacerla desaparecer del todo, había sido adquirida por su buen precio de parte de un consignatario, y encontrado al fin un sitio más apropiado a su descanso en el Gabinete de la finca del doctor Fontanills, a donde había venido a parar procedente del viejo mundo. Muy próxima a la enana, había hecho colocar el propietario, un buen retrato de la difunta reina para que ambas se hiciesen compañía, amén de otros objetos que le parecieron indicados.

El cuadro de una esclava nacida en cautividad, que por encargo de su dueño pintara secretamente un artista de renombre, el cual no podría ser revelado en modo alguno no fuera en detrimento de la buena fama de que gozaba en la alta sociedad del país, mostraba con crudo realismo y sin subterfugio alguno, la figura de la mencionada esclava, de unos quince años, con tres tetas bien desarrolladas y en perfecto equilibrio, dos de las cuales quedaban al lado derecho del cuerpo. Junto al modelo, cuya expresión de patética resignación había sido asimismo captada por el artista sin adornos o aderezos románticos, lo mismo que las que correspondían a quienes le rodeaban, se hallaban el propio dueño que encargaba el retrato, y otros testigos curiosos cuyas velazqueñas imágenes se reflejaban sin identificar claramente en un espejo sabiamente colocado por el pintor, quien, no obstante hurtaba al conjunto su propia cara e identidad.

Un gato de cabeza cuadrada, una bola de pelo con cinco patas —la quinta un minúsculo apéndice que no conseguía perturbar la natural dignidad del felino— se desplazaba por el lugar entretanto, como única muestra viviente de curiosidades, y celador sin sueldo del recinto a él encomendado, o tomado por su cuenta.

—Y éste es don Felino —tuvo a bien explicar el doctor Fontanills, alzando del suelo el gatazo, que en ese instante dejó oír un maullido—. Administrador sin sueldo, y antes pagado de sí mismo y el más confiable de este Gabinete, por quien se debe decir sin duda eso tan incomprensible a los más de «las cuatro patas del gato», que no sé yo bien tampoco qué diablos sea.

Rio el buen doctor de su propia ocurrencia, y sólo por conducirse cumplidamente rio asimismo el francés que nada había alcanzado a entender de esto o aquello otro que se decía, a pesar del beneficio de una traducción a la que pronto se sintió obligado su interlocutor.

—De una frase que se dice, y dicen todos sin saber muy bien de lo que va, se trata. Usted disculpe mi mala educación. —Y al decir acariciaba el apéndice felino ostensiblemente, cual si de este modo rubricara lo dicho para mejor convencimiento del otro—. ¡Ala! Se quedará con nosotros, querido amigo, todo el tiempo que quiera, y dispondrá a su antojo del acceso al Gabinete como del resto de su casa y de la finca. Y si del mar gusta pues sólo tiene que advertir a los criados, para que le conduzcan cuando lo desee a su orilla, bien sea en coche o a caballo o del mejor modo que le parezca. Ahora venga que seguramente ya tendrá algo de hambre, como que es hora de almorzar según Dios manda.

Para más adelante se reservaba en la manga, sin dar de ello adelanto alguno un par de otras sorpresas que lo serían sin duda alguna para el huésped. Por de pronto quedó éste fascinado ante la contemplación de un colibrí de escasas dos pulgadas, incluido el pico. Parecía sostenerse convincentemente el pajarillo en un vuelo estático mientras libaba de una corola imaginaria, y ocupaba el interior de una caja de cristal en cuyo decorado de flores se había puesto casi tanto arte, como en la conservación de la avecilla embalsamada.

63

Dando por terminada la prolongada estadía en Matanzas con motivo del receso escolar, se disponía a regresar a La Habana el joven José María Heredia. Allí debía rendir aún ciertas materias, antes de marchar al Príncipe, para ser examinado en éste por la Real Audiencia, máxima encargada de otorgar la calificación y validez del título, conferido por la universidad a la vista de los resultados académicos. Antes de su regreso a la capital, sin embargo, sería el involuntario testigo de una escena que habría de lacerar profundamente su sensibilidad, y de conmover todas las fibras de su ser.

Invitado por su tío don Ignacio a presenciar ciertos trámites legales de los que se encargaba, y para los cuales había sido requerida la presencia de don Eustaquio Romeu de Albornoz, su representado, se había hecho acompañar éste de un sirviente, esclavo joven y de noble continente, que permanecía próximo a su amo, atento a cualquier exigencia que de éste procediera. No había sido necesario, sin embargo, que el esclavo cometiera yerro alguno, para que el llamado don Eustaquio repasara reiteradamente, y con ánimo, dijérase festivo, empleando para ello su grueso bastón de ébano, las costillas y otras partes de la anatomía del esclavo, que humilladamente debía soportarlas. Notando de inmediato el desasosiego que se apoderaba de su sobrino, y estimando haber errado en su afán de proporcionarle a éste, experiencia de primera mano en asuntos que correspondían al desempeño de la profesión para la que se preparaba, intentó don Ignacio relevarlo de la misma con alguna excusa, pero ya una avispa emponzoñada había picado un centenar de veces el pecho del mozo, y ni habiéndose retirado habría vuelto a él una especie de inocencia que, de repente, se le antojaba no solo perdida sino culpable.

Incapaz de contenerse más tiempo, y sin conocimiento cabal de lo que afirmaba, más que por parecerle sensato de toda sensatez que así fuera, en su descargo aseguró al apaleador para desconcierto de éste, tanto como del mismo tío Ignacio:

—Según tengo visto, no le pegaría usted más con su bastón, a un perro rabioso que le acometiera, señor mío. Pues sepa usted que la ley española en vigencia, es categórica en esto, y bien estipula para con los esclavos, un trato humano mediante el cual, el amo sea fiel a sus deberes cristianos más elementales.

Prestamente intervino el tío, quien sin reprenderle abiertamente delante de los otros, en razón de su conducta, le pidió dejarlos solos en lo adelante, en la conducción de su negocio. Obedeció el joven, que no otra cosa deseaba sino hallarse pronto muy lejos de la escena que acababa de presenciar, pero sentía sin que pudiera rebasar esta impresión que lo oprimía cada vez más, una sensación mezcla de cólera y de asco. En vano fue que el tío Ignacio lo buscara por todas partes, luego de terminado y al parecer resuelto, el negocio con don Eustaquio, no sin experimentar una cierta alarma por el joven. José María se había refugiado en algún lugar del monte al que, sin rumbo fijo, pero como atraído por un imán muy poderoso encaminó sus pasos, y de donde no habría querido ya salir nunca más. Junto al basto tronco de un árbol muy frondoso, echado sobre el suelo cubierto de hojas, sin haber extendido antes su pañuelo, los pantalones manchados por el musgo y la humedad, despeinado, la mirada como perdida en una distancia infinita, y el bastón quebrado, próximo al lugar donde se encontraba, le encontró luego de mucho buscarle el tío Ignacio.

—Hijo... ¡Al fin te encuentro! No quieras asustarme de este modo nunca más. Ven. Volvamos a casa, y de camino hablaremos de todo. Me dirás tú si así lo quieres, todo cuanto esté en tu corazón, y desees participarme, y yo te escucharé con atención, y regocijo de que tal hagas.

Se interrumpió el que hablaba, conmovido, y sin saber qué otra cosa decir cuando vio que el joven no ocultaba sus lágrimas, ni hacía por valerse de su pañuelo para enjugarlas. Con docilidad se dejó ayudar éste por su tío, que le ofrecía ambos brazos para que pudiera levantarse, y le recibió en ellos con verdadera ternura, y entereza de padre.

—Hombre, José María, hijo... No hay que ponerse de tal modo. Este don Eustaquio, no es más que un patán, con muchísima buena fortuna; gente venida a más por arte de birlibirloque, que afea la conducta de las personas bien nacidas. Desgraciadamente en el foro los encontrarás a cada paso, incluso entre la gente togada. Es menester que te curtas antes. Esta experiencia, no por desgraciada será menos provechosa...

Al fin compuso sus pensamientos el joven, para decir a su tío, ya con la voz entera:

—De otra cosa se trata, mi señor tío: de la institución misma de la esclavitud, que a unos y a otros esclaviza sin que pueda socorrerse.

Estremecido por aquellas palabras, y sobre todo por el temor a ser escuchados aún en medio de aquel paraje despoblado en el que se encontraban, le apartó de sí don Ignacio, no sin alguna vehemencia, y tomándolo de los hombros lo sacudió como si intentara despertarlo, antes de decir con los ojos clavados en los del joven:

—Calla, sobrino. No sabes bien lo que dices. Te hallas aún bajo los efectos de la mala impresión causada por la conducta reprobable del fantoche de don Eustaquio. No hay que andar haciendo una catástrofe de todo. Ahora, a casa. Componte un poco no vaya a verte tu madre en el estado lamentable en que te encuentras. Luego, hablaremos más de todo.

Se dejó arrastrar José María por el brazo que le ofrecía su tío, y ambos marcharon por la campiña cuya belleza pasaba ahora inadvertida a ambos hombres, como si no existiera, o no valiera la pena desvelarse por ella. Pensaba Heredia, de qué modo hasta un hombre como su tío —el más noble, generoso y bueno de los hombres— podía no encontrar odiosa la esclavitud, sino a lo sumo, interpretarla con arreglo a aquellas cualidades que, en alguien de sus virtudes podían hacer de paliativos más o menos eficaces. Su vehemente incomprensión de aquella actitud, le impedía darse cuenta hasta qué punto no hacía mucho que él mismo compartía la conformidad que ahora extrañaba en su pariente.

En semejante estado de ánimo se encontraba todavía, la víspera de su viaje a La Habana, cuando coincidió en el paseo que, por la ribera del San Juan aceptara realizar en compañía de su tío, para tomar los aires del atardecer, con un joven que, acercándose a ellos, y deteniéndoles con las debidas cortesías, dijo haber sido presentados en la capital. La mención de su amigo Domingo del Monte, y la subsiguiente conversación, lograron poco a poco el milagro de arrancar a José María de su aturullo, y pronto se hallaron ambos jóvenes enfrascados en una plática animadísima.

—¡Nunca antes había yo bailado tanto en mi vida!

—Pues, hombre, bien que recuerdo la ocasión: que abundaban más que nada las muchachas bonitas y dispuestas a bailar.

La discreción y buen juicio de don Ignacio, pronto le indicaron que debía marcharse con cualquier pretexto, dejando que los jóvenes contertulios llegaran a conocerse mejor.

—Mucho gusto, don Ignacio. Ya sabe usted mi nombre, y mi disposición a servirle en lo que esté a mi alcance, y guste mandar —dijo con algo de contenida vehemencia y sincera expresividad el joven José Francisco Lemus.

Una vez que se hubo marchado el tío, volvieron los jóvenes a su plática, mediante la cual acabaron ambos por descubrir una red de afinidades en cuanto a ideas y sentimientos, que ahora parecía unirlos de siempre. Si bien era tres o cuatro años mayor que Heredia su interlocutor, se sintió impresionado el primero con las ideas y alcance de miras de que era poseedor el otro, no menos que por causa de la información que acaudalaba, de manera, que, llegado el obligado momento de la despedida, así se lo hizo saber.

—No sabes, paisano, lo mucho que me alegra que nos hayamos topado en este preciso momento y circunstancias, y que todo haya sido propicio a nuestra plática y mutuo conocimiento.

—Hombre, Heredia, que a La Habana volveré yo mismo prontamente, así que resuelva unos asuntos que no esperan, y es menester que volvamos a encontrarnos allá, y a conversar largamente de éstas, y de muchas otras cosas que seguramente nos interesan y desvelan a ambos, a juzgar por lo que se ha visto. Ya me decía a mí Domingo que eres de los buenos. ¡De los mejores, diría yo!

Cuando se despidieron al cabo, con un abrazo y un estrechón de manos, estaban ansiosos de volver a verse y, seguro de que en la ocasión despacharían infinidad de asuntos vitales y perentorios, José María volvió a casa muy otro del que había salido antes de ella. El tío Ignacio se alegró, y hasta la madre del joven, a quien éste había escondido en lo posible su contrariedad anterior, notó la mejoría.

—Ya te lo decía yo, sobrino. Nada como un paseo junto al San Juan para tomar el aire fresco, y la contemplación de las muchachas bonitas que por allí se muestran como para reanimarnos y ponernos como unas pascuas.

Heredia no pudo dejar de sonreír, mientras se alejaba en dirección a su cuarto.

—¿Y en qué se ocupa el joven Lemus? —preguntó un tanto por preguntar la madre desde la mecedora en que se columpiaba pausadamente—. Digo, como no creo haberle conocido...

IX
Algunos desasosiegos
(La Habana)

64

De un tiempo a esta parte andaba muy otro el capitán Elpidio Valdés y Rogado, aunque al principio de tener lugar dicha mudanza, no pudiera aún advertirse con certeza en qué consistía. Un parásito desconocido, insospechado incluso, le corroía como el comején que penetra en la madera, y la descubre a gusto. No habría podido explicarse cómo ni por qué, quien ni siquiera acertaba a entender de qué se trataba aquello que lo enfermaba, sin que pudiera él oponerle recursos. Como venía ya haciendo, lo atribuyó todo al fracaso de volverse rico como antes esperaba mediante *el tráfico de negros*. Ciertas imágenes, y aun olores, lo asediaban día y noche, sin que pudiera él explicarse la razón ni el concierto de las mismas. Una entre todas parecía reiterarse más, y era aquella que correspondía a la figura de Ana María Irazabal, jineta *a la inglesa* en su yegua, es decir, a horcajadas sobre el lomo, erguida sobre su montura, incluso empinándose sobre ella; elevados el talle estrecho y el busto generoso; el pelo suelto derramado sobre los hombros en cascadas de oro puro, y las manos pequeñas y enguantadas sosteniendo las bridas. Para poner sosiego a estas inquietudes e insatisfacciones que se prolongaban y venían a comprometer su conducta, dio el capitán negrero en beber un poco más de su medida, que hasta aquí había sido escasa, y por este camino llegó a emborracharse, y lo que venía a ser peor, a incurrir en ello con bastante regularidad, si bien al comienzo todavía no perdió el tino. Eso llegó con la reiteración de los días, que llegaron a sumar muchos. Cuando tal llegó a ocurrir, parecía caer el dicho en una especie de embrujo o sortilegio, en cuyo estado sostenía los diálogos más airados y vejatorios con un interlocutor sólo visible a sus ojos.

—Déjese usted —decía con reiteración, como quien aconseja a un amigo o conocido, por su propio bien— de pintar más muñecos que no van a ninguna parte, bien mirado el asunto, y de querer animar sombras de ésas que hacen manitas y tales, con sus palotes —y al decir, se incorporaba sostenido en vilo por las palabras, sin que se supiera a quién podía dirigir aquella interpelación. A alguno seguramente, opinaban todos, que debía hallarse tan ebrio como él— ...palotes, eso... ¡Palos de ciego como todos somos! Déjese ya. Y de dibujar eses y otros de tal estilo. ¡Empléese a fondo en las cosas que son de valer, hombre de Dios, que míreme a mí...! Escarmentado que no me agarran más, ni con cepos como a los negros. Quien con carbón anda, termina con las manos quemadas y ennegrecidas de mugre. Y para colmo, mi señor tunante, sin un patacón en sitio alguno. ¡Ni por un arca de cedro que rebosara de centenes...! No señor... Uno cree que se acostumbra a todo. Y sí, por algún tiempo... Todo marcha... Se mueve frente a nuestros ojos, y crea la ilusión que usted conoce. ¡No lo crea usted! Hasta el viento acaba por aullar como los negros a bordo. Los condenados lo hechizan con sus artes, y lo vuelven sirviente de sus propósitos. Y cuando se mete en las velas, arrastra unas cadenas que se enredan en las gavias, y no las vemos, pero pesan y destrozan. Y todo huele a muerte y a descomposición. ¡Ah, pero si viera usted qué clase de hembra se aparece, como una de esas amazonas, una vez en la orilla! ¡Otro hechizo, sin dudas! Otro engaño. Lo dicho pues. A mi consejo aténgase. En la orilla, aunque sea para escorarse, que no hay remedio al desdichado. ¡Y no caiga usted mañana en visos patrióticos de cartulina alumbrada con hachones! No sea postalita, hombre, como han de ser tantísimos sin remedio. Y usted uno más. Por su inclinación lo digo, a la penumbra y al por ahí van todos, que es más bien cosa de ilusión, y de fantasmagoría, como bien sé.

El tabernero le veía hacer como si fuera el propio capitán quien trazara aquellas eses de que hablaba, con las manos y su propio desplazarse errático, pero considerando que aún no estaba lo bastante borracho como para caerse, y que, provocarlo habría podido causar una trifulca de aquéllas, que a veces se saldaban con algún banco roto, y barricas arruinadas a su costa, prefirió aguardar a que el gigante se derrumbara por sí mismo. No lo consiguió siquiera, la línea de ron servida generosamente con que buscaba terminarlo. Pensó lo que pensaba siempre de los borrachos, a quienes detestaba con un sentimiento franco y profundo, y en cuya destrucción cooperaba a la vez que se enriquecía a sus expensas, pero asimismo se dio cuenta de que el hombre que ahora tenía ante sí, no correspondía como tantos otros, al molde de borrachos al que estaba acostumbrado. Este pensamiento le distrajo un instante, para dar paso luego a su convicción más arraigada de que borrachos eran todos, cualquiera que fuera su apego o pasión por el trago. Lo cierto es que, hasta hacía relativamente poco, lo de Valdés no había pasado de un par de tragos bajados *a cuncún,* más como si se tratara de una medicina que de un trago que se bebe por puro deleite, pero de un tiempo a esta parte, sin que él mismo se diera cuenta del cambio, al segundo se habían añadido en sucesión un tercero y un cuarto hasta apuntar a la botella, que exigía se le dejara estar sobre el mostrador.

Seguramente aquellas noticias de que andaba el capitán negrero muy cambiado respecto al trago, se regaron pronto por el muelle, entre quienes lo conocían de antaño y lo tenían por hombre medido, y llegaron a oídos de alguno que lo vigilaba desde las sombras, atento a todos sus movimientos, pero hasta ahora renuente o remiso a emplear contra el capitán cualquier recurso por temor a fallar. En silencio y con harta cautela había ido engordando éste, entretanto, su venganza desde el día mismo en que para librarse de la azotaina de que, por causa de un negro le hacía objeto el capitán —como si el mismo marinero no fuera más que otro negro, que como tal pudiera ser tratado—, había saltado éste con riesgo absoluto de su vida, a la mar bravía y nocturna. Aunque lo dieran todos por ahogado, y con aquella certeza de inmediato se desentendieran de él sus compañeros, sin otra preocupación que el desembarco de los esclavos, había conseguido alcanzar él la costa horas después, y ponerse a salvo, animado quizás por el ansia de venganza que desde entonces había alimentado en secreto, por temor a que el menor comentario lo delatase y pusiera sobre aviso al capitán. Durante varios días, a partir de éste en que lo alcanzaran las noticias respecto al capitán Valdés, redobló su vigilancia el agraviado, y se dedicó en exclusiva a espiarlo, con el objeto fijo de cobrárselas todas de una vez. A las afueras de la taberna lo aguardó una noche, algo alejado de ésta, apostado junto al camino que había visto seguir al capitán en múltiples ocasiones, pues era notoriamente un hombre de hábitos fijos, lo que resultaba en extremo conveniente para los planes del emboscado. De manera que, llegado el momento, y sin mediar palabras, salió de su escondite el vengador, y se abalanzó sobre la silueta, o más bien sobre el bulto que avanzaba a trompicones, y lo apuñaló dos, tres veces a la altura del riñón derecho. El cuerpo se desplomó sin vida, o agonizante, sobre el piso de madera del muelle, y el asesino la emprendió a patadas contra el caído, con cuyo descargo acabó por calmarse. Sólo entonces, comenzó a alejarse del lugar. Una mancha negra se extendía poco a poco frente a los ojos del capitán, igual que si alguien que contrariara sus órdenes se empeñara en embadurnar el cristal de la escotilla a la que estaba asomado, extrañamente echado de bruces sobre ella como no recordaba antes… Su pensamiento se truncó en ese instante y un dolor agudo, que penetraba en su costado como si se tratara de un tridente, lo distrajo de su desconcierto anterior, sólo unos instantes antes de morir.

Al día siguiente dieron con el cuerpo unos muchachos, o, mejor dicho, con lo que de él quedaba, puesto que entre las ratas y los perros hambrientos que vagabundeaban por las noches del puerto, habían dado cuenta de buena parte de él. Poco consiguieron averiguar las autoridades, pese a la inquietud y el horror verdadero que el hallazgo del cuerpo mutilado de la víctima suscitara entre quienes le conocían, y aun entre el público en general, enterado por la prensa del acontecimiento.

Tan pronto se supo la noticia de lo ocurrido, como urgía todo aquello de la habilitación, para ocupar el lugar del capitán fue designado aquél que había sido su segundo, y a quien don Casimiro Irazabal y Ezpeleta hizo llamar enseguida, pues una nueva expedición al África estaba siendo organizada, y no había tiempo alguno que perder.

65

Aunque de continuo a punto de quebrarse de una sola vez, según era generalmente sabido —salvo inciertos momentos de engañosa mejoría en que parecía alerta y bien dispuesto el enfermo— la delicada hebra que sostenía aún con vida al capitán general don Nicolás de Mahy y Romo se mantuvo inexplicablemente sin cortarse, hasta bien entrado el año veintidós, y aun dio a pensar que se regeneraba su tejido cuando su excelencia pareció nuevamente dispuesto a acometer sus funciones, con toda la energía del caso, y era sin dudas mucha la que se requería, en vistas del estado general del país.

Para empezar, las arengas de toda índole que al amparo del orden reinante se hacían contra éste, en particular las del doctor Jiménez de Piñeres, a quien ni las amonestaciones de su ilustrísima conseguían moderar, hicieron que contemplara nuevamente su excelencia la idea de expulsión, o más bien de repatriación forzosa a la Península, del alborotador, bien que repelía a su conciencia tal proceder. Mas no bien se hubo filtrado la que no había pasado de ser, sino una consideración expresada por parte de su excelencia sin verdadero ánimo de imponerla, se dio en ponderar el panfletista el extremo de su presunta expulsión, en los términos en que pudiera haberlos hecho un Cid campeador, con quien se comparaba protestando una modestia que obviamente le era ajena, y llegando a afirmaciones tan sonoras y castizas como aquella del «qué buen vasallo sería si buen señor *oviesse*», que hacían las delicias de más de cuatro ignorantes, no porque les resultaran comprensibles sino por lo mismo que no lograban penetrar en su oculta inteligencia. De este modo, proclamose héroe y mártir de una conjura inexistente en su contra el tal clérigo, y con tal pretexto agitó todavía más los ánimos de sus adherentes que serían más luego los llamados *integristas*. Al otro extremo de éstos, y aun entre uno y otro, se pronunciaban y defendían distintas opiniones, pero más que éstas, eran las actitudes de los extremistas las que conseguían desvelar a su excelencia, pues día a día se iba pasando de las palabras a los hechos, que en numerosas ocasiones daban lugar a enfrentamientos personales, de tal modo que eran muchos los atemorizados por estos excesos. Noticias como el enfrentamiento con efusión menor de sangre, ocurrido entre un tal don Gaspar Rodríguez, oficial de lanceros, y entusiasta más que de orden alguno de cualquier desorden, según era bien conocido, y otro cualquiera por causa de un alegado exabrupto pronunciado contra el oficial, quien presto devolvió el favor y pagó de más con un par de cachetadas a quien consideraba su ofensor, conseguían desvelar al capitán general, por lo que veía en ello el preludio de otros estallidos de mayor monta. A punto había estado, le informaban, de convertirse en trifulca de partidos lo que había comenzado por un cruce de palabras, a la vera de un establecimiento donde los parroquianos tomaban de común algún refrigerio, y sólo la acción decidida de la milicia al mando del capitán don Alonso Morelli de Regüeiferos, que acertaba a hallarse próxima, había impedido con su actuación otros desafueros y restaurado el orden, con el aplauso y beneplácito de los vecinos.

Al dejar de lado finalmente, después de un largo día que había sido productivo —se dijo— y concluidas sus devociones, se entregó al sueño en la paz de su alcoba el capitán general, esforzándose en no contemplar ni adelantar el próximo día con sus inquietudes, si es que Dios tenía a bien otorgarle la dádiva de un nuevo día. El sueño no tardó en venir en su ayuda, y a él se entregó el yacente como quien se sumerge progresivamente en el baño que ofrece un lago de aguas quietas y transparentes, y arenas firmes.

X
Y un mar de tribulaciones
(Isla de Santo Domingo. 1821)

66

No lejos de las costas orientales de Cuba, de modo que ninguno pudiera presumir que se trataba de un problema distante o ajeno, y muy cerca en la conciencia y preocupaciones del capitán general de esta plaza, se presentaba con su carácter de urgencia la crisis de la Isla de Santo Domingo. La correspondencia mantenida hasta ahora entre de Mahy y Kindelán, había servido a ambos para estar informados de primera mano del estado de sus respectivos países, y de las políticas empleadas para apaciguarlos, mientras esto era posible. El más pesimista en sus avales de la situación, con no tratarse éste de un curso habitual en su conducta, parecía serlo Kindelán, que veía exhaustos todos sus medios para defender por más tiempo la autoridad española sobre la porción de la isla que aún era soberana.

La proclamación de un *Haytí* español se vislumbraba ya, como cosa hecha que fuera —según vieran la cuestión sus propugnadores— «solución política a la crisis de la colonia», o «salida «airosa» al dominio de España, única responsable de este callejón sin salida al que estaban abocados los pobladores de esta parte de la isla, aún proclamada española, y sujeta a su destino español.

Insitían los más, en la defensa del territorio, *hasta el último hombre y el último cuarto* aunque sin avenirse a un único propósito, o porque compartieran el ideal soberanista de la metrópolis, sino juntos frente al miedo que provocaba en ellos la certeza de una general degollina que habría de tener lugar irremediablemente, y a ellos como víctimas propiciatorias.

A esto del último hombre y el último cuarto hacían burla, quienes respondían entre otras bufonadas que, en efecto, en llegado el momento crucial al último de los hombres de la colonia aún podría encontrársele, de buscarlo con ahínco, arrebujado entre las faldas de alguna querida en el cuarto más apartado, donde procuraría el infeliz negociar su buena fortuna del modo que mejor se presentase, de ser encontrado allí, o mejor, sorprendido *in fraganti*. Jocundidad y jarana aparte, sin embargo, se aprestaban los más a lo que fuera, que venía a ser todo lo mismo: defender caras sus vidas, o ponerse a salvo si venía al caso.

Temían igualmente muchos esclavos y libertos, lo que había de pasar, y las consecuencias inevitables que sobre sus cabezas habían de tener los acontecimientos, y este miedo bastante generalizado entre los integrantes de diversas clases daba cohesión y sostenimiento a la resistencia, que se erigía en único y tal vez último valladar frente a la inminente agresión haitiana. Numerosos franceses escapados apenas con sus vidas a las depredaciones, masacres y envenenamientos por ingestión, o inducidos por mil otras vías a manos de los insurrectos de diferentes oleadas, habido lugar en la parte occidental de la isla, buscaron en su momento refugio en territorio español, y habiéndolo encontrado se aprestaban a sumarse a la resistencia, o intentaban huir con rumbo a Cuba y otras tierras, aún aquéllas de revolucionarios, pues el miedo mayor procedía de caer en manos de los «negros soliviantados, menos por ideas de transformación social, libertad, igualdad y fraternidad algunas, que por un sentimiento de venganza y un odio elemental de raza en primer término, que era al propio tiempo un rechazo de cualquier forma de progreso o civilización representados por los blancos, y alcanzaba luego a esclavos y sirvientes de los primeros, que de grado o por fuerza se mostraban contrarios o indecisos respecto a la liquidación de todos, y de todo lo que no correspondiera con la idea ancestral, que como bien sabían estos, no rechazaba ni condenaba la práctica de la esclavitud, y se afincaba en las encarnizadas divisiones tribales». Indicios constantes de rivalidades, y eliminación de contrarios a causa de una u otra parcela de poder y mando, entre los que llamaban a la rebelión y a la degollina, sembraban también la desconfianza.

Desposeídos y derrelictos, muchos de aquellos que antes fueran propietarios prósperos, y poderosos dueños de vidas y haciendas, no conseguían sino a veces emplearse en cualquier clase de asuntos u oficios con los que, con buena estrella conseguían al fin embarcarse con rumbo incierto, aunque menos —según estaban convencidos— de lo que resultaría permanecer en esta isla: plaza sitiada, acorralada y corroída por el miedo y la desconfianza predominantes, y —juzgaban no pocos— por la inercia cuando no la franca parálisis de las autoridades, con don Sebastián Kindelán y Oregón a la cabeza.

La clase de los mulatos, que no igualaba en número a ninguna de las otras dos, compuestas de blancos o negros, se hallaba aún más escindida en sus lealtades que esta última, oscilando en un movimiento pendular que la mantenía expectante en una crispación particular, a punto de quebrarse como barra de cobre.

Culpado o responsabilizado de aquello que tenía lugar el Brigadier General y gobernador de esta plaza, lo cierto es que al presente se empeñaba aún Kindelán, hombre ya mayor (aunque de envidiable salud), con un vigor y una entereza a prueba, en contener la avalancha que se anunciaba, de igual modo que antes se empleara a fondo para repelerla y hacerla retroceder. Según veía claramente éste, la llamada agresión haitiana no procedía únicamente de allende la frontera, sino que estaba infusionada en el confuso ideario de innumerables oficiales y civiles, aquellos que no vislumbraban el peligro inmediato, o suponían que no había de tocarlos, como si el huracán al golpear con sus aletazos de enfurecida saña anduviera haciendo distingos de ninguna índole, o el ras de mar al barrer con la fuerza ciega de su impulso incontenible, se propusiera enrumbar, hora por un lado, hora por otro, para no causar a su paso estragos innecesarios. Insolvente el estado por el perpetuo empleo de sus arcas en el esfuerzo mismo de autopreservación, insolvente y sin aliento casi, había tomado Kindelán las provisiones del caso, y comenzado con el embarque gradual, mas siempre procurando dar la impresión de aplomo y confianza en sí mismo, y en la seguridad de la plaza a su mando, de archivos y bienes móviles propiedad de la Corona, con destino a la isla de Cuba. Anunciando con discreción que faltarían los alimentos, y eran de temer enfermedades y otros desastres, mientras las tropas a su mando estarían empeñadas en resistir al enemigo y en vencer de él, consintió y estimuló el embarque también hacia la isla próxima de quienes, en condiciones de hacerlo, fueran, bien por tratarse de mujeres, o por su edad o incapacidad, más vulnerables. Alguna vez, de su propio bolsillo —y a pesar de haberse vuelto él mismo poco menos que insolvente por los impagos reiterados de sus prestaciones— ayudó a embarcarse rumbo a Cuba, a alguna familia desposeída, cuyo beneficio procuraba por serle particularmente afectos sus integrantes, sin ánimo o propósito alguno de cobrar luego lo adeudado. Y de este proceder, piedra por piedra —se diría— bien que éstas servirían antes que para ser transportadas, para su amontonamiento a modo de infranqueable barricada, iba desmontándose lo que restaba de la colonia, en *previsión* de lo que era de prever como de lo impredecible.

Desde un altozano a las afueras de la ciudad, al que últimamente se encaminaba haciéndose acompañar alguna vez de uno que otro cercano colaborador suyo, como un general que en plena campaña examina el terreno y anima a sus tropas a la última acometida contra el enemigo, Kindelán contempla la costa escarpada, el río Ozama que desemboca muy cerca, la lujuriante vegetación que lo rodea, y suspira. Es evidente, o debe serlo en todo caso, que no planea una estrategia si no antes se despide del paisaje, de una atmósfera a la que debe ser particularmente adepto.

—Vámonos ya —indica en el momento preciso en que le parece que debe hacerlo, es decir, retirarse detrás de sus murallas retrayéndose a toda acción—. Esperemos a que los prohombres del país propongan y dispongan remedios tan impracticables como poco sensatos. Muchos son los mismos que han llevado al país con sus excesos o por defecto, al callejón sin salida donde nos hallamos. Contemos con la misericordia Divina que es de la única de que algo puede esperarse y ser recibido. ¡Eah, volvamos ya a nuestro resguardo!

67

Unos pocos barcos se reservan, por orden estricta del gobernador, dispuestos y al alcance de los últimos por evacuar entre tropas y paisanos, de suscitarse esta contingencia. No obstante, la noche pasada, dos de los mejor dotados, y en capacidad de transportar en caso de necesidad a los evacuados, se han dado a la vela al amparo de la noche, en un acto de franca desobediencia, y hasta de traición. Son estos el Infanta Cristina y el Torrejón, cuyos capitanes tendrán que responder más adelante, ante un tribunal de guerra inopinado, presidido por el propio Kindelán en su nueva condición de capitán general de Cuba, en funciones, donde ambos marinos habían buscado y hallado amparo a la sombra del tambaleante gobierno de Mahy y Romo, agonizante éste, de una agonía que se prolongó lo indecible mientras determinaban las Cortes el nombramiento de un sustituto. Las primeras noticias, transmitidas por los oficiales prófugos, respecto a la suerte corrida por la plaza de Santo Domingo adelantaban, con absoluta seguridad, la muerte de Kindelán en su puesto, amén del consabido desastre sufrido por sus pobladores, a manos de los rebeldes. Todo esto que se decía, parecía registrarse en una lámina de barro húmedo sobre la que se imprimieran a la vez, muchos signos, hasta hacerse ininteligibles por causa de su aglomeración.

Por su parte, en aquella porción de la isla de Santo Domingo que aún estaba a su cargo en representación de la soberanía española, el gobernador no se apartaba de su despacho dando órdenes pertinentes, a la vez que recibía hora a uno, hora a otro de los diferentes comisionados por autonombramiento, entre los personajes más conspicuos de la sociedad isleña.

El retrato del abuelo don Ricardo, colgado de la pared que le quedaba enfrente pareció hacerle un guiño cómplice, una de aquellas señales que él buscaba sin confesárselo, y el retrato podía depararle de mil modos, cada vez que se hallaba frente a una disyuntiva, como ésta que ahora tenía delante. El militar se frotó los ojos, no porque creyera verdaderamente en lo que le parecía haber visto, sino porque pensaba que detrás de aquello debía ocultarse alguna revelación trascendente, ante la cual se hacía necesario tener despejados los sentidos. Poniéndose de pie, y mirando contemplativamente al retrato desde detrás del escritorio que ocupaba, le sonrió sin conciencia de hacerlo, como si de este modo correspondiera al guiño procedente de aquél, y recordó al abuelo, o más bien, recordó por este medio su propia niñez transcurrida como bajo la advocación de este abuelo, cuyo peculiar modo de hablar llegó a imitar alguna vez, para desconcierto y desaprobación de sus padres, y en especial de la nodriza vallisoletana que lo era, o había sido de su hermana mayor.

—Que no se ha de decir de tal modo, niño, sino *duro*. Lo mismo que *maduro, juro, apuro*…, y todo lo que igualmente termine en *uro*.

Le había reprendido entonces, con exasperación apenas contenida, la mujer, autorizada a ello por la madre, preocupada a causa de una dicción algo farragosa, especialmente en las eres, a que se aferraba con empecinamiento el pequeño. Y pasando en el acto a demostrar la eficacia de su pedagogía delante de la matrona, ordenó al muchacho mostrar la lengua:

—Abre la boca. A ver, muéstrame —obedeció el pequeño según se le mandaba, al darse cuenta de que se encontraba solo y desamparado frente a una demanda, que se le antojaba desatinada y era contraria a sus deseos. Tal vez, llegó a pensar que de este modo imprevisto, hacía burla de la fastidiosa nodriza de su hermana, y tuvo un conato de sonrisa cortado prestamente por la mujer—. Nada. Como no te arregles, habrá que encerrarte la lengua en un canuto que la apriete, *así* — y, diciendo, se apoderó del apéndice que se le mostraba, y sin aflojar la presión que ejercía sobre el mismo con los nudillos de sus dedos índice y mayor, tiró de él, lo que causó tal terror a la víctima, que a partir de entonces quedó completamente curado de sus eres «*a la inglesa*». Semejante muestra de pedagogía aplicada, bastó para confirmar al padre de Sebastián en su convicción de que «la letra, con sangre entra» que decían los más viejos, por lo que a partir de aquel suceso y por varios días —recordaba ahora el gobernador— había hecho alarde de una sapiencia, que acaso considerara toda suya.

—¿Qué no entra?... ¡A coscorrones, y no digo yo si halla acomodo...! ¡Que le autoricen a usted los cardenales...! Y después se oiga misa —tal aconsejaba a diestra y a siniestra, a fin de remediar lo que se presentara. El mismo consejero había experimentado en carne propia, sin dudas, aquel régimen de instrucción, y otro no le parecía mejor ni siquiera imaginado—. *Kindelán eres y seguir en tus trece* —llegaba a decir en ocasiones, sin embargo, con aparente resignación, cuando estaba a la vista que el transgresor, quienquiera que éste fuese, no daba muestra alguna de obstinarse en nada.

Era la de los «Kindelanes» una estirpe de mucho orgullo, no menos que los Oregón y otros con los que andaban emparentados. Aunque se afirmara que el apellido Kindelán, Kindellan o Quinlan ya se reconocía en los reinos de la península ibérica desde 1305 —había igualmente motivo de sospecha de que esta datación interesada de los primeros de tal nombre que aquí se establecieron, estaba reñida con los hechos—. Según había razón bastante más para creer, al menos la rama de los Kindelán a la que pertenecía don Sebastián Kindelán y Oregón, actual gobernador de Santo Domingo, era de tan reciente instalación por tierras del solar ibérico, como 1536 cuando, cansados de las depredaciones del rey Enrique VIII de Inglaterra, y convencidos de que no había en los lares de sus ancestros, y en las tierras que otrora les pertenecieran, ninguna posibilidad de triunfar sobre las bellaquerías del monarca, buscaron refugio en tierras ajenas, aceptando su condición de exiliados, y prefiriendo aquélla, a la de reconocerse exiliados, o miserables vasallos en su propio lar. Católicos de irreductible fe, y diezmado el clan familiar por la tenacidad con que defendieron esta causa, muchos habían buscado amparo en la católica España. Mediando casi el siglo diecinueve, muchos eran los Kindelán descendientes directos de aquellos Quinlan, que aún se llamaban *papistas*, título éste que había sido el que recibieran con actitud injuriosa de los partidarios del rey inglés.

Refugiados en su fe, y en la familia, y teniendo a su alcance apenas si la tenacidad a que echar mano y de la que fiarse por norte, los Kindelán adoptaron temprano como lema aquel tan apropiado *familia, fe y constancia* que constituían sin dudas los tres pilares sobre los que el nuevo clan se había fundado, o aquellos a los que aspiraba como fundamento de los suyos.

Don Kindelán, como algunos le llamaban —otros colonos con más arrestos habían dado en llamarle *don Candela*, con ostensible e inmerecida ironía— meditó ahora lo que mejor convenía hacer, dado el precario estado de la situación política y militar, y aún peor dada la ruina que afligía las arcas de la gobernatura. Por más que en los documentos oficiales se insistiera en las obligaciones de la lealtad y el honor y la patria, nada de aquello bastaba a detener el descontento de los colonos, ni la vastedad de encontradas ambiciones y aspiraciones de todo género. No era él, político por vocación, ni nunca había aspirado a serlo —se dijo—, y si bien aquellos llamados a la lealtad, al honor y a la salvaguarda de la patria apelaban a sus emociones y sentimientos más caros, la verdad meridiana se presentaba ante sus ojos. Ante ella, no había estrategias ni evasivas posibles, tal era la determinación de los hechos. Una campaña militar a fondo, cual se requería, no se montaba, mucho menos tenía posibilidad alguna de ganarse, sin los recursos mínimos de los que disponía cualquier ejército. De momento —había que reconocerlo así, y prepararse para afrontar esta certeza— la isla estaba perdida para España. España misma parecía perdida toda ella, debilitada y en fragmentos, con los que se hacía daño quienquiera que intentase un reacoplamiento.

—Señor gobernador, con los debidos respetos y acatamiento —se animó a hablar el que parecía el cabeza de los principales que habían acudido a él, enardecidos por el miedo que ya no les cabía en el cuerpo—. O hace usted algo, pronto, o estamos perdidos todos sin remedio. ¡El país se pierde!

Los principales se arrebataron la palabra:

—No cesan las murmuraciones.

—Se habla a plena luz del día, del desastre que nos aguarda. Ya nadie tiene cuidado alguno en manifestarse.

—Se dice que los conspiradores se esconden en el seno del propio ejército.

A medida que hablaban, y luego de expresar con particular vehemencia en los inicios, el miedo que los corroía, notó el gobernador que las voces alcanzaban nuevamente un registro más a tono con la jerarquía del cargo por él ostentado, y el lugar en el que se hallaban, como si los que hablaban cobraran conciencia de cometer una transgresión. Instintivamente él los había dejado proceder de aquel modo, anticipándose a la que debía ser la reacción ulterior de los presentes.

—Se habla, Señoría, de algunos estallidos en la frontera, alentados por los haitianos, que tendrían como fin proclamar la independencia de un ficticio Haití español, y esto no es siquiera lo más tremendo que se afirma…, sino que será inevitable (sin dudas no otra cosa desea más la canalla), *la degollina de los infantes,* o poco menos.

Llegado este momento, y habiendo alcanzado asimismo la resolución que hasta aquí lo había eludido, dio el gobernador por concluida la visita de quienes constituían lo principal del país, asegurándoles que estaba informado de todo, que estimaba en lo que valían su celo y determinación, de hacer frente a todos los enemigos de la patria en peligro, y los despidió con la promesa solemne de cosas que no estaba en sus manos, ni en las de ninguno otro, prometer.

No bien marchados los visitantes, a quienes acompañó hasta la puerta de salida, y justo cuando se disponía a ocupar el escritorio detrás del cual despachaba regularmente sus asuntos, tuvo lugar a sus espaldas un inesperado estruendo, que lo obligó a volverse sobresaltado, con ánimo de defenderse y vender cara su vida, si fuera necesario. El enorme retrato del abuelo Ricardo, arrastrado por su propio peso, se había descolgado, desconchando la pared, y yacía recostado a ella —como fatigado por el esfuerzo—, recubierto de una parte del polvillo blanco del descascarillado.

XI
Nec Plus Ultra
(La Habana, 1822)

68

Siguieron cometiéndose, y aún fueron en aumento a todo lo largo del año 1822, los atropellos que al amparo de la libertad de prensa tenían lugar, y los que ésta atribuía a sus enemigos y a quienes componían las fuerzas del orden, y fue a ilustrar la crisis a que inevitablemente estaban abocados los distintos estamentos sociales y la autoridad constituida, lo sucedido a propósito del capitán de dragones don Domingo Armona, muy apreciado en general, por estar a cargo de una de las partidas de milicias que mantenían a raya a los malhechores, al cual *El Esquife Arranchador* —uno de tantísimos papeles de los que brotaban como hongos a la sombra del bosque— atacó con gran energía y vituperio, y quien viéndose de este modo insultado por los editores, se hizo justicia por su mano al presentarse en la redacción del periódico, y atropellar a aquellos de sus integrantes que acertaban a hallarse, sin hacer distinción entre ellos (por no parecerle que la hubiera) y los bandoleros y otros semejantes, a quienes se esforzaba para mantener sometidos. En parte porque le repugnara el atropello físico cometido por el militar, en la persona de los libelistas, en parte porque no quería malquistarse en bloque con la prensa periódica —que aunque enemistada entre sí, unió fuerzas en la ocasión para zaherir y castigar al gobierno— se vio obligado, un algo menos que incapacitado capitán general de Mahy, a ordenar la suspensión del dicho Armona al frente de su partida, la que igualmente quedó disuelta por disposición de la autoridad, a fin de dar satisfacción por igual a los periodistas, y a un sector del público. No hay que decir más, que, conocida la suspensión de esta fuerza de policía, hecho éste que resultaba ostentoso por demás, se animaron a nuevos desacatos por igual, delincuentes comunes y sectarios políticos, y el número de los lastimados, heridos o muertos volvió a corresponder en poco tiempo, a lo que había llegado a ser bajo el mando de Cajigal, y aún fue en aumento.

Todo aprovechaba a los enemigos de su excelencia, y a los ambiciosos de cualquier índole que se tratara, y sin contemplaciones de ninguna clase arremetió por tal motivo contra su persona, y por haber cesado al muy apreciado Armona, el general Moscozo, residente aún en la isla pese a corresponderle la Península como destino. Adscrito el que se dice al partido de «los patriotas» y «uñas sucias», por otro nombre, había aspirado y conspirado en su día a fin de remplazar a su excelencia en el primer mando del país, para lo cual —se comentaba a viva voz— había sido llamado en su lugar don Sebastián Kindelán y Oregón desde la gubernatura de Santo Domingo, en consideración del pésimo papel desempeñado por Moscozo en su encomienda de ayudar en la ardua y heroica defensa del reducto veracruzano de San Juan de Ulúa, a que se aferraban los españoles, esperando reconquistar a partir de éste, el preciado virreinato de México.

Otros dos oficiales asimismo, nombrados en su momento por de Mahy, que buscaba captárselos, don Manuel Elizaicin y don Manuel Valls, el uno como tesorero general y el otro comandante del resguardo, más en su capacidad de agentes de influencia de la logia a la que pertenecían, que a su condición de pundonorosos militares, recurrían incesantemente como ya hicieran en el pasado, a promover las disidencias y el descontento entre las tropas, instruyendo a los soldados exigir su licenciamiento, y rebelarse con las armas en su poder, tan pronto semejante exigencia les fuese denegada, como bien esperaban que sucediera. Con algún éxito, consiguieron los intrigantes sus propósitos, y se vio de repente la autoridad obligada a someter con tropas leales a los levantiscos, luego de lo cual el capitán general, por medio de su principal ayudante, el capitán Brandau, tomó la drástica medida de deshacerse de los dichos agitadores, mediante reintegro forzoso a la Península, donde quedarían sujetos a los designios del Gobierno Central.

Como venía sucediendo por disposición del propio de Mahy, desde su asunción del mando, se mantenía una verdadera colegiatura entre éste y los distintos gobernadores de las grandes plazas del país, como eran Santiago de Cuba, Puerto Príncipe y Matanzas, entre otras, respecto a la toma de decisiones, y al intercambio previo y posterior de informaciones en que éstas debían basarse, por lo que vino a conocimiento de su excelencia asimismo, las grandes discordias que se suscitaban en dichos lugares, así como también en las villas de Trinidad y Bayamo. En Puerto Príncipe, particularmente, muchos eran los que despertaban enconos por distintas causas, y no siempre por consejo de don Manuel de Vidaurre como era de sospecharse, funcionario éste de la Real Audiencia, y panfletista situado en el extremo opuesto del de Piñeres —le informaba con gran alarma el señor gobernador—, pues aún era fernandista en estas fechas el peruano Vidaurre, como lealmente seguían siendo otros, o hasta muy reciente lo habían sido. Mas como sus ideas gozaban de gran predicamento entre los *puertoprincipeños*, se dio allí asimismo relieve a las de don Tomás Gutiérrez de Piñeres, por parte de quienes habían formado el partido de *los* «Treinta y dos labradores», en representación diz que «del interés de los verdaderos hijos de España» en el país, y quienes se dieron de inmediato a meter más leña al fuego, conforme a la doctrina que habían adoptado. Para ello vinieron a punto las nuevas elecciones y antes sus preparativos, en las que no podían faltar intimidaciones y violencias de ambas partes, que los principeños formados en «La Cadena Eléctrica» tampoco soslayaban, y muchos fomentaban.

A empeorar las cosas, y para complicarlas, tuvo lugar un funesto acontecimiento en medio de las conmemoraciones que por el «Dos de mayo» se celebraban con el beneplácito de la mayoría de la población. Ocurrió que, bien por descuido, o falta de preparación, al efectuarse las descargas encargadas a la guarnición del Príncipe, resultaron muertos una niña y un joven, entre el grupo de los que presenciaban la maniobra. Blanca era la primera y mulato el segundo de los muertos, todo lo cual venía a constituir un símbolo que los hijos del país, y sobre todo los camorristas de oficio, interpretaron a su modo y tomaron por una manifiesta declaración de guerra criminosa, lo que ocasionó agresiones de una y otra parte allí mismo, y con posterioridad, enfrentamientos armados aún al interior del cuerpo militar, todo lo cual vino a aumentar el número de los heridos, muertos y lesionados de toda clase, los que cesaron únicamente al relevo de las tropas, percibidas por los naturales como únicos responsables de la tragedia. Obró pronta y rectamente de Mahy en la ocasión, o en su defecto quienes actuaban en su nombre, adelantándose a los imponderables contratiempos por causa de lo sucedido, al retirar la tropa, remplazándola con otra llegada por mar desde Santiago, y no pudo sino pensar con infinito dolor, al precisar la fecha de los hechos, que bien podía tratarse de *otro* «dos de mayo», por el carácter contrario que había asumido, en relación con aquel que buscaba celebrarse como el que había dado cohesión al sentimiento de la nación española ante la invasión extranjera. Escasamente tres meses más, viviría aún el muy anciano y enfermo capitán general de Cuba, a partir de este hecho, y a pesar de ser uno más entre el tumulto de los que tenían lugar, y habiendo ocurrido lejos de la capital, debieron de pesar lo suyo en el fárrago de sinsabores que estuvo obligado a apurar su excelencia, y de los que la muerte vendría a aliviarle al fin, conmiserada de sus sufrimientos. El transcurso de estos apenas tres meses que le quedaban por vivir debió emplearlos de Mahy, sin embargo, haciendo frente aunque cada vez más por delegación en Kindelán, quien era ya su sustituto, aunque sin investidura de por medio, la turbamulta de sus obligaciones.

69

Llegado al fin, procedente de Santo Domingo, quien habría de sustituirlo interinamente, se había apresurado el capitán general a imponerlo de todo cuanto fuera de su incumbencia, y sobreponiéndose cada vez, y una vez más, a todos los quebrantos que le aquejaban, animaba su excelencia al recién llegado, a expresar sin cortapisas sus opiniones, respecto de la situación general del continente. Respecto de su nombramiento como gobernador interino sustituto, quiso saber su excelencia qué consideraciones tenía que hacer su compañero de armas, y la respuesta que recibió de Kindelán le pareció ajustada a los hechos.

—Desnudar un santo, para vestir otro... No de otra cosa se trata, mi general. Bien que Cuba vale varias veces, lo que hoy perdemos en Santo Domingo —de tal modo se expresó con absoluta franqueza el recién llegado, ante el achacoso capitán general, que así se lo exigía, no porque él mismo necesitara de confirmaciones acerca de lo que ocurría, sino porque le interesara conocer la apreciación de quien había de sustituirle en breve. Ahora, se decía, la muerte no podía sino estar muy próxima. Había dilatado ésta cuanto era posible su reclamo, y unas veces lo agradecía el enfermo, en tanto otras llegaba a impacientarse consigo mismo como si pudiera él disponer de su muerte y no lo hiciera, pero ahora estaba convencido de que el último plazo se cumpliría pronta y diligentemente, y agotaba en una conversación amistosa y camaraderil el número de sus palabras en la grata compañía de Kindelán, a quien asimismo acompañaba —a solicitud de su excelencia— su primer ayudante el capitán Baltasar Brandau Durán, quien había solicitado y obtenido de él, permiso para pasar a la Península en corto tiempo.

—A los agitadores por diferentes causas, y aun sin ella, los encontrará usted hasta en la sopa, mi querido Kindelán. Se los tropezará a cada paso, como seguramente bien supone usted. Para que abunde de todo en ese caldo, y no falte nada, encontrará hasta algunos confesos de anarquismo, fourieristas y otras especies de utopistas, que si no los peores, habría que vigilarlos de cerca en el futuro. Es decir, si habrá futuro todavía. Pues entre todos esos petardistas que pululan por doquier con desfachatez —alertó su excelencia a Kindelán—, quizás ninguno haya tan peligroso así por lo prolífico, como por el arrastre de que gozan entre los de menos seso o escrúpulos sus incendiarias proclamas, que el doctor Tomás Gutiérrez de Piñeres, hombre sin dudas de valor y aun de valía, mas enemigo a ultranza de todo poder constituido, a quien ni siquiera al resguardo de las paredes del convento al que lo hemos constreñido últimamente, se resguarda de publicar y atizar al desorden. Nada de ello se compara por el estilo, primeramente, ni en alcance o miras, siquiera con lo publicado antes por los suramericanos Miralla o Fernández Madrid, incluso impugnando éste, el bien razonado *Purga Urbem, o Lo más y lo menos*, del ilustre sabio doctor don Tomás Romay, que éste publicara el año 1820, y se ha reproducido luego, bien enteramente, bien mediante extractos. Aquí todo es materia de debate, y cada quien se empecina en sus propias soluciones, sin tener en cuenta que lo primero es contar con tierra sobre la que pisar, y lo demás, ideas al viento. Con cada oleada de refugiados que nos llega, parecen hincharse las tertulias, y hasta quienes no defendieron idea alguna en el punto del que proceden (acaso por carecer de ellas), aquí se pronuncian como un nuevo Catón. ¡Al amparo de la libertad cuántos desmanes y crímenes no se cometen!

Se agotó de súbito la fuerza con que parecía repuntar el espíritu del agonizante, y debió callar mientras su cabeza se hundía en la almohada que la sostenía en alto. Brandau se inclinó con diligencia y cariño, para secar con su pañuelo la frente y las sienes sudorosas. Un sentimiento de compunción hizo nido en su pecho al anticiparse a ese momento en que el hombre y el amigo rendirían su espíritu, pero no sucedería aún y su excelencia consiguió recuperarse lo bastante para continuar la plática con que procuraba prevenir prudentemente a Kindelán.

—No son, los más de los cubanos nacidos aquí, al menos por el momento, quienes promueven la refriega fratricida, de la que saldremos perdedores absolutos todos cuantos somos, si no conseguimos abortarla al fin y al cabo, sino la reunión y confluencia como en un embudo, de elementos forasteros y ajenos al país, embriagados de las ideas más estrafalarias y las interpretaciones más festinadas acerca de los acontecimientos, tanto como de la Constitución, sus fines y propósitos, que muchos no aprecian sino por lo que les viene como guante a sus intenciones de acabar con todo, en busca de una behetría a su gusto. ¡Ilusos criminales!

Luego de esta conversación, y otras que ocasionalmente sostuvieran todavía el brigadier general Kindelán y el capitán general de Mahy, y ayudado eficazmente por el capitán Brandau, consiguió el primero imponerse en poco tiempo del precario estado de la política del país, que juzgó sumamente grave.

—Ha saltado usted de la sartén para caer en las brasas —había llegado a decir su excelencia, intentando que sus palabras resultaran jocosas.
— Tenga siempre a mano un barreño con agua para socorrerse.

De esta suerte transcurrían las horas, y aún sin cesar en su cargo oficialmente su excelencia, se iba encargando cada vez más Kindelán de remediar las cuestiones de gobierno. Parecía como si su excelencia esperara tan sólo a que tuviera lugar efectivamente el traspaso de mando, para descansar de sus afanes terrenales. La muerte, sin embargo, ya no estaba dispuesta a aguardar un minuto más, y se mostró contrariada.

—Ya es la hora. Vamos de una vez —le escuchó decir de Mahy, y por primera vez en mucho tiempo sintió miedo.

—Rezad, rezad, os lo ruego —le oyeron decir Kindelán y el capitán Brandau aún presentes, pero antes de que ninguno de ellos tuviera tiempo de obedecer, se vio de qué modo el pecho del agonizante se sumía, como desinflado, y el cuerpo todo pareció hundirse en el lecho con un peso muerto definitivo.

Tomados por sorpresa, pese a la consideración que siempre había de pesar en sus pensamientos, permanecieron en silencio unos instantes ambos hombres, envueltos en una gravedad que procedía de ellos mismos, y lo colmaba todo a su alrededor. Brandau secó ahora con el dorso de su mano una lágrima que no había podido contener, y rezó en voz baja una oración por el tránsito del alma de su excelencia. A continuación, y sin que hiciera falta encomienda alguna, Kindelán se hizo cargo de la situación, haciendo llamar a los ayudantes y criados de la casa, y enviando de inmediato con uno de ellos, aviso del suceso a su ilustrísima, que aguardaba desde hacía ya mucho el desenlace, y se hallaba en esos instantes rezando el rosario.

70

Bien podía ser ésta la peor de las noticias que, inevitablemente, muy pronto entraría en circulación. En previsión de múltiples escenarios actuó don Sebastián Kindelán del modo más discreto, y a la vez con prontitud y firmeza, tomando entre otras provisiones las de desplegar pequeños destacamentos de tropas, bajo precisas instrucciones de no consentir desórdenes, ni de precipitarlos o dar motivo a ellos. Al frente de los varios destacamentos, colocó según estaba previsto, sólo a aquellos jefes que le merecían absoluta confianza, algunos de los cuales le acompañaban desde Santo Domingo.

La población en general reaccionó con pesar a la noticia, y no sin experimentar una creciente alarma, que el nuevo capitán general en ejercicio, pronto consiguió aplacar, mediante una proclama publicada en el Diario del Gobierno, y sobre todo, dejándose ver más a caballo que en coche, en distintos puntos de la ciudad. Su buen porte, y el aire seguro conque saludaba al pueblo a su paso, como quien simplemente acomete cada día un deber de gobierno, tuvieron un buen efecto.

No por inminente, o esperada, conmocionó menos a su ilustrísima la noticia que sin tardanza había venido a traerle, por encargo expreso de Kindelán, uno de sus asistentes. No era la muerte en sí —no podía serlo— la que de este modo estremecía al obispo, pues «*Hijos somos de la resurrección en Nuestro Señor Jesucristo*» —según creía, y afirmó, durante las exequias de tan ilustre personaje, ante el desconsuelo que no pocos sentían, él entre ellos, por la pérdida del amigo que en su caso había llegado a serlo—. De otra cosa se trataba, bien que la resignación y el consuelo cristianos acudieran en su auxilio en tales circunstancias: «*En el*

Seno luminoso de Dios, por Gracia suya hemos de reunirnos todos, con júbilo indescriptible, más tarde o temprano. Tú, nuestro hermano en Cristo, que nos adelantaste en el tránsito a la eternidad, disfrutas ya, como bueno y leal, del imperio de SU dicha suprema. Fuerza es que nos alegremos, y entonemos a una voz ante Dios Nuestro Señor, nuestro canto de alabanza».

Lo que, a su pesar conseguía desasosegarlo aún, tenía que ver con la involuntaria asociación, y el simbolismo consiguiente entre el suceso de la muerte del capitán general, aquejado de viejas heridas que laceraban tanto o más su alma que su cuerpo de soldado, y las noticias que con terribles augurios vaticinaban el nuevo fracaso del régimen constitucional-liberal en la misma Península. Amén de los informes, y rumores impresos de toda índole (más o menos fidedignos) contaban sobre todo las noticias, y el análisis que del caso hacían sus corresponsales en la Península, y de estos, era Varela el que, con su acostumbrado realismo y penetración excepcional, más conseguía convencerlo de que, si bien había que dar la última batalla, ésta contaba con muy pocas posibilidades de éxito, según todo parecía indicar, de parte de los liberales-constitucionalistas. «El gusano está en la fruta» —había sentenciado su corresponsal, con frase sagaz.

Sin hacer voto alguno de pesimismo, porque «para el cristiano la muerte es sirvienta de propósitos y no señora de incertidumbres» —según proclamó desde el púlpito que amparaba su panegírico, insistió en recordar— «al hombre bueno, de fe, y al amigo de la Patria, que siempre, y desde el primer instante, dio muestras de su desvelo en su quehacer; en la obediencia y respeto a la ley primera de la nación; en el abrazo y protección de todos, y cada uno de sus leales hijos, sin distingos de origen o proveniencia».

De semejantes palabras tomaron nota, sin que de otro modo pudiera suceder, quienes estaban presentes, y en algunos suscitó un mohín de recelo apenas encubierto, porque en la apología que del capitán general de Mahy hacía el obispo, se hacía notar por ausente, la menor alusión a la corona, o al Rey nuestro señor. Todo era la Patria, la Constitución, la ley primera... —se decían para sí quienes acumulaban denuestos contra él.

Para concluir, dijo el obispo unos versos que, aun para aquellos que asistían al sepelio del magnate más en calidad de espías, que en el de deudos del difunto, no resultaron del todo indiferentes, bien se tratara de la solemnidad del asunto, o de la emoción, apenas disimulada en la voz de su ilustrísima:

> Al justo, la muerte viene,
> de espeso velo cubierta
> Hierro corona su frente ...

Entre los asistentes a la homilía se encontraba, como no podía ser menos, el Seminario de San Carlos en pleno, así como buena parte de la Universidad, y muchos otros animados de las inquietudes liberales que recorrían la sociedad. Y entre todos ellos, los jóvenes amigos Domingo Delmonte y el amable colombiano Félix Tanco Bosmeniel, todos los cuales, acabado el sepelio, consideraron cuestión de primacía obtener del obispo, más adelante, copia del texto litúrgico para su reproducción en forma de impreso, con la debida autorización de su ilustrísima. Tanco, a quien se reputaba poseer una memoria prodigiosa, recordaba los versos que, así como llegara a casa pondría por escrito, según le encomendaban con algo de explicable, si bien enojosa reiteración su camarada Delmonte.

Un exaltado, (de varios que ocupaban las bancadas de la Catedral, confundiéndose con el gentío de fieles) cuyo nombre rodó luego de boca en boca, y resultó no ser otro que el del tal Gaspar Rodríguez, militar repatriado de Tierra Firme, elevó de repente un sonoro *Viva* a la Constitución, correspondido de otros, aun menos a propósito, por parte de sus seguidores, los cuales solo la energía, determinación y firmeza del oficiante consiguieron acallar, al menos por el resto del tiempo que duraban las exequias.

No obstante, la muerte del capitán general de Mahy vino a representar —según temía y anticipaba el obispo— la señal que, acaso inconscientemente esperaban muchos, a partir de la cual arreció la barahúnda, que ahora correspondió atajar a Kindelán, con todo el brío requerido. Varios fueron los militares embarcados por fuerza, con destino a la Península, relevados de sus funciones bajo los cargos de insubordinación y desacato, lo cual debería servir de correctivo a otros, y también entre los civiles levantiscos y pendencieros hubo arrestos y amonestaciones de la autoridad, que sirvieron por un tiempo a contener el descarrío que amenazaba convertirse en norma.

71

Muy comentado fue el grave desorden que había tenido como protagonista al levantisco militar de nombre Gaspar Rodríguez, en el momento mismo de terminar las exequias del capitán general. La reconvención del obispo, aunque dada con gran serenidad y pulso firme, había surtido el efecto inmediato de enfriar los ánimos, y la eficaz intervención de los encargados del orden había echado mano, y puesto a buen recaudo al exaltado. Mas no duraría su internamiento sino las escasas dos o tres horas que tomara a sus cómplices —que no debían ser pocos— conseguir amañada o ilegalmente su libertad, antes de que los jueces encargados tuvieran tiempo siquiera de iniciarle proceso, según la ley vigente.

La provocación de Rodríguez y el grupo de sus seguidores, y el lugar y momento escogido para perpetrarla sirvió de excusa, que ninguna hubiera hecho falta como hasta aquí era evidente, al incansable don Tomás Gutiérrez de Piñeres, cuyas ideas y exaltación eran los del Partido de los llamados uñas sucias, (integrado mayoritaria, aunque no exclusivamente, por negreros y gente del comercio, muchos de ellos catalanes, por quienes sesgadamente y con malicia se decía aquello atribuido a los negros: «¡Ay, quién fuera blanco aunque fuera catalán!»), de manera que arremetió en una de sus prédicas, pronto circuladas en forma de fascículo, contra los *«yuquinos»*, que a poco serían llamados por él, para mayor denuesto, *«mulatos»* y lindezas de este jaez.

Habiéndose hecho cargo de la Capitanía General, el gobernador provisional de la plaza don Sebastián Kindelán y O'Regan, (u Oregón), suscitó asimismo las iras del doctor Gutiérrez de Piñeres, quien sin confesarlo veía en el nombrado a otro a quien faltaba lo fundamental del caso, es decir, «*españolidad sin tacha*», merma que proclamaban, bien que con disimulo sus dos apellidos, por más servicios a la corona que se le atribuyeran, y aun así ello era cuestionable, en su opinión. En un impreso sí, y en el siguiente también, con habilidad y disfraz la emprendió «contra los malos españoles, y aquellos que siéndolo sólo de nombre, se empinaban sobre los hombros de los que no eran ni podían ser sino españoles enteros, para cobijar con la autoridad de que estaban investidos, desórdenes y traiciones contra la Madre Patria y sus mejores intereses...».

Comprobó muy pronto el no menos infatigable Kindelán, que por más que quisiera, poco conseguía hacer, salvo calafatear una nave que se iba a pique irremediablemente por el empeño de no pocos de agujerear su tablazón. Y sopesó en su ánimo, la mala fortuna que debía ser la suya de ir como saltando de borda en borda, de una a otra isla, condenadas todas ellas a la hecatombe. La salud de que gozaba, a diferencia de su predecesor en el cargo, le acompañaba aún, pero asimismo iban siendo no pocos sus años para tales jaleos, y a ello venía a sumarse que en su encargo de sustituto o suplente veían o querían ver muchos de quienes le rodeaban, una minusvalía que al menos no había mancado al difunto don Nicolás de Mahy. No bien llegado al cargo, más que anticipar, ansiaba cuanto antes su sustitución. Las noticias que, con carácter oficial, y sobre todo las otras que hasta él llegaban subrepticiamente de la Península, daban cuenta del estado de guerra civil, cuyo desborde hasta aquí llegaba ya, y cuyos efectos eran inocultables por más que se insistiera en diferirlos por arte de birlibirloque.

—¡Dios Santo! —se decía el gobernador interino— cuánto más habrá que aguantar todavía. Esto ya no tiene remedio, sino en todo caso sucedáneo.

Su acendrado sentido del deber y patriotismo, que de aquí para allá consentía que se le mandara con tal de ser útil a un ideal cada vez más incierto e irrepresentable, le sostenía y obligaba igualmente a proceder, contra quienes se empeñaban en imponer el caos, de igual o parecido modo a como había sucedido antes en Santo Domingo.

Al camorrista Gaspar Rodríguez, empeñado cada vez más en sobrepasar al paladín Piñeres con sus acciones incendiarias y provocadoras a cualquier hora, día y lugar de que se tratara, mandó a llamar Kindelán, y después de amonestarle le dio a escoger entre cesar en sus actividades, o enfrentar un juicio militar y su deportación vigilada a la Península, lo que obtuvo como respuesta una inmediata declaración de parte del subordinado, la cual bien equivalía a una retirada honrosa y prudente, y el aparente propósito de retraerse en sus acciones. Aunque demostró el sustituto con éstas y otras acciones semejantes su determinación y energía, se vio luego que no bastaba ello a disuadir, mucho menos a contener a los Gaspares de que abundaba la plaza, comenzando por el ladino oficial de este nombre, a quien en los términos más enérgicos había conminado a comportarse con lealtad a su insignia, o enfrentar las consecuencias de su crimen.

Entretanto, la vida de la gente proseguía generalmente su curso, con indiferencia o al margen de las tensiones políticas, cual si, éstas no consiguieran tocarla, o lo hicieran sólo ocasionalmente, para confirmar así la arraigada convicción de que todo seguía su ritmo propio. La colonia misma, se diría, parecía a simple vista, anclada en una rada de confiadas aguas imperturbables.

—La sangre que no llegará al río, don Genaro. Ya lo decía yo, que aquí, será siempre lo mismo.

—¿Y por qué no alegrarnos, vive Dios?

—¡La sopa en paz! Es lo que yo siempre digo, y lo demás... se apaña.

—¡Eso, y la sangre a las morcillas, don Salustiano!

—Ah, vaya hermosura su niña de usted, doña Carmen.

—Pues ¿qué diré a usted, doña Manolita, sino que esta niña es... un encanto?

—Hombre, sí, que eso está a la vista.

—Ni llora, ni da lata alguna… Duerme como una bendita toda la noche. Y lo que más le gusta es sonreír.

—Pues es como los ángeles, mujer. ¡Como los ángeles!

—Ya sabe usted que las madres somos ciegas a los defectos si alguno hay, pero este angelito es…

—¡Pues eso, un ángel!

—Dios la bendiga, que eso a la vista está aun para los ciegos, mujer. Y usted dé siempre gracias por la dádiva.

—Ahí llegan su padre y los abuelos.

—Ahora que no sean ellos a perderla, que ya sabe usted lo que se dice…

—Adiós y agur… ¡Eah, guapa, que la Monserrat te dio su cara!

72

Por la vía de Liverpool llegaban al fin, aquellos géneros tan esperados que Esteban Cattley Tennant, comisionado para ello por dos o tres personas principales, había encomendado con especial cuidado a uno de sus socios, Harry Albert Morrelly, y desde el día anterior aguardaba con apremio, entre estos: un servicio completo de vajilla de porcelana azul con diseño exclusivo, y las armas de los Montalvo entrelazadas a las del patrimonio de la novia del futuro conde, regalo de bodas de la Marquesa de Landé a su ahijada; un fuelle *catharin* de los que comúnmente se importaban de los Estados Unidos y acabaron por dar nombre a la volanta con toldo, llamado *quitrín* —que el capricho de un nuevo rico hacía venir por aquella vía—, y un pianoforte de la casa Broadwood, tenido en mucha estima por los conocedores, a cuyo gremio pertenecía éste que lo hacía importar. A dar la más cordial bienvenida al agente recién llegado, acudió además del dicho don Esteban, otro de los socios y asimismo pariente del viajero, don Patrick Cunningham. Luego de haberse asegurado ambos de que se hubiera cumplido a satisfacción con los encargos, y así que se hubo marchado por donde mismo viniera don Esteban, invitó don Patrick a su pariente para almorzar en casa, donde la buena de María Úrsula les tenía listo, entre otras delicadezas culinarias que había preparado, un mondonguito guisado como sólo ella sabía, y hacía las delicias del anfitrión. De modo que allá se encaminaron sin perder tiempo los dos hombres. Hablaba la doméstica tanto el español como el inglés con toda corrección, y en esta última lengua se dirigió a ella el recién llegado, a quien los olores que emanaban de la cocina tuvieron la virtud de animarle, a ojos vistas. Ninguno se había tomado jamás el trabajo de enseñarle a la empleada a expresarse del modo que lo hacía, sino que ella misma, dotada sin dudas con una facilidad innata para los idiomas, y asistida de su natural curiosidad y viveza de inteligencia, se había enseñado sin concurso ajeno. Siendo asimismo modesta y sin pretensiones de *catedratismo*, se sorprendió a sí misma alguna vez, respondiendo en un catalán muy fluido a quien en esta lengua pretendía insultarla, siendo como ella era libre de nacimiento, y dueña de sus fueros, porque así lo habían querido y conseguido con harto sacrificio sus padres, que murieron, manumitida, y todavía joven ella, y él siendo aún esclavo y sin llegar a ser viejo, aplastado por la caída de un caballo que de él dio cuenta, cuando estaba a punto de gozar de libertad por haber reunido penosamente el dinero para costeársela. De éstas que se ha dicho, y otras dotes suyas no hacía alarde María Úrsula, ni habría hecho falta que así procediera, pues no eran pocos los que reconocían sus facultades, y en reconociéndolas, puesto que también era de un talante muy noble y desprendido, a ella se acercaban, y próximos al fulgor que irradiaba de su persona, permanecían. Tal era el caso, entre otros, del joven que la ayudaba en los quehaceres de la casa, además de ocuparse de las macetas que al interior del patio se cultivaban en vistosos tiestos de porcelana para regocijo de don Esteban, susceptible en extremo a los cumplidos que de ellas hacían sus visitantes. Era este joven, pobre de solemnidad. Muy niño había quedado huérfano de madre —que del padre nada se hubiera sabido— al cuidado de una abuela que fue, su único referente de amor y protección, y se empleara como lavandera durante muchos años. Para mantenerla ahora, que era vieja y había entrado en una recta de franca desmejoría de su entendimiento y razón, y para mantenerse él mismo, se empleaba en cualquier cosa el dicho, habiendo llegado incluso a tomar en nombre de la abuela el trabajo de lavandería, que aquella no hubiera podido sacar adelante en su actual estado, y a él no le era ajeno en absoluto. María Úrsula, que lo conocía bien, y quería sin reparos, había recomendado su nombre a don Patrick que dio a ésta, carta blanca en el asunto.

—Anda ya, Caramelo, que es el momento de servir el café... Hazlo con formalidad. ¡Nada de eses, ni remeneos de los tuyos! —le indicó hacer la mujer, de momento atareada en otros menesteres—. Ten cuidado de no derramar, ni de quebrar nada, pero si ocurriera así, sabes cómo portarte: te excusas y te ocupas, sin volverte una Magdalena. Del resto, me ocupo yo.

Fue en poco tiempo de la cocina al comedor, y volvió a ella el joven encargado por María Úrsula de servir el café, y comenzó a sonsacarle como solía alguna tonada, a tiempo que ayudaba en las labores que la mujer sacaba adelante.

A los postres, mientras sorbían junto a la mesa el café recién colado, hablaban los dos hombres, ya fatigados de hacer sus cuentas, de temas como las noticias que llegaban acerca de las hazañas que con aparente justicia se adjudicaban en aguas suramericanas al capitán de navío don Ángel Laborde y Navarro, que actuaba contra los piratas, y otros tópicos como el estado de abandono de la policía en La Habana, que si no había hecho crisis aún, a ello se enrumbaba —vaticinó Patrick—, a menos que el gobierno se decidiera a intervenir pronto, y de manera drástica en tal asunto, lo que no era muy de esperarse. Las esperanzas inicialmente depositadas en el interino gobernador Kindelán nombrado por la incapacitación, y posterior muerte de Mahy, habían terminado en agua de borrajas.

—Más de lo mismo, y así que llegue el mal tiempo... —lo resumió Patrick con una frase certera.

El primo se interesó ahora, por la buena marcha de las gloriosas retretas, y el concurso de las bellas que allí podían verse, y asimismo, por las que el primo pudiera darle relativas a la Santa Marta, cuya hermosa y cálida voz —confesó— había echado de menos hallándose en Liverpool, y no por falta de voces en ésta.

En ese instante, y cual si se tratase de ilustrar en tono festivo lo que se decía, del fondo de la casa llegó hasta ellos la voz de María Úrsula, potente y bien timbrada, entonando un aria de ópera italiana, que les resultaba familiar. Rieron a esto, no porque hubiera nada de risible en la voz de la mujer, sino porque les pareció inopinado el lance, y enseguida guardaron silencio, dispuestos a escuchar, y a regalarse con la melodía que hasta ellos llegaba entre el ocasional tintineo de copas y vasos, y el golpear de los peroles y otros ruidos producidos por los cacharros de cocina.

Entretanto, allá en la pieza donde tenía lugar tan singular tertulia, y muy próxima a la animadora principal, el joven mulato que la ayudaba con los trajines no podía contenerse en oyendo a la mujer, y sin dejar de afanarse en lo suyo, lloraba a moco tendido con unos sollozos ahogados, que contribuían al patetismo de la escena de que trataba el aria interpretada por María Úrsula. Acabada ésta, y luego de consolarle con unas palmaditas a la espalda y una taza del mismo café del que antes bebieran los señores, lo despidió la cocinera con aire dispuesto y un encargo cualquiera:

—Ya está bien, Caramelo, o no me oyes cantar más en los días de tu vida. Mejor vas donde el señor apotecario don Gaspar Medina, por el ungüento de don Patrick, y de camino, le llevas a don Ramón Hazard el recado que te encargo, el cual pondrás en sus manos y en las de nadie más, según manda hacer el amo y señor de esta casa. Luego no te distraigas por ahí yendo o viniendo como acostumbras, ni en compañía de Paquito el Farol si le encuentras, o de otras peores que tú bien sabes; ni te arrimes con contoneos o sin ellos a los cuarteles de ningún arma, que ya ves tú lo que podría pasarte. ¡Bien se ve que no está el horno para bollos! Debemos hacer tiempo para tus lecciones, y entre col y col, colocamos una lechuga. Anda. Anda. Y deja ya de llorar, que con llorar nada más, nada resolvemos en la vida. Y a ti, mucho te espera por delante.

Obedeció Caramelo. Tal y como le ordenaba hacer María Úrsula se compuso del mejor modo, y marchó a cumplir con su mandado.

Ya para salir de la cocina el recadero, se cruzó con la imponente figura del calesero Remigio, que llegaba por el fondo de la casa. Con la argucia de poner en manos de la mujer un encargo de su amo don Eladio, para quien era su socio, esperaba el calesero encontrarse con María Úrsula, no darse de manos a boca con el mulato en el trayecto. Nada más divisar su figura, frunció el ceño, como solía a la vista de éste, y murmuró para sí alguna cosa que seguramente era mejor no ventilar con franqueza.

—Déjele estar, Remigio, que él con usted no se mete —intervino prontamente la mujer, así que adivinó la roncha que urticaba al calesero.

—Y que se atreva pa' que vea —brabuconeó el hombrón calzado con sus enormes botas de charol, que él mismo había encargado y mandado a hacer más altas que cualquier otra, de que se tuviera noticia en toda La Habana.

—¡Botas nuevas tenemos! Vaya, hombre, que se ve que su dinero no le falta, y lo emplea de maravilla.

—Un hombre tiene su porte de que preocuparse, como dice el señorito Eladio. Si no, ¿se fijaría en mí su mercé? —dijo mirándola con descaro a los ojos.

—En las botas me fijo, que no podía ser menos, Remigio.

—¿Su mercé tiene a menos mi condición?

—Hija soy de esclavos que lo fueron como usted, Remigio, y si soy libre a ellos, benditos sean, lo debo.

—Entonces, si no fuera esclavo...

—A mí no me arranque usted promesas que no puedo hacerle. De su libertad encárguese, y líbrese de andar queriendo ponerme cadenas. Mire, tómese su café que aquí se lo guardo junto a las brasas, para que no lo tome frío, y diga si ha venido a algo más, y si no, márchese, se lo pido, que aún tengo mucho que hacer por delante de mí.

—Pronto será hora de la siesta.

—La siesta la duermen los señores, y los amos, y los esclavos a quienes se les permite, que serán los menos. Yo no soy sino criada de esta casa, y con mucho quehacer entre manos.

Fue a tomarla de las manos el calesero con determinación muy suya, pero se rehusó María Úrsula con igual energía:

—Salga usted de aquí, y déjeme el camino libre, que no estoy para perder el tiempo.

—Mucho gusta su mercé de esa palabra *libre* lo mismitico que si fuera de usté na' má'. Ya me buscará, segurísimamente. No será la primera ni la última —dijo con jactancia antes de marcharse, por donde mismo viniera antes el calesero, con aire ofendido, sin haber probado el café.

—Buen día le dé Dios y a todos, paz —respondió la cocinera sin darse por agraviada.

73

Próximas las nuevas elecciones para elegir diputados, las cuales tendrían lugar a celebrarse en diciembre, ponderaba el capitán general en funciones don Sebastián Kindelán y Oregón, las provisiones que debieran tomarse para garantizarlas en santa paz, y sin que, según temía, dieran lugar a nuevas provocaciones, ni se produjeran enfrentamientos de ninguna índole entre los extremistas de uno y otro bando, las cuales vinieran a alterar aún más, la precaria armonía del país. Por de pronto, se propuso estar alerta, y confiar a la Providencia, primero, y a las fuerzas castrenses a su mando, después, la buena conducción de los asuntos del estado.

No se daban descanso, entretanto el agitador Gutiérrez de Piñeres y los que con él se alineaban en un rifirrafe del que los menos entendían algo, salvo que aquello les sacaba de sus respectivos aburrimientos, y les servía para evadir el bulto a las tareas propias del dependiente que desempeñaban de común, en el comercio de un tío u otro pariente cualquiera, a cuya cuenta se cargaba el ocio, con el descargo de que por la Patria se hacía. Agitaba, alentaba, escribía, galopaba sobre una nube de pólvora inflamada el asotanado doctor, y se proclamaba por sus hechos, como por sus palabras, encarnación en un solo haz de apretadas varas, de El Cid campeador, don Quijote, el rey Pelayo y el mismísimo apóstol Santiago. ¡Todo en uno!

Envuelto en un delirio de papeles, pliegos e impresos de todas las clases encontró al clérigo su impresor y amigo don Ángel Aguilú Calluga, quien venía por el manuscrito del más reciente cañoneo, y aunque sin poder precisar de qué manera, le impresionó grandemente el aire de enajenado, y la casi desnudez del religioso, así como su extrema delgadez. Más de trescientos fascículos, entre los ya publicados, y los que aún esperaban a serlo, había suscrito el prolífico doctor en poco menos de dos años, y don Ángel tuvo la inequívoca impresión, de que aquella prodigiosa máquina de parir conceptos, cual una nueva Minerva al ibérico modo, no pararía nunca de generarlos, tal le conmocionaron la vista de la pieza y su ocupante. De haber contado con algo más de imaginación, o de cultura, le hubiera parecido más apta la comparación a un profuso grabado de la mano de Durero —antes incluso que los correspondientes a Doré— de los que tenían por objeto algunas de las escenas del Quijote. Habría sido ésta, además, una semejanza apta a causa del aspecto exterior del sujeto, e incluso de su locura, bien que faltaban al doctor Piñeres la ingeniosidad y el encanto, que a la par pusiera en su personaje el talento de Cervantes.

No muy lejos del lugar, en el interior de una taberna cuya atmósfera saturada de humo pareció irrespirable al que llegaba, se habían instalado los del opuesto bando, seguidores y aclamadores del oficial Gaspar Rodríguez, quienes si bien no generaban papeles de ninguna clase, debatían lo que pasaba entre ellos por ideas, entre juramentos zafios y palabras gruesas, salpimentadas de pellizcos y manotadas en *las ancas* de las mozas, que si no siempre los apreciaban, fingían contentamiento con esbozos de sonrisas y salidas chuscas.

—¡Eah! Aquí está Lemus. Haced sitio, señores —reclamó con voz estropajosa no más notar la presencia del recién llegado, quien llevaba allí según era indisputable, la voz cantante—. Hombre, José Francisco, acércate compañero, ¿qué no tomarás con tus amigos una copa?

Acudió, efectivamente el que entraba al llamado del otro, acercándosele, y correspondió asimismo al deseo expresado por él, tomándose a su vera un cuartillo de vino, pero muy para sus adentros, se guardaba una incierta desconfianza que su anfitrión le inspiraba. Así que se diluyó la atención suscitada por el nuevo, y se sumó cada quien en su pataleo, a lo que parecía corresponder con una sonrisa el último llegado, sin gastar prenda en nada de ello, vio éste el modo de evadirse lateralmente en primera instancia, y más luego del sitio, convencido como estaba, de que poco o nada podía esperarse de los acogidos a semejante antro, y si bien su camarada de armas era indudablemente temerario, incluso valiente, echaba de menos en él José Francisco el aplomo necesario para emprender nada remotamente serio, y menos para conducirlo a vías de hecho con buen norte.

Algunos días después de este encuentro, tuvieron lugar las elecciones, tal y como estaba previsto, y todo marchó sin contratiempos en lo que mucho tuvo que ver la vigilancia con que fueron seguidos de cerca los comicios, por los destacamentos expresamente designados por Kindelán con órdenes precisas, y la calma se mantuvo hasta el último momento, en que la tensión a que pudo echarse de menos, fue fomentada intencionalmente por los rumores echados a rodar por el partido piñerista, que se había visto despojado de su fuste y talante por causa de lo mucho que lo perjudicaban los resultados, más favorables a quienes debían ser sus enemigos políticos.

Pasando prontamente de la murmuración a la patraña, y del embuste a la calumnia (que todo circulaba cuesta abajo como rueda una bola de nieve amasada en la cima), se pasó al clamoreo de las acusaciones, desautorizaciones y a la agresión armada, de quien no habría sido posible decir cuál de los bandos fue el primero en abrir fuego.

Movilizadas de inmediato las tropas al mando de unos jefes enérgicos, y dispuestos a actuar conforme a las órdenes recibidas del capitán general en funciones, sólo al cabo de dos días de incontables destrozos, innumerables heridos y enfrentamientos que al calor de la refriega tenían lugar, muchas veces por cosas ajenas a la política, pudo contenerse lo que sin dudas era una asonada de gran nervio y determinación, a juzgar por la fiereza con que se manifestara, si no por estar encaminada a satisfacer más que su propio sentido de absoluta impunidad, cual sería años después el propósito caracterizador de los cuerpos de voluntarios de La Habana y otras partes, los cuales protagonizarían de continuo episodios semejantes, aunque por entonces con más éxito e impunidad.

Trascendió, asimismo, como no podría ser de otro modo dado su afán protagónico en los hechos, que había vuelto a las andadas el conocido Gaspar Rodríguez en oposición decidida e igualmente criminosa a los del partido piñerista. Hechos de sangre de los que se ufanaban unos y otros, cuando ya habían sido dispersados y detenidos muchos por las tropas al mando de la isla, decían elocuentemente de lo que se trataba. Logró escapar el tal Gaspar quien había tenido participación con su propia persona en los actos vandálicos (no así el presbítero Piñeres que los azuzaba), y esconderse un tiempo hasta capear el temporal, y no volvió a saberse más de él, hasta el momento en que, algo después se presentó en la plaza de armas de la cercana Matanzas, con un grupo de lanceros capitaneados por él, y la intención declarada de ocupar la plaza, contando con que, a su llegada sucedería un levantamiento popular. Por causa de no haber tenido lugar éste, sin embargo, y viéndose repelidos por fuerzas superiores, se vieron obligados los insurgentes a escapar, a bordo de un barco que debía zarpar o se hallaba listo en las proximidades de la bahía, en previsión de tal eventualidad.

El rastro (o más propiamente *la estela*) de Rodríguez y sus seguidores en la empresa de los conatos, se pierde aquí con este barco cuya enigmática ubicuidad sigue siendo tan misteriosa hoy como su nombre, el cual no parece haber quedado registrado en parte alguna.

74

Como hubiera transcurrido ya bastante tiempo sin noticias de su amigo Delmonte, se inquietaba José Antonio de Cintra, impaciente por saber tanto como por comunicar las nuevas de cuánto tenía lugar a uno y otro extremo de ese espacio ocupado por ellos. Y como si la *transmisión del pensamiento* mediante *impulsos eléctricos* y cosas de este género, no siempre comprensible, de que no poco se hablaba últimamente, se materializara por este medio, comenzaron a llover cartas que llegaban por diferentes avenidas, a lo sumo con un intervalo de dos o tres días entre sí. Algo esperó aún el destinatario a que llegaran varias, antes de responder con una larga misiva a su corresponsal y amigo:

La Habana, Enero 26 de 1822

Sor D.ⁿ Domingo Delmonte en Matanzas

Queridísimo paisano: Luego de un largo e inquietante silencio, cartas van, cartas vienen, como bola por tronera. Nunca mejor momento para ello, especialmente si vienen a compensar tantos deseos como tenemos todos en ésta, de que esté V. muy pronto de vuelta entre nosotros, o de tener al menos noticias frescas de V. por allá.

La «Academia» que dejara funcionando a la partida de V. sigue sus sesiones, y no es mucho que así sea cuando, bien recordará V. que no ha mucho la «Academia americana», predecesora de la actual, hizo otro tanto sosteniéndose en medio de la algazara que por causa de las elecciones ganadas por nosotros, y con el pretexto de alguna agresión y no sabría yo cuántos agravios, metían los *catalanes* o *piñeristas*, (a quienes *la gente del bronce* como usted sabe ya ha dado en llamar *uñas sucias* y *patastuertas*), armados y parapetados que estaban, en la plazuela del Espíritu Santo desde donde alzaban camorra contra sus vecinos del convento de La Merced, que éramos *los Yuquinos,* o naturales del país. Recordará asimismo que durante dos días enteros se temió lo peor por causa del zafarrancho y desacato a las autoridades, hasta que al fin se consiguió hacer prevalecer el orden. Pues como digo, ¿qué no sería hoy cuando contamos con mejores auspicios, descontados los conatos de imposición por la violencia? Los detalles no los ahorra Antonio, su primo de usted, en carta cuyo borrador me ha mostrado, y por lo mismo no me prodigo en ellos en la mía. Hasta la fecha, se han presentado en nuestra *Academia* dos trabajos titulados respectivamente: «Arenga al pueblo cubano» y «Memoria fúnebre del cacique Hatuey», que son de los de levantar roncha, así por los temas como por su desenvolvimiento, y eso precisamente han conseguido. El tratamiento de «paisano» que de mucho nos damos entre nosotros, se ha vuelto *subversivo* a partir de los sucesos de estos días transcurridos, de manera que ahí tiene usted eso. La intransigencia de *los sumisos* e *integristas,* que no íntegros, echa mano de cualquier arista y nos irá haciendo, según yo veo, más insumisos e intransigentes a nuestra vez, que es de lamentar, sin que ello pueda al parecer remediarse. En un asunto relacionado vea lo que le cuento sobre la instalación de una logia que desde el comienzo hace honor, y es crédito de su bien elegido nombre. En efecto, la logia «Paz y Humanidad», por la que preguntas, Domingo mío, quedó al fin instalada el día prefijado y hubo todo un acontecimiento hijo de *«la gran sabiduría»* de nuestros ministros que más bien *ministriles,* dignos de que un autor de sus dotes de V. los retrate, e inmortalice con fina ironía. Al quedar abierta la sesión y la sala, se dio entrada franca a un rebaño numeroso de visitadores de todas las clases y condiciones, que no hubieran tenido allí, nada que hacer, y a esto se llama «libertad de acceso» y no sé cuántos, y entregado el mallete, (al que en nuestra masonería *Eleusina* llamaremos *mandarria)* en manos del hermano Instalador, se armó inevitablemente la de Dios es Cristo, con todo género de impropiedades, que en nada correspondían a los ritos prescritos. La desaforada contienda, suscitada como consecuencia o por cualquier causa entre *el hermano* Pedro García y el primer celador de La Merced Habanera, sostenida con fuertes y picantes razones e injurias de una y otra parte, es de entrar en detalles que alargarían demasiado esta carta. Básteme decir que, alborotaba Herrera; Pastoriza, berreaba que daba gusto; y Cabrera, con erizadas patillas, mirada centelleante, labios animados y lengua tropelosa, despotricaba que si el grado de maestro era el primero, y más alto de todos, y echaban pestes, unos y otros, contra los reglamentos masónicos a que debían obligarse. De modo que asistieron los que no debieron ni tenían razón de hallarse presentes, a un sainete de altura, animado por sus propios gritos, y por el que nada pagaron, ni a la entrada ni a la salida.

Abundando algo en las referidas elecciones de «La Merced», o por mejor decir en sus resultados, amén de lo que ya sabes, han sido harto reñidas, pues fueron agotados los recursos todos de la mala fe, y nuestro defectuoso modo de elegir y escrutinio aprovechó muy bien a nuestros enemigos, que ya sabes lo carentes de escrúpulos que suelen ser. Nada faltó amén de los tumultos, alborotos, catalanes armados, puja foral y desafueros: trampas, falsificaciones de papeletas, votos dobles, conteos y deficiencias completaron este panorama, pero al final la discreción y mejor discernimiento de los *yuquinos* se impuso, y ganamos la parte política de estos acontecimientos como ya seguramente sabes, con lo que conseguimos elegir alcaldes y regidores que nos representen, que algo ganamos.

A riesgo de repetirme insisto en que desde tu partida se han paralizado otros proyectos que no son los de la Academia, bien detenidos, bien entorpecidos por la incuria de algunos de los nuestros, bien porque sin la animación continua, directa y efectiva de usted, pocos son los que adelantan, paisano, lo cual no es ningún secreto.

¿Cómo andas creyendo que pudiera yo desdeñarme de escribirte según me dices en una de las tuyas, por razón o causa alguna, ni dejar de ocuparme de tus cosas que son también como mías? Para que vea que no es como dices, algo de mi correspondencia te llegará por manos de un propio, u otro, y, además, en «El americano libre» insertamos tu descripción de la Alameda, que como ya te escribí antes, no la reconocerías aún de haberla calzado con tu nombre, por el destrozo que hizo Valdés de sus bondades. Como ya sabrás, con «El americano libre» contrarrestamos aquello del «español libre» que tanto contrapeso requiere, según bien dice nuestro Bachiller, pero Valdés no es para esto, que todo le parece bien con tal de llenar de cuadros y grabados sus pliegos sin reparar en lo que constituye el fondo de la cuestión, y si no por censura, por cesura y acabemos. A la Gaceta enviaré si no por desagravio de usted, para edificación de lectores, una lista de erratas concerniente al citado artículo de su pluma que, desafortunadamente tan mal le representa en «El Americano libre».

Le dejo a usted ahora a la ribera del río San Juan, sumido en sus pensamientos y metido en sus líos de faldas, que bien le conocemos la índole enamoriscada, señor licenciado, por más que la disimule, y sin perjuicio de escribiros más largo por el vapor que sale de aquí para Matanzas, el domingo próximo, os dejo de momento con ésta que llevará Bruzón. *Abur*, Agur o como quieras

Tu afectísimo amigo, José Antonio de Cintra

75

Al cercano Café de Arjona, convertido en la novedad del momento desde que fuera ampliado por su dueño, y amueblado con mesas de mármol y sillas de hierro forjado provistas de sendos cojines, se dirigió un número de los ociosos, a falta de otra cosa en la que distraerse. La clase del último año de medicina, que por indisposición del catedrático quedaba libre hasta la próxima hora, se dividió así en varios grupos según fueran su afinidad o su deseo, y se rezagaba, indecisa de cómo aprovechar el tiempo libre que tenían a la mano, conversando quien de lo divino y lo humano, quien de lo más inmediato o trivial, que les venía a la cabeza a cada quien. Al final se decantaron unos por marcharse a casa, y perder el resto del día académico, y otros, por dilatar lo más posible el tiempo que tenían por delante, hasta la próxima clase, y marcharon al cercano cementerio de Espada, que se decía. Los más de estos, una vez allí, guardaron la compostura y solemnidad que el sitio y los símbolos agoreros les inspiraban. Alguno arrancó al paso un lirio, de los que crecían generosamente en los canteros próximos a algunas tumbas, y lo colocó sobre la losa desnuda de otra, que parecía abandonada. No faltaron las invocaciones patéticas ante la contemplación de la muerte, de raíz eminentemente literaria (bien considerada la poca edad de los que tal se expresaban), pero por esto mismo tampoco podía faltar cierto desenfado manifiesto, por los menos propensos al sentimentalismo o a la reflexión, y fueron estos quienes se apoderaron de una carretilla empleada para diversos fines por el sepulturero, la cual transformada en *tílburi* o calesa por la exaltada imaginación de sus ocupantes, y propulsada por otros compañeros, emplearon los primeros, para desplazarse entre risotadas casi unánimemente sofocadas por los siseos de los más, y los llamados al orden de quienes, a pesar de ser jóvenes también, no veían con buenos ojos que en aquel recinto tuviera lugar semejante algazara.

Decididamente llamados al orden por la intervención oportuna, y manifiestamente determinada de algunos de los mayores, dejaron los bellacos la carretilla allí donde la habían tomado antes, pero no así su travesura y ánimo festivo, que ahora adoptó un tono de chiste escatológico.

—¿Qué propósito, me dirás tú, mi querido Suárez que eres cuasi filósofo en grado primero, y no digo teólogo, vamos, pueden tener, bien mirado y examinado el asunto, los muros que encierran el cementerio, puesto que los que están dentro de ellos carecen según se nos indica, y todas las trazas parecen así confirmarlo, del espíritu que los anime a salirse de su cerco, y los de afuera, bendito si alguno quiere asaltar la fortaleza para instalarse en ella, por más paz que ande buscando?

Muchas fueron las carcajadas que celebraron el ingenio de la broma, y hasta aquellos más reacios a la índole de ésta, hubieron de celebrarla con cierta reserva.

—¿Habéis oído, compañeros, el chiste de la mujer que juraba y perjuraba que era tal su amor por el marido, que estaba dispuesta a dejarse morir en su lugar? Pues aquí os va contado como mismo lo he oído yo.

Algunos se apartaron del chistoso, adelantándose a los efectos que había de tener aquella broma, en tanto otros se arrimaron a él formando un cogollito muy apretado, pronto a dejarse divertir.

—Pues he aquí que, convencido del amor de su mujer, un marido muy papanatas le decía a su mejor amigo lo dichoso que era en verdad, de tener por esposa y amante a una mujer como seguramente había pocas en el mundo, a lo que el amigo, por lealtad a éste le propuso someter a prueba lo que aquélla decía. Le pidió licencia y colaboración al dicho marido, que se fingió enfermo de cama pronto a morir, e hizo llamar a un médico que aconsejó llamar al cura lo antes posible. «La muerte tiene el aspecto de un gallo pelón». Dijo el amigo en conversación con otro, de manera que lo que decía llegara a oídos de la mujer. «Lo que soy yo, hasta que no vea un gallo pelón, digo que la vida de nuestro amigo vale algo todavía. Lo otro es que, dicen que la muerte se lleva al primero que esté dispuesto a acompañarle, de manera que hay que cuidar de que la afligida no se deje ver, y cumpla con la promesa que ha hecho de morirse en su lugar». Luego que así dijo, el amigo del falso moribundo salió al patio, y se dirigió al corral, una vez en el cual echó manos de un gallo al que desplumó en un dos por tres, y metiéndolo en un morral para que no se armara allí la de *muchos pies, y un solo zapato*, lo introdujo en la casa y lo soltó subrepticiamente en la sala. Así que el gallo se vio nuevamente fuera de la bolsa, en la que lo habían metido, se sacudió la cresta y cantó con todo el pecho que hubiera hecho las delicias de las gallinas, si lo oyeran. La mujer que estaba alerta a una señal como aquella había de ser, fue la primera en verlo, y con gran disposición de ánimo se ofreció a indicarle el lecho donde estaba el marido que ella juzgaba estar en las últimas. «Ahí en el cuarto está el enfermo. Agonizando está, listo y esperando. Pase. Pase usted, señor gallo, y no haga Vd. esperar más al pobrecito de mi marido».

Rieron todos, algunos incluso sin acertar muy bien a comprender de qué iba el asunto, y alguno que pasaba por petrarquista ante los otros, bien fuera en razón de los sonetos que en imitación del italiano escribía, bien se tratara de haber absorbido la filosofía amorosa del vate, dijo:

—*El amor es un infierno, que sólo los tontos de capirote convierten en su cielo.*

—Y las mujeres son todas un caso perdido.

Quienes así se expresaban recién si se estrenaban en las lides amorosas, y ni siquiera habían experimentado todavía su primer chasco, pero aquello que decían les sonaba de algo.

—Los perdidos son más bien aquellos que se dejan perder por unas faldas.

—Y vaya si no son pocos los descaminados.

En ese preciso momento apareció en un recodo de la calle por la que transitaban, don Cipriano Gandarria, el sepulturero, con lo que retornaron todos a la formalidad y a la reserva más absoluta, y al momento de cruzarse con él, le dirigieron los cumplidos del caso, que éste devolvió siempre dentro de la hosquedad que lo caracterizaba, y bien le conocían los colegiales, mas, sin mostrarse particularmente huraño, lo que venía a decirles que no habían dado razón a ella.

—¡Vaya si es feo y estrafalario el castellano, vive Dios!

—Imagina lo que sería de ti, mi querido amigo y señor don Ángel de la Riva y Perazas, si en vez de cortar cadáveres, y disectar vísceras como a veces hacemos, estuvieras obligado a velar día y noche, y noche y día, porque reinara el orden y sosiego y la paz más absoluta, que son de obligación en este santo lugar, si no tendrías el mismo talante de muerte y luctuoso continente, que nuestro amigo el sepulturero.

—Basta ya, señores. ¡A clase hemos de retornar antes de que se nos eche de menos en ella! —avisó alguno, que advirtió la dispersión del resto de sus compañeros—. Jiménez no se hace esperar ni espera por ninguno. Ya lo sabemos.

—Antes, habéis de oírme algunos apuntes que aquí vienen pintados, según me parece, pues que aún pisamos los predios de este lugar sacrosanto, y de otro deseo hablar si me prestan la atención que suplico. Intervino el principeño Demetrio Caballero Agramonte, y aunque afectaba cierta solemnidad de forma, bien veían todos que la cosa iba de risa—. Existe igualmente allá en El Príncipe un cementerio, del que no pocas anécdotas habría que referir, de carácter interesante, o jocoso. Más inclinados, según he podido comprobar, son a poner epitafios aquellos lugareños, y a hacerlo en forma de versos. Miren ustedes si no, la curiosidad que representa este cuarteto, cuya principal peculiaridad es la de poder leerse en cualquier orden, sin que pierda el sentido —hizo una breve pausa, como de actor que se prepara para declamar su parte, y recitó, el humorista—: *Aquí yace sumergido / Por una ley natural / Todo lo que fue mortal / De don Fernando Garrido.*

Fue saludado con risotadas, y aun de palabra el recitado, mas, sin dar mucho tiempo a su auditorio para que probara éste a barajar los versos, y comprobar si en efecto retenían el sentido procurado, volvió a la carga Caballero.

—¡Ah, pero otros hay, de los cuales elijo al azar uno, antes de abandonar el recinto donde nos hallamos, y es éste que hizo grabar un afligido esposo a la muerte de su cónyuge: *Si el ruego de los justos tanto alcanza / ya que ves mi amargura y desconsuelo / ruega tú, porque pronto mi esperanza / se realice de verte, allá en el cielo* —espontáneos, se escucharon suspiros—. Hermoso, ¿no os parece? ¡Conmovedor! —asentían todos ahora, algo desconcertados de ver que sus expectativas de una broma, parecían encaminarse en otra dirección, y concluyó de este modo, el nombrado Demetrio—. Tres años debieron transcurrir, después de haber sido grabado en piedra de mármol dicho epitafio. El viudo, habiendo hallado consuelo a su desolación, estaba ahora a punto de casarse nuevamente, pese a los reproches y la censura de deudos y otros que consideraban muy poco el tiempo transcurrido, ni por el cementerio se apareció más. Pero limpiando la tumba, que una hermana de la muerta le encargara especialmente, halló el celador del cementerio, que algún truhán había añadido con pintura este «aviso», debajo de los versos: *Rosalía, mi amor, no me esperes.*

Entre estallidos de risa, que celebraban la ocurrencia, cedió el bromista su vara, a otro, que también procuraba su gloria, y así dijo:

—Seguramente habréis oído el chiste ése de la cortesana... que para no mancharse el ruedo del vestido con el barro del camino, se lo recogió con ambas manos, y al hacerlo se tocó con una mano delante y con la otra detrás, si bien se me entiende, y en haciéndolo, dijo al galán algo remiso y reflexivo que la acompañaba: «Vea usted que no se trata de ningún pasaje difícil, querido amigo, como acaso habrá pensado. Sólo tiene usted que intentarlo, y ya verá que le resulta grato conseguir atravesarlo, con lo que quedaré yo muy complacida en extremo».

—Ahora seguramente llegamos tarde a clase, con lo que se desata la cólera del profesor Jiménez sobre nosotros —atajó algo las risas de sus compañeros, la voz de quien demandaba sensatez, mas, el burlador no se daba por satisfecho, de modo que así prosiguió:.

—Una *Apologia del* «caso», tenemos, atribuida a Galeno, del que tanto se habla por razones bien diferentes, que sería de conveniencia conocer, bien que en nuestra lengua castellana al *caso* de los italianos llamamos, de mil maneras, todas vulgares según se dice, y por nombre científico damos el de *pene,* que no *pena.* Pues bien, en tratando del «caso al itálico modo», o del pene castellano, o del caso del pene, en resumen, asegura el apologista Galeno, que en tratándose de sus atributos demuestra poseer éste, entre otros, una inteligencia autónoma, que desconcierta, y demuestra el griego su razonamiento del siguiente modo: ¿Cuántas veces sucede, que un hombre desea la contribución del pene en un negocio de su mayor urgencia, y a pesar de mil estímulos, nada consigue como no sea irritarlo en vano, y afanarse el hombre y quedar mal? Mas, sucede igualmente, que sin consulta o aprobación alguna de su dueño, se muestre el aludido bien dispuesto, incluso contra la voluntad y la determinación de quien se dice amo y señor, y contra él se levante y dé muestras de voluntad, u obrar con cabeza propia. A veces sucede que el amo duerme, y se despierta el señorito, o es todo lo contrario… —reían todos a carcajadas, de modo que en oyéndolas, asomó en la distancia el perfil adusto del sepulturero Gandarria, dispuesto a atajarlas—. Mas aquí ha de quedar por el momento la cuestión, que en cuanto al «caso» de que se trata, procederá o no procederá, y a clase hemos de retornar mal que nos pese, o tendremos que vérnosla con uno, a cambio de otro.

Toda esta larga disquisición seudoerudita y disparatada, que discurría entre carcajadas, terminó de improviso, lo mismo que las risas, al umbral mismo del recinto al que penetraban, y en el que muy pronto ocuparía el centro, como un sol indiscutible, el doctor don Francisco Jiménez del Corral Ochoa y Torreblanca, quien enseñaba a sus estudiantes aquel precepto alguna vez oído de labios del sabio y persuasivo Varela, de que «*el médico que sólo de medicina sabía, nada sabía de medicina ni de nada más»*, y por reiterar el cual, así como formular otras declaraciones parecidas, era tenido el docto profesor entre muchos de sus colegas, y no pocos de sus estudiantes, por excéntrico irremediable, y por filósofo de nuevo cuño.

76

Se despedía en el seno familiar de los Agüero, a quienes pronto se restituirían a sus hogares y lugares de origen, unos de modo definitivo, y otros por el tiempo que duraba el comienzo del nuevo curso escolar en el Seminario o la Universidad, y aunque la atmósfera propendía a ser alegre y bulliciosa, se percibía sin subrayarse, un aliento de tristeza impuesto siempre por las despedidas de largo alcance.

Transcurrido el tiempo, aunque pareciera que no había sido de tal modo, sino antes que se hubiera detenido éste, habían llegado los exámenes finales para quienes se empeñaban en sacar adelante sus estudios superiores, y con ellos la terminación de aquella etapa de los mismos. Felicitó por esta causa a los del grupo de sus asiduos don José Augusto que participaba de aquel triunfo como propio, y tuvo detalles para cada uno de ellos, como de padre consentidor y orgulloso de los méritos de sus hijos.

Alcanzado el grado de bachiller, anunció a sus íntimos un exultante Gaspar Betancourt Cisneros su determinación de marchar de vuelta a su terruño, del cual, más adelante partiría con rumbo a los Estados Unidos, a fin de emplearse allí y adquirir experiencia, adiestrarse en el empleo de la lengua inglesa, y continuar otros estudios que fueran de provecho, e instalarse en el dicho país por algún tiempo. Lo que buscaba, sobre todo, según declaraba, consistía en comprender mejor el funcionamiento y constitución de la sociedad «*yanqui*». No había malgastado su tiempo, y entre el aprendizaje del inglés con buenos maestros de este idioma, en particular una Mrs. Pritchard oriunda de Boston, y la práctica regular, siempre que la ocasión se presentaba, podría contar ya al llegar a Filadelfia, ciudad a la que se dirigía, con un manejo más que aceptable de la lengua inglesa.

No habría consentido de manera alguna el patriarca don José Augusto de Agüero Gallés y Marcaida Íñiguez, que se marchara su pariente, sin antes ofrecer a quien se ausentaba, un merecido agasajo en el seno familiar, de modo que invitó e hizo invitar a los contertulios habituales, y otros que le pareció conveniente, a un ágape de los que se usaban en su casa de tiempo en tiempo, y que, a juzgar por los almuerzos y cenas conocidos suyos, juzgaron los amigos y compañeros de Gaspar, estaba llamado a «*sentar cátedra*» o «*no había justicia en aquello llamado jurisprudencia*». Tal dijo, derrochando *elocuencia*, el ahora muy labioso joven Ganímedes, y rieron a coro el despropósito, quienes eran *sus acólitos* por propia iniciativa.

Aprobaba don Augusto con sumo entusiasmo la que desde un comienzo le había parecido una sensible decisión del joven Gaspar, como que él mismo había recibido su educación en el extranjero, precisamente en los Estados Unidos e Inglaterra, y tenía en gran aprecio la que en estos países podía recibirse.

—No esperaba yo menos de ti, mi querido Gaspar. ¡Para sacudirse la metafísica hay que ir muy lejos! Mucho se ha adelantado aquí de un tiempo a esta parte, y no faltan los hombres ni los esfuerzos, capaces de mover la rueda y poner en movimiento tanto como hay que impulsar..., pero eso no se consigue en un dos por tres. Ni es cosa de que un joven con tu brillantez, se sacrifique en vano. Además, ganamos todos con la ilustración que alcancen tú y cualquiera que desee aplicarse el esmeril del conocimiento: ganará el país, su reputación; y mejorará el prójimo, bien por contagio, bien por los efectos que causa en otros, el conocimiento de uno. Viajar, cuando se tienen tus luces y las dotes con que cuentas, es como asistir a una escuela con asignaturas muy diversas y enriquecedoras. El resto, ya sabes, mi querido Gaspar... Eso sí, tampoco hay que dejarse marear por el paisaje donde abundan bellezas de todo orden, y algún que otro espejismo.

Recordando algo después la conversación, y de algún modo haciéndose eco de las palabras del anfitrión que las había pronunciado, un achispado Carlos Treviño, el benjamín de los cofrades, fingiría un trabucamiento a propósito de la palabra *metafísica* convertida por él en *metatísica* entre las carcajadas que le tributaban sus compañeros.

—En poquísimo tiempo ha pasado usted, amigo mío —le apuntó el tanto, igualmente divertido, el homenajeado principal de la ocasión— de ser un ovillo, a ser un perfecto desovillado.

Apenas algún tiempo atrás, recordaban todos, este mismo Treviño asistía por primera vez, aturdido y hecho un lío, a la casa donde ahora se ha vuelto visita habitual, y muy mimada de sus dueños, y con el paso del tiempo se afincará de tal modo en el afecto recíproco de sus moradores, que acabará comprometido y casado con la menor de las hijas, y con ella, y el resto de familiares marchará a Barcelona primeramente, más tarde a París, y de allí, con independencia del resto, a Florencia —donde encontrará brevemente a la pareja el que hoy avisa que se marchará al norte— y a Nápoles y Parma, ciudad esta última donde se asentarán, antes de volver, ya algo mayores y con dos de seis hijos que habían tenido, a La Habana. Ambas, mujeres, y muy devotas de sus padres, permanecerán solteras, y al lado de estos, hasta la muerte de ambos. Pero a fecha de hoy, principios de diciembre del año del Señor de 1822, es Gaspar Betancourt Cisneros quien se despide de sus amigos y parientes, y quien recibe todo género de consejos, encargos y bienaventuranzas. No consigue apartarse del todo, a pesar del aire festivo que prima en el convite, esa impresión de incertidumbre y despedida, como de cosa juzgada, que siempre tienen los adioses.

77

Contra la advertencia expresa de María Úrsula, quien temía lo peor, más de una vez se arrimó Caramelo a la vera de uno de los cuarteles en compañía de su amigo Paquito «el Farol», y la más reciente de éstas lo hizo con la peregrina argucia, de que buscaba a un cierto oficial, en cuyas manos poner un billete, que por encargo de una cierta damita, sólo a él debía hacer llegar. Con una osadía e imprudencia absolutas, y acordándose de haber oído días atrás en casa de don Esteban Cattley, a donde había llevado recado, que el dicho militar se hallaba próximo a embarcar con destino a otra plaza, por lo que se requería del comerciante el pronto cumplimento de algún encargo, Caramelo se determinó a entrar en conversación con el soldadito que tenía a cargo la posta principal. Era éste muy joven también, apenas algo mayor que Caramelo, de un blanco rubicundo y ojos azules y el aspecto algo hirsuto del labrador, que se revelaba en toda su persona, particularmente en unas manos que, resistiéndose a los guantes de reglamento, se habían deshecho de ellos.

Luego de facilitar por intermedio de un tercero la indagación que se le pedía, considerando bien y sopesando lo que una negativa de su parte hubiera podido representar de llegar a oídos del oficial de que se trataba, se distrajo algo el militar conversando con el otro que esperaba próximo a la garita, y tenía conversación de interés, según comprobó enseguida el soldado. Se sorprendió Caramelo, que le ofrecía de fumar, de que el otro no tuviera tal afición según era el hábito de la mayoría, y evacuada al fin al interior del cuartel la pesquisa que presuntamente allí lo había llevado hubo de despedirse, no sin antes darle a su interlocutor las señas de su casa, y de ofrecerse a lavar por un precio muy módico, casi nada, toda la ropa de que dispusiera éste.

No fue poca la sorpresa de Caramelo, a quien a pesar de imprudencias como luego estimó ser aquélla de arrimarse a un cuartel con falsas indagaciones, no le faltaba algo de sentido común, el día en que se apareció por casa el soldado bisoño, con un bulto de ropa por lavar. Se veía a las claras que buscaba conversación y compañía, además de que alguien le lavara como era exigencia del ejército hacerlo, la ropa de reglamento. Caramelo lo invitó a tomar asiento, y le ofreció de beber una tizana de tilo con hierba buena, que el visitante aceptó encantado. Ña Domitila, a cuyo encargo había estado de largo tiempo aquél de lavar ropa ajena a cambio de dinero, era la abuela materna de Caramelo y su madre de crianza. Otra no había conocido el joven, y mejor no la quisiera, tal había sido el mucho cariño y abnegación que le dispensara desde muchachito. Ahora, prácticamente impedida de lavar o cocinar, era el nieto quien se hacía cargo de aquellas tareas con lo que, ambos iban viviendo. Pronto se acostumbró Ña Domitila a la presencia ocasional del soldado en su casa, con un pretexto cualquiera que lo acercara a ella.

—Algunas cosillas que le traigo 'Ña Domitila, de que puede servirse —dijo ahora, poniendo en manos de la mujer, un pequeño envoltorio, que la vieja agradeció con una sonrisa desdentada.

—Dios te lo pague, hijo, con muchas cosas buenas y *salú* y larga vida.

Del fondo de la casa, fuera porque oyera el sonido de las voces, o porque un pálpito del corazón le anunciara la llegada del soldado, vino al encuentro del recién llegado Caramelo, en una carrera, sin poder o querer contener el contoneo de sus caderas, ni el aletear de sus manos sobre el delantal que llevaba puesto, y en el que intentaba secarlas con gestos nerviosos.

—Vaya... ¡Y dichosos sean los ojos, sí señor! Ni que le hubieran echado al señor los perros de esta casa, que no los hay, como tampoco hay pulgas ni regaños, que dicen...

A toda esta perorata bienintencionada, y muy animada por los gestos del que hablaba, correspondió el otro con apenas una sonrisa satisfecha y un chispazo en la mirada, acaso más elocuente de lo que habrían sido sus palabras. La abuela había alcanzado a duras penas la cocina cuando la osada mano de Caramelo se apoderó de una de las del soldado, que parecía algo lastimada en los nudillos.

—Pero qué te has hecho, por Dios. ¿Quién ha sido el que semejante daño te ha hecho?

Se dejó hacer el otro, sin oponer más resistencia que sus protestaciones de que apenas si se trataba de unos rasguños.

—Pues hombre, ya sabes tú. ¡Que allí no sólo hacemos guardia de posta algunas veces! También hay que acarrear bultos, ocuparse de la caballería, en fin...

Sin resistencia de ninguna clase, se encontró Caramelo sosteniendo frente a sus labios, y besándola, la mano del militar y derramando sobre ella muchas lágrimas.

—Pues no es para tanto, digo yo... —balbuceó apenas aquél, tal vez porque sentía que algo había de decirse en tales circunstancias, pero sintiendo que no hubiera podido despegar su cuerpo de aquél que parecía fundido al suyo—. Vaya, que por eso te llaman a ti Caramelo, ¿eh? —susurró al oído del otro—. Ya me decía yo. Claro, porque eres dulce que embriagas, y hasta el color del azúcar bronceado tienes, y qué bien hueles, Madre de Dios. ¡Qué bien que hueles!

Caramelo se despegó un instante de él, para conducirlo a una habitación con puerta que se hallaba al otro lado del pasillo interior que daba a todas las de la casa.

—Ven. Aquí nadie nos molestará. Hay una sola llave y ésa la cargo yo. Además, mi abuela no se entera de nada.

En el interior del cuarto dedicado a guardar trastos y enseres de casa, había un camastro cubierto por unas sábanas y una palmatoria al lado de la misma, sobre una mesita, con la que Caramelo hizo pronto luz. Una chispa prendió en los ojos azules del soldado y Caramelo la contempló arrobado.

—Me dirás luego que no tienes los ojos más lindos del mundo. Pues para mí no hay otros.

Con manos precipitadas, ambos habían comenzado a despojarse de las ropas que llevaban como impedimentas muy pesadas, que se interponían entre ellos, y muy pronto la tibieza de sus respectivos cuerpos se fundía en una sola.

78

No había requerido poca determinación de parte de don Francisco, formular al cabo su interés y sentimientos por ella, a doña Amalia, viuda del comandante Becquerel, y anfitriona regular, a cuya mesa recibía agasajos y toda clase de distinciones. Había terminado por convertirse en un contertulio regular de su casa, una vez levantado el duelo de más de tres años guardado estrictamente por ella y su familia, y aprovechando la circunstancia del convite que con motivo del cumpleaños de don Alcides se organizara, se había decidido a quemar todos los puentes, revelándose un enamorado y serio pretendiente. Luego de la proposición, a la que doña Amalia no opuso resistencia ni se mostró ofendida, aguardó ésta antes de dar respuesta al proponente, lo que finalmente hizo mediante una carta encargada a la diligencia de Josefina. La respuesta a su respuesta no se hizo esperar, y a la vista de lo que había de ser, dio cuenta la matrona a sus dos hijos en los términos más directos posibles, del compromiso y la reunión mediante la cual había de formalizarse ésta, en presencia de ambos.

Después de franquear la puerta de la casa al pretendiente, y según tenía indicado hacer, Paulina lo hizo pasar a un saloncito donde ya le aguardaban doña Amalia y sus dos hijos, Alcides y Verónica. A la llegada del visitante, se habían puesto de pie los que allí le aguardaban, y luego de cruzar los primeros saludos y cortesías de rigor, se pasó a los comentarios generales que versaron acerca del tiempo, y algún otro tema, bien traído por los contertulios, pero era perceptible que había en el aire como una cuerda tensa cuya vibración podía escucharse, antes de que una mano cualquiera —seguramente indicada al margen en el libreto que se representaba— se decidiera a pulsarla.

—Seguramente querrá usted tomar alguna cosa, don Francisco —ofreció gentilmente la dueña de casa, un poco para librarse de su propia ansiedad, y porque además era de ley, que se tratara al visitante con todo género de gentilezas—. ¡Con este calor!

Con suavidad, el huésped declinó el ofrecimiento, y como si aquél fuera el pie que requería para abordar el tema que lo traía, y que todos anticipaban con bien disimulada ansiedad, dijo dirigiéndose en primer término al joven Alcides, sentado próximo a su madre y vestido de uniforme.

—No quisiera abusar del poco tiempo de que seguramente dispone cada uno de ustedes, en particular mi estimado don Alcides, cuyas responsabilidades y obligaciones son muchas, y de gran monta indudablemente, de manera que, so riesgo de ser malinterpretada mi actitud, tomándose por precipitación de mi parte, que no es, sino bien razonada y de largo tiempo, quisiera sin más dilación solicitar la atención, como he dicho, de don Alcides y de la señorita Verónica, al asunto que me trae, del cual, si bien supongo, ya estarán informados, que no es otro sino rogar que acojan ustedes de buena gana el que su señora madre y este servidor de ustedes, den curso formal a una relación que, hasta aquí se ha sustentado exclusivamente en la amistad y que, cimentando estos lazos tenga presente que ambos somos viudos, y en lo que a mí respecta poseo los medios de subsistencia, bastante holgados, para ofrecer seguridad y protección a su señora madre hasta el final de sus días. Que presento respetuosamente mis requerimientos a ambos sus hijos, a pedido de su señora madre y por parecerme del todo justo y apropiado que así se haga, no obstante que ambos somos mayores de edad, y en consecuencia disponemos de nuestro arbitrio en tal sentido. Quisiéramos, según hemos apalabrado con antelación, contar con el asentimiento y beneplácito de ustedes, de que tanto su madre de ustedes como este servidor seríamos sumamente complacidos, y yo, además, muy honrado.

Varias veces se secó el sudor de la frente el que tal decía, intentando no perderse por entre la confusa y opresiva madeja de su propio discurso, y así que creyó haber llegado a donde quería, le pareció quedarse sin palabras a las que echar mano. En su ayuda acudieron, sin embargo, las que le dirigió el joven oficial, luego de prodigar a su madre una mirada que transmitía aprobación, tanto como parecía buscarla en ella. Más directa se mostró Verónica, quien besó a su madre en la frente y sin haberlo consultado con nadie, besó asimismo la mano de don Francisco de la que se había apoderado con vehemencia.

Con voz quebrada por la emoción que sentía, y a la que logró apenas sobreponerse, don Francisco dio las gracias a ambos, y resultó más expresivo sin palabras que con todas las que hasta aquí había prodigado, de tal modo que al marcharse pudo despedirse el joven Alcides con un apretón de manos, en el que había mucho de calor.

Para proceder con toda propiedad, y no dejar espacio a las habladurías de ninguna especie, según eran el común parecer de ambos pretendientes, el compromiso fue anunciado públicamente poco después, a los contertulios habituales, en presencia del padre Cisneros, al que como pariente muy próximo de la viuda, se encargó junto al joven Alcides de hacer el anuncio. No obstante proceder con arreglo a estas convenciones, no faltaron las murmuraciones, que inspiraba por su cuenta el trío de presuntas devotas, quienes lo eran sin duda de calumnias y recelos, y respondían a los nombres de doña Cipriana, doña Úrsula y doña Melinda.

—Ya habrán oído ustedes del nuevo enlace.

—De escándalo, digo yo, que es el caso… ¡Muerto el marido ni cinco años hace…! Y con dos hijos casamenteros, nada menos.

—Tiempos son estos, amigas mías, de perdición y relajamiento de las costumbres.

—Será que tal se usa por allá…, en el Príncipe tan mentado.

—¡Un verdadero escándalo, allá o aquí y en cualquier parte de que se trate!

—Lo que es yo… ¡Muerta y enterrada! Una mujer así…

—No, si a lo que parece, ha mudado de parroquia. ¿La han visto ustedes últimamente en misa?

—Pidamos por ella y por sus pecados, que Dios sabe cuántos puedan ser.

—Yo siempre lo dije, que me parecía una mosquita muerta.

—El pobre difunto, peor que engañado.

—Una burla al uniforme. A fin de cuentas, que éste, de quien nuevamente se trata, ni pinta, ni luce galón.

—Y el hijo, ¿qué ha dicho a esta burla, a la memoria de su padre?

—¿Y qué iba a decir? No creo yo que tenga él voz en nada.

—Mal ejemplo para la chica.

—Ya había oído yo decir que no faltaban fiestas y saraos, a los que estaba invitado cualquiera, pero como no podía creerlo, pues bien, que no hacía caso de habladurías.

—Ya sabemos que las costumbres y los tiempos en que vivimos, son los que preceden al Juicio Final.

—Lo que no autoriza, sin embargo.

—¡No lo afirmaría yo, Dios me libre!

79

—Los días de Kindelán están contados —había reiterado insistente y jubilosamente la voz unánime de quienes aguardaban un cambio radical de régimen, que devolviera las cosas todas, al estado previo al Nuevo Período Constitucional, iniciado a regañadientes bajo Cagigal, hacía tres años. El «trienio liberal», como luego habría de llamársele, se les antojaba un paréntesis demasiado largo y perjudicial en grado sumo, que para nada había servido sino para ponerlo todo del revés.

—Pronto estará aquí sin dudas un verdadero capitán general, que, de nuestros intereses, como españoles de pro, se ocupe y no dé curso a los ingleses, a sus espías y colaboradores, a atacar y entorpecer el comercio de negros, sin el cual no se haría la riqueza del país.

En efecto, se había caracterizado la actuación del interino capitán general, según daban cuenta de ello a sus superiores los representantes ingleses en la isla, por mostrarse bien dispuesta —en la medida de sus posibilidades reales— a hacer cumplir la ley en lo concerniente al *Tratado* convenido entre las dos naciones, y suscrito haría pronto diez años, *tocante a la supresión de la trata,* demanda ésta a la que parecía especialmente propenso Kindelán, a juicio de sus detractores. En realidad —y bien que fuera atinada la sospecha de sus enemigos respecto a su rechazo del comercio de esclavos— intentaba éste, hacer cumplir la ley, cualquiera que ésta fuera, por apego al empeño que creía corresponderle al frente de la isla.

—Bien entenderán Sus Señorías, que la ley a mi encargo es letra muerta en mis manos —había declarado al enviado inglés, con absoluta franqueza y menos tacto— si no tenemos al alcance, evidencia de su violación. No puedo imponer penas de ninguna clase a quien delinque de éste o cualquier otro modo, si de la comisión del delito no quedan rastros que nos lleven a los malhechores. Por otra parte, no dispongo para la vigilancia y control de unas costas tan largas y abundantes de puertos y calas como las de esta isla, como bien comprenderán Sus Señorías, de recursos a mi disposición. Créanme que no hallarán a nadie más predispuesto que yo, a sostener la ley en interés de la honra e intereses de mi patria, sólo que como bien sabéis, no se puede esperar del olmo que dé peras.

En varias ocasiones, la vigilancia que no obstante lo manifestado por él, mantenía Kindelán, frustró o entorpeció el desembarco de esclavos a la luz del día, y ello suscitó —multiplicándolas— las críticas y calumnias de sus detractores, de manera que cuando al fin se hizo realidad aquello anticipado por el «los días de Kindelán están contados», que se decía, fue motivo de celebración y júbilo descarado, para sus numerosos enemigos, los que acaso no lo eran sino por motivos opuestos, es decir, por ver en el brigadier a un ente fuera de lugar, en su proyección del que debía ser el futuro del país, si no se alegraron con la sustitución, tampoco se sintieron particularmente entristecidos. Algunos incluso llegaban a pensar que cualquiera que fuese el nuevo enviado metropolitano, la situación no iría sino a peor, a lo que alegaban satisfechos:

—Lo bueno que esto tiene, es lo malo que se va a poner.

Demasiado escorado ya el casco de la nave para parches, les parecía sólo una cuestión de tiempo, antes de que ésta se fuera a pique. Esperar, aconsejaban estos. ¿Pero cuánto más?

Por diferentes vías trascendió que la llegada a este puerto del nuevo capitán general estaba próxima, antes de hacerse oficial el anuncio. Por su parte, suspiró aliviado Kindelán, quien tal y como hiciera Cajigal en su momento —sentado de este modo el precedente— había solicitado y conseguido autorización para permanecer de manera permanente en la isla, al momento de su cesación, cuando le fue confirmado el próximo advenimiento del general Francisco Dionisio Vives, su sustituto.

—El momento por el que tanto habíamos esperado ha llegado por fin, según todo parece anunciar —se dijo para sí, aliviado, el saliente gobernador Kindelán.

Y así era, en efecto. El alivio era tanto el suyo como el de sus enemigos políticos, que se dieron prisa en prepararlo todo, para acoger con gran rebumbio al nuevo hombre fuerte, favorable según apuntaban todos los indicios reunidos por ellos, a los intereses que representaban.

Hacía ya una media hora se esperaba el anunciado arribo del barco a La Habana. El anuncio había llegado por la vía de una goleta, a la que expresamente se había encomendado adelantarse con tal propósito.

A bordo del barco que transporta al nuevo capitán general, los preparativos todos que preceden la llegada, el atraque y el desembarco han ido en aumento, produciendo un *crescendo* de actividad, y la agitación consiguiente multiplicada en órdenes y frases, como si se tratara de un telégrafo inconcebible en plena faena, que diera cuenta, con reiterado entusiasmo, de la proximidad del puerto. Todo esto puede tener algo que ver con el afán de impresionar al principal pasajero de a bordo, a quien sin embargo se le antoja harto engorroso y lento este proceso, hasta que al fin le es dado contemplar, desde el puente, la entrada al puerto. Con mirada experta el nuevo capitán general con atribuciones, don Francisco Dionisio Vives, que pronto tomará posesión de la plaza, comprueba la buena ubicación y estado de conservación de los fuertes que la protegen, y le parece mejor lugar del que podía esperarse, según eran no pocas las noticias que, a veces de manera un tanto contradictoria, y por vías diferentes le habían llegado. Varias salvas de cañonazos se adelantan a darle la bienvenida, a la vez que a su encuentro avanzan otras naves prestas a juntársele, para constituir una comitiva de recibimiento oficial, y aún muchas otras embarcaciones, botes de pescadores, y cuanto parezca capaz de flotar se suma al desfile. Muchos son los que, desde diversos puntos de la costa contemplan el espectáculo que precede la llegada del nuevo hombre fuerte. Hay multitud de pañuelos y pañuelitos blancos de encaje, y sombreros, y gorras militares que se agitan, y no faltan manos: blancas, negras, desnudas o enguantadas; bastones de diversa hechura y continente, con mangos de plata o de carey, delgados como una caña de petimetre o macizos e imponentes, y sombrillas que parecen hechas para engalanar una cabeza, para rodearla como de una aureola, antes que para protegerla de los rayos del sol o de un súbito chubasco. A la distancia, y tal es la impresión que recibe su sxcelencia, parece que se trata de una miniatura, milagrosamente animada, de ésas que mediante efectos ópticos y lentes bien dispuestos pueden contemplarse en ciertas ferias, y él bien recuerda de su larga estadía en Washington como embajador, sólo que el efecto es aquí más grato y sorprendente por gozar del componente añadido de la recomposición, a medida que la nave se acerca al punto de desembarco, si bien el observador mismo no podría decir con certeza de qué se trata el efecto que percibe, y carezca de todo referente estético para ubicar sus sensaciones.

—Ahora veo por qué dice la tonada aquélla lo que dice de La Habana y Cádiz.

—Pues eso, Su Excelencia, que se dice que «La Habana es Cádiz, con más negritos».

—¡Y menos salero! Vamos, que como Cádiz…

—Eso de *los negritos* parece lo mejor de todo, digo yo —dijo ahora Vives—. Y ya veremos que así siga siendo, por más que nuestros enemigos de siempre, con la pérfida Albión a la cabeza, quieran dar cuentas de nuestro negocio, para apropiárselo con artimañas, bien se sabe, que todo eso de la humanidad de los negros y todo lo demás, es cosa de protestantes y de heréticos mal nacidos.

—¡Y olé! Bien dicho, Excelencia, si me es permitido…

—Diga… Diga… Que no seré yo quien ande con remilgos, compañero, que entre nosotros salen sobrando. ¡Hombre que esto pinta mucho mejor de lo que esperábamos! ¿No os parece? ¡Y me habían dicho y redicho que aquí nada de nada! Pero según parece son muchos los que nos reciben con palmas de domingo, y no son pocos no señor, que ya eso es ganancia bastante…

Pareció verdaderamente satisfecho Vives del recibimiento que se le tributaba, y le pareció oportuno darlo por bueno y de mucho alcance, con lo que acabaron todos quienes le rodeaban, haciendo otro tanto, y ponderando la índole del agasajo, que seguramente vendría acompañado de segundas partes, una vez que pisaran tierra.

La banda militar que les hacía compañía a bordo arrancó a tocar una marcha muy animada seguida de inmediato por otras, y hubo un momento de confusión cuando alcanzó a oírse a bordo como en un fuego cruzado, los compases de otra banda que desde uno de los muelles interpretaba el *Himno de Riego*.

Atentos a las reacciones del capitán general, que ninguna señal dio de contrariedad, o de algún otro modo pareció percatarse del asunto, los que acertaron a escuchar hicieron otro tanto, y con mayor o menor disimulo pusieron de relieve aquellos otros elementos que formaban parte del recibimiento.

—Una verdadera apoteosis de que habría que escribir para las futuras generaciones, Excelencia.

—Pues hombre, así mismo debe ser, sí señor. ¡Libertad de imprenta! Que para algo han de servir los papeles esos, que tanto ruido meten.

—Si no me equivoco, Excelencia, entre quienes nos aguardan se halla don Casimiro. De él se trata sin duda alguna, que de ninguno otro sino de él podría tratarse.

—Sí, hombre, don *Casi miro Y-alcanzo-a-verlo-todo* porque a ojos de lince ninguno como los míos.

Enormes carcajadas que parecían estar en sincronía con las últimas palabras del capitán general, acogieron su ingenuo juego de palabras lo mismo que si de una agudeza extraordinaria se tratara.

—Tipo verdaderamente simpático y muy de sus cosas, que bien se dice que no hay en el país, otro que más se halla enriquecido en poco tiempo con el tráfico *de carbón*, mal que les pese a los ingleses y a cuántos empecinados hay en ponerle fin a un negocio que no hará otro daño que procurar fortuna honesta.

—Bien dice don Casimiro que son mucho el riesgo y los costos, y hay que atender a múltiples cosas, que no se trata solamente del trasiego de los negros, que como simples pasajeros hicieran la travesía. Se habla, Excelencia, de verdaderas insurrecciones a bordo, las cuales pueden tomar por sorpresa a una expedición de ésas, y ya se verá lo que ello ha de ser.

—No tendría usted que fatigarse en ello, camarada, que bien que lo imagino, y lo demás a la imaginación lo dejamos sin que se esfuerce en ello. No habría más que ver lo que un viaje de estos por mar es, para saber lo que apareja. Luego, los negros no valen la pena tanto esforzarse, se daña la mercancía antes de su arribo, o vaya uno a saber… Y… ¡Ahí! ¡Ahí está don Casimiro! Y no es el único, no señor.

En este momento, y como si estuviera previsto que así ocurriera en este punto se recompuso algo el continente del capitán general Vives, y adquirió una más solemne apariencia, con lo cual, quienes le rodeaban asimismo recompusieron sus respectivos portes, acomodándolos a lo que les parecía debía corresponder al cambio operado en su excelencia.

—Su ilustrísima, el señor obispo, de cuyas ideas e influencia bien hemos sido advertidos de no pocos, también está, y entre tanta geta fea hay abundancia de bellas y adornadas caras, como flores que crecieran entre el pasto.

No supieron si reír o no, a esto último los de su séquito, y vino a sacarlos del apuro la intervención del capitán de la nave, que anunciaba oficialmente la llegada, y asimismo la ceremonia a bordo con que se despedía a tan ilustre pasajero, antes de que éste tocara en tierra. A recibirlo, avanzando por el muelle, se adelantó el saliente Kindelán, como presuroso de dar aquello por terminado, y algo detrás suyo, avanzando penosamente, marchaba también sobre el muelle el obispo Espada.

80

Varios días transcurren sin que tenga María Úrsula la menor noticia de Caramelo, lo que tiene la facultad de preocuparla, e irritarla contra el jovenzuelo. No consigue, por tanto, dar cuenta a su patrón don Patrick Cunningham, quien por él pregunta, notando algo desatendidas últimamente las macetas del patio.

—Ya he mandado procura, don Patricio, suponiéndole enfermo de guardar cama, que él es cumplidor, lo que con perdón sea dicho, a mí me consta y de lo que puedo dar al señor mi palabra, si en algo la tiene.

Naturalmente que la tenía, y más, le dijo entonces don Patricio, como que sabían todos, cuál era el calibre de la persona, de que bien pudiera blasonar *la morena*, aunque no fuera precisamente engreída ni nada por el estilo, sino medida con esa mesura que da para no tolerar agravios ni ser propensa a causarlos.

En medio de la desazón, que no obstante su apariencia reposada sentía María Úrsula por la virtual desaparición de Caramelo, de la que en breve sumaría una semana, y del continuo quehacer de llevar prácticamente todo lo concerniente al gobierno y administración de la casa del *inglés*, como decía el común de la gente en refiriéndose al comerciante, había comenzado igualmente la mujer a gestionar mediante solicitud previa, autorización para poner y conducir por sí propia, escuela encaminada a proveer la enseñanza de las artes culinarias, costura y algo de letras y cuentas a las niñas, así blancas como de color que por sus bajos recursos no pudieran procurárselos en otra parte, ni de otra manera. Disponía para ello la proponente de una casa de su propiedad una de cuyas habitaciones podría quedar dispuesta en poco tiempo como aula de enseñanza, a más de servir de utilidad los peroles y avíos de cocina, de que disponía asimismo la propietaria para el fin pedagógico que se proponía. El propio don Patricio y otras personas de mérito requeridas por María Úrsula para que dieran crédito de su persona y reputación dieron cumplida cuenta de tal requisito, con lo que esperaba ella ansiosamente le fuera otorgado el debido permiso. Andando el tiempo llegaría a ser la pequeña «Academia de Santa Úrsula», (así nombrada en honor de la santa patrona de todas las doncellas, y especialmente de las más desamparadas) un digno referente de pedagogía al alcance de las más pobres, y de la mujer, para quien estaba generalmente vedada la educación.

Venía pensando ya hacía tiempo María Úrsula en la conveniencia y posibilidad real que a sus ojos ofrecía el período constitucional, de poner escuela como Dios manda con los propósitos anunciados, a la vista de tanto engaño y abuso que veía hacer en el mercado, y en cuanto lugar había por cosa de no saber la gran mayoría de las mujeres de cuentas ni del modo de requerir el vuelto apropiado, a quienes las robaban a dos manos, despojándolas aún más de lo que ya estaban al llegar a procurarse aquellas cosas que requerían para alimentarse o alimentar a su familia.

—Va, ya, mujer. Va. Va —se desentendía con facilidad el ladrón, y debía marcharse la apenada sabiéndose robada a mansalva, pero sin modo alguno de demostrarlo.

—¿Y tú, negra? ¿Qué quieres todavía? ¡A tu casa antes de que te pegue yo un puntapié en salvasealaparte, que tú bien sabes! ¡Ala!

—¡Ah, María Úrsula! Digo, doña María, perdón.

—Deje el señor los dones que a mí lo que me toca, y nada más quiero.

—Pues ¿qué va a ser esta vez? ¿Frutas, pescado, carne? ¿Para su casa o para la del señor inglés será? Que en esto hay diferencia.

—¿Y cuál es, si su merced se digna?

—Pues qué iba a ser, sino que para el inglés no hay rebajas ni otros precios que los fijados, que después de todo no es súbdito de su majestad católica, sino judío protestante que es todo uno.

—¿Qué podría decir a usted, que tanto parece saber de lo que habla, mi señor don Genaro, sino que se equivoca en eso de judío o protestante que dice? Pues es católico apostólico y romano el señor don Patrick, que inglés será si es Irlanda la guinda del imperio británico. No se preocupe vuestra merced por descuentos, que yo misma me los hago según entiendo de lo que quiero, y de lo que puedo con mi dinero, o el que dispongo para comprar. A mí me despacha el señor medio quilo de éstas, y no me las cargue con argucias su merced que de eso se padece, y otro tanto de éstas otras, y el pescado si está fresco, que con olerlo se saca el caso..., llevaré.

Al marcharse de vuelta a casa con la canasta en que llevaba sus compras, iba María Úrsula algo oronda, aunque sin pavonearse demasiado.

—Ésa, Juanito, es negra que vale por tres, y bien vale una paliza con la que me daría por pagado con creces —comentó a su pariente el comerciante que acababa de dirimir con la marchanta algún género de liza amatoria, según le parecía—. Algún día. ¡Algún día, primo! Y así que den doce... Y ya me dirás tú. Paciencia y el resto, que todo ayuda.

A pocos pasos de la mujer, al doblar de una esquina, se produjo de repente un revolico que suscitaban dos hombres de distinta edad, uno muy mozo y el otro ya treintón, a quien el primero consiguió a poco desarmar e hizo huir por entre la multitud. Se había detenido de un todo María Úrsula que reconoció en el joven a un sobrino de su comadre Genoveva Lafourtade, el cual, ahora se dirigía a ella con una sonrisa.

—¿Con sonrisitas me vienes después del paso?

—Para devolverle el bolso con su dinero intacto, que el muy malandrín le sacó sin que su merced se percatara, y de lo cual se jactaba, que a mis oídos alcanzó lo que decía para su mal. Y en lo adelante, la acompaño yo, hasta donde vaya, que otra cosa no me hubiera perdonado mi tía, que más que eso es una madre para mí.

Después de agradecer como se debía al joven por su rescate y el riesgo de su vida pues de otra cosa no hubiera podido tratarse, María Úrsula dejó que éste la acompañara y pues era lo primero en su mente, preguntó ya de últimas, cuando estaban por llegar a donde se dirigían:

—¿Y de Caramelo?... ¿Habrás oído decir otro tanto, quiero decir, dónde es que se mete por más días de los que tiene una semana que son muchos?

El joven no sabía de lo que se trataba ni de quién pudiera tratarse, pero se ofreció a averiguar lo que fuera si ella así lo requería.

—No, Frasquillo, que ya bastante servicio me has hecho. Tengo yo a quien averigüe lo que deseo saber. Mil gracias, y cuidados, que los cobardes de la penumbra hacen chuzos. Dios sea tu guía, tu escudo y tu carabina.

Y allí se despidieron sonrientes.

XII

Retroceso, y salto atrás

(Cádiz 1823)

81

Las intrigas y jugarretas en las sombras, de los partidarios del rey Fernando, (vale decir, del más rancio absolutismo), y las actuaciones del propio monarca, que nunca antes había él dado muestras más patentes de voluntad y determinación, consiguieron que se coaligaran por fin, en un haz, las potencias de los reyes, para poner fin a la libertad, acabar con sus fueros, y derogar la Constitución votada dos veces por los españoles. Retrocedía la nación misma, arrollada por la caballería y se refugiaba hoy aquí y mañana allá. A Cádiz, por último, se había desplazado en pleno el Parlamento de la nación libre. Toda España, o lo mejor de ella cuando menos, se había concentrado en este ámbito regional. Reculando, mas sin rendirse fácilmente a los patanes del inmovilismo y *«las caenas»*, se instalaba allí la Constitución libertaria. Fingiéndose patituerto, el paleto rey Fernando VII, culto únicamente en su aviesa zafiedad y trapalería, ensayó nuevos trucos con que retrasar los trabajos de los constituyentes y dificultar, cuando menos, la puesta en vigor de sus decisiones. El padre Félix Varela, y su correligionario don Tomás Gener, representantes por la provincia cubana habían sido de los primeros en partir, advirtiendo a quienes hacían oídos sordos, de las añagazas del monarca, alentadas y promotoras a su vez de las acciones emprendidas en respaldo suyo, por el rey de Francia y su legión de *Cien mil hijos de San Luis*, como se llamaban a sí mismos.

—Habría que incapacitar al rey. Inhabilitarlo para gobernar o ejercer influencia alguna en los destinos soberanos de la nación. Al rostro habría que llamarle cobarde y traidor como hay pocos que lo sean. Y si no con estas palabras, con nuestra acción decidida deberíamos llamarle tales cosas.

—Mucho hemos confiado los españoles de todas sus provincias en la esencial bonhomía y en la capacidad de reforma en este hombre, cuando los hechos sin excepción nos indicaron siempre lo contrario. ¡Ahí están al alcance de la mano de cualquiera, con meridiana claridad! Llamándonos a reflexionar más, y a proceder de inmediato con mayor tino.

—No sería yo partidario de abolir la monarquía, ni de guillotinar en la persona del monarca esta institución; ni serían favorables a ello ninguno de nuestros compañeros en las Cortes si alguno se atreviese a formular tales proposiciones, pero afirmo que mejor suerte mereció un Luis XVI de Francia con no haber sido por su proceder el villano de Fernando VII.

—Eso, y que mejor destino merece España que sufrir a un rey felón, como han de ser pocos en todas las épocas.

Al interior de una taberna donde se hallaban para comer alguna cosa, que en dos días poco habían tomado de nada, conversaban, enardecidos sin dudas, y en voz no tan baja que no pudiera oírseles, los diputados ya dichos. Los parroquianos más próximos oían, sin atreverse tal vez a intervenir directamente en la conversación, pero añadiendo a su coleto lo que deseaban, o les parecía bien, como si glosaran al margen aquellas cosas que acertaban a oír y a dilucidar.

Ya para pagar la cuenta de lo consumido por ellos, llamó don Tomás Gener a la mujer, que al parecer, regenteaba el lugar, o acaso fuera la dueña de él.

—Nada deben a esta casa Sus Señorías, que el mismo trato no daríamos en ella al señor Fernando VII ni por todo el oro de su corona —y al decir, se volvió apenas la mujer para escupir por el colmillo, antes de volver a sonreír a sus interlocutores con sus dientes blancos y sanos. Medio desconcertados todavía por la reacción de la mujer, y mientras atinaban a darle las gracias, entró a las carreras al local una chiquilla de pocos años, la cual atrajo enseguida la atención de los presentes, pese a no haber dicho nada, salvo el llevarse muy alto a la cabeza ambas manos con lo que los brazos formaban una suerte de triángulo partido por el mismo eje de la cabeza. Tras ella, con igual agitación, pero menos ligereza hizo su entrada una mujer mayor, a quien fue preciso preguntar lo que sucedía, y aguardar a que recobrase el aliento, que le faltaba ostensiblemente:

—Siéntese usted, doña Carmencita, por Dios santo. ¿Qué le sucede?

Igualmente incapaz, de proferir palabra, o de ensartarlas con algún sentido preciso, la muchacha permanecía, como si aquel gesto de alzar los brazos la aliviara de llevarlos a ambos lados del cuerpo.

—¡Ay, Juliana!… —acertó al fin a decir la mujer—. ¡Qué se muere! ¡Qué se me muere mi Manué! —y dirigiéndose a Varela— Venga usted, padre, que se muere mi Manué. Me lo *endeben de 'ber mata'o*. ¡Qué desgracia ésta, Dios!

No lejos del lugar a donde marcharon todo lo deprisa que les era posible, el padre cura y la mujer, seguidos de cerca por una nutrida tropa de curiosos y gente que buscaba ser de alguna ayuda, entre la que, naturalmente, iba Gener, yacía un hombre sobre la calle en medio de un charco de sangre negra. Contó la mujer como le fue posible entre lágrimas, que aquel soldado, jinete en su caballo había intimado a su marido a dejar libre la calle, y al negarse éste, sin mediar otras palabras que un «Ya pronto se hallarán aquí los leales vasallos del rey Fernando VII, para poner en su lugar las cosas, como Dios manda. Yo soy el primero de ellos», le había arrollado con su caballo y dejado por muerto en la calle.

Comprobó Varela que el hombre respiraba aún, y tal vez viviera si se contenía la hemorragia. Al caer, seguramente, debió golpearse la cabeza contra las piedras —conjeturó, mirando de hito en hito a su compañero Gener—. Un médico por el que había mandado Varela, y al que pagaría sus emolumentos en cuanto llegara, determinó tras una simple inspección, que la sangre procedía de una herida sobre la frente, muy posiblemente causada por el mango de un sable o cosa semejante, instante en que pareció recobrar la voz la chiquilla que lo había alcanzado a ver y oír todo, para asegurar que, en efecto, tras arroyar al hombre con el pecho de su cabalgadura había descargado el jinete un golpe con aquella parte de su sable sobre la frente del que ahora yacía. En una parihuela lo hizo trasladar el médico a algún sitio, donde poder atenderlo mejor, y después de bendecirlo a su vez, y de ofrecer algún consuelo y dinero a la mujer, partieron el cura y su compañero a proseguir con sus labores políticas.

—Ya ve usted, querido Gener, el rumbo que preconizan los Borbones. Y mucho me temo que nada podremos hacer ya para impedirlo.

82

La figura del rey don Fernando VII, acobardado, suplicante, tembloroso, resulta un mal contraste ante la de aquellos que le rodean, en particular la del general Torrijos y Uriarte cuya determinación y gallardía, exudan con naturalidad de su persona. El rey se muerde el labio inferior, algo bulboso pero desprovisto de sensualidad, como si intentara fijarlo con este gesto reprobatorio o castigarlo por su desobediencia, y observan consternados quienes se hallan más cerca de él, que se hace sangre. Un hilillo de sangre le mancha las comisuras y tiene el propio general que echar mano a su pañuelo, y ofrecerlo con gesto disimulado a su majestad para que se limpie. Una rara mezcla de pena y desprecio lo invade ante la contemplación de quién es el rey, y para deshacerse de su incomodidad o para que ésta alcance un propósito definido, promete a su majestad defender la plaza hasta el último aliento, y hasta el último hombre.

Estas palabras, sin embargo, no obran sobre el rey del modo en que esperan los que mejor lo conocen. Tal vez su majestad extreme por instinto sus dotes histriónicas al punto de transformar su caricatura en retrato, que quienes le rodean interpreten en clave de pura tragedia, porque un movimiento casi general se produce a su alrededor cuando se lleva al pecho una mano, que puede ser garra disfrazada, y amañadamente se golpea con ella repetidas veces allí. Los ojos, que podrían ser verdaderamente hermosos en ese rostro capaz de mucha expresividad, se repliegan ahora tras los párpados como abotagados por la falta de sueño.

—Todo está perdido, amigos míos. *La Constitución,* y hasta mi real persona. ¡Sálvese al menos, el reino de España! —declara con expresión que incluso a quienes le tienen por un felón de la peor especie, llega a conmover. ¿Y si hubiera llegado a producirse una genuina transformación en el carácter del rey, llegan a preguntarse? ¿No había conocido acaso el exilio y los rigores...?

Una explosión interrumpe las reflexiones de este género que se hacen algunos.

—Sólo os ruego poner a buen resguardo las personas de mi familia cuanto antes. Aquí nada tienen que hacer por mi causa, y el peligro al que se las expone no se justifica...

Tienen quienes le escuchan por un gesto de altruismo de parte del rey, que a todos reconcilia con su persona, y por una preocupación genuina como no podía serlo de otro modo respecto al bienestar de los suyos, las palabras de su majestad y de concierto acuerdan tomar las providencias del caso para el traslado de aquellos cercanos al monarca.

—Para España ya es tarde... —dice, uno de los representantes a Cortes por Cuba, y a juicio de la generalidad de sus correspondientes, de los más brillantes parlamentarios a Cádiz, el padre Félix Varela y Morales, en medio del silencio apenas matizado de murmullos muy bajos. De modo que todos pueden oírlo, suscitando de este modo el sobresalto entre sus compañeros más inmediatos. La desbandada general que se inicia poco después sin saber exactamente cómo ni en qué momento, dejando por detrás al rey y a los generales a su vera, da la medida exacta de la hora que se vive. Aprovechándose de la confusión que pronto se transformará en pánico franco y sin disimulos, arrastran igualmente a Varela sus amigos hacia una pieza aledaña al foro—. Por España hemos trabajado hasta la fatiga y con amoroso desvelo —prosigue éste—. Ahora, ha llegado el tiempo de Cuba. De continuar nuestros trabajos por ella. No todo se ha perdido, aunque esté perdida irremediablemente España.

83

Las noticias que llegan de todas partes, dan cuenta, de una verdadera carnicería que se comete en nombre del *real deseado*, según se proclama, y no hace distingos entre «culpables» de constitucionalismo, familiares cercanos de estos, o meramente, de aquellos que intentan apelar a la cordura de quienes proceden con vesania insospechada, como movidos por un resorte que los convierte en máquinas de matar.

Aunque ya hace dos días se anticipe, que ocurrirá de un momento a otro, el ataque de los franceses se les antoja repentino a los habitantes de la ciudad, como si de una granizada insospechada se tratara. Se inicia el ametrallamiento del puerto y la ciudad que a él se acoge con un boleo de perdigones insensatos, que van a dar a cualquier parte, y dejan tras de sí el estallido de una voluta de humo azulenco. Las baterías que desde sus atalayas y fortificaciones se obstinan en una defensa de la plaza, responden con aplomo, pero se diría que sin entusiasmos. El fuego de los invasores se duplica y concentra sobre los reductos y consiguen silenciarlos, aunque otros se sumen algo más adelante a la batalla como si aquellos gozaran de una segunda vida que vender cara al enemigo.

Ya no se concentran las descargas enemigas únicamente sobre las posiciones respondonas, sino que parece que batieran de antemano una oposición que presumen oculta y temible detrás de las paredes de cada casa.

Entre los que conducen esta acometida se encuentra un veterano de los ejércitos del corso Napoleón, que ahora ronda los cuarenta años, y cree vengar de este modo la muerte de su padre y sus hermanos ocurrida en tierras españolas cuando la otra invasión de España por los franceses, entonces republicanos, o imperiales. Se ha ofrecido a pelear por los Borbones, junto a ellos, que a pesar de darle empleo lo hacen como se haría con un mercenario, despreciándolo en el fondo. En vano será que se esfuerce el coronel barón Emille Ravelle de Tascara en merecer por su hoja de servicios la gratitud de los nuevos Borbones, siempre los mismos. Pasará a retiro poco después de acabada la campaña de Cádiz, sin penas ni glorias añadidas a ella, y acaso con el sentimiento de no haber vengado después de todo, según esperaba, la muerte de su padre y hermanos.

Aunque arrecia el bombardeo, o por lo mismo, los que beben acogidos a la taberna donde los sorprende la cañoneada, beben hasta el hartazgo intentando saciar una sed infinita, o ahogar una frustración que los sofoca, y muchos hay que beben hasta el desenfreno. Las putas se codean con quienes no lo son, sin remilgos de éstas. Alguna casada se comporta, a la vista de todos, como haría *una cualquiera,* cierto que con su marido, pues se anticipa que de ésta no se saldrá bien parados, e intenta la tropa de *bailaores* imponerse al retumbar de trueno de la cañoneada con sus taconeos. Baila ahora la zambra *la Jengibre* con su picor de todo el cuerpo, y dice no saben bien qué historia que cada uno interpreta a su manera, y les pone en el pecho y en la sangre aquellas mismas desazones más vitales. Uno tras otro se suceden los *bailaores* sobre *el tablao,* e incansables igualmente las guitarras y las castañuelas repican, hienden con sus notas agudísimas y crispadas el humo que lo envuelve todo, y en el que se mezclan el olor del tabaco y el de la pólvora y los incendios.

De repente parece que se acaba todo, o mejor, que se detiene en un suspenso concertado. Se deja de cantar, de tocar y de bailar y cada uno, como en una coreografía bien ensayada se repliega a sus silencios respectivos en los que todo —absolutamente todo— se interrumpe. Del recogimiento se pasa a la gresca que protagonizan algunos borrachos, pero es tal su ebriedad que no prospera el desconcierto, y es entonces, que en el tono festivo de antes, proponen algunos enterrar con todos los honores a *la Pepa,* cuya agonía anuncian alegremente los cañones de los *Cien mil hijos de puta del rey de Francia,* los mismos que acuden al llamado del rey felón Fernando VII. No hay entre los reunidos —Dios mismo no lo quisiera— ninguno que se inflame, al grito infamante de *Vivan las caenas,* que en otras partes ya se ha vuelto santo y seña y señal de época. La procesión se organiza prontamente y sale en dirección del puerto, llevando en unas andas improvisadas un féretro igualmente improvisado dentro del cual se echan papeles, proclamaciones y cosas de este género. Un guitarrero marcha a la cabeza, acompañado de voces que cantan. Le siguen la constitución en cuerpo de muerte, y el gentío tabernario que no sabe si divertirse o llorar o ambas cosas, y alguno hay que se aparte en el camino de aquella marcha, y se dirija a casa o a cualquier sitio.

—¿Y esos a dónde van, Juliana? —pregunta un mozo que se encuentra de repente con la mujer, la que seguida de cerca por su marido, huraño y muy callado, se interna por una de las callejuelas.

—A enterrar a la Pepa... —responde presta.

—A echarla al mar, querrás tú decir...

—Pues todo es lo mismo.

—Será que quieren embarcarla rumbo a América...

—Pues, hombre, tarde es ya para eso.

—¡Nunca es tarde si la dicha llega! ¡Nunca! —interviene otro cualquiera.

—Eso, si llega... Si con tanto tronar la dejan llegar intacta a donde se la espera.

—¡Resiste *Cái!* ¡Resiste España!

—Gran fe, y mucho resistir es ése, amigo.

XIII

O tempora! O mores!

(La Habana, 1823)

84

Repuntando de su abatimiento, y tras alzarse después de largo orar, recabando fortitud, consuelo y claridad de ideas, amén de paz y concierto para el pueblo de Dios a su cuidado, solicitó el prelado su coche, y en él se dirigió a toda prisa al Seminario.

Sin mediar ceremonias o dilaciones de ninguna índole, se había hecho conducir su ilustrísima a la celda que ocupaba el rector del Seminario, y lo encontró allí, frente a su mesa de trabajo con un libro abierto ante sí, distraído o absorto en sus pensamientos, mientras con movimientos regulares y mecánicos, desgranaba las cuentas de su rosario. Más que la pequeñez de la pieza, que era considerable, lo que primero llamó la atención del obispo fue la extremada simpleza del habitáculo, rayano en despojo: una mesa de trabajo con su taburete de espaldar alto, y un camastro hundido hasta tocar el suelo.

—A Vuestra Paternidad hemos de encontrar un mejor lecho, que ya no está en edad de malquistarse con sus huesos como si fuera un jovenzuelo, y es menester que descanse bien de tanto ajetreo, como no podía faltarle con tantos chicos, y hermanos alrededor, que también pueden ser jóvenes y descarriados… —dijo el obispo, así que hubo entrado, y el anciano rector se incorporó de su asiento, ofreciéndoselo y yendo hacia él, que permanecía a la entrada del aposento, para besarle el anillo—. Permanezca su paternidad sentado, os lo ordeno, que enseguida haré yo que me traigan una banqueta.

No tuvo más que hacerse oír el obispo, y aquél que había permanecido a una prudente distancia de la entrada, a la espera de una señal cualquiera, corrió a procurarse un banco, y algunos cojines que entre dos jóvenes seminaristas se encargaron de proporcionar para acomodo del ilustre visitante. Otro cualquiera apareció con una jarra de cristal primorosamente tallado, llena de agua limonada y sendas copas de la misma fábrica, que colocó sobre la mesa. Todo lo agradeció el obispo con una sonrisa, permitió que le besaran el anillo, y poniendo sobre la cabeza del último de ellos, que debía ser el más joven, esa misma mano, los despidió a todos con su bendición, y la expresa recomendación de no ser molestados.

—Ya sabe seguramente su paternidad lo que de otro modo, no son sino barruntos que nos llegan..., indicios sin confirmar, pero de otro modo bastante confiables... Don Félix —comenzó a decir el obispo, acompañando sus palabras con un movimiento negativo de la cabeza, no pudiendo ocultar del todo su pesar— se las ha arreglado, para hacernos llegar cartas dirigidas a mi persona, y a la de Su Paternidad, de las que soy portador. Las noticias no podían ser buenas, salvo que el buen pastor se encuentra libre, pues ha debido escapar como si de un felón se tratase, y no de un hombre bueno, y de recurrir, por no haber otro a quien rogarlo, a pedir el auxilio de los ingleses de Gibraltar. Las demás noticias, sólo dan cuenta de que *aquello* está liquidado del todo. El general Torrijos ha librado, a lo que parece, una resistencia tanto magnífica como infructuosa, frente a los mal hadados *Cien mil hijos de San Luis* enviados por el rey de Francia; y el rey Fernando VII, restituido a su proceder absolutista y a su insolencia, ha dado instrucciones de no tener piedad, que como sabemos es virtud cristiana, con ninguno de aquellos de la estirpe de los Torrijos y Uriarte y otros a este nombre vinculados, bien sea por el apellido, por sus acciones, o simpatías. De todo esto ha venido a ocurrir, que aquí mismo, entre nosotros ya se han producido ataques contra la casa del coronel José María Torrijos, a quien nadie podría considerar precisamente un liberal, y han llegado a temer los amigos del joven capitán José Aurelio Uriarte y Torrijos, primo de aquel general, y partidario de la Constitución, por la integridad física de éste, de modo que algunos han venido a verme con un ruego muy a propósito. Por sí, o por no, aquí estoy yo para transmitirlo a su paternidad como cosa propia, y es que se dé cobijo en esta santa casa, con la mayor discreción del caso, a este militar honorable y de nuestras mismas ideas, hasta que se halle el modo de extraerle del país, y ponerle a salvo. Para el caso no es buena la iglesia del Espíritu Santo, única que, según sabe su paternidad goza del derecho de asilo, para que un individuo perseguido se acoja en ella a sagrado. Primeramente porque no se prevén entre tales ofensas las de índole política, o que tal pudieran considerarse; en segundo lugar porque aún no se ha decretado persecución contra el joven oficial; y finalmente, porque acogerse de antemano a la protección que ofrece este templo, constituiría una flagrante admisión de culpabilidad criminosa ante la cual habríamos de comprometernos, bien rompiendo luego una lanza infecunda por un derecho insostenible, bien traicionando el primer asilo y poniendo al presunto criminal en manos de sus detractores.

Comprendió muy bien el anciano lo que se le instruía hacer, y aseguró al obispo que él mismo en persona se encargaría del alojamiento y todo lo concerniente al bienestar del huésped, y de exigir un voto de absoluto silencio en torno a ello, a todos los de la casa que tuvieran que ver con el asunto, y con una nueva ligereza, tal le pareció a su ilustrísima, cual si el encargo le inyectara nuevas energías que no debían corresponder a sus años, se dispuso a cumplir con la solicitud del obispo, quien tras poner en las manos del decano la carta de Varela que para él portaba, se marchó, no sin antes proponerse que al seminario se acarrearan dos nuevos lechos con sus colchones y respectivos aderezos, uno para el posible huésped y otro para el anciano rector que tanto, o más, los necesitaba.

85

Por mandato expreso de María Úrsula, que así lo ha requerido, con manifiesta alarma por la virtual desaparición de Caramelo, se acerca a la casucha donde vive éste con la declarada intención de averiguar de lo que se trate, quien es su mejor amigo y *compinche*, Paquito «El farol». La desvencijada choza, de común ordenada y limpia, ofrece de inmediato una impresión de desorden y desaseo, que, si bien no contrasta con el estado de sus alrededores, sorprende y contraría vivamente al visitante. Se trata, sin dudas, de los mismos cachivaches de siempre, pero sobre estos lo mismo que sobre un par de cajones, que sirven de asiento, y sobre el piso de ladrillos, se amontonan gallinas que dejan sobre aquéllas sus deposiciones. Una chiva de grandes ubres, que ha debido soltarse de su cuerda, rumia con paciente entereza lo que queda de algún almohadón adamascado echado por el piso. Sin encomendarse a nadie, se adentra el visitante en el interior de la morada donde se da de manos a boca con una 'Ña Domitila, por este entonces ya muy ensimismada en una senectud o chochera apacible o, quizás siendo algo redundantes, bobalicona. Al oír la voz de Paquito parece animarse algo la anciana, como si un resorte pusiera en movimiento un primer perno de su voluntad o atención, pero enseguida se disgrega ésta nuevamente y queda empantanada allí, en el primer sitio al que fuera devuelta por su propia inercia.

En el cuarto menudo donde de común se almacenan cosas, al que seguidamente se dirige sin ceremonias de ninguna índole, halla el Paco a su amigo sumido en una miserable apatía que tiene la virtud de estremecerlo.

—¡Bendito Dios y Bendita sea Nuestra Señora de los Buenos Oficios! ¿Qué te ocurre, caramelito de mi alma? Habla por caridad de mí, que, si la Señá' María Úrsula hasta aquí me ha hecho venir preocupadísima por ti, ahora soy yo quien no sabe qué decir na' más de verte así. ¡Habla, por Dios te lo pido!

Por toda respuesta, y echando al cuello del que tal se ha expresado los brazos y el desconsuelo que lo abruma, Caramelo se echa a llorar sacudido de sollozos que no parecen tener fin.

—¡A ver! ¡A ver, bonita! Componerse un poco, y ya está bien que no será para tanto seguramente. Pero habla, mujer, por Dios. Di de una vez de qué se trata para que pueda una saber lo que haya de hacerse.

En tan pocas palabras como las que es capaz de proferir, en el estado en que se halla, le cuenta Caramelo aquello que le ocurre. Por entre la confusión de las que barrunta, Paquito se va expresando a su vez con la ambigüedad de una sibila.

—Riñas en todo caso, propias de amantes, que no podrían faltar éstas, sin que se eche de notar que falta algo de la sal tan necesaria a las cosas del paladar. Un soldado no se gobierna, bien lo sabes tú, o debieras saberlo para tu propia tranquilidad, y un día sí y otro también… Cuando disfrute de su libertad nuevamente, por tu rastro vendrá si no te conozco yo a ti bien. ¿Con otro se ha pegado y al calabozo ha ido? ¡Mira tú! La educación de los cuarteles para mucho da, y la cárcel, ya se dice, para los hombres se hizo. ¡Y también van otros! ¿Quién sabe si hasta por causa tuya, o por celos de quién sabe qué? Un hombre enamorado es un león, y el tuyo tiene la pinta de Campeador. Algún filtro o bebedizo le habrás hecho beber, bien que digas que no acudes tú a tales remedios. En broma lo digo, bonita, para que reacciones. ¿Y a fin de cuentas qué? ¿Tres, cuatro días sin venir el mozo, y de tal modo te afliges que pareces cabo de vela sin pabilo? Virgen del Carmen que no te conozco yo a ti. Irreconocible, andas, que ni tu difunta madre si viviera… Pues ¿qué tal si hubiera guerra o decretaran movilización, o qué sé yo…? ¡Anima, Caramelito de mi alma! Mira que si ahora mismo, diera él en venir, y así te viera, aviados íbamos a estar…

Mucho hubo de reñirle y de sostenerle El Paco, para que al fin se levantara algo el ánimo de Caramelo, y luego que lo hubo conseguido entre ambos se dieron a limpiar de su cochambre, y a ordenar el recinto dejado de su mano por el afligido amante.

—Seguramente se alegrará también con tu presencia y con el nuevo aspecto de todo, tu abuela 'Ña Domitila. También por ella debes volver a tus cabales, y no perderlos en adelante por nada del mundo. Verás cómo me las arreglo yo, para obtener noticia de todo lo que sea menester, y para llevar y traer los recados del caso.

Se alegró mucho María Úrsula con las nuevas que le traía El Paquito de regreso, el cual con mayor prudencia de la que generalmente se le atribuía, dio en restar bulto al asunto, y en atribuir a un empeoramiento del estado de salud de 'Ña Domitila la involuntaria reclusión y retraimiento de Caramelo.

Por sus medios consiguió pasar y recabar la información que precisaba acerca del mozo soldado, con lo cual en la mano volvió a donde Caramelo, y mientras éste leía y releía la misiva pergeñada deprisa por su amante, se dio él a guisar una de las gallinas que ahora estaban nuevamente recogidas en su corral del traspatio, y a juntar los cajones a manera de mesa y a disponer sobre ellos un mantel y flores y platos que había traído con la carta en una cesta de mano.

—Estarás más tranquila —dijo, interrumpiendo sus faenas con expresión que aunque burlona no era maliciosa—. ¡Y que de lección te sirva, bonita! Que más pronto se ahoga quien nadar no sabe o no quiere, en un vaso de agua, que cualquiera en medio de la bahía y con borrasca. ¿A los hombres queremos? Pues habrá que padecerlos. Si en vez de ser simples y desvalidas criaturas, fuéramos amazonas nos apañábamos mejor.

De repente, Caramelo pareció surgir del fondo de la habitación en la que permanecía ensimismado, volviendo una y otra vez sobre las líneas de grueso trazado que sostenían sus manos trémulas, para echar sus brazos al cuello del amigo y estrecharlo con una infinita gratitud y cariño. Conmovido también éste por aquella muestra repentina de vitalidad y cariño de su amigo, no pudo contenerse El Paquito, de manera que dijo mientras intentaba atajar sus lágrimas:

—Anda, bonita, deja de llorar que el llanto arruga, y no es favor el que nos hace. Además, que luego se contagia una como si faltaran sinsabores, y mejor no fuera reservarse para las ocasiones que nunca faltarán.

A contraluz, como si avistara alguna cosa cuyos contornos fuera difícil determinar, 'Ña Domitila observaba la escena y a su modo participaba de la alegría de los protagonistas, dirigiendo hacia ellos unas brazadas en seco y la escasa luz de su sonrisa.

86

Dándose maña en sortear los hoyos de que estaba llena la calle, a la vez que en eludir el gentío que circulaba en una u otra dirección sin aparente concierto, yendo cada cual a sus asuntos, y entre quienes bien podía ser que se mezclara el avieso ladrón, y temiendo, asimismo, ser atropellado a cada paso por una carreta cargada de sacos, o por uno cualquiera de aquellos vehículos de altísimo pescante conducido por un negro calesero emperifollado, y muy metido en sus enormes botas; andando por sobre el estrecho bordillo que circundaba las fachadas de las casas, cuando le era posible circular por él, o cuando éste no faltaba del todo, iba el extranjero, quien a pesar de su continuada estadía en el país seguía siéndolo, por no sentirse de otro modo en su ambiente actual.

—Suba pronto su merced, antes de que le aplaste algún patán con su impericia... —oyó decir de pronto, a un sujeto desconocido que intentaba procurarle acceso a bordo de su quitrín, en medio de la estrecha calle—. Hombre, a usted hablo, que a ninguno otro podría ser... ¡Suba! ¡Suba usted y póngase a salvo de una vez!

Hizo finalmente como se le indicaba el hombre de a pie, viendo que el caballero que a él se dirigía permanecía impertérrito a su pasmo o desconcierto, y antes le prodigaba una sonrisa aquiescente y cordial.

—Don José Augusto de Agüero Galés, y Marcaida Íñiguez —dijo con presteza el caballero algo mayor, extendiéndole una mano en gesto cordial, al que por invitación suya había venido a hacerle compañía—. Es locura sin nombre, si me permite que diga a usted, caballero, ésta de andar a pie por la calle... Es usted extranjero, según se ve, y tal vez no conozca...

—Mi nombre, que pongo a su disposición de usted… —dijo, reaccionando y despojándose del sombrero brevemente el inopinado contertulio— es Patrick Felix Cunningham, y soy, en efecto, extranjero… Si bien no he llegado precisamente ayer como quien dice.

—Estará entonces usted acostumbrado a los usos de nuestra cortesía, por lo que insisto en llevarle a donde desee y se dirija.

—Tanta molestia no podría consentir en causarle a usted, caballero, luego de tan generoso gesto. Bastará con que me saque algo adelante…

De esta suerte, y por la vía de una conversación, y de un encuentro inesperados, trabaron los dos hombres la que habría de convertirse con el paso de los meses en una sólida amistad y más. De muy joven, había vivido durante varios años en Inglaterra e Irlanda, y más tarde en Francia y España, el ahora anciano caballero don José Augusto de Agüero, procedente de una antigua y rica familia establecida casi toda ella en la ciudad de Puerto Príncipe, aunque él mismo, desde hacía un número largo de años había pasado a residir en la capital.

—Deberá usted venir a almorzar uno de estos días con nosotros, con lo que nos dará gran placer. ¡Mañana, si no tiene otros compromisos y le parece a usted bien! Así conocerá a la familia y se sentirá más a gusto entre nos, como si estuviera en casa. ¿Qué le parece?

Naturalmente que le pareció bien al extranjero, cuyo principal sentimiento luego de abandonar el carruaje, era el de un total y absoluto desconcierto, ante lo que hubiera querido atribuir a un exceso de su buena suerte, y no podía sino constituir un gesto de genuina generosidad del delicado caballero, en el mejor espíritu de la gente del país.

A la hora acordada en punto, estuvo presto a la puerta de la casa de quien lo invitara, o, mejor dicho, se halló en su cochera, pues el anfitrión había enviado por él el quitrín de la víspera. En un principio había sorprendido al invitado la estricta puntualidad del anfitrión acostumbrado como ya estaba (o más bien por acostumbrarse a la impuntualidad a ultranza, de los españoles conocidos suyos. Pese a su consternación, notó asimismo que ésta tenía lugar, sin embargo, como si contara con un ritmo propio, natural, desprovisto de los sobresaltos, y aun pedantería, de la costumbre inglesa. Se llevaba el tiempo, como en un compás armónico, pero no se sufría tampoco su excesiva tiranía. De tal modo lo expresó el mismísimo don José, en llegado el momento de hacerlo, que correspondió a los postres.

—El tiempo, don Patrick no ha de volverse nuestro carcelero, sino el amo de llaves en quien confiamos nuestro quehacer. Por otro lado, es música al oído su tictac, y me distrae lo mismo cuando leo en el silencio de una pieza, o cuando lo escucho llevando el tiempo a mi nieta, que ensaya el piano bajo la dirección de su maestro.

Comprobó el huésped que hablaba el inglés y el francés fluidamente su anfitrión, y asimismo los demás miembros de la familia podían expresarse en ambas lenguas con facilidad, y apreció aún más que accedieran a hablar ahora el inglés, sin haberle hecho sentir en ningún momento la inadecuación de su español, que él hubiera sido el primero en considerar tal.

—Y hablando de música, don Patrick —intervino ahora la madre de la niña de que se hablara antes, una criatura de unos diez u once años, de rostro encantador, y mirada que parecía capaz de escrutar con dulzura en los rincones más ocultos del alma, y de hacer luz allí—. María Patricia, a quien bien pudiéramos llamar su tocaya, ¿no?, parece ser que nos tocará algo…

Algo protestó, o dijo en voz baja la niña que hizo que la madre se rectificara:

—…que tocará algo para usted, en su honor, don Patrick, cuando pasemos a la sala para tomar el café.

—¡Bravo…! —aprobó el visitante, dando palmadas entusiastas, y deshaciéndose en palabras de gratitud, dirigidas, unas veces a la chiquilla, y otras a sus anfitriones.

—Don Patrick seguramente preferirá el té, o alguna tizana… —dijo el padre de la niña, dirigiéndose por igual al huésped y a su mujer.

—Naturalmente, cualquier infusión de que se trate. Yo misma preferiría una manzanilla.

—Café para mí —dijo el invitado, casi como si tuviera conciencia de incurrir en una contravención de algún orden.

—Pasemos a la sala si lo desean —invitó la mayor de las hijas que, a falta de su madre, venía a ocupar su lugar a la mesa, aunque era parca, y de naturaleza reservada.

La niña aguardó a que así se le indicara, para correr a ocupar la banqueta frente al piano, y a una indicación de su madre, antes de comenzar a tocar. Aunque solía ser una intérprete más que adecuada, esta vez tocó admirablemente. Se sentía radiante y transmitía a la música que tocaba, y a todos los que la rodeaban aquella misma sensación de gozo. El programa de danzas y mazurcas elegido se prestaba al propósito.

La velada transcurrió animadamente sin que pareciera transcurrir el tiempo, y cuando el momento de despedirse hubo llegado al fin, Patrick Cunningham tuvo la impresión de que pasaba de un tiempo en suspensión, ingrávido, a otro cuyo curso le resultó odioso por predecible, y sintió, asimismo, que no quería marcharse, o en todo caso, que no deseaba ninguna otra cosa con más intensidad que regresar cuanto antes a un momento y circunstancias que debían ser idénticos, y estar allí aguardándole.

87

Transcurridos apenas, poco más de dos meses de la llegada del nuevo capitán general, se lamentan no pocos, de la política de corruptela de muy pronto adoptada por él, en tanto otros, se quejan de viva voz por no hallar satisfacción a sus demandas de *mano dura* y *tentetieso* sin reservas, contra las opiniones políticas librepensadoras. Las medidas, sin embargo, no faltan, y por si aun así vinieran a echarse de menos, ahí están las encaminadas a afianzar el control de las riendas del mando, y a este fin, el esfuerzo dedicado por Vives con harta habilidad, a la creación de una vasta red de espías, que se ha ido montando a todos los niveles, y cuyo oído atento a los rumores que circulen en materia tan volátil, como las ideas sediciosas de cualquier orden, deben hallarse igualmente bien dispuestos a retribuir a los informantes y colaboradores, con toda suerte de estímulos y gratificaciones, según sean la índole y procedencia de los mismos. Bien haya que decir, que no faltan los que, sin mediar prebendas, por natural disposición a la delación y al mal ajeno de ella se sirvan. Dicha red, que ya goza de amplias proporciones en la capital, continuará extendiéndose en los próximos días y meses, al resto de la colonia, hasta afianzar su control e influencia a toda la isla, momento en el cual juzgará el capitán general llegada la ocasión propicia, de dar el tiro de gracia a las últimas libertades, todavía mal que bien consentidas por él. Sin embargo, hay en el hombre un margen de tolerancia innegable que procede tanto de su desinterés en emplearse a fondo en nada que no constituya el placer de sus gallos, y el confort de su molicie, como en cierto reparo sentimental a llevar la incomodidad a los demás, es decir, a aquellos a quienes por su clase y origen, considera, de algún modo, sus pares, y al mismo tiempo —todo habría que decirlo— porque la sangre no le tira al capitán general Vives, como no sea la que derraman o hacen derramar en la valla sus *colosos* emplumados, y eso, sobre todo porque amén del arrebato y calor de la refriega, suele haber mucho talento y sobradas pesetas en las patas de los gallos que apuesta.

Hombre en apariencia contradictorio, Vives ha despachado a su ayudante principal con alguna misión importante, a un puesto en el extremo de la isla, y se ha deshecho asimismo, con gran habilidad, de otros colaboradores y antiguos compañeros para no verse rodeado a toda hora de la ubicuidad de sus sombras, y ha hallado entre la oficialidad local, con arreglo al estudio de sus expedientes, a quien debe ocupar el puesto del primero entre sus *aide-de-camp*. Dicho encargo, un ascenso que es al mismo tiempo un encumbramiento en toda la regla, recae en un joven capitán Alcides Becquerel y Arteaga. Con el paso del tiempo, Vives llegará a distinguirlo por su eficiencia, solidez y otras cualidades que a su modo, si bien no siempre acierta a catalogar y a definir, le parecen partes de un todo, con el que se siente satisfecho.

No se deja apresurar tampoco el capitán general de quienes quisieran exigirle una política precipitada, y para quienes tiene como respuesta en cualquier circunstancia idéntica frase a la mano:

—Todo se andará a su debido tiempo. No nos demos prisa para llegar con retraso. Yo partidario soy, de no dar lanzada *en morro muerto*.

Si bien no llega a manifestarlo, por parecerle harto evidente que así ha de ser, tiene de su mando un sentido que, está a tono con los principios que aquellos mismos abrazan, y por lo mismo no se deja aconsejar sino cuando requiere una opinión que puede o no desestimar, por temor a que de consejo en consejo alguno se apodere de su voluntad omnímoda, o ésta se vea embarazada y comprometida por otros intereses que no sean los suyos. Taimado como es, entiende que aun así su voluntad ha de ejercitarse con arreglo a ciertos procedimientos, y los miramientos debidos a quienes constituyen las principales cabezas del país, bien por su nobleza y fortuna, bien por sus prebendas o relaciones en la corte, pero asimismo hay en él, una propensión a buscar en los otros, cuidando de que así no parezca, una aprobación que no es mero asentimiento, y que a veces le sirve de fiel en sus decisiones. Además de sus galleras, y de las riendas del gobierno, la salud y el bienestar de su mujer le ocupa gran parte del tiempo. No acierta a comprender él, de qué manera acontece aquello de que, siendo ambos de fuerte y saludable complexión, no logre ella conducir a feliz término y con toda normalidad la maternidad de cualquier hembra. De aquel estado de perpetua insatisfacción en la mujer, se deriva a su vez el desfallecimiento y la desidia que la acometen por largos períodos, llegando a la postración y al desmoronamiento más absolutos, de los que luego sale para satisfacción y contento del capitán general, por ciertas temporadas más o menos largas.

A verle, en audiencia especial concedida por él, ha estado ayer tarde don Casimiro Irazabal y Ezpeleta —quien además de algún regalo de gran valor para su señora la capitana generala, y de alguna aportación en metálico para las obras de cierta casa para mujeres desamparadas, a que, según ha sabido él *de buena fuente* se dedican los más de los *emolumentos* de las galleras de su excelencia, o una parte de ellos, cuando menos— se ha quejado de las depredaciones a poco sufridas por su hacienda, a manos de los piratas que ahí mismo, al otro lado de la bahía campean por sus respetos sin mostrar miedo ni obediencia algunos a la autoridad. Se habían hecho, nada menos que con la carga de negros, y todo aquello a que podían echar mano a bordo de uno de sus barcos, dejándole grandes pérdidas y en lamentable estado la nave, cuya reparación y habilitación ella sola iban a costarle una fortuna. ¡Y todo a la vista de quien se sirviera mirar, como quien dice, y a la luz del día, que aún no caía la noche! Un acto de audacia y desacato singulares que, como seguramente bien juzgaba su excelencia, no haría sino estimular otros de éste, o parecido jaez, por lo que le suplicaba su inmediata atención a este estado de cosas.

Sopesaba Vives lo que había de hacerse, bien que no era cuestión de desvelarse por aquello demasiado, por más que don Casimiro se esforzara en ponderar los efectos del atentado en contra de su hacienda, pero tampoco estaba bien cruzarse de brazos, y ello no sólo por dar satisfacción a don Casimiro, sino porque no se pusieran en baza su autoridad y resolución, para demostrar lo contrario de lo cual, lo acontecido le venía bien. Determinó al cabo encomendar a la autoridad de la próxima Matanzas, el operativo contra los piratas que por aquella región también cometían sus desmanes al amparo de los cayos e isletas próximos, y de lo cual recientemente circularan noticias.

—Encárguese, Becquerel, de que se haga todo con eficacia, y de que no falten las noticias oportunas de la correspondiente batida —fueron las órdenes que dio finalmente a su ayudante, después de darle largas al asunto para llegar a aquella determinación—. Y sobre todo mucho tambor batiente para que se sepa pronto y lejos, la determinación que en ello nos asiste. Demos un buen escarmiento donde sea menester, y dejemos constancia de que aquí hemos llegado, para que no se les olvide a unos cuantos *facinerosos* sin ley.

Dadas sus órdenes de cuyo cumplimiento se ocupó en toda regla Becquerel, se marchó Vives a lo suyo, que era aquello de los gallos.

88

A instancias e insistencia de su madre, tan respetada como era de él querida, y en respuesta a aquellas razones encarecidas por ésta, que concernían al «respeto debido», «la paz familiar», «no pasarse de roscas», y otras aseveraciones por el estilo, se resignó el joven José Agustín Cisneros de la Urde, a ocupar una vez más el asiento que podía corresponderle a la mesa de su señor padrino, don Xavier Solana y Marqueda. Para no faltar precisamente a este respeto invocado por su madre, en consideración a la edad y el lugar que le correspondía por ser justamente el mencionado, el patriarca del clan, había tomado el ahijado la decisión de eludir, con diferentes excusas, tales reuniones. Más que la avanzada edad, venían a ser las opiniones extremadamente opuestas, que en materia de ideas políticas albergaba el ahijado, y sobre todo la propensión del primero a imponer las suyas propias a toda costa, zanjando la cuestión de que pudiera tratarse, casi invariablemente, alzando para ello la voz y signando con un dedo índice en avanzada amenazante, apuntando al atrevido que osaba retar su convicción, un dedo índice intransigente. Tratándose, sin embargo, del tío-abuelo de su madre, por el cual sentía ella una devoción que, naturalmente deseaba comunicarle a su hijo, se esforzó José Joaquín con el único propósito de complacerla, aun a sabiendas de lo urticante que podían resultarle tales congresos. No podía calibrar la buena señora, que, bien respondiera el rechazo de su hijo a un natural y justificado retraimiento, a causa de la índole abusiva del comportamiento de su padrino en el curso de tales reuniones, en primer lugar, ni por ser en ella el más joven de los contertulios. Que llegara a sentirse en ellas una criatura exótica, llegando muchas veces a desesperar como ante la picadura de un tábano, por causa de algún comentario o aseveración demasiado rotundo e infundado de su pariente, no podía pasarle por la mente a la matrona. ¿Por qué tenía su amadísimo hijo que comportarse del modo —por demás ostentoso— que lo hacía? Por su parte, estimaba el joven cuánto mejor podía él sustentar criterios, sobre cosas que conocía bien, por haberlas ponderado, y hasta estudiado con algún detenimiento. Sin embargo, a suscitarlas eran propensos los más de los habituales comensales con quienes compartía mesa, sin que apenas pudiera él «meter la cuchara». ¿Para qué pues lo querían? ¿Buscaban sin duda «educarlo» en sus principios, como si él fuera un mero depósito de disparates? ¿De qué habían de servirle las mejores de ella? Había notado, que era siempre el padrino, a iniciar la ronda de insensateces que hacían la desesperación de José Agustín, cuando parecían agotarse las delicadezas observadas respecto a la cena, provenientes de todos los comensales. En la presente ocasión no había de resultar en nada diferente. ¿Por qué había de serlo?, se preguntó. Sin embargo, se prometió cumplir la promesa hecha a su madre, y dejó que la velada comenzada a la mesa, siguiera su curso previsto.

—Desde que el mundo es mundo han sido siempre las cosas como son, o no serían —peroraba el padrino desde hacía un buen rato, las manos algo trémulas, alzando un tanto la voz para imponerse de este modo, sin que fuera necesario, a la concurrencia formada por sus allegados, y aquellos invitados de confianza que hacían la sobremesa, entre quienes destacaba este día el mismísimo obispo. Y, sin que pudiera saberse muy bien, si aquello que decía lo afirmaba a él mismo en una convicción absoluta, o si más bien buscaba zaherir un exceso de confianza, o un cínico desconfiar de que se ufanaban algunos jóvenes, disposiciones ambas que con las debidas reservas habría podido él, acaso compartir, dijo—. ¡Y ha de seguir siendo tal y como tengo dicho, y no como querríamos muchas veces que fuera! De manera que, resignarse, aguantar, y seguir adelante...

Pese a la voz algo cascada, y a las manos temblorosas del patriarca, la robustez con que expresaba su pensamiento y la claridad de ideas de que daba cuenta en su discurso, invitaban a los otros a responder. Lo hizo en primer lugar aquél a quien, por sus años, y el parentesco, pensaban todos que debía corresponder el derecho a la réplica, si no al obispo mismo, que debía sopesar todos los argumentos y puntos de vista antes de intervenir:

—Pues qué diremos, hermano, que en menos tiempo del que toma contarlo, y apenas instalado en su puesto, Vives ha instaurado como única fórmula de gobierno el de las tres *bes*, que no son precisamente las de su apellido.

—Pues que no podían serlo, no señor, sino que éstas son dos y de diferente quilate... —se apresuró a decir el patriarca, inamovible en su argumento, o señalando con esto que de otra cosa a la expresada antes por él debía tratarse.

—Para el caso, y con perdón de mi señor padrino, lo mismo da que hubieran sido sus significados *voluntad*, y *vara* alta... —adelantó un trémulo José Agustín.

—Pues que no había de ser como bien consideras, sino como tengo dicho: *baile, botella y baraja* —se apresuró a responder aquel hermano del anfitrión que primero hablara, procurando que ninguno otro le arrebatara el turno.

Pronto, sin embargo, la voz de don Xavier volvió a escucharse:

—No echemos al nuevo capitán general la culpa de todo, como solemos. Que bien visto, muy de españoles es esto tan nuestro, y ya tan viejo, de zafarnos las culpas o exigir que otros las compartan, por aquello tan socorrido de que, «repartidas tocan a menos».

—Pues ¿no se dice igualmente, hermano, que del rey es el reino y suyos los súbditos y todo cuanto en él hay?

—Cierto, pero insuficiente para explicar a cómo tocamos en esto de las culpas, puesto que el alma sólo a cada hombre la encomienda Dios.

Todas las miradas se volvieron ahora a su ilustrísima el obispo, que había guardado un silencio más que prudente, reconcentrado.

—Bien dicho, esto del alma y las obligaciones que a cada uno de nosotros competen. Yo mismo no lo habría dicho mejor ni con más elocuencia. ¡Cada quien, con Dios, como rey y señor de su alma!

—¿Y qué hubo del bienestar de la república? —demandó saber ahora, con la voz crispada por la emoción que lo embargaba, el más joven de los comensales, que seguía atentamente, con ojos febriles e impacientes la tenida.

Un como murmullo implosivo —imposible de concebir— se escuchó tras las palabras del joven, en medio del silencio que vino a instalarse de súbito, y a señorear entre los presentes:

—A la república servimos, mi joven amigo —respondió con suavidad el obispo, juntando las manos— cada uno en su capacidad, y del mejor modo que es dable y bueno hacerlo. —Antes de que su impulsivo interlocutor pudiera añadir nada, el prelado concluyó de este modo—: Bien es cierto que su excelencia el capitán general recién se estrena en lo suyo, y es deber cristiano de todos, contribuir al buen éxito de su gobierno. Por experiencia tenemos que no todo lo que se dice es la verdad, ni es la verdad todo cuanto se clama en las azoteas. Mas si según prosperan los rumores, algo hubiera de verdad en ello, Dios nos asista y provea los remedios pertinentes.

Sonrió vagamente alguno de los invitados, con los ojos bajos metidos en el plato, ponderando para sus adentros los arrestos y la prudencia, de que a la vez daba muestras el prelado con emitir esta declaración.

Algo amoscado, por su parte, y entre las represiones que a *sotto voce* y con disimulo que no lo pareciera tanto, le dirigían no pocos de sus parientes, el joven José Agustín tragó lo suyo sin animarse a decir más, tal vez porque en aquel punto y ante la autoridad y la dulzura que emanaban del obispo, no supo qué otra cosa decir.

A fin de evitar al joven cualquier género de represiones en familia luego de su partida, concibió el prelado una fórmula que pudiera reconciliar al que había hablado con los restantes miembros.

—No tengo dudas de que serán mejor servidas la patria y la república, por jóvenes como éste, tan rectos y preocupados por sus destinos, y que el futuro está garantizado por su celo y devoción, que si de este modo se manifiestan tan temprano, será cosa de mucho esperar y cosechar. Con lo que todos debemos darnos por dichosos, y confiar a ellos en quienes la Gracia derrama sus efectos, el futuro que nos aguarda. ¡Os doy a todos mi bendición!

Con esto, se puso de pie y haciendo sobre todos, la señal de la cruz, se despidió el obispo aún temprano, y luego de acompañarlo toda la concurrencia hasta la salida de la casa contra su expresa indicación en tal sentido, y de verlo partir en coche, volvieron a reunirse en la amplia sala para hacer y escuchar música, y declamar poesías los más jóvenes, en tanto otros se enfrascaban en un juego de naipes.

—Ya ves, José Agustín, que lo de las tres *bes* de Vives que se dice, se cumple de cualquier modo, aunque nada tenga que ver en ello su excelencia.

—A otra cosa alude el dicho popular, me parece a mí —no pudo contenerse el joven—. ¡Pan y circo! De eso se trata. La gloriosa fórmula romana que el señor capitán general nos trae como revelación de su fundamento y juicio.

Don Xavier, que había esperado de su comentario mejor suerte, dirigió al joven esta vez una mirada de ultraje, que aquel no pudo resistir, o no quiso tolerar. Con los ojos henchidos por las lágrimas que pugnaban por salírsele, e incapaz de decir palabra a su padrino, y echando precipitadamente mano al bastón y al sombrero, abandonó la habitación, con una ligera inclinación de cabeza, antes de que se percataran los otros de su determinación e intervinieran tal vez para impedirla.

Tan pronto salió a la calle, y se alejó de la fachada de la casa, al exterior de la cual ardían dos faroles cuya precaria iluminación bastaba a producir alguna claridad, se adentró un poco a tientas por los callejones y callejas aledañas que lo conducirían a su destino. Era lo mismo que si el laberinto de calles oscuras replicara la confusión que el joven sentía en su interior, y en consecuencia como si avanzara por dentro de sí mismo, hebra que se pierde en su propia madeja, buscando infructuosamente su otro extremo. En circunstancias normales, de no haber dispuesto de un pasaje en coche lo habría hecho acompañar el dueño de casa, su padrino, por un esclavo de probado valor y lealtad y de un farolero —niño, de haberlo en casa, al que se encomendaba portar éste como un abretinieblas, más de agradecerse cuanto más oscura fuera la noche circundante, pero tal había sido la precipitación de la partida, y tales la confusión del ahijado y el enojo del padrino, que de repente se encontró quien se marchaba, casi a escape, en medio de las tinieblas y el encono de calles y callejones de aviesa desolación.

Un fulano que rondaba desde hacía rato la casa, percatado de que algún género de convite tenía lugar dentro, por las luces de los fanales y arañas que ardían en el interior de la morada, y cuyos reflejos alcanzaban a verse a través de las ventanas, de donde se concluía que algunos saldrían de la casa, quién sabe si desapercibidos, había seguido prontamente al joven, y a poco de seguirlo se le vino encima sin avisar, y con un golpe de arma blanca lo dejó tendido y desangrándose en el suelo, mientras lo desbancaba de todo cuanto llevaba el caído, antes de marcharse con aquellos despojos.

Una larga agonía acompañó al moribundo, cuyos pensamientos iban sin concierto de la imagen de su madre a la de Verónica —la mejor amiga con que hombre alguno pudiera contar en este mundo, según era su convicción— y cuando al fin fue llegada el alba, o tal le pareció, creyó entrever éste por entre los rezos que escuchaba muy próximos los rostros sonrientes y tranquilizadores de ambas mujeres que parecían anunciarle en efecto, que tan larga y desolada noche quedaba atrás.

89

Sin tratarse en modo alguno de cosa nueva o novedosa, ésta de los ataques piráticos, que a la vista de la costa podían lanzar los facinerosos de diversa procedencia, contra cualquier nave desprovista de defensas que entrara o saliera del puerto, o hiciera desapercibidamente el recorrido de la costa, procedió ahora Vives a proclamar una política de «cero tolerancia». Mas como hubiera tenido él mismo que ocuparse, al menos tangencialmente de semejante «ajetreo», según su calificación del fenómeno, caviló el mejor modo de apuntarse el tanto, por carambola. Muy próxima a la capital quedaba la ciudad de Matanzas, escenario igualmente frecuente de acometidas piráticas. «A por ellos», según un circunloquio que solía emplear, cuando de enfrentar los gallos de su gallera a los de sus rivales se trataba, lanzó al gobernador de aquella plaza mediante órdenes que despachó deprisa, pues en efecto ya esperaban por él sus amigotes para la lidia. Un giro, a cuyas espuelas apuesta él la derrota del contrario, propiedad del marqués de Peñalver, aletea entre las diestras manos de su gallero principal, anunciando por anticipado, de qué parte se inclinará la balanza. No debe hacer esperar más tiempo a sus distinguidos huéspedes y amigos, se dice, deshaciéndose del escritorio que lo ata.

Pronto se recibe en la cercana Matanzas la conminación del capitán general a proceder de inmediato contra los piratas, y con toda la fuerza de la ley. Ruedan en sus órbitas los ojos del señor teniente gobernador, al tiempo que echa hacia atrás la cabeza y la deja descansar allí, contra el respaldo del sillón, en oyendo lo que con su peculiar estilo y facundia le manda hacer, por escrito, el excelentísimo señor capitán general don Francisco Dionisio Vives. Sabe bien el subordinado, de lo que se trata:

de un nuevo *paripé* a los que acostumbra echar mano Vives, por política de apaciguamiento, o consideraciones de quién sabe qué índole, pero le da igual que así sea, y se trate de lo que se trate esta vez, porque al cabo, será él como gobernador de esta plaza quien se haga cargo del gasto y del descalabro, que todo es garantizado con anticipo. ¡Tan lejos de Madrid está Matanzas, y tan cerca de La Habana —se dice su señoría— que no hay para qué invocar a Dios en sus asuntos, bien que sólo Dios pudiera remediar tanto desatino como tiene lugar!

Con un gesto indica a su ayudante, el capitán Mauricio Gener Batista interrumpir la lectura de la carta. Medita unos instantes, si pudiera resolverse a aquello tan socorrido de «se acata pero no se cumple» o cosa semejante, pero nuevamente la proximidad de esta plaza a la capitanía general, y la caterva de fisgones y lameculos de Vives en todas partes, lo obligan a considerar los riesgos de una desobediencia impensable, tanto como los de un faena desganada.

—Lo que su excelencia busca son fuegos artificiales. Algún magnate que deslumbrar habrá, o quién sabe, y pagaremos nosotros la factura. Veamos que no sea mucha y que convenza el despliegue, Gener. Un buen tramoyista precisamos.

Los ataques piratas sucesivos y recientes contra dos embarcaciones procedentes de hacer la trata, uno de los cuales había partido de una fragata colombiana, propiamente identificada, habían suscitado la iracundia de don Casimiro de Irazabal y Ezpeleta, perdedor neto en la contienda, de cuyos barcos con su carga había sido despojado sin compensación alguna, ni modo de exigirla a corto ni a largo plazo. En realidad, esta vez el capitán general ha pensado que algo debe hacerse, no sólo para acallar y calmar la contrariedad de Irazabal y Ezpeleta, cuyos buenos oficios no habría para qué alienarse, sino también porque se le antoja que algo de desafío a su poder hay, en estas embestidas que parecen poner a prueba su determinación. A medida que pasan los días, sin embargo, se va aflojando el resorte de su empeño, y dando paso a todo tipo de consideraciones.

Tiene entonces lugar otro hecho que por su misma naturaleza exige la pronta respuesta de su excelencia. Después de breve estancia en el puerto para reparaciones menores, y abastecimiento, la fragata *Belisario* considerada de tiempo atrás de las llamadas «musulmanas», es decir corsarias, al servicio de las armas españolas que hacían flotar la enseña colombiana para el encargo de atacar en mar abierto, a otras naves consideradas enemigas, se había largado sin ruido y con viento fresco, luego de abordar y desvalijar en plena bahía, a vista de quienes quisieran tomarlo en cuenta, el buque *Sagrado del Buen Recaudo,* con lo que la burla podía parecer doble, por considerársele una blasfemia, amén de una traición. Sin embargo, no dispone Vives al momento de la fuerza naval necesaria para salir en persecución de la *Belisario.* Al brigadier Laborde ha despachado poco antes en persecución de una fuerza conjunta que amenaza por la costa sur, procedente de Colombia, la que en efecto se retira prontamente ante el despliegue del marino español cuya bien merecida fama lo precede.

Ante la disyuntiva, más de orden político que militar, que para el capitán general representa la acción de la nave *Belisario*, se le ocurre a su excelencia que al puerto de Matanzas y a la autoridad de él, corresponde por su cercanía a los hechos, tomar cartas en el asunto, y a este propósito es que encomienda al gobernador de la plaza organizar y dar una batida contra los piratas que se guarecen impunemente en las caletas, cayos e islas adyacentes, de donde parten con audacia y sin miramientos de banderas o lealtades de ninguna índole, y caen sobre sus presas. Que dos de éstas hayan resultado ser barcos *carboneros* con su carga, pertenecientes al acaudalado e influyente don Casimiro exige una respuesta contundente, que sea al propio tiempo un juego de pirotecnia, mediante el cual pueda darse por satisfecho hasta el mismísimo afectado, y cualquier otro en similar situación. Nadie mejor dotado para la empresa, por otra parte —piensa Vives— que quien es el gobernador de la ciudad y puerto de Matanzas, tan próximo a la capital.

Las preparaciones pues comenzaron enseguida, animadas por la fanfarria que metía la tropa acantonada, y de la que se hacían eco los esclavos y el pueblo todo. La estrategia avisaba de manera que los piratas, contra quienes se dirigía la operación, puestos sobre aviso, desertaron las costas adyacentes y parecieron desaparecer. Una chalupa desarbolada, y a todas luces de largo tiempo abandonada al pairo fue hundida a cañonazos con gran regocijo, a la vista del puerto mismo a donde se la había arrastrado. Al quinto día se suscitó una escaramuza cuando una nave sin identificar apareció a la distancia, y al comienzo pareció surgir en dirección de la pequeña flota para dar luego un giro repentino que la alejó de ésta. Entre lanzarse en su persecución o darse por satisfechos con la resolución alcanzada, se dispararon varios cañonazos que fueron, por fuerza, a dar contra las olas. Con viento a su favor y mayor ligereza y maniobrabilidad, el barco pronto se perdió de vista. De haberlo perseguido, seguramente habrían podido darle alcance los barcos de la flota, pero la orden no fue dada, de manera que, satisfechos con la dorada medianía por gloria, se acogieron nuevamente los marinos a la protección del puerto de Matanzas, verdaderamente satisfechos de aquellas jornadas.

Algunos que no lo estaban en absoluto, sino antes se avergonzaban del gran despliegue que para unos fuegos artificiales se habían empeñado, con aquel cuyo nombre era Radamés Pierrá de Agüero a la cabeza, protestaron lo suyo con determinación, notada más no tomada en cuenta por los superiores jerárquicos:

—Cuando España es una a rechazar al enemigo común, somos los españoles feroces e imbatibles, que cuando faltan la voluntad y la determinación…

—Ya basta, Pierrá —le interrumpió el superior a quien, más como camarada y amigos que eran se dirigía éste—. ¡Una palabra más y se tratará de insubordinación y desacato!

Calló el levantisco, mas no por ello dejó de pensar y concluyó que todo estaba perdido, que se perdía España y con ella el honor y la libertad y todo cuanto valía la pena ser defendido, que no un mero territorio de prebendas y engañosos espejismos. Comprendió tal vez, aunque sin admitir como válida la especie, que aquellos militares compañeros suyos, que no entendían bien ni mal adónde los llevaba una política tan mal diseñada como errática, y sólo una en sus baladronadas y excesos retóricos de toda índole, no quisieran ofrendar sus vidas ni incurrir en riesgos que, bien mirado, ningún propósito trascendente poseía.

De vuelta en tierra, y ya poseso de una determinación fatalista no se unió de inmediato a sus compañeros que festejaban con gran alboroto lo que contagiosamente llamaban «*un gran triunfo de nuestras armas*», sino que se retiró a sus aposentos con la falsa promesa de regresar de inmediato junto a sus camaradas, y una vez allí, se echó sobre el camastro que le servía de lecho ordinariamente, y una vez en él se disparó en la sien con el revólver de servicio.

90

No habría podido explicar él mismo, de proponérselo, la sutil transformación que, sin apercibirse de ello, obrara sobre sus emociones, de común poco susceptibles a las impresiones que no estuvieran acompañadas de un elemento *razonable*. De un tiempo a esta parte, se había vuelto don Patrick Félix Cunningham, digamos que, más condescendiente y receptivo a toda clase de estímulos. Obraban sobre él los objetos más diversos, de un modo que se diría algo perturbador: una simple florecilla abierta entre los resquicios de una pared, de cuya circunstancia nunca antes se hubiera percatado, se convertía en estremecedor acontecimiento. Por su causa se detenía a contemplarla y apreciar en esta manifestación inusitada de belleza y fortitud, mil bondades que procedían inequívocamente del Supremo Creador. Se trataba de un regalo inapreciable. Las miserias mismas del entorno, ahora no sólo constituían una vergüenza ajena, sino que lo rozaban y salpicaban de paso. La limosna que ahora ponía en manos de los más desamparados, aquellos que ni siquiera se la solicitaban con la mirada, ahítos de pedir en vano, o avergonzados de tener que hacerlo, no formaba parte de una fórmula repetida por deber, sino de una insuficiencia de la que era consciente.

Desde que hallara fundamento firme la amistad que le brindaran el patriarca José Augusto y su familia, innumerables veces había vuelto al hogar que estos le brindaran, y en el que era acogido siempre, y demandada su presencia sin que mediaran cumplidos. El efecto recíproco de esta relación se manifestaba igualmente entre los distintos integrantes de la familia, quizás si de un modo particular sobre la mayor de las niñas de la casa, aquélla que tan animadamente tocara el piano en ocasión de su primera visita, y en todas las siguientes, como si, consciente del efecto de su interpretación sobre los reunidos, se aferrara a este recurso con empecinamiento de niña voluntariosa, que en verdad no era. Por su parte, don Patrick correspondía a su inesperada devoción con regalos y dulces, de que tampoco carecían los demás niños, pero que a Patricia se le antojaban únicos.

Un efecto similar, si bien manifestado con harta mayor discreción y más complicado en las formas, había surtido la presencia del forastero sobre la mayor de las hijas del dueño de casa, viudo éste desde hacía unos diez años. Se arreglaba ahora ésta con más mimo frente a un espejo que le devolvía con su imagen, súbitas preocupaciones por un pliegue del vestido, o la inopinada ojera, que antes no le hubiera quitado el sueño, y acabó por abandonar en parte el papel de la matrona grave, que a la muerte de su madre había asumido completamente. Unas veces se trataba de la menuda flor de crisantemo entre sus manos, cuyo olor tenía el efecto de embriagarla dulcemente en sus silencios; otras, de la blanca flor de mariposa colocada entre el peinado, o de la orquídea colocada a la cintura con un gesto de coquetería nuevo en ella. Las hermanas debieron de notarlo con trepidación y alegría, pero discretas y temerosas de estropear con sus comentarios aquello de lo que pudiera tratarse, renunciaron a hacerle ninguno a la hermana mayor. Pocas eran las ocasiones, sobre todo las festivas, que abundaban en el calendario, en que Patrick Cunningham no estuviera a acompañar a los de casa. Su presencia, amén de esperada se había vuelto con el pasar del tiempo —y no hizo falta mucho para que acabara instalándose en las expectativas del hogar de su amigo— una costumbre cuya interrupción, además de inexcusable, hubiera venido a causar verdadera conmoción. Frente a una improbable tardanza, por ejemplo, se escuchaba la alarma en boca de quien sin dudas con más ansia le aguardaba:

—¡Desacostumbrado en él! —observaba Serafina, retocándose un rizo como de paso, frente a la luna de la sala—. ¿Se habrá enfermado de repente don Patrick?

—Ave María, mujer —le respondía, adoptando de propósito un aire de despreocupación, una de las hermanas. En realidad, comenzaba a preocuparse más por la que tal decía, cuyo comportamiento, aunque bien disimulado, a ella se le revelaba el más transparente—. Ni que don Patrick tuviera que atenerse a un horario para venir a esta casa.

—¿Oyes? —observaba otra—. Es él que llega.

Para la Nochebuena de ese año, no fue Cunningham, sin embargo, el único invitado. Aunque solía pasar estos días el grupo de jóvenes procedentes del Seminario en compañía de sus familias, aquellos que después de la partida de Gaspar seguía compartiendo la mesa, y frecuentando la amistad de Agüero, y que por diversas razones no habían vuelto a sus predios, estuvieron invitados. Otros, entre quienes se encontraban los tres asociados de don Patricio, don Eladio Hernández Mendizábal, a quien la noche en cuestión acompañaba su encantadora y bella esposa doña Raquel Amador Portinari; don Esteban Cattley Tennant, y Harry Albert Morrelly, quien además de asociado era el primo hermano de don Patrick, compartían la mesa familiar. Asistía además su ilustrísima quien de este modo cumplía a satisfacción con un hábito de largo tiempo atrás establecido, por la disposición y la generosidad —juzgaba él— y el cariño, que le dispensara quien fuera la dueña de casa, y su única parienta en el país. Luego del fallecimiento de ésta, y de guardar como Dios manda los primeros lutos en memoria suya, había vuelto a restablecerse el hábito de las cenas de la víspera del nacimiento de Nuestro Señor, y volvía a ser invitado de honor su ilustrísima. De este modo se deshacía airosamente del compromiso de aceptar la invitación que le hiciera el capitán general —lo mismo que de otras— con la excusa verdadera, de que se trataba de una costumbre y de un compromiso asumido de mucho tiempo atrás. Coincidieron pues a la mesa, con los que eran de la casa, el obispo y los dichos doña Raquel, don Eladio, don Esteban, don Harry y don Patrick. Éste último, aprovechando un aparte en la conversación en el que le fue posible hablar a Serafina de Agüero, le confesó sus sentimientos, a los que seguramente ella no podía ser del todo ajena, y no siéndolo ésta en modo

Lo que dura el estío

alguno, se comprometieron, quedando don Patrick Félix Cunningham en hablar de inmediato con su amigo, el padre de la enamorada, para formalizar el compromiso. A su vez, el primo de don Esteban, aquel Harry Albert Morrelly, de buen porte, ademanes distinguidos, pelo ensortijado y rojo que, de sobremesa había conversado largamente con el obispo, no había perdido de vista tampoco, a la más joven de las hermanas. En varias ocasiones se habían cruzado sus miradas, y aunque discreta y pudorosa, creía haber hallado igualmente en las de ella una resolución y franqueza que se abrieron paso en su corazón, de manera que antes de acabar la noche, sentía que estaba rendidamente enamorado.

—Debo confesarte, primo, que me has hecho el mejor regalo de Navidad que nunca nadie me haya hecho antes... ¡Ah, contemplar los ojos de la mujer más bella y dulce que haya visto nunca en los días de mi vida! Y todo bellamente envuelto y sin esperarlo en absoluto. Debo confesarte que esperaba tal vez, encontrarme a un par de viejas señoras.

—Algo has bebido, Harry, y creo que es llegado el momento de marcharnos a casita con viento fresco.

—No es sino la embriaguez del amor, primo, la que me domina. Nada temas en razón del vino.

—La borrachera, de cualquier índole que sea, está muy mal vista de la gente de bien, y es mala consejera, Harry. Mejor será que volvamos ya a casa y aclares la cabeza.

—Hombre, a ti nada más te preocupa la buena marcha de tus negocios y el qué dirán de la gente...

—¡De la buena gente, Harry! De la gente decente.

—Nada temas, primo, que nada sucederá, ni haré yo nada que dé motivo a hablar de nada, sino que enviaré a la mujer de mis sueños los latidos de mi corazón, y ella los escuchará sin duda alguna.

Cuando se marchaban ya, al cabo de la velada que había sido brillante y lucidísima, así como la cena había estado suculenta, se las arregló Harry para retener entre las suyas un poco más de tiempo la mano de la bella, antes de besarla.

91

Dictaba el capitán general alguna carta, o cosa parecida, a su ayudante, mientras recorría la pieza con largas zancadas que debían favorecer aquel esfuerzo:

—...Que según fuentes *fidedignas y muy de fiarse*» que nos llegan, sabemos todo lo que por el momento hay que saber de una conspiración en gran escala, preconizada por los revoltosos que se llaman seguidores del tal Bolívar, con el apoyo de un número todavía por determinar de infidentes locales —hizo una pausa, y continuó de inmediato, con lo que, el improvisado escribano tuvo apenas tiempo de mojar nuevamente la pluma en el tintero—. No ignora esta Capitanía General la complicación y la complejidad del asunto de que se trata, y consecuente en su afán por...

Mientras tomaba el dictado, el militar que tal hacía se esmeraba en conseguir unos trazos que resultaran elegantes, a la vez que perfectamente legibles —particular éste en el que insistiera previamente el capitán general— sin perder el pulso en la carrera por seguir de cerca, el paso de marcha rápida impuesto por Vives. Pero la frase quedó allí a donde la había llevado éste, suspensa en un vilo de sombras, y el capitán general pasó a hablar de otra cosa, como si no tuviera el menor sentido de las transiciones.

—¿Has visto ya que esté todo arreglado, y a pedir de boca, para la faena de pasado mañana? Sería mejor que su ilustrísima el obispo no pudiera asistir, con lo que nos evitaríamos un poco de «*siscuperción*», como se dice, pero habrá que invitarlo, ¿qué remedio? Demora tú en hacerlo, con alguna buena excusa, naturalmente, y Dios dirá... A él, de todos modos, bien se ve que no le interesa el asunto lo más mínimo, pero se obliga a estar siempre que es posible, si por cortesía se le invita... Y por ahí sigue tú desenrollando el pliego ése, que es la de nunca acabar ésta de las obligaciones y todo el embrollo. Eso sí, por nada del mundo dejes de enviar por el «*Monsieur*» que está de paso aquí estos días. Apostará él lo suyo y le desbancaré yo de lo lindo, y con él vendrá su señora la «Madamita» que le acompaña, que no entenderá de esto ni mucho ni poco, pero servirá de adorno. Para más suerte tampoco se expresan mis galleros en la lengua franchute cuando maldicen y despeñan por lenguas a sus semejantes.

Como le tomara algo de tiempo a su ayudante recomponerse, y responder como esperaba el otro, que sí, que todo había sido arreglado y en forma, su excelencia le animó a decir más al respecto, con ese género de excitación que despertaban en él muy pocas cosas que no fueran ésta de las peleas de gallo.

—A la lidia, compañero, que son los gallos de este país puesto bajo nuestro encargo, su timbre y gloria únicos, tanto o más que sus mieles de caña y las hojas del tabaco que han hecho ya su fama. Tal y como oyes, que es éste de los gallos negocio redondo por sus dividendos como por sus empeños, y la demanda que de ello hay. Y en cuanto a jaleo, ni los toros lo procuran más. A los cubanos, con poco los contento yo, y en ello empeño mi palabra y mi honor.

Incapaz de pasar con la facilidad que se le demandaba al plano de informal ligereza impuesto por su superior, estaba el subalterno en tránsito hacia aquel estadio, cuando intempestivamente volvió el capitán general a su dictado:

—*Cálamo corriente* que decíamos... ¡A ver! ¿Dónde habíamos quedado? Pon ahí cualquier latinajo que venga a propósito y endereza por lo claro... «*por quebrantar a quienes desean perturbar el orden*» y... el resto ya lo sabes tú y así que lo despaches con unas cuantas frases, me ves.

Asintió el improvisado amanuense, y se cuadró cuando estaba para salir su excelencia, pero ya ésta se desentendía de él cuando al pasar a la otra habitación, tuvo que dar voces para que a ellas acudieran los sirvientes a quienes había prohibido perentoria y «*determinadamente*» —con adjetivo que rubricaba su dedo índice levantado— acercarse para nada a la pieza desocupada, mientras estuvieran cerradas las puertas que a ella conducían, indicio de que despachaba algún asunto S.E. Se preguntó seguidamente el ayudante, de qué materia verdadera estaba hecho éste hombre, no del todo vulgar, más bien sin refinamientos, y tan dado a los placeres y las emociones fuertes como aquélla de los gallos, a la vez que tan al tanto de los menores acontecimientos de gobierno, y tan habilidoso para prevenirlos que era continuo motivo de sorpresa del subalterno. Ya para poner a un lado los útiles de su escribanía, sintió de repente en los dedos de una de las manos, la humedad que en ellos ponían las lenguaradas diligentes y afectuosas del mastín de S.E.

—¿*Quiubo*, Pocho? Tarde llegas. ¿A tu amo buscas? ¿Que no eres tú perdiguero con olfato de tal? O estás viejo o te va faltando el oficio, ¿no? ¿O te haces el tonto de capirote, para ver por donde enrumba la caza y tenerla fácil? A ver, buen viejo, ven aquí a que te haga yo una caricia en el lomo. De tomo y lomo se trata siempre, y no menos, Pocho, ¿qué esperabas?

La voz del amo que llegaba de lejos tensó de repente el espinazo del perro, le hizo parar la cabeza, disponer las patas y puso en alerta sus sentidos todos, como si de repente ya no le interesara aquella caricia que había suplicado un momento antes:

—¡Pocho…! ¡Condenado! ¡Ven aquí! ¿Dónde diantres te metes? Quiero yo saberlo, y enmendarte de una vez tantos resabios.

Sin embargo, vaciló el animal como trabado entre dos instintos igualmente poderosos que fueran al mismo tiempo como resortes de un mecanismo al que perteneciera.

—Anda, Pocho, ve donde tu amo, que nada pasará mientras escuches los truenos. Tú, del rayo cuídate, que es silencioso y avisa luego que ya es tarde. Anda… A amansar que ése es el oficio que te han encomendado.

Librado entonces a la inequívoca encomienda que se le asignaba, y ya sin vacilaciones de ninguna índole, incluso con júbilo corrió a cumplirla el animal.

Concluyó entonces el subalterno que se trataba seguramente —pensaba en S. E.— de un hombre en *estado natural*, poco más o menos, de aquellos de los que hablaba Rousseau. Nunca había acertado él a comprender muy bien, aquella doctrina alambicada del filósofo francés, bien que leído a tirones y ocultamente en un volumen que a su hermana Verónica traía desquiciada, con raptos de verdadera locura, motivo principal por el cual se interesó él en su contenido.

—Eso. Un *hombre natural* al que la civilización corrompe sin remedio —acabó por decirse, y enseguida, dudando a la vez de su conclusión y de la aplicación de ésta al caso del capitán general, que con arreglo a una filosofía ajena, ni siquiera bien comprendida, intentaba él dilucidar, se dijo—: Mas ¿dónde empiezan y dónde acaban en el hombre lo natural y lo civilizado, pues no parece que haya mucho de lo segundo, si bien de lo primero abunda el caso…?

Como solía en situaciones semejantes que bien desaconsejaban no calar en antecedentes, ni buscar resoluciones, o, de otro modo alcanzar conclusión alguna, se sacudió aquellos pensamientos, y logró fugarse y burlar su acoso mediante el recurso de poner orden en lo inmediato. Luego debía dar cuenta a S. E. de todo ello, y más que ninguna otra cosa, debía asegurarse de que nada faltara y todo estuviera en su debido sitio en relación a «aquella pelea de gallos de la que, como siempre, tanto esperaba la máxima autoridad.

92

Al mozo que, recientemente había suscitado la admirada aprobación de muchos, con la inspirada traducción de Píndaro, llamaron a formar parte del círculo que formaban, los jóvenes escolares, rendidos admiradores unos, y todos amigos del que sin dudas era el benjamín de aquella cofradía estudiantil.

—Vean. Es Heredia que sale de rendir su examen.

—José María, ven aquí, chico. Cuéntanos qué tal has salido del paso.

—Pues de qué otro modo había de ser, hombre… —dijo por él, uno cualquiera de los que integraban el grupo a tiempo que le echaba el brazo sobre los hombros, y tiraba de él—. ¿Qué hubo, *chiquito*?

A quien no hubiera estado familiarizado con la entente que representaba el grupo de estudiantes allí reunidos, y con los hábitos a que se obligaban entre sí los acólitos de este culto, habría parecido una rareza el que sólo unos pocos llamaran al recién llegado por su nombre de pila, y aun estos se dirigieran a él en ocasiones mediante el empleo del apellido.

—Oye, Heredia, cuéntanos qué ha sido lo peor, para estar mejor preparados luego.

El recién llegado fue parco. No estaba —según se veía— de humor para extenderse en consideraciones de aquella índole.

—Alguna putilla ocupa seguramente el pensamiento de nuestro joven amigo —dijo con expresión que conseguía ser crasa, a fuerza de proponérselo declaradamente, uno de los cofrades de la hermandad reunida. Quien tal decía no contaba muchos más años a su favor, pese a referirse al otro como «nuestro joven amigo», lo que le imputó en su defensa el llamado Heredia, tras de refutar aquello de «putilla».

—¡Vaya que te expresas lindamente, paisano! Como un villano de la peor especie hablas delante de todos. Cualquiera diría que te adscribes al partido de los *piñeristas,* que según bien sabemos, es el de los rufianes, y la canalla que a racimos nos llega del Continente por cuenta de la Madre Patria.

Tal respuesta, o la violencia de la misma, suscitó un conato de pelea cuando el otro, picado por ella y tomando a gran insulto que se le llamara *piñerista,* y por asociación todo lo demás, respondió en tono súbitamente grave, y se preparaba ya para lo que, inconcebiblemente debería haber sido un duelo a muerte o cosa semejante. Si no prosperó el lance, ello se debió no sólo al hecho de que los duelos habían sido en verdad relegados al pasado, y a que no eran los reunidos, de este talante, ni propensos a resolver una diferencia de opinión, mediante la efusión de sangre, sino sobre todas las cosas porque el propio mozalbete que había tenido palabras tan álgidas para su colega, le dirigió ahora éstas que tendían un puente de reconciliación:

—Perdona el exabrupto, amigo Jeremías. Me excedí en mi refutación, y te ruego disculpes lo que por temperamento dije sin pensar.

Aplaudieron todos, y los que estaban en mayor capacidad de valorar la resolución del asunto, como la disposición de Heredia, lo tuvieron en mayor estima y preciaron su nobleza de carácter.

—Nada, hombre, que no se diga más. Venga esa mano y un abrazo —correspondió el otro a la intención declarada por José María— que entre nosotros no ha de ir a más cosa alguna, y llevas razón en eso de haberme excedido con una procacidad que, tal y como dirían nuestros tutores, no corresponde a un hombre bien nacido, y antes es contraria a los principios que nos sustentan, o deben sustentarnos.

Aplaudían con verdadero entusiasmo los muchachos, y les parecía vagamente hallarse en el mismísimo foro romano, donde, según entendían ellos, alguna vez se resolvieran grandes empeños de la civilización por la brillantez con que allí se exponían y desarrollaban los argumentos más convincentes.

Aunque de este asunto nada dijo, sino que bien lo sabían los más allegados, sufría el poeta del mal de amores, que tan pronto le daba todo género de certezas como de incertidumbres, y tenía los ojos puestos más que en mujer alguna, en un ideal que sólo por conveniencia o casualidad podía materializarse y tener nombre. Antes que para proteger el que debía ser su pundonor, con tal de que su musa tuviera nombre de heroína y se mantuviera en aquel nimbo de recogimiento e ilusión insuperables, que debía ocupar, la dotó prontamente de un nombre y fue éste *Emilia*. Ese mismo día, sin cuidarse para nada de los exámenes que tomaría en cuestión de horas, se había propuesto escribir y había concluido felizmente, un soneto cuya ejecución le parecía un proyecto mucho más elevado, que aquel de rendir unos exámenes cualquiera en leyes humanas. Sacando del bolsillo un pliego doblado en cuatro y desplegándolo frente a sus ojos, sin previo anuncio declamó, para deleite de todos:

> Mira, mi bien, ¡cuán mustia y desecada
> del sol al resplandor está la rosa,
> que en tu seno tan fresca y olorosa
> pusiera ayer mi mano enamorada!
>
> Dentro de poco tiempo será nada…
> No se hallará en la tierra alguna cosa
> que a mudanza feliz o dolorosa
> no se encuentre sujeta y obligada.
>
> Sigue a las tempestades la bonanza;
> al gozo siguen el tedio y la tristeza…
> Perdóname, si siento desconfianza
>
> de que duren tu amor y tu terneza.
> Cuando hay en todo el mundo tal mudanza
> ¿sólo en tu corazón, habrá firmeza?

Lloraba, incontrolablemente, el llamado Jeremías que antes hubiera estado a punto de pegarse con el poeta, y fueron varios los pañuelos extendidos de quienes a duras penas se aguantaban unas lágrimas ceñidas a los ojos, con arreglo a algún prurito o reserva. Un como entusiasmo de duelo cayó sobre los congregados, y no se sabe cuánto tiempo habría durado aquel estado de no ser por la presencia del maestro que en esos instantes avanzaba hacia ellos.

—Mirad todos. Es el padre rector que hacia aquí se dirige.

Pasando de inmediato al entusiasmo que la sola presencia del sacerdote, ya muy anciano, despertaba en ellos, se dispusieron a saludarlo y hasta el rostro demacrado de Heredia pareció animarse, y colorearse a la vista del que llegaba.

—Os encuentro y me alegra sobremanera que así sea —dijo el anciano al que todos besaban la mano con veneración—. Noticias tenemos de puño y letra de vuestro mentor y amigo nuestro, el reverendo padre que Dios guarde… Con ingenio se las ha arreglado para hacernos llegar noticias… Si me acompañáis vosotros mismos podréis leer de lo que se trata.

Rodeándolo al caminar, y sin irritarse porque el paso inseguro y lento del anciano los obligara a proceder de igual modo, se dirigió entonces la comitiva en seguimiento del sacerdote a una de las celdas que constituía su despacho, en la cual ocultaba el rector del seminario la correspondencia que por trasmano le hacía llegar desde Filadelfia el padre Varela.

93

Parecería a veces como si pesaran unas muertes más que otras, esto es, en la consideración general, o eso que también se da en llamar la opinión pública. Tal fue la impresión que suscitara en amplios círculos de la sociedad habanera, el crimen sin nombre cometido en la persona del joven José Agustín Cisneros de la Urde. Los asaltos y asesinatos que regularmente tenían lugar, habían ido en franco aumento desde que el nuevo capitán general se hiciera cargo del gobierno, sin que éste hiciera hasta el presente mucho ni poco para prevenirlos, pero si bien suscitaban estos hechos un mar de conjeturas y un sentimiento casi unánime de prevención e inseguridad, pocas voces se alzaban junto al capitán general con el mero objeto de rogar, si no reclamar una acción determinada de parte de las autoridades. El asesinato y robo del joven, por el contrario, despertó un general sentimiento de ultraje que proporcionó nervio a las quejas.

Otros sentimientos, asimismo, y un efecto más devastador tuvo en muchos otros cercanos al joven. Así, la madre del muchacho se había sumido en una ausencia de emociones, que si no era la locura mucho debía parecérsele. Dócil cual una niña sin voluntad, se dejaba alimentar, y debía ser conducida cada cuánto, por un familiar de su sexo a cumplir con las funciones fisiológicas, que de otro modo hubieran ocurrido *in situ*, sin que las estorbara un sentimiento de autoestima.

La muerte de su ahijado, asimismo, ocurrida en plena calle y en medio de la noche, a manos de un desconocido de cuyo artero y ruin proceder ni siquiera podía pedírsele cuentas, tuvo un inmediato efecto devastador sobre el ánimo y la salud del patriarca don Xavier Solana, que a poco lo llevaría a la tumba.

Los amigos del muerto, sin distinción, sintieron el lacerante hierro que los hería e instintivamente acudieron unos a apoyarse en los otros, no fue el caso de la joven Verónica Becquerel Arteaga, de cuya desolación dispuso ella sola. Preocupados andaban todos los de su entorno, por causa de un pesar tan bien asentado en ella, que la sumía en el lecho, y la reducía a sus habitaciones sin que pudiera remediarlo ninguna frase o promesa, a que en última instancia acudiera su preocupada madre. El único consuelo que le parecía tal, era el que proveía su hermano Alcides, si bien los efectos de éste duraban poco tiempo. Con él, al menos se explayaba la joven, y no era preciso andar explicando nada, lo que sí ocurría con los otros, todos los cuales se le habían vuelto por esta causa o por ninguna, odiosos y enemigos, como si de cómplices en la horrible muerte del amigo se tratara.

Las lamentaciones a causa de la tragedia, y las frases de resignación cristiana que de paredes adentro, o en cualquier sitio se proferían, fueron dando paso a lo largo de los días a las quejas sobre el estado de abandono en que se hallaba nuevamente la policía de la ciudad, y aun se habló de complicidad entre las autoridades y los truhanes, pícaros, ladrones, rateros, mujeres fáciles y matones de que estaba llena la noche citadina, y de los cuales no pocos se paseaban igualmente a la luz del día con absoluta impunidad. La vigilancia política, que sí era eficaz, en contraste con la otra que faltaba enteramente, hizo llegar al capitán general aquellas quejas, y con su habitual oportunidad y cazurrería, ordenó Vives dar una serie de batidas a diferentes horas y por varios días consecutivos, empleando para ello a la tropa regular, con las cuales se consiguió poner el recelo en el cuerpo de los delincuentes, y se los obligó a un repliegue momentáneo, a la vez que se daba satisfacción aparente a los quejosos.

—Pues ya ve su Ilustrísima que no descansa, ni descansará la mano de la justicia… A tal gentuza le pondremos el guante encima, y Dios mismo, con perdón sea dicho, les sirva entonces de abogado. Una insinuación de

Su Ilustrísima basta para que la tengamos en cuenta, más así que se trata de una súplica.

La conversación con el obispo había estado llena de esquinas tensas y agudas, no menos por los desplantes que lindaban el sacrilegio en que incurría sin cesar el espadón, que por el asunto de que se trataba, aquella muerte que tan hondamente había impresionado la sensibilidad del buen pastor, y la de un número considerable de personas principales.

No quería S.E. sucumbir a presiones de ninguna índole que mal se daban con su carácter, y con las prerrogativas que asistían al poder real representado por él, pero a sagaz y habilidoso, bien entendía que si por actuar podía llegar a dar una nota falsa que constituyera un mal precedente, por no hacerlo a lo mejor se conseguía aquello mismo y algo más, de modo que mientras discernía para su capote lo que a sus intereses en todo aquello mejor convenía, procuró no enemistarse con el obispo cuyo ascendiente se extendía más allá de su *grey* local, según su excelencia bien sabía, y a reserva de proceder del mejor modo que se le antojara, ordenó a diestra y a siniestra que apareciera el culpable. No lo dijo de este modo, sino «*un culpable*», con lo que bien dio a entender, que uno y hasta más vendrían bien a su propósito de dar un escarmiento en llegado el momento.

Ido el obispo, quedó Vives con el humor revuelto, en parte por la visita reciente, en parte porque aún no se le pasaba el malestar causado por los resultados de la lidia de la tarde anterior, en la que había perdido sus buenos pesos, a manos, nada menos que del «*Monsieur*», asistido por uno de los rivales de S. E. en el juego, de modo que para remediarse hizo llamar al sargento al que llamaban Chiveras —sin dudas por emplear de continuo aquella muletilla— y al que le había oído contar unos chistes graciosísimos, a los que decían «*cuentos de negros*», y que de negros o más bien sobre éstos, eran.

—A ver, Chiveras, algún *cuento* de esos tuyos, que me arregle la leche... —como viera que el soldado, a pesar de superarle en años, se atenía a las exigencias del rango y vacilaba, se deshizo de miramientos y le ordenó sentarse mientras él hacía otro tanto, esparrancándose de piernas después de colocar sobre la mesa de trabajo la faja con el sable de cabo dorado que era parte de su atuendo de mando—. ¡El mejor que sepas!

Se animó al fin a contar el soldado, y refirió con su habitual campechanía y gracejo el lance entre un amo y un esclavo, muy de su guasa, que de haber nacido libre y en Andalucía, habría sido el negro más curro de cuantos hubiera noticia. Y dijo así:

—Pues bien, este amo *'bía estao a visitá su enamorá* que vivía en una casa buena, ¡vaya, que digo yo buena!: *con un balcó de cuarenta co' 'e largo, y er cielo, ecelencia*, estaba que era un *primó de azú*; la noche clarita clarita que daba gusto verla, y como *arguna cosa tenía* ér *que decirla pue' le largó er discurso que tenía apreparao*, que así mismo decía: «Es tanta la oscuridad...» —se desjarretaba de la risa ahora el capitán general, no sólo oyendo hablar al Chiveras, sino oyéndolo esmerarse en esta parte, en imitar con toda corrección la pronunciación y el acento del amo del cuento— «y son tantos los negros nubarrones que en el crepúsculo del cielo no se divisa ni un objeto». —Mucho debía haber practicado el chistoso, para largar con absoluta impunidad aquello sin equivocarse una sola vez, lo que acentuaba la hilaridad—. Ría. Ríase *su ecelencia que hay má'*. Pue', señó, que pasa aquello y el esclavo que lo ha *oío to'* se asegura de *habé' aprendío bien er repertorio*, diciéndose *pa' su'jadentro*: «Cosa linda *pa' mareá min negra mía. Uté vanvé*» —se desternillaba la autoridad, mientras hacía ademán al otro de que siguiera con aquello que contaba, así que notara en él una breve vacilación—. Y otra noche, *dejpué* que se acuesta el amo, el esclavo *se juye pa' ve' a su mujé, y na' má* ve a su morena le arrea sin miramiento *la postá que se había aprendío*, y que, en la carrera o lo que fuera se le había trafucao. ¡La luna estaba en su mismo centro, *como apoderá' der firmamento*, S. E., *y si no brillaban má la'jetrella, era porque la señora luna se loj'impedía con su lú!* Pero *empecinao er negro la suerta*. ¡Tenía que *sortar*!, ¿no? Y larga aquello de: «*E' tanta la ecuridá por tanto' negro bujarrones, que aí en la crepera 'el culo no se divisa ni el ojete*».

Ya no reía Vives, sino que, perdido todo sentido de propiedad y compostura que hubiera podido atribuírsele, y de vista la dignidad y alteza de su cargo, más bien parecía revolcarse de la risa, y las carcajadas lo vapuleaban como a un pelele, echándole hora a un lado u otro de la silla que ocupaba, hora hacia delante o hacia atrás, otras, obligándole a ponerse de pie como picado en salva sea la parte por un tábano muy persistente. Tal le observó el ayudante de su plena confianza, que en ese instante llegaba con noticias, y tuvo que aguardar a que el capitán general se recompusiese un poco.

—¿Ya le han echado el guante? —preguntó entonces al que llegaba, sin salir aún de su hilaridad. Y como advirtiera que por discreción se abstenía de hablar libremente el subordinado, le instó a hablar con toda franqueza, imitando al hacerlo, el hablar de algunos matones con el que se había familiarizado desde su llegada, del mismo modo que antes en imitación del esclavo hiciera *el Chiveras*—. «*Desembucha, chiquito*», que no hay moros en la costa.

Un par de malhechores había sido capturado y confesado su crimen después de apretarlos un poco, le fue anunciado. Los nombres y apodos de los mismos fueron declarados, así como todo género de información que pareciera pertinente.

—¿Y estás seguro de que fueron los que dices, el llamado Morejón, alias *El tuerto*, y su cómplice *Bullanga*, de nombre Parraguirre?

La afirmación que obtuvo como respuesta lo obligó a un breve silencio, tras el cual despidió con muy buenas maneras al sargento contador de chistes, y se dirigió nuevamente al asistente:

—Del primero no podría ser tal y como dices, pues tengo como buena referencia de su carácter tratarse de ser uno de los mejores galleros de La Habana. Buen criador, ojo a punto, gallos que rivalizan con los míos..., ¡Vive Dios! Todo eso requiere tiempo e indudable talento, en un hombre que no ha de emplearse sino en lo suyo. Del otro en cambio, ¿qué sabemos, sino que pertenece al más bajo estamento criminal del puerto; que es «*indudable de toda duda*» que éste sí ha debido confesar la verdad de lo ocurrido, y no otra cosa? Y de cualquier modo que fuera, si no por éste, por otros de sus indudables desmanes, robos y asesinatos de los que es por fuerza que sea culpable nos responderá, y servirá su castigo de escarmiento. Y a ello nos atenemos. Procédase como ha de ser y hágase justicia, cuyos beneficios pregonaremos a los cuatro vientos, para edificación de «*sirios y otomanos*».

El subalterno tragó en seco, castigándose con un mordisco en la lengua para no romper a reír en oyendo el último despropósito de Vives, quien no se percató de nada de aquello que seguramente pasaba por los ojos de su ayudante. Cuando, todo circunspección, preguntó éste seguidamente si deseaba o mandaba algo más S. E., el capitán general lo despidió de excelente humor.

—¡Y a ver si tomas ya un asueto, Becquerel! ¡Hombre, que tampoco es cosa de «*ajorarse*» en demasía! Una es de cal y la otra..., pues, de lo que dispongamos a la mano. ¡Eso! ¡Que por hoy ya hemos acabado la jornada! Mucho hemos conseguido, sin dudas. ¡No perdamos esto de vista! ¡Que el mismo Dios, siéndolo, descansó al cabo de sus muchos cuidados, y dícese que vio que ello era bueno!

94

Aficionado como era, de la música y el canto como de la niña María Patricia —aunque esta última afición suya, fuera de fecha más reciente, que no menos cara iba siendo a su afecto— don Patrick Cunningham (o según le llamaban muchos don Patricio Cuni) quiso dedicarle a la precoz intérprete una piececita suya, de tono jocoso, inspirada por el apego que demostraba ella hacia una pareja de cerditos que a manera de mascotas le había regalado su padre, y ella se empecinaba en prohijar, y en tutelar, pese a que ya iban creciendo lo suyo, y se temía que llegaran a convertirse en poco tiempo en un verdadero contratiempo por varias razones, que la madre de la niña intentaba comunicar a la chica día a día, según una dosificación estimada por ella misma, que consiguiera al cabo, el milagro de preparar favorablemente a la niña para la inevitable separación y desasimiento.

Ocurrió cierto día en que, hallándose de visita en la casa, vio don Patrick a la pequeña alimentar a uno de los cerditos, cuyo nombre al cabo vino a ser Millie, tal y como debía corresponder a alguien de su género, que tuvo la súbita inspiración de una melodía algo juguetona, con su letra de iguales características, las cuales una vez concluidas algún tiempo después, dedicaba a quien la había inspirado y tituló: *Oink & Millie: The Pigglets That Learned How To Eat Noodles & To Perform Many A Clever Task, And What These Were.*

Antes de dedicarse a los asuntos del comercio, o para el caso a negocio alguno, había dispuesto Patrick Cunningham de una buena herencia, que al morir le dejara su madre a los sesenta años, (viuda desde hacía cuatro), y de mucho tiempo y ocio a su disposición, que él distrajera entre viajes a Italia, Francia y España, amén de su temprana inclinación a la música. De tal modo, había llegado a adquirir, más por cuenta propia que por influjo de sus profesores, una educación musical nada desestimable y una inconfesable afición a componer, o dar forma en el pentagrama a aquellos arrebatos que venían en ocasiones a interrumpir la solución de un problema aritmético, o un cálculo relacionado con los negocios a la mano.

Agradeció María Patricia en lo íntimo de su corazón, del modo en que sólo los seres sensibles y los niños saben hacerlo, que ambas cosas era la homenajeada, el regalo de música y palabras que le hacía el compositor, su tío-político, con motivos de su decimotercer cumpleaños pronto a celebrarse, y de tal modo apreció siempre este regalo la niña, que años después, cuando la turbamulta caótica e impredecible de los acontecimientos políticos, la había lanzado con su familia lejos de su hogar y de su país, y ya asentada y establecida de firme en su nuevo hogar londinense, estaba a punto de convertirse en una señora casada, tradujo por iniciativa propia, y poniendo gran cuidado y devoción en ello, los versos de aquel juguete musical, cuyo prólogo leía del siguiente modo:

> Dos cerditos nada iguales
> ¡Sólo iguales en ventura!
> *Oink* y *Millie*, no rivales
> sino uno en su ternura,
> ha Patricia en su regazo.
> Mas no bastando el abrazo
> que a sus cochinitos da
> otros mimos les hará
> entre un gruñir sosegado
> ¡Santo Dios, cuánto cuidado!
> A San Francisco, en el Cielo
> bien le alegra tal desvelo
> en una niña tan fina.

> Y en su condición divina
> San Patricio igual de afecto
> con un amor tan perfecto
> se regocija y se admira;
> y todo el que ve suspira.
> ¡Vaya, qué niña es ésta!
> De su afán, hace una fiesta.

Pese al tiempo transcurrido para entonces, conservaría María Patricia una gratísima memoria de todo aquello, recordando asimismo al abuelo queridísimo durante los penosos días de errancia, anteriores al establecimiento definitivo en Londres, cuando a menudo le pedía éste, tocar para él aquel *divertimento* amable, asociado de tantas maneras a otro momento y a otras circunstancias. Mas de momento, quedaba todo esto en un futuro que ninguno, menos la criatura hubiera sido capaz de anticipar.

Como encantada, y en un punto de suspensión alada con la acogida que recibió su interpretación, quedó ahora la niña, que gustó igualmente de las voces que prestaron a la ocasión dos de sus tías y el propio don Patrick, con atuendos de máscaras, y una afectación de movimientos que a ella le parecieron verdaderamente cómicos. Echados plácidamente en sus respectivas canastas, y con mirada que pudiera decirse de gran penetración y lucidez, como si en verdad les resultara comprensible aquel recreo que puntuaban ocasionalmente con un gruñido suave, los dos gorrinos de María Patricia no osaban mover una cerda de su cuerpo. Sólo al cabo, cuando los aplausos entusiasmados del resto de familiares premiaron el espectáculo ofrecido, instruidos que habían sido para ello de largo tiempo, ambos animales lanzaron a la vez un largo gruñido, que suscitó más el entusiasmo y las risas de los presentes. Al cabo de tal exhibición repartió caricias entre ambos cerditos la intérprete principal, y asimismo les dio sendas galletas que estos devoraron con fruición.

—¿No son verdaderamente fantásticos, papá? —procuraba la niña saber, o más bien confirmar la opinión que éste tenía de sus mascotas.

—Absolutamente, hija. ¿Iba yo a poner en tus manos alguna cosa que no lo fuera? No más ver a ese par me dije, o más bien le dije a don Pancracio: Esos me los separa usted que tienen un destino muy especial por delante.

—Gracias, papá —y diciendo, se abrazó al cuello del padre y le dio un beso muy sonoro que hizo reír a éste—. Un beso «*con estrellitas*», como usted dice.

Seguidamente, fueron el tío don Patricio y el abuelo, los depositarios de abrazos y besos que la criatura prodigaba. Los otros chicos se distraían con sus juguetes y alguno alzó sobre uno de sus hombros a aquel de los dos cerditos cuyo belfo le pareció más rosado, suscitando los reclamos del otro que de este modo se veía perjudicado, y desprovisto así, de mimos como de aquellos bocados de que gozaba su hermana Millie, que el chiquillo le ponía al alcance del hocico.

95

Dos meses justos habían transcurrido, desde que, a solicitud de su pariente Indalecio Santos Suárez, don Manuel Ángel Santos Parga se hubiera comprometido (contra su mejor juicio y general disposición respecto a este género de asuntos), a intervenir o servir de intermediario, para que se guardaran en su finca de La Bellamar, un alijo de cierto cargamento que se esperaba por la vía de la costa. Recordó don Manuel en la ocasión, y había venido muy a propósito para cumplir aquel encargo, la cueva que en sus predios había descubierto por casualidad uno de sus monteros, que buscaba una vaca perdida con su novillo desde el día anterior. Sin más trámite, había hecho cerrar el dueño la entrada de la cueva para evitar en lo porvenir este género de tropiezos, y aunque una vaga curiosidad por explorar la dicha cueva lo acometió al principio, había acabado ésta por ceder a otras urgencias, y hasta el momento mismo de pensar en un lugar a punto para camuflar el contrabando que se le encargaba con tanto celo, no volvió a recordar la existencia misma de la gruta. Las dos enormes cajas cuyo contenido exacto desconocía, lo que en su opinión era mejor, yacían a buen resguardo desde entonces en la ceñida oscuridad del lugar, pero el paso de los días, primeramente, y de las semanas después, iba convirtiendo en inquietud de don Manuel, este mismo desconocimiento, por lo que se decidió a lo que consideró más procedente, y fue ello disponerlo todo para viajar a La Habana, donde su pariente Santos Suárez debería darle algún género de satisfacción, pues que, habiendo cumplido él la parte que le correspondía, tocaba al otro darle alguna explicación que resultara convincente.

Halló al primo afanado en un buen número de empresas relacionadas todas ellas con la política, y aunque cordial y agradecido, según lo expresado reiteradamente, no consiguió el visitante arrancarle ninguna promesa concreta respecto al cargamento, que se reveló estar compuesto por fusiles, revólveres, y numerosas cajas de balas procedentes de México, los cuales en el lugar donde ahora se encontraban debían aguardar a la espera del «*momento indicado*». De lo que logró saber, y de lo que coligió don Manuel, no debía estar bien enterado —o seguro— su pariente, de la finalidad última de aquel envío de armas y municiones, cuando el viajero se marchó de vuelta a su finca en Matanzas, alcanzada la determinación de deshacerse del cargamento a su cuidado, si al cabo de un plazo de tiempo que él considerara razonable, no volvía a tener noticias del primo, según le hizo saber antes de marcharse.

—Tú bien sabes, Indalecio, que la política no es lo mío, y sólo en atención a que se trataba de un requerimiento tuyo acepté involucrarme, en algo que no me resultaba del todo claro, ni satisfactorio. Esperaré todavía un tiempo prudencial antes de tomar cualquier decisión, mas si no me llegan noticias tuyas respecto a lo que debiera hacerse con el dicho cargamento, tendré que encargarme yo mismo de deshacerme del asunto. Espero que sepas comprender mis razones, que no son baladíes ni por causa de cobardía. Bien se dice que los espías de Vives, y los chivatos por natural disposición que debe ser la especie que más abunda, están en todas partes. Entran y salen como Pedro por su casa, y se conducen con absoluta impunidad. En lo del buen doctor Fontanills y otros hacendados conocidos, más de uno ha sido sorprendido metiendo las narices, bien que con la excusa del conguito ése que nadie ha visto, y del que muchos hablan sin recato, o con cualquier otra.

Dijo comprender muy bien el pariente lo que sin tapujos indicaba el otro, y se despidieron los primos en el mejor de los tratos y relaciones. Como el tiempo transcurriera a partir de entonces, sin que llegaran noticias en un sentido u otro, un buen día se decidió don Manuel a tomar en sus manos las riendas del asunto que seguía desasosegándolo, y con la intervención de dos de sus monteros de la más absoluta confianza, determinó deshacerse del engorro de aquella carga que fue a parar a lo más profundo de la cueva, que por entonces había comenzado a explorar con este propósito en mente.

96

Pese a la índole obligada de la conversación que entre el obispo y el capitán general don Francisco Dionisio Vives tenía lugar, la misma no había estado exenta de las debidas cortesanías recíprocas, ni de los merecimientos que sus respectivas dignidades predicaban, ni faltó desde los comienzos un franco intento por parte del militar de captarse, enajenándola con su acostumbrada pericia y disimulos, la voluntad del prelado.

—No tiene Su Ilustrísima más que ver con cuánta más indignidad se me trata, que, si se tratara de un tirano cruel y sin corazón, a pesar de la buena voluntad con que siempre he actuado. Véalo por sí mismo Su Ilustrísima —diciendo lo cual, mostró a su interlocutor el impreso que, entre otras mil lindezas recriminatorias contra los excesos atribuidos a la máxima autoridad, concluía: «Sólo si vives como Vives vive... ¡Vivirás!».

—¿Y esto? —intentó atajarle el obispo, que bien veía venir la ponzoña disfrazada—. ¡Ah! ¡Nuevo impreso tenemos! Algún necio o loco, a quien como buenos cristianos habremos de excusar y aun perdonar, Excelencia, de los muchos que en nuestra época son plaga, y contra todo, y cualquier cosa o persona de mérito se pronuncian, como si con ello se pusiera remedio a su descontento. ¡Viera Su Excelencia lo que contra mí mismo se publica! Para no ir más lejos, en la iglesia del Espíritu Santo, ha dos días apareció uno de estos papeles, que a más de poner al señor obispo *de manta para toldo* le acusaba de falsedades y calumnias, tales como alentar a los criminales que tanto obran, y fatigan esta plaza, a fin de cobrar así indulgencias que luego exoneren a quienes cometen tales atentados de pagar por sus delitos con la cárcel o la vida.

Captó el capitán general la puya con que zahería el obispo su inconfesable política de corruptela, y tolerancia con el elemento criminal, pero no se dio por aludido, sino, que antes se empeñó en llevar la conversación por el cauce previsto.

—De buenos cristianos es, en verdad, Ilustrísima, perdonar ofensas personales, de lo que es excelente cosa no olvidarse en ningún momento, que en lo que toca a las ofensas a la corona no está entre mis prerrogativas, ni deseos, ser concesivo ni andar con paños tibios ni mojigangas.

—No presumiría yo de atribuir a Su Excelencia, ni de esperar de Vuecencia semejante muestra de liberalidad, con lo que bien sabemos, es únicamente prerrogativa de Dios, y del soberano; ni aconsejaría en caso alguno que se tolerase el maltrato de la real persona, en cuyo amado nombre se cifran tantas ilusiones, y la soberanía de la nación. Antes, como cristiano y español, ruego con humildad y fervor, como siempre hice, porque se cumpla el deseo de los buenos españoles de gozar en paz de las bendiciones del buen gobierno de Su Majestad, por cuya salud, larga vida y generosa disposición hacemos preces con todo género de bendiciones y bienaventuranzas, que son de suplicar, y de las que siempre podremos felicitarnos.

Sin dudas algo confundido por la retórica del obispo, así se expresó Vives a continuación:

—Mejor hablemos de nuestro asunto y concluido, Su Ilustrísima, que bien sabe el aprecio que sentimos por quien tan sin menoscabo conduce a su redil el rebaño... ¡Un verso apenas, y ya algo adelantamos, que el resto será cosa de *hacer y cantar*, o como diantres se diga, que no soy yo filósofo... o «*filiólogo*» que también así dicen, me parece!

A punto estuvo su ilustrísima de observar a su interlocutor las diferencias entre los objetos de estudio de ambas disciplinas, y hasta de enmendar aquello de *hacer y cantar* antes dicho, pero renunció a sus aulas, convencido de que el propio Vives era consciente de sus pifias, y antes las empleaba a cabalidad, para dar la impresión de que era más bien torpe, cuando no lo era en absoluto, parapetándose detrás de una bien aprovechada desventaja de su instrucción.

—Diga Su Ilustrísima si es que ¿no se prestaría acaso a malas interpretaciones en el momento actual, aquello que pone «de España la noble nación victoriosa, que de entre borrascas surgirá adelante» con que acaba la estrofa, habida cuenta de la proliferación de papeles de talante liberal que se publican a diario, y otros impresos de que ya antes hablamos?

Calló su ilustrísima la perversión de seguir llamando *liberal*, como por inercia, a los papeles que consentía su excelencia que se publicaran en la fecha, bajo el peso de la impuesta censura oficial.

Y como si el propio Vives necesitara él mismo de ser persuadido de aquello que antes había dicho, leyó en voz alta el cuarteto compuesto por el obispo, en sustitución del que varios años atrás había hecho grabar en piedra, y colocar junto al nicho que amparaba celosamente los restos del gran navegante, descubridor y *Almirante de la Mar Océana*, don Cristóbal Colón.

O restos e imagen del Gran Almirante
por siglos recuerde tu hazaña gloriosa
de España la noble nación victoriosa
que de entre borrascas surgirá adelante.

—Versos me parece, Ilustrísima, que muy bien podrían volverse incendiarios, por el mal empleo que pudiera dárseles en ciertos cuarteles de la mala voluntad política, o por desleales hijos de nuestra nación.

Gozaba para sus adentros el capitán general, suponiendo que hacía recomerse los hígados al obispo con aquella jugarreta, cuando el prelado zanjó la cuestión con estas palabras:

—Lleva S. E. razón en decir aquello de que se trata apenas de un verso. Tres, fueron en principio, lo mismo que en la Comedia dantesca, aunque sin otro parecido, y no hay por qué añadir ninguno otro, sino que en limpiar y dar esplendor al tercero deberíamos empeñarnos. Vea si así queda más de la satisfacción de Vuecencia:

> Perdure esta imagen que en humilde unción
> guarda en paz los restos del gran Almirante
> y la remembranza de nuestra Nación.

Ahora consideró el interlocutor del obispo, que había llegado el momento de dejarse de aquella broma a costa de su ilustrísima, y dijo que le parecía finalmente bien resuelto el asunto.

—Aprovecharemos la labor de restauración que ya va necesitando el nicho, para cambiar la piedra, y con ella los versos y cuánto sea de satisfacción hacer a fin de velar por el buen nombre del gobierno de su majestad en esta isla, y del propio de su ilustrísima que tan activa parte tuvo antes en la preservación y custodia de los restos del Descubridor.

Cayó ahora el prelado en la cuenta de lo que verdaderamente se traía entre manos el otro, con todo el asunto de que se había tratado: hacer extraer de la urna funeraria el documento con la copia de la Constitución liberal de 1812, la cual, en efecto había hecho colocar en su momento junto a los restos del Almirante, el señor obispo. Eso, y advertirle por este medio que bien lo sabía todo su excelencia, y no estaba, así como así, dispuesto a dejar estar el pasado, como si se dijera, enterrado y reposando.

Después de marcharse su ilustrísima, no sin que antes se extremara el capitán general en simular obsecuencias y cordialidades varias, se empeñó éste en enmendar a su modo y manera el terceto cuyo bosquejo quedara sobre una silla, y sin más consulta mandó a que se grabara en piedra, según lo había concluido él de su puño y letra:

> ¡O restos e imagen del grande Colón!
> Mil siglos durad guardados en la Urna
> Y en la remembranza de nuestra Nación.

Una expresión de vanidosa satisfacción se apoderó de su semblante, sopesando que no era después de todo tan difícil como solía pintarse, aquella tarea de enhebrar versos, y que, si bien su ilustrísima era capaz de lograrlo, también él, don Francisco Dionisio Vives y Planes, capitán general de esta isla, podía si bien se le antojaba así, proceder de igual manera. Muy ufano con el descubrimiento de una nueva disposición de su temperamento, estuvo tratando de componer nuevos versos hasta que se fatigó de ello. El contagio, sin embargo, no se le pasó del todo, y con el tiempo llegaría a componer un largo poema en obsequio de los gallos de su corral, aptamente titulada *La Gallomachia, Tratado de los gallos, en verso, o del difícil arte y parte de criar y pelear gallos bravos de raza, y cuánto beneficio esperar de ello.*

97

Lo inconveniente de soñar, o tal vez debiera decirse «de los sueños» —pensó luego Salvador Lemus aún en su lecho, tras despertarse agitado y confuso de éste que había tenido— es que nada dicen por lo claro. Al menos, así ocurría siempre con los suyos, salvo, si a ello pudiera llamarse claridad, el estado como de deslumbramiento y azoro impreso en su cerebro, cual si de un espectáculo de linterna mágica se tratase. Faltaba todavía un buen par de horas, para que amaneciera, pero las sábanas y aún la ropa de dormir se le hacían imposibles de reconciliar con su cuerpo de modo que al cabo de muchas vueltas e intentos que mal podían compadecerse con la idea de volver a quedarse dormido, decidió dejar el lecho sin un propósito definido que no fuera abandonar el dormitorio y alejarse cuanto fuera posible. Se lavó y cambió la ropa de dormir por un atuendo de calle y, sentado junto a una ventana interior que daba al patio observó, no sin arrobo, la llegada de la aurora que iba poniendo colores tenues en todas las cosas. Sentado en la butaca lo encontró, para su sorpresa, la criada catalana en sus quehaceres por el patio.

—¡Niño, por Dios! ¿Le pasa algo? ¡Más blanco que la cera está, y no son mis ojos! Y ya en pie y vestido a estas horas, en que los señores aún duermen.

—Calla, mujer. No alarmes la casa. No me pasa nada. ¡Y como sigas desbarrando, despertarás también a mi hermano, y causarás alarmas sin cuento con tus exageraciones!

Calló en efecto la mujer, más que en atención al sentido de las palabras del señorito, al tono apagado, monótono incluso, tan inusual en él, casi de súplica, que había en ellas. Y acercándose a los barrotes sin dejar de mirarlo atentamente, le rogó decirle de qué se trataba. Fuera por la preocupación genuina que había en ella, suscitada por lo que en el rostro de él veían, o entreveían los ojos de la criada, Salvador le dio cuenta sucintamente de su estado. Lo hizo, además, sintiendo por la vieja sirvienta gratitud y cariño genuinos. ¿Acaso no venía ella a ser un pariente más, alguien de la familia, si no por la sangre, a causa de los lazos firmes y profundos que la unían a ella? Luego de la muerte de su madre, y sin tratarse de sustituciones imposibles de concebir, era ella, la vieja criada, la única persona en quien hallaba un referente de cariño filial, que buscaba desconsoladamente.

—No es nada Josefina. Nada como para desvelarte. De un mal sueño se trata, que ni siquiera consigo recordar. Algo odioso, qué sé yo. No te preocupes por mí. Bien sabes, como dices a veces, que soy raro. En verdad, muy raro soy. Lo sabes así. De modo que, no es nada. Nada.

—No, niño. Si lo digo por decir, cuando lo he dicho. ¿Cómo cree que pueda pensar eso de…? —la criada no acabó la frase, pues la voz misma se le quebró en un sollozo. Y para que éste no prosperara, se apresuró a decir el joven.

—Mira que después no te creo, y pierdes tus argumentos.

Un ademán irreflexivo de la criada, la llevó a avanzar su mano por entre los barrotes, y a tocar ligeramente, con ternura, la cabeza de Salvador. Enseguida pareció arredrarse, arrepentida de lo que podría interpretarse como un atrevimiento de su parte, pero el hombre, alzando la cabeza momentáneamente abatida sobre el pecho le dedicó una sonrisa, y reciprocando el gesto de las manos de ella, pasó las suyas por entre las rejas, apoderándose con cariño de esas manos, maltratadas por el trabajo y los años.

—Anda a tus cosas, sin prisa, y no te desveles por mi causa, que con una taza de café con leche de las tuyas, estaré yo bueno y como nuevo.

—Pues el café ya está.

—No hace falta que me lo traigas. En el comedor lo tomaré. Así me cuentas tus cosas de la infancia, como sueles hacer. Deberías componer un libro con ellas.

—Eso, niño. Tiempo tiene una para perderlo de ese modo. Además de que, no sabría yo por dónde empezar. Que en cuanto a ponerlas por escrito, como dice, ya se vería lo que emborrono pliegos.

—A ti, lo que te gusta es hablar, mujer. Confiésalo.

—Pues eso no lo negaré, que no veo en ello nada de malo.

—¡Ah! Que si acertaras a ver alguna cosa mala te lo callarías, que eres muy prevenida…

—No ponga en mis labios la miel que no he probado, niño.

—¡Siempre tienes un dicho para todo, mujer! Anda. A tu cocina vayamos mejor.

De este modo, pareció bien resuelto, con la aparición de la criada, el desasosiego que Salvador había experimentado un poco antes. Bien dicen que la luz del día, disipa las sombras de la noche y sus fantasmas. Salvador no volvió a acordarse luego del sueño de la noche última, si no, y eso vagamente, cuando un como chispazo imprevisto: una imagen cualquiera, una palabra, un olor incluso —cosa la más rara en tratándose de un sueño— venían a evocarle la desazón provocada por éste.

Contra la que era su costumbre, y aprovechando que estaba vestido como para salir, fue a dar un paseo aún temprano, antes de que se levantaran todos, y la ciudad se llenara de ruidos y el trasiego de gente que la caracterizaba. De camino, pasaría por la farmacia para recoger unas gotas, y aquellos encargos que seguramente esperaban ya a ser despachados.

En el establecimiento le atendió con prontitud y cortesía la dueña misma, a cuyo lado, sonriente, y no menos solícito, se hallaba su hijo de poco más o menos la edad del que llamaba. Un poco atolondrado se marchaba ya Salvador, luego de pagar la cuenta y siendo acompañado hasta la puerta misma por el hijo de la dueña, cuando a punto estuvieron de darse de narices con la persona que entraba, la cual, balbuciendo una disculpa se dirigió apresuradamente al mostrador detrás del cual permanecía la propietaria.

—Vuelva usted pronto, don Salvador. En esta casa le esperamos siempre, y siempre le recibiremos con agrado —le despidió todavía el hijo de la dueña. Salvador guardó en algún sitio —de su corazón, había de ser— el efecto de estas palabras al marcharse, pero no podía evitar que aquéllas se le cruzaran allí con la mala impresión de aquel encuentro con el llamado Paquito «El Farol», que por tal era conocido, (alcanzaba a recordar, sin precisar de qué modo había llegado a él este nombre), quien entraba atropelladamente al local, manifestándose al hacerlo, sin recato alguno. No podía dejar de pensar si igualmente de confusa y hasta odiosa, sería la impresión que quedara en los almacenistas respecto a él, después de marcharse el sujeto, con quien ya antes se había tropezado inopinadamente en numerosas ocasiones, y por quien no conseguía sentir más que desdén, bien que él mismo no supiera explicarse la hondura y persistencia de este sentimiento.

98

La noticia de un feliz desempeño de la marina nacional contra los piratas en las aguas próximas a Matanzas, y, en consecuencia, no lejos de éstas, circuló ampliamente. Los papeles de toda clase que iban quedando en circulación, la magnificaron, calificándola nada menos que de rotunda y gloriosa. Los propios matanceros llegaron a preguntarse, enterados de aquel portento a sus puertas, por la vía de los periódicos capitalinos sobre todo, en qué profundo sueño habían estado sumidos todos, que no se enteraran de nada. En verdad, no eran todos a formularse semejante pregunta, sino los más alertas y con luces para conjurar fantasmas. La capital, sin embargo, estaba llamada a ser una víctima más propicia de la credulidad inducida por la vía de la información interesada, bien que tampoco escasearan sospechas y conjeturas.

Se felicitó el capitán general del buen éxito con que «había sido coronada la batida contra los piratas, encomendada por él al teniente gobernador de la cercana Matanzas». Con ella se había conseguido, según su previsión, que hasta un contrariado don Casimiro de Irazabal y Ezpeleta se diera por satisfecho, y se mostrara nuevamente animado a volver «*a lo suyo*» con la sanción de las autoridades todas, empezando por Vives, quien naturalmente, veía en la intromisión de Inglaterra en el asunto de «*la trata negrera*», una afrenta más, al poder de España, y al beneficio que se sacaba. Mucho más cerca de lo que estaba Matanzas, apenas al cruzar de la bahía, se refugiaban los piratas en el litoral de Regla donde aguardaban para caer siempre, de modo sorpresivo, sobre aquellas embarcaciones que se aventuraran sin la requerida protección de unas baterías bien provistas, y a la luz del día, en aquellas aguas, pero aquello a Vives le parecía mejor «*no meneallo*» puesto que el contrabando aportaba lo suyo, amén de otras ventajas, pues mantenía en jaque a la buena gente, en la especulación y el temor de lo que podría ocurrir a «*la estabilidad del país*» sin las riendas de España, a él encomendadas. Las noticias que llegaban, al margen de las otras, y bien se encargó su excelencia de trompetearlas a los cuatro vientos, o como él mismo solía decir con una de sus frases, de «*batir el cobre*», atribuyéndose la proeza del marino como cosa propia, daban cuenta de que el capitán don Ángel Laborde y Navarro con su probado valor y consumada habilidad en cosas del mar, había dispersado a cañonazos, la cuadrilla de nueve buques de guerra conducida por el comodoro Daniells en aguas próximas a Cuba, y conseguido poner el miedo en aquella fuerza que se desbandó al fin, en busca de refugio donde pudiera hallarlo, en dirección de Venezuela.

Aprovechó a Vives también de otro modo aquella hazaña del marino, pues sirvió a su política de miedo a la amenaza de un desembarco invasor, que desde el continente buscaba ocupar la isla y tomar las riendas de ella. El nombre de Bolívar y aquellos otros «*traidores y felones*» que no cesaban de tramar y trabajar para la perdición de España, y los buenos españoles de esta isla, se hizo oír con más frecuencia, acompañada siempre su mención de los adjetivos más injuriosos. Publicaban los periódicos aquellas noticias, e igualmente se comentaban de viva voz en cuanta reunión social se convocaba por estos días, siempre en los términos más altisonantes y favorables a las armas y a la causa española, y con menoscabo para la causa adversa, y rociábase la persona del capitán general en la aspersión benefactora que impregnaba el ambiente, de tonos altos y generosos.

—Los días del tal Bolívar y sus secuaces y seguidores todos están contados, vive Dios. Más hombres del talante y disposición del capitán don Ángel Laborde harían falta, pero con uno solo como él basta a dar su merecido a tanto facineroso.

—¡Un brindis por don Ángel!

—Por don Ángel.

—Y por España.

—Por España.

—Y por los españoles esforzados y valientes.

—Eso.

—Viva España.

—Viva

—Mueran los traidores.

—Mueran.

Los informes al capitán general daban cuenta de aquello, y de lo de más allá, sin que buscara él, zafar el cuerpo a las noticias que no fueran favorables. Su oído atento al ojo de los innumerables espías y confidentes, afinaba su discernimiento y, si bien con alguna contrariedad, no dejaba que los informes de carácter desfavorable que también llenaban su mesa de despacho, lo apartaran de sus gallos y demás ocupaciones. Con decir «*demás ocupaciones*», baste decir que no podían tratarse todas ellas sino de la salud siempre en precario de su señora.

99

En la semipenumbra de la habitación con olor a encierro y a sofoquina, apenas iluminada por un hachón de cera, conversaban el eclesiástico, y otro hombre de pobladas cejas, ojos hundidos, vientre pronunciado y muy probablemente bajo de estatura, aunque de esto último no había manera de estar seguro pues la figura sedente, como hundida en la butaca no permitía la constatación.

—No le bastó a su ilustrísima, no señor, siquiera con haber establecido cosa de tres o cuatro años ha, una llamada «*Cátedra de Constitución*» en toda la regla, sino que, desde entonces, no ceja en sus empeños de dotar... dotar... dotar... ¡Malhadada sea la palabrita! ...claustros, academias y conservatorios de toda índole. Claro cubil de liberales e ideas extremas, de que nadie en este lugar parece darse por enterado. Ni siquiera el capitán general Vives, cuya mano es blanda en demasía, aunque se anuncie inquebrantable. Demasiada rienda es la que requiere esta gente, y muy poco jinete el que nos envía con él la Madre Patria. Habrá que intrigar y convencer allá, y no quedarnos de brazos cruzados, o será la hecatombe.

Hablaba el religioso, y asentía con todo el cuerpo su interlocutor, sin osar interrumpir aquella letanía que, llenándolo seguramente de inquietudes, venían a ser seguridades de otro orden.

—Siempre fue el señor obispo de esta ralea de gentes, cosa que supe enseguida. Bien que lo disimulaba, cuando las ideas liberales no habían hecho su aparición todavía con la ostentación y desfachatez de su programa ulterior. Sus mismos contactos en la Península, así lo declaraban abiertamente, y aquí se rodeó siempre de los mismos elementos que allá.

¡Higiene y escuelas! Ha sido su lema desde el primer momento. Y no olvidar aquello de … ¡Progreso! Lo mismo que los masones, si se viene a ver. Caterva de impíos, que lo que buscan es torcer los divinos designios, con su intervención y entrometimiento, en todo y por todos los medios posibles. Hemos de impedirlo y entorpecerlo a toda costa y costo, incluso a riesgo de… Y todo esto se resume en un requisito de dineros contantes y sonantes de que no disponemos. La iglesia pobre es para tanto como se necesita. ¡Dios nos abra la bolsa de los ricos y pudientes, que son los que más tienen que perder al cabo, con lo que todos ganaremos el Cielo!

La muchacha que había espiado junto a la puerta entrejunta, sin aparente convencimiento de su propósito, entró en ese instante y se dirigió a los dos hombres:

—Con la venia de Sus Mercedes…

Sobre una salvilla de plata fileteada, portaba una palmatoria que vino ahora a sumarse momentáneamente con su luz a la del hachón, con lo que la penumbra de la habitación pareció achicarse, y una botella de vino y dos copas que puso al alcance de los señores.

—Déjalo todo ahí mismo, y márchate… —le indicó hacer el religioso con tono altanero que tan contrario debía ser a su condición de pastor—. Bastante has demorado ya en traernos el vino. Y deja la palmatoria con nosotros, Ximena.

La joven que hacía de sirvienta, inició una reverencia que el otro no dejó prosperar, instándola a salir deprisa con un ademán repetido de su mano izquierda.

—Ya ve usted que hasta aquí llega la nefasta influencia de su ilustrísima, y la dichosa «Cátedra de Constitución» instaurada por él, que a nadie habría podido aprovechar, sino a los sirvientes y a los malos españoles.

Rio el visitante de lo que consideró una broma del otro, pero enseguida se rectificó a la comprobación de que también en esta ocasión, el religioso había hablado en serio.

Tal vez habría permanecido el visitante arrellanado en su butaca un tiempo más largo, a la espera de que el anfitrión le hiciera la cortesía de ofrecerle una copa de vino, pero aquel echó mano a su reloj de bolsillo para comprobar la hora que sería, con lo que daba claramente indicio de que la hora de concluir la visita había llegado, por lo que hizo además de despedirse el visitante.

Ahora se vio que era en verdad de muy baja estatura, y a la luz de las velas que los alumbraban, mientras se inclinaba para besar el anillo que el otro llevaba en el dedo mayor, que su cabello era pringoso y comenzaba a ralear. Varias estaciones de mugre perfectamente visibles se acumulaban en el cuello de la camisa bajo la nuca desnuda.

La muchacha que un poco antes había estado a portar la bandeja, lo aguardaba junto a la puerta para guiar sus pasos hasta la salida de casa. Un calesero aguardaba allí por su amo, al que con algo de esfuerzo ayudó a subir al quitrín, y partió prontamente sin hacerse esperar la orden de hacerlo. Pendiente de lo que ocurría permaneció a la puerta unos instantes la joven criada, mas antes de que consiguiera pasar la tranca de madera que aseguraba la puerta, y casi frente a las narices de los que se marchaban, con absoluto descaro y osadía forzaron la puerta, y se deslizaron en el interior de la casa, dos individuos a quienes ninguno habría podido reconocer en medio de la penumbra que los rodeaba:

—*Tate, chiquita, si en argo quie' la vi'a* —le dijo aquel que hundía en sus costillas la punta muy aguda de un cuchillo o estilete. Sintió la muchacha que se desmayaba, y el otro la dejó que rodara sobre sí misma.

—Átala y amordázala bien, que tenemos trabajo por delante de nosotros. Ésta casa la conozco tan bien como si de la mía se tratara. Mis ojos son dos candelas. Antes vamos por ese joyero que yo bien sé, y el resto está ya hecho.

En carta posterior a los hechos, de escasos ecos, si bien muchas declaraciones de simpatía y adhesión le deparaba, contaría luego el quejoso secretario que había sido del malhadado obispo de Cartagena de Indias las depredaciones de su casa habanera, plaza ésta en la que buscara refugio el prelado, y donde permaneciera hasta su muerte, luego de su expulsión de la sede cartaginesa por disposición del poder revolucionario. Si hasta aquí las «*diplomacias y arrumacos*» atribuidos a Vives por el antiguo secretario, con ánimos de desprestigiar la gestión del capitán general, por parecerle flaca y endeble en extremo, habían contado con su reprobación más absoluta, a partir de estos hechos pasaron a convertirse en enardecidas declaraciones contra la mano «*demasiado femenil*» de Vives, respecto a los cubanos, en tratándose de un soldado experimentado en las artes de la guerra. Las más acerbas críticas y denuestos, sin embargo, siguió reservándolos para su ilustrísima, «*el obispo liberal*» de esta sede apostólica, como catalogaba a su hermano en Cristo, pensando que el peso muerto de este atributo de «*liberal*» se bastaba por sí mismo para declarar cuanto él deseaba, respecto del otro, y acabaría bastando para conseguir aquello que en las sombras procuraba, haciendo valer igualmente sus contactos en estas partes, y sobre todo en la Península, al amparo de los renovados aires de restauración y preceptos monárquicos absolutistas, que se imponían en la corte.

100

Por carta que le remitía José Antonio de Cintra supo Domingo Delmonte entre otras cosas, que se encontraba Heredia pronto a partir a presentar su examen ante la Real Audiencia de Puerto Príncipe, luego de una larga posposición, y superar de este modo el último requisito exigido de él, para la consecución del grado de abogado. Aunque caviloso y muy metido en sus propios empeños como solía, concibió el proyecto de escribir y hacer llegar por intercesión del viajero mismo, carta que le fuera entregada en las manos a su amigo Alonso Betancourt, si es que alcanzaba a llegar a tiempo su misiva a las manos de quien ahora le escribía.

Andaba José María, de lo que bien sabía Domingo, absolutamente «*descocado*», es decir, descolocado y sin centro, a propósito de «*su Emilia*», a la cual, en lo que toma un decir amén, transformara en musa absoluta y principalísima de sus arrebatos, y por dicha causa, más que a Puerto Príncipe, deseaba marcharse de vuelta a Matanzas, cerca de aquella quimera. Aunque había rendido satisfactoriamente hacía ya tiempo los exámenes del curso en la universidad, el corazón arrebatado de pasión del poeta no estaba en ellos, y menos lo estaría —llegó a temer el amigo— en el empeño de conseguir el título frente a la Audiencia principeña, cuando se hallara tan lejos del desempeño de su verdadero quehacer, que eran los sentimientos del amor, los cuales eran en el joven más vehementes y arrebatadores de lo que solían serlo para el común de los mortales. Así pues, aunque de cualquier modo les hubiera encargado a sus queridos amigos del Príncipe el cuidado del otro —de lo que bien sabía no habría sido necesario, en cualquier caso— lo hizo expresamente ahora, preocupado de que algo pudiera ir mal, un inesperado tropiezo causado o provocado por el propio examinando, un acto de torpe provocación o desafío a los jueces, o que tal pudiera ser interpretado por alguno de estos… Como aquél a quien primero hubiera querido encomendarle al otro, su querido Gaspar Betancourt Cisneros se hallaba lejos, en los Estados Unidos, tuvo a bien dirigir esta súplica al otro Betancourt de quien bien podía igualmente fiarse, Alonso, que era en aquélla ciudad abogado, de ideas liberales acendradas, y asimismo hombre sin fuegos fatuos, que gozaba de gran reputación, y era sobre todas las cosas, discreto como pocos.

«Tenga en cuenta que, de aquel mocoso, que ha poco nos sorprendía y admiraba por su buen juicio, reflexión y parsimonia, poco o nada va quedando. Todo eso y lo de más allá, ha cedido a unos arrebatos de miedo, como si el genio hubiera escapado de la botella o lámpara, y nada pudiera conseguir que se acogiera nuevamente a ella. Vea usted que nuestro amigo se comporte bien, y se deje de arrestos líricos, y más aún cívicos, o será allí la de perderse Troya, y acabaremos él y nosotros más perdidos y sin oriente que lunar en el culo de un negro».

La imprudencia de que, de continuo daban muestras sus paisanos, le parecía al que escribía ahora a su amigo Alonso Betancourt en el Príncipe, una de las peores y más amenazantes de sus cualidades. No que fuera él un hombre cobarde, y ni siquiera de cálculo tal que lo rindiera incapaz de enfrascarse en la liza en llegado el momento, pero juzgando con las debidas reservas y la cautela obligada, los pasos a que cualquiera se obligaba en las presentes circunstancias, no era cosa de desgastarse en ejercicios políticos tan incongruentes como baldíos, ni de exponerse a contingencias que en nada contribuían a adelantar el país, y los intereses del mismo. Y aunque lo de su amigo José María no pasaba de ser seguramente, «*una rebelión lírica*», que respondiera a las exigencias momentáneas de la edad, y al arrebato de la pasión amorosa, considerado el actual clima político —y otra actitud no podía ser sino suicida— más valía andarse con tiento y saber muy bien en que piedras se pisaba, evitando lastimar los callos, fueran éstos los propios o los ajenos. Ésa era la verdadera política, y lo demás: follones, pronunciamientos de pacotilla, saltos en el vacío. A que José María no cayera en su propia trampa dedicaba Domingo sus esfuerzos, al escribir con largura a su corresponsal del Príncipe.

En carta aparte que encargaba al cuidado de Alonso, y estaba dirigida a su pariente Gaspar Betancourt Cisneros, por si pudiera el primero hacerla llegar a su destinatario, escribía Delmonte:

«Entre otras cosas que le cuento para sus apuntes y esbozos de ese libro que trama para documentar sucesos chuscos, y acaecimientos singulares del país, sobresale seguramente éste: por carta de Cintra he sabido que en días pasados fue hallado en la iglesia aneja al convento de Santo Domingo, el cuerpo de un esclavo colgado del brazo de un ángel. ¡Imagino y pondero la fortaleza de ese brazo y de la estatua que lo representa, y la infinita pena y misericordia con que el ángel ha de haber contemplado al suicida, amparándole y sirviéndole de cómplice con su indolencia, por respeto al derecho con que Dios asiste al hombre, hasta en una decisión que es por fuerza, contraria a sus propósitos y deseos para éste! Y hasta se me ocurre pensar, que acaso no fuera mucho lo que pesara este infeliz. ¿Se trataba acaso de alguno de tantos de esos negros que hemos visto, a quienes sus crueles amos no alimentan bien o procuran que se alimenten como es debido, y antes los envían a trabajar fuera de sus obligadas ocupaciones, una vez cumplidas éstas, para ganarse un sustento harto precario, del que luego los despojan; los cuales, enfermos y sin asistencia que, o bien no procuran o desconocen el modo de procurarse, o sin contar con ella, enflaquecen y parece que se arrastran medio muertos, ante la burla de los otros esclavos más afortunados de la casa, o de otros establecimientos, en particular los caleseros que tanta fusta suelen darse? No lo sé. Lo cómico viene ahora, y es que, avisado el alcalde del caso, encajó éste su *auto de proceder*, y en consecuencia, como nadie más que el ángel en figura de estatua puede decirse que facilitó el crimen, contra él libró mandamiento de prisión. Ahora mismo el pobrecito ángel estaría «*en gallola*», y seguramente desplumado, a no haber promovido a tiempo cuestión de competencia el señor Provisor. Conque ya sabes, anota la cuestión y dale forma apropiada, y como cuento verdadero lo recoges, que alguna vez lo leerán los que lo hagan con harto escrúpulo de una época en la que los seborucos letrados, y los iletrados hacían mengua de la república, y era posible concebir tamaño desaguisado por partida doble, como éste de dictar auto de arresto contra un ángel, con lo que a un sacrilegio se responde con otro, y lavarse las manos ante un crimen acusando a quien no pudo, sino contemplarlo horrorizado».

Recibidas ambas cartas por propia mano, y sin haber leído la suya, dio Alonso Betancourt la bienvenida al capitalino que la portaba, con otras que asimismo le habían encargado los amigos, y quedaron para almorzar juntos luego de que descansara lo suyo el recién llegado.

—Aquí tendrás casa y comida, y sobre todo lo demás, mi amistad y gratitud por acogerte a ellas, dándome así el doble placer de servirte y de disfrutarte —había dicho el anfitrión en cuanto su amigo y visitante insinuara buscar un lugar en el que hospedarse, por el tiempo que le tomara quedarse a residir en la villa.

Un joven de aspecto saludable, bien que bastante retraído o tímido, observaba la escena que había vuelto a quedar como en suspenso, y fue Betancourt a proporcionarle nuevamente movimiento, al presentar al distinguido visitante a su ahijado Rafael Caviedes Pontalva.

Retirado al fin a sus habitaciones el cansado viajero, quedó Alonso en posesión de su correspondencia, que procedió a leer con ávido interés por conocer cuánto le participaban sus corresponsales.

No sería sino mucho después, sin embargo, que Gaspar Betancourt Cisneros, por entonces residente en Filadelfia, tuviera acceso a la carta de Delmonte que le llegaba con otras de parientes y amigos, distintamente fechadas y encomendadas todas al cuidado de su primo Alfonso, quien las enviaba a su destinatario a la primera oportunidad, sabedor de que, metido como estaba actualmente en los afanes y desvelos que ocupaban la mayor parte de su tiempo y actividad, a Gaspar no debía esperársele de inmediato, de vuelta a sus predios.

A interrumpir momentáneamente la lectura de las cartas, vino nuevamente su ahijado Rafael:

—Con licencia, padrino, que ya he de marcharme a donde el maestro don Agustín muy pronto esperará por mí. Le pido su bendición.

—¡Y la tienes, hijo! ¡Ya Manuel seguramente tiene dispuesto el quitrín! Mejor que él te acompañe, a andar todo ese trayecto como alma que se pierde, con tal de no llegar tarde. Y no olvides de darle mis saludos a don Augusto.

Ya se disponía a salir el jovenzuelo cuando un impulso natural lo detuvo un instante más:

—¿Con tanta correspondencia no habrá carta de mamá?

Dejó de leer el padrino para contemplar con mirada tierna al muchacho.

—No, pero seguramente que mi comadre doña Brígida no aparta de ti sus pensamientos un solo instante, ni tampoco tu señor padre, y preciso es que haya quien venga desde allá a traer cartas, pero seguramente en cualquier momento la habrá, que en ello empeño mi palabra, ahijado. Ahora, ve donde debes y ya se prepara para recibirte don Augusto. ¡Ala! ¡Y ahora vete con tu música a otra parte! ¡Nunca mejor dicho!

101

A estropearle la siesta —se dijo Vives— habían venido las noticias que, con harta prisa, según era la naturaleza de éstas, y de acuerdo con las instrucciones que a este respecto tenía dadas, le llegaban por boca de su ayudante.

—¡Bendito Dios! —se dijo entonces, pensando en su gallera. ¡Con tanto por hacer como tenía por delante y venirle de repente con asuntos de conspiración, y cosas de este jaez—! Un hombre está perdido en semejante país. ¡Qué no hay remedio, vive Dios!

No obstante, sus reparos, se aplicó como era en él costumbre, a examinar los últimos informes que le hacían llegar sus espías, tocante a un subrepticio movimiento en el que no pocos de los implicados, serían personas principales.

—¿Qué no se cansan de lo mismo estos cubanos, Madre del *Criador*? Hijos de España y españoles son, qué dudas caben. ¡No hay lugar a reformas ni para que las haya, pero allá o aquí es lo mismo! Unos las quieren, otros las detestan, y todos en la batahola por quítame ahí esas pajas... Bendita sea la majestad del rey que tiene sus ministros, que yo aquí uno soy para todas las causas, y a defender la plaza. En fin, que estudiaremos el asunto, y procederemos como mejor nos parezca en cada caso. Una de cal y otra de arena, o dos, si se requiere.

Todo esto escuchó con atención el subalterno, a la espera de instrucciones precisas sobre lo que debía de hacerse.

—¿Ya se sabe de cierto el día y la hora y los alcances de la conspiración? —averiguó el superior, y sin esperar respuesta prosiguió diciendo—: No debe tratarse sino de cuatro negros, y unos cuantos locos, que hay que estarlo de remate para no entender lo que se arriesga con agitar eso. ¡Dar parte de inmediato a todos los comandantes militares y jefes de plazas, por la vía más expedita y segura! Aguardar mis órdenes, y caer de inmediato sobre los sediciosos en cuanto se reciban. Apresarlos y juzgarlos sin contemplaciones. Destierro o calabozo, a elegir, según los casos. Ya verán que el juego no es con Vives. Y ya sabes, hombre. Apretar aquí y aflojar allá, pero todo con mucho brío. Encárgate de los detalles. En tus capaces manos pongo el asunto.

Entre los encartados, se supo prontamente, se hallaban hombres prominentes de intachable conducta —o que tal se reputaba hasta aquí— y hasta un joven distinguido de eminentísimo apellido. No era el único.

—*Poeta* había de ser, naturalmente —se dijo el capitán general— de esos que creen que sólo ellos son capaces de enristrar una estrofa, y con arreglo a unos versos se sienten a la altura de la gloria.

La sedición alcanzaba a la región de Puerto Príncipe, y pronto se sintió sacudida la pasta del capitán general, al comprobar que no se trataba como había pensado en un principio, de cuatro gatos malquistos y peor organizados, sino de una conspiración en toda la regla, según le advirtieran repetida y anticipadamente sus mejores espías y consejeros, a pesar del descreimiento de su excelencia.

—*Rayos y soles de Bolíva]*. ¡Vaya nombrecito! Y eso de *República del Cubanacán*, ¿a quién diablos pudo ocurrírsele? Cosas de masones, sin dudas. ¡Rayos *y truenos* he de depararles yo sobre sus cabezas, para que aprendan lo que son conspiracioncitas conmigo! Lo dicho: cepo o destierro. Mejor no excederse, que la sangre no tiene correctivo y sería mucha la que habríamos de hacer correr, siendo tantos los encartados. Y al tal Lemus... ¡Ah! Como le ponga yo la mano encima al tal Lemus... ¡Mejor no se la ponga yo a ese traidor!

Otra noticia captó entre las que le llegaban, su atención inmediata, por ser desatinada en extremo. Confirmaban sus espías que «*la conspiradera*» no se extendía hasta el extremo de la isla, aunque en la villa del Bayamo se notara durante varios días cierta actividad inusual e inexplicable. El celo de sus espías, sin embargo, de algo había conseguido echar mano, a fin de cuentas, y era aquello que se le presentaba entre otros informes.

Al obispo lo comentó y al señor intendente de Hacienda don Claudio Martínez de Pinillos, tan pronto tuvo ocasión de reunirse con ambos, pues a la conspiración misma no hizo referencia alguna de momento.

—Diga su ilustrísima qué país es éste... De locos absolutos debe ser. Los cubanos, estoy persuadido de ello, están todos locos y los que no, tienen la azotea toda llena de ratones que vaya si roen allí, y hacen su nido a como les dé placer... Y no lo digo sólo por los revoltosos esos, que llenan infinitos papeles con sus majaderías, de que ya sabemos... —hablaba Vives con particular excitación, y no era para menos seguramente, juzgaron sus invitados, pero muy pronto tendrían ocasión de mostrarse ellos mismos igualmente desconcertados, con lo que tenía que decirles—. Vean Vuecencias lo que aquí pone este informe, y es que, entre varios arrestos practicados aquí y allá, a lo largo de esta isla, por el delito o sospecha de infidencia, uno hay que, no siéndolo, constituye en sí mismo una suma de felonías, a cual más criminosa, de lo que su ilustrísima tendrá amplia ocasión de disertar seguramente, y nosotros de escucharle. Procedente de la villa de Baracoa, donde se le aprehendió con la debida declaración del caso, y bajo rigor de vigilancia extrema, fue llevada a Santiago de Cuba la persona del *médico-mujer* que se dice, y con más precisión llamado Enrique Faver, o debería decir, llamada Enriqueta Faver, suiza de nación, de religión protestante, quien juzgada prontamente por ludibrio, perjurio, y haberse hecho pasar por hombre y como tal, bautizado y casado por la iglesia, ha sido condenada a los trabajos del Hospital de Paula de esta plaza, hasta que cumplida la sentencia... Vedlo aquí, donde se explica con lujo de detalles toda esa trama endemoniada.

Cerró los ojos un instante su ilustrísima, recordando el nombre del joven facultativo extranjero, de bello rostro, si bien ligeramente marcado por la viruela, que dos o tres años antes le fuera presentado, y con quien tuviera ocasión de conversar largamente durante la velada que tenía lugar, y ahora creyó ser aquella que con motivo de haberle sido concedida al doctor Faber la Fiscalía del Protomedicato para Baracoa y la zona oriental, ofrecía una amiga suya y dama principalísima de esta ciudad.

Por su parte, el señor intendente parecía haberse quedado sin palabras, tal era su desconcierto, hasta que poco más o menos consiguió decir algo:

—Cosa de comedia es ésa, en verdad, excelencia, por su disparatada invención. Cual si el mismísimo Lope de Vega, o un émulo suyo, tuviera que ver en el asunto. Pero es que ¿tales cosas, vive Dios, pueden ser en la vida como en el teatro?

—Así van las cosas… —dijo Vives más reposado, ahora que se había deshecho de todo aquello que lo atoraba, y le impedía respirar con libertad, a la vez que conseguía suscitar el pasmo de sus comensales—. Y ahora a comer que tendremos ocasión de escuchar con seguridad las reflexiones que a su ilustrísima corresponde hacer, sobre este asunto donde la moral anda embrollada, y nosotros con dos palmos de narices.

Entraba naturalmente entre las previsiones de Vives la circunstancia de ser el obispo especialmente adepto a las bondades de la buena mesa, según tenía bien observado el capitán general, pero en la ocasión, no dio muestras el prelado de aquella afición como había esperado el otro, sino que pareció sumirse en una profunda tristeza o desasosiego, apenas disimulado con su habitual cortesía y dulzura. Hubiera podido pensarse que se trataba no de otra cosa sino de este enojoso asunto del médico-mujer, naturalmente, comunicado por Vives.

102

Mucho tiempo más del que era, se les antojaba a sus amigos, había faltado de entre ellos Domingo Delmonte, por causa de un viaje tan inopinado como al parecer conveniente a su prosperidad, e ineludible en razón de su profesión de abogado, que de muchas y variadas obligaciones debía hacerse cargo como ahora parecía tratarse.

—Pues digo yo, que de la comodidad que me proporcionan los entornos de mi escritorio, y los predios habaneros que le son inmediatos, no me sacan a mí ni con que me apliquen pinzas.

—Hombre, paisano, que ni en tratándose de chinches de catre...

—Pues juzga tú si tendrá nuestro Domingo urgencia alguna de someterse a semejante desacato...

—Si no por causa de fortuna, por deber será, que ya sabes bien que es inflexible en esto.

—Incorregible, diría yo más bien. ¿Significas lo que es dejar de lado las comodidades de su casa y de su hogar, y el calor de sus amigos para irse a representar no sabría yo qué comedia de jurisprudencia en unos andurriales del diablo? No habrá dinero bastante que compense tal retiro.

—A menos que de otra cosa se trate..., digo yo.

—¿Y de qué podría tratarse que no estuviéramos en el entendimiento de una cosa o la otra?

—Y padezcamos sus amigos por falta de todo género de noticias...

—¡Que no es de amigos esto, nunca mejor dicho!

—No echemos sobre el pobre Domingo, ausente y sin voz que le defienda de tanto enfado, las especulaciones que mejor se nos ocurran sin otro fundamento que nuestro mucho extrañarle y... Pues eso.

De todas estas cosas y otras daba cuenta en su carta al amigo ausente, así que tuvo modo de hacerle llegar cartas, José Antonio de Cintra, quien aprovechó haberse retirado algo más temprano que de costumbre este día, por causa de un resfrío que lo tendría en cama cosa de una semana. Aunque se daba por hecho que Domingo no pasaría lejos de casa y de sus amigos la Nochebuena y la Natividad ni el algo más distante Día de Reyes, llegaban a inquietarse muchos por el temor de que pudiera ocurrir, y Cintra más que otros. No serían estas quejas, sin embargo, las que despachara en la ocasión por antojársele para su coleto cosa de malos agüeros que antes habría que conjurar con el silencio.

Hab[a] y novbre. 28 de 1823
Sr. D. Domingo del Monte y Aponte
Mi querido paisano y amigo, después de columbrar cómo te habría ido en el viaje a ésa, no bien regresado de Matanzas, no dejo de preguntarme cómo te hallarás finalmente en ese caserío o aldehuela de nombre Guanes, sin dudas tan apto a las evocaciones del pasado indígena de esta isla, pero tan lejos de todo emporio civilizado. ¿Disfrutarás en esa aldehuela de las delicias del campo, con lo que estarás haciendo tu alabanza de aldea a que propende cierto lado del alma de mi Domingo, o, por el contrario, te habrá fastidiado la soledad e indudable rudeza de un pueblo pequeño, y la bastedad de sus habitantes? Como aún no he recibido carta alguna de Vuestra Merced, bien por falta de a quien confiarla ahí o por hallarte demasiado ocupado, cosa que más bien barrunto, aprovecho que nuestro amigo *Esmiz* me ha prometido hacértela llegar con un propio para encomendarla a sus modos y manos.

¡Cuánta falta nos haces en la alameda habanera a tus amigos, ahora que hay luna nueva! El paseo reboza de muchachas, a cual más hermosa, y a la luz de la luna el efecto de esa cascarilla que las más se ponen en el rostro, dizque para lograr no sé qué efecto cautivador, consigue ser hermoso. He oído decir que también allá en el misterioso

Japón las bellas se embadurnan el rostro de una pasta blanca y hacen del rostro de cada una un lienzo sobre el que pintan o acentúan líneas, que tienen por objeto hacer las delicias de los hombres. Pero ya basta de disertaciones sobre pinturas de mujeres. El caso es que ahí en el paseo están todas, y parece que el número aumenta con cada luna. Y no hablaré de La Chacona y su pandilla compuesta por la adorable Manolita, la dulce O'Reilly, la gentil Lourdes, Leonor la compuesta, o la medio putilla de Iris que son las de cajón, porque como bien sabes, ya éstas han subido las gradas, sino las que sin haber dado el paso concurren al paseo atraídas por el fresco, y como diría el poeta, por «la *dulce luz de la luna*». Y quién sabe —digo yo— si en ello intervenga también como aliciente la concurrencia segura de mozuelos. De estos, te diré que tampoco faltan, atraídos por la miel más que las abejas a las flores. ¡Se acabaron de una vez por todas, Domingo, las tertulias! Políticas o de cualquier sesgo, y a no ser por cuatro o cinco vejestorios que insisten en arreglar el mundo entre ellos, a base de impuestos y donativos por esto y aquello, nadie se acuerda del gobierno ni tiene en cuenta que «a aquello de la diversión hay que oponerle su ocupación» que la justifique. ¡Todo un verso! Y dirás que me vuelvo poeta, a pesar de que bien sabes no tengo cualidades para tales empeños. ¡Qué falta nos haces, viejito! No crea que no nos la arreglamos, sin embargo. Allué y Majín enamorados, nos cuentan sus cuitas, y se consuelan cuando no obtienen aquello que aspiran a conquistar al primer o segundo embate, hablando de cómo habrán de conseguirlo de seguro a la próxima. Eduardo F. se enoja con tales confesiones e intenciones, que le parecen villanías, y asegura que pondrá él a sus hermanas cuando estén en edad de merecer, y a las hijas cuando haya de tenerlas, un candado irrevocable que las mantenga a salvo de tanto mozo estrafalario y sin freno. Felipe dice que las mujeres no son sino fortalezas que se erigen para invitar el asalto, anunciándose desde lo alto de un promontorio. ¡Pero nos falta uno entre los de la partida, para que esté completa y en sazón y con mucho juicio! Ya te imagino, dictando providencias en esa aldea perdida, e imponiendo miedo y espanto a todos con tus leyes y legajos, en especial a los maridos del lugar cuyas mujeres sean bonitas, pues alguna debe haber, me digo yo, y suspiro. Andarás encarcelando y aturullando a media humanidad haciendo valer tus poderes y portándote como chicanero de La Habana. Sea todo por la bendita Asesoría que has conseguido como prebendado. ¡Qué ojalá dure!

Los amigos todos se hallan como los dejaste. Bruzón sin que cosa alguna le dé frío ni calor, Sanfeliú cada día más Catón y Carbonell echando humos mientras habla hasta por los codos, que se ve que va para abogado, y del resto pues te hablé por carta anterior que tal vez leas junto con ésta. A Trigueros no hay quien lo consiga estos días si no es en los baños públicos de la catedral, pues como vive cerca cierta viudita, allí se está él acicalándose y a la caza de la menor oportunidad para volver a desvestirse y meterse en casa ajena como nuestro padre Adán en mejor momento. ¡Con licencia sea dicho!

Y para últimos dejo esta noticia que no debe hacer en ti mella. El *Sans Culotte* que en broma dibujaste hace ya tiempo, lo encontraron en casa de Gayra (que el que busca siempre ha de encontrar dice el refrán o algo parecido, y los espías de Vives se hallan en todas partes) y ha bastado el hallazgo para que lo confinaran al Morro donde lleva más de veinte días sin comunicación ni esperanzas de salir. ¿Quién creería que una burla tan inocente y pasada, podría tener consecuencias tan funestas? La intercesión de algunas personas de pro, que se hallan próximas a la autoridad suprema, quienes francamente no ven causa alguna para tanto rigor, se dice que ya ha comenzado a dar resultados, y que según la promesa de su excelencia al mismísimo padre de nuestro amigo, obrará con indulgencia, de manera que el encierro venga a ser algo así como una señal y un aviso para que se aconsejen otros, como quien se mira en un espejo. Lo más probable —según el juicio general— es que a Gayra lo dejen pronto en libertad, ya que según se especula a Barcelona lo enviará su padre, (que además de ser rico y catalán tiene allí el grueso de su familia) *a que y* estudie y no se ande metiendo en más complicaciones, o lo deshereda, y hasta el trato le suspende, con lo que mira tú si podría ser profético tu dibujo, y que terminara nuestro amigo poco menos que desposeído?

Nada más, paisano. Pásalo bien por el campo, reúne bastante dinero en tus pesquisas y labores, que de otra cosa no puede tratarse, digo yo, ayuda a los maridos que requieran de tus preocupaciones y manda a tu amigo.

A. Cintra

Con tu salida, el proyecto de biblioteca se ha detenido definitivamente. Vea usted qué falta nos hace por acá.

XIV

Resignación e inconformidad

(Y algunos preparativos para la acción)
(Matanzas)

103

Si bien era aguardada la visita de José Francisco Lemus al hogar de los Heredia en Matanzas, fue causa de algún género de inexplicable desazón para la madre de José María, de que ésta no podía haber dado cuenta, sino únicamente que la desasosegaba la presencia allí del joven militar. No que diera éste la menor causa para provocar en la mujer la agitación que llegó a sentir, pues era él amable y cortés en grado sumo, y conseguía hacer con poco, las delicias de cuantos le rodeaban. Y al descubrirse que era poseedor de una bella y poderosa voz de barítono, se le reprochó con dulzura que así se guardara de revelarla, pues antes nada había adelantado al respecto, ni siquiera cuando a insistencia de las jóvenes hermanas y primas de José María, su anfitrión, se había conseguido hacer música la tarde de su llegada. Había sido únicamente con motivo de la efímera presencia entre ellos de la prima Lola Betancourt de Heredia, que estaba de paso hacia la finca «La Herminia» de su hermano Rómulo. Poseedora como era de un carácter enérgico, y muy determinado, y ella misma en posesión de una voz nada desagradable y bien entrenada, se hizo acompañar al piano, o entonó a capela algunas melodías sudamericanas, y marchas que al militar de visita resultaban harto conocidas, y a las que era o había sido en su momento muy aficionado, por ser de carácter revolucionario.

No hubiera sabido la señora madre de José María cuanto había pesado en su predisposición este suceso mismo, por el que bien culpó a la irreflexiva prima, cuya edad, además le parecía del todo impropia para tales exabruptos, mucho más aún para ser de ellos causa, y después de reflexionar en el posible origen de su desasosiego, encomendando a Dios su arrepentimiento, vino a atribuir la causa de su pasajera contrariedad justo a aquel exceso de música y divertimento de que, ciertamente no podía ser responsable el visitante, bien que con su presencia allí se prolongaran el holgorio y alboroto más allá de lo pensable. Enlutado todavía su corazón por la muerte del esposo, bien que las cintas negras que antaño lo ceñían dieran lugar a otras del color de la ceniza, latía éste con un pálpito sometido del que sólo podían dar cuenta aquellos lazos que lo oprimían. Roto irremediablemente o remediado apenas por el mortero que lo ligaba, su corazón no reconocía ya más que el dolor, o lo que éste venía a ser al cabo, debilitada su aviesa intensidad ponzoñosa. En adelante, esforzándose en redoblar las cortesanías y demostrar al visitante amigo de su hijo cuantas atenciones eran posibles, sin resultar empalagosa o abrumadora al tributarlas, logró no sólo causar en el joven una gratísima impresión, sino que terminó ella misma no menos afecta a la innegable simpatía de éste, que una vez tratado y conocido se descubría enseguida tras su natural reserva y buena educación.

Cuando se despidió a la postre la prima Lola, lamentando con harta reiteración cuánto lamentaba ella no poder quedarse más tiempo, y mostrando hacia el joven Lemus un afecto más cálido y puntuado de lo que la prudencia aconsejaba, todo ello acompañado de inevitables visajes y aquel inexcusable prenderse de la mano del militar que besaba la suya, quedó la casa —según le pareció a la señora madre de José María— sumida en un extraño silencio evocador del vórtice del huracán, cuando el tiempo mismo da la impresión de detenerse en un estático suspenso, en medio del cual se anticipa con angustia creciente, el próximo aletazo del meteoro, que acaso ha de ser definitivo en el ensañamiento de sus estragos. De distraerla de aquellos pensamientos tristes y escatológicos se encargaron pronto los jóvenes, sobre todo las chicas con su aleteo de faldas y un constante vaivén que no siempre giraba en torno de José María y su joven amigo Lemus.

Del brazo conversaban estos, mientras marchaban bajo la arboleda de gratísima sombra y olor que ahora los cobijaba.

—Con extrema cautela hemos de andar, amigo José María, que el menor desliz podría echarlo todo a rodar, y a nosotros costarnos lo que bien sabes. Vives y sus espías están en todas partes, de lo que estamos sobre aviso, de manera que...

—¡Dar la vida por una causa justa cual ésta es, más que ninguna, bien poca cosa es!

—Más vale, sin embargo, amigo mío, conservarla de manera que con ella consigamos nuestros fines, y hagamos la felicidad de nuestra amada patria. ¡Por fin parece llegado el día tan esperado por todos! En dos días, espero cierta confirmación sobre los preparativos en Puerto Príncipe y Pinar del Río. Los preparativos en otras partes han sido cumplidos luego de incansables trabajos de organización y otros muchos, de que huelgan noticias que bien conoces, y otras sospechas. Llegado el momento, y no antes, a la hora exacta en cada lugar se producirá el alzamiento, como si se tratara de un solo hombre, o mejor, de un ejército en compacto haz de voluntades concertadas. La proclamación de la República Independiente de Cubanacán, y la solicitud de ayuda a las tropas de tierra firme, correrán parejas, que antes de todo estarán listas y aguardando por nosotros, de quien ha de partir la conminación.

Emocionado, se dejó llevar Heredia por un impulso que lo unió al otro estrechamente, a la vez que se propinaban repetidas palmadas a la espalda, y la emoción tan intensa que sentían, se traslucía más que en palabras, en la humedad y brillantez de sus miradas respectivas.

Jubiloso anduvo Heredia el resto del día a pesar de haber marchado Lemus tras el paseo, con un regocijo que a ninguno de los de casa escapaba, tan manifiesto era en el rubor de sus mejillas y la frente, así como en el encendido apasionamiento, apenas sujeto, que había en sus gestos y palabras.

—¿Qué dices, hermano mío? —inquirió atraída por la recitación de unos versos, la hermana amadísima y consentida de su cariño.

—*Sueños. Promesas. Versos, que en el aire alguna vez han sido* —siguió él, a manera de respuesta, mientras sonreía para ella, o de cara a la musa inspiradora que lo contemplaba desde lo inconmensurable—. *En alas del turbión volvéis. ¡Acaba al fin la espera! / Volved a sofocar del pecho este gemido / del infelice esclavo que en su tierra expira.*

XV

Gestiones y más gestiones.

(La Habana)

104

Lenta y gradualmente, cual si operara por etapas, había procedido el restablecimiento de Verónica tras la muerte de su amigo José Joaquín, en medio de la noche y abandonado en una calleja cualquiera. El transcurso del tiempo, la compañía y desvelos de los suyos: los mimos de su madre y de su hermano Alcides de una parte, y los de Paulina por la otra, y hasta los inspirados gestos de Serafín, que se multiplicaban con ingenio, habían conseguido de a pocos, el milagro de arrancarla a su desesperanza. Más alerta a lo que la rodeaba al presente, acabó por dejar de lado la lectura que hasta entonces acaparaba su interés, para fijarse con detenimiento en el hermano, cuya figura a contraluz se paseaba por la habitación, desde hacía algún tiempo, pisando con fuerza desusada, y metido en su silencio cual sable en su vaina. Lo observó un instante y notó que transpiraba éste copiosamente, a pesar del fresco de la tarde, y de haberse despojado del pesado uniforme que antes llevaba. Le sudaban por igual las manos y la frente, y con un pañuelo ya muy mojado intentaba en vano secar las gotas de sudor que le corrían por el cuello. Él por su parte sentía que aquellas gotas le bañaban el pecho y la espalda, llegando a producirle una sensación de suma incomodidad. Seguramente, se dijo para sí Verónica, debió pasar a las palabras que le dirigía ahora, porque desde hacía ya mucho tiempo sostenía un diálogo consigo mismo, del que ahora se proponía hacerla partícipe, o al menos testigo:

—Escúchame bien, te ruego, hermana querida, esto que voy a decirte. Pongo en tus manos con ello, algo más que mi vida. Todo. Todo me va en ello. Bien sabe Dios que no querría hacerte cargar con tamaño fardo, pero es esencial que así sea. Por ti hago lo que hago, que es insensatez y desatino máximo. Lo he pensado. He debatido conmigo mismo todo el asunto, y no hallo otra salida. Sabes cuánto te quiere mi corazón de hermano. Sé discreta, y sabe que hay un ojo vigilante en cualquier parte. Así es, y no de otro modo, como bien quisiera yo que fuese. Desconfía de todos y de cualquiera. Ni a tu mejor amigo o amiga le confíes nada de este asunto. Ni de la sombra de él que daría para sacar por el hilo la madeja. Sé muy bien lo que te digo. Horribles tiempos vivimos…

A este mismo hermano, que muy bien podía saberlo, tanto o mejor que cualquier otro del entorno de Vives, le había oído decir Verónica innumerables veces que «*los ojos del capitán general estaban en cada uno de los habitantes del país, como los de Argos sobre Ío*». Y se había preguntado ella, si al decir aquello, en referencia a la acusada vigilancia política que sobre cada uno de ellos pesaba, se aludía igualmente al efecto buscado y conseguido de tal política, mediante la cual habían venido a ser muchos los ojos incriminatorios de los unos posados en los otros, miradas azuzadas por la sospecha y los resentimientos de cualquier especie. Ahora venían nuevamente las palabras del hermano a poner en su pecho la inquietud, y a confirmarle que, en efecto, se trataba como había temido de que la política de Vives descansaba en la delación, que a muchos convertía en chivatos voluntarios, con frecuencia persuadidos de obrar bien.

—Se ha sabido con certeza, ayer tarde, de la existencia de una gran conspiración… El anuncio es cierto. La amenaza verdadera. Los alcances, tal vez exagerados, pero indudablemente se trata de algo que se sale de lo común. Hay, al parecer, muchos implicados, personas de renombre —demasiados— y entre ellos, figura muy prominentemente uno de tus amigos: el llamado Heredia —no dejó el que hablaba, progresar el ademán de pavor de su hermana, que amenazaba seguramente convertirse en una incontenible catarata de interrogantes, y continuó de esta guisa—. No habrá para ellos compasión alguna. A todos y cada uno, esperan por disposición de Vives el destierro, o más probablemente la cárcel. Todo cuanto debemos hacer, hemos de hacerlo con rapidez y extrema cautela:

dar aviso al tal Heredia, y procurarle así los medios de escapar. Todo sin olvidar, que los espías pagados o voluntarios, están en todas partes, y podría tratarse lo mismo de un familiar muy allegado, que de otro amigo querido. Vives no tiene un solo pelo de tonto. ¡Me consta así! Podría atar cabos, y es preciso obrar rápido y al amparo de las sombras, de manera que nadie sospeche nada. Por ti lo hago, hermana, que no querría volver a verte llorar la pérdida insensible de un amigo querido, por causa alguna. Y un poco por mí también, que sería asunto más largo de explicar ahora, para lo que no tenemos tiempo a nuestra disposición. Esperemos del señor José María igual discernimiento y discreción, y la determinación de serlo siempre, o estaremos perdidos. De momento, obrar pronto. He aquí, mi plan de acción.

En tan pocas palabras como le fue posible, dio Alcides cuentas de su plan, que consistía en acudir juntos, al amparo de la noche, a donde el tío del implicado, abogado que era de gran predicamento, tenía su bufete y residencia de ocasión, en la capital. Sabía por haberlo averiguado antes con gran discreción, que se encontraba esta noche precisamente en su despacho, o más precisamente en una pieza aledaña al mismo, pues había venido a la capital desde Matanzas, donde residía de común, para despachar algunos de sus asuntos, y regresaría sin dudas al siguiente día a la compañía de su familia, de la cual este sobrino debía ser —por demostraciones de que daban cuenta varias fuentes— pieza clave de su afecto.

Hasta aquí no había tenido ella noticia alguna del regreso del amigo, luego de su viaje a Puerto Príncipe, por exigencias del grado cuyos trabajos y exámenes habían sido completados por él, hacía ya algún tiempo, en la Universidad. Y ahora se preguntó un instante, cómo era posible que así fuera, e inmediatamente luego, desistiendo de sus reproches ante la enormidad de lo que se le presentaba como una tragedia en más de un sentido, rogó al hermano que le expusiera con toda claridad y detalle, el plan de que se trataba.

—El problema es que sólo a una mujer que invoque con verdad el nombre del desdichado junto a la puerta, prestaría oídos cualquier persona medianamente sensata, a quien a semejantes horas y en tan irregulares circunstancias se le presentara delante. Pero sola no te dejaría ir yo, sin amparo de ninguna índole, ni siquiera al de la noche que podría ser aquí el más traicionero de todos. Juntos iremos en mi quitrín. El calesero está advertido de una presunta correría amorosa de mi parte, pues otra cosa no podría ocurrírsele ni convendría que así fuera. Se ha encargado de amortiguar las pisadas del caballo colocando alrededor de los cascos unas colchas o sacos, de manera que no llamemos la atención por esta vía. No se hará luz alguna en ningún momento, de manera que no pueda revelársele tu presencia. Juntos bajaremos del coche a media calle y caminaremos hasta el lugar a donde nos encaminamos. Llamaré yo a la puerta con discreción, pero con insistencia tal que no pueda ignorarlo el inquilino, y en cuanto dé señales de querer averiguar de quién pueda tratarse, le susurras tú junto a la puerta, que se trata de algo urgente que concierne a la familia de don Ignacio, que éste es su nombre de pila. Sólo si es necesario, dices el nombre de quien tú sabes… A partir de ahí habremos de ver si abre o no abre la puerta, y de improvisar lo que se presente. Es de esperarse que, al oír tu voz y tu verdad, no dude mucho tiempo. Una vez dentro, le hacemos cargo de cuanto es menester, en el menor tiempo posible, y nos retiramos por donde mismo hemos venido, o mejor dicho, dando un rodeo que nos lleve de vuelta. Bajamos del quitrín antes de llegar a casa, nos deslizamos en ella con todo sigilo, lo mismo que si de ladrones se tratase, y dejamos en manos del buen Cirilo lo tocante al quitrín y el resto.

Tan bien funcionó el plan puesto en práctica aquella misma noche por los cómplices, que don Ignacio partió bastante antes del amanecer hacia Matanzas con el corazón rebosante a la vez de gratitud y de inquietudes. Gratitud hacia aquellos desconocidos, que, evidentemente, todo lo arriesgaban por la vida de su sobrino, e inquietud por la suerte que aguardaba a éste, incluso si consiguiese ponerse a salvo de la ira del capitán general, e igualmente, por causa de los efectos que sobre la pobre madre del joven habían de tener las noticias de que don Ignacio era portador.

Cumplida la misión que se habían propuesto, y ya de vuelta en casa, ambos hermanos se retiraron a sus respectivas habitaciones, luego de despedirse con premura, presa de gran excitación, y sintiéndose aún en el centro de un torbellino de sentimientos que, en el militar se presentaban a veces encontrados y contradictorios, y no le permitieron conciliar el sueño sino hasta muy entrada la madrugada.

Por su parte, Verónica Becquerel y Arteaga, contendía entre la dulce e infinita gratitud que sentía por su hermano, y la tristeza que sentía ante la inminente partida del amigo, a quien, sólo Dios sabía si volvería a ver nunca.

XVI

Capitulación y derrota: Primero, a Gibraltar

105

El fragor de la metralla francesa, cuya pertinaz rociada ya consiguió abatir más de una vela con su palo, y producir un socavón por el que hace agua la nave, cesa únicamente —como por ensalmo— cuando a su encuentro se ve venir un inglés de gran prestancia, que surge de las aguas, con un cañoneo de alerta. No anda pensándolo mucho el agresor, para emprender con presteza una maniobra de retirada que lo ponga a salvo de aquella furia inopinada. Una vez en fuga el francés, proceden los gibraltarinos que llegan, al rescate de los fugitivos, y a su traslado al Peñón a cuyo santuario se acogerán estos, desmoralizados, sin certezas, *sin blanca*, escapados apenas con sus vidas. Son ellos en su mayoría, los últimos diputados a Cortes entre los que se hallan quien fuera su último presidente, don Tomás Gener y Bohigas, don Leonardo Santos Suárez y el presbítero don Félix Varela y Morales. Pero el refugio de que gozan en Gibraltar no puede durar mucho tiempo, dadas sus propias carencias, y las del enclave británico, por lo que se deciden los antesdichos por el único refugio verdadero a largo plazo, de que puede haber noticias, y no sin privaciones, juntan sus miserias para conseguir pasaje a bordo del carguero *Draper C. Thorndike*, que transporta una carga de sal y almendras, con destino a Nueva York. Bajo la azotaina del crudo invierno que ha llegado hace mucho, cruzan el Atlántico. La travesía, sólo termina en medio de una borrasca de nieve, sobre el puerto que los acoge como náufragos. Varela y Gener, han contraído un resfrío que les provoca toser incesantemente, en tanto Santos Suárez siente en la médula de los huesos una frialdad que no alivia ni el buen fuego de un hogar, al que pueden finalmente acogerse. Arrastrando los pies con gran dificultad sobre la nieve que no cesa de caer, y enfrentados al viento que sopla inmisericorde en todas direcciones, arrastrando tras ellos asimismo unas pocas pertenencias, los viajeros han conseguido llegar a las oficinas de Goodhue y Waters en la calle South, donde localizan con facilidad a su compatriota Cristóbal Madan, joven de diecisiete años y uno de los discípulos favoritos de Varela durante sus días del Seminario, que allí se emplea. Madan los acoge, les sirve de traductor, pues Varela está demasiado fatigado y aturullado, para que el inglés que sabe pueda resultarle demasiado útil, y luego les sirve de lazarillo, conduciéndolos a una casa de huéspedes que conoce bien, y cuyo costo ha cubierto por anticipado. Varela tiene treinta y cinco años, pero parece un hombre de cincuenta. Ha envejecido definitivamente, cosa que nota, aunque sin manifestar sus impresiones al respecto, el afectuoso, joven y eficiente Madan.

—Aquí tendrán ustedes un lugar a cubierto donde descansar, y reponerse de tan larga y riesgosa travesía... Ya han oído a la hospedera en cuanto a los horarios de las comidas, que deben ser, en mi opinión, las mejor aliñadas de la ciudad, y aderezadas al gusto nuestro, como que la cocinera es una señora cubana de la villa de La Trinidad, con una mano para esas cosas como se ven pocas.

Se retiró luego de dar este género de seguridades Madan, y otras que se sentía en obligación de ofrecer a la vista del estado que presentaban los recién llegados, a fin de que pudieran descansar estos, y al encargo de doña Rosita Molina Llauradó, la cocinera, los dejó en sus respectivas habitaciones. La más pequeña la había reservado para el maestro —compensaba de este modo la pequeñez y modestia del habitáculo con la privacidad que le parecía de rigor en tratándose de éste—, y la más espaciosa para que fuera compartida de los otros dos viajeros. Un diván de cubierta algo gastada por el uso, y una mampara o *paravent* —como dicen los más— parte la pieza en dos áreas donde se hallan sendas camas. Madan marcha nuevamente a sus labores en la oficina de la calle South, una vez que los viajeros quedan instalados, y promete regresar tres horas más tarde para asegurarse de que estén bien y nada les falte. Bien pueden descansar lo suyo, que nadie les molestará. Cuando en cumplimiento de su promesa regresa el joven, aún duermen los fatigados viajeros, por lo que se marcha no sin antes escribir, y encomendar una misiva dirigida a ellos al cuidado de la patrona.

Transcurren a lo sumo tres días de la llegada, y se halla apenas algo repuesto del largo y penoso viaje el padre Varela, cuando se hace conducir a presencia del obispo Conolly al que presenta sus respetos, y ante quien se identifica, con el ruego de que le dé pronto, encargo de qué ocuparse. Sabe Varela —en la medida en que le es posible saberlo— lo precaria que es la situación de los católicos en los Estados Unidos bajo el embate de todos los prejuicios, falsedades, medias verdades y odios que con disfraces y sin ellos, han de enfrentar por causas diferentes, no todas ellas directamente relacionadas con la doctrina de su fe. No obstante, el obispo que lo recibe se muestra distante, calculadamente frío y hasta indiferente ante el forastero. Tal parece que con su conducta diera la razón a quienes tienen la peor opinión de los católicos, como gente altiva, desprovista de sensibilidad y caridad cristiana, pero Varela no toma en cuenta este contratiempo, dado como es a *explicarse* las personas y sus actitudes y peculiaridades, y a disculparlas en lo posible. Avisado como está, y en antecedentes de las ideas liberales de Varela, Conolly busca desde el comienzo imponerse al sacerdote, de quien desconfía, un poco por instinto y otro poco porque las autoridades españolas le han alertado del peligro que presuntamente representa el cubano, a quien caracterizan como a *«un lobo hambriento recubierto de una piel de oveja, suelto entre el rebaño de fieles»*. Le exige pues procurarse, antes de ser reconocido e instalado en la nueva diócesis a su cargo, las debidas credenciales de su obispo en la isla de Cuba. Adelantándose a esta eventualidad, el sacerdote ya ha procedido a formular dicha solicitud mediante un propio, pero su ilustrísima, el obispo Espada no tiene de momento tiempo para ocuparse de enviarle aquéllas, enfermo y acosado como se halla por sus enemigos, soliviantados por la restauración fernandista en España y sus dominios, y animados por el espíritu de venganza que los nutre, y busca cebarse en el prelado, de manera que antes ha de «explicarse» ante el mismo rey por cuenta de acusaciones que contra él se lanzan.

A la oración y al estudio, entretanto, dedica Varela la mayor parte de su tiempo, obligado a transcurrir en el encierro de su habitación, cuando no a las clases que pronto se procura para pagarse el sustento, y otras necesidades. Y a tocar el violín, a veces para sí mismo, y otras a solicitud de quienes se reúnen a la mesa para compartir la cena. En todo momento, se muestra el sacerdote bien dispuesto y sonriente, como si fuera incapaz de albergar preocupaciones o desasosiegos de ninguna índole en su pecho. La oración le alimenta, y prepara a su corazón remansos que vienen a ser oasis en los que se solaza, y a los que busca atraer por igual, a quienes se le acercan, o le rodean con sus inquietudes.

—Todo se andará a su debido tiempo. No hay que desesperar —parece ser su mantra ante quienes se impacientan en demasía por una u otra causa—. ¡La paciencia es un arte y una ciencia! —asegura, y con ello, procura poner de relieve el sistema y la inteligencia que supone adquirir y cultivar una virtud tal, como a sus ojos debe ser ésta cualidad.

Ha comenzado en verdad su calvario, y con él, su más acabado triunfo.

106

Mientras aguarda la llegada de su acreditación pastoral en medio del frígido invierno neoyorquino, la tos contraída por Varela a bordo del *Thorndike* da paso a una afección pulmonar, y el médico que lo atiende a instancias de Madam y Gaspar Betancourt Cisneros, quien se desplaza a New York desde Filadelfia, para abrazar a sus amigos, le recomienda de momento buscar un clima más benigno para su recuperación. La tentación de Filadelfia, tan próxima —con temperaturas algo más temperadas que la ciudad de Nueva York, y la reputación de ser la *Atenas* del Norte, centro de la vida literaria y científica, y de la política liberal en los Estados Unidos— lo invitan al cambio de residencia, al que procede tan pronto le es posible. Sus amigos le insisten, entretanto, en la necesidad de convertirse en motor del cambio que Cuba requiere, y pocos son, con su autoridad moral e intelectual, en capacidad de promover. Varela ha aceptado finalmente acceder a este requerimiento, que muchos le formulan, cada vez con mayor insistencia, pero antes pone una única condición: no habrá de obrar en esto sino con absoluta independencia, y a la luz pública, de manera que no se comprometerá con logias masónicas o sociedades secretas de ninguna índole, ni con intereses que no sean los de su conciencia.

Durante el tiempo que reside en Nueva York, se le han reunido en igual condición de refugiados políticos, amigos y discípulos que lo han precedido, entre los que se cuentan el dicho Gaspar Betancourt Cisneros, José María Heredia, Francisco García, José Tolón, Francisco Sentmanat y José Antonio Saco. Allá en La Habana, al frente de la cátedra de filosofía en el Seminario, que ocupara en sustitución de su maestro mientras duraba la ausencia de éste, Saco ha dejado a otro condiscípulo, Pepe de la Luz y Caballero, de lo que ahora da cuenta a Varela, quien aprueba satisfecho la elección. A propósito del sustituto, al igual que del maestro Varela, escribirá alguna vez la *Revue Philosophique de la France et de L'Étranger,* un elogio que podría resumirse del siguiente modo: «*después de la muerte de Jovellanos en 1811, no había producido España nada que se acercara a la altura de pensamiento de Varela y Luz, mediante los cuales, la filosofía indudablemente echó raíz en suelo cubano*». Varios de estos mismos antiguos alumnos, y amigos con los que ahora se encuentra nuevamente, y otros, que llegarán con posterioridad al destierro, muy pronto visitarán a Varela en su nuevo hogar de Filadelfia. Gaspar Betancourt Cisneros le acompañará al Museo de Historia Natural donde se exhibe de modo permanente, el enorme esqueleto de un mamut, así como otros remanentes geológicos y fósiles del pasado prehistórico del planeta. Heredia llega muy tarde a la visita previamente acordada, por lo que deberá acudir solo a la exhibición, días más tardes. Por otra parte, Varela pasa la mayor parte del tiempo de que dispone, ocupado en producir entre otras cosas, una nueva edición aumentada de sus *Lecciones de filosofía,* a la vez que se ocupa de tareas tales como la enseñanza privada del español, y de dar lecciones de violín a algunos niños y jóvenes, y algo de latín a un joven que demuestra interés en los clásicos. Con ello (aunque no todos estén en condiciones de pagar) se agencia el dinero necesario para la subsistencia, y con lo que logra apartar no sin privaciones, va pensando ya en la necesidad de una publicación regular, que pueda ingresar en la isla a la vez que sirva entre los americanos de lengua española, de arriate y dirección en un número de cosas. El primer número de *El habanero, papel político, científico y literario,* que prepara, verá la luz muy pronto, y será introducido de contrabando en Cuba por diferentes vías y manos, suscitando la furia del capitán general Vives, y los del partido integrista. Bien enterado Varela de los rumbos y tropiezos del continente hispanoamericano en materia política, tras conseguir la independencia, o los intentos en tal sentido, cree asimismo de gran utilidad traducir al español y publicar en esta lengua, el *Manual de práctica parlamentaria* escrito por Thomas Jefferson, al que cuelga un apéndice que habla de su experiencia personal en este sentido. Con la traducción al español de este texto, y otros que irán captando su interés, y la práctica diaria del inglés hablado, pronto adquiere el buen presbítero la facilidad y elocuencia en esta lengua, que ha echado de menos, más por ser harto exigente consigo mismo, que por verdadera carencia.

Volcado en sus empeños patrióticos, políticos e intelectuales, que, entre los muchos conspiradores, agentes fernandistas encubiertos, o a plena luz, y otros, de que abunda Filadelfia, son de sobras conocidos, le es presentado un Mr. Joel R. Poinsett, quien andando el tiempo habrá de ser el primer diplomático representante de los Estados Unidos en México, además del reconocido introductor en su país de la Flor de Pascua, a partir de ello conocida en inglés como *poinsettia*. No obstante, durante este primer encuentro —cauteloso como está llamado a serlo, pese a que todo se haga a la luz pública, según se lo ha propuesto Varela— algo en la manera, o tal vez en la filosofía del nuevo conocido provocan un cierto recelo de intenciones en el sacerdote, y acaso un ligero desencanto en el futuro diplomático, que impiden que prospere la relación que ha esperado a realizarse, más allá de las cortesías del caso, y el trato ocasional a partir de entonces.

Alguna que otra traducción por hacer al español llega a sus manos. Son varias las casas editoras e imprentas, que en la ciudad le encargan trabajos de este género. Lo que pagan no es mucho por lo general, pero con su frugalidad consigue reunir algo. Cierto que a veces, pone todo lo que ha reunido a la disposición de alguien más necesitado.

Solo no ha de estar —se dice Varela— que a Dios tiene, y a sus amigos. Estos, sin embargo, viven como él, atareados en sacar adelante sus vidas en el nuevo país, lejos de sus familias y de la patria amada. El que invariablemente da, sin poseer mucho a lo que llamar propiamente suyo, halla no obstante refugio y consuelo al que acogerse, también entre los nuevos discípulos, y vecinos, quienes cada vez más acuden a él y le toman por referente de sus vidas.

—*Here, good father...*—dice una viejecilla que ha llamado a su puerta, portadora de un tazón de caldo humeante y de gratísimo olor— ...*something nice and warm to keep you hale and hardy.*

Agradece el cura con una sonrisa y unas palabras a la mujer, que se marcha enseguida, dejándolo ocupado con el estudiante de latín. Y ya para marcharse éste, antes de que la sopa se haya enfriado del todo, insiste el maestro en compartirla con el jovenzuelo.

—Donde come uno, comen dos, hijo.

El aplicado discípulo traduce al latín de viva voz, esto que oye:

—*Si quis post biduum comederit, bis.*

El maestro sonríe bondadosamente, y mientras reparte el contenido del pozuelo y coloca el caldo sobre la mesa, corrige la frase, antes de sentarse y dar gracias.

107

Por carta que les alcanza muchos meses después de su envío, desde Boston, con remitente falso, y de trasmano, ponderan conmovidos los amigos de Heredia que aún siguen siéndolo, la verdadera naturaleza de su destierro.

El crudo invierno nordestino, no le sienta nada bien al desterrado que allí encuentra refugio primeramente, a la persecución política, después de una prolongada estada en la zona de Matanzas, oculto a todos los ojos. Los vientos de galerna, constantes, intensos y gélidos, las incesantes nevadas que desde antes de su llegada se prodigan, no darían señal ninguna de amainar a la llegada del desterrado a principios de diciembre, de lo que resultaba todo poco propicio para las expansiones propias de la estación, tales como él seguramente las evoca.

Cuán lejos estaban entonces de suponer los reunidos en torno a la mesa colmada de manjares, un año antes, la frialdad de cenizas, la dispersión y el hambre de bocados que les aguardaba a todos los reunidos, unos más y otros menos, al año siguiente durante la fiesta de la Natividad, que ahora todos celebraban en familia.

Porque si bien sería uno solo de los comensales quien, de aquí a un año, llegaría en busca de refugio a tierras del norte bajo la ventisca y la nieve, igual a sentir los efectos de la separación y el acoso del joven Heredia, serían los familiares inmediatos que éste dejaba por detrás. La madre y hermanas y su querido tío don Ignacio, y el resto de familia y amigos, algunos de los cuales eran también, aunque sin la mediación de lazos sanguíneos, la familia extensa, sentirían en distinto grado aquel azote.

Nada, sin embargo, parecía estorbar o poner lastres al júbilo de que todos y cada uno de los reunidos daba muestras con su reír, su parloteo animadísimo y el manducar y beber incesantes, bien que siempre con arreglo a los buenos modales, y la buena educación de que eran todos los reunidos partícipes. Al centro de la mesa principal se había dispuesto el lechón relleno con presas de diversas aves, asado a la brasa sobre un lecho de cujes de guayaba y rociado mientras se doraba al fuego, con naranja agria y cerveza. Una mesa contigua a ésta, aunque más basta, había sido colocada y cubierta igualmente por un mantel de hilo y a la misma se arrimaron una vez servida la principal, y a instancias de la dueña de casa, los esclavos domésticos de nombre Serapio, Magdalena y Crescencio, quienes, pese a un comedimiento natural o aprendido, no permanecían del todo al margen de la atmósfera celebratoria dominante. Parecía como si los amos se hubieran desentendido de la presencia allí de los esclavos, y estos de la de los amos que en la proximidad de la mesa comían y bebían sin reclamos de servidumbre, salvo por un ocasional intercambio. El joven Heredia cuyo puesto a la mesa quedaba muy próximo al de Serapio, de unos trece o catorce años, sirvió con naturalidad y afecto, y sin afán o propósito alguno de parecer virtuoso, algo de vino mezclado con agua en la copa que el muchacho tenía al frente. La natural animación de los esclavos, que se hubiera dicho semejante a la de los amos, hacía que se intercambiaran entre ellos miradas y frases conversables. Habría podido notarse, sin embargo, un como tono ligeramente menor que era a la orquesta el de los instrumentos encargados de sostener la principalía de los otros. La mesa misma como una extensión de la de los amos, pero separada de ésta, desierta y despejada hacia el extremo acentuaba una imprecisa sensación de páramo que hubiera podido en cualquier instante ser barrida por un viento helado, que avanzaría ganando en intensidad y llegaría para arrastrar con todo.

Acabada al fin la cena, se procedió a abrir los regalos intercambiados la noche anterior, de vuelta de la misa de gallo. Inspiradísimo en la ocasión había parecido a todos el padre Tejeira, y los cantos y la música a la altura de tan solemne como gozosa ocasión, eran evocados y alabados ahora por los reunidos. El coro de niños, organizado e instruido por doña Melita Regüeifueros de Acuña había constituido a no dudarlo, y de ello se hacían voces los comensales, la nota alta de la celebración. Al darse unos a otros el beso y saludo de despedida al final de la misa, habían partido regocijados y expectantes, anticipando la próxima celebración en familia del siguiente día, ésta que ahora los ocupaba.

Habían vuelto a sus trajines los esclavos de la casa, luego de recibir, éste un dije prendido a una cadenita de oro y un par de zapatos, éste otro una camisa nueva y un cinturón, y ésta un pañolón de manola y unas faldas para las ocasiones de vestir, todo lo cual habían agradecido fervorosa y sinceramente los regalados, con expresiones que no dejaban lugar a dudas de su gratitud y sinceridad. Sin mediar transiciones, se pasó a abrir los demás envoltorios y a mostrar los regalos correspondientes a los otros integrantes de la familia. Acabado este ritual se hizo algo de música, de que los jóvenes de la casa fueron los más dispuestos, y se formaron grupos varios en que los hombres fumaban sus puros, aromáticos y embriagadores, y las mujeres sorbían sus *crème de vie,* sus ponches de leche y sus tizanas de menta o canela.

—Cierto que el Natal de Nuestro Señor es celebrado en el mundo entero, según sabemos… En el mundo cristiano, quiero decir, pero en ningún lugar tiene esta fecha el lucimiento que aquí alcanza —tal afirmó, de repente, un exaltado José María, sin el propósito de suscitar una polémica con sus palabras, sino antes porque le parecía que todos no podían sino estar de acuerdo con ellas, como en efecto pareció ser—. No hay más que ver la naturaleza misma a nuestro alrededor: los campos se llenan de florecillas de todas las clases, en particular de campánulas y de aguinaldos de todos los colores: albos, azules, rosados, amarillos, y para que tengan flores hasta los árboles que de ellas carecen regularmente, o en la estación, o los que las poseen no tan vistosas, trepan por ellas los bejucos, y engalanan las copas, de tal modo que a veces parecen una verdadera feria de luces y colores las copas de esos colosos del bosque o las sabanas. En otras latitudes las nieves y el frío cubren los árboles, despojándolos antes de sus vestidos, y dicen que es magnífico de ver el espectáculo de la nieve sobre los pinos y sauces, y la gente se recoge a sus casas, y en ellas se calienta al fuego del hogar y conmemora el nacimiento de Nuestro Señor. He leído de estas cosas, y sabido por ello que en las diferentes regiones de Europa y de los Estados Unidos se asan al fuego hogareño las castañas, y se comen sobre todo perdices, cabritos, capones, pavos y conejos. Encontrar a la salida de un teatro en Madrid o París por estas fechas unos ramitos de violeta para que los coloquen en su seno las bellas, es cosa poco menos que milagrosa. Entre los salvajes del África y de otras regiones, que ya han entrado en contacto con los misioneros cristianos, se celebra de diferente modo la Natividad, con arreglo a las costumbres autóctonas adaptadas a las circunstancias. Un jefe tribal, por ejemplo, instituyó según el consejo de los franciscanos, el sacrificio pascual de un animal doméstico en remplazo de la muerte de un recién nacido cada cierto tiempo, según la antigua usanza, que constituía el recurso para atraerse la buena disposición de sus ídolos. Y en la Groenlandia, aún indómita e inexplorada, aquellos nativos a quienes ha alcanzado la luz del cristianismo, se reúnen para celebrar esta fecha, según se dice, y fabrican un *iglú* gigantesco, que éste es el nombre que dan a sus casas de hielo, y allí, colocan un pesebre y una criatura, ambos tallados de lo mismo, y comen en familia carne de morsa, y pescado, y se regalan trajes de piel de foca, o de oso blanco, que es muy apreciada por ellos como la marta cebellina en Europa.

—¿Y todo esto, hermano, has llegado a saberlo mediante tus lecturas y estudios?

Sonrió José María, con algo de embarazo, de repente advertido de que, con su disertar se había convertido en el centro de la atención general.

—Por eso pienso yo que leer es lo mismo que viajar, sin las incomodidades —siguió diciendo la hermana que había hablado.

La música también se apagó en el piano, como un ascua sin velar, y fue el propio Heredia quien, viendo en ello la manera de deshacerse de su involuntario protagonismo, hizo resaltar aquello que a su juicio resultaba imperdonable.

—¿Y qué de la música? Por Jove, que no seré yo causa de que se desatienda su mérito... A ver hermanas...

No obstante, si bien volvieron junto al instrumento los jóvenes de casa con el convocante a la cabeza, otros permanecieron junto a la lumbre de la plática que sostenían, y de esta guisa se conversó durante el resto de la velada hasta que, por fin, hubo llegado el momento de retirarse a descansar, y cada uno se restituyó a su pieza o dormitorio para dormir o leer todavía un poco más a la luz de una palmatoria, como haría José María. El vivo calor de estas memorias le arroparía un año después y más allá, entre sentimientos encontrados y contradictorios, cuando alejado de su familia, de sus íntimos amigos, y de su patria, estuviera obligado a pasar la Navidad entre las nieves de Boston, a cuyo puerto llegara subrepticiamente en calidad de perseguido político, y de desterrado.

Y todo esto columbraban, por la carta de José María Heredia sus amigos, hasta llegar a sentir el efecto de la helada sobre la piel.

XVII

Entretanto en La Habana

108

Si alguna vez dio muestras don Eustaquio de no ser totalmente ajeno a las ternezas aconsejadas por un sentimiento de cariño, tales oportunidades debió reservarlas para su sobrina Angélica Sepúlveda Romeu, más en respuesta a la abundancia de bienes y atenciones que ésta le deparaba, que por propia volición. No dejaba ésta que pasara mucho tiempo sin procurarse noticias del tío, cuando no las aportaba él con su presencia y frecuente importunar en casa de la hermana y la sobrina. Abandonada ésta del marido a los ocho meses escasos de casados, con argucias que lo llevaron primeramente a Barcelona, y con posterioridad a los Estados Unidos y al Canadá, había fraguado o fingido éste un interés en prosperar en aquellos lugares, donde según se prometía le esperaba la fortuna. Pese a que las cartas pronto se hicieron esperar, en respuesta a las que apasionadamente le escribía la muchacha, persistió en ella la esperanza del retorno del esposo, más allá de ese momento en que todo le indicaba sin que cupiera lugar a dudas, que éste no volvería en un tiempo previsible. Se refugiaba la esposa engañada y abandonada, en el estricto apego a sus devociones, el cariño que madre e hija sentían la una por la otra, y la pena que le merecía este tío sin otra familia. Estos afanes y propósitos con que llenaba sus horas le ayudaban a mitigar la pena por la ingratitud, y deslealtad del esposo ausente.

A tener noticias del tío y del estado de su salud, bastante quebrantada últimamente por todo género de indisposiciones, en particular aquéllas que le producían un perpetuo mal de estómago, había venido Angélica, haciéndose acompañar por una esclava, ya que entraba en sus propósitos poner cierto aliño y decencia en el habitáculo.

Sumido en un casi letargo, la recibió don Eustaquio, o más bien, le encontró la joven, arropado por sábanas empercudidas, lo mismo que la ropa y el gorro de dormir que llevaba puestos. Por orden suya, había puesto manos a la obra la esclava, y dado comienzo a la limpieza de la habitación.

—Mi querido tío —musitó, inclinándose sobre el enfermo, que al conjuro de la voz entreabrió los ojos, y esbozó lo más cercano posible a una sonrisa— a poco vendrá a ver a usted un médico de toda confianza, quien goza de las mejores recomendaciones, incluida la del muy conocido y muy prestigiado doctor Romay, y es necesario adecentar un poco la habitación, y disponerle a usted para un examen. Y mientras Agapita, mi sirvienta, se ocupa de lo suyo, me encargaré yo de asear a usted.

Tal vez fue a concertar una protesta don Eustaquio, a quien el mero olor que despedía aquella solución a la que llamaban *alcoholado*, y con la cual ya comenzaba a frotarlo su sobrina, contrariaba en extremo, por parecerle que olía excesivamente a limpio, cuando lo distrajo el estrépito causado por la esclava encargada por Angélica de limpiar y ordenar la habitación, seguido de un grito que se le escapaba, y que mal se avenía con la serenidad y la calma que Angélica buscaba transmitir al enfermo, y a la que aspiraba. Aparentando no inmutarse, con tal de no transmitir su propio sobresalto al afligido, se hizo informar de la esclava, de la causa y motivo de aquel alboroto, a lo que le informó ésta, que en un rincón había encontrado todo cuanto hacía falta «para perder a *un cristiano*», y era ello, cosa que no podía tocarse así como así por cualquier «*neofisto*», sino que se requería la intervención de alguien con poderes. Pareció comprender Angélica de lo que se trataba, y encomendando a la esclava ocupar su función, quiso asomarse al rincón, y comprobar por sí misma, de qué iba el asunto. Así que lo hubo hecho, volvió junto al enfermo, al tiempo que encargaba a la esclava dar aviso de inmediato —y con toda la diligencia y reserva que eran requeridas— a Ma' Leoncia Águila, para que se hiciera cargo de todo cuanto debía hacerse. En relación a la otra esclava, a quien había debido imponerse antes, a fin de que se marchara a cumplir con sus demás ocupaciones en la cocina, o donde mejor le pareciera, recelaba ahora aquella felonía que se le pintaba muy clara al reconocer «*el trabajo*», o maleficio descubierto por Agapita, y relacionarlo con la aflicción que de algún tiempo a esta parte venía sufriendo su tío.

Ma' Leoncia acudió presta, precedida de dos de sus ayudantes: María Eugenia, una mulata blanconaza, de ojos azules y perfil aquilino, de manos pequeñitas como pájaros y sonrisa diáfana, y Adelaida, mujer algo mayor que la primera; negra, de piel muy oscura y continente severo y grave, como de quien tiene conciencia de su importancia y valer. A esto, naturalmente, daba otro nombre, Éste era el de «*importanciosa*», la esclava de la casa que, desde una de las piezas interiores a que había sido relegada por Angélica, no sin esfuerzo de parte de ésta, espiaba a las que llegaban:

—Esan so' café con leche, sin du'se nin gu'to a na' —observó, con un mohín, a la llegada de las dos mujeres, cuando aún no daba señal alguna de aparecer Ma' Leoncia.

La espía debió distraerse luego en sus asuntos, porque no alcanzó a presenciar la llegada de la principal de las tres mujeres. Era Ma' Leoncia una anciana de edad inmemorial. La mano aferrada a un bastón de mango rústico como el resto de él, parecía prolongarse en este artilugio. Había en su piel y en su cuerpo todo, la apariencia de la tierra, el mineral y el árbol que ha soportado muchas estaciones en pie, y aprendido del viento y los elementos todos; de los pájaros y la noche; de la lluvia y el sol y del relente y la turbonada, cosas incomunicables. Aquéllas que estaban para asistirla sólo las aprenderían, como ella misma, cuando alcanzaran su edad, si antes eran capaces de atravesar incólumes, todas las pruebas que se requerían. Con poquísimas palabras, entre las que se contaban las de saludar como Dios manda, y era de buena educación que así se hiciera, Ma' Leoncia procedió a «*limpiar*» y a despojar de aquello, y casi con igual silencio se marchó, esta vez acompañada de una de sus auxiliares, la más joven, en tanto la otra se encargaba de «*recoger y atar la basura*», y de trasladarla en el interior de un pañolón blanco a un lugar remoto y secreto donde sería enterrada «*con permiso*».

Angélica sabía que no se debían dar gracias, y no las dio. No se trataba de ningún favor, sino de «*un trabajo en contra de otro trabajo*», y los trabajos de cualquier género se pagaban. ¿No había acaso que pagarle al médico por su visita? Ya luego se pagaría, según le fuera indicado, de lo que Agapita quedaba a cargo.

Cuando el físico por el que se esperaba hizo al fin su aparición, y después de un examen del paciente recomendó un régimen de caldos claros con papillas blandas, diagnosticado que hubo una úlcera de estómago, se veía otro, más animado y dispuesto don Eustaquio. No poco pesaba en ello, sin dudas, el baño y el cambio de ropas, incluidas las de cama, y el hecho de que se hubieran abierto algunas ventanas, y descorrido visillos, todo lo cual daba paso a la luz del día.

Algún tiempo después, a solicitud de la sobrina Angélica, era detenida y llevada a la cárcel la esclava de don Eustaquio, a quien se acusaba por el intento de envenenamiento contra su amo, lo que se fundamentaba en el hecho de que en la cocina hubiera descubierto Angélica numerosos potes con extrañas pócimas, y un morterito cuyo contenido demostró luego ser cianuro.

109

Por milagro debía tenerse, que antes no hubiera husmeado la legión de chivatos al servicio del capitán general la existencia de una red de conspiradores tan bien organizada y dispuesta, y con alcances que bien hubieran debido considerarse decisivos a sacudirse la soberanía española sobre la isla de Cuba. El mérito principal bien pudiera atribuirse a su principal inspirador y organizador, el joven militar José Francisco Lemus, quien lo era asimismo secreta y activamente en los ejércitos bolivarianos, con el grado de coronel. Meses de preparativos y organización minuciosa, se vinieron abajo en poco tiempo por la que al comienzo se consideró indiscreción de uno de los conspiradores, y todo hubo de darse entonces por perdido. Como se precipita sobre la mesa un castillo de naipes con un manotazo cualquiera, se vino a tierra todo el andamiaje conspirativo, pues Vives actuó ágil y efectivamente.

Avisado a tiempo de la delación, que en realidad había tenido lugar, y del consiguiente fracaso de la conspiración a su cargo, con tiempo apenas para escurrir el bulto, se ausentó José Francisco Lemus lo más prontamente posible de su casa y familia, buscando ponerse a salvo en Guanabacoa, donde su compañero Juan Jorge Peoli, no sin antes hacer llegar aviso a tantos como fuera posible del chivatazo. No obstante, éstas y otras precauciones, y por lo mismo que no consiguieran echarle mano a la primera, se ensañaron por cuenta propia en sus familiares inmediatos los testaferros de Vives —extremo éste con el que no había contado el cabecilla de los complotados— entre los cuales el llamado Martorell parecía que intentaba resarcirse de algún contratiempo, en el que le fuera poco menos que el buen nombre, si había de tenerlo. Después de volver patas arriba la casa, y de volcar o romper algunos objetos, bien por descuido o por simple deseo de infligir daño y causar miedo en sus moradores, al fin se marcharon los espías y agentes de Vives, confiscando antes, e incautándose de ello, cuanto les parecía menester, y como de paso, haciéndose acompañar de Salvador Lemus, que por ser hermano de aquél que buscaban, venía a servir a sus propósitos.

El sufrimiento causado por las pésimas condiciones de su encarcelamiento, y la dureza de los interrogatorios, amén de la indignidad de su arresto público, forzoso y sin causa, provocaron en el joven toda índole de quebrantos, y cuando al fin ordenó Vives que le soltaran, movido a compasión, o respondiendo a la solicitud expresa del obispo, habían transcurrido cinco largos e irreparables meses de oprobio y padecimientos. Josefina misma, que desde el primer día no se había alejado en lo posible de la cárcel, a donde lo condujeron, y con mil argucias estableció un sistema para comunicarse con el preso, estuvo allí cuando éste salía.

—Venga, niño. Que ya todo eso va a quedar atrás. Ahora a casa a reponerse y a ponerse del todo bueno y a olvidar esta horrorosa pesadilla.

Naturalmente que a fin de conseguir aquellas cosas que bien le aconsejaba procurarse la sirvienta, y él sabía imprescindibles, o era seguro perecer por causa de no hallarlas, era obligado huir lejos; escapar al alcance de aquel flagelo cuyos tentáculos habían podido arrebatarlo a la falsa seguridad de su casa sin causa alguna. En esta empresa, vendría en su ayuda el hermano, a quien una vez apresado se condenara a extrañamiento de la isla, y encierro en la Península, con otros sesenta y tantos compañeros de infortunio, pero había conseguido escapar a principios de febrero del año veintiséis con rumbo a Gibraltar. Fugado a tierras de libertad había tenido noticias por diversos medios de lo acaecido en el seno de su casa, y conseguido comunicarse con la sirvienta por intermedio del jardinero del obispo Espada. Demostró éste sobradamente, que sólo superaba a su sentido de lealtad la astucia de que se valió en todo momento, para llevar adelante su cometido sin despertar la menor sospecha, allí donde todo eran sospechas. La propia Josefina, dando muestras de una penetración que antes le había desconocido Salvador, dio en preparar un bien tramado plan de escape a largo alcance, cuando vinieran a calmarse un poco las cosas, y perdieran interés en él los interesados en provocarle daño, que aún pudieran quedar. Un día sí y otro también al salir de misa, o al coincidir con uno cualquiera de sus vecinos aprovechaba la criada para insinuar un viaje de regreso a su tierra, que tarde o temprano emprendería con carácter definitivo así que reuniera justo el dinero que se requería para comprar un pasaje a bordo. Muchos otros trámites y preparativos pudieron evacuarse a la sombra de semejante conjura, burlando así la vigilancia de los chivatos con empleo de tal, o adscritos al partido de los delatores voluntarios.

A una última afrenta y mortificación, sin embargo —y no era la menor de cuántas se vio obligado a soportar— debió someterse Salvador Lemus cuando, disfrazado de viuda de reciente luto, y mediante el pago de una suma considerable, cuya otra mitad se pagaría a su llegada a donde le esperaba ansioso y precavido el hermano, abordó el velero «*Divina Providencia*». Poco después se les reuniría allí Josefina, a quien ninguno de los hermanos hubiera dejado a su suerte en aquella casa, a la que ninguno volvería ya.

No fue poco lo que debió trabajar la mujer para que aquel plan suyo, disparatado e inconcebible como a primera vista pareció al joven Salvador, fuese abrazado finalmente por él, pese a lo desesperado de su situación. Nadie lo sabría nunca —juraba la criada sobre la cruz de sus dedos— y qué de censurable ni de nada tendría escaparse de una prisión injusta y cruel como pocas —argumentaba—; de manera que si de lo que se trataba era de colocarse un disfraz, con el que pasar gato por liebre burlando a los carceleros y espías de toda clase, ¿qué se perdía con ello cuando la libertad se ganaba y el honor?

El sobresalto que la mera posibilidad de ser descubierto y expuesto en semejante facha le causaba, habría bastado a revelar de inmediato al travestido que marchaba, tembloroso, apoyándose en el brazo de su criada en dirección del muelle donde ya eran esperados por el capitán del barco.

A punto de caer estuvo el joven por causa del desfallecimiento que experimentó de repente a la vista de aquel con quien se cruzaron, y en quien Salvador Lemus estuvo seguro de reconocer a través del velo de tupida malla que le encubría el rostro, al llamado Paco «El Farol», que, si bien con facha más al natural masculino, indicaba fehacientemente con su contoneo y algo de maquillaje alrededor de los ojos, cuáles venían a ser sus inclinaciones. El traslado de la casa hasta el muelle resultó interminable, pues en otras varias ocasiones se repitió esta impresión equivocada sin dudas de avistar al mismo individuo, pues no habría podido disponer éste del don de ubicuidad que se le antojaba concebible a Salvador, de manera que se le hallase a cada paso.

—Gracias a Dios al fin hemos llegado, Josefina.

—Calle, niño. Ni una palabra ha de salir de sus labios hasta hallarse lejos de todo esto.

Y dirigiéndose al hombre que los aguardaba, la que así hablara le tendió la bolsita de monedas que acarreaba, ahogando entre sus manos el posible tintineo de éstas.

—Venga conmigo. —Indicó hacer el hombre a la mujer de riguroso luto—. Ojo donde pisa la señora. ¡Venga! ¡Venga!

Sin tiempo a despedirse se separaron los que habían llegado del brazo, y la criada permaneció todavía allí unos instantes, antes de marchar de regreso, diciendo en un murmullo todas las oraciones que conocía, a la vez que sollozaba quedamente.

110

Demacrado, y algo bronceado de piel, le hallaba para su desconcierto su amigo José Antonio de Cintra. Don Nicolás María de Escovedo, en cuyo bufete tenía lugar la reunión, y con quien algunos años más adelante se emplearía Domingo, había sido maestro de ambos en el Seminario de San Carlos, de manera que, sin mediar muchas ceremonias dio la bienvenida al recién llegado, y se marchó dejándoles espacio a las explicaciones.

Luego de los consabidos abrazos y otras efusiones de la gran amistad que los unía, se precipitaron las palabras que debían y buscaban despejar varias incógnitas.

—Mejor es que nada sepas de este malhadado asunto —le atajó no sin dulzura éste de quien Cintra habría esperado mucha plática, y mucha desenvoltura, una vez roto el abrazo que los había unido un poco antes—. ¡Será mejor para todos, y para mí, causa de sosiego, no resulte que por mi culpa acabes envuelto en quién sabe qué berenjenal!

Pero nada hubiera podido persuadir al amigo, a aceptar aquella ignorancia a que parecía condenársele, y así que viera Domingo la insistencia y determinación de su demanda, dijo de este modo:

—Ya sabes seguramente lo que nadie ignora. Esto debería de bastarte, querido amigo. Si llega a intimarse, como bien podría ser, la relación entre mi viaje último, y cierto desembarco que se esperaba por esa región... No. ¡No debes saber más! Es mejor que todo lo ignores. De llegar a saberse corro el riesgo muy real de ser arrestado por los delitos de infidencia y conspiración. Y lo que más me atormenta, es que conmigo arrastraría al precipicio a todos aquellos que... ¡Demasiado he dicho ya! ¡Todo se ha perdido! Los hombres y las armas que esperábamos del continente, como cumplimiento de una promesa, nunca llegaron a su destino. Y tal vez sea mejor así. Del resto ya se conocen los pormenores. Vives mismo ha querido predicarlo a los cuatro vientos. ¡Un estrepitoso fracaso para cualquier idea de emancipación! Y para él y su política, un estruendoso triunfo.

En compañía de Escovedo, quien debía saber del asunto de que se trataba más de lo que parecía dispuesto a admitir, y había regresado al cabo, se dedicó Cintra a persuadir a Delmonte de aceptar su ayuda, que de mil maneras le proporcionó luego, al quedar establecido que los espías del capitán general no habían penetrado aquella parte de la trama que lo concernía, haciéndolo en Matanzas bajo el influjo de unas fiebres, de lo que daban cuenta su médico y varios amigos de aquéllas partes.

Varios retratos, entre los que se encontraban los correspondientes a sendos poetas de su admiración, Cienfuegos y Quintana, hechos al carboncillo con buen gusto, y de no poco mérito en la ejecución, habían desaparecido de las paredes de la casa de Delmonte, por encomienda expresa suya, mediante una misiva apresurada que allí hiciera llegar con Escovedo. Cintra los echó de menos prontamente, pero no se animó a decir nada, como no fuera precisamente eso, que se echaban de ver en las palideces de las paredes los cuadros que faltaban y sugiriendo que, de faltar aquellos se colgaran prontamente otros no fuera a surtir peor efecto el remedio que se buscaba, que la presunta enfermedad. En ello estuvieron de acuerdo todos a quienes concernía el asunto, y preció Escovedo ante Delmonte la sagacidad de que a su ver diera cuenta José Antonio con tan atinada observación.

El nombre de Heredia, autor de algunos de los retratos que habían sido descolgados, y posiblemente destruidos se mencionaba ahora en voz queda y con evidente aprensión.

—Se halla a salvo, según indican fuentes muy de fiar. Y ha llegado a afirmarse que por la vía de Colombia o Venezuela, pudo alcanzar el continente. Aunque todo lo parca que ha de serlo en este asunto, su madre así lo confirma. Gracias a Dios sean dadas y no se escatimen las que fueren necesarias. ¡Pobre Heredia!

—Pobre, sí. Un sino trágico lo empuja.

—¡Pobre amigo!

Sin noticias que vinieran a confirmar o negar cuanto se afirmaba esos días, y por algún tiempo después había de adelantarse, siguieron los amigos guardando un cálido recuerdo del prófugo, bien que se guardaran (como tantos otros) de «*mencionar la cuerda en casa del ahorcado*», según solía decirse en éste y otros casos semejantes. Vale decir, que, si alguno llegaba a mencionar públicamente el nombre del Heredia, proscrito e implicado en la conspiración descubierta, se hacía de inmediato reo de sospechas, sobre todo cuando no cayeran de inmediato sobre él los recelos oficiales. Sucedió así, que por vías encontradas cayera el nombre del poeta y amigo en una casi absoluta reserva, que era lo más próximo al olvido total.

Con absoluta discreción de su parte, se abstuvo igualmente José María de escribir abiertamente a los amigos, a quienes más podía comprometer, renunciando a hacerlo incluso por la vía de terceros, pues era mucho el temor de la efectividad de los espías de Vives, y ya rebosaban de presos las cárceles por cualquier motivo, o manifestación considerados sediciosos. Vació en el molde de sus versos alguna vez tales sentimientos, pero aun en ellos debía proceder con suma vigilancia de sus emociones, no fuera a descubrirse en ellos alguna referencia. Y calló, entre tales impulsos, el de la suma gratitud que debía y hubiera querido expresar singularmente a su amiga Verónica y al hermano de ésta, cuyas acciones habían salvado su vida a riesgo de la propia, y le habían hecho posible trocar la cárcel por el destierro. Debió tratarse seguramente del peor de los silencios, a que entre tantos otros, se obligaba en su nuevo estado.

111

Doce largos meses les habían parecido por igual a ambos contrayentes, los transcurridos desde el momento mismo en que, comunicado el compromiso a los hijos de doña Amalia, se había formalizado éste. Al padre Cisneros correspondió casarlos ahora, en una ceremonia desprovista del fausto que ambos viudos consideraban poco apropiado, en tratándose de segundas nupcias. Poco antes de acordada la fecha, había buscado saber con insistencia el novio, qué regalo deseaba más, la futura esposa, sin que aquélla acertara a formular un deseo, y no hasta que la insistencia de él terminó por convertirse en una demanda perentoria, y hasta angustiosa, pareció ella dar al fin con lo que se le exigía, o concretarlo en un deseo hasta entonces sumergido.

—Volver al Príncipe. Poner casa allá. Lejos de todo esto —dijo, y enseguida se arrepintió por muchas causas—. ¡Claro que se trata de una tontería! ¡Sentimentalismos! Niñerías que ya a mis años están mal vistas.

—¿Y por qué iban a estar mal vistas, vamos a ver? —fue la respuesta del flamante novio—. ¿No se encuentra allá casi toda tu parentela? Y yo mismo, cuento con parientes allí, como bien sabes: mi hermana Teresa, a quien no veo desde hace años, y hasta un primo, y tocayo mío, magistrado de la Real Audiencia de Puerto Príncipe, con que me dirás tú, si no tengo yo también algo de principeño.

—Pero el futuro de mis hijos está aquí, Francisco.

De momento, aquella declaración bastó al hombre que había estado dispuesto a conceder lo que su mujer le pidiera, para dejar las cosas donde estaban. No obstante, aquel deseo de ella acabaría por convertirse en una especie de complicidad que compartían en secreto, y la cual, por lo mismo que había partido de ella, llegó a ser en él una determinación a satisfacer más tarde, cuando el momento adecuado hubiera llegado.

—Por lo pronto muy bien podríamos pensar en realizar un viaje al Príncipe, que a la vez que me permita a mí conocer a los nuevos parientes, haga posible que tú vuelvas a verlos después de tanto tiempo... —sugirió él alguna vez, como si el énfasis lo pusiera, en un deseo o necesidad que pudiera corresponderle—. De ese modo matamos dos pájaros de un tiro y, además, tenemos nueva luna de miel —añadió con un algo de picardía que todavía consiguió ruborizar a la mujer—. El vapor nos llevaría hasta Nuevitas, donde podríamos descansar, antes de acometer el viaje por tierra hasta la ciudad.

—Antes deberé escribir cartas. Anunciar a mi hermano Higinio este proyecto. La casa de mi propiedad cuyo cuidado ha estado en sus manos desde mi partida, deberá ser acondicionada para recibirnos.

—Veré que todo se arregle como proceda. Disponemos del dinero que se requiera para cualquier gasto. ¡Verás qué bien lo pasamos, mujer! Todo lo que tú quieras.

—Si Verónica así lo deseara, aquí podría quedarse en compañía de Paulina. Ya no es ninguna niña, y es sensata y nada lerda. Además, su hermano Alcides velará por ella.

Aquella idea debió sorprenderla a ella misma, más que a él, y una vez formulada, buscó en su interlocutor la confirmación o aprobación que ahora requería:

—Pues lo que tú dispongas. En efecto, la muchacha es juiciosa y... Pues, eso, que ya no es ninguna niña... Y su hermano velará por ella como un tigre. Además, como dices, Paulina quedaría a su lado. No hay cosa alguna que temer.

Mucho tiempo, sin embargo, había de transcurrir todavía, antes de que el viaje proyectado tuviera lugar. No obstante, no pasaba mucho tiempo en la semana que no se hablara de ello, en la paz de la alcoba que compartía la pareja, cual si se tratara de la peregrinación a un santuario, largamente acariciada por dos fieles.

El intercambio de correspondencia más asiduamente con Higinio y otros familiares, ocupó ahora el tiempo de ambos. Y hasta del pariente, juez de la «Real Audiencia» principeña, se alcanzaron noticias de la buena disposición y contento con que, al parecer, no solamente él, sino toda la villa se hallaba presta a recibirlos con los brazos abiertos. Al final de una larga y animada carta, como prometía ser la visita misma a la ciudad, añadía una posdata el remitente que, don Francisco tomó especialmente en consideración, atribuyéndole al pariente una intención política, que tal vez no fuera la de éste:

«Y no se olviden de traernos de añadidura, con la visita de ustedes, las últimas que circulen, libros y cuanta cosa de este jaez dispongan a la mano, que aquí aguardamos siempre con trepidación este género de novedades, los que de un tiempo a esta parte se han vuelto bienes algo escasos».

112

Rodando y rodando, el nombre del doctor don Francisco Dionisio Jiménez del Corral Ochoa y Torreblanca, profesor de la cátedra de Cirugía de la universidad, había venido a dar al despacho del capitán general, acusado, nada menos que de infidencia, y hubo de sopesar éste, los cargos y las acusaciones con algo de indulgencia, pues se hallaba, contra lo que podía pensarse, de buen humor y verdaderamente no halló nada de sustancia en las tres denuncias que, aunque anónimas, parecían suscritas —no habría sido preciso ser muy perspicaz para darse cuenta de ello— por un mismo autor.

—Déjese estar por el momento. Vigilémosle, de modo que pueda percatarse de ello, y luego se determinará lo que deba hacerse si procede —indicó a su ayudante, aparentando fastidio y tal vez algo de fatiga—. ¿Es que no cesan nunca de producirse estas delaciones de que tengo yo más que hacer a propósito de ellas, que de mis gallos? Por el momento, Becquerel, ve todo cuanto haya que ver en este asunto, siempre que no sea obligada mi competencia. La riña que tengo concertada esta tarde, para recreo de don Casimiro, es más importante por ahora, que todos los informes que alguien quiera proporcionarme por exceso de celo profesional, o los que fueren, contra mi tocayo o cualquier otro. Siempre habrá ocasión de dar un escarmiento, y ya estamos escarmentados bastante, de modo que nada de pasarnos de medida. En cuanto a las súplicas de clemencia que por fuerza habrán de llovernos, responda usted del modo que parezca más conveniente, y acabemos. ¡Firmeza y guante de seda!

La misma mano que, bien concluía el capitán general, era la autora de las cartas acusatorias contra el profesor de cirugía, le aconsejó a éste en carta igualmente anónima, pretendidamente amistosa, que lo mejor en su caso era marcharse lejos y pronto para librarse de la acción que contra él se planeaba, y que aguardaba apenas la orden para ser ejecutada.

Si bien no era precisamente un cobarde el doctor Jiménez del Corral, tampoco le seducían los riesgos innecesarios, ni le tiraba de nada la temeridad, de modo que consideró atentamente —en el menor tiempo posible, que era el único a su disposición— a lo que debía atenerse en relación a semejante aviso, y al cabo de mucho sopesar y considerar todos los extremos, se decidió por las de Villadiego.

A cubierto de la noche, abandonó su casa en la que vivía solo. Por todo equipaje, llevaba consigo el maletín con sus instrumentos de cirugía y, en el fondo, bien ocultos debajo de todos ellos, algo de dineros, bien ganados y ahorrados, sus títulos y otros documentos. Como no contaba con criados a su disposición, hubo de dejar la puerta de casa sin atrancar, pero aquello para nada podía importarle ya. ¡A otro robarían en su lugar! —se dijo, con amarga ironía, puesto que todo cuanto era por fuerza abandonado de su legítimo dueño (su casa y enseres principalmente) lo ganaba el estado para sus arcas y privilegios. Y para rematar la frase, musitó aquello conocido de «Ladrón que roba a ladrón… ¡Cien años de perdón!»

—Con vida estamos, y en buena salud… ¡Y con Dios vamos! —dijo para sí, dándose alientos.

Nadie, salvo tal vez unos ojos que lo espiaran atentamente sin perderle pies ni pisada, habría podido decir en qué dirección marchó después, o qué modos empleó para llegar a donde iba, o de qué medios se valió para conseguirlo.

Aunque la desaparición suscitó en principio algo de consternación entre los más próximos al profesor de cirugía, y el consabido revuelo y especulación de estudiantes y colegas, el paso de los días acabó por situar los hechos en un plano de normalidad que alcanzaba incluso, aquella palabra con que en un primer momento se había buscado resumir el sucedido, y la cual terminó igualmente por perder su novedad o capacidad de sugerencia:

—Voló —se decía ahora, cuando aún se hacía mención del asunto, que era cada vez menos.

Las noticias de lo ocurrido y del actual paradero del doctor Jiménez del Corral, llegaron finalmente, tiempo después, por vía de Liverpool, en carta que portaban manos de un desconocido, o de otro modo, un conocido reciente, inglés, por más señas, y hombre de negocios, a quien se había rogado acarrearlas, y ponerlas discretamente en manos amigas. Pero de ello no llegaría a saberse, fuera de éste a quien tales noticias iban dirigidas.

Tal era, el estado de todas las cosas en un país que iba deslizándose cada vez más al desbarrancadero, sin que faltaran las presuntas «soluciones» ofrecidas de muchos, o intentadas por su cuenta y con empleo de la fuerza, por aquellos, vale decir, que al menos tenían conciencia de que algo había de hacerse. La delación alentada por Vives con un propósito eminentemente de control político, se extendió cada vez más a otros aspectos de la vida, instalándose en ella, y sirvió a toda clase de desmanes, especialmente contra enemigos personales o simplemente personas envidiadas por su riqueza y buen desempeño. Aunque compensadas por el capitán general, las delaciones de cualquier índole, no siempre, y más bien casi nunca, estaban en correspondencia, los despojos con el usufructo de los denunciantes. A manos del estado, es decir, del capitán general, iban a parar muchos bienes de fortuna, correspondiéndoles a los chivatos alguna infinitésima parte de lo expropiado. Mas a veces, hallaban los soplones, o meros calumniadores, compensación suficiente a sus malas acciones en el resultado de perder a un hombre, revolcar su nombre y el de su familia, odiados por justa causa, o por ninguna en absoluto.

113

Terminada que hubo su *poesía*, como llamaba el capitán general, a aquella larga composición suya a la que puso por nombre principal *La Gallomachia*, a sus expensas (o lo que venía a ser lo mismo, a las de la administración a su encargo) la hizo imprimir, cierto que en número reducido de ejemplares, con que obsequiar a aquellos pocos y asiduos aficionados frecuentadores de sus galleras, así como a los ocasionales y distinguidos visitantes llegados al país, que eran invitados por él a sus justas. Satisfecho de su hazaña, no menos que si de la composición del «Romance del rey moro», o del mismísimo «Poema del Cid Campeador» se tratara, se pavoneaba el flamante autor, y su presunción tenía que ver tanto con lo escrito por él, como con la recepción que *«reconocidos ingenios»* —según afirmaba— ya hacían de su «*ouvre*» en diversos círculos, lo cual era indicativo de que, amén de la pasión delatora, la de la adulación desbordada también había prendido en amplios círculos de la colonia.

—Perdone Su Excelencia que no emita una opinión tan desinformada como rústica, cual habría de ser la mía en lo tocante al arte poético, que de eso nada sé, ni nunca he podido entender nada —se libró al fin su principal ayudante Alcides Becquerel y Arteaga, o creyó librarse, con aquel comentario, luego que infinitas indirectas al respecto no hubiesen surtido el efecto deseado en su superior, que buscaba su parecer. Por fortuna, otros contratiempos vinieron pronto a ocupar la atención del capitán general.

—Vive Dios, que ¿no descansaré ya más en mis días? No tiene un hombre de mis intereses, ocasión de desembarazarse de complicaciones en una tierra como ésta, Becquerel. Ya me lo advertían, antes de poner pie en ella, quienes tenían en mente mi interés y conocían bien el paño que había de hilarse. Cierto que tampoco lo quería yo, por sospechar lo que esto había de ser, y antes resistí cuanto es posible la voluntad real. Pero ante la constatación, cualquier sospecha es escasa. ¡Qué país! ¡Qué gente tan española estos cubanos! Aquí se reúnen cual en ningún otro sitio, las cinco puntas del pañuelo. Y a eso añada usted las cosas de los negros... Y las de los ingleses. Y las de los *bolivarianos* todos. ¡Y hasta los americanos ingleses, de quienes no habremos de fiarnos mucho! Bien los conozco, como que estuve allí, según se sabe, de embajador. Pero esto es otra cosa. Tierra de nadie, como quien dice. Un hombre está poco menos que solo en esta tierra, y España poco menos que perdida. Hace apenas un tiempo eran «*los rayos y soles*» del tal Bolívar; hoy se trata de la «*Cruzada de no sé cuántos despropósitos*», y mañana sin dudas se tratará de otra cosa y de otra, a lo que habremos de poner fin, o será el nuestro.

Mientras Vives peroraba, observó el ayudante que éste sostenía en su mano derecha el impreso que antes le mostrara, y no pudo si no decirse para sus adentros, en oyéndolo, que por momentos alcanzaba el que hablaba cierta elocuencia tribunicia, no exenta de genuina nobleza. En ello estaban, cuando se produjo la súbita interrupción de un criado de casa.

Desobedeciendo las instrucciones expresas de su excelencia, hizo su entrada en el despacho de éste, su mayordomo, para informarle con voz trémula, que se agravaba el estado de la capitana generala, por lo que ésta le mandaba llamar con toda urgencia a su lado.

—¿Se ha enviado ya por los médicos y todas las sanguijuelas que hagan falta? —preguntó un demacrado Vives, que intentaba de este modo rehacerse a los ojos de quienes eran testigos, de su palidez rayana en el desfallecimiento.

Mientras asentía el criado, salía Vives a pasos largos de la habitación, seguido por el que había traído la noticia, y no podía si no preguntarse para su coleto el ayudante Becquerel, si al decir aquello de «*los médicos y todas las sanguijuelas que hicieran falta*», lo había hecho S.E. con cabal discernimiento, o si se trataba de uno de aquellos dislates suyos, en los cuales resultaba imposible discernir la estultez, o más bien la falta de discernimiento, de la picardía. No obstante, sintió verdadera pena del hombre inmerso en sus circunstancias, contrariando ese otro sentimiento de repulsa cada vez más presente que iba ganando adeptos en su corazón. Aunque no podía tratarse de algo fácil, y previsiblemente no pudiera traducirse sino en perjuicio para él y su futuro, le daba vueltas en su cabeza el principal ayudante del capitán general, a una excusa que, resultando convincente, consiguiera redimirlo de su presente encargo. Siendo muy otras sus aspiraciones y expectativas al comienzo de su desempeño, perturbaba ahora cada vez más el sueño de Becquerel una función que, amén de denigrante, conseguía enfermarlo.

114

Según le fuera indicado por su amo, *el señorito* Eladio, afuera esperaba el calesero Remigio a que «*éste se desentendiera*» del asunto que lo había traído por estos andurriales, y bien presumía él de saber de cuál se trataba. De cuando en vez unas risas de mujeres llegaban hasta él, entre largos silencios, que al calesero se le antojaban aún más largos y gravosos en la prolongada espera. Los chiquillos astrosos que al principio habían supuesto una distracción con su curiosidad a la vista del carruaje, y posteriormente con sus juegos, carreras y gritos a lo largo de la calleja, hacía ya rato que se habían marchado a casa, o a donde los llevaran sus pies, y la luz del día había comenzado a sosegarse hasta alcanzar este punto rayano en el oscurecer. Al fin se abrió una de las hojas de la puerta principal de casa, insinuando un reflejo de velas o candiles, que seguramente dentro se hacían imprescindibles. Remigio se enderezó en su puesto como movido por un resorte, pero del marco iluminado precariamente no emergió como esperaba la figura de su amo, sino primero una y luego la otra, las de Caramelo y su amigo Paquito «El Farol». Un furor inexplicable se apoderó de él en ese instante, y de no haber sido porque el señorito podía aparecer de un momento a otro en el umbral, habría saltado sobre ellos, sobre todo, habría tenido ocasión de *romperle bien roto «el jocico»* al tal Caramelo, a quien *tenía atravesado en el gaznate como un hueso de pollo*. Esto se dijo para sí, guardándose un odio que lo alimentaba, seguramente, haciéndose allí más fuerte y determinado.

—Deja que yo te agarre alguna vez, pa' que tú vea' lo que te va a pasar —tal vez fuera a decir en voz alta algo semejante, cuando apareció a la puerta de la casa el señorito don Eladio Hernández Mendizabal. Remigio lo vio deshacerse de los brazos que se le echaban al cuello, e intentaban vanamente retenerlo. Una promesa de pronto retorno, apenas audible a la distancia en que se encontraba el calesero, y el joven estuvo fuera y se dirigió con presteza a su quitrín. Sin palabras subió a él, y ello bastó para que el esclavo tirara de las riendas del caballo.

Con un rápido reflejo, el Paco alcanzó a evadir la vara del carruaje que se les echaba encima. No podía decirse que hubiera podido verla. Algo como un sexto sentido, un instinto visceral le habían avisado a tiempo. En la oscuridad procuró enseguida confirmaciones que le dijeran que su acompañante se hallaba bien.

—Caramelo de mi vida, di algo… ¿Te han lastima'o? Es que se ha roto el farol y no consigo ver nada.

A las voces de alarma que daba el Paco, y seguramente reconocieron dentro de una de las casas del lugar, acudieron presto los inquilinos y levantando con todo género de cuidados el cuerpo desmadejado y como roto de Caramelo, lo trasladaron dentro. El saliente del eje de una de las ruedas, el pescante o cualquier otra parte de la carrocería lo había alcanzado de paso, y con tal violencia, que había dado por tierra el joven sin enterarse de lo ocurrido. Esto último dijo, o más bien pudo deducirse de lo primero que logró articular al abrir los ojos, que fue preguntar qué era lo que sucedía. Un desgarrón de la ropa que llegaba hasta la carne, lacerándola a la altura de la cadera, daban indicios de lo ocurrido. Una vez dadas las explicaciones pertinentes, no pudo o no quiso el Paco reservarse los reproches que contra el calesero se suscitaban ahora con vehemencia.

—No pudo el majadero no habernos visto puesto que nos hacíamos luz con un farol —dijo el Paco—. A don Eladio le diré yo todo, que ese calesero suyo…

—Calla. Calla, Paquito —le rogó Caramelo, dándose cuenta de la indiscreción del amigo, pese al dolor en los huesos que de repente sentía—. De un accidente se ha tratado, y no se diga más. Gracias a estos amigos y amigas no habrá que lamentar mayores desgracias.

—¿Podrás caminar?

—En peores me he visto yo.

—Pues esta tizana que te ofrece la tía Mercurio te hará bien.

Varias manos que buscaban ser de ayuda, se entorpecieron con tal de acercarle a los labios al yacente, el jarro con el brebaje. Finalmente, fue el Paco quien se hizo cargo.

—*Una poca* de tila que no te vendrá mal, Caramelito de mi alma —le dijo con mimo, a tiempo que le hacía beber el cocimiento—. ¡Siete vidas como el gato tenemos, hija! ¡A quien le pese…, pésele!

Rieron con desenfado, incluso con algo de desparpajo, los reunidos, siete u ocho personas, descontando a los dos amigos, casi todos mujeres.

Así que el lesionado acabó de beber cuanto podía de aquel cocimiento, y consiguió ponerse en pie, aunque cojeaba al andar, se pusieron en marcha nuevamente, no sin antes mucho agradecer el socorro y las atenciones recibidas de todos en aquella casa. La llamada tía *Mercurio* no consintió, sin embargo, que marcharan solos de vuelta a su casa, y encomendó que los acompañaran un muchacho de doce o trece años portador de un farol, y otro que no pasaría de quince y tenía la pinta un tanto hosca de alguien de más edad.

—Llevadles, y volved sin perder de vista el camino, que en esta casa no sobran hombres —precisó la tía, y se despidieron al fin, los que partían.

Afuera, la noche era ya una absoluta negrura sin luna ni estrellas. El cielo un toldo encapotado. De vez en cuando una ráfaga de aire fresco venía al encuentro de los que andaban, llevando casi en vilo al inválido, por no decir a rastras. Y entre ráfagas de aire fresco, persistía la atmósfera sofocante que acaso la lluvia consiguiera refrescar.

—Anímate, Caramelo de mi vida, que ya estamos a dos pasos de tu casa, donde haré yo noche si hay un catre disponible, y la voluntad de ofrecerme techo no falta en ti. Así te hago yo compañía por si hiciera falta.

—Bien sabes que mi casa es como tuya —atinó a responderle el aludido a su amigo— y no hace falta que diga yo más.

Al fin llegaron a su destino, y entraron, con lo que se volvieron por donde habían venido sus dos acompañantes.

115

Un sí-es-no-es de indecisiones surgidas en el último momento —tal vez hayan ido engordando éstas a la sombra de un aplazamiento insensato, que iba a contracorriente de sus expectativas e ilusiones más caras— la acosan en el instante en que debiera ser toda ella determinación y entusiasmo. Piensa doña Amalia en un imprevisto cualquiera. Y si al regreso no encontrara ninguna de aquellas cosas a las que desea volver, acogida al abrigo que le prometen sus recuerdos. *Y si...* Siempre la posibilidad de un desencanto más. De arrastrar consigo al amante marido, quien parece dispuesto a seguirla al fin del mundo. ¡No será el fin del mundo, aquello! No será. Pero ¿será otra cosa tal vez? Un empeño inútil, un contrasentido. ¿De qué modo saberlo, anticiparlo? El albur al que se someten ambos por su causa, ¿no basta a ser ya una responsabilidad demasiado onerosa sobre sus hombros?

—Anda, mujer, que debías estar rebosante de dicha. En cambio, te veo hecha un lío de quién sabe cuántos temores e inquietudes. Todos infundados —el marido que parece leer en ella como en un libro, acabará por infundirle con sus palabras algo de serenidad, restituyéndole sueños y esperanzas por igual—. Ya has tenido noticias de tu familia, de ese hermano que tanto te ama y desea volver a tenerte cerca, como claramente dice en su carta. De tus sobrinos y demás parientes. Y de medio mundo que allá te aguarda como si faltara en Puerto Príncipe, lo que no dudo, la luz del sol y el perfume de las flores.

Le preocupa, o más bien, le entristece separarse de sus hijos.

—Será cosa de un tiempo, mamá —le dice Verónica para animarla. Ella misma no puede creer con que naturalidad ha recibido la noticia, acostumbrada como estaba desde hacía mucho, a la idea de un viaje que no acababa de concretarse, y que seguramente nunca se realizaría. Se sorprende igualmente de sus emociones y de la aparente facilidad con que su madre se desentiende de cualquier conflicto, respecto a dejarla estar aquí en la sola compañía de su hermano. Lo cierto es que se despoja de Paulina para encomendársela, y que la muchacha no tenga que vérselas ella sola con el manejo de la casa. De todos modos, Verónica considera estas cosas, y las resuelve al cabo sin permitirse el lirismo patético que caracteriza a muchas de las heroínas que pueblan sus libros.

—Allá estaremos dos meses. ¡Habrá cartas! Prometo que no habrán de faltarte, aunque lo más probable es que las últimas que te escriba, te alcancen con posterioridad a nuestro regreso. Te escribiré, hija mía, tan a menudo como sea posible por el vapor-correos, o mediante un portador providencial que las traiga —promete la madre.

—¡Haya cartas! ¡Y visitas, mamá! ¡Alégrese! Excursiones a las márgenes del Tínima, como las que usted tanto recuerda, y paseos a caballo o en coche, a las fincas, y saraos, y esas veladas literarias o músicas de la buena sociedad, de las que bien nos acordamos mi hermano y yo. Y habrá, ¿cómo no? las inigualables celebraciones del día de San Juan, de que mi señor padrastro nada parecido ha de haber contemplado. Usted le mostrará, mamá. Todo es a propósito, y de todo me dará usted cuenta en deliciosos detalles. No sienta preocupación alguna por nosotros sus hijos, ni por Paulina y Serafín, que a buen resguardo quedamos todos. Primero del Todopoderoso, y de sus bendiciones de usted, y luego de todo lo demás, según está previsto.

El viaje tomaría lugar en breve tiempo. Los días pasaban apresuradamente y las horas, en cambio y de manera paradójica, lo mismo que si se arrastraran en este compás de espera. Ambas mujeres buscaban cada vez más la compañía recíproca, en la medida en que el día de la partida se acercaba.

Un almuerzo de despedida reunió a los contertulios habituales y amigos más cercanos. El único pariente, el padre Cisneros, no pudo acudir, pero lo hizo en cambio la víspera de la partida, portador de cartas a los suyos en el Príncipe, y de sendos regalos para los viajeros: un misal que había pertenecido a su madre, que encomendó al cuidado de su prima, y un rosario para el primo.

La partida del vapor convoca igualmente a muchos de los mismos junto al muelle. Al momento de partir se agitan sombreros y pañuelos blancos, cuando no las manos dirigidas a los de a bordo que replican estos con iguales signos. Tres monjas de tocas blancas y almidonadas, una vieja y las otras ni jóvenes ni viejas aún, desgranan sus rosarios con fervor. Una conocida marquesa rodeada de sus sirvientas se echa aire con el abanico engastado en piedras preciosas, que relumbran ocasionalmente tocadas por los rayos del sol. Una negrita de ocho o nueve años, a su lado, la imita no sólo en lo que concierne al abanico, sino en la ropa que lleva puesta y hasta se diría que en un cierto aire de altanera indiferencia. Ambas, parecen contemplar la escena que se presenta ante sus ojos, desde un palco preferencial. Junto al grupo, pero algo al margen, un joven militar. A bordo hay varios como él, de diferente graduación. Los marinos se confunden con el gentío, y si se distinguen de estos, es en razón de los uniformes que se obligan a vestir por mandato de la compañía propietaria del barco. El capitán, un individuo corpulento y rubicundo, de manos grandes y fuertes, aunque bien cortadas, da las órdenes correspondientes y la embarcación se separa, lentamente, de los espigones. Tres silbidos avisan que «ahí va eso» como suele decirse, y la quilla parte en dos el agua haciéndose camino mar afuera, o tanto como sea necesario, sin perder de vista la costa que habrá de seguirse hasta alcanzar el puerto de Nuevitas.

El aire del mar es gratificante, y como aún no se pica el agua es posible anunciar y servir en breve un refrigerio cortesía de «la casa» a quienes deseen tomarlo, en la cubierta superior. Será la única vez que pueda hacerse, antes de que la sacudida de las olas obligue a los más del pasaje a refugiarse en sus alcobas o bajo cubierta donde mejor puedan hacerlo. Con ser bastante corto, el viaje les parecerá largo a todos.

La llegada al puerto de destino, o por mejor decir, la entrada en éste, se produce con lentitud muy estudiada pues se trata de una bahía de cuello algo estrecho que sólo más allá se ensancha, acogedora. La nave se hace anunciar como al salir del puerto de La Habana, con tres resoplidos. Allí esperan igualmente por quienes llegan, numerosas personas entre quienes aguardan por un familiar, amigo o cualquier otro viajero, e incontables curiosos y quienes buscan ofrecer algún negocio o transacción a quienes puedan beneficiarse de uno u otra.

Doña Amalia y su esposo, aunque sin dudas aguijados como el que más por el deseo de descender a tierra, y encontrarse con los parientes que allí aguardan, no son de los primeros en bajar. A pesar del batuqueo de la nave y de la travesía pasada en el encierro de su camarote, doña Amalia está radiante de expectativas.

116

Acongojado, como no habría podido ser de otro modo, estaba Vives, cuya imagen misma parecía corresponder a la del desconsuelo. Desaliñado, sin asearse por más de tres días seguidos; despeinado, ajado el uniforme, revuelto el despacho, daba la impresión de absoluto derrumbe. Muerta de parto su mujer, por complicaciones de la fiebre amarilla, y muerto al nacer su vástago, encargó Vives que se dijera una serie de misas por el eterno descanso de sus almas, a las tres primeras de las cuales asistió devotamente afectando cristiana resignación, aunque no pudiera ocultar la íntima aflicción que lo mancaba. A partir de entonces, el tiempo de que disponía, se le iba entre las manos, sin que pudiera decirse muy bien en qué, pese a ser hasta entonces un hombre de hábitos regulares, aunque no de empeños diversos. Maldita la gracia que le hacían ahora aquellas cosas que constituían el objeto de su interés: los gallos, y... todo aquello relacionado con... los gallos.

—Váyase todo esto y lo otro a la mismísima porra —se decía Vives, aunque con ello más bien se refiriera a cuanto tuviera que ver con sus funciones de capitán general de *la* «siempre fiel Isla de Cuba».

Un innegable vacío, desconocido, incomprensible, inexplicable, había venido a ocupar el lugar de la capitana generala, y era como si éste le acompañara a todas partes, inseparable, ahora que la muerte se había encargado de separar a los cónyuges. Nunca antes, en vida de su mujer, había sentido él una presencia semejante a la de ahora, bien se hallara en su compañía, o lejos de ella.

—Anda, Pocho, déjame... ¡Déjame digo! ¡Largo! ¡Largo de aquí!

El pobre perro, aunque lleno de mansedumbre y lealtad, debió considerar al fin su extremo desamparo por los mamporros que le molían el lomo, cada vez con más frecuencia, y los muchos lamparones que iban llenándole la piel de zurcidos, procurados con regalada buena disposición por el camorrista bastón de su amo; de manera que un día, como quien sale al campo por aire, tomó las de Villadiego, y se marchó a cualquier lugar, que en cosa de irse a alguna parte era mejor que estar en ningún sitio, y allí, sólo para recibir golpes.

Vives no le echó de menos, sino algo después de que ya era ido hacía varios días. Becquerel, su ayudante, por el contrario, casi enseguida se dio cuenta de que faltaba, y se dio a buscar al animal por las distintas piezas de la capitanía general, intentando mediante algún bocado que debía parecerle suculento para los gustos de un perro, atraérselo de allí donde lo hacía retraído bajo un mueble, o al amparo de las sombras. Cuando al fin dio por perdida su causa, y así se lo comunicó a su excelencia con reparos de la que podía ser su reacción, lo sorprendió una vez más el capitán general con una de sus desconcertantes salidas:

—¡Déjale, hombre! Que se vaya a donde sus pies le lleven, o su determinación o sus resabios, o todos juntos. De piojos se ha de lamentar luego, pero llegará tarde la queja. De este modo se marchen todos cuantos quieran... ¡Y ha de ser para suerte mía, que no para mi desgracia! Unos, por desagradecidos, y otros por la causa que fuere... Allá vayan... Un hombre como yo, ya se sabe. ¡Pero solo, me basto y sobro, que bien se dice aquello de «el *que da pan, a perro ajeno, pierde el pan y el perro juntamente*», y lo otro de «*más vale uno solo que la mala compañía de otros*», que sería doble mal! Ya volverá, o no, Becquerel, ese perro insolente y descastado. Mejor, que no vuelva. ¡Que no vuelva! O le haré yo entrar por su aro.

El subordinado que escuchaba la retahíla de su excelencia hacía enormes esfuerzos para no reír, por más que hubiera cierto aire patético en sus palabras, o más bien, detrás de ellas.

El perro bien pudo perderse por esas calles, que no iban a procurarle un bocado fácil, según era de presumirse, en cambio, no ocurrió de esta manera con los gallos del capitán general, ni siquiera el tiempo que a éste le duró su malquistarse con el mundo. Y juraba luego éste, que sólo la trompeta, como de ángel emplumado y espolón, de su gallo favorito, había conseguido al fin sacarlo del abismo como de muerte en que había venido a precipitarse. No se trataba de una metáfora, aunque por tal la tuvieran quienes podían oírsela recitar. Sucedió sin más, que se escapara de su jaula el animalito en un descuido de quien tenía como función única ocuparse del Lindo, que tal era su nombre, y vino éste a volar y a plantarse en el marco de una ventana donde, sacando pecho y batiendo las alas, dio a cantar para incalificable regocijo de su dueño, a cuyos oídos llegó de repente su llamado.

La frase misma, «*al cantío de un gallo*», que con otro sentido se había dicho siempre, de particular manera entre los rústicos, pareció adquirir un nuevo significado cuando la decía ahora, un agradecido Vives.

117

Mejoró de a pocos don Eustaquio, que antes parecía a las puertas de la muerte, y la progresiva mejoría de éste, no sorprendió a su sobrina Angélica como hubo de sorprender a sus contertulios y amiguetes, la mayoría de quienes hasta aquí no había dado señales de interés por su salud, y sólo al verle nuevamente, parecieron dar muestras de contento, que bastaron a satisfacer y conmover al convaleciente.

El tema favorito de las conversaciones giró entonces por algún tiempo, en torno a la deslealtad y felonía de *los negros*, que en vez de agradecer y corresponder como Dios manda los desvelos de sus amos, no esperaban otra cosa que el momento de clavarles entre pecho y espalda la daga de la traición.

Al principio, aquella solidaridad manifiesta de sus contertulios alegró el corazón de don Eustaquio, y no habría podido decir él, en qué momento lo abandonó semejante sentimiento. Lo cierto es que, a medida que se restablecían sus fuerzas y energías, echaba él de menos, la compañía de la esclava que tan buen guiso ponía a la mesa, y en la cual, además encontraba él satisfacción a todos sus deseos y necesidades, siempre que los requería, y a veces, sin tener de ello necesidad. De su sobrina Angélica, a quien tan afecto se había mostrado siempre hasta aquí, se dio en sospechar ahora, si no alentaría en su pecho algún designio inconfesable que pasara por su eliminación o, más bien por la de su voluntad, y de sospecha en sospecha, no dudó de que al menos su propia hermana, la madre de la joven, cuya terquedad y empecinamientos eran proverbiales, según era de él sabido, anduviera detrás de aquella componenda, pues ¿de qué otra cosa, si no, podía tratarse?

Mientras pensaba en el modo más conveniente y rápido de deshacerse de semejante embrollo, en el que había caído «*cual mansa paloma*» —se dijo— no dejaba de pensar y de suspirar por su esclava. Cierto que tenía ella sus resabios. ¿Y quién no? A su muerte se la había dejado en herencia el tío, con todo lo demás. Con aquella inopinada herencia que le había caído del Cielo, y ya hecha a sus modos y maneras, venía la esclava. Hábil cocinera, y no menos práctica en toda suerte de artes, se había mostrado dócil y deseosa de servirle siempre y en todo, a los comienzos, que ya luego había «*cogido confianza*», y comenzado a reclamar hoy una cosa, y pasado otra, hasta apoderarse de su voluntad de amo y señor, o sobreponerse a ella con todo género de subterfugios de que era poseedora. Sin embargo, todo este proceder se le confundía y borraba, a la vez que sus reproches se dirigían alternativamente de la hermana a la sobrina. Fue así que procuró la consulta y buena disposición de algún letrado, que le aconsejara de qué modo proceder, que fuera el más conveniente, respecto a aquello, puesto que seguía siendo el amo de «*aquella pobre*», que hasta aquí, no había procurado si no su bien, y que por causa de su enfermedad, se había visto involucrada sin razón de justicia para ello, y acusada de ser la máxima causante de la misma. ¡Ya bastante había tenido ella sin dudas! De manera que incluso si algo remotamente hubiera tenido la pobrecita que ver con lo pasado, bien sabía él —declaró— lo mucho que estaría dispuesta a proceder con arreglo a su arrepentimiento.

Las noticias que el picapleitos podía darle al cabo de sus pesquisas, o las que el mozalbete llamaba tales, no surtieron en don Eustaquio, que estaba muy lejos de esperarlas, un efecto salutífero, y, al contrario, parecieron demolerlo comenzando por un ataque de apoplejía, el cual lo dejó a medio camino de todo. En semejante estado le encontró su sobrina Angélica, quien día sí y otro también, le daba su vuelta para averiguar el estado de su mejoría. Fuerte impresión le hizo encontrar al tío en semejante situación, y sintió por él una profunda pena. De lo que coligió por el recuento del leguleyo, no consiguió sacar en limpio, sino que era don Eustaquio un hombre sumamente bueno de corazón, a quien la noticia del suicidio de la esclava en su celda, comunicado sin ningún género de sutilezas por parte del joven abogado, había producido tal impresión que algo en él se había roto irreparablemente, menguado como ya estaba su sistema.

Agapita creía de otro modo que a lo mejor los efectos de «*aquello*» que bien sabían, ya estaban demasiado avanzados cuando se produjo la intervención de Ma' Leoncia, pero no lo dijo, por temor a contrariar a su ama, quien parecía verdaderamente conmocionada por el infortunio de su tío.

Haciendo camino para llegar a la cuestión que verdaderamente lo preocupaba, que era la de sus emolumentos, dijo el abogado como si tan sólo buscara completar las noticias de que había sido portador.

—Dicen los carceleros que esa negra no dejó de causar problemas desde el primer día, y que hasta los hombres la temían más que al diablo, según parece. Ni con purgas ni otros tratamientos, conseguían reducirla a la obediencia. Y antes creían que acabaría con media población de reclusos, que con su propia vida, por lo que se corrieron averiguaciones a fin de determinar de lo que pudiera tratarse, y se ha concluido que fue la propia negra a ahorcarse en horas de la noche, empleando unos jirones de su propia ropa. De mañana la hallaron, y no fue poco el berrinche de los presos, aunque se alegraran muchos de que llegaran al fin sus muchos sinsabores.

Angélica, que no hubiera podido escuchar más, con un gesto de su mano y la expresión del rostro, suplicó al hombre que callara, lo cual hizo éste, avanzando torpemente una disculpa. Tal vez fuera éste el momento oportuno para añadir aquello otro de sus emolumentos —se dijo, atenazado entre un sentimiento de codicia y otro de inesperada conmiseración—. ¿O se trataba acaso del peor momento de todos?

118

Era a propósito la mañana para dormir a pierna suelta, y sin preocupaciones de ninguna índole, y esto hacían al resguardo de su hogar, Caramelo y su amante, cuando se detuvo el quitrín frente a la puerta de la casa, y de él descendió pesadamente, pero con determinación, aquel que lo conducía, e iba metido en unas botazas hasta el muslo, como no se verían otras. Los golpes a la puerta, o su insistencia, sacaron del sueño y del lecho al morador principal, que se deshizo con cautela del abrazo en que parecía retenerlo el otro, como a salvo de cualquier querencia que no procediera de su proximidad.

—Vuelve a dormirte, anda, que poco has descansado —musitó el mulato al oído del que momentáneamente abría los ojos, aunque sin hallarse despierto.

Y envolviéndose en una prenda de seda, aunque algo gastada, de fondo escarlata y dibujos en oro y azul que le quedaba más a la mano, y calzándose unas pantuflas o zapatillas de lo mismo, se dirigió a la puerta donde arreciaban los golpes.

—¡Ya va! ¡Ya va! ¡Dios del Cielo y Santísimo Sacramento! Como no sea ése el Paquito que llega con uno de sus apuros, no sé yo quién pueda ser...

Antes de quitar la tranca a la puerta, sin embargo, se asomó por una rendija convenientemente dejada para echar desde dentro una ojeada en casos semejantes, y para su consternación vio al calesero Remigio, que más parecía dispuesto a echar abajo la armazón de la puerta, que a resignarse a los silencios con que le respondía ésta.

Por la cabeza de Caramelo pasó de inmediato la idea de que alguna cosa hubiera podido ocurrirle a María Úrsula, cuya salud desde hacía algún tiempo estaba resquebrajada, única causa por la cual, consideraba el joven, había cedido ésta finalmente a los requerimientos amorosos del calesero, próximo a manumitirse por su industria, llegando a prometer a éste considerar su propuesta en cuanto mejorara su salud, y siempre que no se tratara de *«una juntamenta»* como tantas, o de vivir en concubinato.

Nada de aquello, sucedía, sin embargo, de lo cual se alegró mucho Caramelo, sino de otra cosa que parecía irritar (aunque ahora lo disimulara bastante) al mensajero de aquella cartita:

—El niño don Eladio que te manda llamar, y más, que en ese papel dirá...

Vaciló un instante Caramelo, sin atinar a leer la misiva que el otro ponía en su mano, y cuando ya parecía determinado a volverse adentro haciendo ademán al que esperaba de que tal haría, sintió al mismo tiempo en las caderas la presión de las manos que de puertas adentro lo acariciaban, y del cuerpo que se adhería a sus nalgas, a la vez que desde fuera la voz áspera de Remigio lo conminaba a acompañarlo sin más pérdida de tiempo. Hubo de reponerse a su perplejidad o desconcierto, para decir al calesero que en cuanto estuviera decente y listo para salir de casa iría donde aquel que le mandaba llamar, que si quería mejor no esperara por él haciendo esperar al señorito. Tuvo apenas ocasión de cerrar y atrancar la puerta, cuando Remigio la emprendió a patadas contra la madera, prodigando insultos que hasta entonces debía haberse guardado con mucho esfuerzo.

Sin que Caramelo pudiera impedirlo, y haciéndolo a un lado con presteza a la vez que se apoderaba de la tranca de madera con que era asegurada la puerta, el amante la abrió de par en par, y abalanzándose sobre el intruso, que no podía esperarlo, le asestó el primer varapalo. Pese a su corpulencia, el calesero trastabilló, y un segundo golpe le alcanzó en el pecho derribándolo por tierra. Hubiera ripostado el ataque Remigio, a no dudarlo, de no tratarse, como enseguida alcanzó a ver, de un blanco. Y aquella desventaja que no había calculado selló su suerte. A instancias de Caramelo, a quien tal violencia aterraba sobrepasándolo sin remedio, y cuyas súplicas bastaron a conmover al que salía en su defensa, cesó la refriega, y entraron en la casa los que en ella vivían, mientras el golpeado se iba componiendo hasta conseguir ponerse en pie, y finalmente subir al quitrín, en el que a poco se alejaba, haciendo restallar sobre el lomo del caballo la cuarta de cuero que ahora parecía una extensión de su brazo musculoso.

Caramelo se las arregló como mejor supo para explicar lo ocurrido a su amante, sin descubrir toda la verdad, y para conseguir de éste el consentimiento para marchar, allí donde decía, debían aguardarle María Úrsula y su presunto hijo don Eladio, que no podía serlo de ésta, sino con arreglo a un subterfugio imaginado para salir del paso. Iba temeroso Caramelo de los efectos y las consecuencias que, de aquella paliza propinada por su causa al calesero pudieran derivarse, cuando llegó allí donde lo conminaba a estar el señorito.

—Pasa, Caramelito de mi vida, pasa —le invitó a hacerlo una de las muchachas de la Tía Mercurio, llamada Leonor— que ya se te espera con impaciencia.

La que así hablaba lo condujo a una sala donde la Tía se ocupaba de brindar entretenimiento, mediante una conversación picosa y llena de zalamerías, al distinguido visitante que allí aguardaba.

—¡Ah, que ya está aquí la pieza que faltaba! —exclamó la anfitriona nada más ver al que llegaba. Y como si nada más esperara a aquella señal para despedirse, lo hizo con una reverencia a don Eladio, y besos en ambas mejillas al que llegaba.

—¡Dichosos los ojos! —dijo el que aguardaba, apretando su mano en la empuñadura del bastón—. Acércate ¿no?, que bien sabes tú que de cerca es como más me gusta a mí verte. Ya me ha dado cuenta de todo Remigio… como tienes un león por guardia de tu persona y casa. Pues ¿quién no iba a defenderte con uñas y dientes, Caramelo? Y, naturalmente que en esa compañía me incluyo, y soy capitán más que cadete. Acércate, anda. Que has estado perdido, y ya ves que no puedo estar mucho tiempo sin verte. Vas a comenzar por explicarme la causa de este alejamiento, tan enojoso para quien más te quiere en el mundo, y sólo bien te desea, según está más que demostrado. No será acaso por lo que me estoy imaginando, digo yo. ¡Anda, habla, que yo te autorizo a hacerlo!

Fuera porque llegara a sentir aprensión ante el hombre, por primera vez desde que lo conocía, o porque no supiera muy bien de qué modo eludir aquella complicación en la que, sin proponérselo parecía metido, el recién llegado no consiguió articular como solía sus pensamientos, con lo que vino a confirmar al otro, el desconcierto que transparentaba.

—Su merced me entenderá cuando se lo explique todo —consiguió al fin declarar, a la vez que entraba en el papel que le estaba designado en esta representación.

—Eso, ven aquí, y siéntate en mis piernas para que te oiga yo mejor.

Caramelo hizo como le indicaba el señorito, que asiéndolo de las muñecas lo atrajo hacia sí con rudeza.

—Sabes que a mí, las cosas complicadas no me cuadran, ¿verdad que sí lo sabes? Un adelanto le di a la Tía Mercurio, quien me aseguró que no te perderías de vista, y luego ha conseguido en esta misma calle un alojamiento limpio, decente y amueblado en el que podré visitarte, cuando se me antoje, sin andar metiéndome en lugares inconvenientes —ahora Caramelo sintió el aliento del hombre, casi como una quemadura, detrás de sus orejas—. Tengo para ti de regalo, un kimono nuevo de seda azul y oro, y unas zapatillas, todo venido del Japón, con el que podrás recibirme.

—Pues bien sabe el señorito que mi casa tengo, mal que desportillada esté. Y no tengo que preocuparme porque así que ya se canse usted de mí, en la misma calle me ponga, que no tendría *en donde* cobijarme...

—¿Iba a cansarme yo nunca de ti? Pues faltara más... Y para que veas que en todo lo mío soy muy serio, aquí están los papeles que dicen que es tuya la casa... —antes de que tuviera ocasión Caramelo, sin embargo, de inspeccionar aquellas hojas, le hizo girar el hombre y comenzó a besarlo en la boca furiosamente, y a mordisquearlo en el cuello, de lo que apenas pudo librarse.

—Hoy no puedo quedarme como bien quisiera, a lo que tanto me gusta contigo, pero pasado mañana te prometo… que voy a desquitarme en grande. Entonces todo estará a punto prontamente, me avisa la Tía, a quien le va en ello su parte. Unas cortinas que faltan, y poco más… Pasado mañana me aguardarás allí, y ¡ay!, Caramelito de mi vida, como no te encuentre yo al llegar, echado sobre el lecho y esperándome como me gusta a mí que estés. No, claro, tú me quieres mucho también. ¿No es así? El arreglo es ideal —y besándolo nuevamente, con estudiado mimo esta vez, se puso de pie—. Mira cómo me pones nada más que de sentarte en mis piernas y besarte. Ahora, tendré que hacerme un lío para disimular el bulto, y refrescarme en el trayecto a casa, no se percate mi mujer de nada. ¡Y ya sabes! Al soldadito ése le das calabaza, que de eso también se hablará cuando volvamos a encontrarnos. No vayas a creer que lo he pasado por alto. Con que… hasta en dos días.

Según debía de hacer Caramelo, que se atenía estrictamente a las instrucciones que hasta entonces regían, esperó a que el rodar del coche sobre la callejuela y el sonido de los cascos del caballo le indicaran que era ido don Eladio, para disponerse a marchar, no sin antes charlar algo con las muchachas desocupadas, y con la tía Mercurio, que era allí la principal. En esto, para su perdición sería, transcurrió algún tiempo, de manera que no se marchó de vuelta a su casa sino hasta pasado un cuarto de hora o más. Sin proponérselo, facilitó así la indagatoria de Remigio que había vuelto en su busca tan pronto como dejó en la casa a su amo, y se despidió de éste deseándole las buenas noches y pidiéndole su bendición. Bien sabía el calesero que el amo de nada se percataba después de esto, pues daba por sentado que el esclavo cumplía con lo suyo y se retiraba luego a descansar hasta llegada la hora de levantarse nuevamente. Calibrada tenía Remigio su parte, y aunque hubiera en ello un margen de peligro —que por otra parte acendraba su desobediencia— desde hacía mucho, se las arreglaba para disponer a su sabor de unas horas de la noche, con el aditamento del quitrín a su disposición. Para ello, calzaba con una suerte de zapatos o pantuflas muy a propósito, las patas del caballo, y las aseguraba con unas cintas o cordones de que disponían estos, y volvía a sacar de casa el vehículo. Muchas veces volvía pasado de tragos, horas antes de que debiera estar en pie, pero sin que el trago pareciera afectarle el dominio de los sentidos. Reponía en la cochera lo que había tomado prestado, y si en algún momento sintió el amo algún ruido que de allí provenía, antes lo atribuyó a que había madrugado el calesero para tener listo el quitrín. En la ocasión, sin embargo, eran otros los propósitos de éste, y estaba dispuesto a llegar a todo, con tal de vengarse de Caramelo, por causa de la paliza recibida.

Muy confundido, y aún atolondrado, se sentía Caramelo cuando, acabada la visita, y tras apalabrarse con la matrona de la casa, consiguió marcharse a la suya bajo la amenaza de trasladarse de allí, al nuevo albergue que don Eladio decía poner a su disposición y en sus manos. Cuando se conocieron, haría cosa de dos años en lo de la tía Mercurio, Caramelo había concebido de inmediato toda clase de fantasías, a las que era más bien dado, especialmente a la luz de las que el otro le proponía y facilitaba para su propia satisfacción. Luego, a medida que aquella relación clandestina se asentaba sobre un desigual equilibrio, comprendió o llegó a pensar que no pasaría de allí lo que esto fuera. Alguna vez, sin embargo, le sorprendió don Eladio haciéndole una verdadera escena de celos, y llegando a lastimarlo, pero la ilusión que pudiera alentar Caramelo al respecto se había ido desinflando cuando conoció a Cristóbal. Desde entonces, no sólo más esporádicos, sino asimismo desprovistos de pasión, se volvieron los contados encuentros que sostuvo con don Eladio, antes por miedo a una resolución dañosa para él, que por otra consideración alguna.

Entre la atracción y la repulsa; el cálculo material y los impulsos afectivos; la lealtad y la traición vacilaba ahora el péndulo de su voluntad. ¿Qué hacer, Dios mío? ¡Ah, si contara con el tiempo de ir en busca del

Paquito, antes de dirigirse a su casa, donde el amante esperaba, y procurar de él su consejo y su apoyo! En estos pensamientos se debatía, sin poner ojo donde se encaminaba o por donde iba, cuando se interpuso en su camino la gigantesca figura de Remigio.

119

Abrió los ojos como si despertara, o se dispusiera a despertar, de un largo y confuso sueño que hubiera tenido. La oscuridad que lo rodeaba era densa e impenetrable. Pensó que aún faltaba mucho para amanecer. Los párpados le pesaban dolorosamente sobre los ojos, como si encima le hubieran colocado un pesado objeto, salvo que no vio modo de que éste, o estos, pudieran sostenerse sobre los párpados en la posición que él ocupaba sobre el lecho, y esta convicción le confirmó la impresión de que aún dormía. Intentó despertarse, no obstante, librándose de las ataduras que aprisionaban sus muñecas, y le obligaban a permanecer bocabajo. Sólo entonces, se dio cuenta de golpe, de que no se trataba de ningún sueño que había tenido. Y lo recordó todo. Por si algo pudiera olvidársele, o precisara recordar algún detalle, alcanzó a ver las altas botas de Remigio muy cerca de sus ojos. La voz del calesero no vino a su encuentro, pero Caramelo sintió próxima su respiración, y el peso de su cuerpo que hundía la cama. Las botazas vacías constituían otro indicio de lo ocurrido, lo mismo que las prendas de vestir regadas por la pieza, o echadas sobre el respaldo de una silla. El aliento del hombre dejaba escapar un fuerte olor a alcohol, y sus ronquidos al lado opuesto de aquél al que abriera los ojos Caramelo, le indicaban que aún dormía su borrachera. Procurando no despertarlo, el cautivo hizo por deshacerse de las ataduras, concentrándose primeramente en la de aquella muñeca que tenía frente a los ojos. Se sobrepuso al dolor que, con cada movimiento, le infligía todo el cuerpo, e intentó deshacerse al menos de las ligaduras que apresaban la muñeca derecha. Con mucho esfuerzo y determinación lo consiguió al fin. Aguardó un tiempo que le pareció prudente a que cesara el jadeo que salía de su pecho, antes de volver la cabeza hacia el otro lado donde dormía el hombre. Caramelo notó enseguida cuánto le dolía el cuello. El brazo izquierdo, maniatado por el peso muerto del hombrón, parecía un miembro fantasma, allí sólo por la persistencia con que insistía en recordarlo su cerebro, pero del todo sesgado de sus reflejos. Con lo que recordaba de ese brazo, Caramelo fue tirando de él, o de lo que pudiera tratarse, sin clara conciencia de nada que no fuera este afán de recuperar su movilidad. Cuando después de mucho esfuerzo, y ayudándose con el hombro lo extrajo de debajo del otro cuerpo, todavía no comprendía que en el último instante el hombre lo hubiera retenido allí bajo su cuerpo, incapaz seguramente de concluir la faena de atar a Caramelo a la cama. Aunque sentía cada laceración con un dolor agudo, que lo invitaba a chillar y a tenderse nuevamente, también se habían movilizado en él los recursos todos, que propendían a la sobrevivencia. Felinamente se incorporó sobre las rodillas y dándose maña para alcanzar a los tobillos, pudo desligarlos en medio del sobresalto, que la ocasional interrupción de los ronquidos de Remigio le causaba. Ahora ya alcanzaba a distinguir con alguna claridad por entre las rendijas de sus ojos, una de las cuales era considerablemente más estrecha que la otra, el medio y los objetos que lo rodeaban. Cuando por fin se halló libre de pies y manos, se aprestó a abandonar el lecho con todo sigilo, dispuesto a encontrar de inmediato una salida cualquiera que lo devolviera al mundo de los vivos, porque aquello —no se engañaba— era la muerte. Más tarde o más temprano, según le dijera el propio calesero, lo mataría a golpes, pero no sin antes hacerle aquel montón de cosas, en medio de las cuales, Caramelo había acabado por desmayarse un número de veces, hasta despertar en medio de la madrugada, sin conciencia de lo ocurrido hasta que hubo pasado algún tiempo.

Procurando no hacer ruido o tropezar con cosa alguna, el cautivo se dirigió allí donde una ranura de luz delataba la abertura de la puerta, y así que estuvo junto a ella, con el aliento en vilo buscó, y dio con la tranca que la sujetaba. La luz que se metía de repente por las hendeduras de sus ojos lo cegó de momento, y él se lanzó hacia la luz que lo cegaba sin otro afán que el de alejarse lo más posible, de la tiniebla de la que emergía. Corrió un tiempo y una distancia que le parecieron infinitos, antes de caer rendido de fatiga —tal vez muerto— llegó a pensar.

Una mujer que acertó a pasar, y lo conocía bien de donde María Úrsula, lo reconoció pese a la atroz deformación del rostro de Caramelo, e hizo que le ayudaran a llevarlo a su casa que quedaba algo distante. Un pordiosero de nombre Sardiñas, al que los chiquillos callejeros apodaban *Sardina*, para molestar, y un jovenzuelo al que prontamente mandó a buscar la mujer, en socorro suyo, lo condujeron lo mejor que podían, hasta dejarlo depositado encima de un tablero no muy alto, y magrísimo de ajuar, de que disponía la huésped en un ángulo de la pieza. Por disposición suya, partió el joven nuevamente con un recado para María Úrsula, que el mensajero debía comunicar en persona y sin pérdida de tiempo. Era ella la única persona en quien se le ocurría pensar a la mujer, de oficio costurera, pues en su trato con ésta había visto y hablado al joven en más de una ocasión, cuando llevaba o traía costura que María Úrsula le encargaba, y por la que siempre pagaba con adelanto, pues era ésta sin dudas persona verdaderamente buena y muy considerada —se dijo para sí la que ahora aguardaba, con creciente expectación.

Se quejó algo Caramelo, pero no consiguió moverse, aunque no se hallara atado ni echado de bruces sobre el lecho, como comprobó enseguida. Las botas de Remigio no se hallaban al alcance de su vista, y el resuello del hombre tampoco le daba en el cuello, lo que en cierto modo le animó.

—Mucho daño te han hecho mi'jo, alguno que no te quiere bien… Ahora descansa, que a poco estará aquí la Señá' María Úrsela por la que ya he mandado.

Caramelo cerró los ojos, sintiendo que se moría. Pensó un instante en los ojos azules de su amante, en la caricia de sus manos grandes y toscas, a las que el amor volvía diestras, con destreza indescriptible. Pensó en su abuela, que quedaba sola y desamparada, y en María Úrsula, en el disgusto que le daría todo aquello. Y en Paquito. En su incomparable Paquito. Después ya no consiguió hilvanar un pensamiento más, y se sumió en la inmensa negrura de una noche acogedora, cálida, lenta, suave… ¡Honda!

120

Por más que su mujer lo importunara un número de veces con aquel encargo, no había sido hasta ahora, que el joven don Eladio Hernández Mendizábal pareció al fin darse por aludido. A las mujeres, ya se sabía... —se dijo para sí—. (Lo sabían todos): Más valía mantenerlas contentas, pero sin prodigarse en mimos, que pudieran ser malinterpretados por ellas. Una solicitud que procediera de aquellos flancos, no podía tomarse por una demanda, ni satisfacerse de inmediato, so pena de convertirse el marido en un pelagatos sin acatamiento ni reverencia alguna. Y otro tanto, aunque con otro género de remilgos, se imponía respecto a los hijos. Dos eran, y otro en camino —como se acostumbraba a decir— sumaba el conjunto de los suyos, y tantos serían como quisiera Dios.

No uno, sino dos ajuares (incluidos zapatos, mantos y abanicos, todo escogido por él, desde la tela del vestido a los botones y el corte mismo) teniendo en cuenta el avanzado estado de gravidez de su mujer, ponía ahora ante los ojos deslumbrados de ella.

—¿Y esto? ¿De qué se trata, Eladio mío?

—Pues de qué otra cosa habría de tratarse, si no de un deseo tuyo, expresado varias veces, y que yo, tu esposo adorado, no había olvidado, como a lo mejor llegaste a pensar.

Corrían los niños al encuentro de papá y de aquellos regalos entre los cuales, qué duda cabía, habría asimismo alguno para ellos, y no se equivocaron cuando luego de abrazar y besar al apuesto rey mago, y ser de él besados y abrazados, puso éste en sus manos sendas cajas.

—¿Y ello? ¿De qué se trata? —volvió a decir la mujer, con una voz trémula de júbilo—. ¿Cuándo cayó Reyes en otra fecha?

—Pues que los Reyes Magos tienen delegados diligentes, y a los chicos buenos y a las niñas hermosas premian con extras en cualquier momento.

—¿Y ha venido a lomos de camello el enviado de los Reyes Magos, o en carroza o quitrín, como ahora más se estila?

Menos preocupados por la procedencia o razón de los regalos, a quien era portador de aquellos abrazaban por turnos los niños, antes de dedicarse cada uno a lo suyo, que era precisamente dedicar toda la atención que era posible a los juguetes recién estrenados.

Los espías que de continuo lo seguían, y en los que no había reparado aún el donoso marido, todavía no estaban dispuestos a actuar o, tal vez, los demorara algún asomo de duda que, el llamado Martorell intentaba disipar con sus razonamientos.

—Pues digo yo, que, si de infidencia no se trata, de otra cosa al menos tan perjudicial y dañina ha de ser, de lo que si no se corrige a tiempo con arreglo a las disposiciones de policía encargadas por su excelencia el capitán general...

No fue mucho lo que tuvo que insistir, para que se convencieran sus compañeros de proceder, tal y como indicaba Martorell que debería hacerse, con lo que fue allanado de una vez el domicilio bajo vigilancia, y conducido a lugar desconocido el dueño de casa, en medio del sobresalto de su mujer y el terror de sus pequeños hijos.

—No hay de qué temer —consiguió decir antes de marchar el presunto reo—. De algún malentendido se trata seguramente, como no podía ser de otro modo. Acompañaré a estos señores, y ya verás, mujer, que pronto estoy de vuelta —ya para salir entre la sorna evidente de quienes, esta vez no consideraron pertinente practicar ningún registro, añadió—: Dar aviso prontamente a mi primo Eulogio, y al coronel don Luis de la Serna, del primer regimiento de granaderos, quienes despachan regularmente con su excelencia el capitán general. A Plutarco y a Eloísa encargarás, que bien saben apañárselas en cuestiones de esta índole.

Estas últimas palabras consiguieron el propósito doble de infundir cierta seguridad en la mujer —según fuera su intención— y de sembrar al propio tiempo el desconcierto entre el grupo de facinerosos que practicaba el arresto. Martorell, de quien había partido la iniciativa, vaciló ahora considerando para sí, si pudiera tratarse de un mal paso que daba, aconsejado por su mucho celo. Con todo cálculo, indicó a quienes le acompañaban que se adelantaran un poco, de manera que pudiera él hablar con el detenido, y cuando hubo ocurrido de este modo, fingió ciertas indagaciones que dieron a don Eladio la certeza de que se curaba en salud, aquel que lo interrogaba, y poniendo en ello toda la convicción del mundo protestó del abuso que se cometía en su persona, de lo que sería grande el disgusto de su excelencia cuando tal cosa llegara a su conocimiento.

Ninguna duda podía caberle ya, cuando Martorell dio por zanjado aquel malhadado equívoco con hartas disculpas, y la promesa a don Eladio de que no volvería a ser molestado nunca más. Y en testimonio y prenda de que sería tal y como decía, hicieron de vuelta el camino a casa, más de escoltas que fueran de un prebendado, que de guardianes de sus fueros. Y así que en ella le depositaron «*sano y salvo*», como tuvo a bien decir Martorell, en dirigiéndose a la mujer con frase que resultó impertinente, y fuera de lugar, se marcharon de regreso. Ahora tuvo que imponerse con toda clase de argucias el chivato, a los razonamientos y reproches que se le hacían, pues temían los otros ser arrastrados por él, a un abismo de perdición con el que no habían contado.

121

Lo primero que había dispuesto María Úrsula al llegar junto al maltrecho Caramelo, haciéndose acompañar de un médico cirujano y de otros dos, cuyo encargo saltaba a la vista, fue hacer trasladar al joven al amparo de la casa en que vivía, sin otra compañía que la de un cachorro y una gataza remolona y achacosa. Repuesta ya de sus dolencias, y enterada que había sido por el Paco de lo ocurrido la noche en que Remigio a punto estuvo de destrozar con el quitrín de su amo, al pobre amigo, había dado María Úrsula por acabadas las esperanzas del calesero respecto a ella, de lo que venía a sospechar, si no de lo mismo podía tratarse ahora, conocedora que era del carácter vengativo y la índole innoble de aquél que la pretendiera.

Mal debió estar Caramelo para que no consiguiera reconocerla en un primer momento —juzgó ella— y a fin de evitarle la agitación en que pareció caer el muchacho cuando consiguió hacerlo, le habló al oído y dio así seguridades de todo tipo. Aunque posiblemente la mujer que primero había hecho conducir a su casa al estropeado joven, dispusiera únicamente de aquella misma tarima en que lo hiciera depositar para su descanso, consintió en que sobre la misma fuera transportado el lesionado por los forzudos mozalbetes de María Úrsula, luego de haber sido examinado por el experto cirujano, o que bastante maña se daba en parecerlo, y a quien se conocía por el doctor Augusto Robles Cercedo. Se comprometió la otra, en devolver de inmediato el tablero a su dueña, mediante aquellos mozos mismos que ahora lo acarreaban, y a la que reiteró innumerables veces su gratitud y su perenne deuda, lo mismo que si de un hijo de sus propias entrañas se tratara. Y en verdad, así lo sentía.

En casa de María Úrsula, y al amparo de sus cuidados, se fue reponiendo Caramelo, al que cada día que pasaba parecía un milagro de alegría en el que se gozaba con un gozo a la vez nuevo y antiguo. La denuncia cursada por María Úrsula contra el calesero, había sido recibida con suspicacia por la autoridad, a quien aquel asunto no parecía sino *«pendencia de negros»* y en último caso *«greña de degenerados»*, pero se le dio asiento porque de la solvencia de la declaración daban testimonio personas respetables como eran don Patrick Felix Cunningham, también llamado don Patricio Cuni, quien tenía a bien declarar a favor del buen carácter y solvencia de la mujer, su empleada, y don Eladio Hernández Mendizábal, el cual denunciaba conjuntamente con aquellos desmanes, la fuga de su calesero, que lo era el dicho Remigio, lo que naturalmente constituía grave delito en tratándose de un esclavo. Luego de enviarle recado con el Paco, y de convencerlo por intermedio suyo de respaldar la denuncia que estaba dispuesta a presentar, para conveniencia de todos, y en evitación de un posible escándalo, había visto *el señorito* don Eladio las posibles implicaciones, y accedido a respaldar mediante su denuncia de la fuga, aquélla que se presentaba respecto a la paliza y maltratos ocasionados por el calesero al joven Dionisio Veránez Cruz, más conocido por Caramelo, persona del todo inofensiva y de buen carácter, ocasionalmente empleada al servicio de don Patrick, en el servicio doméstico, en calidad de jardinero.

El propio Paco, que constantemente daba vueltas a su amigo y procuraba animarle con su charla y dichos, había dado cuenta de lo ocurrido al amante de éste, tan pronto lo supo, y ahora le mantenía al tanto del estado del joven y de sus progresos. Mediante cartas o notas precariamente hilvanadas, se hacía presente el soldado, y Paco las leía en voz alta, dejando fuera aquellas frases que delataban *«un pronto»* o podían causar sin proponérselo una indeseada agitación o recaída en el enfermo. A la vez tomaba aquéllas que, en respuesta le dictaba su amigo cuando estuvo en condiciones de hacerlo, agregando de su cosecha recomendaciones y consejos sabios, disfrazándolo todo con suma discreción, y firmándolo siempre de manera que pareciera que la autoría de las cartas correspondía a una cierta doña, en previsión de que éstas fueran interceptadas en el cuartel, o cayeran en las manos equivocadas. Y para evitar sospechas, se valía regularmente de alguna amiga de confianza, de las que formaban el cogollito de la Tía Mercurio, salvo cuando era él mismo a llevarlas, embozado de Manola o de Trotaconventos.

Llegaban ocasionalmente noticias de haber sido avistado el calesero fugado, en éste o aquel barrio, de lo que llegaba a temer Paco, y aun María Úrsula algún género de *retribución*.

122

Junto a la alta tapia que le sirve de apoyo, avanza al encuentro de la otra mujer que aguarda allí, la joven —casi una niña todavía— abrumada por el peso de una preñez seguramente mal llevada, sobre unas piernas endebles que amenazan flaquear en cualquier momento, y lanzarla sobre el vientre voluminoso. Sin haber llegado donde aguarda la otra mujer, siente que le baña las piernas un líquido cálido y abundante. Intuitivamente, reconoce de lo que se trata, y porque no puede detenerse ahora, sigue avanzando hasta llegar junto a la vieja.

—Ya has roto aguas —dice ésta a modo de saludo—. Pues tan buen lugar es éste como cualquier otro, hija.

Para ahogar los gritos que se anuncian con las contracciones, la mujer le pone en la boca un trozo de madera o *cañizo* firme, atravesado por un agujero que permita la entrada y salida del aire, y lo ata por sus extremos mediante cuerdas o tiras de cuero a la parte posterior de la cabeza, de manera que no se suelte. Puja la parturienta con todas sus fuerzas, mientras le sostiene por los hombros la mujer, vieja o simplemente avejentada, que la asiste. Ocasionalmente, sin proponérselo, ni reparar en ello, logra la infeliz muchacha colar una nota diáfana, como de metal muy argentado, a través del agujero que atraviesa el canuto de madera. Pero ambas mujeres deben estar sordas a toda nota o sonido, que no sean indicativos de su cometido. Oyen, eso sí, el sonido que produce el deslizarse de la criatura canal abajo, arrastrando consigo la masa placentaria. La mano pronta a recibirlo de la mujer, impide que dé con la cabeza en tierra la criatura, que enseguida rompe en un llanto profundo, desesperado, en busca de consuelo y amparo.

—¿Qué es? —consigue articular la muchacha.

—Es un varoncito, con todos sus indicios —responde la partera, secamente—. No tienes por qué preocuparte.

—Quiero verlo antes…, Regina. Antes de dejarlo en el torno.

—No debes encariñarte con él —le responde la otra, envolviendo a la criatura en unos trapos, y deslizándose prontamente con ella en brazos, junto al muro, al otro extremo del mismo, hasta alcanzar el torno donde coloca al recién nacido antes de llamar a la puerta, y darle vueltas al mecanismo que pone en manos de las monjas de la Casa-Cuna al desvalido.

Enseguida regresa por donde había marchado, y asiste de nuevo a la muchacha, pasando un brazo de ésta por sus hombros y sosteniéndola con el suyo en torno al torso de la recién parida.

—Debes estar contenta. Ahí dentro crecerá bien, y, sobre todo, dispondrá de un apellido.

Atraídos por el olor de la sangre de la placenta, dos perros vagabundos y famélicos, han coincidido en el lugar, como si un hilo muy largo tirara de ellos. Un momento se observan, recelosos y en guardia contra el otro. El más grande, que parece asimismo el menos esquelético, muestra sus dientes, pero con desgana que el otro advierte, y ambos se echan sobre la masa sanguinolenta repartiéndosela entre gruñidos, como hermanos de una misma camada.

Las mujeres se han perdido de vista cuando los perros acaban el festín inesperado, relamiéndose de satisfacción y pasando la lengua reiteradamente sobre la humedad de la tierra antes de partir sin rumbo fijo, uno detrás de otro, como si la merienda compartida confirmara aquella hermandad antes desconocida. Delante anda Pocho, el enorme perro que fuera del capitán general. Sobre el lomo sucio, por entre el pelo amazacotado se reconocen los descalabros del bastón insolente, y unos pasos detrás, anda el otro, cuya procedencia, ninguno habría sido capaz de establecer, y cuya signatura era precisamente una falta absoluta de linaje, en aquella hechura de hueso y pellejo.

Atentas a esta suerte de sucedidos, para facilitar el cual se ha provisto el torno de que cuenta el portón, oyen las monjas, o en su defecto la hermana guardiana el llanto inconfundible del recién nacido, rompiendo el silencio que domina al interior del convento. Prestamente se dirige a donde sabe que habrá de hallar al expósito, y aunque pueda tratarse de una labor bastante frecuente a la que están acostumbradas, se acerca conmovida a la criatura, apenas envuelta en un paño blanco, y la alza del torno para tomarla en sus brazos. Allí la consuela apretándola contra su pecho para hacerla entrar en calor, y le dedica palabras que serán las primeras que alguien le dirija, aunque no alcance a recordarlas luego. Según está indicado proceder, lleva a una celda dedicada a la enfermería su recién hallado tesoro, y lo coloca en manos de otra hermana, encargada de anotar la hora, y todas las señas particulares correspondientes al recién nacido, al que proceden a alimentar mediante un biberón. Mañana le darán nombre propio y el apellido Valdés, que es el otorgado por la Casa Cuna en recordación del obispo fundador, y lo harán bautizar de inmediato. Sin tiempo de marcharse nuevamente a su rincón de guardia, dejando en manos de la enfermera al pequeñuelo, el llanto de otra criatura que procede del torno igualmente, viene a sorprender y a estremecer de pena a la hermana, encargada de velar el sueño de todas.

—Benditos sea el nombre de Dios, y Su Misericordia, que almas nos da, antes de que vayan a perderse.

XVIII

Viaje a la región central de la isla, y estadía en la ciudad de Puerto Príncipe

(1823)

123

Llegada que era de Santiago de Cuba, por la vía del puerto de Nuevitas, y trasladada por tierra a esta villa, con todo género de prevenciones por indicación expresa del teniente gobernador don Francisco Sedano y Galán —a quien primero parecía conveniente preservar el aplomo de la autoridad y de la ley por él representada— llegó al fin este día, *«vistiendo ropa propia de su sexo»* según prescribía con reiteración la sentencia que contra ella pesaba, y habría de ratificar en breve la Real Audiencia de Puerto Príncipe, doña Enriqueta Faver, quien fue llevada de inmediato al Hospital de Mujeres, atendido por las monjas que allí residían, y prestaban auxilio de todo tipo a las recluidas o acogidas al amparo de la institución, que eran las más destituidas y desamparadas de su género.

Por más que el traslado se hiciera, según las órdenes del teniente gobernador Sedano de forma expedita y digna, no faltaron los curiosos que se detuvieran al paso de la comitiva de jinetes, en medio de los cuales marchaba, a pie, descalza y atada de manos a una de las monturas, la figura de la prisionera. De estatura elevada, pese a suponerse ésta algo menguada por la falta de calzado, y la fatiga que inclinaba algo el cuerpo y la hacía inclinar asimismo la cabeza, pareció a quienes la contemplaron al paso. Algún tropezón de sus pies desnudos, le arrancó a su pesar, un lamento que debió sofocar entre los labios apretados y resecos. Alzó entonces los ojos para responder al requerimiento del oficial que mandaba la tropa, y alcanzaron a escuchar algunos que afirmaba hallarse bien, lo que suscitó algunas risotadas en los de la tropa, acalladas de inmediato por el superior. Éste, pese a las órdenes que tenía, hizo detenerse a los jinetes y dispuso que se desataran las muñecas a la cautiva, y se le proveyera igualmente de montura, de lo cual encargó a uno de sus hombres. Se vio así éste, obligado a descabalgar para aupar a la mujer a los lomos de su caballería, en medio de las risas que se suscitaron entre sus compañeros, testigos de la situación poco halagüeña, según les parecía, en que quedaba el jinete descabalgado.

Un niño de la mano de su madre, los cuales habían debido apretarse contra la pared inmediata al paso de la cabalgata, alcanzó a ver un relumbre tibio en los ojos verdeazules, todavía hermosos, de la mujer, fugazmente posados en él.

—Mira, mamá. ¡Los soldados llevan a la virgen!

Con un siseo imperativo, la mamá le impuso silencio a la criatura, y luego, así que siguió adelante la caravana lo condujo allí a donde se dirigían. El pequeño, que seguía teniendo por cierto aquello que suponía haber visto con sus ojos, no conseguía entender la presunta complicidad de su madre en aquel apaño, y semejante confusión le duró hasta que los mimos que procedían de ella y, sobre todo, su interés en averiguar lo que le ocurría lograron dar con el cabo de aquel embrollo.

—No hijo, no. No se trataba de la virgen. ¿Cómo crees? Se trataba seguramente de alguna mujer muy mala, a la que los soldados consiguieron prender, y la trajeron para que se haga justicia.

Después de «*entregada, y de haber sido depositada*» su prisionera en la «Casa Hospital de Mujeres», como estaba instruido de hacer, el capitán Juan Carlos Monteagudo Meneses dio parte de todo, o casi todo, lo concerniente al traslado de la prisionera en auto al teniente gobernador, que éste empleó más tarde, junto con su examen del resto de documentos que acompañaban el traslado, y antes de que los mismos fueran puestos a disposición del Tribunal de la Real Audiencia, para confeccionar su propio informe a las autoridades competentes, en particular a su excelencia el capitán general, que así se lo ordenaba con particular insistencia, por tratarse este caso «*de uno de los más singulares que ya había despertado el interés de muchos de sus amigos y asociados*». ¡Hasta el mismísimo obispo Espada de aquella sede apostólica parecía interesarse en el asunto! ¡Vive Dios! Pues de todo se daría cuenta y más, que así se lo mandaban, bien que al teniente gobernador, coronel don Francisco Sedano y Galán, todo lo relacionado con aquella historia de la médico-mujer de Baracoa, que había llegado a conocer, más bien le producía desasosiego e intranquilidad, y el deseo de pasar página y olvidar semejante despropósito.

A contrariarlo, vino enseguida aquel género de murmuraciones que él tanto detestaba, por parecerle que había siempre detrás una amenaza a la tranquilidad, el buen orden y la decencia. Y como era de esperarse de sus espirituosos coterráneos, se manifestó éste de manera descarada en chascarrillos, décimas y hasta sonetos, cuidadamente impresos en hojas sueltas, o cuando menos copiados a mano con toda clase de adornos. Por esta causa hizo circular la autoridad otro impreso, en el que expresaba su disposición a encarcelar a quien tal hiciera, por considerar de implicaciones criminales, y hasta de orden político, la indiscriminada circulación de tales sueltos. A pesar de ello siguieron pasándose estos de mano en mano, aunque con redoblada reserva. A veces se dejaba algún papel donde otros pudieran hallarle, y llevados de natural curiosidad, leerlos, y hasta llegó a prenderse a la puerta de la gubernatura un pliego con versos muy picosos, de donde redobló Sedano la vigilancia, y no pocos fueron a dar con sus huesos a la cárcel por un día o dos, o hasta demostrarse que alguno no pudiera leer ni escribir por derechas, cosa alguna como aquello titulado «A falta de pantalones», que no se sabía bien si iba contra la presunta debilidad del señor teniente gobernador, o contra el intento de regenerar o lo que pudiera ser, la persona de doña Enriqueta Faber:

> ¡Habráse visto en el mundo, una cosa tan dislate!
> Un galeno, al que en la «Casa de mujeres» se procura
> poner faldas, y dar juicio más allá de su locura...
> ¿Podrá, el bueno de Valencia componer tal disparate?

> Si Sedano se aplicara, a dar entre tanto orate
> la medicina que avisa con repartir en la trinca,
> paz tendríamos en casa, y no faltara en la finca
> por mejor discernimiento, lo que tanto se debate.

Todo este jaleo, que no sería el único, tenía lugar de coincidencia con la llegada al Príncipe, bien que, con otra procedencia, de doña Amalia y su esposo, don Francisco. Para consternación de ambos, sería, pues era imposible que no suscitara este género de reacción lo que se contaba del caso, como sucedía en general. Se rehusó sin embargo doña Amalia a asomarse al interior del «Hospital», con la excusa de saludar a dos de las hermanas con las que estaba emparentada, a fin de ver a la cautiva con sus propios ojos. Su hermano prometía entretanto escribir un drama en verso, a lo Lope de Vega, con el caso de Enriqueta Faber, o Faver, por eje. ¡Oh, las descripciones de tantas batallas en las que ejércitos enteros se vieron enfrentados! Y el valor, indudable, derrochado por la doncella, que, si bien no correspondía a la de Orleans, a su propio mérito y merecimiento se atenía. Tanto entusiasmo despertó en él los recuerdos de su juventud, cuando hasta la mismísima hermana «rompió alguna lanza» —para seguir con este género de metáforas— durante las representaciones que en el hogar tenían lugar de tiempo en tiempo, con motivo de una fiesta de cumpleaños o cualquier pretexto, ante un público mayormente de familiares y amigos muy próximos.

124

A solicitud expresa de la madre superiora y regenta del Hospital de Mujeres, visitó el padre Valencia a la recién llegada, cuya mera presencia suscitaba entre las demás reclusas, todo género de pálpitos y temores, y no pocos entre las mismísimas monjas que las atendían. Sufría aquélla alguna convulsión en el momento, lo que terminó de persuadir a las amedrentadas, de que no de otra cosa sino de «*una posesión*» podía tratarse, con lo que fueron no pocas las que abandonaron su refugio para echarse a la calle, con tal de permanecer lejos de la que juzgaban endemoniada.

Reconoció el padre los síntomas de envenenamiento, y ordenó practicar a la afligida una purga inmediata, para lo cual y a fin de provocarle el vómito a la enferma, requirió y obtuvo el concurso de las dedicadas madres, con lo que consiguió sus propósitos, y así que lo hubo logrado la hizo acostar, y quedó allí a su lado un largo rato, rezando por ella. Las monjas habían cubierto el cuerpo de la mujer, sacudido de un frío que procedía de muy adentro, con unas mantas, en tanto ella, claramente afiebrada, murmuró alguna cosa ininteligible, como si se expresara en lenguas, a las que el padre pareció encontrar sentido, puesto que a ellas respondió por entre los rezos, como si él también consiguiera dominar aquella jerigonza, según les pareció a las monjas, salvo a aquéllas pocas que podían igualmente entender lo que decía la enferma.

Un régimen de vigilancia y atención especial recomendó el religioso, antes de marcharse, prometiendo a la madre superiora, tal y como se lo suplicaba ésta, volver pronto en anticipación de lo que pudiera suceder.

Las visitas se sucedieron con los días, sólo que el teniente gobernador

Sedano, emparentado con alguna de las monjas, llegó a saber lo sucedido, y como estuviera predispuesto contra aquel «monstruo» que, por carambola, había venido a recalar en sus predios, y Dios sabe el tiempo que aquí habría de estar, se dio en escribir a las autoridades superiores, y a la mismísima Real Audiencia, con sede en esta plaza, pintándoles a los unos, temores desmesurados, y representándoles exageradamente la penuria de las instituciones de piedad, y acosando a los otros con exigencias de una pronta resolución más acorde con los intereses locales, pues a defenderlos y representarlos era únicamente Su Señoría, según todos los indicios, y así se lo hacía ver.

Cuando por fin fueron llegadas noticias de que el capitán general mandaba a efectuar el traslado de la cautiva a La Habana, procedió a ejecutar lo ordenado el teniente gobernador sin pérdida de tiempo, de manera que se le vio enérgico en su demanda. A ruegos del padre Valencia que así se lo pedía, ordenó que se tomaran medidas para evitar abusos de cualquier orden, pues era aquélla un alma que iba encaminándose y convenía no precipitarla en los abismos de la desesperanza.

Antes de partir nuevamente, esta vez en dirección a La Habana —en realidad con rumbo impredecible— Enriqueta Faver, médico que había sido de mucho éxito y nombradía, bien que, bajo la apariencia de varón, y ahora de nombre infamante y fama que ninguno hubiera querido para sí, suplicó del religioso besar la mano de éste, y ser bendecida por él, lo que hizo Valencia, despidiéndola con un rezo fervoroso.

—Ve, hija, con Dios Nuestro Señor, que Él y sólo Él es juez y Justicia sin mácula alguna.

Aquellas palabras, oídas que fueron del teniente gobernador, suscitaron en él no sabía muy bien qué inconfesable discordia, pero satisfecho con la conclusión del capítulo en lo que a su autoridad concernía, se dijo que «*bien fuera allí donde se encaminaba aquélla*» con tal de sacársela de encima, y de no hallarse en su proximidad. Temeroso, sin embargo, de la verba del vecinerío a su encargo, hubiera publicado otra proclama mediante la cual quedara prohibido en los términos más enérgicos y categóricos que se hablara en lo adelante de aquel sucedido, y de la persona de la médico-mujer procedente de Baracoa. No obstante, comprendía que, de hacerlo probablemente sería ello más a incitar las habladurías y los corrillos en que los vecinos expresaban su escándalo, y soltaban su imaginación, únicamente sosegada por la desconcertante intervención del padre Valencia, de lo que acababan todos por contentarse.

—Pues que no debería causar escándalo alguno, que el mismo santo varón que cura las pústulas de los leprosos y auxilia sus miserias, haga lo propio con ésa.

A La Habana, para satisfacción del teniente gobernador Sedano, y por el mucho interés que el caso había despertado en el capitán general Francisco Dionisio Vives, fue conducida con toda prevención y no pocos aspavientos, Enriqueta Faber. Algo mejor vestida de lo que llegara poco antes a esta villa, y dotada de sandalias donadas por las monjas, fue asimismo dispuesta una cabalgadura con sus arreos que había de conducirla a aquel punto desde el cual continuaría viaje hasta la misma Nuevitas, en un carruaje que allí estaría dispuesto para el caso. No fueron pocos los curiosos que se aproximaron al lugar de donde saldría la partida, pero la presencia del reverenciado padre Valencia contuvo cualquier despliegue de hostilidad, antes que la presencia de gente armada.

125

La instalación de doña Amalia Arteaga y Cisneros y don Francisco Fernández Allué en su casa del Príncipe, coincidió, según se sabe, con el escándalo provocado por los sucesos relacionados con la médico-mujer, y el traslado de ésta, de manera que fue poco menos que tema obligado de las conversaciones que a *sotto voce* tenían lugar. Habría preferido muchas veces doña Amalia, que se dedicara menos tiempo a tales murmuraciones —por otra parte, siempre iguales— cuando era tanto lo que hubiera deseado saber de lo acaecido en estos años de ausencia. Don Francisco, por su parte, buscaba el sosiego en la contemplación del paisaje aledaño a la ciudad, haciéndose conducir bien donde su medio hermana Teresa, a la finca «Santa Rosa de Lima», propiedad de su cuñado don Atenor Arteaga Morelli, o al «Tejar del Mallorquín», de José Antonio Unzueta, a quien había encargado el despacho de varias tinajas y tinajones, destinados éstos al almacenamiento y conservación del agua de lluvia, y aquéllas a distintos usos de la casa, según le encargara su mujer. Entre tanto, se distraía él, en pintar unas vistas de no poco mérito, o acompañado de doña Amalia y otros parientes, entre los que se encontraba su primo y tocayo don Francisco Hernández de la Joya, magistrado de la Real Audiencia, y escoltados por algún que otro gañán de confianza, especie que abundaba entre los guajiros de la región, iban de gira a las riberas del río Máximo, cuyo lecho de mármol formaba una piscina natural de aguas muy límpidas, refrescadas por la sombra del arbolado circundante.

Leía o más bien releía don Francisco, cuando no pintaba, no sólo aquellos libros que había hecho embarcar, sino los que encontraba, y no eran pocos, en la biblioteca que fuera del difunto marido de doña Amalia, y al hacer tal inducía, con arrumacos a su mujer a proceder de igual modo, de lo que acabó aficionándose ella, que descubrió asimismo por esta vía el mejor modo de estar entretenida sin recurrir a ágapes, visitas y reuniones, de todos los cuales acabó por cansarse. No recordaba ella en toda su vida, ni antes aquí a donde había regresado, ni durante su estancia habanera, haber salido tanto de casa ni haber acudido a tantas visitas, o recibido el número de aquéllas, invitaciones y todo género de «*outings*», como sin sentido alguno del ridículo —le parecía a doña Amalia— decían con la mayor naturalidad muchas de las mujeres. A lo mejor, lo que ocurría no era, sino que era ella más chapada a la antigua, y más tradicionalista que éstas, a pesar de venir de una larga residencia en La Habana, y no se expresaba ni en sus frases ni de ninguna otra manera del modo en que sus primas, amigas y conocidas podían hacerlo. Una de las primeras, María Remigia —que volvía de la Nueva Orléans con su marido, el ingeniero Ettienne de Saint Gauden, y sus dos hijas de trece y dieciséis años respectivamente— pareció tomarla al abrigo de sus alas, o acogerse al que doña Amalia pudiera ofrecer, pues no quedaba claro, y venía constantemente a buscarla y a brindarle conversación, invariablemente salpicada de tal género de palabras y hasta dichos: *a true beauty!; a good finding!; a round of good luck!*, y muchas otras que su interlocutora debía hacerse explicar, en aras del buen entendimiento de lo que se decía, bien que confesaba su ignorancia supina en cosa de lenguas, como en tantas otras.

Conforme a su promesa, y a pesar de las muchas distracciones que hubieran podido estorbárselo, se las arregló doña Amalia para escribir con regularidad a sus hijos en La Habana, aunque no siempre conseguía un propio mediante el cual alcanzara la misma el próximo barco que con dirección a dicho puerto se dirigiera, llegando a ignorar —por ser contradictorios los reportes que recibiera al respecto— si se disponía regularmente en el de Nuevitas, distante del Príncipe varias leguas, de un barco surto y a punto de partir, como debía suceder en la capital.

La noticia de la llegada, por la vía de tierra adentro, de una bastante maltrecha compañía de cómicos, luego de sufrir los despojos y el maltrato de unos bandidos en el camino real que conducía a esta ciudad, despertó el más grande interés de todos, y movió a compasión a los vecinos, que acogieron en sus propias casas y a su amparo —en tratándose de los más ricos— a la cohorte de actores y fantoches que llegaban. Doña Amalia contribuyó con lo suyo, y lo mismo su marido, y no pareció hablarse ya más de otra cosa en lo adelante en todos los corrillos, incluso en aquellos que se formaban a la salida de misa, de los que escapaban ambos siempre que era posible, refugiándose en sus lecturas y excursiones por las orillas del Tínima y otros parajes deliciosos.

Mucho había de aficionarse la pareja a una precocísima y bella niña, prima segunda de doña Amalia, de nombre Gertrudis, que, a los diez años, amén de una exquisita figura, unos bellos ojos muy negros y expresivos, y una voz muy bien timbrada, mucho gustaba de la lectura, y lo que venía a ser más sensible, y aun alarmante para no pocos de sus familiares, de escribir cuentos, poesías y obrillas de cuya representación venía ocupándose con el entusiasmo de sus primas y amiguitas. Ni que decir hay, que la llegada de los maltrechos comediantes contó en la chica con una entusiasta muy particular, y pronto había conseguido de estos, precisamente aquello que más debía despertar su júbilo, que se representara con gran fanfarria y lucimiento un cuento o juguete lírico suyo titulado: *El gigante de las cien cabezas*.

—Dime, Tula, ¿y por qué ha de tener cien cabezas tu gigante? —procuró saber don Francisco Fernández Allué, adoptando un talante muy serio, de conformidad con la impresión que buscaba transmitir.

—Pues... Porque así es, don Francisco.

—Luego entonces, ¿es cierto que lo has visto?

—En sueños, desde luego. Los gigantes existen, pero uno solo puede verlos en los sueños.

—Vaya. Y éste ha de tener unas espaldazas como para estibar miel de caña, ¿no?

—Pues no lo sé yo bien, sino que es fuerte y voluntarioso. Y a veces un poco majadero.

—Naturalmente, con tantas cabezas que piensen por uno solo...

—Eso, sí. Y se pelean entre ellas por cualquier cosa, que al pobrecito deben volverlo como loco.

—Y a ti, vamos a ver, ¿qué viene a decirte el gigantón?

—Pues me pide que le cuente alguna cosa que lo alivie del dolor de cabeza que siente...

—¡Dios del Cielo! No me dirás ahora que llegan a dolerle a la vez todas sus cabezas. No hay hombre que resista una cosa así. Claro que él, gigante es, y de constitución nada común, ¿eh?

—Sí, don Francisco, pero igual le duele todo. Y es como si le pincharan con alfileres.

—Un verdadero tormento...

—Eso, pobrecito.

—Y tú, ¿qué cosas le cuentas para que se alivie?

—Pues... Según... ¡Lo que primero se me ocurra! Y a veces, las cabezas mismas me piden que les cuente alguna cosa que ya antes han oído, y como no siempre me acuerdo bien, se enfadan, y para que no atormenten al pobre gigante, les prometo escribir la próxima vez aquello que cuente, para no olvidarme...

En medio de la plática que sostenían sentados en el jardín, se hizo presente Rosita Carmona, la amiga más entrañable de la narradora, que la buscaba desde hacía rato para jugar a las casitas, y sin gran esfuerzo, antes con determinación, consiguió arrastrar a Tula hacia aquel plano más de su interés.

—Anda, hija, ve a jugar, que ya me acabarás esa historia del gigante... —dijo don Francisco, así que vio en los ojos de Tula cierta indecisión, ante la antipatía que aquello despertaba en su amiguita, unos años mayor.

Por su parte, doña Amalia que había sido testigo de la escena, apenas si contuvo su contrariedad al decir:

—Esa otra niña no acaba de gustarme nada, Dios me perdone. No creo que ejerza sobre Tula ninguna buena influencia. Se trata nada más que de un pálpito, pero no hay más que verla para formarse una idea…

Como solía, siempre que no estaba precisamente de acuerdo con su mujer, pero no tenía el menor interés o disposición de contrariar su opinión, sonrió el marido al tiempo que sacudía con un gesto apenas perceptible la cabeza:

—¡Pobre Tula! Mucha imaginación es la suya. Ojalá no le traiga muchos dolores de cabeza, como a ese gigante suyo que parece desvelarla.

126

Pronto transcurrió el tiempo que en principio se había concedido para su estancia en Puerto Príncipe, el matrimonio compuesto por doña Amalia y don Francisco, sin que ésta pareciera dar por agotado el contento y la satisfacción que su regreso a los lares del clan familiar le había devuelto a la mujer, restituyéndole no sabía qué género de equilibrio, si bien, tampoco eran bastante las cartas de sus hijos, en particular las de Verónica, a compensar la falta que éstos le iban haciendo cada vez más.

Por carta reciente de su hija, con otra que llegaba de Alcides, supo doña Amalia de la intención de pretenderla un joven, a quien Verónica había distinguido como amigo de su tertulia, pero el cual daba la impresión de una acusada timidez concertada a veces en un tartamudeo que, hasta aquí, sin dudas, le había restado resolución bastante para pronunciarse en el sentido en que finalmente lo hacía. Verónica —lo mismo que su hermano— respetuosamente rogaban a su madre que se dignara considerar y otorgar al cabo su aquiescencia y bendición filial, de manera que pudiera concertarse aquella relación en la que, le confesaba Verónica, hallaba ella gran contento. Al hermano había encargado ésta representar las excelentes cualidades de la persona y fortuna del joven aspirante a su mano, y así lo hacía éste, pero sin dejarse llevar de ningún entusiasmo que pudiera obnubilar las facultades de su juicio. De modo que pareció bien en principio a doña Amalia lo que se pintaba bien, y así lo hizo saber mediante la correspondencia que pronto habría de salir. A partir de entonces, sin embargo, la idea misma de permanecer más tiempo lejos de su hija, fue haciéndose complicada hasta haber llegado a la resolución de partir, comunicada al esposo, que, si bien se sentía extremadamente a gusto aquí, donde había llegado a hacer amigos y tenía siempre ocupación grata a sus sentidos, no dudó en participar a su mujer la conveniencia del regreso, en el momento mismo en que así lo dispusiera ella.

Algo más de unas dos semanas después de esta conversación, y así que estuvo convenida la fecha del regreso, comenzaron los preparativos del viaje, que debían incluir asimismo la resolución más conveniente en lo que a la casa en que habían vivido se refería. Sin que se hiciera de ello mención alguna, y aún sin darle forma determinada en sus pensamientos, sabía doña Amalia que esta vez quizá se tratara del adiós definitivo. ¿Volvería alguna vez de nuevo al Príncipe? Este viaje había sido —por gracia suprema— aquél que le permitiera una nueva oportunidad de volver a ver a los suyos, y de despedirse de lugares y sombras ubicuos, que la habían estado aguardando todos estos años. ¿Quién podría decir por cierto lo que habría de ser, sino Aquél que todo lo dispone?

Las despedidas comenzaron nada más anunciarse la decisión de marchar de la pareja, y duraron más de dos semanas, en las que amén de disponerse del embalaje y muchas otras cosas por añadidura, debía recibirse a las visitas o devolverlas. El propio hermano de doña Amalia, don Leonardo, a quien en privado llamaba ella por un diminutivo de este nombre, como solía cuando ambos eran aún niños, se había hecho cargo de arreglar lo tocante al pasaje por la vía marítima desde Nuevitas, y al desplazamiento previo desde esta ciudad a aquel puerto, donde no faltaban parientes y amistades cuya frecuentación hiciera más dulce o llevadera la separación para quienes partían. Conforme a su carácter alegre, y a su talante despreocupado, ocultaba mejor el hermano la pena que a ratos lo embargaba.

—Del San Juan apenas alcanzarás el principio, mujer —le habían reprochado al comienzo algunos parientes, recién impuestos de la decisión de partir— ¡Haber venido al Príncipe y no quedarse al San Juan!

—¿Qué cosa podrás contar allá, donde seguramente piensan de nosotros que no sabemos el modo de divertirnos?

—¡Bah! Piensen como mejor les parezca a los señores de La Habana… Y en ello les vaya la penitencia que se merezcan.

—Por cortesía y buena educación, no olvidemos que es habanero mi señor cuñado.

—Hombre, que no hay intención de ofender. Menos que de la familia se trata.

—En ese caso se dispensará el engorro —sentenció el cuñado y señor de su casa, conquistando la hilaridad de todos, empezando por éste de quien se decía.

—Sepan ustedes —creyó de obligación añadir don Francisco— que no todos en ésa somos de ignorantes y engreídos, como habría que serlo para prejuzgar de lo que no se sabe.

A las celebraciones que por el día de San Juan tenían lugar, las cuales, si bien daban comienzo antes, comenzaban en firme la *antevíspera* del santo y concluían hasta tres días después con otras tantas celebraciones y convites en las casas de los más afluentes vecinos, y aún en las de aquellos que no lo eran, sino muy pobres que vivían de la misericordia de los conventos, y las grandes casas, alcanzaron a estar los que viajarían de inmediato.

Admitió don Francisco de buena gana no haber visto nunca procesiones como éstas, que a lo popular unían el decoro de todos y cada uno de los participantes, sin que la afearan borrachos, desarrapados, o rateros que, al amparo de la celebración, y de la solemnidad, se aprovecharan para despojar a más de uno. Bien que no faltaban pobres, pero lucían estos en la ocasión sus mejores ajuares, y exhibían un aire indiscutible de marqueses, de modo que, si a los ricos convenía adoptar una cierta humildad de continente, manifestaban los pobres una soberanía natural suavizada por la pobreza limpia de sus vestidos. Abundaban las flores de distinto color, y aromas sutilísimos, entre estos las rosas, y los nardos blanquérrimos, que don Francisco conocía por el nombre de azucenas, y cuya infinidad de espigas formaban arcos y enmarcaban andas y tribunas en que eran transportadas la virgen o el mismísimo San Juan. Rosas de color pálido, deshojadas por manos de niñas y niños vistiendo los atuendos o la naturaleza de los ángeles, eran arrojados al paso, en tanto coros de voces que no debían ser los de una concertación precipitada, llenaban las calles. Algo había, pensó don Francisco, de las celebraciones que tenían lugar en las cortes de los soberanos poderosos, cuando estos contraían matrimonio o celebraban acontecimientos que juzgaban notables, con gran lujo y despliegue de riquezas. A la noche, para que nada faltara a las celebraciones del día, hubo abundancia de pirotecnia en el Campo de Marte, con lo que se culminaba el desfile de tropas acompañado por una banda militar, a la que criticaba el vecinerío entre dientes, alguna falta de coordinación inicial, que, en su criterio, quitara lucimiento a la celebración. Doña Amalia y don Francisco concurrieron luego a la velada, que tendría lugar en una de las casas principales, y donde las prerrogativas del carnaval exigían que se llevaran antifaces o caretas, y la decisión de cada cual permitía asimismo que se llevaran trajes o disfraces, y los había de todas las clases, desde los que iban de Pierrot o Policinella, hasta una pareja literaria cual la de don Quijote y Sancho Panza, reconocibles, pero vestidos con notable buen gusto, y armado, en el caso del Noble Caballero con sus mejores galas antes que con arreglo a caballerías y lanzadas. Un pequeño conjunto de cuerdas animaba la fiesta. Bailaban incansablemente los más jóvenes, y no pocos de los mayores. A eso de las nueve se rogó silencio e hicieron anuncios para los siguientes días, y se procedió a anunciar que la tómbola para beneficio de «Mujeres Desamparadas» seguiría abierta hasta el último día.

No lejos de allí, en otras casas se celebraba igualmente, según fueran su condición o solvencia. En una de ellas, una muy mentada doña Paquita Izárraga Molinet acogía a la misma hora a sus amigos y parientes, que no debían ser pocos. Era una mujer hermosa, a pesar de sus años, que irradiaba una suerte de bondad y encanto muy personal. Su pelo blanco, contrastaba con el negro mate de su piel, y el porte imperioso de su figura se resolvía en aquel darse, y era coronado por la sonrisa que iluminaba su rostro.

No debió sorprenderla mucho saber por una de sus hijas aquello que se le comunicaba:

—Doña Mamá, aquí están doña Amalia y su señor marido, don Francisco, *que y que* vienen a despedirse de usted...

—¿Y les haces esperar, mujer? ¡Qué pasen! ¡Qué pasen de inmediato que no es ésta la manera de tratar a los amigos, ni a las personas de consecuencia! Y a ver si preparas un buen refrigerio.

Luego de esta breve, pero emotiva visita de despedida a la mujer anciana, que fuera su ama de leche, resultaron incesantes, y no por fuerza igualmente placenteras las que hubo de hacer a innumerables parientes, amigos y conocidos, con lo que ambos esposos quedaban listos para la partida de regreso a casa.

127

Llegados a Nuevitas quedaron en ella poco tiempo los viajeros. Bastante para saludar o despedirse de los parientes que allí hubiera. La vista de la bahía, con ser agradable, producía en doña Amalia una cierta ansiedad. Partir, era en su corazón, el inmediato reclamo, como antes había sido la visita al Príncipe. Procuró, sin embargo, no dar la impresión de ingratitud a ninguno de quienes venían con agasajos y recados a su encargo, bien para el padre Cisneros, o cualquier otro. Y al cabo de estos tres días de espera, embarcaron por fin en el vapor «Remedios» que iba de paso desde el puerto de Cuba por la costa norte hasta el de La Habana.

La mar estuvo serena durante toda la travesía, que era maravilla contemplar, y el hecho podía tomarse como señal de buen augurio, según lo contemplaba doña Amalia. A diferencia del viaje anterior, cuando abundaron los mareados y enfermos por causa de los tumbos del barco, pareció como si éste se deslizara sobre una superficie de seda, que ofreciera poca resistencia. El tiempo estuvo bien dispuesto para que se aderezaran sobre la cubierta algunas mesas pequeñas, y sillones con sus correspondientes servicios de refrescos y bocadillos, y el grueso del pasaje se diera a tomar el aire y algo de sol indirectamente, a cubierto de las sombrillas y los toldos extendidos.

—Pareciera que por abril andamos.

—¡Diga usted! ¡Qué brisa tan deleitosa!

—Pues gocémosla mientras dure.

—Y todo sin perder de vista la costa, ni alejarnos mucho de ella.

—¡Y qué cielo tan azul y tan transparente!

—Un viaje así es una maravilla.

Más amistoso y decidor parecía el paisanaje en la ocasión —observó don Francisco a su esposa— de lo que indudablemente era causa el buen tiempo de que se disfrutaba, pues que no había sido precisamente ésa la experiencia anterior. Y hasta muy entrada en sus sombras la noche, hubo concurrencia que se entretuviera, quien en jugar barajas, quien a hacer apuestas, o a jugar al dominó y hasta una partida de ajedrez que don Francisco librara, y de la que saliera triunfador, contra el primer oficial de a bordo. Luego, ya que con la oscuridad pareciera acentuarse el baileteo de la nave y estuvieran todos rendidos por el cansancio, se retiraron los últimos a sus respectivos camarotes. La oscuridad y el silencio más absolutos se apoderaron del entorno.

A la mañana, que se anunciaba ya por los resplandores que penetraban por los ojos de buey, volvió a animarse la cubierta. No había dormido bien, sin embargo, doña Amalia, desvelada en su lecho por mil ideas y sentimientos encontrados, mientras a su lado el esposo dormía con un sueño profundo y sosegado, apenas interrumpido por un suspiro.

Cuando a la media mañana se avistó la entrada del puerto, de lo que se dio anuncio al pasaje, doña Amalia había apenas conseguido quedarse dormida.

—Duerme más si así lo deseas —le susurró al oído el esposo, que ya estaba en pie— que de todos modos la cosa va para largo, y de aquí a que atraquemos pasa otro montón de tiempo.

El sonido en aumento de las voces de los marineros y del pasaje, y los ruidos que las acompañaban o ponían de relieve, alrededor suyo, impidieron, sin embargo, que doña Amalia volviera a dormirse. Sonrió al esposo que ya estaba para abandonar el camarote, y compuso su rostro con un gesto de coquetería, antes de abandonar el lecho para comenzar su aseo.

Al llegar, les aguardaban ya en el muelle sus hijos, y varios amigos que habían querido venir a recibirlos, amén de Serafín y Paulina. A todos se alegró de ver doña Amalia, y de modo especial a sus hijos, aunque no menos a Paulina y al muchacho, que parecía haber ganado en estatura durante su ausencia. Moqueaba casi al unísono de su ama la esclava, en cuyas manos puso la propia Verónica su pañuelo con determinación, para que no acudiera aquélla a la manga del vestido que llevaba, y era sincero y conmovedor aquel llanto de regocijo de ambas mujeres. Tal vez concibiera entonces doña Amalia, por primera vez, la idea de conceder a la esclava su libertad, y que decidiera ella si marcharse o quedarse en casa, aun a riesgo de «perderla» como compañera.

Del muelle se dirigió la comitiva de recibimiento, algunos recorriendo a pie el camino que los separaba de la morada de los recién llegados, o en sus respectivos quitrines los otros, al lugar donde esperaba por ellos un convite que, en honor de los viajeros se había dispuesto.

Halló doña Amalia más apuesto, aunque más delgado, a su hijo Alcides. De lo segundo se quejó con insistencia, ante la sonrisa y los halagos que éste le prodigaba, a manera de respuesta.

—Hijo, pero ¿es que no comes bien? ¿Acaso en mi ausencia no te han cuidado como es debido? —decía ella.

—Está usted espléndida, mamá. Parece haberse quitado años de encima —le respondía él.

Don Francisco pareció rejuvenecido a los ojos de Verónica, de lo que concluyó ésta, que su padrastro era feliz e igualmente lo era su madre.

—Se le ve a usted jubiloso y rozagante, de lo que mucho me alegro.

—¿Y cómo no estarlo, muchacha? ¿Es que acaso me falta algo para ser feliz?

—También lo parece así mi señora madre.

—Y ello es la causa principal de este júbilo que, bien ves que me delata, amén de hallarnos nuevamente en casa y en familia.

—Mucho nos alegramos también mi hermano y yo, que no habría manera de ponderarlo bastante. Y todos cuántos puedan ser, según ya ha visto usted sobradamente.

De esta suerte conversaron unos y otros camino a la casa, donde tendría lugar el refrigerio, que sería breve en consideración de los viajeros, es decir, de la fatiga del viaje, no obstante que ésta no se acusara en absoluto en las facciones de don Francisco o de doña Amalia.

—Pues aquí estamos al fin. De nuevo en casa —dijo la mujer, estrechando con un impulso de su corazón a sus dos hijos, que la contemplaban muy cerca.

Y acto seguido, hizo que se acercara a ella Serafín, en quien le parecía encontrar «otra persona». Dos meses apenas habían transcurrido de su alejamiento, y he aquí que el muchacho ya iba siendo otro. En sus manos puso, sonriente, un regalo que para él había traído desde El Príncipe.

XIX

De regreso en La Habana

128

Una sombra ubicua, planeaba sobre todo. Flotaba como una capa y se deslizaba, lenta, ominosamente por encima, cual una nube que obstruyera la luz del sol. Algo como la médula del mundo parecía roto. Por eso, aunque le colmaran de besos, tiernos y mimosos, o ardientes y apasionados; y aunque le prodigaran todo género de certezas (pese al cariño de todos y a las palabras de María Úrsula o Paquito) era como si Caramelo no consiguiera ver más, el mundo circundante, sino a través de una telaraña muy espesa, que hubiera caído sobre sus ojos, o de un cristal nevado o sucio, y esta percepción se comunicaba como nunca antes a todo, y en particular a sí mismo. A empeorar las cosas, tal vez a precipitar la reacción de Caramelo, había venido la muerte súbita de su abuela, ocurrida mientras él se reponía al amoroso cuidado de María Úrsula y de Paquito, de los efectos del plagio y de la salvaje golpiza y violación de que había sido víctima a manos del calesero Remigio, a cuya sombra estuvo a punto de perder la vida.

Los meses en que estuvo obligado a guardar cama —y con el requerido consentimiento de María Úrsula— le visitó el amante a cada ocasión en que le fue posible. No había tenido que insistir mucho el Paco, para conseguir de ella la total anuencia, persuadida la mujer de que cualquier cosa que tuviera un efecto positivo en la recuperación del convaleciente, debía contar con su aprobación inmediata. Durante las primeras visitas pareció algo cortado el militar ante la presencia de la señora, cuya vista imponía sin duda alguna un cierto género de reparos, de lo que dedujo ella que era conveniente alejarse y dejarles solos. Estas visitas, aguardadas luego con alguna trepidación por Caramelo, contribuyeron indudablemente a mejorarle. De su abuela se ocupaban por entonces, como no podía ser menos, la propia María Úrsula y Paquito, y cuando era posible hacerlo, *su galleguito*, nada remiso en todo cuanto tocara a su bienestar. Las visitas de éste tenían lugar, naturalmente, siempre que dispusiera de su franco el soldado, quien, para disponer de él, alguna vez compró el pase que tocaba a otro recluta, arriesgando al mismo tiempo ser disciplinado por los superiores, de haberse enterado estos. Pese a la determinación que en general lo caracterizaba, y a su apariencia resuelta, que podía incluso ser tenida por hosquedad en un primer momento, no fue sino después de numerosas visitas a la casa, que logró al fin alcanzar un centro esquivo, que parecía eludirlo posándose en cuantas cosas lo rodeaban, como extraños que observaran sus acciones, anticipando ese momento en que se produjera algún desaguisado de su parte. No habría podido decir él mismo cuánto tiempo duró, pero tuvo conciencia del cambio, una vez que la presencia de la dueña de casa, o más bien concebir esta posibilidad, ya no le resultó incómoda. A su vez María Úrsula pudo a partir de entonces llegar a conocer a Cristóbal Muñiz Sandoval, que así se llamaba el soldado.

La muerte de 'Ña Domitila vino a contrariar un proceso de recuperación que, desde los comienzos se anunciaba arduo y de difícil conclusión. Si bien al cabo de los meses, nada en su exterior mostraba indicios del trauma sufrido por el joven, algo en su interior parecía mal compuesto. La visión del ojo izquierdo, empañada al principio, pareció corregirse luego, pero un como velo tenue se fue apoderando de las cosas hasta envolverlas, sin tratarse de ceguera, sino más bien como de una neblina que fluctuaba según los días y hasta las horas, y que parecía emerger de las cosas mismas cuando tal ocurría. Y a complicar el efecto devastador de sus percepciones, se sumó al cabo la noticia que no podía seguir ocultándose por más tiempo.

Frente al ocasional espejo, a veces, contemplaba Caramelo su rostro como si pudiera tratarse a un tiempo de sí mismo y de otro, preso allí, al reverso del cristal lunado. ¿Era él quien observaba, o el observado con curiosidad? ¿Cuál de los extremos delimitados por los confines del espejo le correspondían? Y ése que debía ser él, de pie frente al espejo, ¿de quién se trataba entonces? La disociación entre sus dos imágenes, o la duplicidad con que lograba sentir, a partir de ambas, más que confundirlo conseguía desasosegarlo, pues en medio de ambas seguía existiendo, como un puente invisible, impracticable tal vez, otro él: indeciso, vacilante, a medio recorrido entre uno y otro.

—Caramelo de mi vida, por Dios Santo —le reprendía con dulzura el Paquito, buscando sacarle de ese paréntesis en que el amigo permanecía atrapado—. Sacúdete ya la muerte que llevas encima, y anda, que una segunda oportunidad has tenido.

Pensaba entonces el interlocutor en la muerte, en su muerte. Y pensaba si no se trataría precisamente de eso, de contemplar su muerte, o su fantasma, desde el lado oscuro del espejo. De disuadirlo, se encargaba Paquito, quien a veces conseguía de él que adquiriera cierto peso o gravedad, que lo lastrara a la inmediatez de los otros.

—Despierta y vive, Cielo de Pascua. ¡Que, si en el mundo andamos, compañía tenemos! ¡Y amigos! ¡Y como si fuera poco: un amante majo, soldado de España!

Caramelo, que ahora parecía levitar, se apartó del espejo e inició un descenso retardado por su propia levedad, y mientras se acercaba al amigo que, de este modo anunciaba la llegada del amante, retenía la impresión de que sin moverse un ápice, de su lugar al otro lado del espejo, siguiera aguardándolo allí la imagen empecinada, atrapada entre los destellos de la lámina azogada, cual si pudiera tratarse de la ilustración que acompaña al texto de un libro.

129

No hizo falta mucho tiempo, ni pericia alguna, para que se impusiera doña Amalia de las minucias que debía conocer respecto a la autorizada relación entre su hija Verónica y el joven pretendiente, pues entre la muchacha y Josefina le confiaron sin preguntarlo cuanto ella deseaba saber, y era perentorio a su tranquilidad. Se concertó, pues, aquella reunión en la que todo debía formalizarse, y llegado el día, despertó la casa más temprano que nunca.

Un joven y resuelto Francisco Javier Hernández Urbach, que de este modo se imponía y triunfaba de su natural timidez, causó buena impresión en doña Amalia y don Francisco, sobre todo en la primera, pues, aunque conocía al joven del círculo de amigos de su hija, no podía decir que hasta aquí le impresionara de un modo particular por su carácter, o por un rasgo cualquiera de éste, que lo subrayara. La timidez característica del mismo, subyaciendo ahora en el fondo de tanta resolución como lograra convocar el joven pretendiente para la ocasión, contribuían, se diría, a dotar aquella impostura de cierta suavidad, que de lo contrario hubiera acaso pecado de artificial. Buen observador, y resultándole simpático éste que pretendía la mano de su hermana, Alcides Becquerel y Arteaga notó que transpiraba su futuro cuñado, de lo que daba cuenta un constante enjugarse la frente con el pañuelo, como única evidencia aparente de su nerviosismo. Igual impresión debió llevarse doña Amalia, a quien, tras consultar al esposo con una mirada de entendimiento, pareció bien otorgar el consentimiento de ambos y sus bendiciones, a la solicitud del joven. Por un instante, tuvieron todos, la impresión de que vacilaba éste sobre sus pies, habiéndose incorporado como movido por un resorte, en oyendo las palabras de doña Amalia, y estaba a punto de caer, pero recuperando su continente, volvió a sentarse con una disculpa, mas sin llegar a desmayarse como pudo temerse. Doña Amalia, verdaderamente compadecida, se incorporó seguidamente, y con su mejor sonrisa se acercó al joven, que ahora vaciló un momento entre permanecer sentado, o imitar a los otros, y cuando Francisco Javier se hubo puesto nuevamente de pie, le besó con verdadero afecto en ambas mejillas, y le llamó *hijo*, sin dejar de sonreír.

Habría tomado poco menos que las de Villadiego el mozo, para recobrar en privado su compostura interior, pero sucedió de mejor modo, pues doña Amalia —que no podía ser otra cosa que una principeña de pura cepa, o lo que se dio luego en llamar «*una criolla de finísima raigambre*»— entendía que debía quedarse el novio a compartir en familia la primera cena, que en su honor había sido dispuesta, y pronto sería servida. De manera que, sin llegar bien a darse cuenta de ello, su natural tímido tanto como su urgencia de no dar lugar a parecerlo, se disiparon muy pronto a causa de la naturalidad misma del agasajo que, con efectiva cordialidad le hacía sentir *uno más de la casa*.

Acabado el convite, cuyos parámetros bien medidos pasaban por la celebración sin llegar a los desbordes, y luego de concluidos los postres y el café, había conseguido Francisco Javier aunar en un haz de voluntades la suya, para agradecer y ser agradecido con todos, antes de despedirse hasta la próxima ocasión de su primera visita formal a la novia, cuyo rubor acentuaba la media sonrisa de dientes blancos y parejos, con la que comunicaba aquello que debía constituir una inteligencia de afectos entre ambos.

Con tal de acompañar un poco más a su futuro cuñado, Alcides anunció, asimismo, que, puesto que lo «*llamaba el deber, y éste no esperaba*», también él debía marcharse, de lo cual se aprovecharían ambos haciéndose compañía y charlando de camino. Lo que no dijo, por natural reserva, era que cada vez más le fastidiaban aquellos «*deberes*» que debía cumplir por encargo del capitán general, y que si de una insignia se tratara era más a propósito para uno cualquiera de los muchos galleros frecuentadores de su excelencia, que para un militar pundonoroso, y con ambiciones más legítimas, como era su caso, en la tradición del padre y del abuelo. Naturalmente que no procedía decir nada de aquello ante el cuñado ni ante nadie, y la conversación que, a poco de andar, debió darse por terminada con un abrazo y un estrechón de manos, no pasó de una esgrima de palabras cordiales entre hombres.

Doña Amalia, que a pesar de no reponerse aún de la sorpresa que el estirón experimentado durante su ausencia por el cuerpo de Serafín, seguía viendo en él al muchachito de antes, le contaba ahora de sobremesa alguna cosa relacionada con las fiestas del San Juan principeño.

—¡Si hubieras visto tú, Serafín, qué cosa tan hermosa es una piñata como las que allá se usan! Las hay de dos clases. En el campo las fabrican de terrazo para sus fiestas los rústicos, que no lo son, sino sólo gente más sencilla y alebrestada que el resto. De una hechura especial consiguen hacerla, que al primer golpe que acierta a pegar en ella se quiebra y deshace, y a esto justamente llaman ellos *«dar palos de ciego»*, que no creo que conozcan siquiera la palabra piñata. Y no las rellenan con dulces, regalos y fruslerías, sino de harina de pan o de maíz, de lo que salen muchos pintados de blanco o amarillo, y luego el más teñido es objeto de bromas y se le encargan todo género de obligaciones simpáticas, que sirvan por un tiempo de divertimento a los reunidos. Las piñatas que se hacen en el Príncipe mismo, difieren de éstas, pues empiezan por una armazón de varillas finas, como si se tratara de construir la jaula en la que se meterá un pájaro, y a veces, efectivamente allí se le encierra en el último momento, para que el efecto de destapar la piñata sea más espléndido y teatral. Luego de construida, se recubre esta armazón con papel de colores y se rellena con papel picado y todo lo demás y se cuelga en lo más alto, de una viga del techo, o de un mástil improvisado que se ha colocado a propósito y asegurado antes. Últimamente, pues no recuerdo en mi niñez que así fuera, les ha dado por fabricarlas con arreglo a diferentes figuras, de manera que unas pueden evocar al caballito de mar, otras a una sirena y aun otras a un señor muy grueso y ventrudo, de modo que compiten en esto quienes las construyen, y se ganan la vida en estos empeños, que siempre hay solicitud de piñatas con cualquier motivo, no sólo de las celebraciones del San Juan. Algunas hay, que pueden golpearse con un palo o bastón, pero mis favoritas son esas que consisten de un fondo del que pende un hilo o cuerda que ha de encontrar a tientas, con los ojos vendados, y en medio de un coro de entusiastas que le animan a dar con el cordón o la cinta, a las voces de «frío andas»; «tibio, tibio»; «por poco te achicharras» y otras de este tono, aquél o aquélla elegido antes de que se haya traído la piñata para destaparla. ¡Oh, Serafín, muchacho, si hubieras podido verlo! Habría sido bueno llevarte con nosotros, y si alguna vez volviéramos allá…

Cambiaba en este punto el tenor de su evocación, y pasó en poco tiempo del tono exaltado al nostálgico, que, si bien duró poco, pues ella misma se encargó de relegarlo o disminuirlo con un llamado urgente que hacía a su dignidad, permitió a Serafín marcharse o volver a lo suyo sin que el muchacho pareciera abrupto o irrespetuoso. Y no se trataba de que el muchacho no disfrutara en oyendo contar a doña Amalia de aquello y de muchas otras cosas, sino de que en la ausencia de ésta algo había crecido y aprendido él por su cuenta, y si bien no se había deshecho de su inocencia, había aprendido igualmente a ponderar y a calibrar asombros ante los estímulos del mundo, a medida que en el taller del maestro Palomino aprendía con el oficio, los mil complementos de éste, cuales eran no sólo tomar las medidas del cuerpo; cortar y unir el paño, sino asimismo medir las dimensiones del carácter, y la mucha o poca profundidad de alma de quienes componían la clientela, a quienes no siempre correspondía en propiedad la medida requerida del traje, de donde, según aprendía, Serafín llegó a comprender que el arte del oficio consistía no poco de satisfacer asimismo las exigencias del relleno oportuno y las apariencias más diversas. Adelantaba mucho el aprendiz y, apercibido de su nobleza granítica aparente, solía estimularle con mimo que no era el natural de su carácter el maestro Palomino:

—Sigues como vas, Serafín, y en poco tiempo ya no tendré secreto ninguno que comunicarte. ¡Anda, hombre! ¡Mira tú este gabán que no lo hubiera cortado yo mejor! Contento se pondrá don Serapio cuando lo tenga listo. Venga pues, que ya que lo has cortado tan bien, justo es que lo cosas asimismo.

Fue el primero de muchos trajes, vestidos, capas, abrigos y prendas la mar de diversas que saldrían de las manos de Serafín, y que harían su bien merecida fama alguna vez.

Había pues consentido doña Amalia que se marchara para volver a lo suyo el muchacho, o más bien le había despedido cuando a la narradora le sobrevino aquel momentáneo estado de cuasi abatimiento, pronto remediado por ella, y ahora se encontraba sola. De pensamiento en pensamiento vino a acordarse de su primo, el padre Cisneros, a quien había visto poco desde el regreso, y se alegró al descubrir que no violentaba su pecho ninguna emoción fuerte o desasosegante. Su mirada vino a encontrarse con el título de aquel libro abandonado sobre el fondo de una silla, y mal disimulado allí por un pañuelo que poco encubrimiento prometía. La voz del marido, próxima, juguetona, inesperada, habría podido sobresaltarla cuando dijo:

—¿Qué? ¿Lees ahora novelitas de ésas que hay que andar sustrayendo a la vista de posibles testigos?

Casi se ruborizó doña Amalia cuando dijo, mientras alzaba el pañuelo:
—Debe ser cosa de mi hija Verónica... Sabes que si por ella fuera viviría como reclusa sólo para leer cuanto cayera en sus manos, y hacer música de vez en cuando. En una torre sin accesos, o mejor aún, en la famosa Biblioteca de Alejandría.

—Nada de una celda, entonces, ni de votos de extrema pobreza...

—Tú bien sabes que los libros y todas esas cosas cuestan una fortuna.

El hombre se había colocado detrás de ella, y luego de permanecer así unos instantes, antes de que la mujer pudiera darse la vuelta la tomó de las caderas con firmeza, pero sin brusquedad y le susurró al oído alguna cosa que encendió el rostro de la mujer, como si a pesar de no contar con testigos, y del zureo empleado por el hombre aún pudiera alguno otro haber escuchado. No le dio él, sin embargo, mucho tiempo de considerar aquel extremo, y comenzó allí y entonces, a besarle el cuello. Sentía doña Amalia que se incendiaba de una pasión abrazadora, como solía ocurrir desde que, nuevamente casada, hacer el amor con su marido constituía algo más que acostarse juntos, o ponerse a disposición de él, cuando así se le indicara, con escasas, o ninguna palabra.

—¿Quieres tú? —volvió a preguntar el hombre, con naturalidad a la que doña Amalia, pese a todo, se iba acostumbrando. No acudían a su mente ahora consideraciones que la afiebraran de miedo y toda clase de aprensiones, como era aquella de pensar qué hubiera podido pensar su primo, el padre Cisneros de saberlo, o su confesor... Tan natural era la novedosa sensación de disfrute en los brazos del esposo, y de tal modo podía él transmitirle su propia certeza, que la mujer asintió sin experimentar más que el arrebato irresistible de una sensación de eterna juventud.

—Te espero entonces —dijo don Francisco.

—Sí, sí. Ve tú delante —atinó a decir la mujer.

—No me hagas esperar, por Dios.

—Iré pronto, así que prescinda de Paulina.

Sonrientes, y aun modestos, con una última mirada se separaron los amantes, prometiéndose un universo de cosas que en poco más habían de concederse.

130

En la persona de Eulogio Alcántara de la Uce halló en su momento el capitán general Francisco Dionisio Vives su mejor gallero, justo cuando procuraba alguno en el entorno que supiera mimar con largueza y eficacia, su cría de peleadores, porque —había que decirlo— no se trataba sólo del más diestro de los entrenadores, sino de un gallero nato en todos los aspectos que se requerían —y no eran escasos ni de poca monta— para el sostenimiento de «*su escuela*», que así la llamaba (y nada menos que en versos rimados) la máxima autoridad. De manera que una solicitud suya —y Vives se asombraba ahora precisamente, de que nunca antes le hubiera requerido nada, como hacían, bien que «*con mil usuras*», casi todos aquellos de quienes se rodeaba— no podía sino resultar bien acogida por él.

—Hombre, Eulogio, dalo por hecho, que bien sabes del celo con que a veces me sirven algunos, y será ése, asunto de poner en su lugar las cosas, máxime que de un familiar tuyo se trata. ¿Le gustan a él también los gallos, o es un inútil, como hay otros en estos asuntos?

Admitió el criado que así fuera, pero calificando y excusando la conducta del primo de quien se trataba, de modo que no pareciera perdidamente desmerecedora a los ojos de Vives, la justificó aduciendo que sólo a las faldas era devoto el pariente, pero tanto como lo eran ellos a sus animalitos, y aunque hombre sumamente discreto y muy de su casa y familia, era aquel don Eladio Hernández Mendizábal, su primo-hermano, un «*diestro matador*».

Gustó a Vives la descripción del primo, que no tanto la metáfora con que cerraba su interlocutor la misma.

—¿Sabes, Eulogio, por qué prefiero yo los gallos a los toros?

El silencio obsecuente del hombre fue su respuesta.

—Pues porque se gana mucho dinero, como sabes, y no hay que dejarse en ello la piel. Las plumas las ponen los gallos desplumados por las espuelas de los ganadores. Con buenos gallos, la ganancia es neta y no se corren demasiados riesgos.

Seguidamente, mandó a su ayudante principal a decir de inmediato lo que convenía mejor al tal Martorell, y a los de su partida, respecto a la improcedencia de molestar en lo adelante al primo de su mejor gallero. Averiguó nuevamente el nombre de éste, que poco antes le había sido comunicado por el solicitante, y cuando su ayudante estaba para marcharse nuevamente se dirigió a éste su excelencia:

—Y diga usted a los muchachos, Becquerel, que cuidadito con tocar a don Eladio, ni con una pluma…

Asintió el aludido, haciendo nuevamente un saludo militar, y mientras se alejaba con sus órdenes escuchó las carcajadas con que celebraba el propio Vives lo que debía parecerle una ocurrencia jocosísima, en cuya inteligencia sólo él, y tal vez don Eulogio estuvieran.

131

De su cuñado en el Príncipe, había adquirido don Francisco durante la reciente estancia allí en compañía de su esposa, por parecerles muy buenos en verdad —de factura acabada y con gran técnica e imaginación— aquellos a manera de retratos hechos a plumilla, de personajes del lugar, o extraídos de la literatura o la historia, a los que daba en llamar su autor, «*caricatos*», y cuya singularidad, amén de la exquisita ejecución, estribaba en que no fueran ni retratos al uso, ni aquel género que mucho después había de popularizarse, que consistía en distorsionar de tal modo el modelo que suscitara si no la carcajada, cuando menos una sonrisa burlona. El origen de aquel nombre, explicaba el cuñado, no entendía de secretos, sino que se originaba en el hecho mismo de que sus primeros modelos correspondieran a los farsantes o *gente de comedia* que pasaban por el Príncipe, procedentes de varios lugares, quienes los tenían por un honor que se les tributaba, y en efecto, tal era la intención personalísima del *plumillista*, que de haber sido llamado artista, habría sido tenido en demasía por quien sin dudas lo era —se dijo don Francisco—. «*Algo*», admitía el dibujante, había aprendido él de joven, durante el tiempo en que su padre le enviara a la península para cursar estudios, por medio de su cercanía o acercamiento a la Academia de San Fernando de Madrid, y a los jóvenes pintores y bohemios de los que enseguida se hizo adepto, y a quienes se llamaba entonces por otros nombres, pocas veces halagüeños, cuales eran «*mentores de delirios*», «*causa de disolución*», «*pelagatos sin oficio ni beneficio*», «*alunados*», «*coperos de basto*», «*menesterosos de usura*», «*pela-sueños*» y así por el estilo, del cual no siempre acertaba a comprender el joven más que la intención despreciativa, o la envidiosa condescendencia de la mediocridad al uso. A la vuelta a su terruño, ya muerto su padre, y a falta de verdadero tiempo entre las manos —tanto como de aquellos recursos primordiales que le exigía el arte de la pintura para ser ejecutada, los cuales debía encargar allí donde pudiera disponerse de ellos, antes de ocuparse de su preparación en la forma de barnices, aceites y pastas de colores— se inclinó decididamente por las penumbras de las tintas chinas, y el blancor de los pliegos de que siempre habría abundancia al alcance de la mano, para satisfacer los requerimientos de abogados y jueces de la Real Audiencia, aquí instalada. De tal modo, había nacido un pasatiempo o afición inocentísimo —*hobby* diría él, hallando en este anglicismo, tal vez, un matiz más apropiado a su intención—, y esta pasión por la tinta a su vez, le condujo irrevocablemente a la «*impresión*» de un periódico, redactado y elaborado todo por él a mano, que consistía de varios pliegos hasta el número de cuatro, doblados a la mitad, numerados y paginados, del uno al doce. Consistía este «*Papel Periódico*», de versos, noticias, relatos, curiosidades, anuncios y, naturalmente, «*caricatos*», y circulaba de mano en mano, haciendo la fama de su editor, con el doble nombre de *La múcura de Puerto Príncipe o La Piñata Principeña*.

Como había conocido de referencias don Francisco, al célebre Gaspar Betancourt Cisneros, con arreglo a innumerables anécdotas que de él se referían, las más veces en un tono encomiástico y admirativo, y le parecía conocerlo de primera mano, había expresado a su cuñado el deseo de comprarle aquel dibujo, a lo que se había opuesto en redondo el autor, ofreciéndoselo entonces como un regalo que le hacía. Debió aún trabajar sobre la voluntad del pariente don Francisco, para que accediera al cabo su cuñado a venderle otros dibujos por una nadería, que sólo eso estuvo dispuesto a aceptar, a fin de cuentas, casi como un valor simbólico, y ahora se aficionaba «*el comprador*» en la contemplación y examen de las virtudes de aquellas formas inusitadas, cuando no tenía otros asuntos que despachar, o de los que ocuparse.

El padre Cisneros reconoció enseguida el semblante y la expresión de su pariente Gaspar Betancourt en el retratado, e inclinándose sobre la lámina como le sugería hacer don Francisco, observó el delicado trazo con ayuda de una lupa que lo hacía parecer más relevante.

—Hallará usted, padre, en este «*Papel*», además de los dibujos: versos, noticias de interés y un cuento escrito por una niña de pocos años, genial según toda consideración, de nombre Tula Avellaneda…

—*Gómez* de Avellaneda, primo —tuvo a bien decir el padre Cisneros—. Que, de esa niña, por cierto, parienta mía igualmente, muchas son las cosas que se dicen.

—¡Vaya, que no le doy a usted noticia alguna, yo que me pensaba informado! ¿Entonces desde cuándo viene la celebridad de esa criatura?

—Desde los seis o los siete años, que bien se haya sabido. Pero más bien fue entonces cosa de admiración, por ser de corta edad, que luego, por ir pareciéndolo ya menos, y ser niña, (es decir, por estar llamada luego a ser mujer y madre) suscitó en no pocos de sus familiares inmediatos, harta preocupación y desconcierto.

—¡Que no han sido bastantes a suprimir en la niña su genio!

—No, según lo que me hace usted saber.

—¡Vamos, que, al fin y al cabo, algo consigo decirle que resulte nuevo, si no sorprendente!

—Me alegra enterarme, primo, de que así suceda. Pues siempre pensé yo, que había en esa niña una impronta muy especial. ¡Tal vez tengamos en ella una santa, a quien su devoción lleve a los altares! Los caminos de Dios, ya se sabe, son inescrutables como su voluntad. Y es innegable que, en aquellos lares, la fe parece hallar terreno fecundo.

—O quizás, tengamos en la chica a una «*oncena*» musa, a la guisa de aquella célebre monja mejicana que bien conoce usted, a la que justamente llamaron sus contemporáneos «*la décima*» de las hijas de Zeus y Mnemósine.

—O de Apolo y Minerva, que en esto hay diversidad de criterios, y de los antiguos, nos viene la confusión.

Sonrió don Francisco ante la pertinente observación del sacerdote, mientras asentía con un ligero movimiento de cabeza. Tomó en sus manos el sacerdote los pliegos que le ofrecía su pariente, e hizo ademán de marcharse, pero reparó como de pasada en el nombre, o mejor dicho, en el primero de los nombres del «*papel*», juzgando si era el más apropiado para distinguir unas hojas periódicas, que más bien debían ser, y bien daban la impresión de corresponder a esta exigencia: ligeras y graciosas, amén de útiles, al contrario de esas piedras (o más bien pedruscos o rocas) que por allá daban en llamar múcuros o múcaras, y que si suelen ser pesadas, y no despertar simpatías de ninguna clase, son de cualquier modo y sobre todo, inútiles, de modo que un terreno anegado de tal «predrisca» vale poco.

—Creía yo que lo de *múcuro* o *múcara*, lo cual, en efecto, de ambas formas oí que le decían —acotó ahora don Francisco— se limitaba a dar nombre a unos artefactos o vasijas, labrados en piedra, bastante pesados, que al lado de las ánforas, tinajas y tinajones sirven para guardar el agua de la lluvia, y toda aquella que puede conseguirse en las épocas en que abunda, cuando menos en el Príncipe, que en las fincas y haciendas de los alrededores deberá ser como dice usted, padre.

Tomó nota de aquella precisión el sacerdote, que consideró que así debía de ser, y se despidió de don Francisco, indicándole que permaneciera en lo suyo mientras iba él al encuentro de su prima doña Amalia, sentada en un ángulo de la sala con un libro entre las manos, para despedirse igualmente de ella.

—No faltarás al sarao...

—Despreocúpate, mujer. No faltaré yo, al anuncio a los cuatro vientos, del noviazgo de tu hija, sino sólo así que Dios lo dispusiera.

—Te acompaño yo, hasta la puerta, que Paulina ha salido con algunos encargos, y mi hija con ella.

—Estás cambiada. ¡Radiante se te ve, y hasta parece que te hubieran quitado años de encima! Debe ser la consecuencia de ese viaje al Príncipe, y el compromiso de Verónica...

Se limitó a sonreír esta vez doña Amalia, verdaderamente satisfecha de poder hacerlo sin mentir, y sobre todo sin mentirse a sí misma.

—Adiós, primo.

132

La muerte de don Eustaquio no debió sorprender a ninguno de quienes la anticipaban resignadamente, y a juzgar por el número escaso de quienes le acompañaban en el último momento, de conmover sólo a unos pocos. Al entierro no habían acudido sino el cura que, desde antes de la enfermedad, lo visitara ocasionalmente, y ahora tenía a su cargo las exequias; dos acólitos, la sobrina y la hermana del difunto, y quienes si estaban presentes, se debía únicamente a la circunstancia de estar obligados a trasladar el cadáver hasta el cementerio, o cavar —lo que ya habían concluido al llegar al lugar la procesión— y tapar luego con tierra la furnia estrecha pero profunda (según se indicaba terminantemente en las disposiciones al respecto, de modo que no cupieran las interpretaciones personales). Nada memorable, o peor aún, nada por lo que bien pudiera recordársele dejaba don Eustaquio, salvo para la buena de Angélica que siempre había dado con un cabo salvador que echar a la conducta del tío, cuando ésta se hundía a ojos vistas en un tremedal cualquiera. Disculpas de su cariño, y hasta de su simpleza. Enternecida de pena, lloraba a lágrima viva, y sólo era a consolarla la vaga seguridad de que era lo mejor que descansara ya de esta vida azarada y de sus quebrantos, que no podían ser más, el pobre cuerpo y la pobrecita alma del tío. La hermana del muerto también lloriqueaba, pero sería la primera en olvidarlo, porque a decir verdad, no había en el hombre nada por lo cual pudiera ser recordado con afecto, y recordar al hermano muerto con otro sentimiento no habría sido cosa de buena hermana, ni de cristiana que se preciara de serlo.

Más lo recordaría el sacerdote, éste sí, con inquebrantable persistencia, y si no llegaba a acordarse de él a la manera en que lo evocaba luego

Angélica, mientras bordaba o cosía, o se empleaba en hacer una cualquiera de aquellas cosas que podían ocuparla, era porque a fin de cuentas se trataba de un hombre al servicio de la Iglesia, empeñado en conseguir para beneficio de ésta y servicio de su causa, aquellos bienes terrenales que dejara el difunto, prometidos por don Eustaquio en innumerables ocasiones como colateral, a la «*Casa de Dios*», de que hablaba sin parar el asotanado. Murió sin testar, y sin que hubiera testigos de promesa alguna hecha al clérigo, de lo que se infería que pasarían todos sus bienes a manos del estado, a menos que apareciera en el último momento un improbable declarante. Determinado en su propósito, el que abogaba por los intereses eclesiales concibió la idea de captarse a la sobrina, en quien creyó ver una aliada potencial de su causa. A este propósito comenzó a visitarla, lo cual no tenía que resultar difícil ni sorprendente, puesto que, de personas devotas, tanto la hija como la madre, se trataba. Y con ello, a la segunda de las visitas, mientras preciaba la memoria indeleble de don Eustaquio, cual si pudiera tratarse del más noble de los tribunos o del más desinteresado y entregado de los mártires cristianos, dejó caer la semilla de aquella creencia que buscaba sembrar en el ánimo de ambas mujeres, según la cual, estaba convencido de que sólo la naturaleza ladina, rapaz y predispuesta de aquella mala negra «*que ya sabían*», podía ser responsable de la desaparición de un testamento, que el mismo don Eustaquio le había mostrado para su aprobación, antes de darle curso legal mediante un abogado y un testigo, que —y era confesión que en la mayor reserva les hacía ahora el sacerdote— el difunto habría querido que fuera, no otra que su sobrina Angélica, cuyas virtudes todas resaltaba él poniéndolas por los cielos.

—Ya nos consolaremos, que mayor pérdida es no tener entre nosotros a su tío de usted, y al hermano de su señora madre —dijo esto último dirigiendo a la mujer mayor una mirada comprensiva y condolida—. Que ni se pueden inventar de la nada los testigos, ni podría la Iglesia solicitar otros testimonios, en apoyo a su solicitud de justicia. A menos que aparezca un abogado el cual, sabiendo más del asunto que un lego como yo soy, encuentre el modo de proveer. ¡Que tampoco es cosa de desesperarse y perder la templanza por nada!

Día sí, y otro también, volvía el cura a la casa de las dolientes, para ofrecerles el consuelo de su palabra, en particular a la sobrina que era de ambas mujeres la más consternada y de fácil lloro, y entre tazones de chocolate que no faltaban —fuera el día templado, fresco o caluroso— galletas y otros bocadillos, aprovechaba «*el mendicante*» para volver a los mediosuspiros, la entonación apropiada y su lamentarse de que por culpa y malas artes de «*aquélla que sabíamos*» —llegaba a recatarse—, no pudiera cumplirse con la voluntad última del ínclito don Eustaquio, de inolvidable memoria. De este modo, y con tales letanías, quién sabe cuánto más hubiera insistido el dicho, o lo que habría podido conseguir, a fin de cuentas, pero sucedió que para impedirlo ocurrió que enfermara repentinamente de vómito negro, al que sucumbió en el curso de unas tres semanas, ante la natural consternación y el piadoso lamentar tan inesperada pérdida, de las dos mujeres, y algunos de sus correligionarios. De seguro no pudo faltar entre quienes lo conocieron de cerca, si no un sentimiento de genuina aflicción por su muerte, una declaración semejante a aquella tan socorrida de *sic transit gloria mundi*.

133

Después de ocultarse por algún tiempo en el barrio de Jesús María, en la casa de una «*negra de rumbo*» llamada Evarista, con la que vivía amancebado, Remigio fue saliendo de su escondite, y dejándose ver a la luz del día. Ahora que no disponía de quitrín bien que fuera para llevar y traer a su antiguo amo, echaba de menos desplazarse por calles y callejones concurridos, en lo alto del pescante, llamando la atención fuera por su prestancia, fuera por su estatura o ambas a la vez, y con la confianza que ganaba de día en día, ampliaba el radio de sus desplazamientos hasta alcanzar a todo el barrio, primeramente, y luego a los aledaños, que en ello se henchía de satisfacción, no tanto por su libertad, como por su prepotencia.

Transcurrido el primer momento de los arrumacos recíprocos, y las coincidencias en todo de la pareja, fue volviendo cada uno por sus fueros y voluntades, y comenzaron a saltar los chispazos, como de quien hace chocar dos extremos de pedernal. Era Evarista lo que se dice «*un tipo de mujer*», sin corresponder al de la mulata criolla preferido de algunos hombres. Negra absoluta, de piel muy fresca, que ella «*sazonaba*» —según solía decir— con baños de sales, menjunjes de yerbas y flores, y jabones de Castilla, y otros en los que derrochaba una fortuna, tenía unas facciones regulares, ojos de gran hermosura, brillantes y despejados y una dentadura pareja y blanquísima que, en conjunción con los ojos, hacían el mayor atractivo de su cara. La boca, de labios carnosos era medida y sensual, y la nariz pequeña, entre etíope y angoleña, y algo respingona. La cara ovalada y la tersura de su cutis, tenso sobre los pómulos apenas prominentes completaban el encanto de su semblante. El cuerpo era esbelto, algo más bien escaso de carnes que excesivamente provisto de ellas. Más de uno había perdido los pies del suelo, no digamos ya la cabeza, por causa de este conjunto, y se contaban lo mismo blancos que negros y hasta algún mulato, a todos los cuales mantenía ella a distancia, y manejando los hilos de su voluntad a capricho, pues había aprendido muy pronto que de tales manejos podía depender su bienestar y seguridad, mientras le duraran la juventud y el encanto para sostenerlo. Había ido sumando centenes y patacones, y poniéndolos a buen resguardo hasta hacerse de un capitalito, que hasta su vejez le permitiera «*su seguranza*», y así que se puso a vivir con ella, Remigio se olió pronto el sagrario, y con buen instinto y modos de chulo que promete lealtad y reforma, procuró en más de una ocasión sonsacarle su predicamento, mientras la mujer se fingía la desentendida. De tal minué sin música, o del escaso resultado de su coreografía, acabó cansándose muy pronto el hombre, y fue ello la causa de la primera gran pelea que si no llegó a mayores, a dos factores de consideración se debió: el primero, que como Remigio sólo buscaba en este punto amedrentar a la mujer, y amenazarle con su abandono de amante, no se propusiera llegar a más, y el segundo, que Evarista no era mujer propensa a dejarse amedrentar por causa ninguna, ni siquiera dada la estatura corporal de su «*cortejo*». Fingió éste pues marcharse enfurruñado para no volver ya nunca más, y se abroqueló la mujer en su determinación de no volver a mirarle la cara así volviera mañana u otro día, arrepentido y a rogarle su perdón y sus favores. Bien sabía ella que volvería, fuera por lo uno o por lo otro —concluyó para sí— y mujer alerta se dispuso a amansarlo como se doma un potro salvaje, ayudándose de todas sus artes a la vez, o deshacerse de una vez por todas de la sujeción de sus lazos.

Remigio volvió, en efecto, y la mujer lo recibió con estudiada frialdad protestando aquello de que, la de amigo, si es que él así lo quería, era condición que no le negaba, que en cuanto a lo otro, ya se había terminado todo por decisión que del hombre había partido. Suplicó éste, ducho en esta clase de ruego que no pasaba de ser un juego de hombres duros en faenas de esta clase, dando por descontado, y anticipando que cosecharía de inmediato los frutos de su pródiga labia de chuchero matón. De igual modo, en su papel de hembra arisca, y poco o nada accesible, acabó Evarista, luego de un tiempo que le pareció adecuado, por ceder no sin condiciones muy suyas, a los avances que el hombre le hacía, con fingimientos que ella alcanzaba a dilucidar, y de cuyos enredos se cuidaba.

—¿Vuelves a salir, o te quedas a comer del guiso que he preparado?

A comer del guiso, y si ella lo consentía, «*a lo otro*», se las apañó para decir Remigio, más fresco que unas lechugas. Como ella lo consintió así, se quedó el otrora calesero a su lado, y como era de rigor —según el criterio muy extendido de que con la panza llena no se podía hacer otra cosa que padecer la digestión— se invirtió el orden de la proposición inicial, y acabado el requisito se sentaron juntos a comer.

Remigio pareció aletargarse enseguida como consecuencia de la ingestión de aquel cocido de tanto fondo, en tanto Evarista se fingía igualmente soñolienta. Y casi sin mediar más que, un «*buenas noches*», volvieron ambos a acostarse en el lecho que compartían. Avanzada la noche, creyó sentir ella, cuyo sueño solía ser ligero, que alguien trasteaba en un rincón, y segura como estaba de que no había riesgo de encontrar aquello que seguramente buscaba Remigio, fingió que no se enteraba.

Al desayuno, que cayó casi a la hora del almuerzo, pues Remigio no se levantó sino muy tarde, se las arregló Evarista para deslizar en el interior de un vaso, el bebedizo con que se proponía rendir los arrestos del hombre que tanto la desvelaban.

Así que pasaban los días, echaban de menos sus «*cúmbilas*» en matonerías, bien la presencia del calesero, bien los bríos y desplantes cuando acertaban a estar juntos.

—A u'té' lo que le pasa, ambia, é'que seguritico lihan echa'o bilongo. Esa muje' suya e' de consideració' y cuida'o. Sacúdase er macuto que lleva arriba —con semejantes palabras le alertó el más viejo, que solía dar este género de consejos a los necesitados—. Vaya 'onde don Taita Congo, de nombre de e'te selvidol, que él tie' siempre er remedio a la mano.

Remigio no hizo caso, o no se decidió a seguir un consejo que de ser obedecido, hubiera puesto aún más de manifiesto que era un hombre cambiado. Como había sido siempre amigo del trago, e ingenioso como era para las cosas que le interesaban, se las arregló mientras estaba al servicio de don Eladio para satisfacer esta afición sin despertar sospechas, pues además de ser medido, podía beber mucho más de lo que solía sin que el trago le hiciera efecto. Para que el señorito no llegara a descubrir, y tal vez a castigar su afición, cargaba Remigio con sus ramitos de menta y albahaca que solía masticar una vez saciada su sed. Desde que vivía por su cuenta en este barrio, al que poquísimas veces se atrevía a entrar caballería alguna, en número no menor de cuatro jinetes, cuando así lo disponía el capitán general por uno u otro motivo, o la partida del capitán Arjona en busca de delincuentes a los que castigar, Remigio había abandonado sus reservas conjuntamente con sus espiguitas de yerbas aromáticas, y bebía cuanto le viniera en ganas, y aun así ganaba apuestas, hechas a su costa. El exceso debió jugar su papel en el extremo al que finalmente llegó en poco tiempo. Además de enflaquecer hasta lo inconcebible, adquirió el aspecto ceniciento y enfermizo de un desahuciado. Llegó a predicarse en voz baja, pero no tanto que no alcanzara a muchos oídos, y se extendiese el rumor, que estaba irremediablemente hético, término con el que no se aludía a la extrema delgadez sino a la consunción que acompañaba a la tisis. Fue entonces que Evarista lo plantó en la calle, haciéndole notar su deterioro y falta de aseo, cosa que ella no estaba dispuesta a tolerar. Babeaba el otrora fortachón, y no se tenía en pie, y no hubiera sido posible decir cuánto de lo que tenía lugar era en razón de los excesos del alcohol y la vida disipada, cuanto de los brebajes que, para quitarse de encima al amante engorroso, le hacía beber con mañas la mujer.

Cuando al cabo dejó de vérsele, algún tiempo después corrieron rumores contradictorios. Algunos aseguraban que *don Taita Congo* lo había acogido a su cobijo, y era otro hombre enteramente; otros atestiguaban que huyendo de la justicia se había escapado a «la próxima»

Matanzas; algunos lo hacían entre los piratas, que a menudo incursionaban por Regla o Guanabacoa, con absoluta impunidad, y aún otros aseguraban su captura o su muerte. En esto último había disparidad de pareceres, pues si bien unos le atribuían haber terminado en el garrote vil, o en una riña carcelaria mientras esperaba a ser agarrotado, otros daban noticia de que le habían hallado apuñalado y con la boca llena de hormigas en la encrucijada de dos cualquiera de los callejones del mal vivir, que tanto abundaban en el barrio. Intentaban explicar de éste y cualquier modo sus conocidos y compañeros de francachela y disipación, lo que les parecía francamente inexplicable, que pareciera como si a Remigio se lo hubiese tragado la tierra. Por caprichosa o peregrina que fuera, una cualquiera de aquellas especulaciones venía a darles una medida de cierta probabilidad.

134

Desde que tuvieran lugar los infaustos sucesos que dieran por algún tiempo con sus huesos en la cárcel, de la que había salido merced a la pronta intervención de su ilustrísima ante el capitán general, no había dejado de considerar el noble patricio don José Augusto de Agüero Galés y Marcaida Iñiguez , la conveniencia de marcharse lejos, a los Estados Unidos tal vez, o a Inglaterra, países que conocía bien por haber cursado en ellos estudios, y residido varios años, y donde conservaba amistades. Aunque más viejo, e indudablemente marcado por el episodio de su arresto y maltrato, y el de su casa, conservaba intacto el ánimo y despejado el entendimiento, por lo que más que vacilar, sopesaba y medía la conveniencia, y el mejor momento de proceder en cualquier sentido.

Algunas cartas de Gaspar Betancourt Cisneros, dándole cuenta a la vez que de los progresos tecnológicos alcanzados en diversas materias, del clima social más favorable de que se disponía en los Estados Unidos y en las Islas Británicas, venían a estimular sin duda alguna, sus propias convicciones al respecto, pero no precipitó su decisión hasta haber llegado al absoluto convencimiento de que de la metrópolis no podía esperar la colonia, sino agravios y avaricia, tan bien representada por el capitán general Vives y su cohorte de bribones, chivatos y aprovechados de toda laya.

—Cada día que pase, irá volviéndose todo más caótico e ingobernable por la impericia, el desinterés y la poca ley de las autoridades, y a esto opondrán ellas más rigor, mayor arbitrariedad y menos contemplaciones con los que protesten, y hasta se cebarán en los más indefensos con cualquier excusa. De hora en hora se deteriora el tejido social. ¡No será por falta de almas grandes, mentes lúcidas y de aspiraciones preclaras, sino por lo que se hará contra ellas y con el resto! —hizo una pausa con la que tomar aliento para llegar a la que debía ser su conclusión—. De lo que pocos caminos se nos presentan por delante, sino seguir el sabio consejo de Francesco Guicciardini, gran amigo que fue de Maquiavelo, e igualmente hombre de su época y vivencias:

«Ninguna regla es útil para vivir bajo un tirano, excepto quizás una, la misma que en tiempos de la peste: huye tan lejos como puedas» a lo que añadiría yo, «a tiempo ha de hacerse de evitar el contagio», que el mejor remedio consiste de curarse en salud, de enfermedades mortales e insuperables.

Con semejante preámbulo dirigido a los suyos, quienes le escuchaban con absoluto recogimiento, y expresión grave, declaró al cabo don José Augusto su convicción de que sería mejor marcharse lejos, y de hacerlo pronto. Mientras contemplaba aquella posibilidad, no se había dedicado él a considerarla sin más —confió a quienes le rodeaban— sino que se ocupó de correr trámites en distintos lugares que garantizaran, en llegado el momento, la realización de su propósito. Trasladados, o encomendados sus principales bienes al *Bank of England*, y liquidados o por liquidar aquellos que no eran transferibles con igual facilidad, disponía ya, de los salvoconductos expedidos a su nombre para el traslado de la familia, primeramente a Barcelona, y con posterioridad al puerto *du Havre*, de donde por último se desplazarían todos a Londres, para establecerse en aquella urbe, de lo que naturalmente no se daba cuenta a las autoridades en lo presente ni se le daría en lo futuro.

Mientras escuchaba a su padre, ponderaba la mayor de las hijas un mundo de desconciertos que comenzaba por sus afectos, y no terminaban con quitar la casa y velar porque se empacase con sumo cuidado aquellas pertenencias que habían de seguirles a bordo. (Por delante iría su cuñado, en cuyas manos confiaba el patriarca el arreglo y concertación de mil y un detalles que permitieran a la familia disponer ya al llegar a Londres, de un hogar que acaso fuera el definitivo). Aunque era una mujer sumamente práctica, Serafina de Agüero no lo era tanto que no le afligiese renunciar a cosas que aquí habían de quedar, en la dispersión de ese manotazo amenazante siempre, que pesaba sobre ellos y cualquiera: muebles, objetos inamovibles como aquellos tinajones que su padre había hecho colocar en el patio interior de la casa, años atrás, en evocación del terruño donde había nacido y crecido; la fuentecilla de mármol labrado con el pillete meón en el centro; sus árboles frutales y sus tiestos con plantas; las pajareras sin sus pájaros, pues a todos estos dejaría en libertad, no fueran a morirse enjaulados y abandonados a su suerte. Tal vez aquella libertad de las aves —se dijo— fuera lo único categórica y absolutamente bueno resultante de todo aquel afán, sin otras consecuencias o implicaciones. Luego reflexionó en esto que pensaba y, sacudiéndose aquellos pensamientos que la incomodaban se dedicó a lo suyo.

Anticipándose a los contratiempos que había de suponer en el orden de las emociones y sentimientos de su hija mayor aquel desplazamiento, había procurado don José Augusto el modo de conversar en la mayor reserva con su amigo Patrick Felix Cunningham con quien Serafina había terminado por comprometerse, y ya era, por lo tanto, uno más de la familia. De aquella conversada, mediante la cual el británico expresó para contento del otro lo que se avenían aquellos a sus propios planes futuros, llegó don Patrick a la determinación de una fecha que le permitiera traspasar a otro el encargo de sus negocios. Éste resultaría ser aquel de sus socios en quien más confianza depositaba, don Esteban Cattley Tennant, hombre de demostrada probidad y recursos, razón esta última por la que el socio principal lo prefería al otro, don Eladio Hernández Mendizábal, cuya excesiva cautela rayaba en lo pusilánime, y podía llegar a ser contraproducente cuando se requería de proceder incluso con algo de riesgo.

—No retiraré yo mi parte del capital que tengo empleada en el negocio hasta que esté en condiciones el que quisiere, de comprar la parte del mismo que me corresponde. Entretanto, no faltará esa entrada mientras consigo establecerme nuevamente en cielo más propicio a la libertad, que aquí, como sabemos —y es lástima grande que tal suceda— poco habría de esperarse, a menos que se tenga sangre de horchata en las venas, y esté uno dispuesto a tolerar toda clase de abusos, bien se trate de los que contemplamos a prudencial distancia, como de los que nos alcanzan: sean tales tener que pagar a infinitos matones y facinerosos por una protección que es simple y llanamente, extorsión y atropello, de los que está uno a merced, sin que parezca ello importar a la autoridad, y se dice que ella si no manda, consiente en interés propio, el despojo y espolio de que se nos hace víctimas.

Cuando alcanzó a estar todo dispuesto, y se marcharon al fin don José Augusto y su familia a una Barcelona en la que quedarían poco tiempo, aún no lograba Patrick Cunningham desembarazarse de su parte de los negocios, aunque prometía solemnemente a su novia y demás parientes, que pronto los seguiría, adelantándose a ellos para esperarlos en Londres donde ya se encontraba su concuño, que fuera el primero en marchar. Aunque de natural reservado, y poco dado a las efusiones que no fueran de satisfacción y alegría, el noble patriarca no pudo evitar que se humedecieran sus ojos en contemplando por última vez —pues estaba seguro de que así sería— la tierra donde había nacido, y de donde procedían muchos de sus familiares. Colgado del cuello contra su pecho llevaba un crucifijo de plata taxqueña, de primorosa orfebrería, cuyo interior horadado él mismo rellenara de tierra del jardín, y ahora llevaba con el fervoroso apego que corresponde a un talismán. Contra la pasarela del barco permaneció mucho tiempo aún, después de que la costa se perdió de vista, hasta que una de sus hijas vino a rogarle, que los acompañara a participar en alguno de los juegos que se organizaban entre el pasaje que no había sucumbido al mareo.

135

Por cartas que le llegaban de cuando en vez mediante un propio, que debía ponerlas en sus manos, o por la vía de los «*steemers*» que cumplían periódicamente el recorrido entre Nuevitas y La Habana, tenía noticias doña Amalia de aquellas personas por quienes había demostrado un interés especial durante su visita a Puerto Príncipe, reiterado y manifiesto luego en su correspondencia, y asimismo de las cosas y acontecimientos de todo género que sus corresponsales consideraban que podían ser de interés o suscitar, y satisfacer en ella, la curiosidad. Bien se tratase de las que le escribía su hermano, o las de cualquier otro corresponsal, venía a estar más enterada de las cosas de aquellos lares —se decía— que de las que tenían lugar a su alrededor, ahora que había vuelto a instalarse en la comodidad un tanto ociosa de su casa y sus deberes, de los cuales, escribir y responder cartas había terminado por convertirse en uno de los más prominentes y, sin lugar a dudas en el más placentero y satisfactorio.

Con todo lujo de detalles, y quién podría decir hasta qué punto con cuánta imaginación de su parte —llegó a preguntarse doña Amalia— le informaba una de sus correspondientes, de aquella conversación habida lugar durante una de sus habituales visitas dominicales a la casa de los Gómez de Avellaneda, pasada entre una «*espiritada*» Tula, cada vez más independiente y empecinada según crecía, y su señora madre. Intercambio éste que se habría desarrollado conforme a los siguientes términos:

—Tula, hija, deja de una vez todos esos libros que traes al retortero, o acabarás por estropearte los ojos sin remedio. Antes, toca alguna cosa que a Modesta y a mí nos alivie el aburrimiento y la calor. (Abanicándose con vigor).

Silencio absoluto de parte de la chica, lo mismo que si no se encontrara allí presente, o fuera a otra a quien se hablara. Muy ensimismada en la lectura, o el estudio de que se tratara.

—Anda, hija. (Dirigiéndose a mí). Esta niña no deja de preocuparme. Y ahora ha conseguido que su abuelo le abone nuevamente las lecciones de francés e inglés que no sé para qué habrán de servirle, sino para leer sus novelucas y sus libros raros, en vez de las de bordado que yo misma hubiera podido impartirle sin coste. El pianoforte lo acomete cuando está de ganas, y nunca cuando se le ruega. Pero lo peor, sin dudas, es su manía por los libros. Vieras sus aposentos que más se parecen a una biblioteca. ¡La cabeza ya es un lamentable vademécum de cosas inútiles del todo, en tratándose de una mujer, que ya pronto será! Si al menos se tratara de devocionarios, pero no lo son. Para lo único que le ha servido el latín que le enseñaron su abuelo y mi tío Erasmo, contra mi mejor juicio, es para decir rarezas.

—Pues bien sabes tú, aquello que se dice de que *mujer y latín...* Razón de más tienes para estar preocupada, que también yo lo estaría si sus primas anduvieran ese camino.

—¿Y qué he de hacerme yo, si su señor abuelo la consiente, y adula en todo su locura y sus extravagancias?

—Algo habrá, sin duda, que puedas hacer. Para algo eres su madre, y además que de una chiquilla aún se trata.

Aparte, como para completar aquellas noticias que tenían que ver con la chica, por trasmano le enviaba ésta a don Francisco, un dibujo salido de su mano, firmado por ella, con unas líneas escritas al dorso, mediante las cuales le daba cuenta de haber «soltado» el pájaro carpintero que él había conocido, que a ella «le daba muchísima lástima porque se ponía a golpear con el pico en los alambres de su jaula», no sabía la dueña si «porque los tomaba por madera, o por instinto que procuraba ser libre». Lo había dibujado así, dentro de su jaula, porque no creía que «afuera de ella, sin estarse quieto el animalito hubiera podido intentarlo, pues aun con ello, mucho había tenido que emborronar y enmendar para adecentarlo y rendirlo al presente estado». Mas conminándole seguidamente a «imaginárselo libre, porque libre había quedado», había colocado al pie del dibujo principal otro, casi una miniatura, donde se alcanzaba a ver volar un pájaro escapado de su jaula cuya puerta estaba abierta. Y como si explicara de este modo, para lo que podía servirle aprender aquellas lenguas que su madre juzgaba conocimiento inútil del todo, ponía al pie los nombres que correspondían en varios idiomas a aquel pájaro, comenzando por la clasificación en latín: «*Xiphidiopicus percussus*» y seguido por los nombres en castellano, inglés y francés: «*carpintero verde o tajá*»; «*pic poignardé*»; «*Cuban green woodpecker*».

La próxima vez que el padre Cisneros acudió a almorzar con sus parientes, que seguían invitándolo con asiduidad, y tratándole con la exquisita deferencia dictada por el cariño que le profesaban, y la dignidad de su sacerdocio, don Francisco tuvo a bien mostrar a éste el dibujo de la mano de Tula, a lo que concluyó el sacerdote como si colocara una nota al pie de página a una conversación anterior:

—Pues ya vamos sabiendo a la orden a que se inclinarán los votos de la pequeña Gertrudis así que esté en edad de irse al convento…

—Pues antes creo yo, padre, que se hará ornitóloga que franciscana —rieron ambos, y concluyó el dueño de casa con toda seriedad—: ¡O quién sabe se ocupe de batir cerrojos esa chica cual una nueva monja alférez!

—De espíritu varonil hablas entonces, primo…

—¡De un espíritu libre como hay pocos, sin dudas; ansioso de remontar!

—Pobre niña, en tal caso: como que siendo prisionera de sus circunstancias encontrará todo género de obstáculos. Ya se dice aquello que bien sabemos y enseña que «mujer que sabe latín, no puede tener buen fin».

—¿Dónde habré oído yo antes cosa parecida? —intervino la prima que se hallaba a cierta distancia, exhibiendo y como agitando al decirlo los pliegos de las cartas cuya lectura recién terminaba. Sin embargo, no parecía haber en su intención ningún propósito particular, sino tal vez éste de hacer patente la coincidencia entre lo expresado por el primo, y lo correspondiente a la corresponsal de doña Amalia en el Príncipe.

—¡Bah! Cosa es ésa que ya hemos adelantado, y *aún* adelantaremos en la época según espero —se mostró optimista don Francisco, ante la contemplación del dibujo, cual si éste le pusiera alas a su espíritu.

Consideró si debía o no molestar al padre Cisneros, su pariente y contertulio, con aquel fárrago de noticias que le llegaban acerca de otros temas que, posiblemente, no suscitarían su entusiasmo o interés, y lo dejó estar, limitándose a aquellas otras que estimaba más oportunas y del gusto del sacerdote.

136

Se había puesto malo nuevamente Caramelo, o recaído en una de sus crisis que lo echaban en el lecho como herido de muerte, fulminado por el rayo.

Junto al lecho ocupado por el enfermo halló Cristóbal a los mismos, que no eran otros sino María Úrsula y El Paquito. En el recinto medio en penumbras había además una mujer muy vieja, según constató de inmediato el soldado, a juzgar por su joroba y las incontables arrugas de su rostro. De entrada, había pensado que se trataba de un muchacho, tal era la poquedad de su estatura, pero así que estuvo cerca echó de ver de quién se trataba. La tía Curruca le sonrió al verlo, como si saliera un instante de aquella concentración suya, que debía ser absoluta. Estaba sentada en un taburete más bien pequeño, al costado opuesto de la cama al que ocupaban los otros dos presentes. En silencio, permanecieron todos, según el obligado ritual que parecía cumplirse delante de sus ojos, y con el cual debían estar reñidas las palabras. Un como murmullo o ronroneo brotaba a veces del pecho de la curandera, mezclándose con el jadeo del cuitado. La esperma de una vela, derramada de cuando en cuando sobre la inmensa hoja de higuereta colocada sobre el pecho, formaba sobre ésta innumerables capas que se sobreponían unas a otras configurando terrazas de una geografía azarosa, y como de naturaleza volcánica. Agotado el ardor de la vela, recogió la ensalmista aquellos sudores vertidos sobre la hoja, y los envolvió con sumo cuidado en unos paños de lino blancos y limpios que llevaba consigo, y sin decir palabra, con ellos a buen recaudo se marchó dejando tras de sí aquel íntimo silencio que parecía rodearla.

Fue María Úrsula la primera a romperlo al cabo, con un carraspeo, a tiempo que, inclinándose sobre Caramelo le tocaba la frente para comprobar que la fiebre había cedido.

—Son demasiadas cosas las que lleva rotas por dentro esta criatura con su corazón —había dicho luego de efectuar una primera inspección del cuerpo del aquejado la tía Curruca, sin tocarlo para nada con sus manos artríticas—. ¡Sí, muchas más de las que puede cargar cualquiera sin rendirse a su peso! —y hablándole al enfermo cual si se desentendiera sin más de los otros había seguido diciendo— ¿Quién ha podido hacerle tanto daño, mi niño? Eso, sí. Porque es usté, un alma buena, niño. No. No se merece que lo *haigan* maltrado. ¡Y con ese encono! Ni que quieran seguir haciéndolo desde *el Más Allá* sin razón ninguna. Vamos a ver, niño, de qué modo componemos eso que lleva roto, que son muchas cosas. A pedacitos lo remendamos bien. Con esta aguja que, si duele, duele menos. Tiene que ayudarme, criatura. Tiene que querer ayudarme con esta álgebra que la pensó el demonio. Deme permiso para ayudar. No deje que decidan por usté, mi'jo. Dios y Su Divina Providencia, y la Santa Virgen María Auxiliadora, y Nuestro Señor Jesucristo con el Espíritu Santo a quienes invoco, me guíen, y no desfallezca yo, hasta haber recompuesto lo que no debía estar roto. Una manito suya apenas, criatura. Deme su consentimiento y el resto es coser y cantar.

Entonces había entrado en su silencio la mujer, con lo que dieron por hecho los presentes que contaba con la aquiescencia de Caramelo. Poco después, sin saber de lo que se trataba había llegado Cristóbal a quien la curandera sonrió un instante.

Un poco tras la mujer se marcharon de la habitación igualmente El Paco y María Úrsula, dejando solos al recién llegado y al yacente, que aún no abría los ojos. El pecho sumido, así como las facciones del rostro daban cuenta del enorme esfuerzo que le costaba ventilar, bien que éste fue cediendo a poco de estar junto a él el soldado.

—Ponte ya bien, anda, Caramelito de mi alma…, que no vivo sin ti ni tengo ya reposo en mis días. Bien lo sabes, ¿no es eso? ¡Anda, mejórate!

Y si no, bien no sé lo que he de hacer, ni lo que será de mí en lo adelante. Ando que no tengo rumbo ni donde hallarlo, y ni a lugar ninguno me lleven los pies.

Cuando ya estaba para abandonar la habitación el que así se lamentaba junto a su lecho, abrió los ojos Caramelo, y sintiendo mucha hambre como quien despierta de un largo sueño sin haber comido en mucho tiempo, dijo con un hilo de voz aquello que suscitó luego las bromas de todos en la casa:

—Bien me vendría una sopa de verduras, de las que tan bien prepara María Úrsula, de ésas que harían levantar a un muerto.

137

La anticipación de la visita anunciada por su prima María Remigia, cuyo esposo había muerto inesperadamente de un súbito ataque de apendicitis a bordo del Natchez, en ruta entre la Nueva Orleans y el puerto de Nuevitas, hacía algo menos de tres meses, tuvo la virtud por igual, de sorprender y de alegrar a doña Amalia. Entre las preparaciones que debían acompañar y preceder la visita, se dio la anfitriona a «*refrescar*» algo, mas sin estridencias que estaban reñidas con su gusto, el mobiliario de la casa, así como a habilitar la que consideraba la mejor de las habitaciones de la misma para que en ella se alojase a su sabor, aquélla que estaba acostumbrada a la opulencia, y comodidades de su hogar, cualquiera que fuera el lugar en que de momento se situara éste. No obstante, semejante afanarse de doña Amalia, y en llegado que era el momento de la visita, no se produjo la misma de conformidad con lo prometido. En su lugar se recibieron noticias que daban cuenta de un aplazamiento, obligado por la epidemia de fiebre amarilla que ya se había cobrado más de una víctima en Puerto Príncipe, entre las que se hallaba la futura viajera, bien que, en proceso de recuperación y convalecencia de tan inopinado flagelo, de lo cual daban todos sus familiares y amigos gracias al Altísimo. La carta que traía tales noticias, estuvo a punto de no llegar a manos de su destinataria a tiempo de cancelar, o más bien de posponer con las debidas explicaciones del caso, la cena que, con motivo de la visita de María Regina Arteaga Montalván, viuda de Saint Gauden, su prima hermana, había organizado doña Amalia con el concurso de su hija Verónica. De cualquier manera, no fueron muchas las misivas a cursar en la ocasión, siendo que con toda discreción y buen juicio se había limitado el número de los comensales a un mínimo, entre los que naturalmente se hallaba el padre Cisneros. No pudo éste, sin embargo, asistir al convite como hubiera querido, cuando al fin tuvo lugar, ya que poco antes de que ocurriera la visita y la cena de bienvenida consiguiente, se vería el sacerdote obligado a marchar a la Península, a instancias de su ilustrísima que lo despachaba con una encomienda a la medida, ante el súbito y del todo inexplicable acoso de que se hizo víctima al sacerdote, por cuya integridad física llegó a temerse. No acertaba ninguno a saber por qué causas, ni con qué propósitos se agredía y amenazaba la vida del religioso y, así que se supo que tal ocurría, abundaban las especulaciones del tipo «que si para asustar», o «dar su merecido» al obispo por intermedio del otro; que si «porque también él había andado involucrado, y mucho, en conspiraciones de cuyas consecuencias sólo había conseguido librarse, por ser ladino en extremo, y por ello mismo uno de los agentes más temibles de la discordia que buscaba fomentarse por parte de los liberales». Como había mantenido en secreto estas agresiones el padre, o cuando menos no las había publicitado entre los suyos, para no causarles alarma ni preocupaciones por su causa, el anuncio de su urgente partida y estadía en la Madre Patria, a instancias y por decisión del obispo, tomó a todos de sorpresa.

Alcides Becquerel y Arteaga, quien, a pesar de su proximidad al capitán general, en la ocasión no había tenido manera de enterarse de que contra su pariente se cerniera ninguna amenaza, como providencialmente sucediera con anterioridad en más de una ocasión respecto a otros, se preguntó si también él habría caído bajo las sospechas de Vives, y en consecuencia, se dijo que debería en lo adelante hilar aún más fino. Lo mejor en la ocasión, según le pareció luego de mucho pensarlo y repensarlo, sería afrontar la situación asumiendo la ofensiva, aunque sin parecerlo. Aprovechó un momento que debía ser el más oportuno, con posterioridad a que el padre Cisneros les comunicara a todos lo que sucedía, y a él en particular su desconcierto, para solicitar de su excelencia —si ésta no lo consideraba un abuso o impertinencia de parte del ayudante— algún género de claridad respecto a las razones que pudieran existir, para proceder contra el padre Cisneros, y aun hacerlo del modo en que ello ocurría. Y concluyó con una súplica a favor de su pariente:

—Ruego a Su Excelencia por la calidad de mi persona, si ella le merece aún confianza, y aprecio, como hasta aquí ha sido, y en consideración de tratarse de un familiar próximo en afectos, tanto a mi madre como a mi hermana y a este servidor, se suspenda el castigo contra mi señor primo el padre Cisneros por otro más benevolente, de ser éste, culpable de merecerlo en absoluto.

Vives se mostró francamente sorprendido, y Becquerel debió pensar que, o bien se trataba del más connotado de los hipócritas que hubiera conocido, o algo no encajaba como se suponía en aquel diente de la maquinaria creada y puesta en marcha, poco después de su llegada misma a esta plaza, por el capitán general. El intercambio concluyó con la promesa *solenne* que le hacía su excelencia, en el sentido de hacer *investigar y averiguar* de lo que pudiera tratarse. El ayudante debió darse cuenta en este instante, o más bien de confirmar sus sospechas anteriores, de que si bien el infernal «*ingenio*» que consistía de intimidar, fabricar calumnias, promover delaciones y destruir a diestra y siniestra a quienes acertaran a hallarse en la trayectoria del meteoro, cuyos efectos no concluían ahí, sino con el destierro o la cárcel de las víctimas, ideado en su momento, promovido y echado a andar, por iniciativa del propio Vives, al presente había pasado a funcionar de manera autónoma o incontrolada. ¿De qué manera asegurar, en consecuencia, que no estuviera llamado a acelerar cada vez más el ciclo de sus revoluciones tan infernal maquinaria, antes de saltar de su eje para quedar detenida, sin fuerza capaz de propulsarla, en medio de la más absoluta devastación causada por sus efectos? Semejante conclusión, estaba muy lejos de alentarlo, y por el contrario le dejaba en la boca un sabor amargo, que sólo un vaso de vino podía lavar de allí. En eso pensó muchas veces durante la mañana, antes de que la ocasión de beberlo se presentara al almuerzo.

De lo que averiguó, justo es decir, con el respaldo y absoluto consentimiento del capitán general, no existía la menor evidencia o sospecha bien fundada en parte alguna de una presunta participación del sacerdote en complot o actividad política algunos, y menos, prueba por la que pudiera tildársele de elemento peligroso, sino la delación de un hermano en la fe, y el celo puesto en demostrar que así debía ser por parte de varios entre los que se encontraba el llamado de las Rosas Martorell, cuyo nombre había él escuchado, o con el que habían tropezado sus ojos en más de una oportunidad, y era ya muy conocido entre el rango de los primeros chivatos y revientacallos de Vives.

No obstante que cesaran de momento el asedio y las amenazas de diverso orden contra el sacerdote, insistió su ilustrísima en la expatriación convenida con algún pretexto, y marchó a Madrid el padre Cisneros, con algún encargo eclesiástico que la influencia del obispo había asegurado para su protegido. Por este mismo conducto, y andando el tiempo, pasaría primeramente a Florencia y más tarde a Roma el sacerdote, en cuya sede transcurriría el resto de sus días.

138

Era evidente que no marchaban los negocios tal y como debían —pensaba don Eladio— tras la partida del socio principal, don Patricio Cunningham, con lo que había pasado a ser el principal propietario Esteban Cattley Tennant, asociado éste con quien no consiguió nunca don Eladio sostener una buena relación, más allá de las apariencias y los fingimientos de rigor, que por el trato a que estaban obligados, se esperaba. Medía el caviloso las posibles consecuencias de la nueva situación en la que tan desairado papel había venido a jugar. Reparaba y resentía, que en llegado el llamado Esteban a formar parte de la Sociedad, hubiera ido apoderándose de la voluntad del otro y enajenándola a su sabor, con lo que venía a quedar él, como arrinconado en un callejón sin salida.

Todo esto meditaba, sopesando lo que debiera hacerse a corto y a largo plazo, para salir airoso del paso que consideraba más prudente a continuación. A su alrededor por la pieza se deslizaban los niños como sombras muy tenues que midieran su luz, y a veces se unía a la suya la que proyectaba la madre, siempre atenta a contener cualquier desborde que pudiera convertirse en irritación para el padre.

—Déjales, mujer, que no pueden los pájaros sino tener alas para volar... —dijo de repente el meditabundo, lo que pareció una inconsecuencia a la que cuidaba de contener suspiros en una caja de rapé muy raro—. Déjales estar que no han de molestar a su padre con sus juegos. Y tú, ven aquí a que te vea yo, que pareces haberte vuelto de espuma últimamente, o de humo muy sutil. ¡Ven! ¡Ven!

Sonriente, la mujer se acercó con presteza al marido que estaba sentado en su butaca favorita, y éste, tomándole las manos la observó un instante mirándola a los ojos antes de decir:

—Dime tú, a ver, que tienes mejor cabeza para estas cosas... ¿Qué habría de ser antes: París, Roma o Florencia? —como la mujer pudiera apenas contener un pequeño sobresalto, provocado por la sorpresa que a estas alturas se le antojaba poco menos que inconcebible, el marido continuó diciendo—: ¿Qué te parecería a ti, si al fin damos ese viaje que tanto te tengo prometido? ¡Sabes que siempre cumplo las cosas que prometo!

Lloraba de emoción la esposa, y se sintió Eladio el más feliz de los mortales en contemplándola dichosa; poderoso, pues conseguía con tan poco hacer la dicha de la esposa bienamada.

—Aún no me respondes, mujer. ¿Qué ha de ser primero?

—París. París, desde luego.

—¡Oh, París! Conocer París y morir luego en paz... Vamos, no pongas esa cara, mi vida, que no hablo de morirse morirse, sino que es lo mismo que si se dijera aquello de *París bien vale una misa...* que dijo no me acuerdo ya quién. ¡O dos...! Digo yo. Sabía de antemano que por ahí te gustaría empezar, y ya tengo adelantado el asunto de los pasajes. De manera que tendremos que ocuparnos cuanto antes de los preparativos del viaje en todos sus detalles. Anda, ¿no vas a anunciarles a tus hijos la aventura que les espera? Pero antes, ven aquí, siéntate en mis piernas que creo haberme ganado un beso tuyo... ¿No es así?

Lejos de suponer estaba la mujer de que el recién anunciado viaje que tan feliz conseguía hacerla, sería el comienzo de una huida hacia delante que nunca comprendería del todo, especialmente porque no se le hacían discernibles en modo alguno las motivaciones del marido. Pronto se expresarían los hijos con más facilidad en francés o italiano, lenguas que llegarían a ser las suyas, que en el español de los padres. De manera que, si bien no la dejaría nunca el deseo y la esperanza de regresar algún día a la que seguía llamando su casa, ignorante o engañándose respecto al hecho de que ésta hubiera dejado de existir del todo, acabó por consolarse e incluso halló refugio en la certeza de que su verdadero hogar era allí, donde estaban sus hijos y su esposo.

El inmueble que por algún tiempo permaneció deshabitado, en tanto se prolongaba al parecer indefinidamente aquella gira de sus otrora ocupantes por ciudades europeas, había sido puesto por don Eladio al resguardo de un pariente como garantía de una letra empeñada por éste a su favor, en caso de suceder cualquier imprevisto o accidente —¡No lo consintiera Dios!— como podía ocurrir en tratándose de un viaje trasatlántico, que luego se extendería por el continente, y al cabo, habiendo ocurrido poco más o menos aquello de «*un imprevisto*», y cambiado de manos, la propiedad fue puesta a la venta.

Recibió gran contento de enterarse María Regina de que la amplísima casa esquinera, muy próxima a la de sus primos, la pareja conformada por doña Amalia y don Francisco iba a ser vendida, pues desde el momento en que estuvo finalmente en condiciones de visitarlos, había confesado su intención de buscar nueva casa en estos predios, y residenciarse definitivamente en esta ciudad, lejos de aquélla y de todos los lugares antes amados, que el desamparo de la viudez le había vuelto intolerables, y cuya contemplación venía a recordarle a cada instante los momentos pasados allí junto al esposo, en una absoluta armonía de voluntades e intereses, cuyos relieves acaso hubiese venido a acentuar el infortunio de la pérdida irreparable, tanto como el recuerdo mismo. Como la casa quedaba muy cerca de la de sus primos, hubo de antojársele ésta, cualidad de no poco mérito a la viuda. Para todo cuanto hiciera falta, y se ofreciera —que sin duda algo sería, aventuró él— se ofreció don Francisco, su primo político a servirle de fiador, y naturalmente su prima Amalia. Y en poquísimo tiempo estuvo comprada la casa, y en ella se instaló así que consiguió habilitarla de todo lo imprescindible, la nueva propietaria.

139

Procuraba ahora Vives el parecer de su ilustrísima en cuanto al modo más conveniente y expedito de proceder, en lo relacionado con el caso de la médico-mujer de Baracoa de algún tiempo llegada a esta villa procedente de la de Puerto Príncipe. Allí, la Real Audiencia había confirmado la sentencia del tribunal de Santiago que primeramente la sancionara, aunque reduciendo de cuatro a un año de cárcel los que debería pasar en el «Hospital de Mujeres», y confirmando la pena de extrañamiento perpetuo de todos y cada uno de los dominios españoles, a tener lugar con posterioridad al cumplimiento de la condena, según el fallo del primer tribunal.

—El teniente gobernador Sedano de aquella plaza, nos asegura, Ilustrísima, que no es ésta, criatura gobernable, sino la más rebelde y espiritada de cuantas lo son de su sexo y condición. ¡Una suerte de amazonas capaz de batir puertas, y de causar toda clase de fechorías y estragos! Líbrenos Dios de tal Furia, que otros asuntos tenemos entre manos de capital importancia.

Estuvo el obispo a punto de preguntar, si por acaso se refería al trajín de los gallos su excelencia, o antes al espolio indiscriminado a diestra y a siniestra que contra unos y otros consentía o estimulaba Vives, valido de sus matones y chivatos. Pero primó en él la cordura.

—Otros testimonios abundan igualmente —observó el obispo— que declaran, según bien conoce Su Excelencia, que se trata asimismo del más probo y caritativo de los médicos (no conociendo al momento de escribir los que tal afirman —es cierto— del otro asunto, que es el que en verdad la enfrenta a la justicia). Pues bien, digo yo que Dios Nuestro

Señor, ¡loado sea su nombre! no ha consentido al pie de la cruz, que perezca aquel de los ladrones que le ofreció su arrepentimiento en el último instante, y consentirá igualmente, que sea perdonada la pecadora, en arrepintiéndose como parece ya haber hecho, con lo que no menos podemos hacer nosotros en humilde y obediente imitación de Cristo resucitado. Instrumentos seríamos de la salvación de un alma, Excelencia, y habría en el Cielo júbilo sin par, según nos dicen las Escrituras.

—¿Pero el mal ejemplo, Ilustrísima. Preciso es que sea castigado a la vista pública. ¿O no? Más que esa mujer se ha burlado juntamente de los Sacramentos, y de la Autoridad.

Guardó silencio el obispo, cual si reflexionara, y dijo al cabo con voz apesadumbrada:

—En el pecado ha llevado ya una parte de la penitencia la desgraciada, de lo que sólo Dios debe haber sido testigo. Lo otro es que ha demostrado arrepentimiento, y según informes que me llegan, ante un sacerdote muy querido y conocido de todos allá en el Príncipe, el venerable padre Valencia, ha abierto su corazón en carne viva, implorando perdón y suplicando ayuda mediante la oración.

De este modo se desarrollaba penosamente, la entrevista que sostenían en la casa obispal su ilustrísima y el capitán general de Cuba, mientras que allí en el Hospital de Mujeres a que la habían recluido, causaba conmoción con su sola presencia doña Enriqueta Faber, entre las que allí se hallaban recluidas o amparadas, y le acusaban de haber cometido cuantos crímenes se les antojaban posibles de comisión. Era pues la confinada, algo más que esto, un rehén de sus culpas y las ajenas, apresada en una malla infinita de inquinas, maledicencias y rechazos, a la cual algunas monjas se sumaban. De todo ello sucedió que vino a manos de la condenada lo que debió ser un tóxico en forma de polvo, y resultó luego ser apenas un emético, con que logró hacer ella un bebedizo mediante el cual poner fin a sus días, si bien se dijo que todo esto no pasaba de ser una nueva fechoría o *«paripé»* de quien era —se aseguraba— diestra y maestra en el arte de la simulación y el engaño.

Una de las mujeres allí recluidas, de nombre Amparo Murillo, quien pareció empeñada desde el comienzo en hacerle evidente su animadversión, y ejercía bien por directo o indirectamente, gran influencia sobre muchas de sus compañeras, fue la proveedora de los polvos, y la primera en hacerse voces luego de la índole fingida de aquel empeño de la suicida.

—La que se quiere matar de verdad no lo anda publicando. «*Contimás*» que ésta es falsa de naturaleza como no se ha visto nadie.

Llegadas a oídos del obispo y a través suyo, a los de la Capitanía General, noticias de la nueva ocurrencia, hubo de reunirse el prelado con quien ahora se recuperaba en una de las celdas, dispuesta a este efecto, en compañía de dos monjitas que no le quitaban ojo de encima, y este nuevo percance referido prontamente a su excelencia por el obispo convenció al fin a Vives de la conveniencia de proceder a imponer y hacer cumplir la segunda parte de la condena impuesta por el Tribunal Primero Constitucional de Santiago, que consistía de «*perpetuo extrañamiento*» de los dominios de la corona, con lo que quedaba la presa en libertad de acogerse a la protección de su nacionalidad en la Luisiana, u otras partes. Pensó el obispo en el inconveniente que ahora representaba —amén de haber sido injurioso en extremo para ella— la incautación a la inculpada de todos sus ahorros y bienes de fortuna, secuestrados y confiscados en el momento mismo en que se procediera a su detención, despojo que fuera luego ratificado por la Real Audiencia. Con el propósito de decidir a su excelencia a proceder cuanto antes en el asunto, declaró el purpurado que sufragaría de su bolsillo el costo del pasaje a bordo del «*Météore*», o cualquier otro barco que estuviera pronto a partir, y contara de un mínimo disponible de condiciones, pues tampoco se trataba de deshacerse de la que marchaba, lo mismo que si se tratara de un fardo. Una profunda pena y simpatía por la mujer, luego de conocer de sus labios la historia de su vida en confesión que ésta le suplicaba, y a la que accedió el obispo, hicieron que prevalecieran en la intención de su ilustrísima la compasión y el perdón cristiano, ante las muestras de arrepentimiento verdadero de que fuera testigo. Sin otra impedimenta, firmó Vives enseguida las órdenes que autorizaban la expulsión tan pronto se dispusiera de la nave que quisiera transportarla a buen puerto.

Los rumores y noticia de la partida de la mujer que había osado travestirse, y arrollar un número de convenciones y buenas costumbres, como quien derriba biombos a su paso, se esparció prontamente pese a la reserva del obispo, y en llegado el momento del traslado de la misma al barco que la llevaría lejos, hubo un mar de curiosos a la salida del hospital, muchos de los cuales la siguieron luego por las calles que la separaban del muelle a donde era conducida. Con gran animación, incluso algunas damas que se hacían acompañar de sus esclavos, comentaban entre sí, aquello que tenía lugar delante de sus ojos.

—¡Poca cosa es en verdad! Nada de bonita ni nada que lo parezca según ha llegado a afirmarse. ¡Joaquín, esa sombrilla! Sostenla sobre mi cabeza que en cuanto a ti no debes temer nada. ¡Color tienes!

—Ya sabes tú bien como son los hombres, Tita. Basta con que lleve faldas para que estos la encuentren a su sabor.

—Otras mejor dotadas conozco yo, a las que no hacen tantas pleitesías, si como se cuenta...

—Mírenla. Mírenla...

—Hay que ver que con todo y todo tiene... conserva... ¡qué sé yo! ¡Cierta prestancia! ¿no?

—No sé yo en qué pondrás los ojos, hermanita.

—¡Y me pregunto yo dónde escondía ésa sus cosas de mujer!

—Pues que no es mucho, digo yo, lo que había de ocultar.

—Imagínate la figura estrafalaria que debió hacer la muy desvergonzada embutida en sus pantalones y un chaquetón, si como se dice hasta leontina de oro y todo cuento...

—Pues no que le vaya mejor metida en faldas como está...

—Desgracia y vergüenza de su sexo, que es también el nuestro.

—Pues a ti qué, mujer. Ni que te hubieran encomendado a ti sola el patronato de las Once Mil Vírgenes.

Reían algunos, en particular las mujeres con risitas ahogadas por los abanicos, y otras, que no alcanzaban al rango de las primeras intentaron arrojar su burla al paso de la cautiva, materializada ésta en la forma de alguna col u otra hortaliza podrida. Contra ellas se dirigió de inmediato la acción de los soldados que formaban la partida, arremetiéndolas y profiriendo amenazas apenas contenidas por causa de la presencia de las señoras de abanico.

Había accedido el capitán del *Météore*, Monsieur Antonio Passant de Auvergé a efectuar el traslado de la mujer que se decía, a bordo de su barco, no sólo en correspondencia a un ruego expreso del obispo —siendo como era este marino, buen cristiano, y católico devotísimo— sino en atención a que habiendo sido el comandante de otra embarcación en la que viajaba el doctor don Enrique Faber, había llegado en la ocasión a conocerlo, y a tratarlo bastante, de ahí la curiosidad que experimentaba ahora por enfrentarse nuevamente a éste, sólo que en traje y apariencia que desmentían la convicción de que se trataba de un hombre, tal y como lo representaba anteriormente. Hasta la Nueva Orleáns habían llegado noticias de este singular caso por diferentes vías, que bastaban a suscitar primero el interés, y luego a mantenerlo vivo y atizado, y parecía ahora que todo viniera a conjugarse a favor del capitán para conseguir la satisfacción que procuraba, y hasta aquí había logrado a medias mediante indagaciones entre sus más cercanos conocidos, de los cuales era doña María Regina Arteaga Montalván, viuda de Saint Gauden, (su amigo) de poco tiempo acá afincada en este puerto, una de sus fuentes más fiables, y aún más, una prima suya y el esposo de ésta, quienes acertaron a hallarse en el Príncipe cuando el doctor Faber, o más bien la persona de doña Enriqueta era traída a la presencia de la Real Audiencia. Para gran contento suyo, y de la forma más inesperada posible, se presentaba ante él la posibilidad de llegar a conocer a fondo a éste —o ésta— a quien una vez había tratado y llegado a estimar, y quien pese a la impostura de que se trataba, debía ser sin duda alguna, persona de gran mérito.

140

Sin la presencia de su primo, el padre Cisneros, hubiera quedado algo deslucida la ocasión de formalizar la petición de mano de su hija Verónica —estimaban por igual doña Amalia y don Francisco, aficionados que se habían vuelto a las visitas de éste y a su proximidad y afecto—, pero no sucedió de este modo que temían sino que, si bien se le echó de menos, (brindándose a su salud y bienestar en todo momento), más bien se le recordó con anécdotas que resaltaban su bonhomía, atribuyéndosele por entero la idea que tan feliz resolución había tenido, de que se diera empleo de sastre a Serafín, quien en palabras de aquél había de ser «bien un buen sastre o un total desastre, pero fuera de Dios lo que había de ser, y acabáramos».

Sonrió Serafín, en recordando a su vez al bondadoso y querido sacerdote, cuya ausencia él acaso más que ninguno otro echara de menos, y se excusó para salir un momento a la cocina, a donde lo mandaba llamar Paulina.

Efectivamente, en poco tiempo había llegado a ser el muchacho aquello que se proponía, y aun de los mejores sastres que se conocieran en la ciudad, y para suprema alegría de Paulina, muy pronto —según le confiaba el joven— conseguiría éste comprar su libertad, con la ayuda del maestro Palomino, que lo había prohijado igualmente. Pareciera como si la jornada en verdad estuviera llamada a ser propicia a los más caros anhelos de la esclava —pensó una muy feliz y algo aturdida Verónica poco después— cuando de común acuerdo y dejando su madre que fuera el esposo quien hablara por ambos, anunció don Francisco, que en recuerdo del querido padre Cisneros, su primo y amigo, y porque sabían que ningún otro regalo podría complacer tanto a la prometida —nuestra querida hija— para marcar ocasión tan singular, le sería concedida formalmente la libertad, allí y en el momento, al sastrecillo a quien, con un pretexto cualquiera se llamaba ahora a fin de formulársele el anuncio. Venido el adolescente, aguardaba al pie de la butaca que ocupaba doña Amalia, sin otras expectativas, y viendo que colocaba ésta la taza de café vacía sobre la mesita, se inclinó para retirarla. La colocaba ya sobre una salvilla de plata muy aderezada de festones labrados en la superficie y otros chirimbolos adosados a los mangos, que deberían hacerla algo pesada, cuando se produjo aquel anuncio que lo concernía, y como resultado del cual, trastabilló un instante, y a punto estuvo de perder pie, causando que rodara por el suelo la bandeja con su acarreo. Un temblor incontrolable se apoderó de su cuerpo, y fue preciso que una no menos temblorosa Paulina, echara mano de aquello que no hubiera podido sostener él mucho más tiempo. Como animada de un resorte que se disparara en ese instante, saltó igualmente de su asiento la novia, y perdiendo la compostura que era de esperarse de ella en la ocasión, corrió a abrazar en primer término a sus padres y al hermano, cual si formaran a sus ojos una trinidad inseparable, y seguidamente se dirigió al muchacho para abrazarlo también. Fuera el regocijo de la novia o el contagio de la libertad —o ambas cosas— chispeaban de dicha los ojos de cuantos estaban reunidos. Y llegaban a felicitarse numerosas veces, con palmadas en los hombros y la espalda por el gozo mismo de celebrar, cuando era evidente que el motivo —los esponsales y la libertad del esclavo— ya había sido celebrado con harta reiteración.

    Francisco Javier Hernández Urbach, el pretendiente, a quien acompañaban en la ocasión su madre, y un tío paterno en lugar del padre, muerto cuando era el novio todavía muy niño, no menos contagiado que el resto siguió el ejemplo de su novia, y dedicó sendos abrazos a sus futuros suegros y a su cuñado Alcides, felicitándose en cada uno de los allí presentes por el feliz enlace, no menos que por el desenlace feliz de que eran testigos todos los allí reunidos. En su fuero interno sentía el novio, una inigualable sensación de libertad y de dicha supremas, la cual era lo mismo que una promesa que no aguardaba a realizarse, y se manifestaba allí y en ese mismo instante, con un sonrojo acentuado y permanente y una sonrisa en los labios. Pensó, mirando al adolescente a quien se festejaba como correspondía, si de igual modo sentía éste la libertad alcanzada.

No sabía muy bien ni mal Serafín lo que debía o podía hacerse de aquella sensación, que lo llenaba hasta desbordar de sí, y no conseguía explicarse. Tan aturdido se hallaba, que don Francisco lo arrancó a la tertulia con un pretexto que lo alejara de allí y le permitiera retirarse a descansar, o a gozar en soledad los sentimientos que pudieran embargarlo.

—Anda, hijo. Descansa esta noche, y mañana hablaremos de lo que mejor convenga a tu futuro. ¡Dios te bendiga!

Fue a besar la mano de su amo el muchacho según era costumbre, pero se lo impidió el hombre apenas con un gesto reservado.

—Ya eres libre, Serafín. No más besamanos, hijo. Anda. Ve a descansar. Mañana. Mañana.

141

Próxima ya la celebración de la Natividad de Nuestro Señor recibió noticias su ilustrísima que vinieron a alegrarlo en gran manera, y eran éstas, las que le hacía llegar por trasmano el amadísimo presbítero desde su destierro. Además de solicitarle a su comunicante y superior jerárquico la expedición de sus credenciales de sacerdote, exigidas por el señor obispo de Nueva York, antes de concederle licencia que le permitiera dedicarse a su obra, desbordaba la carta de Varela de ternezas de hijo bueno y agradecido, que conmovieron profundamente al pastor habanero. Pensando ahora en la suerte corrida por el sacerdote y sus compañeros, tras el fracaso de tantos esfuerzos —a lo que no pocos pensamientos dedicaba de ordinario el prelado— se llenaron de lágrimas sus ojos, y sólo un llamado ingente a su fe, impidieron que aquéllas se convirtieran en manifestación derrotista y desesperada, de constataciones y evidencias demasiado al alcance de los ojos.

—Dios así nos prueba no sólo en nuestra fe —se dijo— sino en nuestra capacidad para hacer frente a las vicisitudes. Como a la espada, sólo los golpes fraguan nuestro carácter y nos otorgan el temple que cuadra para hacer frente a los avatares, y oponernos al mal con entereza. Ensayos son estos de ideas, cosas y empresas para los que aún no estamos listos, y es preciso que nos preparemos mejor, para estarlo en llegado el momento que vendrá pronto o tardará aún, pero en su momento llegará y será para el bien común. No desfallezcamos en nuestros propósitos, y sigamos trabajando en ellos y por ellos.

Mientras aconsejaba a su corresponsal en Filadelfia no apartarse de la enseñanza, pues poseía en él las dotes del maestro y era perentorio que no se desperdiciara este don raro en verdad, y el más preciado a los ojos de quien tal escribía, pensaba su ilustrísima en el estado de la enseñanza general en el país, y concebía planes para su mejoramiento, pues estaba convencido de que sólo una mente iluminada por el conocimiento y la virtud, sería contraria a la imposición y a la tiranía de cualquier índole de que se tratara. Dios nos había hecho libres para elegir a conciencia entre el bien y el mal. Pero de qué modo distinguir entre ellos, cuando revestían atributos complicados, y se hallaban, además, sustentados en el poder omnímodo y en la fatal costumbre. Se trataba, además, de no remplazar un mal por otro, una tiranía por otra, acaso peor, puesto que se alzaría sobre unas bases, que serían proclamadas de noble asentamiento. ¡Educación! ¡Enseñanza! ¡Enseñar a pensar con arreglo a un método lógico, y mediante el examen minucioso de las materias de que se trate! Pero comenzar abajo. En la raíz del problema, los niños que serán luego los padres. ¡Eso! ¡Que el maestro sea desde temprano un Evangelio vivo, que ilumine y guíe sin cegar!

No tuvo el obispo como habría gustado, con quien compartir la carta del desterrado, pero hizo cuanto estuvo a su alcance (y en la medida en que se lo permitían sus fuerzas algo mermadas últimamente a causa de los años, y sobre todo de los trastornos de salud) por implementar y llevar a buen término su propósito de extender, y consolidar, la cruzada educativa, de largo tiempo antes emprendida en los predios del Seminario y la Universidad. Para ello contaba a su disposición con muchos de quienes, egresados de aquellas aulas, se hallaban ahora preparados para convertirse a su vez en educadores.

En abril había cumplido sesenta y siete años, y cuarenta y dos habían transcurrido ya del comienzo de su apostolado desde que en 1782 fuera ordenado sacerdote por el obispo de Segovia. Recordó ahora sus estudios en la Universidad de Salamanca donde se había doctorado en Teología. Recordó con cariño, el sosiego de sus claustros donde se vivía intensamente hacia dentro de uno mismo, y las salidas al campo o a la ciudad: jiras y excursiones ocasionales en compañía de amigos, quienes lo seguirían siendo de por vida, a pesar de distancias, dificultades para comunicarse y aun desacuerdos y enfrentamientos por cosas del mundo y la política, vistos de manera radicalmente opuesta. De recuerdo en recuerdo, se acordó de su infancia alavesa, de sus padres, los más amantes y bondadosos de los seres que había él conocido en su ya larga vida; del padrino y tío-abuelo que lo enseñó a cabalgar siendo todavía muy niño aquel inquieto Juan José, al que ahora podía contemplar su ilustrísima, cual si se tratara no de sí mismo, sino de otro él: una manifestación del ser compuesta por átomos de luz, y un como parpadeo que amenazaba desintegrar la imagen. Esta idea le hizo evocar nuevamente al padre Varela y «*su*» linterna mágica, de tan importante aplicación pedagógica. No. No debía éste buen sacerdote, amigo amadísimo de su corazón e inspiración de sus numerosos discípulos, apartarse de la enseñanza. Tan pronto como se hubiera regularizado su situación en tierras más propicias del continente, a ello debía aplicarse con el mismo tino que hasta aquí había sido.

Dentro de muy poco sería la Navidad y habría deseado más que nada el obispo, hacer llegar su carta de respuesta al corresponsal en los Estados Unidos, lo antes posible. ¡Qué gran alegría no hubiera sido para éste —se decía— recibir la carta y credenciales precisamente como regalo de Navidad! ¡Ah de ser posible tal agilidad! El despacho de éstas, cuya redacción había encargado prontamente a su secretario, le recordaron el malhadado suceso de la expedición de aquellas otras, que con motivo de haber sido electo don Félix entre los diputados a Cortes el año de Nuestro Señor 1820 tuvieron lugar. No. No sucedería de igual modo en la ocasión presente, puesto que en sus manos estaba impedirlo, y aún más que proceder con la mayor prontitud posible, acompañaría estos documentos de una carta personal dirigida al obispo de la sede neoyorquina, con el fin de disipar cualquier reserva, o atisbo de dudas, acerca de las calificaciones y de la capacidad y altos quilates del sacerdote y amigo. Ni aquella debilitante fiebre que le retuvo en cama algo más de una semana, le impidió dar por cumplido su propósito con la prontitud deseada, y desde el mismo lecho de enfermo se ocupó de cursar sin más demora aquellas cartas, que tanto significaban para Varela.

XX

El justo en su quehacer

(Filadelfia, 1824)

142

Bien que el clima de Filadelfia fuera —en estimación de Heredia y muchos otros— más acogedor y benigno, que el de Boston o Nueva York, además de contar esta metrópolis con muchas de aquellas amenidades de la civilización que hacían acogedora y hospitalaria una ciudad, pensaba José Francisco Lemus, recién llegado a estas tierras en compañía de Serafina y de su hermano Salvador, mas no comparaba nada de esto a sus ojos con la capital mexicana, cuyo aire era indudablemente más respirable —aire limpio y transparente— ahora dejado atrás. Tal vez algo se debiera semejante impresión al propósito alentado en su corazón de volver allá, tan pronto fuera posible. En efecto, no desistía de sus afanes conspirativos, y si aquí llegaba, lo hacía fundamentalmente buscando en la urbe americana manera de remontar propósitos de esta índole —con alianzas de que sólo él parecía entender—. A Salvador, por su parte, le atraía su nuevo hogar, porque ponía distancia de por medio, entre sí y el torbellino político y social que en la República de que ahora procedían parecía no cesar, sino para empeorarse. Calculaba que sería posible al fin, acceder a un género de paz tan ansiado como esquivo desde que muriera su madre, y los acontecimientos posteriores en su país lo precipitaran a la cárcel y descuajaran de un tirón brutal e inopinado su hogar, y un género de tranquilidad, que ahora apreciaba más, por no disponer de ella ni de sosiego alguno a su alcance.

Serafina daba muestras palmarias de sentirse contenta de hallarse nuevamente reunida con ambos hermanos, y hablaba únicamente, sin poner demasiado énfasis en su pensamiento, de la conveniencia que tal vez representaría una aproximación a Cuba por el expediente de establecerse en Cayo Hueso, donde había casi tantos que hablaran español como allá, y el clima y las costumbres podían decirse las mismas. Pareció no obstante la objeción del clima, que fueran ella y, en menor medida Salvador, quienes hallaran menos crudo y molesto el invierno filadelfiano, que a José Francisco se le hizo intolerable en poco tiempo, al extremo de manifestar la intención de mudar sus cuarteles nuevamente en llegando la ocasión, a tierras más al sur. La ocasión se presentó mediante un desplazamiento a la Nueva Orleáns, con motivo de haberse concentrado en dicha ciudad un grupo de compatriotas y co-conspiradores, que aguardaban el momento y mejor oportunidad de concretar por sus medios, un plan que reanudara las esperanzas de arrebatar a España su soberanía sobre la isla, y la tiránica disposición sobre los naturales de ésta. Enseguida de llegar a la Nueva Orleáns, prefirió Serafina el invierno dejado atrás en Filadelfia, y en nada pareció el sofocante calor de furnia que se respiraba en la ciudad en todo momento, al que le parecía recordar paliado por las brisas que llegaban del mar en su casa habanera. José Francisco pronto volvió a involucrarse en el remolino de la actividad política, y como le pareciera que la que allí tenía lugar no conduciría a nada concreto, se decantó al fin por un regreso a México. Había dispuesto hasta ahora lo que había o no de hacerse José Francisco, siempre en procura y teniendo como horizonte aquello únicamente que a su entender condujera pronto y efectivamente a la libertad de la isla de Cuba, pero esta vez enfrentó la oposición, o disposición a quedarse en la Nueva Orleáns de Salvador, y aunque algo contrita, la de Serafina igualmente, que elegía permanecer allí «*hasta que algo se resolviera*», que era la frase con que solía despachar ella aquel infinito aguardar, esperanzada, la vuelta a una seguridad de afectos y de hogar en primer término, definitivamente idos.

Salvador había entrado a trabajar como ayudante en un bufete de abogados, y enseñaba francés, que hablaba y escribía bien, desempeñándose como asistente de enseñanza de uno de los catedráticos de esta materia, en la Universidad de Tulane, el cual llegó a tomarle aprecio primeramente, y a encariñarse con él algo más adelante, por causa de las que estimaba las bellas prendas del joven. En la casa del catedrático, a donde había sido invitado a tomar parte de una comida que se ofrecía en honor del ya muy celebrado Monsieur Poinsett, coincidió y *conoció* por azar a una encantadora Marie Henriette de Faber D'Orville, baronesa D'Abiberg, llegada hacía algún tiempo a la Nouvelle Orleans —ninguno parecía recordar, y pocos se preguntaban por qué vía, siendo como eran sus credenciales de las de mayor lustre en la ciudad.

Palideció un instante la mujer a la vista de quien le era presentado, y el mismo Salvador experimentó una brevísima incomodidad, no tanto a la vista de ella como al oír de su voz las palabras que en español y en francés le dirigía la turbada. Bastó este encuentro para que se diera cuenta, de quién se trataba la persona que tenía delante, pero con gran disimulo y presencia de ánimo, fingió ser ésta, la primera vez que se encontraban.

Tiempo después de este primer encuentro, y tras muchos otros que tendrían lugar, cuando la baronesa D'Abiberg, que gozaba de bien ganada fama como autora de exitosos folletines, suscritos bajo el nombre de Hortense D'Orville Renaud, y él, habían cimentado una buena amistad, llegaron por las vías de las confidencias recíprocas a confesarse la simpatía que habían sentido el uno por el otro desde la visita profesional, efectuada a la casa habanera de los Lemus por el doctor Enrique Faber, con ánimo de llevar a la madre de Salvador algún género de alivio por medio de su ciencia.

—Si decidieras alguna vez poner por escrito tus memorias... —dijo en su momento el amigo de la baronesa, adelantándose quizás a un decidido rechazo de su parte— ... pues que no me parece a mí que habría alguna otra que pudiera superarla en interés.

—Con mis folletines tengo —respondió luego de un largo silencio la aludida— que en ellos me deshago del peso abrumador de algunos recuerdos, y consigo endulzarlos bastante para que sirvan mejor a mis héroes y heroínas, sobre todo a éstas. Si el universo en que mis personajes se mueven puede parecer a algunos demasiado feliz, o de resoluciones que tal lo parezcan, no es sino porque estimo que ya hay demasiada injusticia y crueldad en este mundo, y es justo que algún beneficio toque a quienes poco o nada alcanzan en sus vidas, ni aun sin economía de sinsabores y trabajos.

Era algunos años mayor que su pretendiente, aunque conservara aún una buena apariencia, la baronesa D'Abiberg, cuando años más adelante, de común acuerdo, y para sorpresa de todos, anunciaron públicamente Salvador y ella su compromiso y proyecto de casamiento que incluía un viaje a Suiza, todo lo cual habría hecho la felicidad de Serafina si aún viviera, que para entonces ya hacía más de un año que había muerto la mujer. Habiendo perdido contacto, y rota toda comunicación con su hermano José Francisco, por entonces en México o Colombia, no tuvo modo de saber éste de la boda del hermano, ni pudo Salvador, como habría querido hacer, más que nada por volver a verle y abrazarlo, cursarle la debida invitación de bodas.

XXI

Un nuevo curso

(Filadelfia, 1826)

143

Durante la Navidad de este año de 1826, pudo el padre Varela celebrar con doble júbilo el nacimiento de Nuestro Señor, porque asimismo había visto al fin la luz del día el primer número de su periódico *El habanero*, que pronto circulaba en Cuba e Hispanoamérica, así como entre la colonia de conspiradores y revolucionarios de Filadelfia y otras ciudades de la Unión Americana. Por contraste con aquel que lo había traído a los Estados Unidos, una gran parte del cual había transcurrido entre el Atlántico y la ciudad de Nueva York, en medio de borrascas, se trataba el presente, de un invierno suave, de nevadas serenas y luminosas, de inmaculada pureza sobre los techos y recintos que se hallaran al margen del tráfico de calles y plazas, congestionadas durante el día. Todo anticipaba que sucedería aquello que sus vecinos añoraban, y llamaban con elocuente simpleza: «*a white Christmas*». Se respiraba ya en el aire la dulce exaltación del acontecimiento que todos esperaban, y celebraban por adelantado, y hacía que los rostros más adustos se hubieran desatado, y vuelto amables, acaso sin percatarse de ello los mismos que los exhibían. Una pequeñísima porción de los dineros reunidos por él con esfuerzo, frugalidad y determinación, durante los meses anteriores, los destinó el sacerdote a comprar regalos para sus vecinos o amigos, en particular para los niños de unos u otros, o a agenciarse aquellos elementos de que pudiera servirse, para construir hora un bello álbum de vistas, hora un sencillo calidoscopio, confeccionado por él mediante unos fondos de botella, ingeniosamente cortados y dispuestos al interior de un tubo de cartón.

La noche del 24, en la simple y casi desamueblada pieza de que disponía, se dieron cita los numerosos conocidos, y los nuevos y algunos viejos amigos, así como vecinos de fe católica, que añoraban celebrar «*una misa de gallo como Dios manda*», en expresión que empleaban muchos. No pocos eran irlandeses de nuevo afincamiento en el país, y algunos alemanes y polacos, todos mezclados con los provenientes de las diferentes regiones hispanoparlantes del continente americano. Primaba el inglés, que muchos hablaban mal, o a trompicones, y era a veces el latín la lengua franca que servía de alternativa. Entre los irlandeses, sin embargo, conseguía entenderse el padre en ocasiones en un gaélico que a aquellos parecía fluido y hermoso, y había aprendido de niño en San Agustín, de su tutor y maestro. Sin embargo, era un común entendimiento de propósitos y fines, y una identificación en la fe común, lo que daba a aquella velada tan dispar, su cemento. Los ancianos y los niños fueron los primeros en cenar, y probar de aquellas cosas tan diversas que cada cual había contribuido para la ocasión, pues había que hacerlo en tandas, de manera que alcanzaran los platos y utensilios que se empleaban. Algún ponche de leche caliente y canela en ramas, sirvió para calentar estómagos y dar contento a todos. Se intercambiaban modestos regalos y buenos deseos a corazón entero, de modo que todos quedaban satisfechos. Y seguramente que algunos matrimonios futuros, amistades y compadrazgos surgieron de esta noche de reunión, antes de la misa, que poco antes de las doce dio comienzo. Pasada con largueza aquella hora, y acabada la misa, comenzaron por fin a marcharse de vuelta a sus respectivas casas los congregados, y se hubiera dicho que iban como embriagados de un júbilo que siempre parecía nuevo y sostenía sus pasos sobre la nieve alta, como si gravitaran sobre ella sus infinitas pisadas. En un inglés con variante de acentos, confraternizaban todavía antes de despedirse, y como no habían hecho hasta entonces, gentes de varias naciones a las que el buen padre, radiante de alegría, despedía a la puerta de la morada que ocupaba. La casera, orgullosa de que su casa hubiera servido para un propósito tan santo, radiaba asimismo satisfacción y alegría genuinos. A otro extremo de la ciudad, un grupo de católicos como ellos celebraba en la iglesia de Saint Joseph del callejón de Willings igual acontecimiento con parecido fervor, sólo que la única lengua utilizada entre los reunidos, al margen del latín de la misa, era claramente el inglés.

Había insistido Varela desde el principio, en que esa noche se trajera a los niños, a ninguno de los cuales por ninguna causa debía dejarse en casa, a menos que se hallaran enfermos, y parte de la misa les estuvo dedicada a estos, pues de lo que se trataba, dijo, era de celebrar a Dios niño, recién nacido en Belén, como promesa de vida eterna, en todo su vigor como la espiga. Recordó las palabras de Cristo adulto: «dejad que vengan a mí los niños», y fue al final de aquella homilía elocuente y conmovedora, que procedió a repartir sus tarjetas, álbumes, caramelos, medallas, escapularios y cuanto objeto le pareció apropiado para hacer la alegría de los pequeños de aquella congregación algo improvisada entre sus vecinos.

Iban pues, los pequeños, acompañados de sus padres y hermanos mayores y otros parientes, como si los llevaran de la mano a un sitio glorioso, cuyo descubrimiento se reservaran. El frío concentrado, y la falta de buena luz y ventilación de las paupérrimas habitaciones que ocupaban en las casas que habitaban respectivamente, debió hacerse más llevadero esa noche, porque el sueño y el reposo vinieron a ellos enseguida, y hasta el recinto pareció caldearse amablemente, de manera que las mantas alcanzaron para cubrir satisfactoriamente a los hermanos, obligados a veces a compartir hasta en número de tres y cuatro un lecho exiguo en demasía.

144

En el tercer aniversario de la muerte de su inolvidable amigo José Agustín Cisneros de la Urde, acudió Verónica al cementerio, como solía de tiempo en tiempo, para colocar flores frescas en la tumba, que para su contrariedad halló algo descuidada, como si en otros fuera decayendo la devoción por la memoria del muerto querido. Acompañándola en la ocasión, amén del enamorado pretendiente que también había sido amigo del difunto, y deseaba ofrecer asimismo sus respetos a la memoria de éste, se hallaban su madre y Paulina. Muy próximo al sepulcro, de hinojos frente a otra sepultura, y reconcentrado en la oración o meditación que lo ocupaba, un joven de apariencia algo rústica a juzgar por su atuendo, aunque de facciones y expresión agradables, apretaba entre las manos y contra su pecho un maltratado sombrero tejido con empleitas de yuraguano, que debía haber conocido mejor época. Causó por igual gran impresión en la comitiva, tanto la piedad y el recogimiento de que daba muestras el joven, como el aparente contraste que resultaba de su apariencia y su devoción.

Se alzó al fin el orante de sus rodillas y tras santiguarse, se dispuso a cortar del rosal que crecía a la cabeza de la huesa un exceso de ramas, y con ellas numerosas rosas que luego colocó en un jarrón de mármol empotrado debajo de una cruz de hierro forjado, con la efigie del crucificado. Por su parte, habían vuelto los otros concurrentes a sus asuntos y se ocuparon entre todos, excepción hecha de doña Amalia, de adecentar el mármol y de reponer el vaso roto, por otro que previsoramente habían traído. Paulina fue la encargada de acarrear el agua en un balde, que alcanzó además para dejar impoluta la superficie. Fue entonces que, con toda naturalidad se volvió a ellos el joven, y después de saludar, y disculparse por «*importunar donde no le llamaban*» —declaró sombrero en mano—, que podían, si querían «*usar de aquellas rosas que eran muchas y alcanzaban y aún sobraban*». Dicho lo cual se acercó a sus vecinos con un manojo de las más hermosas que hubiera visto en sus días Verónica.

—Yo *mesmitico* las he *cuidaó*, que es lo que más gusto me da en este mundo.

En tan pocas palabras como pudo, quedó impuesto el grupo, de quién era y a lo que se dedicaba el llamado Nemecio, criado de la casa de su ilustrísima a quien éste había enseñado todo lo que sabía de jardinería —según tuvo a orgullo declarar—. Asimismo, que acudía regularmente a cuidar la tumba, y a rezar, por el alma de una buena señora, en cuya casa se había empleado alguna vez, y a cuyos hijos, ahora desgraciadamente alejados por razones contrarias a lo que hubieran querido, había prometido en su momento ocuparse de preservar allí la memoria de la buena señora.

Todo esto que había declarado Nemecio, sin ánimo de atribuirse ningún mérito, y en respuesta a las preguntas que acabara por hacerle Verónica, ponía de relieve, no obstante, la altura de alma del joven a la par que su sencillez y lealtad.

Ya para despedirse, cosa que el jardinero hizo con unas frases de obligada y simple cortesía, y lo mismo que si de una tarjeta de presentación que les extendiera se tratara, dijo su nombre completo y las señas de su casa, que, si bien no era exclusivamente suya, en ella vivía gracias a la caridad sin merma y a la generosidad del señor obispo. Allí, a su disposición, y en lo que humildemente pudiera servir, podían encontrarle los señores, «*si se presentaba la ocasión*».

En otro ángulo del cementerio, donde las tumbas podían ser más modestas, es decir, sin gastar en adornos y filigranas, tres personas de pie frente al promontorio cubierto de hierba colocaban un ramillete de flores, que habían reunido antes de llegar, y aumentado con otras arrancadas a varios arbustos de los alrededores, una vez en el interior del cementerio. Valiéndose de un cuchillito de mano, que era más apto para mondar patatas que para cortar la yerba, se dedicó Caramelo a podar aquéllas que crecían con particular vigor sobre el montículo de tierra debajo del cual descansaban los restos de su abuela, 'Ña Domitila. A su lado, le acompañaban el inseparable Paquito y María Úrsula, quienes, conscientes de la aprensión que aún actuaba sobre él —mucho tiempo después de aquellos terribles acontecimientos— y se manifestaba en unos súbitos arrebatos de pánico, solían unírsele en sus poquísimas excursiones fuera de la casa, las que se limitaban al cementerio, o a la iglesia. Ya estaban para marcharse cuando Caramelo pegó un respingo involuntario cual si hubiese visto un aparecido. Una sombra, en todo caso, debió pasar muy próxima, pero sólo fue él a verla.

—Protégeme, mamita… —alcanzó a decir, echándose de rodillas y persignándose, mientras elevaba los ojos, de manera que lo mismo pudiera estar pidiendo protección a la Reina de los Cielos, como al alma de su abuela.

—¿Qué te sucede, Caramelo, por Dios Santo?

—Di qué es lo que has visto, hijo. ¿Qué viste?

No sin esfuerzo, concertadamente consiguieron arrancarlo del lugar entre María Úrsula y Paquito, y llevarlo de vuelta a casa, donde Caramelo acabó por confiar en que estaba seguro de haber visto un instante el semblante de «*aquél*» que parecía acecharlo, antes de que su sombra se deslizara sobre él como la de un buitre que volara sobre su cabeza, y se interpusiera un instante a la luz del sol.

—Tranquilízate ya, Caramelito de mi alma —le insistía Paco— que ése bien se dice que no está ya más, para causarte daño alguno, y Dios Nuestro Señor no querrá que sufras más.

María Úrsula por su parte lo consolaba, prodigándole al hacerlo todo género de caricias y prometiéndole *mimos de boca*, que eran en su opinión como una panacea para cualquier aplicación, y de efecto seguro e inmediato.

—Venga ya, que te haré yo a ti unos churros para chuparse los dedos. Y el chocolate lo pondrá Paquito, que como el suyo ninguno. ¡Anda, hombre de Dios, a moler el cacao que llevamos eso adelantado!

Entretanto, y ya de vuelta en casa, repasaba Verónica las tristes circunstancias de la muerte de su amigo José Agustín, desaparecido en la flor de su edad. Fija en su mente, estaba la inscripción en latín de aquella estela fija a un poste de mármol que servía de cabezal al panteón, como rúbrica a la imagen esculpida de un reloj de arena roto: *Todas hieren, la última mata*. Tres años después, aún se preguntaba Verónica con desasosiego, de qué modo debió transcurrir esa última hora, o los minutos finales de la misma, cuando el amigo moría apuñalado y desangrándose solo, en una calleja abandonada y sumida en la oscuridad de la noche. Y esa última de las horas le seguía pareciendo —para su desconsuelo— un contrasentido, un adelanto que alteraba el curso que hubiera seguido aquella vida preciosa hasta agotarse en su momento correspondiente, completado el periplo natural, que la salvaje crueldad de un arma blanca había cortado de cuajo, sin motivo y sin razón. Rompió a llorar en la quietud del lecho al que se había retirado poco antes y sin que supiera por qué le consoló algo la memoria del joven jardinero, al que recién conociera, cuya bondad también le recordaba al amigo generoso.

145

Casi inmediatamente después de haber sido descubierta la «*Conspiración de Soles y Rayos de Bolívar*», y de ser arrestados en todo el país un número de presuntos conspiradores, que ascendía a más de seiscientas personas, a requerimiento del propio capitán general Vives, y para dar visos de buen gobierno al asunto, se desplazó aquí donde tenía su asiento el gobierno, un crecido número de togados procedentes del Príncipe, quienes representaban en sus personas a la Real Audiencia allí asentada, y a quienes se encomendaba juzgar el delito de infidencia que se seguía en la causa general. Vistiendo sus ropas talares, y procediéndose en todo momento con gran aparato y solemnidad, la imposición de los magistrados tuvo lugar a la vista pública, de manera que con ella se cubrieran las apariencias políticas, y otras seguramente inconfesables detrás de lo que parecía evidente. Quienes hubieran presenciado alguna vez allá en la Península, la puesta en escena de un tribunal de la Santa Inquisición, con su minucioso ritual y proceder, bien habrían podido establecer enseguida el oportuno paralelo con el que aquí entraba en funciones, y para quienes carecían de un punto de comparación semejante, bastaba a observar la imposición y marcha del mismo, para quedar prevenidos de que un engranaje temible entraba en funcionamiento, y más valía rezar y encomendarse al Altísimo, amén de mantenerse alertas, y en lo posible alejados de la esfera de influencia de aquella maquinaria proverbial.

El tribunal no tan pronta como ceremoniosamente instituido en su nueva sede, fue conocido a partir de dicha instalación allí como la *Real Sala del Crimen*, y una vez en funciones, despachó con bastante agilidad, mas sin precipitación, los primeros cien o doscientos casos juzgados, imponiendo penas que iban de un prolongado confinamiento en los calabozos de las fortalezas que guardaban el litoral, al pago de abultadas multas por desacato, u otras causas, para imponer las cuales, no hacía falta más que imputar determinada transgresión. Del resto, como se tuviera clara intención de dejar establecida de manera permanente la «*Real Sala*» y sus funciones, con independencia de la Real Audiencia, se fue ocupando este tribunal con mayor parsimonia, y como a cuenta gotas, de lo que, «*el proceso*», se extendería durante tres largos años. Mientras tanto, cientos de infelices o presuntos implicados se consumían entre la desesperación, los maltratos y el abandono de que eran víctimas en las mazmorras de las principales fortalezas militares y cárceles, a lo largo de la isla, la cual iba adquiriendo cada vez más ella misma, el aspecto de una inmensa prisión regida por un alcalde único, y sus testaferros.

El fiscal don Francisco R. Hernández de La Joya, quien no se avino a componendas de ninguna clase durante el tiempo que duraba «*el proceso*», cual seguramente se esperaba de él, solicitó infructuosamente del tribunal «el sobreseimiento de la causa general, luego de examinar las pruebas concurrentes y de valorar el cuerpo del delito que se presentaba a los ojos de los jueces», sus colegas. En apoyo de su solicitud adujo que «el castigo de tal modo impuesto, aun cuando pudiera ser merecido, se tornaría en crueldad al extenderse indiscriminadamente a un número tan elevado de personas, sin distinguir el monto de la participación individual ni determinar si, en efecto, había el dicho imputado tenido cumplida culpa y participación en el complot, con lo que la pena impuesta colectivamente —justa para el bien público a que se dirigía como tratamiento de defensa social— produciría entonces, en vez de provecho, un daño irreparable por injusto y arbitrario». Tales esfuerzos y elocuencia, serían en vano, sin embargo, dadas la predisposición y encono de la asamblea de juristas en contra de los allí juzgados. La animadversión contra estos, que no eran a sentir únicamente los jueces, se trasladó a la persona del fiscal, o más bien en su contra, y en más de una ocasión estuvo a punto de sufrir un «accidente», cuyas consecuencias hubieran podido resultar fatales, a no mediar la pronta intervención de la buena fortuna, o alguno que acertara a hallarse próximo a los hechos, como sucediera la ocasión en que el coche en que era conducido, se volcara a la entrada misma del puente popularmente llamado de *«los suspiros»*, que eran presuntamente los que procedían de quien debiera transitar por él, puesto que sólo de una vía o dirección contaba. La pronta intervención de un pequeño cuerpo de milicias que acertaba a hallarse cerca, impidió sin dudas que el encargado de ello cumpliera su cometido de rematar al viajero en el interior del vehículo volcado, presentando luego el hecho como consecuencia del violento *accidente*. Como llegara luego a demostrarse que no se trataba de tal cosa, sino que las cinchas habían sido cortadas con un tajo limpio, con lo cual los caballos súbitamente en libertad corrieron desbocados y por su cuenta, se investigó el asunto sin que se encontraran culpables. El cochero, despedido violentamente por la conmoción suscitada se había desnucado contra uno de los precarios guardacantones de madera del puente, de los que se decía que antes que para resguardarlo fueron colocados en el lugar para advertir con su presencia del inevitable peligro. Así pues, hubo de prescindirse de tan valioso como privilegiado testimonio como hubiera sido el suyo en el caso. En lo adelante, sin embargo, quizás si por una manifestación de solidaridad a tono con lo que pudiera llamarse espíritu de profesión, dictaminó la *Real Sala del Crimen,* que dispusiera el fiscal don Francisco R. Hernández de la Joya de escolta y vigilancia continua, con lo que además se procedía a señalarse la índole singular de esta medida, y por consiguiente, la de la inquina que lo perseguía a él solo, entre la multitud de los togados, como una cerbatana ubicua, oculta entre el gentío que por fuerza debía rodearlo la mayor parte del tiempo.

Pese a ésta y otras evidentes agresiones en su contra, se mantuvo el fiscal en sus trece, como quien dice, por el espacio de tiempo que duró el procesamiento de la causa, y fue la suya, casi la única voz que intercediera decisivamente a favor de que se cumpliera con el debido procedimiento, ya que otra cosa no estaba en sus manos hacer. Tres años había durado el llamado «*proceso*» y a punto ya de terminar éste, se preparaban los jueces a regresar allí donde residía la Real Audiencia, pero fue Vives de la opinión de que no se disolviera la *Real Sala del Crimen*, sino de que se constituyera en cuerpo independiente, y continuara en sus funciones, con lo que vieron hecha su fortuna muchos de aquellos magistrados, que preferirían permanecer en la capital a la que se habían aficionado en el curso de estos años transcurridos aquí.

Ya para concluir sus funciones, y antes de volver a su lar, donde le aguardaban la esposa y una hija pequeña, el dicho fiscal don Francisco Hernández de la Joya tuvo noticias de la visita de su primo y tocayo don Francisco Fernández Allué, quien pasaba a saludar y a dejarle su tarjeta, con la invitación de que pasara luego a almorzar en familia antes del regreso, si encontraba tiempo libre y a su disposición, en medio de tantos afanes como seguramente lo ocupaban antes de la partida.

146

No por boca del principal actor en aquellos hechos, ni de qué manera había tenido lugar su participación —en cualquier caso— llegaría a saberse alguna vez lo ocurrido al calesero Remigio, sino por el testimonio de uno, que acertó a oír (habiéndoselo propuesto de este modo, seguramente) la confesión que años después de lo acaecido, y poco antes de su muerte hiciera el Paco al sacerdote, del que procuraba la absolución, o el mero descargo de su alma atribulada.

No decía en su testimonio, éste en cuyo conocimiento había venido el secreto de la confesión, si el sacerdote movido a piedad hacia el pecador, presuntamente arrepentido, había otorgado en el último momento la gracia del perdón. Ni parecía interesar tampoco a quienes escuchaban el recuento, la resolución del hecho de la confesión en sí, sino del otro que había tenido lugar.

Hubo, sin embargo, otro testigo presencial de lo ocurrido, por quien llegó a María Úrsula la revelación poco tiempo después de que circularan rumores sin confirmar acerca del verdadero motivo de la desaparición de Remigio. Involuntaria como había sido su presencia en los alrededores del lugar del crimen, con sus noticias acudió prontamente a donde la mujer el pordiosero Sardiñas (conocido por Sardina) más en gesto de gratitud, que con ánimo de «*llevaitrae*», pues siempre tenía ésta para él lo mismo un buen bocado que una pieza de ropa que una palabra animosa. No tan falto de su razón como para andar proclamando a cualquiera que quisiera escucharlo, aquello que había acertado a ver primeramente, y luego más bien a adivinar según tenía lugar a resguardo de la oscuridad de la noche, el «Sardina» sintió, no obstante, que por fuerza era a comunicar lo ocurrido a alguien, y era ésta no otra que la persona de su benefactora la señora María Úrsula, quien habiéndole hecho pasar al interior de la salita de su casa, escuchó consternada y en suspenso, lo que se le confiaba, y luego consiguió extraer del comunicante la promesa (o más bien juramento por la Virgen Santísima) de guardar eterno silencio sobre aquello, de cuya confesión la mujer se declaraba no solo agradecida, sino afecta en sumo grado a la persona de quien ahora llamó sin reservas su «*hermano*». La versión del pordiosero, de haber podido entonces cotejarse con la que daría de los hechos el Paco muchos años después, ya muy viejo y sabiéndose abocado al momento de su muerte, hubiera confirmado con alguna que otra variante muy menor, que en efecto interpretaba ésta lo ocurrido ajustándose a la verdad.

Los prolegómenos del hecho, sin embargo, escapaban seguramente al viejo pordiosero, y corresponden en mayor o menor medida a los siguientes. Después de tener lugar el segundo y más brutal de los atropellos cometidos por el calesero contra la persona de Caramelo, que a punto estuvo de costarle la vida al joven, se dio el Paquito a recorrer el barrio donde —bien sabían todos a quienes interesaba saberlo— se ocultaba el criminal; era su propósito e intención la de topárselo borracho y vacilante, como ahora andaba, para cobrarse en él sin demasiado riesgo (que siempre cabía la posibilidad de correrlo) el crimen perpetrado en su amigo del alma.

—Con uñas y dientes —juraba y perjuraba al resguardo de la casa de la tía Mercurio, donde podía y ahora acudía con frecuencia a desahogarse— cuando le tenga, haré a él más daño del que acierte a darse cuenta, antes de que esté nuevamente en condiciones de saber lo que le pasa. Primero le ataré de manos y pies, y así que no pueda librarse del castigo, le clavaré en las manos unas púas que lo desgarren si quisiera deshacerse de sus amarras. Uno primero, y otro después le arrancaré los ojos de sus cuevas, pero antes le llenaré de estopa la boca para que no consiga con sus gritos atraerse la piedad de ninguno. Tal vez le deje alguno de los ojos para que consiga ver con él lo que haré de su hombría con esta sevillana, de la que me hice con tal propósito.

Le consolaban, en oyéndole, las mujeres de la casa con la tía Mercurio a la cabeza, porque antes que creerle que haría nada de aquello que decía, le sabían herido a él también — malherido — de las mismas lesiones y magulladuras con que había sido lastimada la carne del convaleciente Caramelo. Uno, sin embargo, de quienes componían el grupo familiar no dudaba de la verdad exacta del juramento con que el Paco suscribía sus palabras cada vez. Se trataba del mayor de tres jóvenes, hijos de la tía Mercurio, cuyo encargo era el de velar por la seguridad de las mujeres y la casa misma, manteniéndola siempre a buen resguardo bien fuera por la disuasión que su mera presencia debía proporcionar, bien por cualquier otro medio a su alcance y discreción. Alfredo, que era el dicho, contaba entre dieciocho y diecinueve años de edad, pero se hubiera dicho dos o tres años mayor. Era una persona, más bien retraída, de carácter y temperamento ajenos a los que correspondían por regla general a los guapos de oficio, y un asiduo lector de cuanta cosa cayera en sus manos, un hábito que el Paco, a quien también gustaba la lectura, hacía posible dejando bien al alcance del otro, bien trayendo a él, con la intención expresa de ponerlos en sus manos, libros y publicaciones periódicas, que él a su vez se procuraba.

—No sé yo cuándo encuentres tú tiempo para leer nada de esas cosas que andas siempre procurándote —le observaba a veces Caramelo a su amigo, bien que él mismo a veces se ocupara leyendo de segunda mano, sobre todos los folletines que Paquito traía por casa, invariablemente inflamados de pasiones descomunales y enredos cuyos argumentos harían llorar a una roca.

A pesar de su natural reserva, habiendo sido testigo numerosas veces de lo que evidenciaba el genuino dolor que consumía como una fiebre el pecho de Paco, se acercó a él el llamado Alfredo con el propósito de hacerle una confidencia, y de ofrecerle de este modo una salida que lo liberara de una vez de aquella mancuerna tan ingrata que lo mancaba y consumía en un ascua sin oxígeno.

—Una persona a quien debo éste y otros favores, de cuya gratitud no es posible desprenderse sin ser el más desagradecido de los seres y el más cobarde de los hombres, me ha pedido (y yo he comprometido mi voluntad y determinación en ello) deshacerla de una vez por todas de un bocón, zoquete y abusador que no la deja ya vivir en paz, y a cualquier hora y a toda hora la importuna y amenaza. ¡No lo despacho por dinero, sino por obligación y deber, que mandan más! Tú me conservarás el secreto como guardas tu vida, a cambio de lo cual, si a tal llega tu determinación de venganza, podrás acompañarme cuando te lo avise, que será muy pronto, y ver con tus propios ojos, a resguardo de las sombras, el fin que alcanza a tu enemigo, que es el mío por entrometerse en mi camino.

Creyó morir en la ocasión el Paco, por el placer morboso que sentía y aquellas palabras del joven Alfredo le causaban. Prometió, naturalmente, ser una tumba y no abrir jamás la boca ni decir palabra al respecto. La mirada escrutadora e impertérrita del ejecutor o asesino confeso de su enemigo, lo observaba sin parpadear, mas Paco no dio señal alguna de arredrarse o vacilar en su decisión, y se despidieron de acuerdo en aquello que debería ocurrir.

Al día siguiente, y de conformidad con un plan urdido por el joven que había de cumplir el encargo fatal, al oscurecer se encontraron en las proximidades de la casa de Evarista por donde había de venir pasada la medianoche, y ya muy ebrio, el antiguo calesero Remigio, y conforme a lo indicado por Alfredo, se apostaron a la espera de su víctima. En posesión de un farol que debía ser encendido oportunamente con la ayuda de una yesca, vestido de Manola (y como nunca en su papel de mujer seductora) aguardaba El Paquito. Mucho antes de que alcanzara a escucharse el barullo que metía el borracho a lo largo de la calle, estuvo dispuesto quien se prestaba a servir de señuelo, de manera que sin pérdida de tiempo avanzó en su momento iluminándose con el farol, y dirigiendo al grandullón todo género de proposiciones que lo mantuvieran distraído. Fuera porque se encontraba éste demasiado borracho, o porque verdaderamente resultara persuasivo en su papel El Paco, pareció caer en la trampa el calesero, momento en que penetró en su vientre el cuchillo que blandía la mano trémula de una endemoniada Manola. La puñalada, que no alcanzaba a ser mortal, pero había sido como un rejonazo o la descarga del relámpago sobre sus sentidos, consiguió desperezar al gigante, que echó mano del cuello de su atacante. La pronta y decisiva intervención a seguidas del llamado Alfredo, consiguió que desistiera el furibundo calesero de aherrojar con sus manazas el cuello del otro, pues dos, tres punzadas se abrían paso repetidamente en su vientre, y ya las manos no le bastaban a sujetarse la sangre y los intestinos juntamente que se le escapaban por los boquetes de aquellas heridas.

Sin pérdida de tiempo, y así que se desplomaba sobre el suelo de la calle el hombretón, era montado su cuerpo sobre una carretilla de la que ahora tiraban por igual los dos complotados en el crimen.

Rodaba el carretón, y se oía apenas, entre el golpear de las ruedas sobre las piedras el lamento apagado del herido, pues aunque le habían dado ya por muerto aún no lo estaba. A ciegas, aunque bien conocían en la oscuridad su rumbo, llegaron finalmente a la orilla de un río o arroyo u otra corriente de agua. Se oía el sonido que producen las jicoteas y los sapo-toros al zambullirse. La carretilla quedó como a la espera, allí en la pendiente del río a que algo sucediera, que tenía que ver con su finalidad. Sin encomendarle al Paco ocuparse de nada más, Alfredo se dio en arrojar piedras de todos los tamaños, allí reunidas, sobre la superficie del vehículo. El herido había dejado de quejarse ya, o los que le lapidaban no podían percatarse de nada, sordos a cualquier género de lástima o piedad de que se tratara. Llovían las piedras arrojadas sobre su cuerpo, y el peso de ellas o la inercia causada por la pedrea debió ahora proporcionar al móvil el movimiento requerido que lo impulsó cuesta abajo hasta hundirse bajo su doble peso en el cauce del agua. Debió tratarse éste de un seno profundo —así como era oscuro de una densidad que procedía por igual seguramente, de la noche que los envolvía y del limo que debía crecer sumergido en la corriente según era el olor que se desprendía del lugar.

Temblaba, sin que pudiera evitarlo, el cuerpo del Paco, lo mismo que si un delirio de fiebre alta lo acometiera, pero sentía la cabeza despejada. Las piernas no le respondían. No le respondieron cuando intentó subir por la cuesta inclinada en seguimiento del otro hombre. Éste debió percatarse de su incapacidad de movimiento. Volvió junto a él y colocando su brazo fuerte y nervudo alrededor de la cintura izó al tembloroso hasta haberlo plantado arriba. La luna, oculta tras un cúmulo de nubes negras que presagiaban lluvia, asomó un instante e iluminó el semblante de ambos. El farol debía haberse roto, pues al ocultarse nuevamente la luna, le echaron de menos. Alfredo se sintió conmovido —un sentimiento que era nuevo en él— ante la constatación del temblor persistente (que él tuvo por indefensión o cosa parecida) que se había apoderado del cuerpo de su cómplice.

—Déjame que te ayude yo —le susurró al oído—. Tenemos que irnos pronto de aquí. No vaya a vernos ninguno y ya tú ves lo que pasaría. O, aunque nada pasara —y como si hablara para sí—: ¡Vaya que tienes tú una cinturita de avispa! Pero no andas nada escaso de coraje, Paco, que lo mismo no podría decirse, de tantos que se las dan de gañanes. ¡A mí me sorprendiste en un primer momento! No debiste arriesgarte de ese modo. Vaya, lo dicho, que eres valiente como pocos. Y sabes ser amigo. ¡Hombre, y eres además de todo eso ligero como pluma! ¡Venga, te echo yo al hombro y nos damos prisa, o nos coge antes la lluvia!

Y diciendo lo alzó sin esfuerzo en sus brazos y echó a andar. Sentía el Paco que golpeaba su corazón y palpitaban sus sienes como si amenazaran estallar, y no sabía a estas alturas, de qué se trataba exactamente. Pero de nada de esto, ni de las emociones y desconcierto que experimentaba el Paco habría podido decir nada el pordiosero, sino que por el Paco vino luego a saberlo María Úrsula, pasado el tiempo.

147

Por cartas de su cuñado en el Príncipe tuvo al fin noticias don Francisco, del buen éxito de los negocios relacionados con la venta de la casa propiedad de su esposa, que ésta le había encomendado de tiempo atrás. Sin mayor dilación dio parte a su mujer del buen resultado de aquella gestión, felicitándose ambos de que tal hubiera sucedido, si bien no hubiera podido ocultar doña Amalia, la emoción que era todavía a conmoverla, humedeciéndoles los ojos. No dejaba de estremecerla la constatación de que por este expediente se deshacían, por así decir, todos sus lazos con el lar familiar de su infancia y juventud, o al menos, aquellos que eran más evidentes y podían fiarse a las constataciones materiales.

—No es nada, mujer —le dijo don Francisco, contemplándola amorosamente y acariciándole con gran ternura el rostro, que la mujer hundió en la palma de la mano que la acariciaba como quien se sumerge un instante en la ola hinchada de blanca espuma—. Has hecho bien en deshacerte de una propiedad que no podía ocasionar sino pérdida. Mañana mismo, si lo quieres, volvemos a visitar a tu hermano y a todos los parientes. Para nuestra estadía, lo menos que necesitamos es casa propia. Ya ves tú que la de cualquiera es allí amplia y acogedora, y a no contar con casa propia contaríamos con la de tu hermano en primer lugar, que ya sabes cuánto le habría gustado a él, que a su vera nos alojáramos.

Asintió doña Amalia, quien no buscaba dar la impresión de flaqueza que acaso su expresión transmitiera, y sonrió al esposo contagiada de su optimismo. Al hermano habría que agradecer de mil maneras por el buen suceso, ya que tanto empeño había puesto en ello hasta llevarlo a la feliz resolución de que ahora se trataba. Ambos estuvieron de acuerdo en escribirle prontamente, con las expresiones más altas de gratitud y cariño.

Menos optimista se mostraría el marido, ante las otras noticias que le llegaban de un cierto conato de orden militar que allá había tenido lugar, animado y capitaneado por Francisco (Frasquito) de Agüero, (autor que fuera asimismo, según se rumoraba, de una marcha patriótica que al amparo de las libertades de su día, animaba a luchar contra el despotismo), quien había sido últimamente derrotado en combate, aprehendido y prontamente ejecutado, aunque de ello llegaran noticias un tanto contradictorias como eran aquéllas que daban por segura su muerte en acción, cuando aún no habían tenido lugar una ni otra, aduciendo que no de otro modo podía ocurrir pues era Frasquito determinado y temerario, y persona de convicciones irrevocables que se declaraba desde tiempo atrás partidario de acabar con la esclavitud, y de romper con la soberanía de España. De todo esto, y más de que daban cuenta varias cartas, concluía don Francisco, el destinatario de las mismas, que en algo más que en tertulias, diversiones, tenidas y saraos —como tal vez equivocadamente había estimado él que ocurría— empleaban el tiempo libre los principeños, cuando una verdadera rebelión armada, primera de que hubiera noticia en la isla —y las que le llegaban se adelantaban con mucho a las que circularían luego, filtradas y desprovistas de pólvora en algunos periódicos— podía fraguarse y tener lugar, bien que no alcanzara a predominar en sus objetivos, que se le pintaban según fueran sus corresponsales, de distinta manera y con ópticas muy diferentes.

Era este Frasquito, si mal no recordaba, de los principales de una de las familias más encumbradas de Puerto Príncipe, la de los Agüeros, entroncada a su vez a muchas otras de igual estima y principalía. Los hechos, según le relataba el más fiable de sus corresponsales en esta cuestión, habían tenido lugar del siguiente modo, y no siempre de acuerdo a la manera en que los periódicos de la capital y otras partes se harían eco de lo acontecido. Desde el año 1812, con pocos años de edad había sido el dicho, un gran entusiasta de la «Constitución» liberal, y con posterioridad al fracaso de la misma, captado por la idea bolivariana de radical rompimiento con España, se había enrolado en conspiraciones, de las que daban cuenta sus numerosos viajes a Colombia y Filadelfia, ciudad estadounidense donde coincidieron el mencionado Frasquito y muchos otros, entre ellos el también principeño Andrés Manuel Sánchez y Pérez, mulato éste, con el que estableció enseguida una profunda relación que devino en estrecha amistad. Provenientes de Jamaica, el 20 de enero del presente año de 1826, ambos hombres habían desembarcado en la zona de Sabanalamar, próxima al poblado y puerto de Santa Cruz del Sur, y buscado refugio en el ingenio Las Cuabas de don Francisco-Zaldívar, no lejos del Príncipe. Multitud de simpatizantes, cosa que bien había llegado a saberse, acudieron a recibir y a ofrecerse a los servicios de los desembarcados. Las noticias del desembarco habían llegado antes al gobernador de Santiago que a las autoridades principeñas, por lo que procedió éste a dar aviso a aquellos a quienes más concernía el asunto de que se trataba. Al propio tiempo, avisado el capitán general Francisco Dionisio Vives de lo acontecido, impartió órdenes de proceder con urgencia y mano dura, a fin de impedir que tuviera la menor oportunidad de éxito la intentona conspirativa. Don Francisco Carnesoltas, a la sazón primer alcalde ordinario de la villa de Puerto Príncipe, tuvo noticias según la conversación sostenida por dos esclavas, y sorprendida ésta por una confidente que permanecía atenta a cualquier género de noticias de que se tratara, de que en el ingenio «Las Cuabas», o más propiamente en la casa del dicho ingenio, a cuya dotación pertenecía una de ellas, habían encontrado alojamiento los conjurados. Empleando unas veces la intimidación y otras las promesas de libertad, consiguieron las autoridades, con el alcalde a la cabeza, extraer de las mujeres todo cuanto sabían y podía ofrecerles confirmaciones del paradero y situación de aquellos proscritos. Por sorpresa, cayeron sobre ellos las autoridades, al amparo de la noche del 19 al 20 del mes de febrero, de modo que fueron aprehendidos y conducidos prontamente a la ciudad los conjurados. Instados por la suprema autoridad de la isla, a actuar de manera expedita, y sin andar con paños tibios, el 13 de marzo dictaminó prontamente la Real Audiencia, o lo que de ella quedaba en pie, condenar a la horca a los encartados, lo cual se ejecutó la mañana del 16 de marzo en el centro de la plaza mayor, o de Marte, que también se decía. Testigo que fuera de la ejecución como habían sido muchos, si no todos en el pueblo, el corresponsal de don Francisco en el Príncipe le contaba que ambos reos se mostraron valientes y dignos hasta el último momento, habiendo ocurrido que el mulato, había debido sostener en algún momento a su compañero, quien habiendo trastabillado, y estado a punto de caer al suelo, halló a tiempo el brazo de su camarada y amigo en que apoyarse. Asimismo, el llamado Frasquito encontró todavía ánimos para recitar algunos versos, y aun estrofas, muy inflamados, que en el momento algunos llegaron a atribuirle, siendo como era conocida su afición a los mismos, y sus dotes de buen músico. Pese a ser «*bravos*» y abiertamente separatistas los versos que decía, consintieron las autoridades que los dijera, sin interrumpirle sino conduciendo parejamente con la recitación la ceremonia que paralelamente tenía lugar, y que consistía en pasear a los condenados a tambor batiente, y a la vista de todos, hasta el lugar donde se alzaba el patíbulo. Circularon luego estos versos bien en forma impresa o copiados a mano, como afirmaba el corresponsal, firmados lo mismo por «*Un patriota*» o «*Un Mártir*» que calzados con el nombre de Francisco de Agüero (Frasquito), hasta que se atribuyeron con más acierto a su verdadero autor, José María de Heredia, y eran éstos los siguientes:

¡Dulce Cuba! en tu seno se miran.
En su grado más alto y profundo,
Las bellezas del físico mundo,
Los horrores del mundo moral.

Te hizo el Cielo la flor de la tierra:
Mas tu fuerza y destinos ignoras,

Y de España en el déspota adoras
Al demonio sangriento del mal.

¿Ya qué importa que al cielo te tiendas,
De verdura perenne vestida,
Y la frente de palmas ceñida
A los besos ofrezcas del mar.

Si el clamor del tirano insolente,
Del esclavo el gemir lastimoso,
Y el crujir del azote horroroso
Se oye sólo en tus campos sonar?

Bajo el peso del vicio insolente
La virtud desfallece oprimida,
Y a los crímenes y oro vendida
De las leyes la fuerza se ve.

Y mil necios, que grandes se juzgan
Con honores al paso comprados,
Al tirano idolatran, postrados
De su trono sacrílego al pie.

¿A la sangre teméis…? En las lides
Vale más derramarla a raudales,
Que arrastrarla en sus torpes canales
Entre vicios, angustias y horror.

¿Qué tenéis? Ni aun sepulcro seguro
En el suelo infelice cubano.
¿Nuestra sangre no sirve al tirano
para abono del suelo español?

Vale más a la espada enemiga
Presentar el impávido pecho,
que yacer de dolor en un lecho,
Y mil muertes muriendo sufrir.

Que la gloria en las lides anima
El ardor del patriota constante,
Y circunda con halo brillante
De su muerte el momento feliz.

Al poder el aliento se oponga,
Y a la muerte contraste la muerte:
La constancia encadena la suerte;
Siempre vence quien sabe morir.

Había sido el primero en ser ahorcado, el que tales versos recitaba, con lo que causó gran impresión en todos y cada uno, el que fueran interrumpidos por la ejecución de la pena impuesta, lo mismo que si ésta sirviera para rubricar el sentido del último de los versos. El otro conspirador, de sólo veintiún años de edad, fue ahorcado inmediatamente después, sin mayor dilación.

Con la copia de los versos de Heredia le hacía llegar asimismo su corresponsal, copia de un fragmento de la décima que, pese a la vigilancia ejercida por las autoridades sobre los instrumentos de muerte que aún dominaban la plaza, días después de la ejecución, habían aparecido allí impresos y leían de este modo:

Pendientes de un vil madero
mes de marzo, el dieciséis
en el año veintiséis
murieron Sánchez, y Agüero.

> Consternado, un pueblo entero
> llanto amargo derramó
> cuando ejecutado vio
> el fallo que dio la Audiencia
> en la causa de infidencia
> que en su contra les siguió.

De todo esto, concluía la carta, se daría cuenta don Francisco que acaso el eslabón más débil de la cadena que uncía a España la isla de Cuba fuera el Príncipe, donde bastaba que una chispa cualquiera alcanzara a afincarse en el madero, y ardería sin remedio de un extremo a otro el país. ¿Quién sería entonces a decir, lo que sería de tirios y troyanos? Porque lo único cierto era que, en tal conflagración, los perdedores serían todos, como ocurre siempre que se enfrascan los hermanos en una rencilla enconada por quedarse cada cual con la casa paterna.

En contradicción con lo afirmado por aquel de los corresponsales que afirmaba del comportamiento de ambos hombres, que había sido éste heroico hasta el último momento, hablaba otro de una presunta carta que enviara el llamado Manuel a las autoridades, poco menos que denunciando a sus compañeros, y desligándose de sus intenciones de dar muerte a muchos a causa de sus lealtades a España, por lo que se arrepentía él de haber emprendido acciones, que tales resultados habían de acarrear. Auténtica o falsa, hicieron las autoridades que se propalara la especie, y se dio cabida en el acta del sumario a la misma, a petición del abogado defensor, que de ella se valió para aducir a favor de su defendido los apenas veintiún años con que contaba, y el arrepentimiento de que diera muestras al conocer la verdadera índole de las acciones que se esperaban de él, que lo condujera a la delación de sus coconspiradores. Aunque al momento de firmar el acta de la acusación, sin que se hallara presente su abogado para instruirlo, objetó el joven no poder hacerlo sino mediante una cruz pues no sabía escribir su nombre, fue obviada tan pertinente declaración, y en su lugar —instruido de hacerlo, firmó por él o escribió su nombre al pie del pergamino, uno de los amanuenses, quien luego, acosado presuntamente por una mala conciencia acabó por enloquecer, y confesaba a los cuatro vientos su presunta complicidad en el apañamiento de un crimen.

Doña Amalia, que ahora observaba al marido y notó el ceño fruncido de éste, se inclinó a despejarlo, con un beso colocado allí, el cual tuvo en efecto el poderío de alisar la amplia y levantada frente.

—¿Alguna mala noticia?

—Fruslerías... —atinó a responder don Francisco, mas como acertara a darse cuenta de inmediato, de que no habría sido posible ocultarle a su mujer por mucho tiempo de lo que se trataba, añadió a seguidas—: Más noticias acerca del asunto ése de que, supongo, ya habrás oído hablar, relacionado con la conspiración y ejecución de uno de los Agüeros... Nada como para desvelarse mucho tiempo. ¡Ya volverán las aguas a su nivel!

Doña Amalia, que algo había sabido del asunto, y en verdad llegó a inquietarse, preocupada por su hermano, sin saber a ciencia cierta qué relación pudiera existir entre éste y aquello que había sucedido por tierras del Príncipe, guardó silencio y sólo al cabo consiguió decir algo que debía consolarla y darle algún género de certidumbre:

—Claro. Es natural que así suceda. Todo recobra al fin y al cabo su fisonomía. No puede ser de otro modo. La política es cosa sucia, y además de empercudir trastorna a algunos hombres. Pero al final se impone la cordura de los más.

Don Francisco, que no compartía en verdad tan confiada visión de la política ni de lo que fuera que tenía lugar alrededor de ellos, simuló un absoluto asentimiento con las palabras de su mujer y puso a un lado la correspondencia que había estado leyendo para tomar las manos de ella que acercó a sus labios.

—Eso. No nos preocupemos. No hay razón alguna para preocuparse, y será mejor pensar en nosotros, y en nuestros dos hijos, que seguramente muy pronto nos darán nietos.

Rio la mujer feliz y divertida de aquello que decía el marido:

—Pero hombre, Francisco, si aún no están casados.

—Pues por eso lo digo, porque es hora ya de que vayan pensando en hacerlo. ¿No te parece a ti?

XXII

Epílogo, con un esbozo al carbón

148

Una última reflexión de la luz cabrillea sobre las olas, antes de que el mar se sumerja todo él en la noche, sin tiempo y sin orillas. En vano será que desde el faro intente penetrarlos el haz de luz que emana de él como si procediera a efectuar una búsqueda desesperada, de la que se ha perdido ya el sentido. A esa hora que no es aún crepuscular, pero está muy próxima a serlo, un ojo atento (y solo de uno pudiera tratarse pues que un parche recubre el lugar del otro mediante una banda ajustada, de tela negra) observa, estudia y determina el terreno de sus próximas acciones, amparándose en la protección que ofrece un parapeto natural. Las luces del pueblo de Regla, que está ahí al cruzar la bahía, no alcanzan a iluminar bastante para contrastar su figura y exponerla. El capitán pirata, aparta su catalejos o más bien, lo pone con determinación en las manos de uno de sus subordinados mientras se vuelve al grupo que comanda:

—En breve caeremos sobre ellos, muchachos. Es hora de embarcar.

La tripulación del «*Filibustero*» está compuesta por una fauna vario-pinta de hombres de diversa procedencia. Los hay, más o menos zafios, y con diverso grado de refinamiento. El mismo capitán es, por sus modales distinguidos alguien que procede de buena cuna, o al menos ha gozado de los bienes de fortuna y educación que lo colocan a la altura que ocupa. La fiereza ganada por sus manos e indiscutida, no podría decirse bien de dónde proceda. Hay en ella algo infernal que todos temen, y ninguno osaría menospreciar. Hay hombres que proceden de las filas españolas derrotadas en el continente, en tanto que otros son criollos de estas mismas tierras: colombianos, venezolanos, mexicanos de diversa adscripción, o leales sólo a sí mismos. Los hay revolucionarios o de ideas revolucionarias, incendiarios, redentoristas, antiespañoles, revoltosos, bolivarianos, que actúan por cuenta propia; gente que busca cobrarse interminablemente una venganza; aventureros por el puro amor a la aventura y el riesgo; gente que busca enriquecerse mediante la depredación y el robo, y cualquiera que, sintiéndose atraído por aquella convivencia entre forajidos no tema los riesgos que, comúnmente proceden antes que de las fuerzas del orden colonial, de los mismos compañeros, bien que contra eso se dispone de leyes inapelables y drásticas, que consiguen a veces reducir el número de los transgresores.

Fuera del alcance de la visión del pirata, a la que por otra parte no interesa más que la disposición de la bahía, queda la ciudad, presa de otros malhechores a quienes no disuade fácilmente la presencia de militares, entre los cuales muchos han pactado con propósitos de dudosa respetabilidad un «*entendimiento de caballeros*» que venga a sacarlo todo de sus cauces, por aquello del «a río revuelto, ganancia de pescadores» que se dice. Parecería que en este antro en que han llegado a convertirse, la ciudad y el país todo, a donde se acogen las más diversas especies de hombre que la ambición, la guerra, la revolución y todos los bajos como los más exaltados instintos atraen y cobijan, cada uno busca algo para sí, no importa el costo último de este despojo. Un descarnado individualismo sin conciencia prevalece sobre cualquier otra consideración o propósito. La misma palabra «*Cuba*» pareciera carecer de sentido como no sea componer las siglas de una frase, o estar compuesta por las letras que resumen ésta. Expresión pesarosa que dicen algunos de quienes aman al país, y no pueden sino declararse impotentes y resignados a su suerte: *Cada uno busca algo*. «C». «U». «B». «A.» O lo que viene a ser lo mismo, «Cada uno busca algo *en Cuba*».

El pirata de Regla parece que se esfuma en la negrura, integrándose a ella con sus hombres. A bordo de las varias chalupas que avanzan a remo y en silencio contra su objetivo, los tripulantes conforman una masa compacta, y a la vez flexible como de molusco: un pulpo con numerosos tentáculos que aviesamente se desplaza hacia la presa elegida para echarse sobre ella por sorpresa, y sofocarla.

Allá en la ciudad, algún galán alebrestado, a quien la promesa de un consentimiento a deshora atrae junto a la ventana de su enamorada, arriesga la vida y la prenda al exponerse solo, por esas negruras de calles desoladas, y apura el paso intentando ahogar el ruido de sus pisadas hasta haber llegado a la esquina donde le aguarda el calesero, ya impaciente y temeroso de muertos y aparecidos, antes que de vivos de ningún color y condición. No lejos de allí unos perros callejeros se enzarzan en una pendencia que no dura.

—Vámonos ya, Porfirio —dice, abordando el quitrín, con el aliento entrecortado el que llega—. ¡A casa! ¡A casa!

Con un movimiento de cabeza, los ojos del perro atrapan un instante los reflejos que faltan en todas partes, y los reúnen allí, como en un haz de fuegos luciferinos que ponen el miedo en el pecho del esclavo. Se santigua éste, al conjuro del nombre de Dios, y acto seguido castiga con su cuarta los lomos e ijares del caballo, que picado súbitamente por el aguijoneo de este rejón, se lanza hacia delante tirando del cabriolé en que va sentado el señorito. Otro perro distante aúlla a la noche, o tal vez se trate del mismo perro, pero los ojos de éste, no alcanzan a reunir brillo alguno como si las ascuas que los animaran hubieran acabado por consumirse al fin, tragadas por la noche.

Índice de Secciones y sus Capítulos

I. Vísperas de un gran acontecimiento · · · · · · · · · · · · 7
    Capítulos 1-4

II. La proclamación · 47
    Capítulos 5-41

III. El tiempo estanco · · · · · · · · · · · · · · · · · · · 235
    Capítulos 42-46

IV. In extremis· 253
    Capítulos 47-50

V. Un periplo peninsular · · · · · · · · · · · · · · · · · · 267
    Capítulos 51-52

VI. Resistir· 277
    Capítulos 53-55

VII. A buen recaudo · 291
    Capítulo 56

VIII. Matanzas, Cuba · 299
    Capítulos 57-63

IX. Algunos desasosiegos · · · · · · · · · · · · · · · · · · 329
    Capítulos 64-65

X. Y un mar de tribulaciones · · · · · · · · · · · · · · · · 337
    Capítulos 66-67

XI. Nec Plus Ultra · 349
    Capítulos 68-80

XII. Retroceso, y salto atrás · · · · · · · · · · · · · · · · · 409
   Capítulos 81-83

XIII. O tempora! O mores! · · · · · · · · · · · · · · · · · 421
   Capítulos 84-102

XIV. Resignación e inconformidad · · · · · · · · · · · · 503
   Capítulo 103

XV. Gestiones y más gestiones· · · · · · · · · · · · · · · 509
   Capítulo 104

XVI. Capitulación y derrota: Primero, a Gibraltar · · · · 517
   Capítulos 105-107

XVII. Entretanto en La Habana · · · · · · · · · · · · · · 533
   Capítulos 108-122

XVIII. Viaje a la región central de la isla, y estadía
   en la ciudad de Puerto Príncipe · · · · · · · · · · · 589
   Capítulos 123-127

XIX. De regreso en La Habana · · · · · · · · · · · · · · · 613
   Capítulos 128-141

XX. El justo en su quehacer · · · · · · · · · · · · · · · · 667
   Capítulo 142

XXI. Un nuevo curso ·673
   Capítulos 143-147

XXII. Epílogo, con un esbozo al carbón · · · · · · · · · ·701
   Capítulo 148

Made in the USA
Middletown, DE
19 February 2025